Das Buch

Lord Byrons Leibarzt, Dr. John Polidori, schrieb die wohl erste Vampirgeschichte der modernen Literatur. Ihr Held war adelig, ausschweifend, von düsterer Faszination, seine Bekanntschaft lebensgefährlich.

Rebecca Carville, eine entfernte Verwandte des Poeten der Romantik, ist auf der Suche nach der einzigen noch existierenden Kopie von Lord Byrons Memoiren; Aufzeichnungen, von denen ein Zeitgenosse sagte, daß ihre Veröffentlichung den Dichter für immer in Schimpf und Schande stürzen würde. Ungläubig findet sie sich statt dessen dem Autor höchstpersönlich gegenüber, der nicht nur am Leben, sondern auch seit beinahe 200 Jahren keinen Tag älter geworden ist: er ist ein Vampir. Doch Byron ist seine Unsterblichkeit zur Last geworden. Da er in Rebecca eine verwandte Seele und eine hingerissene Zuhörerin entdeckt, ist er nur zu gerne bereit, ihr sein aberwitziges Leben zu erzählen – angefangen mit jener abenteuerlichen Reise durch Griechenland, auf der das Verhängnis seinen Lauf nahm. Nach und nach merkt Rebecca, daß auch ihr eine Rolle in dieser Geschichte um düstere Erotik, abgrundtiefe Seelenqual und schlichten Größenwahn vorbestimmt ist ...

Byron-Kenner Tom Holland wirft einen ganz neuen Blick auf das rätselhafte Leben des Dichters, auf seine komplizierten Freundschaften, seine skandalösen Liebschaften und sein von Weltschmerz geprägtes Gemüt und unterstreicht seine »These« mit ausgewählten Zitaten des Poeten und seiner Zeitgenossen.

Der Autor

Tom Holland, Jahrgang 1970, Absolvent der Universitäten von Oxford und Cambridge, entdeckte seine Leidenschaft für Lord Byron mit neun Jahren bei einem Besuch auf dem Familiensitz der Byrons. Seine schriftstellerische Laufbahn begann mit Hörspielen und Drehbüchern für Film und Fernsehen.

Von Tom Holland sind in unserem Hause außerdem erschienen:
Das Erbe des Vampirs
Die Botschaft des Vampirs

Tom Holland

Der Vampir

Roman

Aus dem Englischen
von Wolfdietrich Müller

Ullstein

Ullstein Taschenbuchverlag 2001
Der Ullstein Taschenbuchverlag ist ein Unternehmen der Econ Ullstein List
Verlag GmbH & Co. KG, München
© 2001 für die deutsche Ausgabe by Econ Ullstein List
Verlag GmbH & Co. KG, München
© 1996 für die deutsche Ausgabe by Econ Verlag, Düsseldorf
© 1995 by Tom Holland
Titel der englischen Originalausgabe: The Vampyre
(Little, Brown and Company)
Übersetzung: Wolfdietrich Müller
Umschlagkonzept: Lohmüller Werbeagentur GmbH & Co. KG, Berlin
Umschlaggestaltung: DYADEsign, Düsseldorf
Titelabbildung: AKG, Berlin
Druck und Bindearbeiten: Ebner Ulm
Printed in Germany
ISBN 3-548-25347-4

Meiner geliebten Sadie

Als Vampyr fährst zur Erde du,
Dein Leichnam hat im Grab nicht Ruh,
Gespenstisch schleicht er durch dein Haus,
Saugt's Herzblut all der deinen aus,
Daß Schwester, Mutter, Gattin hold,
Tief nachts der Lebensstrom entrollt;
Doch deinem Leichnam, kraß und fahl,
Soll Ekel sein solch Henkermahl;
Dein Opfer soll in dir, eh's starb,
Den Dämon kennen, der's verdarb;
Dir fluchen soll's, du sollst's verdammen,
Kein Sproß soll deinem Haus entstammen ...
Von hag'rer Lipp' und eklem Zahn
Träuft's beste Blut der deinen dann,
Bis heimgejagt ins Grab voll Grausen,
Du mit der Höllenschar mögst hausen,
Die vor'm Gespenst, mehr fluchenswert
Als sie, sich schaudernd abwärts kehrt.

LORD BYRON, Der Gjaur

Aber ich hasse es, wenn alles Fiktion ist ... auch das phantastischste Gefüge sollte immer ein gewisses Fundament aus Tatsachen haben – und reine Erfindung ist bloß das Talent eines Lügners.

LORD BYRON, Brief an seinen Verleger

1. Kapitel

*Veröffentlichte man die vollständigen Memoiren,
würden sie Lord B. für alle Zeiten in Verruf bringen.*

JOHN CAM HOBHOUSE, Tagebücher

Mr. Nicholas Melrose, Vorstand seiner eigenen Anwaltskanzlei und ein angesehener Mann, ließ sich nicht gern aus der Fassung bringen. Er war es nicht gewohnt, und es war seit vielen Jahren nicht mehr vorgekommen.

»Wir geben die Schlüssel nie aus der Hand«, sagte er grob. Einigermaßen verstimmt sah er das Mädchen auf der anderen Seite seines imponierend großen Schreibtisches streng an. Wie konnte sie sich unterstehen, ihn aus dem gewohnten Gleis zu bringen? »Nie«, wiederholte er. Er stieß mit dem Finger nach ihr, um jeden möglichen Zweifel auszuräumen. »Niemals.«

Rebecca Carville starrte ihn an, dann schüttelte sie den Kopf. Sie bückte sich, um ihre Tasche aufzuheben. Melrose beobachtete sie. Langes kastanienbraunes Haar, elegant und ungebändigt zugleich, fiel über die Schultern des Mädchens. Sie strich es zurück und schaute dabei flüchtig hoch zu Melrose. Ihre Augen funkelten. Sie ist schön, dachte Melrose, beunruhigend schön. Er seufzte. Er fuhr mit den Fingern durch das sich lichtende Haar, dann strich er sich über seinen Wanst.

»St. Jude's war schon immer ein Sonderfall«, murmelte er eine Spur versöhnlicher. »Juristisch betrachtet.« Er fuchtelte mit den Händen in der Luft herum. »Sie sehen doch ein, Miss Carville, daß mir nichts anderes übrigbleibt? Ich wiederhole – es tut mir leid –, aber Sie können die Schlüssel nicht haben.«

Rebecca holte einige Papiere aus ihrer Tasche. Melrose runzelte die Stirn. Er wurde wirklich allmählich alt, wenn das bloße Schweigen eines jungen Mädchens ihn derart beunruhigen konnte – ganz gleich, wie reizend es war, und ganz gleich, was es von ihm wollte. Er beugte sich über den Schreibtisch. »Vielleicht«, fragte er, »könnten Sie mir ja mitteilen, was Sie in der Krypta zu finden hoffen?«

Rebecca sortierte ihre Papiere. Plötzlich ließ ein Lächeln die Kälte ihrer Schönheit tauen. Sie reichte die Papiere über den Tisch. »Sehen Sie sich die hier an«, sagte sie. »Aber seien Sie vorsichtig. Sie sind alt.«

Neugierig gemacht, nahm Melrose sie an. »Was ist das?« fragte er.

»Briefe.«

»Und wie alt ist alt?«

»1825.«

Melrose starrte Rebecca über den Rand seiner Brille hinweg an, dann hielt er einen der Briefe unter die Schreibtischlampe. Die Tinte war verblaßt, das Papier braun. Er versuchte, die Unterschrift unten auf der Seite zu entziffern. Es war schwierig beim trüben Licht der einzigen Lampe. »Thomas – was heißt das – Moore?« fragte er, indem er aufblickte.

Rebecca nickte.

»Sollte mir dieser Name bekannt sein?«

»Er war Dichter.«

»Leider hat man in meiner Sparte nicht die Zeit, viel Poesie zu lesen.«

Rebecca sah ihn weiter unbewegt an. Sie langte über den Schreibtisch, um den Brief wieder an sich zu nehmen. »Kein Mensch liest heute mehr Thomas Moore«, sagte sie schließlich. »Aber zu seinen Lebzeiten war er sehr beliebt.«

»Dann sind Sie also Expertin, Miss Carville, auf dem Gebiet der Dichter jener Epoche?«

»Ich habe gute Gründe für mein Interesse, Mr. Melrose.«

»Ach, wirklich?« Melrose lächelte. »Wirklich? Ausgezeichnet.« Er machte es sich auf seinem Stuhl bequem. Sie war also Literaturwissenschaftlerin, nichts weiter, irgendeine unbedeutende Akademikerin. Mit einemmal schien sie weniger bedrohlich. Wieder gestärkt durch ein Gefühl der eigenen Wichtigkeit, strahlte Melrose sie erleichtert an.

Rebecca beobachtete ihn, ohne sein Lächeln zu erwidern. »Wie gesagt, Mr. Melrose, ich habe gute Gründe.« Sie blickte auf das Blatt Papier in ihren Händen. »Zum Beispiel – dieser Brief, der an einen Lord Ruthven geschrieben wurde, an eine Adresse in Mayfair – Fairfax Street dreizehn.« Sie lächelte zögernd. »Ist das nicht dasselbe Haus, mit dem St. Jude's verbunden ist?«

Rebeccas Lächeln wurde breiter, als sie die Reaktion des Rechtsanwalts auf ihre Worte beobachtete. Aus seinem Gesicht war plötzlich alle Farbe gewichen. Doch dann schüttelte er den Kopf und versuchte, ihr Lächeln zu erwidern. »Ja«, sagte er leise. Er tupfte sich die Stirn ab. »Und wenn es so ist?«

Rebecca blickte wieder auf den Brief. »Moore hat folgendes geschrieben«, sagte sie. »Er teilt Lord Ruthven mit, er habe ›das Manuskript‹, wie er sich ausdrückt. Was für ein Manuskript? Er geht nicht näher darauf ein. Er sagt nur, daß er es, zusammen mit seinem Brief, in die Fairfax Street schickt.«

»In die Fairfax Street ...« Die Stimme des Anwalts verlor sich. Er schluckte und versuchte, wieder zu lächeln, aber sein Gesichtsausdruck wirkte noch kränklicher als zuvor.

Rebecca sah ihn flüchtig an. Falls Mr. Melrose's verängstigte Miene sie überraschte, ließ sie sich nichts anmerken. Vielmehr langte sie mit ruhigem Gesicht über den Tisch nach einem zweiten Brief, und als sie weitersprach, schien ihre Stimme völlig tonlos geworden zu sein. »Eine Woche später, Mr. Melrose, schreibt Thomas Moore folgendes. Er dankt Lord Ruthven für die Empfangsbestätigung bezüglich des Manuskripts. Lord Ruthven hatte Moore eindeutig mitgeteilt, was das Schicksal des Manuskripts sein solle.« Rebecca hielt den Brief hoch und las. »›Groß ist die Wahrheit, sagt die Bibel, und mächtig vor allen Dingen. Mitunter jedoch muß die Wahrheit verschleiert und begraben werden, denn ihre Schrecken können zu groß sein, als daß ein Sterblicher sie zu ertragen vermag. Sie wissen, was ich in dieser Angelegenheit denke. Begraben wir sie an einem Ort der Toten; es ist der einzige Ort dafür. Lassen wir sie dort verborgen bis in alle Ewigkeit – ich hoffe, darin sind wir uns jetzt einig.‹« Rebecca ließ den Brief fallen. »Ort der Toten, Mr. Melrose«, sagte sie langsam. Sie beugte sich vor und sprach mit plötzlicher Leidenschaft. »Gewiß – ganz gewiß – kann damit nur die Krypta von St. Jude's gemeint sein?«

Melrose senkte schweigend den Kopf. »Ich glaube, Miss Carville«, sagte er schließlich, »daß Sie das mit der Fairfax Street vergessen sollten.«

»Ach! Und warum?«

Melrose starrte sie an. »Meinen Sie nicht, er könnte recht haben, Ihr Dichter? Daß es Wahrheiten gibt, die in der Tat verschleiert bleiben sollten?«

Rebecca lächelte kaum merklich. »Sie sprechen natürlich als Anwalt.«

»Das ist unfair, Miss Carville.«

»Als was sprechen Sie also sonst?«

Melrose antwortete nicht. Der Teufel soll die Frau holen, dachte er. Erinnerungen, dunkel und ungebeten, füllten ihm den Kopf. Er sah sich in seinem Büro um, als wolle er im Glanz der modernen Einrichtung Trost finden. »Als –

als einer, der Ihnen wohlwill«, brachte er endlich heraus.

»Nein!« Rebecca stieß mit einem kratzenden Geräusch ihren Stuhl zurück und stand mit solcher Heftigkeit auf, daß Melrose beinahe zusammengezuckt wäre. »Sie verstehen nicht. Wissen Sie, was das für ein Manuskript war, genau jenes, das Ruthven vielleicht in der Krypta versteckt hat?«

Melrose gab keine Antwort.

»Thomas Moore war der Freund eines viel bedeutenderen Dichters, als er es selbst war – viel bedeutender. Vielleicht haben sogar Sie, Mr. Melrose, von Lord Byron gehört?«

»Ja«, sagte Melrose leise und stützte den Kopf auf seine verschränkten Hände, »ich habe von Lord Byron gehört.«

»Nachdem Byron seine Memoiren geschrieben hatte, vertraute er das fertige Manuskript Thomas Moore an. Als die Nachricht von Byrons Tod seine Freunde erreichte, bewogen sie Moore dazu, die Memoiren zu vernichten. Blatt für Blatt wurden sie in Fetzen gerissen, dann in ein Feuer geworfen, das Byrons Verleger angezündet hatte. Nichts blieb von ihnen übrig.« Wie um sich zu beruhigen, strich sich Rebecca das Haar zurück. »Byron war ein einzigartiger Schriftsteller. Die Vernichtung seiner Memoiren war ein Sakrileg.«

Der Rechtsanwalt starrte sie an. Er fühlte sich in eine Falle gelockt, jetzt, wo er sicher war, warum sie die Schlüssel haben wollte. Diese Argumente hatte er früher schon einmal gehört. Er konnte sich an die Frau erinnern, die sie vor so vielen Jahren vorgebracht hatte, eine ebenso reizvolle Frau wie dieses Mädchen hier.

Und noch immer sprach das Mädchen zu ihm. »Mr. Melrose, bitte, verstehen Sie, was ich Ihnen erzählt habe?«

Er leckte sich die Lippen. »Verstehen Sie es denn?« erwiderte er.

Rebecca runzelte die Stirn. »Hören Sie«, flüsterte sie leise. »Es ist bekannt, daß Thomas Moore die Angewohnheit hatte, jedes Manuskript, das er erhielt, abzuschreiben. Verbrannt wurde nur ein Exemplar der Memoiren. Die Leute haben sich immer gefragt, ob Moore eine Abschrift angefertigt hatte. Und hier nun« – Rebecca hielt den Brief hoch – »schreibt Moore von einem seltsamen Manuskript. Ein Manuskript, von dem er dann sagt, es sei an ›einem Ort der Toten‹ hinterlegt. Mr. Melrose – bitte –, sicher können Sie jetzt verstehen? Wir sprechen hier von Byrons Memoiren. Ich muß die Schlüssel zur Krypta von St. Jude's haben.«

Ein Schwall Regen klatschte gegen die Fenster. Mühsam, beinahe erschöpft, stand Melrose auf und legte die Riegel vor, als wollte er die Nacht aussperren, dann lehnte er, noch immer schweigend, die Stirn an eine Fensterscheibe. »Nein«, sagte er endlich, während er unverwandt auf die Straße draußen blickte, »nein, ich kann Ihnen die Schlüssel nicht geben.«

Nur das Schluchzen des Windes störte die Stille. »Sie müssen«, sagte Rebecca schließlich. »Sie haben die Briefe gesehen.«

»Ja – ich habe die Briefe gesehen.« Melrose wandte sich um. Rebeccas Augen waren zusammengekniffen wie die einer Katze. Ihr Haar schien im Licht zu glühen und Funken zu sprühen. Lieber Gott, dachte er, wie sehr sie dieser anderen Frau ähnlich sieht. »Miss Carville«, versuchte er zu erklären, »nicht, daß ich Ihnen mißtraue. Nein, ganz im Gegenteil.« Er machte eine Pause, aber Rebecca sagte nichts. Der Anwalt überlegte, wie er sich verständlich machen sollte. Er war mit seinen Vermutungen nie leichtfertig gewesen, und er wußte, daß sie, laut ausgesprochen, phantastisch klingen würden. Deshalb hatte er immer geschwiegen, deshalb hatte er versucht zu vergessen. Der Teufel soll das Mädchen holen, dachte er wieder, der Teufel soll es holen! »Lord Byrons Memoiren«, murmelte er schließlich, »sie wurden von seinen Freunden verbrannt?«

»Ja«, sagte Rebecca kalt. »Von seinem alten Reisegefährten, einem Mann namens Hobhouse.«

»Meinen Sie denn nicht, daß dieser Hobhouse vielleicht klug daran getan hat?«

Rebecca lächelte freudlos. »Wie kommen Sie denn darauf?«

»Weil ich mich frage, welches Geheimnis diese Memoiren enthielten. Ein so furchtbares Geheimnis, daß selbst seine engsten Freunde es für das beste hielten, alle Aufzeichnungen darüber zu vernichten.«

»Nicht alle Aufzeichnungen, Mr. Melrose.«

»Nein.« Er schwieg eine Weile. »Nein, vielleicht nicht. Und deshalb – bin ich aufgeregt.«

Zu seiner Überraschung lächelte Rebecca nicht über seine Worte. Statt dessen beugte sie sich über den Schreibtisch und nahm seine Hand. »Was regt Sie auf, Mr. Melrose? Verraten Sie es mir. Lord Byron ist seit fast zweihundert Jahren tot. Was gibt es da, um sich aufzuregen?«

»Miss Carville.« Der Anwalt machte eine Pause und lächelte, dann schüttelte er den Kopf. »Miss Carville...« Er fuchtelte mit den Händen herum. »Vergessen Sie alles andere, was ich gesagt habe. Bitte – hören Sie einfach auf das, was ich Ihnen jetzt sage. Dies sind die Umstände. Ich bin rechtlich verpflichtet, die Schlüssel zurückzuhalten. Dagegen kann ich nichts machen. Es mag seltsam erscheinen, daß eine Kirche der Öffentlichkeit versperrt ist, aber dennoch ist das die Rechtslage. Das Recht auf Zugang zur Kapelle genießt ausschließlich der Erbe des Ruthvenschen Besitzes; er und andere direkte Nachkommen des ersten Lord Ruthven. Für sie allein verwahre ich die Schlüssel von St. Jude's, so wie meine Vorgänger in dieser Firma die Schlüssel beinahe zweihundert Jahre lang auf ähnliche Weise verwahrt haben. Soviel ich weiß, wird die Kapelle nie zum Gottesdienst genutzt oder auch nur geöffnet. Vermutlich könnte ich dem jetzigen Lord Ruthven Ihren Namen und Ihr Anliegen vortragen, aber ich muß offen zu Ihnen sein, Miss Carville – das ist etwas, was ich niemals tun werde.«

Rebecca runzelte die Stirn. »Warum nicht?«

Melrose sah sie aufmerksam an. »Dafür gibt es viele Gründe«, antwortete er langsam. »Der einfachste ist, daß es keinen Sinn hätte. Lord Ruthven würde niemals antworten.«

»Ah. Dann gibt es ihn also wirklich?«

Melrose blickte noch finsterer. »Warum fragen Sie das?«

Rebecca zuckte die Achseln. »Bevor ich zu Ihnen gekommen bin, habe ich versucht, ihn aufzusuchen. Die Tatsache, daß ich jetzt hier sitze, läßt auf meinen Erfolg schließen.«

»Er hält sich nicht oft hier auf, glaube ich. Aber ja doch, Miss Carville – es gibt ihn.«

»Sind Sie ihm begegnet?«

Melrose nickte. »Ja.« Er machte eine Pause. »Einmal.«

»Nicht häufiger?«

»Einmal war durchaus genug.«

»Wann?«

»Spielt das eine Rolle?«

Rebecca nickte wortlos. Melrose musterte ihr Gesicht. Es wirkte wieder erstarrt und ungerührt, aber in ihren Augen konnte er ein geheimes Funkeln sehen. Er lehnte sich in seinem Stuhl zurück. »Es war vor zwanzig Jahren, fast auf den Tag«, sagte er. »Ich erinnere mich lebhaft daran.«

Rebecca rutschte auf die Stuhlkante vor. »Sprechen Sie weiter.«

»Ich sollte Ihnen das nicht erzählen. Ein Klient hat das Recht auf Vertraulichkeit.«

Rebecca lächelte spöttisch. Melrose wußte, sie hatte erkannt, daß er reden wollte. Er räusperte sich. »Ich war gerade Teilhaber geworden«, begann er. »Der Ruthvensche Besitz fiel in meine Verantwortung. Lord Ruthven rief mich an. Er wünschte mich zu sprechen. Er bestand darauf, daß ich ihn in der Fairfax Street aufsuchte. Da er ein reicher und geschätzter Klient war, ging ich selbstverständlich hin.«

»Und?«

Wieder legte Melrose eine Pause ein. »Es war ein sehr seltsames Erlebnis«, fuhr er endlich fort. »Ich bin nicht besonders empfänglich für Eindrücke, Miss Carville, ich spreche normalerweise nicht in subjektiven Begriffen, aber diese Villa erfüllte mich mit – na ja, ich kann es nicht anders ausdrücken – mit einem höchst bemerkenswerten Gefühl des Unbehagens. Hört sich das seltsam an? Ja, selbstverständlich, aber ich kann es nicht ändern, genauso war es. Während meines Besuchs zeigte Lord Ruthven mir die Kapelle von St. Jude's. Auch dort war ich mir einer beinahe körperlichen Angst bewußt, die nach meiner Kehle griff, die mich zu ersticken drohte. Und deshalb, sehen Sie, Miss Carville, bin ich um Ihretwillen froh, wenn Sie dort keinen Besuch machen – ja, um Ihretwillen.«

Rebecca lächelte wieder leicht. »Aber was hat Sie so beunruhigt«, fragte sie, »die Kapelle oder Lord Ruthven?«

»Oh, beide, glaube ich, beide. Lord Ruthven fand ich – undefinierbar. Er verfügte über Stil und Charme, ja, echten Charme und auch Schönheit...«

»Außer?«

»Außer...« Melrose runzelte die Stirn. »Ja – außer... daß in seinem Gesicht, wie in seinem Haus, die gleiche Art

Gefahr stand.« Er hielt inne. »Der gleiche – Leichenschimmer. Wir sprachen nicht lange miteinander – in gegenseitigem Einvernehmen –, doch in dieser Zeit wurde ich eines großen Geistes bewußt, der vom Krebs befallen war, der nach Hilfe rief, hätte ich beinahe gesagt, außer daß ... Nein, nein.« Melrose schüttelte plötzlich den Kopf. »Was für einen Unsinn rede ich da? Rechtsanwälte dürfen nicht phantasievoll sein.«

Rebecca lächelte dünn. »Aber war es denn Phantasie?«

Melrose forschte in ihrem Gesicht. Es schien mit einemmal sehr bleich. »Vielleicht nicht«, sagte er leise.

»Worüber hatte er mit Ihnen sprechen wollen?«

»Die Schlüssel.«

»Zur Kapelle?«

Melrose nickte.

»Warum?«

»Er befahl mir, sie niemandem auszuhändigen.«

»Nicht einmal denjenigen, die ein Recht darauf haben?«

»Ihnen sollte ich davon abraten.«

»Aber es nicht verbieten?«

»Nein. Davon abraten.«

»Warum?«

»Das hat er nicht gesagt. Aber während er mit mir sprach, spürte ich eine Vorahnung von ... von ... von etwas Furchtbarem.«

»Von was?«

»Ich könnte es nicht beschreiben, aber es war real« – Melrose schaute sich um – »so wirklich wie die Zahlen auf diesem Computerschirm oder die Papiere in diesem Ordner. Und auch Lord Ruthven – er schien ängstlich ... Nein, nicht ängstlich, sondern entsetzt, und doch, verstehen Sie, war es die ganze Zeit mit einem schrecklichen Verlangen vermischt, ich konnte es in seinen Augen brennen sehen, und so nahm ich mir seine Warnung zu Herzen, denn was ich flüchtig in seinem Gesicht gesehen hatte, hatte mir Grauen eingeflößt. Natürlich hoffte ich, daß niemand nach den Schlüsseln fragen würde.« Er unterbrach sich. »Drei Tage später dann wandte sich eine Miss Ruthven an mich.«

Rebeccas Gesicht verriet nicht die Spur von Überraschung. »Wegen der Schlüssel?« fragte sie.

Melrose lehnte sich zurück. »Das gleiche wie Sie. Sie wollte Lord Byrons Memoiren, die in der Krypta versteckt seien, finden.«

Noch immer schien ihr Gesicht leidenschaftslos. »Und Sie haben sie ihr gegeben?«

»Mir blieb nichts anderes übrig.«

»Weil sie eine Ruthven war?«

Melrose nickte.

»Und doch versuchen Sie jetzt, mich aufzuhalten?«

»Nein, Miss Carville, es geht nicht um den Versuch. Ich werde Sie aufhalten. Ich werde Ihnen die Schlüssel nicht aushändigen.« Melrose starrte in Rebeccas zusammengekniffene Augen. Er wandte den Blick ab, erhob sich, ging hinüber zu einem Fenster und der Dunkelheit dahinter. »Sie verschwand«, sagte er schließlich, ohne sich umzudrehen. »Ein paar Tage, nachdem ich ihr die Schlüssel gegeben hatte. Die Polizei hat sie nie gefunden. Natürlich gab es nichts, was ihr Verschwinden mit Lord Ruthven in Verbindung gebracht hätte, aber ich erinnerte mich an alles, was er gesagt und was ich in seinem Gesicht gesehen hatte. Ich habe der Polizei nichts gesagt – aus Furcht, lächerlich zu wirken, verstehen Sie –, aber bei Ihnen, Miss Carville, riskiere ich gern, komisch zu erscheinen.« Er wandte sich um und sah ihr wieder ins Gesicht. »Gehen Sie. Es wird spät. Ich fürchte, unsere Zusammenkunft ist am Ende angelangt.«

Rebecca rührte sich nicht. Dann strich sie sich langsam das Haar aus dem Gesicht. »Die Schlüssel gehören mir«, sagte sie ungerührt.

Melrose hob wütend und entnervt die Arme. »Haben Sie nicht gehört, was ich sage? Können Sie es nicht verstehen?« Er ließ sich auf seinen Stuhl fallen. »Miss Carville, bitte, machen Sie keine Schwierigkeiten. Gehen Sie einfach, bevor ich läuten muß, um Sie hinausbringen zu lassen.«

Rebecca schüttelte bloß freundlich den Kopf. Melrose seufzte und langte über den Tisch, um eine Gegensprechanlage einzuschalten. Währenddessen zog Rebecca ein zweites Bündel Papiere aus ihrer Handtasche. Sie schob sie über den Tisch. Melrose warf einen Blick darauf und erstarrte vor Schreck. Er nahm das erste Blatt in die Hand und begann, es zu überfliegen, mit glasigen Augen, als ob er es nicht durchlesen könnte oder wollte. Er murmelte etwas vor sich hin, dann schob er die Papiere fort. Er seufzte und sagte eine ganze Weile nichts mehr. Schließlich schüttelte er den Kopf und seufzte ein zweites Mal: »Dann war sie also Ihre Mutter?«

Rebecca nickte. »Sie behielt ihren Mädchennamen bei. Ich heiße nach meinem Vater.«

Melrose holte tief Luft. »Warum haben Sie nichts davon gesagt?«

»Ich wollte wissen, was Sie denken.«

»Nun wissen Sie es ja. Halten Sie sich fern von der Fairfax Street.«

Rebecca starrte ihn an, dann lächelte sie. »Das ist doch nicht Ihr Ernst«, sagte sie und lachte. »Das können Sie einfach nicht ernst meinen.«

»Würde es den geringsten Unterschied machen, wenn ich beteuerte, daß ich das sehr wohl tue?«

»Nein. Ganz und gar nicht.«

Melrose blickte sie lange an, dann nickte er. »Also gut«, sagte er. »Wenn Sie darauf bestehen, lasse ich Ihnen die Schlüssel bringen.« Er drückte einen Knopf. Es kam keine Antwort. »Muß später sein, als mir bewußt war«, murmelte er im Aufstehen. »Wenn Sie mich entschuldigen, Miss Carville.« Rebecca sah ihm nach, als er aus dem Büro ging und die Türen zuglitten. Sie begann, die Papiere einzusammeln. Ihre Bescheinigungen steckte sie wieder in die Tasche, das Bündel Briefe behielt sie auf dem Schoß. Sie spielte mit ihnen herum; dann, als sie die Türen hinter sich wieder aufgehen hörte, legte sie die schlanken Hände auf die Schreibtischkante.

»Hier.« Melrose hielt drei Schlüssel an einem großen Messingring hoch.

»Danke«, sagte Rebecca. Sie wartete darauf, sie ausgehändigt zu bekommen, aber der Rechtsanwalt behielt die Schlüssel fest umklammert in der Hand, als er neben sie trat.

»Bitte«, sagte Rebecca. »Geben Sie sie mir, Mr. Melrose.«

Zunächst antwortete Melrose nicht. Er sah Rebecca ins Gesicht, lang und eindringlich, dann griff er nach dem Bündel von Briefen auf ihrem Schoß. »Diese hier«, sagte er, indem er sie hochhielt, »die geheimnisvollen Briefe – gehörten die ursprünglich Ihrer Mutter?«

»Ich glaube schon.«

»Was soll das heißen, Sie glauben es?«

Rebecca zuckte die Achseln. »Ein Buchhändler wandte sich an mich. Sie waren ihm verkauft worden. Offenbar war es weithin bekannt, daß sie einmal meiner Mutter gehört hatten.«

»Und deshalb kam er zu Ihnen?«

Rebecca nickte.

»Sehr ehrlich von ihm.«

»Vielleicht. Ich habe gezahlt.«

»Aber wie hatte er sie bekommen? Und wie hatte Ihre Mutter die Briefe überhaupt verloren?«

Rebecca zuckte die Achseln. »Ich glaube, der Buchhändler hatte sie von einem privaten Sammler erhalten. Darüber hinaus wußte er nichts. Ich habe nicht weiter nachgebohrt.«

»Hat es Sie nicht interessiert?«

»Sie müssen wohl gestohlen worden sein.«

»Von der Person, die Ihre Mutter – getötet hat?«

Rebecca blickte zu ihm auf. Ihre Augen glänzten. »Möglicherweise«, sagte sie.

»Ja.« Melrose zögerte. »Möglicherweise.« Er musterte die Briefe wieder. »Sind sie echt?« fragte er, während er sie anschaute.

»Ich glaube schon.«

»Aber Sie können sich nicht sicher sein?«

Rebecca schüttelte den Kopf. »Um das zu entscheiden, fehlt mir die Qualifikation.«

»Oh, tut mir leid, ich hatte angenommen...«

»Ich bin Orientalistin, Mr. Melrose – meine Mutter war die Byron-Kennerin. Aus Achtung vor ihrem Andenken habe ich Byron stets gelesen, aber ich behaupte nicht, Expertin zu sein.«

»Verstehe. Mein Fehler.« Melrose starrte wieder auf die Briefe. »Ich nehme also an – diese Achtung vor dem Andenken Ihrer Mutter –, ist das der Grund, warum Sie so darauf aus sind, die Memoiren aufzuspüren?«

Rebecca lächelte ein wenig. »Es wäre passend, meinen Sie nicht? Sehen Sie, Mr. Melrose, ich habe meine Mutter nicht gekannt. Aber ich spüre – was ich hier tue – sie würde es gutheißen, ja.«

»Obwohl die Suche ihr durchaus den Tod gebracht haben kann?«

Rebeccas Miene verfinsterte sich. »Glauben Sie das wirklich, Mr. Melrose?«

Er nickte. »Ja, das glaube ich.«

Rebecca wandte den Blick ab. Sie starrte in das nächtliche Dunkel vor den Fenstern. »Wenigstens wüßte ich dann, was ihr zugestoßen ist«, sagte sie, beinahe zu sich selbst.

Melrose antwortete nicht. Statt dessen ließ er die Briefe wieder auf Rebeccas Schoß fallen. Die Schlüssel gab er ihr allerdings trotzdem nicht.

Rebecca hielt die Hand auf. Melrose schaute nachdenklich darauf. »Und die ganze Zeit also«, sagte er leise, »sind Sie eine Ruthven gewesen. Die ganze Zeit.«

Rebecca zuckte die Achseln. »Ich kann nichts für mein Blut.«

»Nein.« Melrose lachte. »Natürlich können Sie nichts dafür.« Er schwieg eine Weile. »Liegt nicht ein Fluch auf den Ruthvens?« fragte er.

»Ja.« Rebecca kniff die Augen zusammen, als sie zu ihm aufblickte. »Angeblich.«

»Wie wirkt er?«

»Ich weiß nicht. Auf die übliche Art vermutlich.«

»Was? Ruthven auf Ruthven – Generation auf Generation – alle von einer geheimnisvollen Macht niedergestreckt? Lautet nicht so die Legende?«

Rebecca überging die Frage. Sie zuckte erneut die Achseln. »Viele adlige Familien können einen Fluch für sich in Anspruch nehmen. Es bedeutet nichts« – sie lächelte – »bloß ein Zeichen guter Herkunft.«

»Genau.«

Rebecca runzelte die Stirn. »Was meinen Sie damit?«

Melrose lachte noch einmal. »Na ja, daß natürlich alles im Blut liegt. Alles im Blut!« Er verschluckte sich und rang mühsam nach Luft, dann lachte er weiter.

»Sie haben recht«, sagte Rebecca und stand auf, »für einen Rechtsanwalt haben Sie zuviel Phantasie.« Sie streckte die Hand aus. »Mr. Melrose, geben Sie mir die Schlüssel.«

Melrose hörte auf zu lachen. Er umklammerte die Schlüssel in der Handfläche. »Sind Sie ganz sicher?« fragte er.

»Ganz sicher.«

Melrose starrte ihr tief in die Augen, dann ließ er die Schultern hängen und lehnte sich an den Schreibtisch. Er hielt ihr die Schlüssel hin.

Rebecca nahm sie und steckte sie in die Tasche.

»Wann werden Sie hingehen?« fragte Melrose.

»Ich weiß nicht. Recht bald, danke ich.«

Melrose nickte langsam, wie für sich. Er kehrte zu seinem Stuhl zurück. Er schaute Rebecca nach, als sie durchs Büro zur Tür ging.

»Miss Carville!«

Rebecca wandte sich um.

»Gehen Sie nicht.«

Rebecca blickte den Anwalt lange an. »Ich muß«, sagte sie schließlich.

»Ihrer Mutter zuliebe? Aber gerade Ihrer Mutter zuliebe bitte ich Sie, nicht hinzugehen!«

Rebecca antwortete nicht. Sie wandte den Blick ab. Die Türen glitten auseinander. »Danke, daß Sie mir Ihre Zeit gewidmet haben, Mr. Melrose«, sagte sie, indem sie sich wieder umdrehte. »Gute Nacht.«

Melrose schaute ihr niedergeschlagen nach. »Gute Nacht«, sagte er. »Gute Nacht.« Und dann schlossen sich die Türen, und Rebecca war allein. Sie eilte auf einen wartenden Aufzug zu. Die Bürotüren hinter ihr blieben geschlossen.

In der Eingangshalle beobachtete ein gelangweilter Wachmann, wie sie das Gebäude verließ. Rebecca ging schnell durch die Türen und dann weiter die Straße entlang. Es war gut, draußen zu sein. Sie blieb stehen und atmete tief ein. Der Wind war stark und die Luft kalt, aber nach der Stickigkeit des Büros war ihr die Nacht willkommen, und als sie weiterging und die Straße hinunterlief, fühlte sie sich so schwerelos und dem Wind ausgeliefert wie ein Herbstblatt. Vor sich hörte sie Verkehr – Bond Street, ein Einschnitt in die Dunkelheit voller Menschen und Lichter. Rebecca überquerte sie, dann tauchte sie wieder in die Stille der leeren Seitengassen ein. Mayfair wirkte verlassen. Die hohen, abweisenden Häuserfronten erhielten praktisch kein Licht von Straßenlaternen. Einmal fuhr ein Auto vorbei, aber sonst war sie allein, und die Stille erfüllte Rebecca mit einer seltsamen, fiebrigen Freude. Sie behielt die Schlüssel in der Hand wie einen Talisman, um den Rhythmus des Blutes durch ihr Herz zu beschleunigen.

Nahe der Bolton Street blieb sie stehen. Sie bemerkte, daß sie zitterte. Die seltsamen Worte des Anwalts mußten sie stärker berührt haben, als ihr bewußt gewesen war. Sie erinnerte sich, wie er sie verzweifelt angefleht hatte, die Fairfax Street zu meiden. Rebecca warf einen raschen Blick hinter sich. Die Straße, in der sie sich befand, war einst der Treffpunkt der Dandys gewesen, wo Vermögen verloren worden waren, Leben ruiniert, verspielt mit verächtlich geschürzten Lippen. Lord Byron war hierhergekommen. Byron. Plötzlich schien das Fieber in ihrem Blut zu summen vor Ekstase und einer Furcht, die sie ganz unerwartet überfiel. Es schien keinen Grund dafür zu geben, nichts, was sie in Worte fassen konnte, und doch wurde ihr klar, wie sie da in der unwirklichen Stille stand, daß sie Angst hatte. Wovor? Byron, Byron. Die Silben pulsierten wie Blut in ihren Ohren. Rebecca erschauderte, und sie wußte mit absoluter Klarheit, daß sie die Kapelle nicht in dieser Nacht betreten würde, wie sie ursprünglich vorgehabt hatte. Sie konnte nicht einmal einen Schritt darauf zugehen, so gelähmt war sie und zugleich aufs höchste erregt von einem Entsetzen, das sie als einen dichten roten Nebel spüren konnte, der sie einhüllte, ihre Willenskraft aussaugte, sie verschlang. Mit aller Kraft versuchte sie, sich loszureißen. Sie drehte sich um. Am Piccadilly herrschte Verkehr. Sie ging dem Geräusch entgegen, dann begann sie zu rennen.

»Rebecca!«

Sie blieb wie angewurzelt stehen.

»Rebecca!«

Sie warf sich herum. Papierblätter, vom Wind gepackt, flatterten über eine leere Straße.

»Wer ist da?« rief Rebecca.

Nichts. Sie hielt den Kopf schräg. Den Verkehrslärm konnte sie jetzt nicht hören. Nur das Heulen des Windes und ein Aushängeschild, das am Ende der Straße klapperte. Rebecca ging darauf zu. »Wer ist da?« rief sie noch einmal laut. Wie zur Antwort ächzte der Wind, und dann plötzlich, ganz schwach nur, glaubte Rebecca, Gelächter zu hören. Es zischte, schwoll an und verging mit dem Wind. Rebecca lief darauf zu, eine andere Straße hinunter, die nun so dunkel war, daß sie kaum etwas vor sich erkennen konnte. Dann gab es ein Geräusch, eine Blechbüchse, die weggetreten wurde und über die Straße schepperte. Rebecca schaute sich um, gerade rechtzeitig, um einen huschenden schwarzen Schatten, so glaubte sie, zu sehen, aber als sie auf ihn zuging, war er verschwunden, so vollkommen aufgelöst, daß sie sich fragte, ob sie überhaupt etwas gesehen hatte. An der Gestalt war etwas Seltsames gewesen, etwas Falsches, aber auch Vertrautes. Wo hatte sie eine solche Person schon einmal gesehen? Rebecca schüttelte den Kopf. Nein, da war nichts gewesen. Es war nicht erstaunlich, dachte sie, der Wind blies so heftig, daß die Schatten sie narrten.

Sie spürte einen Atem am Hals. Rebecca konnte ihn riechen, als sie herumfuhr, scharf, chemisch, in der Nase stechend, aber sowie sie sich umdrehte und die Arme ausstreckte, um den Angreifer abzuwehren, war nichts mehr da. »Wer sind Sie?« rief sie wütend und voller Angst in die Dunkelheit. »Wer ist da?« Wieder zischte Gelächter im Wind, und dann hörte sie das Geräusch von Schritten, die durch eine schmale Gasse forteilten, und Rebecca begann zu laufen, jagte ihnen nach im Widerhall ihrer Absätze, während das Blut in ihren Ohren hämmerte wie eine Trommel. Byron, Byron. Warum dieser Laut, dieser Rhythmus, der tief in ihren Adern pulsierte? Nein, befahl sie sich, achte nicht darauf, lausche auf die Schritte. Sie waren noch immer vor ihr, nun am Ende eines sehr engen Durchgangs, und dann waren sie plötzlich fort, verklungen in der Luft, und Rebecca blieb stehen, um sich zu orientieren und wieder zu Atem zu kommen. Sie schaute sich um. Die Wolken über ihr bekamen plötzlich Löcher und Risse, dann trieb eine heulende Bö sie ganz auseinander. Mondschein, totenfahl, färbte die Straße. Rebecca hob den Kopf.

Über ihr ragte die Fassade eines herrschaftlichen Hauses auf. Ihre Pracht schien in keinem Verhältnis zu der ansonsten engen und nichtssagenden Gasse zu stehen, in der Rebecca sich befand. Im Mondlicht leuchtete der Stein des Hauses larvenweiß; die Fenster waren Tümpel aus Dunkelheit, Höhlen in einem Totenschädel; das Ganze vermittelte den Eindruck, als sei es von der Zeit völlig vergessen worden, ein Schauer der Vergangenheit, vom Mondschein heraufbeschworen. Der Wind begann wieder zu heulen. Rebecca sah das Licht schwinden und stand wieder im Dunkeln. Das Haus jedoch blieb, gab sich als mehr denn ein bloßes Gaukelspiel des Mondlichts zu erkennen, aber Rebecca war nicht überrascht. Sie hatte ganz genau gewußt, daß es wirklich war; an der Pforte dieses Hauses hatte sie schon einmal gestanden.

Dieses Mal machte sie sich freilich nicht die Mühe, die Treppe hinaufzusteigen und an die Tür zu klopfen. Statt dessen ging sie an der Vorderfront entlang, vorbei an Gitterstäben, die wie Speere aus dem Bürgersteig wuchsen und das Haus vor den Passanten schützten. Rebecca konnte erneut die Säure riechen, ganz schwach im Wind, aber bitter wie zuvor. Sie begann zu laufen. Hinter ihr waren Schritte. Sie warf einen Blick hinter sich, sah aber nichts, und sie spürte das Entsetzen wiederkehren, das sich wie eine giftige Wolke auf sie senkte, ihr die Kehle zuschnürte, im Blut brannte. Sie stolperte und taumelte vorwärts. Sie fiel gegen das Gitter. Ihre Finger umklammerten ein Gewirr von Ketten. Sie hob sie hoch. Ein einfaches Vorhängeschloß hielt sie zusammen. Es versperrte den Zugang zur Kapelle von St. Jude's.

Rebecca schüttelte die Schlüssel heraus. Sie steckte einen in das Vorhängeschloß. Er kratzte rostig, ließ sich aber nicht umdrehen. Hinter ihr kamen die Schritte zum Stehen. Rebecca schaute sich nicht um. Statt dessen strömte, in einer Welle, so stark, daß es fast süß war, das Entsetzen durch ihre Adern, und sie mußte sich gegen die Pforte stützen, als die Furcht sie ergriff, die Furcht und ein seltsames Entzücken. Mit zitternden Händen probierte sie einen zweiten Schlüssel aus. Wieder kratzte er über Rost, aber dieses Mal gab es einen kleinen Ruck, und das Schloß begann nachzugeben. Rebecca bot ihre ganze Kraft auf; das Schloß öffnete sich, und die Kette glitt auf den Boden. Sie drückte gegen die Pforte. Mühsam und knarrend tat sie sich ein wenig auf.

Jetzt drehte sich Rebecca um. Der scharfe Geruch hatte sich verflüchtigt; sie war ganz allein. Rebecca lächelte. Sie konnte ihren Schrecken spüren, süß im Leib, die Beine leichter machend. Sie strich sich das Haar zurück, so daß es im Wind wehte, und zog den Mantel glatt. Der Wind hatte die Pforte wieder zugeweht. Rebecca drückte sie auf, dann ging sie hindurch und zur Tür der Kapelle.

Eine Treppe, moosbewachsen und geborsten, führte nach unten. Wie schon die Gitterpforte war die Tür verschlossen. Rebecca tastete wieder nach den Schlüsseln. Sanft wie ein Windhauch, der verweht, flammte der Schrecken noch einmal auf und war verschwunden. Melrose fiel ihr wieder ein, seine Furcht, seine Warnungen, St. Jude's zu meiden. Rebecca schüttelte den Kopf. »Nein«, flüsterte sie, »nein, ich bin wieder mein altes Ich.« Da drinnen befanden sich Lord Byrons Memoiren, nach denen ihre Mutter so lange gesucht hatte und die bald ihr gehören würden, die sie in den Händen halten würde. Was war bloß über sie gekommen, daß sie geglaubt hatte, warten zu können? Sie schüttelte noch einmal den Kopf und drehte den Schlüssel um.

In der Kapelle herrschte pechschwarze Dunkelheit. Rebecca verwünschte sich selbst, daß sie keine Taschenlampe mitgebracht hatte. Sie tastete sich an der Wand entlang und stieß schließlich auf ein Regal. Mit einem Finger fuhr sie darüber. Da lagen Streichhölzer und dann, auf dem Brett darunter, eine Schachtel mit Kerzen. Sie nahm eine Kerze heraus und zündete sie an. Dann hob sie den Blick, um zu sehen, was die Kapelle enthielt.

Sie war nahezu kahl. Rebecca begriff Melroses Abneigung. Am Ende des Raums hing ein einziges Kreuz. Es war im byzantinischen Stil geschnitzt und bemalt. Es stellte Kain dar, verurteilt vom Engel des Herrn. Unter ihnen, lebendiger als beide, lauerte Luzifer. Rebecca starrte auf das Kreuz. Sie war hingerissen von der Darstellung Kains. Sein Gesicht war wunderschön, doch von den schrecklichsten Qualen verzerrt, nicht von dem Zeichen, das auf seiner Stirn eingebrannt war, sondern von irgendeinem tieferen Schmerz, irgendeinem furchtbaren Verlust. Von seinen Lippen rann ein einzelner roten Tropfen.

Rebecca wandte sich ab. Ihre Schritte hallten wider, als sie den nackten Boden überquerte. Am anderen Ende der Kapelle erkannte sie ein in den Boden eingelassenes Grab, markiert von einem alten Steinpfeiler. Rebecca kniete nieder, um nachzusehen, ob sich Inschriften auf dem Grab befänden, aber es gab nichts zu lesen, nur ein verblaßtes Messingband. Sie hob den Blick zum Grabstein; die Kerze flackerte in ihrer Hand, und Schatten tanzten über kaum sichtbare Muster und Zeichen. Rebecca hielt die Kerze näher daran. Oben war ein Turban in den Stein gemeißelt und dann weiter unten, kaum zu erkennen, etwas, das wie Wörter aussah. Rebecca betrachtete sie genauer. Zu ihrer Überraschung entdeckte sie, daß die Schrift arabisch war. Sie übersetzte die Worte: Verse aus dem Koran, die um die Toten klagten. Rebecca stand auf und schüttelte verwirrt den Kopf. Ein muslimisches Grab in einer christlichen Kirche? Kein Wunder, daß sie nie zu Gottesdiensten benutzt wurde. Sie kniete wieder neben dem Grab nieder. Sie drückte darauf. Nichts. Dann kam ein Windstoß, und ihre Kerze flackerte auf und erlosch.

Als sie sie wieder anzündete, bemerkte sie im Aufflammen des Streichholzes einen Läufer, der hinter dem Grab ausgelegt war. Er war prächtig – türkisch, vermutete Rebecca – und wie der Grabstein eindeutig sehr alt. Sie zog ihn zurück, behutsam zuerst, dann hektisch vor plötzlich aufsteigender Erregung. Unter dem Läufer kam eine hölzerne Luke mit Vorhängeschloß und Scharnieren zum Vorschein. Rebecca schob den Teppich weg, dann setzte sie den dritten und letzten Schlüssel ein. Er ließ sich drehen. Rebecca zerrte das Schloß weg und holte tief Luft. Sie zog heftig an der Luke. Langsam hob sie sich. Mit einer abrupten Kraftanstrengung, die sie sich selbst nicht zugetraut hätte, hob Rebecca die Luke hoch, bis sie überkippte und mit einem dumpfen, widerhallenden Schlag auf die Steinplatten fiel. Sie starrte in die Öffnung, die sie gerade aufgedeckt hatte. Zwei Stufen, dann nichts als gähnende Leere. Rebecca steckte noch einige Kerzen in die Tasche und machte einen vorsichtigen ersten Schritt. Plötzlich zog sie die Luft ein. Die Furcht war zurückgekehrt, in jedes Blutkörperchen, machte sie so leicht, bis sie zu schweben glaubte; und die Furcht war so sinnlich und reizvoll wie nur jedes Vergnügen, das sie je kennengelernt hatte. Der Schrecken ergriff von ihr Besitz und rief sie. Gehorsam begann sie die Treppe hinunterzusteigen, und die Öffnung zur Kapelle war bald nur noch ein Schimmer, dann war sie verschwunden.

Rebecca erreichte die letzte Stufe. Sie blieb stehen und hielt die Kerze hoch. Die Flamme schien zu springen und sich auszudehnen, um den Schimmer der Orange-, Gelb- und Goldtöne zu erreichen, die Rebeccas Blick begegneten, wohin sie auch schaute. Die Krypta war wundersam – kein modriger Ort der Toten, sondern ein Lustgemach aus einem orientalischen Harem, geschmückt mit herrlichen Dingen, Gobelins, Teppichen, Silber, Gold. Aus der Ecke kam ein leises Sprudeln. Rebecca drehte sich um und sah einen winzigen Springbrunnen mit zwei erlesen verzierten Couches zu beiden Seiten. »Was ist das für ein Ort?« flüsterte sie vor sich hin. »Was hat er hier zu suchen?« Und die Memoiren – wo waren sie? Sie hielt die Kerze wieder hoch und schaute sich in dem Raum um. Papiere waren nirgendwo zu sehen. Sie stand wie angewurzelt da und überlegte, wo sie beginnen sollte. In diesem Augenblick hörte sie das Kratzen.

Rebecca erstarrte. Sie versuchte, nicht zu atmen. Ihr Blut rauschte plötzlich ohrenbetäubend, aber sie hielt den Atem an, lauschte angestrengt, um das Geräusch wieder zu hören. Irgend etwas war da gewesen, dessen war sie sich sicher. Ihr Herz klopfte jetzt so laut, daß es den Raum zu füllen schien. Da war kein anderes Geräusch. Schließlich mußte sie nach Luft schnappen, und da, als sie gierig einatmete, hörte sie es wieder. Rebecca erstarrte erneut. Sie zündete eine zweite Kerze an und hielt beide über den Kopf. Am anderen Ende des Raums, erhöht und zentral wie ein Altar in einer Kirche, stand ein wunderschöner Sarkophag aus feinem Stein. Dahinter befand sich eine Türöffnung im arabischen Stil. Langsam, die Kerzen in den ausgestreckten Händen, näherte sich Rebecca dem Sarkophag. Sie strengte die Ohren an, als das Kratzen wiederkam. Es war nur schwach, doch unverkennbar. Rebecca blieb stehen. Es war kein Zweifel möglich. Das Scharren kam aus dem Sarkophag.

Wie betäubt vor Zweifel streckte Rebecca eine Hand aus, um die Seite zu berühren. Jetzt hörte sich das Kratzen hektisch an. Rebecca blickte angespannt auf den Deckel des Sarkophags hinunter. Unter Staub begraben waren Wörter zu erkennen. Sie blies den Staub fort und las die Zeilen, die darunter versteckt gewesen waren.

*Oh, warum starben sie nicht Brust an Brust und
Arm in Arm? Zu lange währt ihr Leben, so Trennung
ihnen je sich sollte geben.*

Byron. Rebecca erkannte die Worte sofort. Ja, Byron. Sie las die Zeilen noch einmal, indem sie die Worte leise sprach, während das Kratzen zunahm und die Kerzen trotz der schweren, dumpfen Kryptaluft zu flackern begannen. Plötzlich, als müßte sie sich erbrechen, stieg Entsetzen in Rebeccas Kehle empor. Sie taumelte vor und stützte sich gegen den Sarkophag, dann begann sie, gegen die Abdeckplatte zu stoßen, wie eine Amputierte, die an ihrem Verband kratzt, um sich dem Allerschlimmsten zu stellen. Der Deckel verschob sich, dann begann er sich zu bewegen. Rebecca drückte noch stärker, während er zur Seite glitt. Sie hielt die Kerzen tiefer und starrte in den Sarkophag.

Ein Ding blickte zu ihr auf. Rebecca wollte schreien, doch ihre Kehle war trocken. Das Ding lag reglos, nur die Augen waren lebendig, schimmerten gelb aus den eingesunkenen Augenhöhlen, alles andere verwelkt, zerfurcht, unbestimmbar alt. Das Ding zuckte mit der Nase, nur eine Hautschicht über zersplittertem Knochen. Es öffnete gierig den Mund. Schnuppernd begann das Ding sich zu bewegen, die Arme, runzlige Stränge toten Fleisches auf Knochen, mühten sich ab, die Seiten des Sarkophags zu erreichen, die Nägel, scharf wie Krallen, kratzten am Stein. Mit einem rasselnden Schauder setzte sich das Wesen auf. Als es sich bewegte, stieg ein Staubschleier aus den Furchen seiner Haut auf. Rebecca spürte sie im Mund und in den Augen, eine Wolke aus toter Haut, die sie erstickte, die sie blind machte und schwindlig im Kopf. Sie wandte sich ab, die Arme vor den Augen. Etwas faßte sie an. Sie blinzelte. Das Ding. Wieder griff es nach ihr, das Gesicht gierig zuckend, der Mund ein klaffender Spalt zwischen den Kiefern. Rebecca hörte sich schreien. Sie spürte Flocken toter Haut hinten in der Kehle. Sie würgte. Die Krypta begann sich zu drehen, und sie fiel auf die Knie.

Sie blickte auf. Wie ein Raubvogel saß das Wesen auf dem Rand des Sarkophags. Seine Nase schnupperte immer noch nach ihr, der Mund grinste weit offen. Aber es klammerte sich an die Kante des Sarkophags und schien zu schaudern, als zögerte es vor dem Sprung auf den Boden. Rebecca bemerkte, daß das Wesen verschrumpelte Brüste hatte wie Schwielen, die an einem eingefallenen Brustkorb zitterten. Einst war das Ding also eine Frau gewesen. Und jetzt? Was war es jetzt?

Rebecca bemerkte, daß ihr Entsetzen nachließ. Sie blickte wieder zu dem Wesen auf, konnte es aber kaum noch sehen, so schwer waren ihre Lider vor Behagen. Sie fragte sich, ob sie vielleicht schliefe. Sie versuchte sich aufzusetzen, aber ihr Kopf war wie von Opiaten benebelt; sie konnte sich nicht rühren, nur den Kopf ein wenig neigen, bis er zur Ruhe kam. Sie lag in jemandes Armen. Ein samtiger Schmerz durchflutete ihre Kehle. Blut, ein warmer Fleck, fiel schwer auf ihre Haut. Ein Finger streichelte die Seite ihres Halses. Das Vergnügen, das er ihr bereitete, war wundervoll. Wessen Finger war das? fragte sie sich unbestimmt. Nicht der des Wesens – sie konnte es noch immer da oben hocken sehen, eine undeutliche, schattenhafte Form. Dann vernahm Rebecca eine Stimme, die schönste Stimme, die sie jemals gehört hatte. »Diese hier«, flüsterte die Stimme. »Du versprachst sie mir. Diese hier! Schau, schau, siehst du ihr Gesicht nicht?« Rebecca mühte sich, wach zu bleiben, weiter zu lauschen, aber die Worte entschwanden langsam in die Dunkelheit. Das Dunkel war seidig und fühlte sich köstlich an.

Doch Rebecca schwanden nie völlig die Sinne. Die ganze Zeit war sie sich ihrer selbst bewußt, des Blutes in ihren Adern, des Lebens in ihrem Körper und ihrer Seele. Wie lange sie an jenem Ort der Toten lag, wußte sie nicht. Sie merkte zwar, als es geschah, daß sie auf die Füße kam, erinnerte sich aber erst, die Treppe hinauf und hinaus durch die Kirche geführt worden zu sein, nachdem sich der Wind der Londoner Nacht kalt über ihr Gesicht gelegt hatte. Dann begann sie zu gehen, endlose dunkle Straßen hinunter. Jemand war neben ihr. Sie begann zu frösteln. Innerlich fühlte sie sich kalt, aber ihre Haut war heiß, und an ihrem Hals brannte die Wunde wie flüssiges Gold. Sie blieb stehen und rührte sich nicht. Sie sah zu, wie die Gestalt, die an ihrer Seite gewesen war, weiterging, eine bloße Silhouette in einem langen schwarzen Mantel. Rebecca schaute sich um. Zu ihrer Rechten floß die Themse, ihr Wasser schmierig vor Dunkelheit und Kälte. Der Sturm hatte einer unnatürlichen Stille Platz gemacht. Nichts Lebendiges störte die Ruhe.

Rebecca schlug die Arme um sich und schauderte. Sie sah der Gestalt nach, die vor ihr dem Bogen des Embankment folgte. Der Mann hinkte und benutzte einen Stock. Sie spürte ihre Wunde. Der Schmerz begann bereits abzuebben. Sie hielt wieder nach der Gestalt Ausschau. Er war fort. Dann sah Rebecca ihn wieder, wie er die Waterloo Bridge überquerte. Die Silhouette erreichte das gegenüberliegende Ufer und verschwand.

Rebecca wanderte ziellos durch die menschenleeren Straßen von London. Sie hatte jegliches Gefühl für Zeit oder Ort verloren. Einmal versuchte jemand, sie aufzuhalten, indem er auf die Wunde an ihrem Hals zeigte und fragte, ob er helfen könne, aber Rebecca stieß ihn beiseite und blieb nicht einmal stehen, um einen Blick in sein Gesicht zu werfen. Langsam brach der Morgen an, und Rebecca ging immer noch. Sie begann Verkehrsgeräusche und leisen Vogelgesang wahrzunehmen. Rote Streifen färbten den Himmel im Osten. Rebecca merkte, daß sie wieder an der Themse entlangging. Zum erstenmal in dieser Nacht warf sie einen Blick auf die Uhr. Sechs. Sie erschrak, als ihr klar wurde, wie benommen sie war. Sie lehnte sich an einen Laternenpfahl und strich sanft über die schmerzende Stelle an ihrem Hals.

Ein Stück vor sich erkannte sie einen Menschenauflauf an der Ufermauer. Sie ging darauf zu. Alle starrten sie hinunter ins Wasser. Rebecca sah Polizisten. Sie hielten Bootshaken. Dann begannen sie, an ihnen zu zerren, und ein schlaffes, tropfnasses Bündel wurde an der Ufermauer heraufgezogen. Rebecca sah zu, wie es über die Mauer gerollt wurde und mit einem feuchten, dumpfen Schlag auf die Pflastersteine fiel. Ein Polizist bückte sich, um ein paar Lumpen abzustreifen. Er verzog das Gesicht und schloß die Augen. »Was ist das?« fragte Rebecca den Mann vor ihr. Er sagte nichts, trat nur zur Seite. Rebecca sah auf das Bündel hinab. Tote Augen begegneten ihrem Blick. Das Gesicht lächelte, war aber vollkommen weiß. Eine schreckliche klaffende Wunde zog sich über den Hals des Toten.

»Nein«, sagte Rebecca leise zu sich, »nein.« Wie das Geräusch eines Steins, den man in einen Brunnen wirft, eine Weile auf sich warten läßt, so hatte sie nur langsam begriffen, was sie sah. Und ein umfassenderes Begreifen, was oder wer etwas Derartiges getan haben könnte schien völlig außerhalb ihres Vermögens. Sie fühlte sich müde und elend. Sie machte kehrt und entfernte sich eilends vom Schauplatz. Instinktiv zog sie den Mantel so um sich, daß niemand die Wunde an ihrem Hals sehen konnte. Langsam stieg sie die Brücke hinauf, die nach Charing Cross führte.

»Rebecca!«

Dieselbe Stimme, die sie vor St. Jude's gehört hatte. Sie fuhr entsetzt herum. Ein Mann stand hinter ihr und grinste sie anzüglich an.

»Rebecca!« Der Mann grinste noch breiter. »Was für eine Überraschung! Erinnern Sie sich an mich?«

Rebecca wandte das Gesicht ab. Von dem Säuregeruch im Atem des Mannes war konnte einem übel werden. Er lachte leise in sich hinein, als sie ihn wieder ansah. Er war jung und gut gekleidet, fast geckenhaft, doch sein langes Haar war wirr, verfilzt und fettig, und sein Hals stand seltsam schief, als wäre er verdreht worden. Ja, sie erinnerte sich an ihn. Die Silhouette auf der Straße in Mayfair. Und als sie ihn bei Tageslicht sah, wußte sie, warum er ihr sogar dort vertraut erschienen war. »Der Buchhändler«, flüsterte sie. »Sie haben mir die Briefe gebracht. Die Briefe von Thomas Moore.«

»Oh, gut«, keuchte er, »es kommt also alles wieder. Nichts ist weniger schmeichelhaft für einen jungen Mann, als von einem hübschen Mädchen vergessen zu werden.« Er grinste wieder anzüglich, und erneut mußte Rebecca den Atem anhalten und wegschauen. Der Mann schien nicht beleidigt. Er nahm Rebeccas Arm, und als sie versuchte, ihn abzuschütteln, packte er sie so fest, daß sie spürte, wie sich seine Nägel tief in ihr Fleisch gruben.

»Kommen Sie«, flüsterte er, »bewegen Sie diese reizenden Beine!«

»Warum?«

»Ich bin ein demütiger Wurm, ich krieche und gehorche.«

»Gehorchen, wem?«

»Nun, den unausgesprochenen Wünschen meines Herrn und Meisters.«

»Herrn?«

»Herrn.« Der Mann spie das Wort aus. »O ja, wir alle lieben einen Herrn – nicht wahr?« Rebecca starrte ihn an. Der Mann murmelte vor sich hin, und sein Gesicht war von Bitterkeit und Abscheu verzerrt. Er begegnete ihrem Blick und entblößte seine Zähne zu einem Grinsen. »Ich spreche jetzt als Arzt«, sagte er plötzlich. »Sie haben eine höchst interessante Wunde an der Kehle.« Er hielt sie an, packte ihr Haar und riß ihren Kopf nach hinten. Er schnupperte an der Wunde, dann leckte er mit der Zungenspitze daran. »Mmm«, atmete er ein, »salzig und blutig – eine herrliche Mischung.« Er kicherte zischend, dann zerrte er sie am Arm weiter. »Aber wir müssen uns beeilen, also kommen Sie schon! Die Leute könnten es merken.«

»Was merken?«

Der Mann murmelte wieder leise vor sich hin und sabberte jetzt dabei.

»Ich habe gefragt, was merken?«

»Herrgott, Sie dummes Weibsbild, haben Sie denn keine Augen im Kopf?« schrie der Mann plötzlich. Er zeigte zurück auf die Menge um die Leiche. »Ihre Wunde«, rief er, während er Speichel von seinen Lippen wischte, »ist die gleiche. Aber der Mistkerl, der verdammte Mistkerl, den andern hat er getötet, Sie aber nicht, der Mistkerl, Sie hat er nicht getötet.« Sein Kopf begann zu zucken und zu wackeln auf seinem verdrehten Hals. »Mistkerl«, murmelte er wieder, »Mistkerl ...«, und seine Stimme verlor sich.

Rebecca blieb stehen. »Sie wissen, wer diese schreckliche Tat begangen hat?« fragte sie.

»O ja!« Der Mann begann zu singen. »O ja, o ja, o ja!«

»Wer?«

Der Mann zwinkerte. »Das sollten Sie wissen.«

Gedankenlos strich sich Rebecca über den Hals. »Lord Ruthven? Meinen Sie den? Lord Ruthven?«

Der Mann kicherte vor sich hin, dann hielt er inne, und sein Gesicht wurde zu einer zuckenden Maske des Hasses. Rebecca wehrte sich plötzlich, und es gelang ihr, sich loszumachen. »Lassen Sie mich in Ruhe«, sagte sie und wich zurück.

Der Mann schüttelte den Kopf auf seinem verdrehten Hals. »Ich bin sicher, daß er Sie wiedertreffen möchte.«

»Wer?«

»Sie wissen es.«

»Ich weiß es nicht. Nein. Es ist unmöglich.«

Der Mann holte aus, um ihren Arm wieder zu packen und ihr ins Gesicht zu starren. »Hol Sie der Henker«, flüsterte er, »hol *mich* der Henker, aber Sie sind prachtvoll. Bei weitem die Prachtvollste, die ich jemals geschickt habe. Er wird hocherfreut sein.« Wieder war das Lächeln des Mannes wild vor Haß. Er begann, sie über die Brücke zu zerren. »Aber, aber, nun hören Sie schon auf, sich zu wehren, sonst schürfen Sie sich noch ihre Pfirsichhaut auf.«

Wie betäubt folgte ihm Rebecca. »Lord Ruthven«, flüsterte sie, »wer ist das?«

Der Mann lachte gackernd. »Sie überraschen mich, wo Sie doch so gebildet sind.«

»Wie meinen Sie das?«

»Daß Sie wissen sollten, wer Lord Ruthven war.«

»Na ja, ich kenne *einen* Lord Ruthven...«

»Ja?« Der Mann grinste aufmunternd.

»Er war der Held einer...«

»Ja?«

»Einer Kurzgeschichte mit dem Titel ›Der Vampyr‹. Aber – aber das war bloß Erfindung, eine literarische Fiktion...«

»Ach wirklich? Erfindung? Ist das so?« Der Mann verzog den Mund zu einem Grinsen von schrecklicher Bitterkeit. »Und wer hat sie erdacht, diese Fiktion?«

»Ein Mann namens Polidori.«

»Oh!« Der Mann grinste wieder und äffte die Gesten einer förmlichen Verbeugung nach. »Solcher Ruhm, solcher postume Ruhm!« Er drängte sich mit dem Gesicht so nah an Rebecca, daß sie die Säure schwerer denn je in seinem Atem roch. »Und dieser Polidori«, flüsterte er, »wer war das?«

»Der Leibarzt von...«

»Ja? Ja?«

»Von Byron. Lord Byron.«

Der Mann nickte langsam. »Also dürfte er gewußt haben, wovon er redete, meinen Sie nicht?« Er hielt Rebeccas Wangen. »Wenigstens hat das Ihre Mutter geglaubt.«

Rebecca starrte ihn an. »Meine Mutter?« flüsterte sie.

Der Mann zerrte an ihrem Arm, daß sie beinahe hingefallen wäre. »Ja, Ihre Mutter, natürlich Ihre Mutter. Kommen Sie«, murmelte er, »komm schon, du mieses Weibsstück, weiter.« Wieder kämpfte Rebecca und konnte sich losreißen. Sie begann zu rennen. »Wo wollen Sie hin?« schrie ihr der Mann nach. Rebecca antwortete nicht, aber sie hörte, wie das Gelächter des Mannes sie verfolgte. Sie erreichte die Straße, blickte dann zurück. Verkehr und ausdruckslose Menschenmassen, sonst nichts. Sie winkte ein Taxi herbei. »Wohin möchten Sie?« fragte der Fahrer. Rebecca schluckte. Ihr Kopf schien leer – und dann wußte sie es. »Mayfair«, flüsterte sie, während sie hinten einstieg. »Fairfax Street dreizehn.« Sie schlang die Arme um sich und fröstelte, als das Taxi losfuhr.

2. Kapitel

Der Vampyr-Aberglaube ist in der Levante noch immer allgemein verbreitet. Der romanische Name ist »Vardoulacha«. Ich erinnere mich, daß eine ganze Familie durch das Aufschreien eines Kindes erschreckt ward, weil sie glaubte, das Schreien müßte vom Besuch eines Vampyrs herrühren. Die Griechen nennen das Wort nie ohne Schauder.

LORD BYRON, Anmerkungen zu Der Gjaur

Natürlich ist es gefährlich, einem Vampir zu nahe zu kommen.« Dieselbe schöne Stimme, die Rebecca in der Krypta gehört hatte. Sie hätte jeder Gefahr getrotzt, nur um sie zu hören. Nun begriff sie, was es bedeutete, dem Gesang der Sirenen zu lauschen.

»Aber das ist Ihnen selbstverständlich klar. Und dennoch sind Sie gekommen.« Die Stimme schwieg. »Wie ich hoffte – und fürchtete.«

Rebecca ging durch den Raum. Aus der nahezu undurchdringlichen Düsternis zuckte eine bleiche Hand mit einer einladenden Geste. »Möchten Sie sich nicht setzen?«

»Ich hätte lieber ein wenig Licht.«

»Natürlich, das hatte ich vergessen – Sie können im Dunkeln ja nichts sehen.«

Rebecca deutete auf die Vorhänge und das ferne Summen Londons. »Darf ich sie aufziehen?«

»Nein, Sie würden den Winter hereinlassen.« Rebecca sah die Gestalt aufstehen und durch den Raum humpeln. »Den englischen Winter, der im Juni endet, um im Juli erneut anzubrechen. Sie müssen mich entschuldigen, ich kann nicht einmal seinen flüchtigen Anblick ertragen. Zu lange bin ich ein Geschöpf sonnigerer Landstriche gewesen.« Ein Streichholz flammte auf, und Rebecca erkannte den Rücken des Mannes, den sie in der Nacht am Embankment beobachtet hatte. Wie eine goldene Brandung flackerte Licht durch den Raum. »Ich hoffe, Sie haben nichts gegen die Lampe«, sagte er. »Ich habe sie von meiner ersten Auslandsreise mitgebracht. Finden Sie nicht auch, daß elektrisches Licht mitunter einfach nicht zu passen scheint?«

Der Vampir drehte sich lachend um und hielt die Lampe hoch an sein Gesicht. Langsam sank Rebecca auf ihren Sitz zurück. Es war kein Zweifel möglich, wen sie vor Augen hatte. Seine dunklen Locken unterstrichen die ätherische Blässe seiner Haut; so zart waren seine Züge, daß sie wie aus Eis gemeißelt wirkten; kein Anflug von Farbe, kein Hauch von Wärme tönte den Alabaster seiner Haut, und doch schien das Gesicht von einem inneren Feuer erleuchtet. Dies war nicht der Mann, der in den Sümpfen von Mesolongion gestorben war, kahlköpfig und übergewichtig, mit faulenden Zähnen. Wie war es geschehen, daß er jetzt hier stand, auf wundersame Weise wieder in den Liebreiz seiner Jugend versetzt? Rebecca labte sich an seinem Anblick. »Was für ein schönes, bleiches Gesicht«, murmelte sie vor sich hin. Schön war es in der Tat, übermenschlich schön – das Gesicht eines Engels, aus einer anderen Welt hierherversetzt.

»Verraten Sie mir, wie das möglich ist«, sagte Rebecca endlich.

Lord Byron senkte die Lampe und kehrte hinkend zu seinem Platz zurück. Währenddessen glaubte Rebecca, hinter sich im Raum Bewegung zu hören. Sie drehte sich um, aber die Dunkelheit war undurchdringlich. Lord Byron lächelte. Dann pfiff er leise. Aus dem Dunkel tappte ein großer weißer Hund. Er glotzte Rebecca an, gähnte dann und ließ sich zu Lord Byrons Füßen nieder. Byron streichelte den Kopf des Hundes, während er das Kinn auf die andere Hand stützte. Er sah Rebecca unverwandt an. Seine Augen funkelten, und ein leichtes Lächeln kräuselte seine Lippen.

Rebecca strich sich das Haar zurück. »Meine Mutter«, wollte sie schreien, »meine Mutter, haben Sie sie getötet?« Doch sie fürchtete sich vor der Antwort, die sie erhalten könnte. Lange saß sie schweigend da. »Ich kam, um die Memoiren zu finden«, sagte sie schließlich.

»Es gibt keine Memoiren.«

Rebecca runzelte die Stirn vor Überraschung. »Aber man hat mir die Briefe gegeben, von Thomas Moore...«

»Ja.«

»Was ist also aus der Abschrift geworden, von der er Ihnen berichtet?«

»Sie wurde vernichtet.«

»Aber...« Rebecca schüttelte den Kopf. »Ich verstehe nicht. Warum?«

»Aus demselben Grund, aus dem die Originalfassung vernichtet wurde. Sie enthielt die Wahrheit.«

»Warum hat man mir dann Moores Briefe gezeigt? Warum wurde ich durch einen Trick dazu gebracht, die Krypta aufzusuchen?«

Lord Byron zog eine Augenbraue hoch. »Durch einen Trick?«

»Ja. Der Buchhändler. Ich nehme an, er arbeitet für Sie.«

»Für mich? Nein. Gegen mich, auf Ewigkeit, und immer für sich.«

»Wer ist er?«

»Jemand, den man meiden sollte.«

»Wie Sie? Und wie das Ding, diese Kreatur da unten?«

Lord Byrons Miene verdüsterte sich, aber als er antwortete, war seine Stimme so ruhig wie zuvor. »Ja, sie ist eine Kreatur, und auch ich bin eine Kreatur, die gefährlichste, die Sie jemals kennenlernen werden. Eine Kreatur, die sich heute nacht schon an Ihnen genährt hat.« Er leckte seine Zähne mit der Zungenspitze, während sich der Hund regte und leise aus der Brust heraus knurrte.

Rebecca bemühte sich, unter dem starren Blick des Vampirs die Augen nicht zu senken. Wieder erstarb ihr die Frage, die sie stellen wollte, auf den Lippen. »Warum haben Sie mich dann nicht getötet?« murmelte sie schließlich. »Warum haben Sie mich nicht leergetrunken wie diesen armen Mann an der Waterloo Bridge?«

Lord Byrons Gesicht schien zu Eis gefroren zu sein. Dann, kaum merklich, lächelte er wieder. »Weil Sie eine Byron sind.« Er nickte. »Ja, tatsächlich eine Byron.« Er erhob sich. »Weil Sie mein Blut in Ihren Adern haben. Meines – und das einer anderen Seele.«

Rebecca schluckte. »Wie meine Mutter«, sagte sie dann. Ihre Stimme klang ihr fern und zerbrechlich in den Ohren.

»Ja.«

»Auch sie kam – einst –, um nach Ihren Memoiren zu suchen.«

»Ich weiß.«

Lord Byron gab keine Antwort. In seinen Augen schienen Mitleid und Verlangen eins geworden.

»Was ist aus ihr geworden? Sagen Sie es mir! *Was ist aus ihr geworden?*«

Noch immer antwortete Lord Byron nicht. Rebecca leckte sich die Lippen. Sie wollte ihre Frage wiederholen, einen Aufschrei aus Schmerz und Anklage, aber ihr Mund war trocken, und sie konnte nicht sprechen. Lord Byron lächelte, während er sie unverwandt anschaute. Er warf einen sehnsüchtigen Blick auf ihre Kehle, dann stand er auf und hinkte durch den Raum. Er hielt eine Flasche hoch. »Sie sind durstig. Darf ich Ihnen Wein anbieten?«

Rebecca nickte. Sie blickte auf das Etikett. Château Lafite-Rothschild. Der beste, der allerbeste. Sie bekam ein Glas, betrachtete es und nippte daran, dann stürzte sie die Flüssigkeit hinunter. Nie zuvor hatte sie etwas auch nur halb so Gutes gekostet. Sie blickte auf. Lord Byron beobachtete sie ausdruckslos. Er trank von seinem Glas. Kein Anzeichen von Freude oder Genuß zeigte sich auf seinem Gesicht. Er lehnte sich auf seinem Stuhl zurück, und obwohl seine Augen so hell glänzten wie zuvor, konnte Rebecca jetzt sehen, daß sie hinter dem Schimmer tot erschienen.

»Selbst in diesem Augenblick«, sagte er, »könnte ich fast wünschen, Sie wären nicht gekommen.«

Rebecca sah ihn überrascht an. »Der Buchhändler sagte...«

»Der Buchhändler. Vergessen Sie den Buchhändler.«

»Aber...«

»Ich habe es bereits gesagt – vergessen Sie ihn.«

Rebecca schluckte. »Er sagte, Sie hätten mich erwartet.«

»Ja. Aber was bedeutet das? Die Folter, nach der wir uns sehnen, ist das Grausamste von allem.«

»Und der Buchhändler wußte das?«

Lord Byron lächelte schwach. »Selbstverständlich. Warum hätte er Sie sonst zu mir geschickt?«

Seine Mattigkeit schien plötzlich schrecklich. Er schloß die Augen, als wolle er dem Anblick von Rebeccas Lebenskraft ausweichen. Der Hund regte sich und leckte an seiner Hand, doch Lord Byron rührte sich nicht, ein Hohn auf die eigene scheinbare Schönheit und Jugend.

»Was hatten Sie sich heute nacht erhofft?«

»Erhofft?«

»Ja.« Rebecca hielt inne. »Am Sarkophag heute nacht. Sie hatten auf mich gewartet. Worauf hatten Sie gehofft?«

Ein Ausdruck furchtbaren Schmerzes huschte über Lord Byrons Gesicht. Er verharrte schweigend, als warte er auf eine gemurmelte Antwort aus der Dunkelheit. Rebecca merkte, daß er an ihr vorbei in die Schwärze starrte, aus der der Hund aufgetaucht war. Aber von dort kam jetzt keine Bewegung, nichts als Stille, und Lord Byron runzelte plötzlich die Stirn und schüttelte den Kopf. »Es scheint noch nicht ganz soweit zu sein«, sagte er, »daß das geschieht, worauf ich hoffe. Worin auch immer es bestehen mag.« Er lachte, und unter allen Geräuschen, denen Rebecca in dieser Nacht gelauscht hatte, war keines gewesen, das ihr Blut mit solcher Kälte erfüllte. »Ich existiere seit mehr als zwei Jahrhunderten«, fuhr Lord Byron fort, indem er Rebecca anstarrte, aber wieder, so schien es, zu der Dunkelheit hinter ihr sprach. »Nie habe ich mich dem Leben, das ich einst besaß, ferner gefühlt. Jedes Jahr, jeder Tag, hat ein Glied in der Kette geschmiedet – das Gewicht meiner Unsterblichkeit. Diese Last finde ich nun unerträglich.«

Er machte eine Pause und griff nach seinem Wein. Er nippte daran, sehr behutsam, und schloß die Augen, als trauere er seinem vergessenen Geschmack nach. Mit noch immer geschlossenen Augen leerte er das Glas und ließ es dann langsam, ohne eine Spur von Leidenschaft, fallen, so daß es auf dem Boden zersprang. Der Hund regte sich und knurrte; in der gegenüberliegenden Ecke des Raums flogen mehrere Vögel auf und flatterten in der Luft. Rebecca hatte sie vorher nicht gesehen und fragte sich, welche anderen Geschöpfe in der Dunkelheit hinter ihrem Stuhl auf der Lauer liegen mochten. Die Vögel ließen sich nieder; wieder kehrte Stille ein; einmal mehr öffnete Lord Byron die Augen.

»Es ist einzigartig«, sagte er, »wie rasch wir unsere Erinnerungen verlieren, wie bald ihr Glanz verblaßt. Und doch, wenn ich Sie jetzt hier sehe, erinnere ich mich, wie frisch das Leben einst war.«

»Und ist das eine so große Qual?«

»Eine Qual und eine Wonne. Beide um so größer durch ihre Vermischung.«

»Aber nun werden sie wieder angezündet, nicht wahr – diese Lichter Ihrer Erinnerung?«

Lord Byron neigte sanft den Kopf. Über seine Lippen zuckte eine Bewegung.

»Können Sie es ertragen, sie wieder auszulöschen?« fragte Rebecca. »Oder ist es jetzt nicht besser, ihre Flamme zu hüten?«

Lord Byron lächelte.

Rebecca beobachtete ihn. »Erzählen Sie«, sagte sie.

»Ihnen erzählen?«

»Sie haben keine andere Wahl.«

Der Vampir lachte plötzlich auf. »Aber ja doch. Ich könnte Sie töten. Das würde mich vielleicht für eine Weile vergessen lassen.« Es trat Stille ein. Rebecca wußte, daß Lord Byron auf ihre Kehle starrte. Aber dennoch wartete sie, seltsam abgerückt von ihrer Furcht. »Erzählen Sie«, wiederholte sie leise. »Erzählen Sie mir, wie es geschah. Ich möchte es wissen.« Sie mußte an ihre Mutter denken und sagte gepreßt: »Ich habe einen Anspruch darauf, es zu erfahren.«

Lord Byron hob den Blick. Langsam begann er wieder zu lächeln. »Ja, das ist richtig«, sagte er. »Ich denke, den haben Sie.« Er schwieg und blickte wieder an Rebecca vorbei in die Dunkelheit. Dieses Mal, dachte sie, kam von dort ein schwacher Laut, und Lord Byron lächelte wieder, als ob auch er ihn gehört hätte. »Ja«, sagte er, immer noch durch Rebecca hindurchschauend, »so sollte es geschehen. Sie haben recht. Hören Sie also zu und begreifen Sie.«

Er hielt inne und faltete die Hände. »Es geschah in Griechenland«, begann er. »Auf meiner ersten Reise dorthin. Der Osten war immer die fruchtbarste Insel meiner Phantasie gewesen. Und doch hatten meine Vorstellungen die Wahrheit nie auch nur gestreift, nie auch nur gewagt, ihr nahe zu kommen.« Sein Lächeln verflog, während die Leere der Mattigkeit wiederkehrte. »Denn, sehen Sie, ich glaubte, daß das Verhängnis, sollte es mir denn vorbestimmt sein, bereits schlummernd in meinem Blut läge. Meine Mutter hatte mich gewarnt, daß die Byrons verflucht seien. Sie haßte sie und liebte sie für das, was mein Vater getan hatte. Er hatte sie bezaubert, geheiratet, dann bluten lassen, bis ihr Reichtum dahin war – ein Vampir auf seine Weise und deshalb, vermute ich, obwohl ich ihn nie kennengelernt habe, ein passender Vater für mich. Völlig mittellos zurückgelassen, warnte mich meine Mutter oft vor der Erbschaft, die in meinem Blut floß. Jeder Lord Byron, sagte sie dann, war boshafter als sein Vorgänger gewesen. Sie erzählte mir von dem Mann, von dem ich den Titel erben sollte. Er hatte seinen Nachbarn ermordet und lebte in einem verfallenen Kloster. Er folterte Küchenschaben. Ich hatte darüber gelacht, was meine Mutter wütend machte. Wenn ich erst Lord Byron wäre, so gelobte ich feierlich, würde ich mein väterliches Erbteil einer unterhaltsameren Verwendung zuführen.«

»Und das haben Sie getan.« Rebecca fragte nicht, sondern stellte bloß eine Tatsache fest.

»Ja.« Lord Byron nickte. »Ich fürchte, ich wurde in der Tat recht ausschweifend. Wissen Sie, ich liebte das Kloster und die Schauer romantischer Düsterkeit, die es mir über den Rücken laufen ließ, denn alles in allem war ich damals so weit entfernt von Schwermut oder Misanthropie, daß ich meine Furcht bloß als Ausrede für lärmende Lustbarkeiten sah. Wir hatten den Schädel irgendeines armen Mönchs ausgegraben und benutzten ihn als Trinkschale – ich führte dann den Vorsitz in meinen Abtsgewändern, während wir mit der Hilfe ausgesuchter Dorfmädchen und Nymphen im Stil der Mönche von einst lebten. Aber auch die Freuden des Sakrilegs können verblassen – ich war bald übersättigt von meinen Ausschweifungen, und Langeweile, dieser furchtbarste Fluch von allen, ließ mein Herz abstumpfen. Ich bekam Sehnsucht zu reisen. Es war damals für wohlerzogene und hoffnungslos verschuldete Männer wie mich der Brauch, eine Reise durch den Kontinent zu unternehmen, der von den Engländern lange als der geeignetste Ort für die Jugend betrachtet wurde, rapide Fortschritte im Reich des Lasters zu machen. Ich wollte neue Vergnügungen kosten, neue Eindrücke und Freuden – alles, wofür England zu eng und streng war, was aber nach meiner Überzeugung im Ausland leicht zu bekommen war. Der Beschluß fiel – ich würde abreisen. Ich trauerte England kaum nach, als seine weißen Klippen entschwanden.

Ich reiste mit meinem Freund Hobhouse. Gemeinsam durchquerten wir Portugal und Spanien, dann ging es nach Malta und weiter nach Griechenland. Als wir uns der griechischen Küste näherten, ein purpurnes Band, das über dem Blau des Meeres schimmerte, verspürte ich ein seltsames Vorgefühl von Sehnsucht und Furcht. Selbst der seekranke Hobhouse unterbrach sein Erbrechen, um aufzuschauen. Der Schimmer verlor sich jedoch rasch und es regnete, als ich meinen Fuß auf die Erde Griechenlands setzte. Preveza, unser Ankunftshafen, war ein elender Flecken. Die Stadt selbst war häßlich und langweilig, während uns von ihren Bewohnern die Griechen unterwürfig und ihre türkischen Herren roh und grausam erschienen. Doch nicht einmal der Nieselregen konnte meine begeisterte Erregung ganz ersticken, denn als wir durch die trostlosen Straßen unter den Minaretten und Türmen ritten, war mir klar, daß wir unser altes Leben weit hinter uns gelassen hatten und nun am Rande einer fremden, unerprobten Welt standen. Der Westen war verlassen worden – wir hatten den Osten betreten.

Nach zwei Tagen in Preveza reisten wir nur allzu gern

ab. Unsere Absicht war, Ali, den Pascha von Albanien, zu besuchen, dessen Kühnheit und Grausamkeit ihm zur Macht über Europas gesetzloseste Stämme verholfen hatten und dessen Ruf der unbezähmbaren Wildheit sogar von den blutdürstigsten Türken geachtet wurde. Nur wenige Engländer waren jemals nach Albanien vorgedrungen; doch aus eben diesem Grund lockte uns ein so gefährliches und poetisches Land um so stärker. Jannina, Alis Hauptstadt, lag weit im Norden, und die Straße, die dorthin führte, war gebirgig und wild. Man hatte uns vor unserer Abreise gewarnt, uns vor den Klephten, griechischen Gebirgsräubern, zu hüten, und so nahmen wir außer unserem Diener und dem Führer noch eine Leibwache aus sechs Albanern mit, alle mit Pistolen, Gewehren und Säbeln bewaffnet. Als wir endlich aufbrachen, geschah es, wie Sie sich vorstellen können, in einer höchst romantischen Stimmung.

Bald hatten wir alle Spuren von Behausungen hinter uns gelassen. Wie wir noch feststellen sollten, war dies nichts Besonderes in Griechenland, wo ein Mann oft drei, manchmal vier Tage reiten konnte, ohne auf ein Dorf zu stoßen, das ihn und sein Pferd ernähren konnte, so elend war der Zustand, in den die Griechen herabgedrückt worden waren. Aber was uns an menschlichem Umgang fehlte, wurde durch die Erhabenheit der Landschaft und die Schönheit unseres Reisewegs, der sich bald hoch und bergig dahinwand, wettgemacht. Selbst Hobhouse, im allgemeinen für solche Dinge so empfänglich wie ein Pfeifenstopfer, zügelte mitunter sein Pferd, um die Gipfel des Suli und des Tomaros zu bewundern, halb von Nebel verhüllt, in Schnee und purpurne Lichtstreifen gekleidet, über denen hoch der Adler schwebte und von deren fernen zerklüfteten Felsen wir manchmal das Heulen des Wolfs hören konnten.

Als sich ein Unwetter zusammenbraute und den Nachmittag zu verdunkeln begann, erwähnte ich Hobhouse gegenüber zum erstenmal, daß ich befürchtete, wir könnten uns verirren. Er nickte und schaute sich um. Die Straße war immer enger geworden, bis die Felsen über uns steil aufragten; seit gut drei Stunden war kein anderer Reisender mehr an uns vorbeigekommen. Hobhouse gab seinem Pferd die Sporen und schloß zum Führer auf. Ich hörte ihn fragen, wo unsere Herberge für diese Nacht sein sollte. Der Führer versicherte uns beiden, daß wir nichts zu befürchten hätten. Ich deutete auf die Gewitterwolken, die sich über den Gipfeln zusammenballten, und rief ihm zu, es sei keine Furcht, sondern bloß der Wunsch, nicht durchnäßt zu werden, was uns so erpicht darauf mache, einen schützenden Ort zu erreichen. Der Führer zuckte die Achseln und murmelte noch einmal, wir hätten nichts zu befürchten. Dies bewog uns natürlich sofort, drei von unseren Albanern vorauszuschicken, während die anderen zurückfielen, um uns im Rücken zu schützen. Fletcher, der Diener, begann, seine Gebete gen Himmel zu murmeln.

Gerade als die ersten schweren Regentropfen fielen, hörten wir den Knall eines Gewehrs. Hobhouse schimpfte heftig auf den Führer ein und fragte ihn, was zum Teufel das sein könne. Der Führer stammelte irgendwelchen Unsinn, dann begann er zu zittern. Hobhouse fluchte wieder und zog eine Pistole. Gemeinsam gaben wir zwei unseren Pferden die Sporen und galoppierten den Hohlweg vor uns hinunter. Um einen scharfen Felsvorsprung herum sahen wir unsere drei Albaner, die mit kreideweißen Gesichtern einander anschrien und sich abmühten, ihre nervösen Pferde zu bändigen. Einer von ihnen hielt noch immer ein Gewehr in den Händen; offenbar war er derjenige, der den Schuß abgefeuert hatte. ›Was ist los?‹ rief ich ihm zu. ›Werden wir angegriffen?‹ Der Albaner sagte nichts, sondern deutete an uns vorbei, und seine zwei Gefährten verstummten. Hobhouse und ich schauten uns um. Im Schatten der Felswand befand sich ein Grab mit aufgehäufter Erde. Ein grober Pfahl war hineingetrieben worden; daran hing ein an das Holz genagelter, blutverschmierter Kopf. Seine Züge waren auffallend bleich, aber gleichzeitig ganz frisch.

Hobhouse und ich saßen ab.

›Außerordentlich‹, bemerkte Hobhouse, der den Kopf anstarrte, als wäre es ein interessantes antikes Fundstück. ›Ein bäuerlicher Aberglaube, nehme ich an. Möchte wissen, was das bedeutet.‹

Ich fröstelte und zog meinen Umhang fest um mich. Es war jetzt dunkel, und es begann in Strömen zu regnen. Hobhouse, dessen Glaube an Geister beim Weingeist begann und endete, starrte noch immer auf den abscheulichen Kopf. Ich zog ihn an der Schulter. ›Komm‹, sagte ich. ›Wir sollten diesen Ort verlassen.‹

Hinter uns hatten die Albaner den Führer angeschrien. ›Er hat Sie hereingelegt‹, sagten sie zu uns. ›Das ist nicht der richtige Weg. Das ist der Weg zum Acheron!‹

Ich warf einen Blick auf Hobhouse. Er zog eine Augenbraue hoch. Wir kannten den Namen. Acheron – der Fluß, der nach dem Glauben der Alten die Verdammten in die Hölle brachte. Falls er wirklich geradeaus vor uns lag, waren wir in der Tat weit von der Straße nach Jannina abgekommen.

›Ist das wahr?‹ fragte ich den Führer.

›Nein, nein‹, winselte er.

Ich wandte mich an den Albaner. ›Woher weißt du, daß wir dem Acheron nahe sind?‹

Er zeigte auf den Pfahl, dann sprach er ein einziges Wort, das ich nicht verstand: ›*Vardoulacha*.‹ Lord Byron hielt inne. Er wiederholte das Wort langsam, betonte jede einzelne Silbe. ›*Vardoulacha*.‹

Rebecca runzelte die Stirn. »Was hieß das?« fragte sie.

Lord Byron sah sie lächelnd an. »Wie Sie sich denken können, stellte ich dem Führer genau diese Frage. Aber er war so verrückt vor Angst, daß er nichts Vernünftiges herausbrachte. Er wiederholt nur immer wieder dasselbe Wort: ›*Vardoulacha, Vardoulacha, Vardoulacha*.‹ Plötzlich schrie er mich an: ›Mylord, wir müssen umkehren, zurückgehen!‹ Er starrte seine Gefährten wild an, dann begann er, die Straße zurückzugaloppieren.

›Was zum Teufel haben die nur?‹ fragte Hobhouse, als die anderen zwei Albaner dem ersten um den Felsvorsprung folgten. ›Ich dachte, die Burschen sollen tapfer sein.‹

Dann hörten wir ein fernes Donnergrollen und sahen über der gezackten Silhouette des Suli den ersten Blitzstrahl. Fletcher begann zu weinen. ›Verdammt‹, murmelte ich. ›Wenn wir Touristen sein wollten, das wußte ich vorher, hätten wir nach Rom reisen sollen.‹ Ich wendete mein Pferd. ›Du‹, sagte ich, indem ich auf den Führer deutete, ›du bewegst dich nicht von der Stelle.‹ Hobhouse ritt bereits in höchstem Tempo den Pfad hinauf und zurück. Ich folgte ihm, dann galoppierten wir voran. Fast zehn Minuten ritten wir durch den Regen.

Die Dunkelheit war nun praktisch undurchdringlich. ›Byron‹, rief Hobhouse. ›Die anderen drei...‹

›Welche anderen drei?‹

›Die anderen drei Wachen – was meinst du, wohin sie abgekommen sind? Kann du sie entdecken?‹

Ich spähte in den Regen, konnte aber kaum weiter als bis zu den Ohren meines Pferdes sehen.

›Wie verhext‹, murmelte Hobhouse. Er wischte sich über die Nase. ›Trotzdem – das gibt eine Geschichte für die Burschen zu Hause, schätze ich.‹ Er schwieg und warf einen kurzen Blick auf mich. ›Das heißt, falls wir es nach Hause schaffen, um sie erzählen zu können.‹

In diesem Augenblick strauchelte mein Pferd, dann bäumte es sich ängstlich wiehernd auf. Ein Blitz erhellte den Pfad vor uns. ›Sieh doch‹, sagte ich.

Wir trotteten langsam zu der Stelle, wo die drei Körper lagen. Allen dreien war die Kehle durchgeschnitten worden. Eine andere Verwundung war nicht zu sehen. Ich langte nach dem Felsen und nahm eine Handvoll Erde, beugte mich aus dem Sattel und streute sie über die Leichen. Dann schaute ich zu, wie die Erde weggespült wurde.

Undeutlich hörten wir durch das Rauschen des Platzregens einen Schrei. Er stieg an und fiel, dann verklang er im Regen. Wir hetzten unsere Pferde vorwärts. Beinahe hätte ich eine vierte Leiche zertrampelt, und dann, weiter unten auf dem Pfad, fanden wir die letzten beiden Mitglieder unserer Leibwache. Wie bei ihren Kameraden waren die Kehlen durchschnitten. Ich saß ab und kniete neben einem der beiden nieder, um die Wunde zu berühren. Dickes dunkelrotes Blut quoll über meine Fingerspitzen. Ich sah zu Hobhouse auf. ›Sie müssen da draußen sein‹, sagte er, indem er mit einer vagen, ausholenden Handbewegung ins Dunkel zeigte, ›irgendwo.‹ Wir standen da und lauschten. Wir konnten nichts hören als das Trommeln des Regens auf den Felsen. ›Wir sitzen ganz schön in der Klemme‹, meinte Hobhouse. ›Ja‹, sagte ich.

Wir ritten dorthin zurück, wo wir Fletcher und den Führer gelassen hatten. Der Führer war natürlich verschwunden; Fletcher bot seinem Gott Bestechungsgeschenke an. Von der Feindseligkeit des Allmächtigen uns gegenüber bereits ziemlich fest überzeugt, kamen Hobhouse und ich überein, daß uns keine andere Wahl blieb, als durch das

Unwetter weiterzureiten und zu hoffen, ein Obdach zu finden, bevor uns ein Messer fand. Wir strebten dem Acheron zu, während zornige Wolken uns mit der Rache des Himmels überschütteten und Blitze die Sturzbäche und den Gischt vergoldeten. Einmal schien eine Schäferhütte aus der Dunkelheit zu ragen, aber als wir darauf zugaloppierten, sahen wir, daß es nur ein türkisches Grabmal war, über dessen Fassade das griechische Wort für Freiheit, *Eleutheria*, gemeißelt war. ›Vielleicht ist es ein Glück, daß wir unsere Vorhäute noch haben‹, rief ich Hobhouse zu. ›Vielleicht.‹ Er nickte mir zu. ›Aber ich spüre jetzt, daß sie alle Wilde sind, die Menschen dieses verteufelten Landes. Ich wünschte, wir wären in England.‹« Lord Byron hielt inne und lächelte über die Erinnerung. »Hobby war freilich nie ein guter Reisender.«

»Im Unterschied zu Ihnen?« fragte Rebecca.

»Ja. Ich habe nie fremde Länder aufgesucht und mich dann beklagt, weil sie nicht wie der Regent's Park waren.«

»Aber in jener Nacht...«

»Nein.« Lord Byron schüttelte den Kopf. »Vielleicht war es merkwürdig, aber Aufregung jeder Art gab meinen Lebensgeistern immer Auftrieb und stärkte mich. Langeweile, das war es, was ich fürchtete. Aber dort oben in den Bergen, als ich durch das Unwetter nach dem Dolch des Banditen spähte – ja, es dauerte lange, bis die Erregung sich legte.«

»Aber sie verging doch?«

»Ja.« Lord Byron runzelte die Stirn. »Ja, irgendwann verging sie. Die Furcht blieb zurück, doch war es keine Aufregung mehr, sondern nur noch Langeweile, und Hobhouse wurde in gleicher Weise davon befallen. Je weiter wir ritten, desto greifbarer schien sie zu werden, als ob es so etwas wie der Regen wäre, durch den wir uns vorankämpfen mußten. Es lag vor uns, eine Emanation von etwas, was immer das sein mochte, die unsere Beherztheit aufzehrte. Fletcher begann wieder, seine Gebete zu murmeln.

Dann zügelte Hobhouse sein Pferd. ›Dort vor uns ist jemand.‹ Er deutete in den Nieselregen des abziehenden Gewitters. ›Siehst du?‹ Ich schaute hin. Ich konnte mit Mühe Gestalten erkennen, aber mehr auch nicht. ›Wo willst du hin?‹ rief Hobhouse, als ich meinem Pferd die Sporen gab und den Pfad hinuntersprengte.

›Was bleibt uns anderes übrig?‹ rief ich zurück. Ich galoppierte durch den Regen. ›Hallo!‹ schrie ich. ›Ist da jemand? Wir brauchen Hilfe! Hallo!‹ Es kam keine Antwort, außer dem Nieselregen, der auf die Felsen plätscherte. Ich schaute mich angestrengt um. Die Gestalten, was immer sie gewesen sein mochten, waren verschwunden. ›Hallo!‹ rief ich noch einmal. ›Bitte, hallo!‹ Ich zügelte mein Pferd. Vor mir konnte ich jetzt ganz schwach ein polterndes Geräusch hören, aber nichts weiter. Ich sackte im Sattel zusammen und spürte, wie die Angst gleich einer Lähmung meine Glieder taub machte.

Plötzlich packte jemand die Zügel meines Pferdes. Ich blickte hinab, erschrak und griff nach meinem Gewehr, doch bevor ich den Hahn spannen konnte, hatte der Mann an meinen Steigbügeln beide Hände erhoben und rief mir die griechischen Willkommensworte zu. Ich antwortete ihm, dann lehnte ich mich im Sattel zurück und lachte vor Erleichterung. Der Mann betrachtete mich geduldig. Er war alt, hatte einen silbernen Schnurrbart, hielt sich aber gerade und stellte sich als Gorgiou vor. Hobhouse stieß zu uns – ich erklärte dem alten Mann, wer wir waren und was uns widerfahren war. Die Nachricht schien ihn nicht zu überraschen, und als ich ausgeredet hatte, sagte er zunächst überhaupt nichts. Statt dessen pfiff er, und zwei andere Gestalten traten hinter den Felsen vor. Gorgiou stellte sie als seine Söhne Petro und Nikos vor. Petro mochte ich auf Anhieb; er war ein großer, wetterharter Mann mit starken Armen und ehrlichem Gesicht. Nikos war deutlich jünger und wirkte neben seinem Bruder schmächtig und zart. Er trug ein Cape über dem Kopf, so daß es uns unmöglich war, sein Gesicht zu sehen.

Gorgiou erzählte uns, daß er und seine Söhne Hirten seien – also fragten wir ihn, ob er in der Nähe einen Unterstand habe. Er schüttelte den Kopf. Dann fragten wir, ob das Dorf Acheron weit sei. Darauf antwortete er nicht, sah aber erschrocken aus und nahm dann Petro beiseite. Sie begannen, eindringlich zu flüstern. Mehrere Male hörten wir das Wort, das unsere Leibwache ausgesprochen hatte, ›*Vardoulacha, Vardoulacha*‹. Endlich wandte sich Gorgiou wieder an uns. Er erklärte, Acheron sei gefährlich; sie selbst seien dorthin unterwegs, weil Nikos krank sei, wir jedoch sollten, wenn wir könnten, einen anderen Ort finden. Wir fragten, ob es andere Dörfer in der Nähe gebe. Gorgiou schüttelte den Kopf. Dann fragten wir, warum Acheron gefährlich sei. Gorgiou zuckte die Achseln. Gab es dort Banditen, fragten wir, Räuber? Nein, dort gab es keine Banditen. Worin bestand dann die Gefahr? Einfach Gefahr, sagte Gorgiou mit einem zweiten Achselzucken.

Hinter uns nieste Fletcher. ›Mir ist es gleich, wie gefährlich es ist‹, murmelte er, ›wenn wir dort nur ein Dach über dem Kopf haben.‹

›Dein Diener ist ein Philosoph‹, bemerkte Hobhouse. ›Ich stimme ihm vollkommen zu.‹

Wir teilten Gorgiou mit, daß wir ihn begleiten würden. Als der Alte sah, daß wir fest entschlossen waren, protestierte er nicht. Er begann, auf dem Pfad vorauszugehen, doch anstatt mit ihm zu gehen, streckte Petro die Hand nach Nikos aus. Ob ich den Jungen auf mein Pferd nehmen könne? fragte er. Ich sagte, ich sei gern dazu bereit, aber Nikos zuckte zurück, als sein Bruder versuchte, ihn hochzuheben. ›Du bist krank‹, sagte Petro zu ihm, als müsse er ihn daran erinnern, und Nikos ließ es widerstrebend zu, aufs Pferd gehoben zu werden. Ich sah flüchtig den Schimmer dunkler mädchenhafter Augen im Schatten der Kapuze. Er schlang seine Arme um mich; sein Körper fühlte sich an meinem schmal und weich an.

Der Weg begann abzufallen. Dabei schwoll das Tosen, das ich schon vorher gehört hatte, zum Donner an, und Gorgiou streckte die Hand aus, um meinen Arm zu berühren. ›Der Acheron‹, sagte er, indem er auf eine Brücke vor uns zeigte. Ich trabte gemächlich bergab darauf zu. Die Brücke war aus Stein und sichtlich Jahrhunderte alt. Direkt unter ihrem Bogen brodelten und zischten die Fluten, die sich von einer ausgehöhlten Klippe tief hinunter in den Fluß stürzten und dann schwarz und still zwischen zwei kahle Felsen strömten. Der Sturm hatte sich beinahe gelegt, und ein fahles Zwielicht färbte den Himmel, doch kein Licht erfaßte den Acheron, wie er da durch die Schlucht floß. Alles war dunkel, tief und dunkel. ›In alten Zeiten‹, sagte Gorgiou, der neben mir stand, ›soll ein Fährmann die Toten von hier aus zur Hölle gefahren haben.‹

Ich sah ihn scharf an. ›Was, von eben diesem Ort?‹

Gorgiou deutet auf die Schlucht. ›Dort hindurch.‹ Er blickte zu mir auf. ›Aber jetzt haben wir natürlich die heilige Kirche, die uns vor bösen Geistern schützt.‹ Er machte eilends kehrt und marschierte weiter. Ich warf noch einen Blick auf die toten Fluten des Acheron, dann folgte ich ihm.

Das Gelände wurde nun eben. Die Felsen wichen allmählich kümmerlichem Gras, und weit voraus konnte ich schwache Lichter erkennen. ›Das Dorf?‹ fragte ich Gorgiou. Er nickte. Aber es war kein Dorf, unser Ziel, sogar kaum ein Weiler, nur ein paar verstreut liegende, armselige Hütten und ein winziges Gasthaus. Hinter dem Gasthaus sah ich eine Wegkreuzung.

›Jannina‹, erklärte Petro, indem er auf den zweiten Weg zeigte. Es gab keinen Wegweiser an der Kreuzung, aber ich konnte einen Wald von Pfählen erkennen, ganz ähnlich jenem, den unsere Soldaten neben der Gebirgsstraße gefunden hatten. Ich trottete am Gasthaus vorbei, um sie zu betrachten, aber als Nikos die Pfähle entdeckte, packte er meine Arme. ›Nein‹, flüsterte er heftig, ›nein, kehren Sie um.‹ Seine Stimme war entzückend, musikalisch und weich wie die eines Mädchens, und sie wirkte auf mich wie eine Zauberformel. Aber bevor ich mein Pferd herumriß, erkannte ich erleichtert, daß die Pfähle bar des grausigen ›Schmuckes‹ waren, den ich halbwegs erwartet hatte.

Unsere Zimmer im Gasthaus waren erbärmlich, doch nach unserem Martyrium in den Bergen und dem düsteren Schauspiel des Acheron waren sie mir willkommen, als wären sie das Paradies. Hobhouse murrte wie immer über harte Betten und rauhe Laken, stimmte aber widerwillig zu, daß das besser sei als ein Grab, und als das Abendessen kam, langte er tüchtig zu. Danach gingen wir Gorgiou suchen. Er saß am Feuer und wetzte sein Messer. Es war eine lange, mörderische Klinge, und ich hatte sofort unsere Soldaten vor Augen, tot im Schlamm. Gorgiou jedoch mochte ich und auch Petro, weil sie ernst und aufrecht waren wie die Berge selbst. Doch beide Männer wirkten nervös; sie blieben beim Feuer, die Messer an der Seite, und obwohl zwischen uns bald eine vertrauliche und freundliche Stimmung herrschte, schweiften ihre Blicke immer wieder zu den Fenstern. Einmal fragte ich sie, wonach sie

Ausschau hielten; Gorgiou sagte nichts, Petro dagegen lachte und murmelte etwas von Türken. Ich glaubte ihm nicht – er schien nicht der Mann zu sein, der vor anderen Menschen Angst hatte. Aber was sonst, wenn nicht die Türken, gab es zu fürchten?

Draußen auf dem Hof begann ein Hund zu heulen. Der Wirt eilte zur Tür und schob die Riegel zurück. Er spähte hinaus. Wir konnten Hufe hören, die sich durch den Schlamm näherten. Ich ließ Gorgiou allein und ging hinüber zur Tür. Ich schaute dem Gastwirt nach, als er auf die Straße hinauseilte. Dünne Nebelfetzen, vom Zwielicht wäßrig grün gefärbt, waren vom Boden aufgestiegen und verhüllten alles bis auf die Silhouette der Berggipfel. Mir war beinahe, als blickte ich auf die toten Fluten der Hölle, und es wäre keine Überraschung gewesen, den Fährmann, den alten Charon, zu sehen, wie er seinen Geisternachen durch die hereinbrechende Nacht steuerte.

›Sie müssen hier vorsichtig sein‹, sagte die Stimme eines Mädchens neben mir.

Ich drehte mich um. Es war gar kein Mädchen, sondern Nikos.« Lord Byron hielt inne. Wieder sah er angestrengt an Rebecca vorbei in die Finsternis. Er neigte den Kopf, und dann, als er wieder aufblickte, starrte er tief in Rebeccas Augen.

»Was ist?« fragte sie, von seinem Blick aus der Fassung gebracht.

Lord Byron schüttelte den Kopf.

»Sagen Sie es mir.«

Lord Byrons Lächeln war schief und seltsam. »Ich dachte gerade, nach Dichterart, wie Schönheit stets vergehen muß.«

Rebecca schaute ihn an. »Doch nicht Ihre eigene.«

»Nein.« Sein Lächeln schwand. »Aber Nikos war um vieles schöner als ich. Wenn ich Sie in diesem Augenblick anschaue, erinnere ich mich an ihn, wie er da neben mir im Gasthaus stand, mit einer plötzlichen höchsten Klarheit. Seine Kapuze war zurückgeschoben, nicht so weit, daß sie sein Haar entblößte, aber ausreichend, um die Schönheit seines Gesichts zu zeigen. Seine Augen waren schwarz wie der Tod, seine Wimpern von der gleichen Farbe. Er senkte sie, und ich starrte in ihren seidigen Schatten, bis Nikos errötete und wegsah. Aber er blieb an meiner Seite, und als ich in den Nebel hinausging, folgte er mir. Ich konnte spüren, daß er meinen Arm nehmen wollte.

Zwei Reisende waren eingetroffen, eine Frau und ein Priester. Beide waren schwarz gekleidet. Die Frau wurde an uns vorbei ins Gasthaus geleitet; ihr Gesicht war bleich, und ich konnte sehen, daß sie geweint hatte. Der Priester blieb draußen, und als der Wirt wieder auf der Straße auftauchte, rief er ein paar Befehle und schritt auf die Kreuzung zu. Der Wirt folgte, aber bevor er zu dem Priester stieß, band er eine Ziege an der Seite des Gasthauses los und führte sie mit, während er die Straße hinunter zu dem Wald aus Pfählen ging.

›Was machen sie?‹ fragte ich.

›Sie versuchen, den *Vardoulacha* mit dem Geruch von frischem Blut anzulocken‹, antwortete Nikos.

›*Vardoulacha* – ich höre immerzu dieses Wort, *Vardoulacha*. Was bedeutet das?‹

›Es ist ein toter Geist, der nicht sterben kann.‹ Nikos sah zu mir auf, und zum erstenmal, seit ich ihn zum Erröten gebracht hatte, begegneten sich unsere Blicke. ›Der *Vardoulacha* trinkt Blut. Es ist ein böser Geist. Sie müssen sich vor ihm hüten, denn er trinkt am liebsten von einem lebenden Menschen.‹

Hobhouse war zu uns getreten. ›Komm und sieh dir das

an, Hobby‹, sagte ich zu ihm. ›Es könnte dir Stoff für dein Tagebuch liefern.‹ Zusammen gingen wir drei die Straße hinunter. Der Priester, sah ich, stand an einem Graben; der Wirt hielt die Ziege darüber. Das Tier meckerte vor Angst; mit einer jähen Armbewegung brachte der Wirt die schreiende Ziege zum Schweigen, und Blut schoß in Stößen in den Graben. ›Faszinierend‹, sagte Hobhouse, ›wirklich faszinierend.‹ Er wandte sich zu mir um. ›Byron – die Odyssee – du erinnerst dich –‹, Odysseus macht das gleiche, als er die Toten heraufbeschwören will. Die Geister der Unterwelt können sich nur von Blut ernähren.‹

›Ja.‹ Ich erinnerte mich gut an den Abschnitt. Er hatte mich immer frösteln lassen, der Gedanke an den Helden, der auf die Geister des Hades wartet. Ich spähte durch die Nebelschwaden auf die Straße, die zurück nach Acheron führte. ›Und er dürfte genau an diesen Ort gekommen sein, vermute ich – zum Fluß der Toten –, um sie heraufzubeschwören.‹ Ich stellte mir die Geister vor, in Laken gehüllte Tote, wie sie kreischend und schnatternd die Straße hinunterströmten.

›Warum‹, fragte ich Nikos, ›wollen sie den *Vardoulacha* herbeirufen, wenn er so gefährlich ist?‹

›Er war einst der Ehemann der Frau. Der Priester ist gekommen, um ihn zu vernichten.‹

›Der Mann der Frau im Gasthaus?‹ fragte Hobhouse. ›Der Frau, die gerade angekommen ist?‹

Nikos nickte. ›Sie stammt aus einem Dorf in der Nähe von unserem. Ihr Mann ist jetzt seit Monaten begraben, aber er wird noch immer gesehen, wenn er umhergeht, wie er es im Leben tat, und die Leute im Dorf haben Angst.‹

Hobhouse lachte, doch Nikos schüttelte den Kopf. ›Es ist kein Zweifel möglich‹, sagte er.

›Wie das?‹

›Als er noch lebte, war sein Bein verkümmert, und wenn er jetzt gesehen wird, hinkt er genauso wie früher.‹

›Ah, ja‹, sagte Hobhouse, ›das beweist es. Man sollte ihm lieber schnell den Rest geben.‹

Nikos nickte. ›Das werden sie tun.‹

›Aber warum sind sie hergekommen?‹ fragte ich. ›An diese Stelle?‹

Nikos sah mich überrascht an. ›Weil hier der Acheron ist‹, sagte er schlicht. Er deutete zur Straße, auf der wir am Abend hergekommen waren. ›Dies ist der Weg, auf dem die Toten aus der Hölle kommen.‹

Wir starrten in den Graben. Das Blut war indes fast ganz aus dem Kadaver der Ziege gesickert und stand schwarz und zäh in der Erde. Neben dem Graben, sah ich, lag ein langer Pfahl bereit. Der Priester wandte sich uns zu und bedeutete uns stumm, wieder hineinzugehen. Wir brauchten wenig Zuspruch. Gorgiou und Petro schienen beide erleichtert, als wir uns wieder zu ihnen ans Feuer gesellten. Petro stand auf und schloß Nikos in die Arme; er flüsterte leise und dringlich auf ihn ein und schien ihn zu schelten. Nikos hörte ungerührt zu, dann machte er sich achselzuckend los. Er wandte sich zu mir. ›Verspotten Sie uns nicht wegen meiner Worte, Mylord‹, sagte er leise. ›Verriegeln Sie heute nacht Ihre Fenster.‹ Ich versprach es ihm. Nikos schwieg eine Weile; dann steckte er die Hand unter seinen Umhang und zog ein kleines Kruzifix hervor. ›Bitte‹, sagte er, ›mir zuliebe – behalten Sie das bei sich.‹

Ich nahm das Kreuz. Es schien aus Gold gefertigt und war wunderschön mit Edelsteinen gearbeitet. ›Woher hast du das?‹ fragte ich staunend – sein Wert schien alles, was ein Hirtenjunge besitzen mochte, weit zu übersteigen.

Nikos berührte leicht meine Hand. ›Behalten Sie es, Mylord‹, flüsterte er. ›Denn wer weiß, was für Dinge heute nacht umgehen mögen?‹ Dann machte er kehrt und war fort, wie ein Mädchen, das plötzlich darüber verlegen ist, daß sein Liebhaber es bewundern könnte.

Als ich zu Bett ging, befolgte ich Nikos' Rat und verriegelte die Fenster. Hobhouse zog mich deswegen auf, aber als ich es ihm erklärte, ließ er sie geschlossen. Wir schliefen beide sofort ein, sogar Hobhouse, der normalerweise im Bett lag und abwartete, bis er sich über den Vorwitz der Flöhe beklagen konnte. Das Kruzifix hatte ich über unsere Köpfe an die Wand gehängt und hoffte, es würde uns eine traumlose Nacht bescheren, doch die Luft war dumpf und stickig, und ich schlief schlecht. Mehrere Male wachte ich auf, und ich bemerkte, daß auch Hobhouse schwitzte und sich auf seinen Laken hin- und herwarf. Einmal träumte ich, daß draußen etwas an der Wand kratzte. Ich bildete mir ein, daß ich aufwachte und ein Gesicht sah, das mich anstarrte, blutleer und mit einem Ausdruck schwachsinniger Wildheit. Ich schlief wieder ein und träumte abermals, diesmal, daß die Kreatur an den Riegeln kratzte, wobei sie mit den krallenartigen Nägeln ein gräßliches Geräusch machte, aber als ich aufwachte, war da nichts, und ich lächelte ein wenig, als ich darüber nachdachte, wie tief Nikos' Geschichte mich beeindruckt hatte. Ein drittes Mal schlief ich ein, und ein drittes Mal träumte ich, und jetzt durchschnitten die Nägel der Kreatur die Riegel, und der Aasgestank ihres Atems schien eine widerliche Pestilenz in unser Zimmer zu bringen, so daß ich plötzlich Angst bekam, wir würden nie mehr aufwachen, wenn ich nicht sofort die Augen öffnete. Ich setzte mich schweißgebadet auf. Wieder war das Fenster leer, aber diesmal ging ich hin und entdeckte zu meinem Entsetzen, daß Furchen in die Riegel eingeschnitten waren. Ich umklammerte sie, bis meine Knöchel weiß waren, und lehnte meine Stirn an die mittlere Stange. Das Metall fühlte sich kühl an auf meiner fiebrigen Haut. Ich starrte in die Nacht hinaus. Der Nebel war dicht, und es war kaum möglich, viel weiter zu sehen als bis zur Straße. Alles schien ruhig. Dann plötzlich glaubte ich, eine Bewegung zu bemerken – ein Mann oder zumindest etwas, das einem Mann ähnelte, lief mit außerordentlicher Schnelligkeit weg, aber auch mit einer Art Taumeln, als wäre das eine Bein irgendwie beschädigt. Ich blinzelte, und das Geschöpf war verschwunden. Verzweifelt spähte ich in die Nebelschwaden, doch alles war wieder still, noch stiller vielleicht, dachte ich mit einem grimmigen schiefen Lächeln, als selbst der Tod.

Ich griff nach der Pistole, die ich beim Schlafen immer unter dem Kopfkissen liegen hatte, und warf meinen Reisemantel über. Verstohlen ging ich durch das Gasthaus. Zu meiner Erleichterung sah ich, daß die Türen noch verriegelt waren; ich öffnete sie und schlich hinaus. Weit weg heulte ein Hund; sonst war alles stumm und reglos. Ich ging ein kleines Stück die Straße hinunter, auf die Gruppe der Pfähle zu. Die Kreuzung war in Nebel gehüllt, aber alles dort schien so ruhig zu sein wie beim Gasthaus, und so machte ich kehrt und ging, wie Sie sich denken können nachdenklich, zurück. Als ich das Gasthaus erreichte, verriegelte ich die Türen, dann schlich ich so leise wie zuvor zu meinem Zimmer.

Die Tür stand offen, als ich hinkam. Ich hatte sie geschlossen, dessen war ich sicher. So leise wie möglich ging ich darauf zu und trat ins Zimmer. Hobhouse lag, wie ich ihn verlassen hatte, schwitzend auf seinen schmutzigen Laken, aber über ihn gebeugt, mit dem Kopf fast auf seiner nackten Brust, sah ich eine in einen häßlichen schwarzen Umhang gemummte Gestalt. Ich legte die Pistole an; das Spannen der Waffe ließ die Kreatur zusammenzucken, aber bevor sie sich umdrehen konnte, bohrte sich der Lauf der Pistole in ihren Rücken. ›Hinaus‹, flüsterte ich. Langsam erhob sich die Kreatur. Ich stupste sie mit der Waffe und trieb sie hinaus auf den Flur.

Ich drehte sie um und riß ihr den Umhang vom Gesicht. Ich starrte sie an, und dann begann ich zu lachen. Mir fiel ein, was mir früher am Abend gesagt worden war. Ich wiederholte die Worte. ›Wer weiß, was für Dinge heute nacht umgehen mögen.‹

Nikos lächelte nicht. Ich bedeutete ihm mit der Pistole, daß er sich setzen solle. Zögernd sank er auf den Boden.

Ich stand über ihm. ›Wenn du Hobhouse berauben wolltest – und ich nehme an, deshalb warst du in unserem Zimmer –, warum hast du bis jetzt gewartet?‹

Nikos runzelte verwirrt die Stirn.

›Dein Vater‹, erklärte ich, ›dein Bruder – sie waren die Klephten, die gestern unsere Wachen getötet haben?‹

Nikos gab keine Antwort. Ich stieß ihm die Pistole in den Rücken. ›Habt ihr meine Wachen getötet?‹ fragte ich noch einmal.

Nikos nickte langsam.

›Warum?‹

›Sie waren Türken‹, sagte er einfach.

›Warum nicht auch uns?‹

Nikos sah mich zornig an. ›Wir sind Soldaten‹, sagte er, ›keine Banditen.‹

›Natürlich nicht. Ihr seid alle ehrliche Hirten – wie konnte ich das vergessen.‹

›Ja, wir sind Hirten‹, sagte Nikos mit einem plötzlichen Wutausbruch, ›bloß Bauern, Mylord, Tiere, die Sklaven eines türkischen *Vardoulacha!*‹ Das Wort wurde mir ohne Ironie entgegen gespien. ›Ich hatte einen Bruder, Mylord, mein Vater hatte einen Sohn – er wurde von den Türken ermordet. Glauben Sie, Sklaven könnten keine Rache nehmen? Glauben Sie, Sklaven könnten nicht von Freiheit träumen und dafür kämpfen? Wer weiß, Mylord, vielleicht kommt die Zeit, da Griechen keine Sklaven mehr sein müssen.‹ Nikos' Gesicht war bleich, und er zitterte, aber seine dunklen Augen funkelten vor Trotz. Ich griff nach ihm, um ihn zu beruhigen, um ihn in die Arme zu nehmen, doch er sprang auf und drückte sich gegen die Wand. Plötzlich lachte er. ›Natürlich, Sie haben recht – ich bin ein Sklave, warum sollte es mich kümmern? Nehmen Sie mich, Mylord, und geben Sie mir dann das Gold.‹ Er streckte die Hände hoch und berührte meine Wangen. Er küßte mich, die Lippen brennend, vor Zorn zuerst, und dann, ich spürte es, vor mehr, ein langer, langer Kuß der Jugend und Leidenschaft, wenn Herz, Seele und Verstand zu plötzlicher Harmonie finden und die Summe der Empfindungen nicht mehr berechnet werden kann.

Doch der verzweifelte Hohn seiner Worte blieb mir in den Ohren. Obwohl mir das Zeitgefühl abhanden gekommen war, wußte ich doch, daß ich mich aus dem Kuß lösen mußte. Ich riß mich los. Dann packte ich Nikos an den Handgelenken und zerrte ihn ins Zimmer zurück. Hobhouse regte sich; als er mich mit dem Jungen sah, stöhnte er auf und kehrte uns den Rücken. Ich langte über ihn hinweg nach einem Beutel Münzen. ›Nimm‹, sagte ich, indem ich Nikos den Beutel zuwarf. ›Deine Geschichten von Vampiren und Dämonen haben mir gefallen. Nimm das als Belohnung für deinen Einfallsreichtum.‹ Der Junge starrte mich schweigend an. Seine Unergründlichkeit schien ihn nur noch verletzlicher zu machen. ›Wohin wirst du gehen?‹ fragte ich ihn freundlicher als zuvor.

Endlich redete der Junge. ›Sehr weit fort.‹

›Wohin?‹

›In den Norden vielleicht. Dort gibt es freie Griechen.‹

›Weiß es dein Vater?‹

›Ja. Natürlich ist er traurig. Er hatte drei Kinder – eins ist tot, und ich muß fliehen, und morgen wird er nur noch Petro haben. Aber er weiß, daß mir keine andere Wahl bleibt.‹

Ich betrachtete den Jungen, so schlank und zart wie ein schönes Mädchen. Er war schließlich bloß ein Junge – und dennoch schmerzte mich der Gedanke, ihn zu verlieren. ›Warum hast du keine andere Wahl?‹ fragte ich.

Nikos schüttelte den Kopf. ›Das darf ich nicht sagen.‹

›Reise mit uns.‹

›Mit zwei fremden Herren?‹ Nikos lachte plötzlich. ›Ja, ich könnte sehr unauffällig mit Ihnen reisen.‹ Er warf einen Blick auf den Beutel, den ich ihm geschenkt hatte. ›Danke, Mylord, aber ich ziehe das Gold vor.‹

Er wandte sich ab und wäre aus dem Zimmer gegangen, wenn ich ihn nicht am Arm festgehalten hätte. Ich griff nach dem Kreuz an der Wand und hängte es ab. ›Nimm auch dies‹, sagte ich. ›Es muß sehr wertvoll sein. Jetzt werde ich es nicht mehr brauchen.‹

›Oh doch, das tun Sie!‹ sagte Nikos mit plötzlicher Angst. Er reckte sich, um mich zu küssen. Von der Straße draußen kam der gedämpfte Klang eines Schusses. Dann wurde ein zweiter Schuß abgefeuert. ›Behalten Sie es‹, sagte Nikos, indem er mir das Kreuz wieder in die Hand drückte. ›Glauben Sie wirklich, ich könnte solche Dinge erfinden?‹ Er zitterte, dann wandte er sich um und eilte fort. Ich sah ihn den Flur hinunterrennen. Als ich am nächsten Morgen erwachte, mußte ich feststellen, daß er schon weg war.«

Lord Byron saß schweigend da, die Hände verschränkt, während seine Augen in die flackernde Dunkelheit starrten.

»Und Nikos?« fragte Rebecca, der die eigene Stimme wie von fern in den Ohren klang. »Haben Sie ihn wiedergesehen?«

»Nikos?« Lord Byron schaute auf und schüttelte dann zögernd den Kopf. »Nein, *Nikos* habe ich nie wiedergesehen.«

»Und die Schüsse, die zwei Schüsse, die Sie in der Nacht hörten?«

Lord Byron lächelte matt. »Oh, ich versuchte mir einzureden, daß es nur der Wirt gewesen sein konnte, der auf irgendeinen umherschleichenden Dieb geschossen hatte. Eine nützliche Erinnerung, falls wir eine brauchten, daß es in den Bergen Räuber gab, die skrupelloser als Gorgiou waren. Eine Warnung, das war es, was wir gehört hatten – jederzeit vorsichtig zu sein.«

»Und haben Sie sie beherzigt?«

»O ja, in einer Hinsicht – wir erreichten Jannina ohne weitere Schwierigkeit, wenn Sie das meinen.«

»Und die andere Hinsicht?«

Lord Byron kniff die Augen zusammen. Eine winzige Spur von Spott kräuselte seine Lippen. »Die andere Hinsicht«, wiederholte er leise. »Als wir am Morgen aufbrachen, sahen wir die Leiche eines Mannes, die halb in den Graben beim Gasthaus gefallen war. Dem Mann war zweimal in den Rücken geschossen worden; der angespitzte Pfahl des Priesters war durch sein Herz getrieben worden. Der Priester selbst sah zu, wie bei dem Wald aus Pfählen ein Grab ausgehoben wurde. Eine Frau, dieselbe, die wir in der Nacht davor gesehen hatten, stand weinend an seiner Seite.

›Sie haben also ihren Vampir gefangen‹, sagte Hobhouse fröhlich. Er schüttelte seinen aufgeklärten Kopf. ›Was diese Leute so alles glauben. Außerordentlich. Ganz außerordentlich.‹

Ich sagte nichts. Wir ritten weiter, bis der Weiler nicht mehr zu sehen war. Erst dann machte ich auf den Zufall aufmerksam, daß die Leiche ein verkümmertes Bein gehabt hatte.«

3. Kapitel

> LUZIFER: *Wer sind sie, die so demütig*
> *In ihrem Stolz sich zeigen, daß im Schlamm sie*
> *Bei Würmern wohnen?*
> KAIN: *Und wer bist du, der*
> *So stolz im Geist sich zeigt und die Natur,*
> *Die Ewigkeit beherrschen kann – und doch*
> *Bekümmert scheint?*
> LUZIFER: *Ich scheine, was ich bin;*
> *Und darum frag' ich, ob Unsterblichkeit*
> *Du wünschest?*
>
> LORD BYRON, Kain

Solange wir auf dem Gebirgspfad blieben, brüteten unsere Erinnerungen und Phantasien gemeinsam unsägliche Ängste aus. Doch wir erreichten die Straße nach Jannina ohne jeglichen Zwischenfall, und von da an kamen wir mit solch guter Geschwindigkeit voran, daß wir die abergläubischen Vorstellungen, über die wir in den Bergen nur zum Schein gespottet hatten, nun mit echter Verachtung verlachen konnten – selbst ich, dem der Glaube meines Gefährten an den Skeptizismus fehlte, konnte über den *Vardoulacha* sprechen, als säßen wir zu Hause in London und tränken Tee. Doch unser erster flüchtiger Anblick von Jannina genügte, um uns daran zu erinnern, daß wir uns noch weit weg von Charing Cross befanden, denn die Kuppeln und Minarette, die durch Zypressenhaine und Gärten voller Zitronenbäume schimmerten, waren so malerisch – und so verschieden von London –, wie wir nur hatten hoffen können. Nicht einmal der Anblick eines menschlichen Rumpfes, der an seinem einzigen Arm von einem Baum hing, vermochte unsere Stimmung zu trüben, denn was in einem entlegenen Dorf vielleicht großes Entsetzen ausgelöst hätte, erschien uns nun, während wir hinunter auf die Tore einer orientalischen Stadt zugaloppierten, bloß als reizvoller Stich ins Barbarische, romantisches Futter für Hobhouses Notizen.«

»Sie wurden also herzlich aufgenommen?«

»In Jannina? Ja.«

»Das muß eine Erleichterung gewesen sein.«

Lord Byron lächelte dünn. »Ja, eigentlich schon. Ali Pascha – ich glaube, ich habe es erwähnt – hatte einen ziemlich grausamen Ruf, aber obwohl er zum Zeitpunkt unserer Ankunft fort war, um die Serben abzuschlachten, hatte er befohlen, uns zu empfangen und zu bewirten. Ziemlich schmeichelhaft. Wir wurden am Stadttor willkommen geheißen und durch die engen, dicht bevölkerten Straßen mit ihrem endlosen Wirbel von Farben und Geräuschen geleitet, während über allem in beinahe sichtbaren Wolken der Gestank nach Gewürzen, Schlamm und Pisse hing. Scharen von Kindern liefen hinter uns her, zeigten mit den Fingern und lachten, während aus Läden und Haschischhöhlen und von den vergitterten Balkonen, wo verschleierte Frauen saßen, uns unaufhörlich Blicke verfolgten. Es war eine Erleichterung, endlich wieder die Sonne auf unseren Gesichtern und eine kühlende Brise zu spüren, als wir auf einer Seeuferstraße zur Karawanserei geführt wurden, die Ali Pascha für uns reserviert hatte. Sie war offen und luftig, im türkischen Stil gebaut, und verfügte über einen großen Hof, der hinunter zum See führte. Nicht alle Zimmer um den Hof herum waren uns gegeben worden; zwei tatarische Soldaten standen an einem gegenüberliegenden Torweg Wache, und im Stallhof waren Pferde angepflockt. Aber sonst zeigte sich niemand, und in der Stille unserer Zimmer schien sogar das Summen der nahen Stadt verstummt.

Wir schliefen beide. Als ich wieder aufwachte, hörte ich das ferne Rufen des Muezzins, der die Gläubigen zu den abendlichen Gebeten aufforderte. Hobhouse schnarchte wie ein echter Ungläubiger achtlos weiter, ich dagegen erhob mich und ging zum Balkon hinüber. Der See draußen war purpurrot gefärbt, und die Berge dahinter, die vom anderen Ufer jäh aufstiegen, schienen mit Blut übergossen. Jannina selbst lag unsichtbar hinter mir, und nur ein kleines Boot, das von einer Insel im See herüberfuhr, erinnerte mich daran, daß so etwas wie der Mensch noch existieren konnte. Ich wandte mich um, stieß Hobhouse an und schlenderte dann hinaus auf den Hof.

Das Haus und das Seeufer lagen so still wie zuvor. Ich schaute mich um, suchte nach einem Zeichen menschlicher Betätigung und entdeckte das Boot, das sich noch vor wenigen Minuten mitten auf dem See befunden hatte, jetzt festgemacht und sanft vor meinen Füßen schaukelnd. Es mußte das Wasser mit fast unmöglicher Schnelligkeit überquert haben. Ich konnte den Steuermann zusammengekauert im Bug hocken sehen, aber als ich ihn rief, blickte er nicht auf. Ich rief noch einmal und streckte die Hand aus, um ihn am Arm zu schütteln. Er war in schwarze Lumpen gehüllt, die sich schmierig und feucht anfaßten, und als er aufblickte, sah mich das Gesicht eines Wahnsinnigen an, Fleisch und Augen tot, der Mund weit offen. Ich wich zurück, dann hörte ich Hobhouse nach draußen stapfen, und so machte ich kehrt und eilte die Straße hinauf zum Haus. Gerade verschwanden die letzten Sonnenstrahlen hinter dem Dach des Hofs. Ich blieb stehen und blickte über die Schulter zurück, um den See zu betrachten, und dann, genau in dem Augenblick, als die rote Glut auf dem Wasser noch einmal aufleuchtete und erlosch, sah ich jemand anderen.«

Lord Byron hielt inne. Rebecca bemerkte, daß er sich an die Lehnen seines Sessels klammerte. Er hatte die Augen geschlossen.

Lange herrschte Stille. Dann fragte Rebecca: »Wer war es?«

Lord Byron schüttelte den Kopf. »Ich kannte ihn nicht. Er stand da, wo einen Augenblick vorher noch ich gestanden hatte, ein großer Mann, den Kopf nach türkischer Art kahlgeschoren, aber mit einem krausen weißen Schnäuzer und einem säuberlich gestutzten Bart, wie ihn ein Araber hätte tragen können. Sein Gesicht war schmal und unnatürlich bleich, doch selbst im ungewissen Licht der Dämmerung, weckte er in mir eine Mischung aus Abscheu und Respekt, die ich schwer erklärlich fand, so stark und unmittelbar ergriff sie mich. Seine Nase war gebogen, der Mund fest, die Miene spöttisch und raubtierhaft – doch gab es auch Hinweise auf große Weisheit und großes Leid in seinem Gesicht, nicht beständig, sondern wie Wolkenschatten, die über ein Feld ziehen. Seine Augen, die zuerst wie die einer Schlange geglitzert hatten, erschienen plötzlich tief und leuchtend vor Nachdenklichkeit; als ich hineinblickte, war ich mir sicher, daß dies ein Mensch von einer Art war, die ich nie zuvor gesehen hatte, eine unausgewogene Mischung aus Geist und Lehm. Ich verbeugte mich vor ihm; die Gestalt lächelte, wobei sich die Lippen sinnlich kräuselten, um schimmernd weiße Zähne zu entblößen; dann erwiderte er meine Verbeugung. Er schlug sein Cape zurück, das um ihn gehangen hatte wie ein Beduinengewand, und schritt an mir vorbei auf die tatarischen Wachen zu. Sie salutierten respektvoll; er reagierte nicht darauf. Ich schaute ihm nach, während er das Haus betrat und verschwand.

Gleichzeitig hörten wir Männerstimmen von der Straße und sahen eine Abordnung auf uns zukommen. Sie kam vom Wesir, um uns zu begrüßen und die schmeichelhafte Nachricht zu überbringen, daß wir, obwohl Ali nicht in Jannina weilte, eingeladen waren, uns in Tepelene, seiner Geburtsstadt, gut fünfzig Meilen weiter an der Straße, bei ihm einzufinden. Wir verneigten uns und drückten unseren tiefsten Dank aus, tauschten Höflichkeiten aus, und priesen die Schönheiten von Jannina. Dann, nachdem wir unseren Vorrat an Komplimenten erschöpft hatten, fragte ich nach dem Mann, der den Hof mit uns teilte, indem ich erklärte, daß ich ihm gern meine Aufwartung machen möchte. Plötzlich trat Stille ein; die Mitglieder der Delegation blickten einander an, und der Anführer schien verlegen. Der Mann, den ich gesehen hatte, murmelte er, sei ein Pascha aus den südlichen Bergen; der Anführer hielt inne und fügte dann mit plötzlichem Nachdruck, als wäre ihm der Gedanke gerade erst gekommen, hinzu, es wäre vielleicht am besten, den Pascha nicht zu stören, da er nur diese eine Nacht bliebe. Alle andern nickten und stimmten zu, und danach ergoß sich eine plötzliche Flut von Höflichkeiten über uns. ›Hätte mich um ein Haar ertränkt‹, wie Hobhouse es später ausdrückte. ›Fast so, als ob sie etwas zu verbergen hätten.‹

Na ja, Hobby hatte immer die Gabe, das Offenkundige auszuschnüffeln. Am nächsten Tag ritten wir aus, um die Umgebung zu besichtigen, und ich fragte unseren Führer, einen höflichen dicken Griechen namens Athanasios, einen Gelehrten, den uns der Wesir zugeteilt hatte, was unsere Gastgeber möglicherweise vor uns hatten verbergen wollen. Athanasios war bei der Erwähnung des Paschas leicht errötet, faßte sich dann jedoch und zuckte die Achseln.

›Es ist Vachel Pascha, der Ihnen gegenüber wohnt‹, erklärte er. ›Ich stelle mir vor, daß die Diener des Wesirs sich vor seinem Ruf fürchteten. Sie wollten keine Mißhelligkeiten. Sollten Sie sich bei Ali Pascha über sie beschweren, dann, na ja – das wäre natürlich schlecht für sie.‹

›Aber von was für Mißhelligkeiten reden Sie? Welchen Ruf genießt Vachel Pascha denn?‹

›Er soll ein Magier sein. Die Türken behaupten, er habe Eblis, dem Fürsten der Hölle, seine Seele verkauft.‹

›Ich verstehe. Und hat er es getan?‹

Athanasios schaute mich an. Ich bemerkte zu meiner Überraschung, daß er nicht gelächelt hatte.

›Natürlich nicht‹, murmelte er. ›Vachel Pascha ist ein

Gelehrter, ein bedeutender Gelehrter sogar, glaube ich. Unter den Muselmanen ist das so selten, daß es Gerüchte und Argwohn weckt. Sie sind alle Schweine, wissen Sie, unsere Herren und Meister, lauter unwissende Schweine.‹ Athanasios warf einen Blick über die Schulter. ›Aber wenn Vachel Pascha nicht unwissend ist – nun –, das ist es, was ihn gefährlich macht. Nur Türken und Bauern können glauben, er sei wirklich ein Dämon, aber ein seltsamer Mensch ist er trotzdem und Gegenstand seltsamer Geschichten. Ich würde tun, was man Ihnen geraten hat, Mylord, und ihm aus dem Weg gehen.‹

›Aber, Athanasios, was Sie da erzählen, hört sich an, als sollte man ihn keinesfalls verpassen.‹

›Dann ist er vielleicht gerade deshalb so gefährlich.‹

›Haben Sie selbst ihn kennengelernt?‹

Athanasios nickte.

›Erzählen Sie‹, bat ich ihn.

›Ich besitze eine Bibliothek. Er wünschte, ein Manuskript einzusehen.‹

›Zu welchem Thema?‹

›Soweit ich mich erinnere‹, antwortete Athanasios mit einer für einen so dicken Mann sonderbar dünnen Stimme, ›war es eine Abhandlung über den Acheron und seine Rolle als Totenfluß im antiken Mythos.‹

›Aha.‹ Der Zufall genügte, um mich kurz verstummen zu lassen. ›Welches besondere Interesse hatte er am Acheron, wissen Sie das noch?‹

Athanasios antwortete nicht. Ich sah ihm ins Gesicht. Es war wächsern und bleich. ›Alles in Ordnung mit Ihnen?‹ fragte ich.

›Ja, ja.‹ Athanasios gab die Zügel frei und galoppierte ein Stück voraus. Ich schloß zu ihm auf, so daß wir wieder Seite an Seite ritten, drang jedoch nicht in meinen Führer, der nervös und in sich gekehrt blieb. Plötzlich jedoch wandte er sich an mich. ›Mylord‹, flüsterte er, als gestände er ein Geheimnis, ›wenn Sie es denn wissen müssen: Vachel Pascha ist der Herrscher über alle Berge um den Acheron. Sein Schloß ist auf einer Klippe über dem Fluß erbaut. Das ist es, davon bin ich überzeugt, was sein Interesse an der Vergangenheit erklärt – aber bedrängen Sie mich bitte nicht mehr mit diesem Thema.‹

›Nein, selbstverständlich nicht‹, versprach ich. Ich hatte mich bereits an die Feigheit der Griechen gewöhnt. Dann fiel mir Nikos ein. Er war tapfer gewesen. Er hatte auch gehofft, einem türkischen Herrn zu entkommen. War Vachel Pascha dieser Herr gewesen? Wenn ja, dann hatte ich Angst um den Jungen. In jener Nacht im Gasthaus – ich nickte vor mich hin – ja, Nikos war wild und schön gewesen, er verdiente es, frei zu sein. ›Wissen Sie, was Vachel Pascha in Jannina macht?‹ fragte ich beiläufig.

Athanasios starrte mich an. Er begann zu zittern. ›Ich weiß nicht‹, flüsterte er, dann gab er seinem Pferd die Sporen. Ich ließ ihn eine Zeitlang vorausreiten. Als ich mich wieder zu ihm gesellte, sprach keiner von uns beiden noch einmal von Vachel Pascha.

Wir verbrachten den Tag in den Ruinen eines antiken Heiligtums. Hobhouse stieß Steine an und machte sich endlose Notizen; ich saß im Schatten einer umgestürzten Säule und dichtete. Die Schönheit des Himmels und der Berge und die traurigen Erinnerungen an Verfall ringsum waren angenehm tiefgründig; ich warf etwas aufs Papier und döste und hing meinen Gedanken nach. Während der Tag in die Purpurtöne des Abends dunkelte, fiel es mir immer schwerer zu unterscheiden, ob ich wachte oder schlief; alles um mich herum wurde allmählich unglaublich lebendig, so daß mir war, als sähe ich den wahren Stoff des Lebens zum allerersten Mal, den Pulsschlag des Daseins in Blumen und Bäumen, im Gras, sogar im Land selbst, den Felsen und dem Erdboden, die mir wie Fleisch und Knochen erschienen, etwas wie ich selbst. Ein Hase saß da und beobachtete mich; ich konnte das Schlagen seines Herzens in meinen Ohren hören und die Wärme seines Blutes spüren. Sein Leben roch kräftig und schön. Er begann zu rennen, und das Pumpen seines Blutes durch seine Muskeln und Adern und sein Herz, sein schlagendes Herz, tünchte die Landschaft rot und färbte den Himmel. Ich spürte einen brennenden Durst tief in der Kehle. Nach meinem Hals greifend, setzte ich mich auf, und in diesem Augenblick, als ich dem verschwindenden Hasen nachstarrte, sah ich Vachel Pascha.

Auch er schnupperte nach dem Tier. Er stand auf einem Felsen, auf den er sich langsam niederließ, so daß er kauerte wie ein Tier der Berge, ein Wolf vielleicht. Der Hase war fort; aber der Pascha lag noch immer geduckt da, und mir wurde klar, daß er nach etwas viel Kräftigerem und Kostbarerem als einem Hasen schnupperte. Er wandte sich um und sah mich an. Sein Gesicht war totenbleich und glatt und sanft vor einer außerordentlichen Ruhe. Seine Augen schienen mich aus meinem eigenen Kopf heraus anzustarren; sie funkelten vor dem Wissen all dessen, was ich war und ersehnte. Er wandte sich ab, schnupperte wieder die Luft und lächelte, und dann waren seine Gesichtszüge plötzlich verdüstert; wo vorher Stille gewesen war, zeigten sich jetzt nur Neid und Verzweiflung, und doch war das Aufscheinen von Weisheit in seinem Gesicht um so bemerkenswerter in seiner Verunstaltung. Ich stand auf, um zu ihm zu gehen, und fühlte mich aufwachen. Als ich nach dem Felsen schaute, war Vachel Pascha fort. Bloß ein Traum – dennoch fühlte ich mich nachhaltig beunruhigt, und auf unserem Rückweg von der antiken Stätte bedrückte mich die Erinnerung an das, was ich gesehen hatte, als wäre es irgendwie mehr als ein Traum gewesen.

Auch Athanasios schien nicht recht wohl zu sein. Die Sonne war im Untergehen. Je weiter sie hinter die Bergspitzen sank, desto häufiger warf er einen Blick zurück, um ihr Sinken zu beobachten. Ich fragte ihn, warum er so besorgt sei. Er schüttelte den Kopf und lachte, spielte aber mit den Zügeln wie ein nervöses Kind. Dann war die Sonne hinter der Gebirgskette verschwunden, und sofort hörten wir Hufschlag, der hinter uns die Talstraße herabtrommelte. Athanasios verhielt sein Pferd, dann langte er herüber, um meines zu zügeln, während eine Reiterschwadron vorbeidonnerte. Die Reiter waren Tataren, die wie die Wachen vor den Räumen Vachel Paschas gekleidet waren. Ich suchte den Pascha unter ihnen, jedoch zu meiner Erleichterung vergebens. ›Hinter was waren die her?‹ fragte ich Athanasios, indem ich auf die verschwindenden Reiter deutete.

›Was meinen Sie?‹ flüsterte er heiser.

Ich zuckte mit den Schultern. ›Ach, nur weil sie etwas zu suchen schienen.‹ Athanasios gab einen erstickten Laut von sich, und sein Gesicht zuckte schrecklich. Ohne ein weiteres Wort gab er seinem Pferd die Sporen und jagte die Straße nach Jannina entlang. Hobhouse und ich folgten ihm nur zu gern, denn es wurde allmählich sehr dunkel.«

»Aber der Pascha«, unterbrach ihn Rebecca, »als Sie ihn auf dem Felsen sahen – war das wirklich ein Traum gewesen?«

Lord Byron sah sie kalt an. »Wir blieben noch fünf Tage in Jannina«, sagte er, ohne auf ihre Frage einzugehen. »Das taten auch die tatarischen Wachen auf der anderen Seite des Hofs, und ich nahm an, daß Vachel Pascha, entgegen dem, was uns die Diener des Wesirs gesagt hatten, ebenfalls in Jannina blieb. Ich sah ihn jedoch nie; statt dessen« – und hier sah er Rebecca wieder scharf an – »träumte ich von ihm, nicht wie wir normalerweise träumen, sondern mit der Klarheit des Wachseins, so daß ich nie ganz sicher sein konnte, ob ich nicht doch wach war. Der Pascha pflegte mich wortlos zu besuchen, eine blasse, fahle Form, am Bett, in meinem Zimmer oder mitunter auf den Straßen oder in den Bergen, denn ich stellte nun fest, daß ich zu sonderbaren Zeiten schlief, fast als ob mich ein anderer träumte. Ich wehrte mich gegen diese Anfälle von Schläfrigkeit, erlag ihnen aber jedesmal, und dann geschah es, daß der Pascha erschien, indem er in meine Träume einbrach wie ein Dieb in ein Zimmer.«

Lord Byron machte eine Pause und schloß die Augen, als versuche er, das Bild des Phantoms wieder zu erblicken.

»Ich empfand das gleiche«, sagte Rebecca mit plötzlichem nervösem Nachdruck. »In der Krypta, als Sie mich in den Armen hielten. Ich hatte das Gefühl, daß Sie mich träumten.«

Lord Byron zog eine Braue hoch. »Wirklich?«

»Und der Pascha kam in dieser Weise zu Ihnen?«

Er zuckte die Achseln.

»Oder haben Sie ihn am Ende kennengelernt?«

Rebecca starrte in die funkelnden Augen des Vampirs.

»Der Schlaf hat seine eigne Welt«, murmelte er. »Eine Grenze zwischen Dingen, die wir falsch benennen – Tod und Existenz.« Er lächelte traurig und blickte starr in das Flackern der Kerzenflamme. »Es gab dort ein Kloster«, fuhr er schließlich fort. »Wir besuchten es am Abend vor unserer Abreise. Es war auf der Insel im See erbaut worden.« Lord Byron schaute auf. »Dieselbe Insel, von der ich an meinem ersten Abend das Boot herüberrudern gesehen hatte. Schon allein aus diesem Grund hatte ich das Kloster bereits früher besichtigen wollen. Athanasios zufolge war ein solcher Besuch jedoch nicht zu bewerkstelligen gewesen. Einer der Mönche war tot aufgefunden worden, erklärte er – das Kloster hatte neu geweiht werden müssen. Ich fragte ihn, wann der Mönch gestorben sei. Am Tag unserer Ankunft in Jannina, erwiderte er. Dann fragte ich, *woran* der Mönch gestorben sei. Aber Athanasios schüttelte den Kopf. Er wußte es nicht – Mönche seien immer verschwiegen. ›Aber jetzt ist das Kloster wenigstens wieder offen.‹

Wir landeten. Die Anlegestelle war leer, und das Dorf dahinter ebenfalls. Wir gingen in das Kloster, aber als Athanasios laut rief, kam keine Antwort, und ich sah unseren Führer die Stirn runzeln. ›Hier hinein‹, sagte er ohne Überzeugung, indem er die Tür zu einer winzigen Seitenkapelle öffnete. Hobhouse und ich folgten ihm; die Kapelle war leer, aber wir verweilten, um die Wände zu betrachten. ›Das Jüngste Gericht‹, bemerkte Athanasios überflüssigerweise, indem er auf ein schauerliches Fresko deutete. Vor allem fiel mir die Darstellung Satans auf; er war zugleich schön und schrecklich, vollkommen weiß bis auf Blutspritzer um den Mund. Ich ertappte Athanasios dabei, daß er mich beobachtete, während ich das Fresko betrachtete; er wandte sich schnell ab und rief noch einmal. Hobhouse trat zu mir. ›Sieht aus wie dieser Bursche von Pascha‹, sagte er. ›Hier lang‹, sagte Athanasios gehetzt gleichsam als Antwort. ›Wir müssen gehen.‹ Er führte uns in die Hauptkirche. Zuerst dachte ich, auch sie wäre leer, doch dann entdeckte ich, über ein Pult an der Wand gegenüber gebeugt, eine Gestalt mit kahlgeschorenem Kopf, gekleidet in wallende Gewänder. Die Gestalt schaute sich nach uns um, dann erhob sie sich langsam. Durch ein Fenster fiel Licht und beleuchtete das Gesicht. Während ich mich zuvor nur an Blässe erinnert hatte, sah ich, daß Vachel Paschas Wangen nun gerötet waren.

›*Les milords anglais?*‹ fragte er.

›Ich bin der Lord‹, teilte ich ihm mit. ›Dies ist Hobhouse. Sie dürfen ihn übersehen. Er ist bloß ein Bürgerlicher.‹

Der Pascha lächelte zögernd, dann begrüßte er uns beide mit förmlicher Eleganz. Er tat dies in reinstem Französisch, mit einem Akzent, der unmöglich zuzuordnen war, mich aber entzückte, denn er klang wie das Rascheln von Silber in einem Luftzug.

Hobhouse fragte ihn nach seinem Französisch. Der Pascha erzählte uns, daß er Paris besucht habe, vor Napoleon, vor der Revolution, vor langer Zeit. Er hielt ein Buch hoch. ›Mein Wissensdurst‹, sagte er, ›war es, was mich in die Stadt des Lichts geführt hat. London habe ich nie besucht. Vielleicht sollte ich das eines Tages nachholen. So groß ist es geworden. Ich kann mich an eine Zeit erinnern, als es überhaupt nichts war.‹

›Dann muß Ihr Gedächtnis in der Tat langlebig sein.‹

Der Pascha lächelte und neigte den Kopf. ›Die Weisheit, die wir hier im Osten haben, ist langlebig. Ist es nicht so, Herr Grieche?‹ Er warf einen Blick auf Athanasios, der etwas Unverständliches stammelte und so heftig zu zittern begann, daß seine Speckfalten in Bewegung gerieten. ›Ja‹, sagte der Pascha, indem er ihn ansah und mit träger Grausamkeit lächelte, ›wir im Osten verstehen vieles, was der Westen nie beherrscht hat. Das müssen Sie bedenken, *milords*, während Sie durch Griechenland reisen. Aufklärung offenbart nicht nur. Mitunter kann sie auch die Wahrheit verdunkeln.‹

›Zum Beispiel, Eure Exzellenz?‹ fragte ich.

Der Pascha hielt sein Buch hoch. ›Nehmen Sie dieses

Werk. Ich habe lange darauf gewartet, es lesen zu können. Es wurde von den Mönchen in Meteora für mich gefunden und hierhergebracht. Es berichtet von Lilith, Adams erstem Weib, der Hurenfürstin, die Männer auf den Straßen und Feldern verführt und ihnen dann das Blut aussaugt. Für Sie, das weiß ich, ist das Aberglaube, der reinste Unsinn. Aber für mich und, ja, für unseren griechischen Freund hier auch, ist es – etwas mehr. Es ist ein Schleier, der die Wahrheit zugleich verbirgt und andeutet.‹

Es herrschte Schweigen. In der Ferne konnte ich eine Glocke läuten hören. ›Ich bin neugierig‹, sagte ich, ›zu erfahren, welche Wahrheit in den Geschichten von Bluttrinkern, die wir hören, liegt.‹

›Sie haben andere Geschichten gehört?‹

›Ja. Wir hielten uns in einem Dorf auf. Man erzählte uns dort von einem Geschöpf, das *Vardoulacha* genannt wird.‹

›Wo war das?‹

›Nahe dem Acheron.‹

›Sie wissen vielleicht, daß ich der Herr von Acheron bin?‹

Ich warf einen Blick auf Athanasios. Er glänzte wie feuchtes Schmalz. Ich wandte mich wieder zu Vachel Pascha und schüttelte den Kopf. ›Nein, das wußte ich nicht.‹

Der Pascha sah mich eindringlich an. ›Man erzählt viele Geschichten über den Acheron‹, sagte er leise. ›Auch für die Menschen der Antike waren die Toten Bluttrinker.‹ Er blickte auf sein Buch und drückte es an die Brust. Er schien nahe daran, mir etwas mitzuteilen, ein jäher Ausdruck wilden Verlangens zuckte über sein Gesicht, doch dann erstarrte es, die Totenmaske kehrte zurück, und als Vachel Pascha schließlich zu sprechen begann, lag nur verdrossene Verachtung in seiner Stimme. ›Sie dürfen nichts von dem beachten, was ein Bauer Ihnen erzählt, *milord*. Der *vam-*

pire – das ist das französische Wort, glaube ich? – ja, der Vampir, das ist der älteste Mythos der Menschheit. Und dennoch, was wird er in den Händen meiner Bauern, dieser Vampir? Bloß ein schlurfender Idiot, ein Verzehrer von Fleisch. Eine Bestie, von Bestien ersonnen.‹ Er grinste verächtlich, und seine vollkommenen Zähne schimmerten weiß auf. ›Diesen Vampir der Bauern brauchen Sie nicht zu fürchten, *milords*.‹

Ich erinnerte mich an Gorgiou und seine Söhne, an ihre Freundlichkeit. In dem Wunsch, sie zu verteidigen, schilderte ich unsere Erlebnisse im Gasthaus am Acheron. Während ich meine Geschichte erzählte, bemerkte ich, daß Athanasios praktisch in Schweiß zerflossen war.

Auch der Pascha beobachtete unseren Führer mit zuckenden Nasenflügeln, als könne er die Angst riechen. Ich kam zum Ende, und der Pascha lächelte spöttisch. ›Ich bin froh, daß man sich so gut um Sie gekümmert hat, *milord*. Aber wenn ich grausam bin, dann nur, um zu verhindern, daß sie grausam zu mir sind.‹ Er warf einen Blick auf Athanasios. ›Ich bin nicht nur hier in Jannina, müssen Sie wissen, um die Manuskripte einzusehen. Ich jage auch einen Ausreißer. Ein Sklavenkind, das ich aufzog, das ich mochte – liebte – wie mein eigen Fleisch und Blut. Sorgen Sie sich nicht, *milord* – ich jage dieses Kind mehr aus Gram als im Zorn, ihm wird kein Leid widerfahren.‹ Wieder blickte er zu Athanasios hin. ›Ihm wird kein Leid widerfahren.‹

›Ich denke, Mylord‹, flüsterte unser Führer, indem er beinahe an meinem Ärmel zerrte, ›ich denke, vielleicht ist es Zeit zu gehen.‹

›Ja, gehen Sie‹, sagte der Pascha mit plötzlicher Grobheit. Er setzte sich wieder und schlug sein Buch auf. ›Ich habe noch viel zu lesen. Gehen Sie, bitte gehen Sie.‹

Hobhouse und ich verneigten uns mit gesuchter Förmlichkeit. ›Sehen wir Sie in Jannina wieder, Eure Exzellenz?‹ fragte ich.

Der Pascha blickte auf. ›Nein. Ich habe beinahe vollbracht, weshalb ich hierherkam.‹ Er sah Athanasios an. ›Ich reise heute nacht ab.‹ Dann wandte er sich an mich. ›Vielleicht, *milord*, begegnen wir uns wieder – aber an einem anderen Ort.‹ Er nickte, dann beugte er sich wieder über sein Buch, und Hobhouse und ich, von unserem Führer fast geschoben, gingen wieder hinaus in die Nachmittagssonne.

Wir gingen eine schmale Straße hinunter. Noch immer läutete die Glocke, und aus einer kleinen Kirche am Ende des Pfads konnten wir Gesang hören.

›Nein, Mylord‹, sagte Athanasios, als er sah, daß wir beabsichtigten, die Kirche zu betreten.

›Warum nicht?‹ fragte ich.

›Nein, bitte‹, war alles, was Athanasios wimmern konnte.

Seiner andauernden Feigheit überdrüssig, schüttelte ich ihn ab und folgte Hobhouse in die Kirche. Durch Weihrauchwolken konnte ich eine Totenbahre erkennen. Eine Leiche lag darauf, gekleidet in das Schwarz eines Priesters, aber die Gewänder lenkten die Aufmersamkeit nicht auf das Amt des Toten, sondern auf die gespenstische Blässe seines Gesichts und seiner Hände. Ich trat vor und sah, über die Köpfe der Trauernden hinweg, wie man Blumen um den Hals des toten Mönchs angeordnet hatte.

›Wann ist er gestorben?‹ fragte ich.

›Heute‹, flüsterte Athanasios.

›Also ist er der zweite Mann, der in dieser Woche hier starb?‹

Athanasios nickte. Er schaute sich um, dann flüsterte er mir ins Ohr. ›Mylord, die Mönche sagen, daß hier ein Teufel sein Unwesen treibt.‹

Ich starrte ihn ungläubig an. ›Ich dachte, Teufel wären nur etwas für Türken und Bauern, Athanasios.‹

›Ja, Mylord.‹ Athanasios schluckte. ›Dennoch, Mylord‹ – er zeigte auf den Toten – ›sie sagen, dies sei das Werk eines *Vardoulacha*. Sehen Sie nur, wie weiß er ist, völlig blutleer. Ich meine, Mylord, bitte – wir sollten gehen.‹ Er lag jetzt fast auf den Knien. ›Bitte, Mylord.‹ Er hielt die Tür auf. ›Bitte.‹

Hobhouse und ich lächelten einander zu. Wir zuckten die Schultern und folgten unserem Führer zur Anlegestelle zurück. Neben unserem Boot war ein zweites festgemacht, das ich bei unserer Ankunft nicht bemerkt hatte, jetzt jedoch sofort wiedererkannte. Eine schwarz vermummte Kreatur saß im Bug, das Idiotengesicht so tot und bleich wie zuvor. Ich sah sie kleiner werden, während wir über den See glitten. Auch Athanasios beobachtete die Kreatur.

›Der Fährmann des Paschas‹, sagte ich.

›Ja‹, stimmte er mir zu und bekreuzigte sich.

Ich lächelte. Ich hatte den Pascha nur erwähnt, um unseren Führer zittern zu sehen.«

Lord Byron schwieg einen Moment. »Natürlich hätte ich nicht grausam sein sollen. Aber Athanasios hatte mich traurig gestimmt. Ein Gelehrter, intelligent, belesen – falls von irgendwoher Freiheit für die Griechen kommen sollte, dann doch von Männern wie ihm. Deshalb erfüllte uns seine Feigheit, obwohl wir darüber lachten, auch mit einer gewissen Hoffnungslosigkeit.« Lord Byron stützte sein Kinn auf die Fingerspitzen und lächelte mit leichter Selbstironie. »Nach unserer Rückkehr aus dem Kloster trennte er sich von uns und blieb verschwunden. Wir sprachen am nächsten Tag bei ihm vor, ehe wir abreisten, aber er war nicht zu Hause. Traurig.« Lord Byron nickte mild. »Ja, sehr traurig.«

Er verfiel in Schweigen. »Also reisten Sie weiter nach Tepelene?« fragte Rebecca schließlich.

Lord Byron nickte. »Zu unserer Audienz mit dem großen und berühmt-berüchtigten Ali Pascha.«

»Ich erinnere mich, Ihren Brief gelesen zu haben«, sagte Rebecca. »Den Sie an Ihre Mutter schrieben.«

Er blickte zu ihr auf. »Tatsächlich?« fragte er leise.

»Ja. Über die Albaner in ihrem Gold und Karmesinrot, über die zweihundert Pferde, die schwarzen Sklaven, die Kuriere und die Pauken und die Jungen, die vom Minarett der Moschee die Stunden ausriefen.« Sie unterbrach sich. »Entschuldigen Sie«, sagte sie schließlich, als sie bemerkte, wie er sie anstarrte. »Aber ich dachte immer, es sei ein wundervoller Brief – eine wundervolle Schilderung.«

»Ja.« Lord Byron lächelte plötzlich. »Zweifellos, weil es eine Lüge war.«

»Eine Lüge?«

»Vielmehr eine Unterlassungssünde. Ich versäumte es, die Pfähle zu erwähnen. Drei davon, unmittelbar vor den Haupttoren. Ihr Anblick, der Geruch – sie beschmutzten meine Erinnerungen an die Ankunft in Tepelene einigermaßen. Aber bei meiner Mutter mußte ich vorsichtig sein – sie konnte nie zuviel Wirklichkeit ertragen.«

Rebecca fuhr sich mit einer Hand durchs Haar. »Ach so. Ich verstehe.«

»Nein, das tun Sie nicht, Sie können es gar nicht verstehen. Zwei der Männer waren tot – zerfetzte Brocken Aas. Aber als wir unter den Pfählen vorbeiritten, sahen wir an dem dritten eine schwache Bewegung. Wir blickten hinauf; ein Ding – es war kein Mensch mehr – zuckte an seinem Pfahl, während die Bewegung das Holz noch tiefer in seine Eingeweide trieb, so daß es schrie, ein schrecklicher, unmenschlicher, entwürdigter Klang. Der arme Kerl sah, daß ich ihn anstarrte; er versuchte zu sprechen, und dann bemerkte ich den verkrusteten schwarzen Schmutz um seinen Mund und begriff, daß er keine Zunge hatte. Da war nichts, was ich hätte tun können – also ritt ich weiter durch das Stadttor. Aber ich empfand Entsetzen, da mir bewußt war, daß ich aus dem gleichen Lehm geformt war wie die Kreaturen, die solche Dinge tun und sie auch erleiden konnten, ohne Sinn, ohne Hoffnung. Ich sah, daß ich nichts war, daß ich sterben mußte, etwas, das ebenso ohne mein Zutun oder meine Entscheidung kommen würde wie die Geburt, und ich fragte mich, ob wir nicht vielleicht alle in irgendeiner alten Welt gesündigt hatten, so daß diese hier letztlich nichts anderes als die Hölle war. Falls dies die Wahrheit war, dann wäre es das Beste, daß wir stürben – und dennoch verabscheute ich an jenem Abend in Tepelene meine Sterblichkeit und empfand ihre Fesseln fest um mich geschnürt, als wären sie ein Leichentuch.

In dieser Nacht kehrte Vachel Pascha in meine Träume zurück. Wie beim ersten Anblick war er bleich wie der Tod, doch auch mächtiger, und der Glanz seiner Augen war zugleich traurig und streng. Er winkte mir; ich erhob mich vom Bett und folgte ihm. Ich schritt auf den Winden und sank nicht; unter mir Tepelene, über mir die Sterne; die ganze Zeit um meine Hand ein Griff aus Eis. Seine Lippen bewegten sich nie, und doch hörte ich ihn sprechen. ›Vom Stern zum Wurm ist alles Leben Bewegung, die nur zur Stille des Todes führt. Der Komet kreist, zerstörerisch in seinem Schwung, und vergeht. Der arme Wurm schlängelt sich über den Tod anderer Dinge voran, aber dennoch muß er, wie sie, leben und sterben, das Objekt dessen, was ihn zum Leben genötigt hat und zum Sterben. Alle Dinge müssen der Regel einer unveränderlichen Notwendigkeit gehorchen.‹ Er nahm meine andere Hand, und ich sah, daß wir auf einem Berghang standen, zwischen den zertrümmerten Statuen und geöffneten Gräbern einer antiken Stadt, jetzt aufgegeben, der Stille und dem bleichen Mond überlassen. Vachel Pascha streckte die Hand aus, um meine Kehle zu streicheln. ›*Alle* Dinge müssen gehorchen, sagte ich das? *Alle* Dinge müssen leben und sterben?‹ Ich spürte seinen Nagel, der scharf wie ein Rasiermesser war, über meine Kehle streifen. Ein weiches Tuch aus Blut umhüllte meinen Hals, und ich spürte eine Zunge, die zart daran schleckte, wie eine Katze das Gesicht ihrer Herrin ablecken würde. Ich hörte wieder die Stimme aus dem Innern meines Kopfes. ›Es gibt ein Wissen, welches Unsterblichkeit bedeutet. Folgen Sie mir.‹ Noch immer das Schlecken an meiner Kehle. ›Folgen Sie mir. Folgen Sie mir.‹ Während die Worte verklangen, entschwanden auch die Ruinenstadt und die Sterne über meinem Kopf, und selbst die Berührung der Lippen an meiner Haut verging, bis endlich nur noch die Dunkelheit meiner Ohnmacht da war. Ich kämpfte, um mich daraus zu befreien. ›Byron, Byron!‹ Ich öffnete die Augen. Ich war immer noch in unserem Zimmer. Hobhouse beugte sich über mich. ›Byron, geht es dir gut?‹ Ich nickte. Ich faßte an meine Kehle und empfand einen ganz leichten Schmerz. Aber ich sagte nichts; ich fühlte mich zu erschöpft zum Sprechen. Ich schloß die Augen, aber während ich dem Schlaf entgegentrieb, versuchte ich, nach Bildern des Lebens zu greifen, um mit ihnen meine Träume zu behüten. Nikos. Unser Kuß – Lippen auf Lippen. Seine schlanke Wärme. Nikos. Ich träumte, und Vachel Pascha kehrte nicht zurück.

Am nächsten Morgen fühlte ich mich schwach und unwohl.

›Mein Gott, siehst du blaß aus‹, sagte Hobhouse. ›Ob du nicht besser im Bett bleibst, alter Knabe?‹

Ich schüttelte den Kopf. ›Wir haben heute morgen unsere Audienz. Bei Ali Pascha.‹

›Kannst du sie nicht auslassen?‹

›Du machst wohl Scherze. Ich möchte nicht mit dem After auf einem Pfahl enden.‹

›Ja‹, stimmte Hobhouse zu, ›da ist was dran. Eine Schande, daß es hier keinen Alkohol gibt. Genau das brauchst du. Gott, was für ein abscheuliches Land.‹

›Ich habe gehört, daß eine helle Haut in der Türkei als Zeichen vornehmer Herkunft gilt.‹ Wir hatten keinen Spiegel, aber ich wußte, daß mir Blässe gut stand. ›Mach dir keine Sorgen, Hobhouse‹, sagte ich, indem ich mich auf seinen Arm stützte. ›Ich bringe den Löwen von Jannina soweit, daß er mir aus der Hand frißt.‹

Und es gelang mir. Ali Pascha war entzückt von mir. Wir trafen uns in einem großzügigen Raum mit Marmorboden, wo man uns Kaffee und Süßigkeiten reichte und uns ausgiebig bewunderte. Oder zumindest mich, denn Hobhouse war zu braungebrannt, und seine Hände waren zu groß, als daß man ihm das Lob gewährt hätte, das meine Schönheit erntete – eine Schönheit, die, wie Ali Hobhouse unaufhörlich versicherte, ein unfehlbarer Hinweis auf meinen höheren Rang sei. Schließlich verkündete er, ich sei sein Sohn, und er gab einen höchst bezaubernden Vater ab, denn vor uns zeigte er alles andere als seinen wahren Charakter, indem er die ganze Zeit die köstlichste *bonhomie* an den Tag legte.

Das Mittagessen wurde aufgetragen. Alis Höflinge und Gefolge leisteten uns Gesellschaft, doch bekamen wir keine Gelegenheit, sie kennenzulernen, da Ali uns völlig vereinnahmte. Er blieb väterlich und fütterte uns mit Mandeln und kandierten Früchten, als wären wir kleine Jungen. Die Mahlzeit war zu Ende – und noch immer hielt uns Ali Pascha an seiner Seite. ›Jongleure‹, befahl er, ›Sänger‹ – und sie traten auf. Ali wandte sich an mich. ›Gibt es noch etwas, was Sie sehen möchten?‹ Er wartete meine Antwort nicht ab. ›Tänzer!‹ rief er. ›Ich habe einen Freund hier – er ist bei mir zu Besuch –, und er hat ein höchst ungewöhnliches Mädchen. Möchten Sie es tanzen sehen?‹

Selbstverständlich sagten wir beide höflich, daß dem so sei. Ali rutschte auf seiner Couch herum, um sich im Raum umzuschauen. ›Mein Freund‹, rief er aus, ›dein Mädchen – könnte man jetzt nach ihm schicken?‹

›Natürlich‹, sagte Vachel Pascha. Einigermaßen entsetzt drehte ich mich um. Die Couch des Paschas stand unmittelbar hinter meiner – er mußte, von uns unbemerkt, während des ganzen Essens dagewesen sein. Er schickte einen Diener los, der eilends aus der Halle huschte, dann nickte er Hobhouse und mir höflich zu.

Ali forderte den Pascha auf, sich zu uns zu setzen. Er tat dies mit überaus respektvollen Worten – ich staunte, denn wir hatten gedacht, Ali respektiere niemanden außer sich selbst, doch vor Vachel Pascha schien er sich fast zu fürchten. Er entdeckte mit Interesse – und Sorge, wie mir schien –, daß wir den Pascha bereits kannten. Wir schilderten ihm unsere Begegnung in Jannina und alle Umstände, die damit zusammenhingen. ›Haben Sie den entlaufenen Jungen gefunden?‹ fragte ich Vachel Pascha voller Furcht vor seiner Antwort. Doch er lächelte und schüttelte den Kopf. ›Was hat Sie denn auf den Gedanken gebracht, daß mein Sklavenkind ein Junge ist?‹

Ich errötete, während sich Ali vor Vergnügen auf die Schenkel schlug. Vachel Pascha betrachtete mich mit einem trägen Lächeln. ›Ja, ich habe meine Sklavin gefangen‹, sagte er. ›Tatsächlich ist sie es, die in Kürze für uns tanzen wird.‹

›Wunderschön ist sie‹, sagte Ali mit einem Zwinkern, ›wie die Peris des Himmels.‹

Vachel Pascha neigte höflich den Kopf. ›Ja – aber sie ist auch eigensinnig. Fast glaube ich, daß ich sie hätte entkommen lassen, würde ich sie nicht lieben wie mein eigenes Kind.‹ Er schwieg einen Moment, und seine bleiche Stirn wurde von einem Ausdruck jähen Schmerzes überschattet. Ich war überrascht, aber kaum hatte ich den Schatten wahrgenommen, war er schon wieder von seinem Gesicht verschwunden. ›Natürlich‹ – er schürzte leicht die Lippen – ›habe ich stets den Nervenkitzel einer Jagd genossen.‹

›Jagd?‹ fragte ich.

›Ja. Sobald sie aus Jannina entwichen war.‹

›Das war es, worauf Sie gewartet haben?‹

Er starrte mich an, dann lächelte er. ›Wenn Sie so wollen.‹ Er streckte seine Finger aus, als wären es Krallen. ›Ich hatte natürlich die ganze Zeit gewußt, daß sie dort war und sich versteckte. Also ließ ich meine Wachen durch die Straßen patrouillieren, während ich wartete‹ – wieder lächelte er – ›und im Kloster studierte.‹

›Aber wenn Sie warten mußten, daß sie auftauchte, woher haben Sie dann überhaupt gewußt, daß sie dort war?‹ fragte Hobhouse.

Des Paschas Augen glitzerten wie Sonne auf Eis. ›Für solche Dinge habe ich eine Nase.‹ Er langte nach einer Traube und saugte zierlich den Saft heraus. Dann blickte er wieder zu Hobhouse auf. ›Ihr Freund‹, sagte er beiläufig, ›der dicke Grieche – anscheinend hatte sie sich im Keller seines Hauses versteckt.‹

›Athanasios?‹ fragte ich ungläubig.

›Ja. Es ist seltsam, nicht wahr? Er war eindeutig ein großer Feigling.‹ Der Pascha nahm noch eine Traube. ›Aber es heißt oft, daß es gerade die tapfersten Männer sind, die erst ihre Angst überwinden müssen.‹

›Wo ist er jetzt?‹ fragte ich.

Ali kicherte vor plötzlichem Vergnügen. ›Draußen‹, zischte er fröhlich, ›auf einem Pfahl. Er hat seine Sache sehr gut gemacht – ist erst heute morgen gestorben. Das war höchst beeindruckend, fand ich – die Dicken sind nämlich normalerweise am schnellsten hinüber.‹

Ich warf einen Blick auf Hobhouse. Er war leichenblaß geworden – ich war erleichtert, daß ich selbst keine Farbe mehr zu verlieren hatte. Ali schien gegen unser Entsetzen blind zu sein, aber ich konnte sehen, daß Vachel Pascha uns mit einem bitteren Lächeln auf den Lippen beobachtete. ›Was ist geschehen?‹ fragte ich ihn so leichthin, wie ich konnte. ›Ich brachte sie zur Strecke‹, erwiderte Vachel Pascha. ›In der Nähe des Pindos, einer Hochburg der Rebellen –, sie wären also beinahe entkommen.‹ Wieder sah ich einen schwachen Schatten über sein Gesicht huschen. ›Beinahe – aber nicht ganz.‹

›Der dicke Grieche‹, sagte Ali, ›er muß viel Brauchbares gewußt haben – über die Rebellen und so weiter. Aber er wollte nicht reden. Mußte ihm schließlich die Zunge herausreißen. Ärgerlich.‹ Er lächelte gütig. ›Ja, ein tapferer Mann.‹

Plötzlich erklangen die Instrumente der Musiker. Wir alle blickten auf. Ein Mädchen in roter Seide war eilig in die Halle gesprungen. Sie kam auf uns zu; ihr Gesicht war hinter wehenden Schleiern verborgen, aber ihr Körper war wunderschön, schlank und olivenfarben. Glöckchen an ihren Fesseln und Handgelenken klingelten, als sie sich zu Boden warf; dann schnalzte Vachel Pascha mit den Fingern, und sie erhob sich. Sie wartete in einer Pose, die sichtlich einstudiert war; dann schepperten die Becken, und das Mädchen begann zu tanzen.«

Lord Byron hielt inne, dann seufzte er. »Leidenschaft ist eine seltene und herrliche Sache, die wahre Leidenschaft der Jugend und Hoffnung. Sie ist ein Kiesel, den man in einen stehenden Teich fallen läßt – sie ist das Anschlagen einer bislang schweigenden Glocke. Und doch, genauso wie die Wellen sich legen und die Echos verklingen, ist auch die Leidenschaft ein schrecklicher Zustand – denn wir alle wissen oder finden bald heraus, daß erinnerte Glückseligkeit die schlimmste Unglückseligkeit überhaupt ist. Was soll ich Ihnen erzählen? Daß das Mädchen hübsch wie eine Antilope war? Hübsch und anmutig und lebendig?« Der Vampir zuckte fast unmerklich die Schultern. »Ja, das könnte ich, aber es würde nichts bedeuten. Zwei schlaflose Jahrhunderte sind an mir vorbeigegangen, seit ich sie tanzen sah. Sie war wunderschön, aber Sie werden sich niemals ausmalen können, wie sie wirklich war, während ich…« – er starrte Rebecca an, stirnrunzelnd, mit kalt funkelnden Augen, dann schüttelte er den Kopf – »während ich das Ding geworden bin, das Sie sehen.« Er schloß die Augen. »Sie müssen jedoch verstehen, daß meine Leidenschaft *rasend* war. Ich war verliebt, bevor ich noch wußte, wer meine Göttin war. Langsam, Schleier auf Schleier, enthüllte sie ihr Gesicht. Wenn sie vorher hübsch gewesen war, so wurde sie nun schmerzhaft schön.« Wieder starrte er Rebecca an, und wieder runzelte er die Stirn, während seine Züge von Zweifel und Verlangen gezeichnet waren. »Kastanienbraunes Haar hatte sie.« Rebecca berührte ihr eigenes. Lord Byron lächelte. »Ja«, murmelte er, »Ihrem sehr ähnlich, aber ihres war geflochten und mit Gold durchwirkt; ihre Augen waren groß und schwarz, ihre Wangen von der Farbe der untergehenden Sonne, ihre Lippen rot und weich. Die Musik endete; das Mädchen fiel in einer sinnlichen Bewegung zu Boden, und ihr Kopf neigte sich tief hinunter, gerade vor meinen Füßen. Ich spürte, wie ihre Lippen sie berührten – die Lippen, die meinen eigenen bereits begegnet waren, als wir uns in dem Gasthaus am Acheron umarmt hatten.«

Lord Byron starrte an Rebecca vorbei in die Dunkelheit. Beinahe, dachte sie, als ob er Einspruch erhöbe, als ob die Dunkelheit die jahrhundertelange Zeit sei, die ihn in ihrem Fluß getragen hatte, weit fort von jenem Schauer der Glückseligkeit.

»Es war Nikos?« fragte sie.

»Ja.« Er lächelte. »Nikos – oder vielmehr das Mädchen, das sich als ein Junge namens Nikos ausgegeben hatte. Sie hob den Kopf und warf ihr Haar zurück. Ihre Augen begegneten den meinen; es lag kein Zeichen des Erkennens darin, nur die dumpfe Gleichgültigkeit des Sklaven. Wie klug sie war, dachte ich, wie tapfer und willensstark! Und die ganze Zeit, natürlich, ja, die ganze Zeit« – er warf wieder einen Blick auf Rebecca – »wie schön! Es war kein Wunder, daß ich allmählich einen Aufruhr in meinem Blut und Unruhe in meinen Gedanken verspürte und mich in einem Eden wähnte, wo mir die Frucht eines verbotenen Baums angeboten wurde. Dies war die Poesie des Lebens, die zu finden ich gereist war! Ein Mann, dachte ich, darf sich nicht immer an sein Heimatland klammern. Er muß gehen, wohin ihn der Ozean trägt, oder was ist das Leben sonst? Eine Existenz ohne Leidenschaft, Empfindung oder Abwechslung – und deshalb natürlich dem Tod sehr ähnlich.«

Lord Byron hielt inne und schaute finster drein. »Das jedenfalls glaubte ich.« Er lachte hohl. »Und es traf die Wahrheit wohl auch ziemlich genau. Es *kann* kein Leben ohne Aufruhr oder Verlangen geben.« Er seufzte und blickte wieder zu Rebecca auf. »Und wenn ich Ihnen dies alles erzähle, dann deshalb, damit Sie meine Leidenschaft für Haidée verstehen können und warum ich danach handelte; denn ich wußte – und selbst jetzt, selbst hier, meine ich,

ich hatte recht –, daß man die Seele tötet, wenn man einen Impuls erstickt. Und als dann Vachel Pascha, der Tepelene mit seiner Sklavin im Schlepptau verließ, uns bat, bei ihm in Acheron zu wohnen, sagte ich zu. Hobhouse war wütend und schwor, er würde nicht mitkommen; selbst Ali runzelte geheimnisvoll die Stirn und schüttelte den Kopf – aber ich ließ es mir nicht ausreden. Und so wurde vereinbart, daß ich mit Hobhouse die Straße nach Jannina hinunter reisen wollte und wir uns dann trennen würden; Hobhouse würde Ambrakien bereisen, während ich selbst am Acheron bliebe. Nach drei Wochen wollten wir uns in einer Stadt an der Südküste namens Mesolongion wieder treffen.«

Wieder runzelte Lord Byron die Stirn. »Alles höchst romantisch, verstehen Sie – und doch, wenn es auch wirklich zutraf, daß ich in einem mir selbst kaum begreiflichen Ausmaß krank war vor Leidenschaft, und doch war dies nicht alles.« Er schüttelte den Kopf. »Nein, es gab noch einen anderen Grund für meinen Besuch am Acheron. In der Nacht vor Vachel Paschas Abreise hatte ich wieder geträumt. Zum zweitenmal befand ich mich inmitten von Ruinen, keines kleinen Ortes jetzt, sondern von einer großen Stadt, so daß es nichts als Verfall gab, wohin ich auch schaute, die zertrümmerten Stufen von Thronen und Tempeln, undeutliche Fragmente, vom Mond in fahles Licht getaucht, nur von Schakal und Eule bewohnt. Sogar die Gräber, sah ich, lagen offen und leer, und ich wußte, daß sich auf diesem ganzen weiten Trümmerfeld kein anderer lebender Mensch außer mir befand.

Ich spürte wieder die Nägel des Paschas an meiner Kehle, spürte seine Zunge, während er mein Blut schleckte. Dann sah ich ihn vor mir, eine bleiche Gestalt, leuchtend inmitten der Zypressen und Steine, und ich folgte ihm. Unglaublich alt schien er mir jetzt, so alt wie die Stadt, durch die er mich führte, im Besitz der Weisheit von Jahrhunderten und der Geheimnisse des Grabes. Vor uns ragte bedrohlich der Schatten einer gigantischen Form auf. ›Folgen Sie mir‹, hörte ich flüstern; ich näherte mich dem Gebäude; ich ging hinein. Es gab Treppen, die sich unglaublich dehnten und wanden; eine von ihnen stieg der Pascha empor, aber als ich rannte, um ihn einzuholen, stürzte die Treppe ein, und ich war in einem ungeheuren Raum verloren. Und dennoch stieg der Pascha weiter, und trotzdem hörte ich, in meinem Kopf, seinen Ruf: ›Folge mir.‹ Aber ich konnte nicht; ich beobachtete ihn und verspürte einen Durst, schrecklicher als alle Sehnsucht, die ich jemals empfunden hatte, zu sehen, was am höchsten Punkt der Treppe lag, denn ich wußte, daß es die Unsterblichkeit war. Hoch über meinem Kopf wölbte sich eine Kuppel, mit Juwelen besetzt und leuchtend; wenn ich sie nur erreichen könnte, dachte ich, würde ich verstehen, und mein Durst würde gestillt. Aber der Pascha war fort, und ich stand da, den blutroten Schatten überlassen. ›Folgen Sie mir‹, konnte ich noch immer hören, während ich mich anstrengte aufzuwachen, ›folgen Sie mir‹, doch ich schlug die Augen auf, und die Stimme erstarb im Morgenlicht.

Während der nächsten Tage bildete ich mir manchmal ein, daß ich das Flüstern wieder hörte. Natürlich wußte ich, daß es bloße Phantasie war, aber dennoch fühlte ich mich danach ruhelos und verwirrt. Mir wurde bewußt, daß ich mich verzweifelt nach dem Acheron sehnte.«

4. Kapitel

Der Sage nach verkehrst du mit den Dingen,
Die menschlichem Erforschen untersagt sind,
Und pflegst mit den Bewohnern ew'ger Nacht,
Den vielen bösen und verdammten Geistern,
Die in dem dunklen Tal des Todes wandeln,
Gemeinschaft.

LORD BYRON, Manfred

Wie wir verabredet hatten, trennte Hobhouse sich auf der Straße nach Jannina von mir. Er ritt nach Süden weiter; ich wandte mich wieder den Bergen und dem gewundenen Weg zum Acheron zu. Wir ritten scharf den ganzen Tag – ich sage wir, denn Fletcher und ich wurden von einem einzelnen Wächter begleitet, einem ehrlichen Schelm namens Viscillie, den mir, ein ungewöhnlicher Gunstbeweis, Ali Pascha persönlich ausgeliehen hatte. Die Felszacken und Schluchten waren so einsam wie immer; als ich diese trostlose Wildnis zum zweitenmal durchquerte, konnte ich nicht umhin, daran zu denken, wie leicht meine sechs Wachen zuvor aus dem Weg geräumt worden waren. Dennoch fühlte ich mich nie wirklich beunruhigt – nicht einmal als wir an der Stelle des Hinterhalts vorbeikamen und ich einen Knochen in der Sonne aufleuchten sah. Ich war jetzt nämlich wie ein albanischer Pascha gewandet, ganz in Rot und Gold, sehr *magnifique*, und es ist schwer, ein Feigling zu sein, wenn man so gekleidet ist. Also zwirbelte ich meinen Schnurrbart, spreizte mich auf meinem Sattel und fühlte mich jedem Banditen auf der Welt gewachsen.

Es war schon spät, als wir das Donnern des Wasserfalls hörten und wußten, daß wir den Acheron erreicht hatten. Vor der Brücke gabelte sich der Weg: Ein Pfad führte bergab, zu dem Dorf, wo ich zuvor übernachtet hatte, der andere weiter hinauf. Wir nahmen den zweiten Pfad; er war steil und schmal, schlängelte sich zwischen Felszacken und verstreuten Findlingen durch, während zu unserer Rechten, ein Abgrund aus Schwärze, die Schlucht gähnte, durch die der Acheron floß. Ich wurde langsam nervös, lächerlich und jämmerlich nervös, als ob die Wasser unter mir meine Seele frösteln ließen, und sogar Viscillie, bemerkte ich, schien sich in seiner Haut nicht wohl zu fühlen. ›Wir müssen uns beeilen‹, murmelte er, während er zu den rotgeränderten Berggipfeln nach Westen hin schaute. ›Bald bricht die Nacht herein.‹ Er zog ein Messer. ›Wölfe‹, sagte er, indem er mir zunickte. ›Wölfe – und andere Bestien.‹

Vor uns, in einem wolkenlosen blendenden Lichtschein, ging rasch die Sonne unter. Aber auch nachdem sie verschwunden war, blieb ihre Hitze zurück, drückend und dumpf, so daß selbst die Sterne, als die Dämmerung in Nacht überging, wie Schweißtröpfchen zu sein schienen. Der Weg schlängelte sich nun steiler bergauf, durch einen Wald aus dunklen Zypressen, deren Wurzeln sich an die Felsen rankten und klammerten und deren Äste schwarze Schatten auf unseren Pfad warfen. Plötzlich zügelte Viscillie sein Pferd und hob die Hand. Ich konnte nichts hören, doch dann deutete Viscillie auf eine Stelle, und ich sah durch ein Lücke zwischen den Bäumen etwas Bleiches schimmern. Ich ritt voraus; vor mir erhob sich ein antiker Torbogen, dessen Marmor vom Mond in weißes Licht getaucht war, der aber auf beiden Seiten des Pfades in Schutt und Unkraut zerfiel. Direkt über dem Bogen befand sich eine kaum leserliche Inschrift: ›Dies, o Herr des Todes, ist ein dir heiliger Ort...‹ – mehr war nicht zu lesen. Ich schaute mich um: alles schien ruhig. ›Hier gibt es nichts‹, sagte ich zu Viscillie, doch er, dessen Augen an die Nacht gewöhnt waren, schüttelte den Kopf und deutete nach vorn. Dort ging jemand, mit dem Rücken zu uns, im Schatten der Felsen. Ich gab meinem Pferd die Sporen und ritt voraus, doch die Gestalt sah sich noch immer nicht um, sondern ging weiter mit unermüdlichem Schritt. ›Wer bist du?‹ fragte ich, indem ich mein Pferd vor den Mann drängte. Er sagte nichts, starrte einfach geradeaus, und sein Gesicht war von einer groben schwarzen Kapuze verdunkelt. ›Wer bist du?‹ fragte ich noch einmal, dann beugte ich mich hinab, um die Kapuze vom Gesicht des Mannes nach hinten zu schnippen. Ich schaute hin – und lachte. Es war Gorgiou. ›Warum hast du nichts gesagt?‹ fragte ich. Aber noch immer sprach Gorgiou nicht. Langsam sah er zu mir auf, und seine Augen schienen blicklos, glasig und stumpf, tief in den Schädel eingesunken. Kein Funke des Erkennens huschte über sein Gesicht; statt dessen wandte er sich um, und mein Pferd wieherte in plötzlicher Furcht und wich zurück. Gorgiou überquerte den Pfad und trat zwischen die Bäume. Ich sah ihn im selben langsamen Schritt wie zuvor verschwinden.

Viscillie schloß zu mir auf, und auch sein Pferd schien nervös und ängstlich. Viscillie küßte die Klinge seines Messers. ›Kommen Sie, Mylord‹, flüsterte er. ›An diesen antiken Stätten gehen Geister um.‹

Unsere Pferde blieben unruhig, und es kostete einige Anstrengung, bis wir sie zwingen konnten, den Weg fortzusetzen. Der Pfad wurde nun breiter, da die Felsen auf der einen Seite allmählich zurückwichen, während auf der anderen ein steiler Felsen hoch über unsere Köpfe aufstieg. Dies war ein Vorgebirge, wurde mir klar, das zwischen uns und dem Acheron vorsprang; ich blickte angestrengt nach oben, doch der Gipfel war nur eine schwarze Linie vor dem Silber der Sterne, die das Mondlicht auslöschte, so daß wir kaum die Hand vor Augen sehen konnten. Zögernd suchten die Pferde ihren Weg den Pfad entlang, bis die Klippe flacher wurde und das Mondlicht wieder da war. Vor uns zog sich der Pfad um einen einzelnen Felsblock – wir folgten ihm, und da lagen die Ruinen einer Stadt, die auf der Berglehne errichtet war. Der Pfad schlängelte sich bergauf, zu einem Schloß auf dem Gipfel. Es schien ebenfalls zerfallen zu sein, und ich konnte kein Licht von seinen Zinnen scheinen sehen. Und doch war ich sicher, als ich auf die zerklüftete Form blickte, als die sich das Schloß vor den Sternen abzeichnete, daß wir am Ziel unserer Reise angelangt waren und daß dort, hinter seinen Mauern, Vachel Pascha auf uns wartete.

Wir begannen, durch die Stadt zu reiten. Es gab Kirchen, in die der Mond hineinschien, und zertrümmerte Säulen, über die Unkraut wucherte. In einer der Ruinen entdeckte ich eine kleine Hütte, die zwischen die Säulen eines aufgegebenen Saales gebaut war, und dann, während ich den Pfad entlangritt, sah ich weitere Behausungen, erbärmlich wie die erste, die zwischen den Trümmern der Vergangenheit hockten wie unrechtmäßige Siedler. Dies war das Dorf, aus dem Haidée geflohen sein mußte, aber jetzt gab es keine Spur von ihr, noch von irgendeinem anderen lebenden Wesen bis auf einen Hund, der wütend bellte, dann schwanzwedelnd auf uns zulief. Ich langte hinunter, um ihn zu streicheln; das Tier leckte mir die Hand und folgte uns, während wir auf dem Pfad weiterritten. Vor uns erstreckte sich eine hohe Mauer, die das Schloß schützte, mit zwei offenen Toren. Ich hielt unter ihnen inne, um noch einen Blick zurück auf das Dorf zu werfen. Jannina und Tepelene fielen mir ein, die lebensvollen Szenen, die uns dort empfangen hatten, und trotz der unerträglichen Hitze fröstelte ich nun angesichts der erbärmlichen Stille der Bruchbuden weiter unten. Als wir uns abwandten und durch die Tore ritten, winselte sogar der Hund und schlich sich davon.

Die Tore schlugen krachend zu – und doch war noch immer niemand zu entdecken. Nun konnte ich sehen, daß weitere Mauern zwischen uns und dem Schloß lagen, das aus dem Berg selbst erbaut schien, so jäh stiegen seine zinnenbewehrten Mauern aus den Felsen empor. Der einzige Pfad zum Schloß war jener, auf dem wir jetzt ritten – und der einzige Fluchtweg, dachte ich plötzlich, als ein zweites Paar Tore hinter unseren Rücken zuschwang. Aber nun konnte ich Fackeln sehen, die an den Mauern tanzten, und war dankbar für die Lebenszeichen – ich begann, an Essen zu denken und an ein weiches Bett und all jene Freuden, die man sich nur als Reisender verdienen kann. Ich trieb mein Pferd durch ein drittes und letztes Tor voran, und als ich mich dabei umdrehte, sah ich, daß der gesamte Weg hinter uns inzwischen von Fackeln beleuchtet war. Dann schwang das dritte Paar Tore zu, und es herrschte wieder völlige Stille. Wir waren allein. Unsere Pferde wieherten vor Angst, und ihr Hufschlag hallte vom Stein wider. Wir befanden uns in einem Innenhof; vor uns führten Stufen zu einem offenen Eingang, sehr alt, bemerkte ich, geschmückt mit Statuen von monströsen Ungeheuern; über uns ragte die Schloßmauer empor. Alles war vom blendenden Silber des Mondes erleuchtet. Ich saß ab und ging über den Hof auf die offene Tür zu.

›Willkommen in meinem Haus‹, sagte Vachel Pascha. Ich hatte ihn nicht kommen sehen; aber da stand er, oben an der Treppe, und erwartete mich. Er streckte die Hände aus und ergriff die meinen, dann umarmte er mich. ›Mein lieber Lord Byron‹, flüsterte er mir ins Ohr. ›Ich bin so froh, daß Sie gekommen sind.‹

Er küßte mich voll auf die Lippen, dann trat er zurück, um mir tief in die Augen zu blicken. Seine eigenen Augen funkelten lebhafter, als ich sie von früher in Erinnerung hatte; auch war sein Gesicht so silbern wie der Mond, seine Konturen leuchtend wie Kristall vor dem Dunkel. ›Die Reise hierher ist beschwerlich‹, sagte er. ›Kommen Sie herein und essen Sie, und dann begeben Sie sich zu Ihrer wohlverdienten Ruhe.‹

Ich folgte ihm durch Höfe, Treppen hinauf, an unzähligen Türen vorbei. Mir wurde bewußt, daß ich müder war, als ich gespürt hatte, denn die Architektur des Gebäudes erschien mir wie die meiner Träume, endlos sich ausdehnend und verkleinernd, voller unmöglicher Verknüpfungen und Stilmischungen. ›Hier‹, sagte der Pascha endlich, indem er einen goldenen Vorhang beiseite schob und mir bedeutete, ihm zu folgen. Ich schaute mich um; Säulen im Stil eines antiken Tempels rahmten den Raum ein, aber über mir, mit einem glitzernden Mosaik aus Gold-, Blau- und Grüntönen, wölbte sich eine Kuppel so anmutig, daß sie wie aus Glas wirkte. Das Licht war schwach, da es nur zwei große Kerzenhalter in Form sich windender Schlangen gab, aber ich konnte dennoch Worte in arabischer Schrift um den Rand der Kuppel erkennen. Der Pascha mußte mich beobachtet haben: ›Und Allah schuf den Menschen‹, flüsterte er mir ins Ohr, ›aus Blutgerinnseln.‹ Er lächelte träge. ›Es ist ein Zitat aus dem Koran.‹ Er nahm meine Hand und bedeutete mir, mich zu setzen. Um einen niedrigen Tisch mit Speisen lagen Kissen und Seidenteppiche. Ich nahm Platz und befolgte die Aufforderung meines Gastgebers zu essen. Eine alte Dienerin sorgte dafür, daß mein Weinglas stets gefüllt war und auch das des Paschas, obwohl mir auffiel, daß er den Wein ohne sichtbare Freude oder Neigung trank. Er fragte mich, ob ich überrascht sei, ihn Wein trinken zu sehen; als ich dies bejahte, lachte er und meinte, er gehorche keines Gottes Gebot.

›Und Sie‹, fragte er mich mit funkelnden Augen, ›worüber würden Sie sich dem Vergnügen zuliebe hinwegsetzen?‹

Ich zuckte die Achseln. ›Nun, welche Vergnügungen gibt es‹, fragte ich, ›außer Wein zu trinken und totes Schwein zu essen? Ich gehöre einer vernünftigen Religion an, die es mir gestattet, mich beiden Beschäftigungen hinzugeben.‹ Ich hob mein Glas und leerte es. ›Und so entgehe ich der Verdammnis.‹

Der Pascha lächelte milde. ›Aber Sie sind jung, *milord*, und schön.‹ Er langte über den Tisch und nahm meine Hand. ›Und doch enden Ihre Freuden beim Verzehr von Schweinefleisch?‹

Ich schaute auf die Hand des Paschas, dann trafen sich unsere Blicke wieder. ›Ich mag jung sein, Euer Exzellenz, aber ich habe bereits gelernt, daß jede Freude mit einer angemessenen Gebühr belegt ist.‹

›Sie mögen recht haben‹, erwiderte der Pascha gelassen. Ein trüber Schleier schien sich über seine Augen zu legen. ›Ich muß zugeben‹, fügte er nach einer erschöpften Pause hinzu, ›daß ich mich kaum erinnern kann, was Vergnügen ist, so abgestumpft fühle ich mich durch das Verstreichen der Jahre.‹

Ich schaute ihn überrascht an. ›Verzeihen Sie mir, Eure Exzellenz‹, sagte ich, ›aber Sie kommen mir nicht wie ein Lüstling vor.‹

›Wirklich nicht?‹ fragte er. Er zog seine Hand von meiner weg. Ich dachte zuerst, er sei zornig, aber als ich in sein Gesicht blickte, sah ich nur einen Ausdruck schrecklicher Melancholie, Leidenschaften, zu Eis geworden wie die Wellen eines zugefrorenen Teiches. ›Es gibt Vergnügungen, *milord*‹, sagte er langsam, ›von denen Sie nicht einmal geträumt haben. Vergnügungen des Geistes – und des Blutes.‹ Er sah mich an, und seine Augen schienen nun tief wie das All. ›Ist das nicht der Grund, warum Sie hierhergekommen sind, *milord?* Um diese Vergnügungen selbst zu kosten?‹

In seinem Blick lag etwas Unwiderstehliches. ›Es ist wahr‹, sagte ich, ohne die Augen niederzuschlagen, ›obwohl ich Sie kaum kenne, fühle ich schon, daß Sie der außergewöhnlichste Mensch sind, dem ich jemals begegnet bin. Sie werden mich auslachen, Eure Exzellenz – aber in Tepelene träumte ich von Ihnen. Ich bildete mir ein, Sie kämen zu mir, zeigten mir seltsame Dinge und deuteten verborgene Wahrheiten an.‹ Plötzlich mußte ich lachen. ›Aber was werden Sie von mir halten, wenn ich sage, daß ich auf die Einflüsterung einiger seltsamer Träume hergekommen bin? Sie werden gekränkt sein.‹

›Nein, *milord*, ich bin nicht gekränkt.‹ Der Pascha stand auf, nahm meine Hände und umarmte mich. ›Sie haben einen anstrengenden Tag gehabt. Heute nacht verdienen Sie es, traumlos zu schlafen – den Schlaf der Seligen.‹ Er küßte mich, und seine Lippen fühlten sich kalt an. Ich war überrascht, denn draußen, im Mondschein, war dem nicht so gewesen. ›Erwachen Sie frisch und gestärkt, *milord*‹, flüsterte der Pascha. Er klatschte in die Hände; ein verschleiertes Sklavenmädchen kam durch den Vorhang herein. Der Pascha wandte sich ihr zu. ›Haidée, führe unseren Gast zu seinem Bett.‹

Meine freudige Überraschung muß deutlich sichtbar gewesen sein. ›Ja‹, sagte der Pascha, der mich beobachtete, ›sie ist diejenige, die ich aus Tepelene zurückgebracht habe, meine hübsche Ausreißerin. Haidée‹ – er winkte mit der Hand – ›nimm den Schleier ab.‹ Anmutig tat sie es, und ihr langes Haar fiel ihr ungebändigt über die Schultern. Sie war noch schöner als in meiner Erinnerung, und mich erfüllte ein plötzlicher Ekel bei dem Gedanken, daß sie Vachel Pascha als Hure diente. Ich warf einen schnellen Blick auf den Pascha, der seine Sklavin anstarrte, und sah einen solchen Ausdruck des Hungers und Verlangens in seinem Gesicht aufscheinen, daß mir beinahe schauderte, denn seine Lippen waren geöffnet, und seine Nüstern bebten, fast als ob er das Mädchen schnupperte, und sein

Begehren schien von einer schrecklichen Verzweiflung durchdrungen. Er drehte sich um und sah, daß ich ihn beobachtete; der gleiche hungrige Blick zeichnete sein Gesicht, als er mich anstarrte, und dann war es vorbei, und seine Miene war so gefroren wie zuvor. ›Schlafen Sie‹, sagte er kühl und winkte mit der Hand. ›Sie brauchen Ihre Ruhe – in den kommenden Tagen wird viel auf Sie einstürmen. Gute Nacht, *milord*.‹

Ich verneigte mich und dankte ihm, dann folgte ich Haidée. Sie führte mich eine Treppe hinauf; als wir oben ankamen, drehte sie sich um und küßte mich, lange und zärtlich, und ich, der ich keine Ermunterung brauchte, nahm sie in die Arme und erwiderte ihren Kuß, so gut ich konnte. ›Sie sind meinetwegen gekommen, mein teurer, lieber Lord Byron‹ – sie küßte mich wieder – ›Sie sind meinetwegen gekommen.‹ Dann befreite sie sich aus meiner Umarmung und nahm mich bei der Hand. ›Hier entlang‹, sagte sie, während sie mich eine zweite Treppe hinaufführte. Jetzt hatte sie keine Spur der Sklavin mehr an sich; statt dessen schien sie strahlend vor Leidenschaft und Erregung, hübscher denn je, mit einer Art wilder Freude, die mein eigenes Blut wärmte und meine Stimmung höchst unterhaltsam belebte. Wir gelangten schließlich in einen Raum, der mich zu meiner großen Überraschung an mein altes Schlafzimmer in Newstead erinnerte – dicke Säulen und schwere Bogen, venezianische Kerzenständer, der ganze vertraute gotische Kram. Ich konnte mich beinahe nach England zurückversetzen – gewiß war dieses Zimmer kein Ort für Haidée, so natürlich war sie, so reizvoll – so griechisch. Ich umarmte sie; sie hob die Lippen, um mich wieder zu küssen, und es war so feurig und süß wie jener erste Kuß in dem Gasthaus, als sie zu glauben gewagt hatte, sie könne frei sein.

Und dann erinnerte ich mich natürlich daran, daß sie das nicht war. Langsam löste ich meine Lippen von ihren. ›Warum hat der Pascha uns allein gelassen?‹ fragte ich.

Haidée blickte mit großen Augen zu mir auf. ›Weil er hofft, daß Sie mich entjungfern werden‹, sagte sie einfach.

›Entjungfern?‹ – und dann nach einer Pause – ›*Hofft?*‹

›Ja.‹ Ihre Miene verdunkelte sich vor plötzlicher Bitterkeit. ›Ich wurde nämlich heute abend aufgesperrt.‹

›Wie bitte?‹

›Sie haben schon recht gehört.‹ Gegen ihren Willen mußte Haidée lachen. Sie kreuzte keusch die Hände vor ihrem Leib. ›Hier‹, sagte sie. ›Was hier liegt – schließlich gehört es meinem Herrn, nicht mir. Er kann damit machen, was er will.‹ Sie reckte die Hände, dann hob sie ihre Röcke an – um ihre Handgelenke und Knöchel trug sie zierliche Ringe aus Stahl, keine Armreifen, wie ich zuvor gedacht hatte, sondern Hand- und Fußfesseln. Haidée verschränkte wieder die Hände. ›Die Ketten können so angebracht werden, daß sie meine Schenkel verschließen.‹

Ich schwieg eine Weile. ›Ich verstehe.‹

Sie sah mich unverwandt an, ohne mit ihren großen Augen zu blinzeln, dann zog sie mich fest an sich. ›Wirklich?‹ fragte sie, indem sie die Hand ausstreckte, um meine Locken zu kämmen. ›Ich kann keine – will keine – Sklavin sein, Mylord – und vor allem nicht seine Sklavin, nein, nicht *seine*.‹ Sie küßte mich zärtlich. ›Lieber Byron – helfen Sie mir –, bitte helfen Sie mir.‹ Ihre Augen funkelten plötzlich vor Zorn und gepeinigtem Stolz. ›Ich muß frei sein‹, flüsterte sie mit einem einzigen Atemzug. ›*Ich muß.*‹

›Ich weiß.‹ Ich hielt sie ganz fest. ›Ich weiß.‹

›Schwören Sie?‹ Ich konnte ihr Zittern spüren, während sie sich an mich drückte. ›Schwören Sie, daß Sie mir helfen?‹ Ich nickte. Eine solche Leidenschaft, wie die einer

Tigerin, verbunden mit der Schönheit einer Liebesgöttin – wie hätte ich da unbewegt bleiben können? Ja, wie nur? Ich blickte flüchtig hinüber zum Bett. Und doch, wie zuvor, das gleiche beklommene Einflüstern in meinem Kopf – *warum* waren wir allein gelassen worden? –, schien doch der Pascha kaum der Mann zu sein, der es freundlich aufnehmen würde, wenn ein Gast mit seiner Lieblingssklavin schlief. Und ich befand mich hoch in den Bergen, in einem fremden Land, praktisch allein.

Ich erinnerte mich an das, was Haidée vorher gesagt hatte. ›Der Pascha‹, fragte ich bedächtig, ›er hat wirklich nicht mit dir geschlafen?‹

Sie schaute zu mir auf und dann beiseite. ›Nein, nie.‹ Ihre Stimme verriet Abscheu, aber auch, unmißverständlich, eine plötzliche Spur von Angst. ›Er hat mich für – für das nie benutzt.‹

›Wofür dann?‹

Sie schüttelte leise den Kopf und schloß die Augen.

Ich zog sie herum, damit sie mir ins Gesicht sah. ›Aber warum, Haidée – ich begreife noch immer nicht –, warum hat er dich ohne Ketten zu mir gelassen?‹

›Sie begreifen es wirklich nicht?‹ Sie blickte mit plötzlichem Zweifel in den Augen zu mir auf. ›Gewiß verstehen Sie es doch? Wie kann eine Sklavin lieben? Sklavinnen sind Huren, mein Byron. Wünschen Sie, daß ich Ihre Hure bin, mein Byron, mein liebster Byron, wünschen Sie, daß ich das werde?‹ Gott, dachte ich, gleich fängt sie an zu weinen, und ich hätte sie beinahe auf der Stelle genommen, aber nein, sie besaß die Kraft und Leidenschaft eines Gebirgsgewitters, und ich konnte es nicht tun. Wenn sie eine x-beliebige Dirne gewesen wäre, irgendeine Londoner Schlampe, gut – ich war bereits Lebemann genug, um zu wissen, daß eine Frau meistens Tränen vergießt, einfach um sie als Gleitmittel zu benutzen –, dann hätte ich sie bedrängt. Haidée jedoch – sie hatte die Schönheit ihres Landes –, aber sie besaß auch noch mehr, etwas vom Geist des alten Griechenland, den ich schon so lange zu finden gehofft hatte, und nun, in diesem Sklavenmädchen, hielt ich ihn fest, Strahlen jenes Lichts, das die Argonauten geleitet und Haidées Ahnen bei den Thermopylen beflügelt hatte. So wunderschön, so wild – ein Geschöpf der Berge, ruhelos fast bis zum äußersten in ihrem Käfig. ›Ja‹, flüsterte ich ihr ins Ohr, ›du wirst frei sein, ich verspreche es.‹ Dann ganz leise: ›Und ich werde auch nicht mit dir schlafen, bevor du es selbst wünschst.‹

Sie führte mich durchs Zimmer auf einen Balkon. ›Dann sind wir uns also einig?‹ fragte sie. ›Wir fliehen gemeinsam von diesem Ort?‹

Ich nickte.

Haidée lächelte glücklich, dann zeigte sie zum Himmel empor. ›Wir müssen warten‹, sagte sie. ›Wir können nicht fort, solange der Mond voll ist.‹

Ich sah sie erstaunt an. ›Aber warum denn nicht?‹

Sie hob einen Finger zu meinen Lippen. ›Byron, glauben Sie mir.‹ Sie fröstelte trotz der Hitze. ›Ich weiß, was zu tun ist.‹ Wieder fröstelte sie und blickte rasch über die Schulter. Ich folgte ihrem Blick und sah einen Turm, der sich gezackt vor dem Mond abhob und auf dessen höchster Spitze ein rotes Licht glühte. Ich trat an die Brüstung des Balkons und entdeckte, daß der Turm jäh vom äußersten Rand des Vorgebirges aufragte. Tief unten strömte der Acheron, dessen trübes Wasser kein Licht vom Mond empfing; ich spähte über die Brüstung meines eigenen Balkons und sah, daß der Abfall in die Schlucht unter mir ebenso steil war wie entlang der restlichen Mauern. Haidée hielt mich fest und deutete nach oben; als ich aufblickte, war das rote Licht auf dem Turm verschwunden. ›Ich muß gehen‹, sagte sie.

In diesem Augenblick klopfte es an der Tür. Haidée fiel auf die Knie, um meine Stiefel aufzuschnüren. ›Herein‹, rief ich.

Die Tür öffnete sich, und ein Geschöpf kam herein. Ich sage Geschöpf, denn das Ding hatte zwar die Gestalt eines Menschen, trug jedoch keinen Hinweis auf Intelligenz im Gesicht, und seine Augen waren toter als die eines Wahnsinnigen. Seine Haut war lederartig und mit Haarbüscheln bedeckt, die Nase verrottet, die Fingernägel bogen sich wie Krallen. Dann fiel mir ein, daß ich es schon einmal gesehen hatte, dasselbe Geschöpf, zusammengesunken an den Rudern im Boot des Paschas. Es war jetzt wie damals gekleidet, in fettiges Schwarz, und es hielt einen Zuber mit Wasser in den Händen.

›Wasser, Herr‹, sagte Haidée mit gesenktem Kopf. ›Zum Waschen.‹

›Aber wo ist mein eigener Diener?‹

›Er wird versorgt, Herr.‹ Haidée wandte sich an das Geschöpf und bedeutete ihm, den Zuber abzusetzen. Ich bemerkte, daß sie einen entsetzten und angeekelten Ausdruck unterdrückte. Sie bückte sich, um mir die Stiefel auszuziehen, dann stand sie auf und wartete, den Kopf wieder geneigt. ›Ist das alles, Herr?‹ fragte sie.

Ich nickte. Haidée warf einen Blick auf das Geschöpf, wieder der gleiche unterdrückte Ausdruck des Schreckens. Sie ging durchs Zimmer, und das Geschöpf folgte ihr, überholte sie dann und schlurfte zur Treppe draußen. Haidée streifte mich im Vorbeigehen. ›Suchen Sie meinen Vater auf‹, flüsterte sie. ›Sagen Sie ihm, daß ich lebe.‹ Ihre Finger streichelten meine Hand; dann war sie fort, und ich blieb allein zurück.

Ich fühlte mich so aufgewühlt, und meine Gemütsverfassung war so verworren vor Verlangen und Zweifel, daß ich sicher war, nicht schlafen zu können. Aber ich muß von der Reise müder gewesen sein, als ich wahrgenommen hatte, denn ich brauchte mich in jener Nacht nur auf mein Bett zu legen, um in tiefen Schlummer zu fallen. Keine Alpträume suchten mich heim, nicht einmal der Hauch eines Traums; vielmehr schlief ich durch, und es war später Morgen, als ich endlich aufwachte. Ich trat auf meinen Balkon; weit unter mir, schwarz wie zuvor, floß der Acheron, aber alle anderen Farben, die Tönungen der Erde, die Schattierungen des Himmels, schienen von der Schönheit des Paradieses gefärbt, und ich überlegte, wie seltsam es war, daß der Mensch dieses für die Götter geschaffene Land mit solcher Tyrannei geschlagen hatte. Ich blickte zum Turm empor, der sich vom Morgenhimmel ebenso gezackt abhob wie zuvor von den Sternen; an dieser Stelle zumindest, dachte ich, während ich wieder die Schönheit der Landschaft betrachtete, schien es, als hätte der böse Feind die Engel besiegt und seinen Thron im Himmel verankert, um ihn zu regieren, als wäre er die Hölle. Und doch, dachte ich – und doch –, warum genau erfüllte mich Vachel Pascha mit solcher Furcht, daß ich ihn einen Dämon nennen konnte und es als mehr denn bloß ein leeres Wort empfand? Es war die Angst anderer Leute, glaubte ich – die Gerüchte, die ich gehört hatte, seine eigene Einsamkeit und Rätselhaftigkeit, alle diese Dinge, die zerfallenen Zeichen seiner dunklen Herrschaft. War schließlich nicht stets behauptet worden und hatte ich es nicht genau gewußt, daß der Teufel ein Aristokrat war?

Mir graute davor, ihn wiedersehen zu müssen, und zugleich erhoffte ich es. Doch als ich in den Kuppelraum vom Vorabend hinunterstieg, erwartete mich dort nur die alte Dienerin. Sie übergab mir eine Nachricht; ich öffnete sie. ›Mein lieber Lord Byron‹, las ich, ›Sie müssen mir verzeihen, aber ich kann Ihnen heute keine Gesellschaft leisten. Bitte nehmen Sie meine tiefstempfundenen Entschuldigungen entgegen, aber ich bin in Geschäfte verwickelt, die ich nicht liegenlassen kann. Der Tag gehört Ihnen; ich werde Sie heute abend treffen.‹ Der Namenszug war in arabischer Schrift hingekritzelt.

Ich fragte die Dienerin, wo der Pascha sich aufhielt; aber sie begann zu zittern und schien so nervös, daß sie unfähig war zu sprechen. Ich fragte nach Haidée, dann nach Fletcher und Viscillie; doch sie war zu verängstigt, um mich auch nur zu verstehen, und alle meine Nachfragen waren vergebens. Zu ihrer Erleichterung erlaubte ich ihr endlich, das Frühstück zu servieren. Nachdem ich gegessen hatte, entließ ich sie und war allein.

Ich fragte mich, was ich tun sollte – oder eher, was man mir zu tun gestatten würde. Das Verschwinden meiner zwei Begleiter beunruhigte mich immer stärker; die Abwesenheit von Haidée weckte, wenn möglich, sogar noch finstrere Gedanken. Ich beschloß, das Schloß zu erkunden, von dessen ungeheurer Ausdehnung ich schon am Abend zuvor einen gewissen Eindruck erhalten hatte, um festzustellen, welche Spuren von ihnen ich vielleicht finden könnte. Ich verließ den Kuppelsaal und schlenderte einen langen, überwölbten Durchgang hinunter. Gewölbe auf Gewölbe schien von ihm abzuzweigen, um sich in weitere Durchgänge und weitere Gewölbe zu öffnen, so daß es kein Ende zu geben schien und keinen Weg zurück oder hinaus. Die Durchgänge waren von großen Kohlenpfannen erleuchtet, deren Flammen hoch an den Wänden emporzüngelten und dennoch keine Wärme und nur das spärlichste Licht spendeten. Bedrückende Phantasien begannen, auf mich einzustürmen; der Gedanke an das kolossale Gewicht des Felsgesteins über meinem Kopf und die flackernde Düsterkeit des Labyrinths selbst überzeugten mich davon, daß ich auf immer in einer riesigen versiegelten Krypta verloren war. Ich rief laut – in der modrigen Luft erzeugte meine Stimme kaum ein Echo. Ich rief noch einmal und noch einmal, denn obwohl ich mich in diesem Gefängnis allein wähnte, hatte ich auch das Gefühl, daß mich Augen unverwandt beobachteten. Aus den Säulen einiger Bogen waren Statuen herausgemeißelt, sehr alt, vom Stil her griechisch und dennoch mit Gesichtern, soweit erhalten, von außergewöhnlicher Grausigkeit. Ich blieb bei einer Säule stehen und versuchte zu verstehen, was das Schauerliche ausmachte, denn das Gesicht der Statue hatte nichts Auffälliges, nichts Ungeheuerliches oder Groteskes, und doch wurde mir übel vor Abscheu, wenn ich es nur anschaute. Es lag an der Leere, wurde mir plötzlich klar, die mit bemerkenswertem Können mit einem Ausdruck verzweifelten Durstes kombiniert worden war; sofort sah ich, daß die Statue mich an den Diener des Paschas erinnerte, das Geschöpf in Schwarz, das in der Nacht zuvor in mein Zimmer gekommen war. Ich schaute mich um – dann stolperte ich weiter. Ich begann mir einzubilden, daß ich andere derartige Kreaturen im Dunkel sehen konnte, die mich mit ihren toten Augen beobachteten. Einmal war ich mir ihrer Gegenwart so sicher, daß ich laut rief und glaubte, ein Wesen forthuschen zu sehen, aber als ich ihm durch einen Bogengang folgte, lag nichts vor mir als Fackellicht und Stein.

Doch das Licht wirkte intensiver als zuvor, und als ich durch die Gewölbe weiterging, flimmerten die Steinmetzarbeiten, als ob sie mit Gold eingelegt wären. Ich betrachtete die Wände genauer und sah, daß sie mit Mosaiken im byzantinischen Stil geschmückt waren, die man jedoch schon vor langem verunstaltet hatte. Die Augen der Heiligen waren herausgemeißelt worden, so daß auch sie das bereits bekannte Starren der Toten hatten. Eine nackte Madonna umklammerte einen Christus; das Kind lächelte mit listiger Bosheit, während die Heilige Jungfrau ein Gesicht bekommen hatte, das derart verführerisch war, daß ich kaum glauben konnte, daß es bloß eine Dekoration auf einer Wand war. Ich wandte mich ab, dann spürte ich den Drang, wieder hinzublicken auf dasselbe Hurenlächeln, dasselbe Glitzern des Hungers in den Augen der Madonna. Ich wandte mich ein zweites Mal ab, und indem ich mich zwang, nicht erneut hinzuschauen, eilte ich durch einen weiteren Bogengang voran. Das Licht war nun kräftiger, ein tieferes Rot. Vor mir hing ein Brokatvorhang, der meinen Weg verdeckte. Ich schob ihn zur Seite und ging weiter, dann blieb ich stehen, um zu betrachten, was über mir und um mich herum lag.

Ich befand mich in einem riesigen Saal, leer und mit einer Kuppel versehen, dessen anderes Ende so weit weg von mir war, daß es sich im Dunkeln verlor. Gewaltige Säulen, die sich von den Wänden vordrängten, ragten drohend auf wie dunkle Titanen; Bogengänge von der Art, die ich gerade durchschritten hatte, schienen Öffnungen in die Nacht zu sein. Und doch war der Saal erleuchtet – wie in den Durchgängen brannten Kohlenpfannen und riesige Fackeln, deren Flammen in einer Pyramide zur höchsten Spitze der Kuppel aufstiegen. Genau unter diesem Punkt, im Zentrum des Saales, entdeckte ich einen winzigen Altar aus schwarzem Stein – ich ging darauf zu und sah, daß er der einzige Gegenstand war, der in diesem ganzen gewaltigen Raum stand. Davon abgesehen war er kahl, und außer dem Klang meiner Schritte gab es keinen Laut in der stolzen, schweren Leere des Saales.

Ich erreichte den Altar und bemerkte, daß ich seine

Größe falsch eingeschätzt hatte, so weit war ich ursprünglich von ihm entfernt gewesen. Es war auch gar kein Altar, sondern ein kleiner Kiosk von der Art, wie ihn Mohammedaner mitunter in ihren Moscheen bauen. Ich konnte die arabische Schrift, die um die Tür des Kiosks eingemeißelt war, nicht lesen, aber ich erkannte sie vom Vorabend wieder – ›Und Allah schuf den Menschen aus Blutgerinnseln‹. Wenn jedoch der Kiosk tatsächlich von einem Mohammedaner erbaut worden war – und ich konnte mir keine andere mögliche Erklärung für seine Anwesenheit hier vorstellen –, dann verunsicherten und überraschten mich die anderen Dekorationen an seinen Wänden. Der Koran verbietet es, die menschliche Gestalt darzustellen – und doch waren hier die Gestalten von Dämonen und antiken Göttern in den Stein gemeißelt. Direkt über der Tür befand sich das Gesicht eines schönen Mädchens, so dirnenhaft und grausam wie das der Madonna. Ich starrte zu ihm empor und verspürte die gleichen seltsamen Stiche des Abscheus und Begehrens wie schon vor dem Mosaik. Ich fühlte, daß ich auf ewig in das Gesicht des Mädchen starren könnte – und nur mit Mühe gelang es mir, meinen Blick abzuwenden und die Schwelle in die Dunkelheit dahinter zu überschreiten.

Ich glaubte, eine Bewegung zu hören. Ich spähte in das Dämmerlicht, konnte aber nichts erkennen. Unmittelbar vor mir führten Stufen hinab ins Dunkel; ich machte einen Schritt voran, dann hörte ich erneut die Bewegung. ›Wer ist da?‹ rief ich laut. Es kam keine Antwort. Ich machte einen weiteren Schritt vorwärts. Allmählich wurde ich mir einer schrecklichen Angst bewußt, schlimmer als jede, die ich bisher empfunden hatte, einer Angst, die fast wie Weihrauch aus der Dunkelheit vor mir aufstieg und meine Sinne trübte. Aber ich zwang mich, zur Treppe hin weiterzugehen. Ich tat den ersten Schritt nach unten. Da hörte ich hinter mir Tritte auf dem Stein und spürte tote Finger, die meinen Arm hielten.

Ich warf mich herum und erhob meinen Spazierstock. Ein gespenstisches Geschöpf mit leeren Augen und schlaffem Kiefer stand hinter mir. Ich kämpfte, um meinen Arm zu befreien, doch der Griff war unnachgiebig. Auf meinem Gesicht spürte ich den Atem des Geschöpfs, schwer vom Geruch nach totem Fleisch. Verzweifelt schlug ich mit dem Stock auf den Arm des Ungeheuers, aber es schien nichts zu spüren und stieß mich, so daß ich stolperte und außerhalb der Kiosktür zu Boden fiel. Wütend raffte ich mich auf und holte wieder nach dem Geschöpf aus; es schlurfte zurück, aber dann, als ich mich auf die Treppe zubewegte, entblößte es seine Zähne, zerbrochen und schwarz, aber so gezackt wie eine Bergkette. Es zischte, ein abscheulicher Laut der Warnung und des Durstes, und gleichzeitig spürte ich aus der Schwärze der Treppe eine frische Wolke des Schreckens um meine Sinne wirbeln. Nun habe ich mich immer für einen beherzten Mann gehalten, aber damals, angesichts der Dunkelheit der Treppe und ihres gräßlichen Hüters, wurde mir klar, daß selbst der Tapferste wissen sollte, wann es Zeit für den Rückzug ist. Also wich ich zurück, und das Geschöpf fiel sofort wieder in seine Starre. Ich atmete tief ein und brachte meine schreckliche Angst unter Kontrolle. Doch ich war ein Feigling gewesen – und wußte es. Wie immer in solchen Situationen sehnte ich mich danach, jemand anderem die Schuld zu geben.

›Vachel Pascha!‹ rief ich aus. ›Vachel Pascha!‹

Der Klang meiner eigenen Stimme, die rund um den weiten Saal widerhallte, war die einzige Antwort. Undeutlich in den Schatten einer fernen Wand erkannte ich nun ein Geschöpf wie das Ding im Kiosk und wie jenes, das mir das Wasser ins Zimmer gebracht hatte – gebückt, auf Händen und Knien, schrubbte es die Fliesen, ohne mich zu beachten. Ich ging hinüber. ›Du‹, sagte ich, ›wo ist dein Herr?‹ Das Geschöpf blickte nicht auf. In meinem Zorn schlug ich mit dem Stock seinen Wasserzuber um, dann griff ich zu und zerrte an den schwarzen Lumpen des Geschöpfs. ›Wo ist der Pascha?‹ fragte ich. Das Geschöpf starrte mich an, wobei es wortlos die Lippen zusammenschlug. ›Wo ist der Pascha?‹ schrie ich. Das Ding zuckte mit keiner Wimper und begann, mit stummem, animalischem Durst zu lächeln. Ich lockerte meinen Griff, riß mich zusammen und schaute mich noch einmal im Saal um. Ich entdeckte eine Treppe, die sich an einer der riesigen Säulen emporwand; ein anderes Geschöpf, wie das erste auf Händen und Knien, schrubbte sie. Ich folgte den Windungen der Treppe und sah, wie sie die Säule verließ und sich durch die Flammen der Fackeln an der Kuppelwand nach oben schwang, bevor sie im Nichts endete. Ich betrachtete die anderen Säulen und wieder den Rand der Kuppel und bemerkte, was mir vorher entgangen war, daß es nämlich überall Treppen gab, Muster von Treppen, Gittermuster der Nutzlosigkeit, die sich hoch hinaufschwangen, nur um schließlich ins leere, hoffnungslose All zu münden. Wie verlorene Seelen in einem Gefängnis der Verdammten schrubbten kauernde Gestalten auf jeder Treppe die Steine, und mir fiel mein Traum ein, wie auch ich versucht hatte, unmögliche Treppen zu erklimmen, und mich auf ihnen verloren und im Stich gelassen fühlte. Sollte dies also mein Schicksal sein, mich zu diesen Kreaturen in ihrer sinnlosen Knechtschaft zu gesellen und nie jenes dunkle Reich des Wissens, das mir angedeutet worden war, zu erreichen? Ich schauderte, denn in diesem Augenblick spürte ich bis in meine tiefste Seele eine Gewißheit von der verborgenen Weisheit und Macht des Paschas und war überzeugt von dem, was ich früher ohne

Verständnis gesagt hatte, daß er nämlich von einer Art war, wie sie mir nie zuvor begegnet war. Aber von welcher? Ich erinnerte mich an jenes einzelne griechische Wort, das stets nur mit leisem entsetztem Geflüster ausgesprochen wurde – *Vardoulacha*. Und war es möglich – wirklich möglich –, daß ich jetzt der Gefangene eines solchen Dings war? Da stand ich, in jenem riesenhaften Saal, und fühlte, wie meine Angst in heftigen Zorn umschlug.

Nein, dachte ich – ich durfte vor den Schrecken dieses Ortes nicht kapitulieren. In meinem Traum war ich verlassen gewesen, doch der Pascha hatte noch eine Treppe gefunden, die er hinaufsteigen konnte. Und so blickte ich wieder nach oben in die Kuppel des großen Saals, auf den Absturz der Treppen ins Nichts, auf jede einzelne, und dann entdeckte ich sie – die einzige Treppe, die nicht abbrach. Ich eilte zu ihr hin und begann hinaufzusteigen. Immer höher wand sie sich empor, eine schmale Treppe, die aus der Säule gehauen war und dann um den Rand der Kuppel lief. Sonst war niemand da, nichts anderes, an dem ich auf dem Weg vorbei mußte – kein kauerndes Ding in Schwarz: Ich war allein. Direkt vor mir verschwand die Treppe in der Wand. Ich schaute hinab in den großen Saal unter mir, in die schwindelerregende Weite aus Stein und Raum und empfand eine plötzliche Abneigung bei dem Gedanken, einen so engen Gang wie den jetzt vor mir liegenden zu betreten. Doch ich zog den Kopf ein und trat ein, dann stieg ich praktisch im Dunkeln immer höher hinauf.

Ich verspürte eine seltsame Erregung aus Zorn und Zweifel. Die Treppe schien endlos; ich bestieg den Turm, merkte ich, den Turm, den ich in der vergangenen Nacht rot erleuchtet gesehen hatte. Endlich erreichte ich eine Tür. ›Vachel Pascha!‹ rief ich und schlug mit meinem Stock dagegen. ›Vachel Pascha, lassen Sie mich ein!‹ Es kam keine Antwort. Ich stieß gegen die Tür, während mein Puls raste und mein Herz vor Angst vor dem, was ich drinnen finden könnte, hämmerte. Die Tür ließ sich leicht öffnen. Ich trat in das Zimmer ein.

Es enthielt keine Schrecken. Ich schaute mich um. Nichts als Bücher – in Regalen, auf Tischen, in Stapeln auf dem Boden. Ich hob eines auf und sah auf den Titel. Er war französisch: *Grundlagen der Geologie*. Ich runzelte die Stirn: Dies war ganz und gar nicht, was ich zu finden erwartet hatte. Ich trat ans Fenster; dort fand ich ein wunderschönes Fernrohr in einer Ausführung, die ich noch nie gesehen hatte, das auf den Himmel gerichtet war. Ich öffnete eine zweite Tür; sie führte in ein weiteres Zimmer voller Gläser und Reagenzgefäße. Flüssigkeiten in leuchtenden Farben sprudelten in ihnen oder flossen durch Glasröhren wie Blut in durchsichtigen Adern. Mit Pulvern gefüllte Töpfchen standen aufgereiht auf Regalen. Überall lagen Papiere; ich nahm ein Blatt in die Hand und warf einen Blick darauf. Es war mit Gekritzel bedeckt, das ich nicht lesen konnte; doch entdeckte ich einen Satz, der auf französisch geschrieben war: ›Galvanismus und die Grundlagen des menschlichen Lebens.‹ Ich lächelte. Der Pascha war also Naturforscher, ein Vertreter der Aufklärung – ich dagegen, ich hatte mich in den dümmsten abergläubischen Vorstellungen ergangen, die man sich denken konnte. *Vardoulachas*, dachte ich, Vampire! Wie konnte ich an solches Zeug auch nur einen Moment geglaubt haben? Kopfschüttelnd trat ich ans Fenster. Ich mußte mich in die Gewalt bekommen. Ich starrte hinaus in den klaren blauen Himmel. Ich würde ausreiten, beschloß ich, weg vom Schloß – und sehen, ob ich die Phantome nicht irgendwie aus meinem Kopf vertreiben könnte.

Nicht daß ich mich plötzlich außer Gefahr gefühlt hätte – ganz im Gegenteil. Ein Mann kann ein Mensch sein und dennoch ein Ungeheuer – der Gedanke, ich könnte der Gefangene des Paschas sein, erfüllte mich noch immer mit Zweifel und Wut. Doch unten in den Stallungen, befand sich niemand, der mich daran hinderte, mein Pferd zu satteln. Die Tore des Schlosses standen offen; als ich an den tatarischen Wächtern, deren Fackeln ich anscheinend am Abend zuvor gesehen hatte, vorbeiritt, schauten sie mich mit großen Augen an, verfolgten mich jedoch nicht. In scharfem Galopp ritt ich die Gebirgsstraße hinunter – ein gutes Gefühl, den Wind im Haar zu spüren, die Sonne im Gesicht. Ich kam zu dem Bogen mit der Inschrift an den antiken Herrn des Todes; als ich durch ihn hinausritt, schien die Last, die meine Lebensgeister niedergedrückt hatte, dahinzuschmelzen, und ich spürte die Fülle des Lebens, seine Schönheit und Freude. Fast war ich versucht, auf der Gebirgsstraße weiterzugaloppieren und nie wieder zurückzukehren; doch ich erinnerte mich meiner Schuldigkeit gegenüber Viscillie und Fletcher und vor allem, vor allem anderen, meines Versprechens an Haidée. Ich brauchte es bloß zu erwägen, auch nur eine Sekunde, um zu wissen, wie unerträglich es wäre, sie im Stich zu lassen – meine Ehre stand auf dem Spiel, ja, natürlich, aber daran lag es nicht, was war Ehre anderes als ein Wort? Nein, ich mußte es eingestehen – etwas, das einzugestehen ich nicht gewohnt war –, ich war schamlos, quälend, sehnsüchtig verliebt. Der Sklave einer Sklavin – doch wie ungerecht war das gegenüber Haidée, denn eine Sklavin mußte sich als solche empfinden, oder sie war nichts dergleichen. Ich verhielt mein Pferd, ließ meinen Blick über die wilde Schönheit der Berge schweifen und dachte, was für eine echte Tochter eines solchen Landes sie war. Ja, sie würde frei sein – hatte ich nicht eben erst das Schloß ohne jede Behinderung verlassen, und war es schließlich nicht klar, daß der Pascha nichts als ein Mensch war? Man mußte ihn fürchten – doch nicht als Vampir; keine Bauernangst vor Dämonen würde mich zurückhalten. Gestählt durch solches entschlossene Denken würde ich Held genug sein, dessen war ich sicher, den schlimmsten Seiten des Paschas zu trotzen. Während die Sonne zu sinken begann, hob sich meine Stimmung.

Ich erinnerte mich an das Versprechen, das ich Haidée gegeben hatte, ihren Vater aufzusuchen. Wir würden für unsere Flucht Vorräte benötigen – Verpflegung, Munition, ein Pferd für Haidée. Wer könnte besser für diese Dinge sorgen als ihre Familie? Ich schlug den Weg zurück zum Dorf ein. Ich beeilte mich nicht – je dunkler es war, desto weniger lief ich Gefahr, gesehen zu werden. Es dämmerte beinahe, als ich das Dorf erreichte und einen Pfad hinaufritt, der so leer war wie zuvor; dennoch konnte ich Augen sehen, die mich voller Mißtrauen und Furcht beobachteten. Ein Mann saß da, inmitten der Trümmer einer mächtigen Basilika, der aufstand, als ich vorbeiritt; es war der Priester, der den Vampir beim Gasthaus getötet hatte. Ich ritt zu ihm und fragte ihn nach dem Weg zu Gorgious Haus. Der Priester starrte mich mit wildem Blick an, dann zeigte er mir die Richtung. Ich dankte ihm, aber er gab noch immer keine Antwort, sondern huschte sofort wieder in die Dunkelheit zurück. Ich ritt auf dem Pfad weiter, und das Dorf blieb so tot wie zuvor.

Vor Gorgious Haus jedoch saß ein Mann auf einer Bank. Es war Petro. Ich erkannte ihn kaum, so abgespannt und geistesabwesend sah er aus. Als er mich bemerkte, rief er mir jedoch zu und hob eine Hand zum Gruß.

›Ich muß deinen Vater sprechen‹, sagte ich. ›Ist er zu Hause?‹

Petro kniff die Augen zusammen, dann schüttelte er den Kopf.

›Ich habe Neuigkeiten für ihn‹, sagte ich, ›eine Botschaft.‹ Ich lehnte mich vom Sattel hinab. ›Von seiner Tochter‹, flüsterte ich.

Petro starrte mich an. ›Kommen Sie lieber mit hinein‹, sagte er endlich. Er stand auf, um die Zügel meines Pferdes zu halten, während ich absaß, dann hielt er mir die Haustür auf. Er ließ mich bei der Tür Platz nehmen, während eine alte Frau, vermutlich seine Mutter, uns beiden einen Becher Wein brachte. Dann bat Petro mich, ihm alles mitzuteilen, was ich zu sagen hatte.

Ich berichtete. Bei der Nachricht, daß Haidée noch lebte, schien Petros kräftige Gestalt sich aufzurichten und unbeschwert zu werden vor Erleichterung. Doch als ich ihn um Verpflegung bat, wich die Farbe wieder aus seinen Wangen, und als seine Mutter, die zugehört hatte, ihn drängte, meiner Bitte nachzukommen, schüttelte er den Kopf und machte eine verzweifelte Geste.

›Sie müssen wissen, Mylord‹, sagte er, ›daß wir in diesem Haus nichts mehr haben.‹

Ich griff in meinen Umhang und zog einen Beutel mit Münzen heraus. ›Hier‹, sagte ich, indem ich ihn in Petros Schoß warf. ›Geh, so weit du gehen mußt, sei so verschwiegen wie das Grab – aber besorge uns nur diese Vorräte. Andernfalls, so fürchte ich, wird deine Schwester verdammt sein.‹

›Wir sind alle verdammt‹, sagte Petro schlicht.

›Wie meinst du das?‹

Petro betrachtete seine Füße. ›Ich hatte einen Bruder‹, begann er schließlich. ›Wir waren gemeinsam Klephten. Er war der Tapferste der Tapferen, doch am Ende wurde er von den Männern des Paschas gefangen und getötet.‹

›Ja.‹ Ich nickte bedächtig. ›Ich erinnere mich, davon gehört zu haben.‹

Petro starrte weiter auf seine Füße. ›Wir empfanden solchen Schmerz und solche Wut. Unsere Überfälle wurden gewagter. Mein Vater ganz besonders – er führte Krieg gegen die ganze türkische Rasse. Ich half ihm.‹ Petro blickte mich an und versuchte ein Lächeln. ›Sie haben selbst ein Beispiel unserer Arbeit gesehen.‹ Sein Lächeln schwand. ›Aber jetzt ist alles vorbei – und wir sind alle verdammt.‹

›Ja, das sagst du fortwährend, aber wieso denn?‹

›Der Pascha hat es beschlossen.‹

›Das ist ein Gerücht, nichts anderes‹, mischte sich seine Mutter ein.

›Ja, aber woher kommt dieses Gerücht‹, fragte Petro, ›wenn nicht vom Pascha selbst?‹

›Er könnte uns mit seinen Reitern vernichten, wenn er wollte‹, meinte die Mutter, ›wie ein Junge eine Fliege totschlägt. Doch ich sehe sie nicht. Wo sind sie?‹ Sie drückte ihren Sohn fest an sich. ›Sei tapfer, Petro. Sei ein Mann.‹

›Ein Mann? Ja! Aber es ist kein Mann, gegen den wir kämpfen!‹

Alle schwiegen. Schließlich fragte ich: ›Wie denkt dein Vater darüber?‹

›Er ist in die Berge gegangen‹, erklärte Petro. Er blickte hinauf auf die Gipfel, während sie die Sonne verschluckten. ›Er gibt keine Ruhe. Sein Haß auf die Türken treibt ihn um. Jetzt ist er schon zehn Tage fort.‹ Petro hielt inne. ›Ich möchte wissen, ob wir ihn jemals wiedersehen.‹

In diesem Augenblick verschwand die Sonne ganz, und Petros Augen traten fast aus den Höhlen. Er stand langsam auf und ging zur Tür. Dann zeigte er nach draußen; seine Mutter trat neben ihn. ›Gorgiou‹, flüsterte sie, ›Gorgiou! Er ist zurück!‹

Ich schaute zur Tür hinaus. Es war tatsächlich Gorgiou, der die Straße heraufkam. ›Der Herr sei uns gnädig‹, flüsterte Petro, während er den alten Mann entsetzt anstarrte. Gorgious Gesicht war so bleich, wie ich es von der Nacht zuvor in Erinnerung hatte, die Augen waren genauso tot; er ging mit dem gleichen sturen Schritt. Er stieß uns alle beiseite, als er zur Tür hereinkam; dann setzte er sich in die dunkelste Ecke des Hauses und starrte ins Leere, bis ein wölfisches Lächeln um seine Lippen zu spielen begann.

›Na‹, sagte er mit rauher, ferner Stimme, ›das ist mir ja ein schönes Willkommen.‹

Zunächst antwortete niemand. Dann trat Petro vor. ›Vater‹, sagte er, ›warum bedeckst du deinen Hals?‹

Langsam blickte Gorgiou zu seinem Sohn auf. ›Ohne Grund‹, sagte er endlich, seine Stimme nun so tot wie die Augen.

›Dann laß mich sehen.‹ Petro langte nach unten, um den Hals seines Vaters zu entblößen. Plötzlich bleckte Gorgiou die Zähne, zischte und langte seinerseits nach dem Hals seines Sohnes, indem er die Nägel tief in das Fleisch der Kehle schlug und so fest zudrückte, daß Petro nach Luft zu ringen begann.

›Gorgiou!‹ schrie seine Frau und warf sich zwischen ihn und ihren Sohn. Andere Familienmitglieder, Frauen, kleine Jungen, stürzten ins Zimmer und halfen, Petro aus dem Griff seines Vaters zu befreien.

Petro selbst atmete tief durch, starrte seinen Vater an, dann packte er seine Mutter am Arm. ›Es muß getan werden‹, sagte er.

›Nein!‹ schrie sie.

›Du weißt, daß wir keine andere Wahl haben.‹

›Bitte, Petro, nein!‹ Seine Mutter umklammerte schluchzend seine Knie, während Gorgiou in sich hineinlachte.

Petro wandte sich an mich. ›Mylord, bitte gehen Sie!‹

Ich senkte den Kopf. ›Falls ich irgend etwas tun kann...‹

›Nein, nein, nichts. Ich werde dafür sorgen, daß Sie Ihre Vorräte bekommen. Aber bitte, Mylord, bitte – Sie sehen ja – gehen Sie doch.‹

Ich nickte und drängte mich zur Tür hinaus. Wieder auf meinem Pferd sitzend, wartete ich. Nur leises Wehklagen drang jetzt aus dem Haus. Ich warf einen Blick durch die Tür. Petros Mutter schluchzte in den Armen ihres Sohnes; Gorgiou saß reglos wie vorher, den Blick ins Leere gerichtet. Dann erhob er sich plötzlich. Er ging auf die Tür zu, und mein Pferd scheute und wich zurück, den Weg hinauf auf die Schloßtore zu. Mit Mühe zügelte ich es, dann warf ich es wieder herum. Gorgiou ging den Pfad hinunter, zurück auf das Dorf zu, eine Silhouette nur in der dichter werdenden Dunkelheit. Ich sah Petro herauskommen und auf dem Weg stehenbleiben, um seinem Vater nachzuschauen. Er begann ihm nachzulaufen, dann blieb er stehen, und sein ganzer Körper schien in sich zusammenzusacken. Ich beobachtete ihn, wie er langsam wieder in sein Haus ging.

Ich fröstelte. Allmählich wurde es wirklich spät – ich sollte bei solcher Dunkelheit nicht draußen sein. Ich gab meinem Pferd die Sporen und ritt durch die Tore. Langsam schlugen sie hinter mir zu. Ich hörte, wie sie verriegelt wurden. Ich war in den Mauern des Schlosses gefangen.«

5. Kapitel

Des Traumes Handlung wechselte, und sieh,
Der Wand'rer war so einsam wie vordem,
Die Wesen, die ihn sonst umgaben, tot,
Oder im Krieg mit ihm; er war ein Denkmal
Von Elend und Verwüstung, rings umlagert
Von Groll und Hader, Bitterkeit gemischt
In alles, was ihm munden sollte, bis er,
Gleichwie im Altertum des Pontus König,
Gesättigt ward von Gift, das nicht mehr wirkte,
Vielmehr ihn gleichsam nährte; denn er lebte
Durch das, was vielen andern gab den Tod –
Und ließ die Berge seine Freunde sein:
Die Sterne und den regen Geist des Alls
Fragt' er im Zwiegespräch, sie lehrten ihn
Ihrer Geheimnisse Magie verstehen;
Ihm öffnete sich weit das Buch der Nacht,
Und Stimmen aus dem tiefen Abgrund raunten
Ein Wunder und Geheimnis.

LORD BYRON, Der Traum

Ich gebe mir große Mühe, Eure Exzellenz‹, sagte ich an jenem Abend zum Pascha, ›mich hier nicht wie ein Gefangener zu fühlen.‹

Der Pascha starrte mich mit großen Augen an, dann begann er langsam zu lächeln. ›Ein Gefangener, *milord*?‹

›Meine Diener – wo sind sie?‹

Der Pascha lachte. Während des ganzen Essens war seine Stimmung ausgezeichnet gewesen. Über seine Wangen lief sogar ein zartes Netz roter Äderchen. Er griff nach meiner Hand, und mir fiel auf, daß sich seine Finger viel weniger kalt anfühlten als früher.

›Eure Exzellenz‹, wiederholte ich, ›meine Diener?‹

Der Pascha schüttelte den Kopf. ›Hier wurden sie nicht gebraucht. Also habe ich sie weggeschickt.‹

›Aha.‹ Ich atmete tief durch. ›Wohin?‹

›Nach – wo wollen Sie Mr. Hobhouse noch treffen? – ja, nach Mesolongion.‹

›Und ich werde sie dort vorfinden?‹

Der Pascha hob die Hände. ›Warum um alles in der Welt denn nicht?‹

Ich lächelte freudlos. ›Und ich? Wie soll ich zurechtkommen?‹

›Mein lieber Lord Byron‹ – der Pascha nahm auch meine andere Hand und blickte mir in die Augen, als machte er mir den Hof – ›Sie sind hier als mein Gast. Alles, was ich an diesem Ort besitze, gehört Ihnen. Glauben Sie mir – hier gibt es so vieles für Sie zu entdecken, so viele Geheimnisse zu enthüllen.‹ Den Mund leicht geöffnet, beugte er sich vor und küßte mich sanft auf den Hals. Mein Blut schien in Wallung zu geraten, als mich seine Lippen berührten. Der Pascha fuhr mir mit den Fingern durchs Haar, dann lehnte er sich wieder in die Kissen auf seiner Couch zurück. Er winkte geringschätzig ab. ›Sorgen Sie sich nicht um Ihre Diener. Ich habe Ihnen Jannakos zugeteilt.‹

Ich schaute mich im Zimmer um. Jannakos, das Geschöpf, das mir in der Nacht zuvor das Wasser gebracht hatte, lehnte an der gegenüberliegenden Wand, völlig reglos bis auf das Schlenkern seines Kopfs, der schlaff zur Seite hing, als wäre er an einem Henkerstrick aufgeknüpft.

›Er ist nicht – wie soll ich mich ausdrücken?‹ – ich blickte zurück zu dem Pascha – ›nicht gerade sehr lebhaft.‹

›Er ist ein Bauer.‹

›Sie haben andere gleich ihm, wie ich sah.‹

Der Pascha neigte unverbindlich den Kopf.

›In Ihrem großen Saal‹, fuhr ich fort, ›schienen sie alle wie Jannakos zu sein. Irgendwie unbeseelt – tot hinter den Augen.‹

Der Pascha lachte kurz auf. ›Ich möchte keine Philosophen, die meine Böden schrubben. Dann würde nichts jemals fertig.‹ Wieder lachte er, dann saß er schweigend da und betrachtete mich mit zusammengekniffenen Augen. ›Aber Sie müssen mir berichten, *milord*, wie Ihnen mein Saal gefallen hat.‹

›Ich fand ihn überaus eindrucksvoll. So eindrucksvoll, daß einem das Blut gefriert.‹

›Ich war es, der ihn erbauen ließ, müssen Sie wissen.‹

Überrascht schaute ich ihn an. ›Wirklich?‹ Ich schwieg einen Moment. ›Wie merkwürdig. Er machte auf mich den Eindruck, weit älter zu sein.‹

Darauf antwortete der Pascha nicht, und seine Augen waren wie Glas. ›Den Rest des Schlosses haben Sie auch gesehen?‹ fragte er schließlich. ›Das Labyrinth?‹

Ich nickte.

›Das, *milord*, ist wirklich uralt. Ich ließ es instand setzen, seine Fundamente jedoch reichen weit vor meine Zeit zurück. Sie haben vielleicht von Thanatopolis gehört? Der Stadt der Toten?‹

Ich runzelte die Stirn und schüttelte den Kopf.

›Das überrascht mich nicht‹, bemerkte der Pascha. ›Ich habe so gut wie keinen Hinweis darauf in den antiken Quellen gefunden, doch daß sie existierte – nun, den Beweis haben Sie selbst gesehen. Dieser Berg wurde für das Tor zur Unterwelt gehalten, und hier errichtete man Hades, dem Totengott, einen Tempel. Das Labyrinth führte in den heiligen Bezirk – ich vermute, um in Stein die Geheimnisse des Todes zu symbolisieren.‹

Ich saß schweigend da. ›Wie faszinierend‹, sagte ich endlich. ›Ich habe noch nie von einem Tempel des Totengottes gehört.‹

›Nein.‹ Der Pascha kniff die Augen zusammen und starrte in die unstete Kerzenflamme. ›Er wurde aufgegeben und vergessen, wissen Sie. Und dann wurde hier eine byzantinische Stadt erbaut und danach eine venezianische Festung. Sie werden die verschiedenen Baustile in diesem Schloß bemerkt haben. Und doch bestand keine der beiden Siedlungen länger als höchstens eine Generation.‹ Der Pascha lächelte. ›Seltsam, daß beide so rasch verschwanden.‹

›Was ist mit ihnen geschehen?‹

›Niemand weiß das so genau.‹

›Sie haben keine eigene Theorie?‹

Der Pascha zuckte mit den Schultern. Er blickte wieder in die Kerzenflamme. ›Es gibt hier Geschichten‹, sagte er schließlich. ›Allerdings habe ich in den alten Quellen selbst bisher nur eine einzige Legende finden können. In diesem Bericht heißt es, die Verdammten seien wieder aus dem

Hades heraufgestiegen und hätten den Tempel an sich gerissen. Seltsamerweise erzählen sich die Bauern heute eine Volkssage, die ziemlich ähnlich ist. Sie behaupten, daß die Toten diesen Ort bewohnen. Alle, die hier bauen, alle, die hier wohnen, müßten sich bald unter die Verdammten einreihen. Sie reden von Dämonen – ja, ich glaube, Sie haben das Wort mir gegenüber in Jannina erwähnt –, sie reden vom *Vardoulacha*.‹

Ich lächelte kaum merklich. ›Amüsant.‹

›Ja, nicht wahr?‹ Der Pascha entblößte die Zähne zu einem Grinsen. ›Und doch...‹

›Ja?‹

›Und doch gingen diese Siedlungen *wirklich* unter.‹

›Ja.‹ Ich schmunzelte. ›Aber es muß dafür einen wahrscheinlicheren Grund geben, als daß alle Bewohner zu Dämonen wurden.‹ Mein Lächeln wurde breiter. ›Oder nicht?‹

Der Pascha gab zunächst keine Antwort. ›Das Schloß‹, sagte er schließlich, indem er in die Dunkelheit starrte, ›ist viel weitläufiger, als Sie jemals glauben würden.‹

Ich nickte. ›Ja, ich habe einen gewissen Eindruck von seiner Größe bekommen.‹

›Trotzdem können Sie keine Vorstellung davon haben. Es gibt Tiefen, die sogar ich kaum ausgelotet habe, Meilen unbeleuchteter Steingänge, und was in solcher Schwärze haust – ich möchte es nicht gern aussprechen.‹ Der Pascha beugte sich vor und drückte wieder meine Hand. ›Aber es gibt Gerüchte, den flüchtigen Anblick dunkler Dinge. Können Sie das glauben, *milord?*‹

›Ja, Eure Exzellenz – ja, durchaus.‹

›Ah!‹ Der Pascha zog eine Braue hoch.

›Ich kann mir nicht sicher sein, doch glaube ich, im Labyrinth etwas flüchtig gesehen zu haben.‹

Der Pascha lächelte. ›Den *Vardoulacha?*‹

›Das würde ich nicht gern sagen.‹

›Wie sah es aus?‹

Ich schaute dem Pascha direkt in die Augen, dann warf ich einen Blick auf Jannakos. ›Ihm dort sehr ähnlich, Eure Exzellenz.‹ Der Griff des Paschas wurde fester, und mir fiel auf, daß sein Gesicht wieder bleich wirkte. ›Wir sprachen von den Sklaven, die Ihren Saal putzen. Auch jenen sehr ähnlich.‹

Der Pascha ließ meine Hand los. Er strich sich den Bart, sah mich unverwandt an, und ein Lächeln berührte wie eine bleigraue Blüte langsam seine blassen Lippen. ›Was für eine – Einbildungskraft – Sie besitzen, *milord*‹, flüsterte er.

Ich deutete eine Verbeugung an. ›Ich müßte wirklich schon sehr abgestumpft sein, um mich über die vielen Dinge, die ich hier gesehen habe, nicht ein wenig zu wundern.‹

›Wirklich?‹ Das Lächeln des Paschas schwand wieder. Er warf einen Blick auf die Uhr auf einem niedrigen Tisch an seiner Seite. ›Ich denke, es ist vielleicht Zeit, daß wir uns zum Schlafen zurückziehen.‹

Ich rührte mich nicht. ›Eure Exzellenz, im großen Saal habe ich einen Kiosk gesehen. Im arabischen Stil. Haben Sie ihn bauen erlassen?‹

Der Pascha starrte mich an. Er deutete auf die Uhr. ›*Milord*‹, sagte er.

›Warum haben Sie ihn bauen lassen? Und in einer so blasphemischen Weise – mit einem Frauenkopf über der Tür?‹

Ein zorniger Ausdruck blitzte im Gesicht des Paschas auf. ›Ich habe Ihnen gesagt, *milord*, daß ich mich nicht von kleinlichen Geboten der Religion gebunden fühle.‹

›Aber warum haben Sie ihn dann gebaut?‹

›Wenn Sie es unbedingt wissen wollen...‹ Der Pascha

hielt inne, dann zischte er: ›Um die heiligste Stelle des der Unterwelt geweihten antiken Tempels zu kennzeichnen. Die Stelle, von der die Alten glaubten, sie sei der Eingang zum Hades. Ich errichtete den Kiosk aus Respekt – für die Vergangenheit und für die Toten.‹

›Demnach ist Hades nach Ihrer Ansicht ein bedeutenderer Gott als Allah?‹

›O ja.‹ Der Pascha lachte leise. ›O ja, in der Tat.‹

›Im Innern des Kiosks befindet sich eine Treppe.‹

Der Pascha nickte.

›Ich möchte sehr gern sehen, was an ihrem anderen Ende liegt.‹

›Unmöglich, *milord*, fürchte ich. Sie vergessen, daß die Unterwelt nur für die Toten ist.‹

›Sie haben sie also selbst betreten, Eure Exzellenz?‹

Das Lächeln des Paschas war kalt wie Eis. ›Gute Nacht, *milord*.‹

Ich neigte den Kopf. ›Gute Nacht, Eure Exzellenz.‹ Dann wandte ich mich ab und ging auf die Treppe zu, die zu meinem Zimmer führte. Sofort schlurfte Jannakos hinter mir her. Ich wandte mich noch einmal um. ›Ach, ich habe mich gerade gefragt – die Sklavin Haidée, wo ist sie heute abend?‹ Der Pascha starrte mich an. ›Mir fiel nur auf‹, fuhr ich fort, ›daß sie uns nicht bediente. Ich befürchtete, daß es ihr vielleicht nicht gut geht.‹

›Sie fühlte sich ein wenig fiebrig‹, erklärte der Pascha schließlich.

›Nichts Ernstes, hoffe ich?‹

›Gewiß nicht.‹ Seine Augen funkelten. ›Gute Nacht, *milord*.‹

›Gute Nacht.‹

Ich stieg zu meinem Schlafzimmer hinauf. Jannakos folgte mir. Selbstverständlich schloß ich die Tür ab, doch ich wußte, daß er draußen war, wachte, wartete. Alles höchst lästig. Ich legte mich zum Schlafen hin, da spürte ich etwas unter meinem Kopfkissen. Ich griff darunter und zog Haidées Kruzifix heraus. Daran hing ein Zettelchen: ›Mein liebster Byron, tragen Sie dies immer bei sich. Es geht mir gut. Seien Sie tapfer, was immer geschieht.‹ Sie hatte es mit ›*Eleutheria*‹ unterschrieben – Freiheit. Lächelnd zündete ich eine Kerze an. Ich hielt kurz inne, dann zündete ich so viele Kerzen an, wie ich finden konnte. Ich stellte sie rund um mein Bett, so daß sie eine Wand aus Licht bildeten, dann verbrannte ich die Nachricht über einer der Flammen. Ich schaute zu, wie sie sich in Asche verwandelte. Indes begannen meine Augenlider schwer zu werden. Ich verspürte eine schreckliche Müdigkeit und war binnem kurzem eingeschlafen.

Er kam in meinen Träumen zu mir. Ich konnte mich nicht bewegen, ich konnte nicht atmen, nichts war zu hören als der Rhythmus des Blutes in meinen Ohren. Er hockte auf mir, ein abscheuliches Wesen der Dunkelheit, schwer und mit Krallen versehen wie ein Raubvogel, aber als er sich von mir nährte, als er aus meiner Brust trank, fühlten sich seine Lippen weich wie Blutegel an, fett und voll von Blut. Ich strengte mich an, die Augen zu öffnen; ich hatte geglaubt, sie wären schon offen, aber da war keine Spur von den Kerzenflammen, nichts als Dunkelheit, die mich erstickte. Ich blickte auf und glaubte, das Gesicht des Paschas zu erkennen. Er lächelte mich an, ein bleiches, dünnes Lächeln des Begehrens, doch dann, als ich ihm in die Augen sah, war nichts in den Höhlen, waren da nur leere Gruben, in die ich hineinzustürzen glaubte. Die Dunkelheit war ewig und alles. Ich schrie, brachte jedoch keinen Laut heraus, und dann war auch ich Teil der Dunkelheit. Sonst gab es nichts.

Den ganzen nächsten Tag fühlte ich mich fiebrig. Ich

pendelte zwischen Bewußtsein und Bewußtlosigkeit, so daß ich mir nie sicher sein konnte, was wirklich war und was nicht. Ich glaubte, daß der Pascha an meinem Bett erschien. Er hielt das Kruzifix in den Händen und lachte mich aus. ›Wirklich, *milord* – ich bin enttäuscht! Wenn ich für meine eigene Religion nur Verachtung übrig habe, warum sollte ich da Respekt vor Ihrer zeigen?‹

›Sie glauben also an eine Welt der Geister?‹

Der Pascha lächelte und wandte sich ab. Ich streckte die Hand nach ihm aus. ›Sie glauben daran, nicht wahr?‹ fragte ich noch einmal. ›Sie glauben, daß die Gänge in diesem Schloß von den Toten begangen werden?‹

›Das ist eine ganz andere Sache‹, sagte der Pascha mit ruhiger Stimme, während er sich wieder zu mir wandte.

›Warum?‹ Jetzt schwitzte ich heftig. Der Pascha setzte sich neben mich und streichelte meinen Arm. Mit einer heftigen Bewegung machte ich mich los. ›Ich verstehe das nicht‹, sagte ich zu ihm. ›Letzte Nacht – wurde ich von einem Geist heimgesucht. Das wissen Sie, nicht, oder sind das bloß Fieberphantasien?‹ Der Pascha lächelte, die Augen wie silbernes Wasser, und erwiderte nichts. ›Wie kann es dann solche Dinge geben‹, fragte ich, ›und dennoch keinen Gott? Bitte, sagen Sie es mir, es fasziniert mich, ich möchte es wissen. Wie kann das sein?‹

Der Pascha stand auf. ›Ich sage nicht, daß es keinen Gott gibt‹, sagte er. Sein Gesicht schien plötzlich verdüstert von Melancholie und hochmütiger Verzweiflung. ›Ein Gott mag existieren, *milord*, aber falls er existiert, dann hat er kein Interesse an uns. Hören Sie – ich bin durch Schrecknisse gegangen und habe mich mit der Ewigkeit vertraut gemacht. Ich habe die unendlichen Weiten des Alls und die Grenzenlosigkeit endloser Zeitalter ausgemessen; ich habe lange Nächte mit seltsamen Wissenschaften zugebracht und die Geheimnisse von Geistern wie von Menschen ausgelotet. Welt um Welt, Stern um Stern, Universum um Universum habe ich nach Gott abgesucht.‹ Er hielt inne und schnalzte vor meinem Gesicht mit den Fingern. ›Ich habe nichts gefunden, *milord*. Wir sind allein, Sie und ich.‹ Ich bemühte mich, etwas zu sagen, aber er schnitt mir mit einer Handbewegung das Wort ab. Dann beugte er sich neben mir herunter, und ich spürte seine Lippen meine Wange streifen. ›Wenn Sie an meiner Weisheit teilhaben wollen‹, flüsterte er mir verführerisch ins Ohr, ›dann müssen Sie, wie ich es getan habe, in die Höhlen des Todes tauchen.‹ Wieder küßte er mich. ›Leid ist Wissen, *milord*‹, flüsterte er, und sein Atem wehte sanft wie eine Brise über meine Haut. ›Sie müssen nur dies bedenken‹ – seine Lippen liebkosten meine eigenen, so daß seine Worte wie ein Kuß waren – ›der Baum der Erkenntnis ist nicht der des Lebens.‹

Dann war er fort, und ich glitt wieder zurück in den Sumpf meiner Träume. Die Zeit hatte keine Bedeutung für mich, und Stunden, Tage vielleicht, vergingen in einem fiebrigen Nebel. Doch Jannakos war ständig da, und wann immer ich zu Bewußtsein kam, sah ich, daß seine kalten Augen mich beobachteten. Ich begann mich zu erholen. Zu meinem Entsetzen bemerkte ich, daß über meine Brust eine schmale Wunde lief; hin und wieder versuchte ich aufzustehen, um Haidée zu finden, um den Pascha zur Rede zu stellen, aber dann stand Jannakos zwischen mir und der Tür, und ich fühlte mich noch zu schwach, um ihn herauszufordern. Einmal kam ich beinahe an ihm vorbei, aber dann packten mich seine Hände, und sie waren so kalt und tot, daß ich einen Fieberschauer durch mein Blut strömen spürte. Ich kroch zur Couch zurück; die Müdigkeit lag wieder schwer auf meinen Lidern, und ich schlief schon fast, bevor ich die Decken erreichte.

In meinem Traum befand ich mich im Turm des Paschas. Er sprach nicht, sondern führte mich zu seinem Fernrohr. Ich blickte hindurch: Ich sah Sterne und Galaxien, die sich fort in die Ewigkeit drehten, und dann schienen wir selbst den Weltraum zu betreten, eine dunkle Wildheit endloser Luft. Der Pascha lächelte und deutete auf etwas; hinter uns lag ein kleiner blauer Punkt, und während wir uns fortbewegten wie Sonnenstrahlen, wurde er immer winziger, sammelte dabei einen Halo aus Licht um sich, so daß er wie alle anderen Sterne aussah, dann verschwand er, und da war nichts mehr als eine Masse unzähliger Lichter. Unsere Welt ist so klein, dachte ich, verblüfft und berauscht von allem, was mir gezeigt wurde. Weiter stürmten wir durch den Raum, durch ein Universum von grenzenloser Ausdehnung, und meine Seele brannte darauf zu sehen, wie wunderschön es war und wie unverstellbar. Der Pascha wandte sich wieder nach mir um, und sein weißes Haar war vom hellen Schein zahlloser Sterne gekrönt. Er lächelte; ich fühlte seine Finger meine eigenen streifen, dann war seine Berührung verschwunden.

Sofort befand ich mich in Dunkelheit. Die Luft um mich war jetzt übelriechend und dumpf. Ich lag auf dem Rücken. Ich mühte mich ab, mich aufzusetzen. Vor mir konnte ich gerade noch einen Bogengang erkennen und über meinem Kopf die gewölbte Decke sehen. Ich befand mich im Labyrinth. Ich versuchte, auf die Beine zu kommen, aber die Decke war zu niedrig, und so begann ich zu kriechen, bis das Gewicht des Gesteins mich plattdrückte. Etwas streifte mich an der Seite, und zum erstenmal bemerkte ich, daß ich nackt war. Finger hielten meinen Arm; ich drehte mich um und sah Jannakos. Seine weißen Lippen wirkten wie Maden. Ich versuchte, ihn wegzuschieben, aber da begann er, sich von mir zu nähren, und dann spürte ich andere

Lippen auf meiner Haut, und mir war, als wäre ich in einer Totengrube eingemauert mit nichts als Leichnamen vor mir, hinter mir, die mir die Atemluft nahmen. Und die ganze Zeit waren da die Lippen der Kreaturen, die sich mit der gierigen Freude von Grabeswürmern von etwas Lebendem nährten, und sie waren weich und kalt und feucht von meinem Blut. Ich versuchte, mich zu bewegen; das Gewicht war zu erdrückend. Ich versuchte, zu schreien; die Zunge einer Kreatur ringelte sich in meinem Mund. Ich betete um den Tod, und während das Grauen allmählich verblaßte, glaubte ich fast, ich sei erhört worden.

Geschwächt wachte ich auf, und als ich an mir hinabblickte, sah ich, daß mein ganzer Körper mit Blutergüssen bedeckt war. Aber ich fühlte mich vom Fieber befreit, und als ich meine Schlafzimmertür öffnete, stellte Jannakos sich mir nicht in den Weg. Freilich folgte er mir. Von der Alten bedient, aß ich und las und ersann gelegentlich ein paar Verse, ohne mit dem Herzen bei der Sache zu sein. Ich ging nicht in die Nähe des Labyrinths, und ich sah weder den Pascha noch Haidée. Einmal versuchte ich, mein Pferd zu satteln, aber als Jannakos dies bemerkte, machte er sehr deutlich, was er von meinen Absichten hielt, indem er mich zu würgen begann. Als ich vom Pferd zurücktaumelte, löste Jannakos seinen Griff; sofort drehte ich mich um und schlug ihn so fest ich konnte. Ich hatte in Harrow geboxt, und Jannakos wankte und wäre beinahe hingefallen. Beinahe – aber nicht ganz. Statt dessen stürzte er sich wieder auf mich, und ich bückte mich nach einem Paar Sporen und zog sie mit Wucht über die Kehle des Ungeheuers. Zu meinem Entsetzen zeitigte die Wunde keine Wirkung, außer daß ich mein bestes weißes Hemd mit dem Blut des Geschöpfs besudelte. Den ganzen Tag war ich verzweifelt. Wie sollte ich jemals einem solchen Ding entkommen, einem Ding, das man nicht töten konnte? In jener Nacht sah ich es auf meinem Balkon in den Mond starren, da drehte es sich um, und ich bemerkte, daß seine Kehle vollkommen geheilt war. Ich schauderte – und blickte selbst zum Mond hinauf. Es herrschte Halbmond, und ich hätte gern gewußt, ob Haidée ihn auch sehen konnte. Die Zeit nahte, auf die wir uns für unsere Flucht geeinigt hatten – aber lebte sie überhaupt noch? Und würde ich selbst noch viel länger leben?

Jede Nacht nämlich verspürte ich die gleiche Schläfrigkeit, und jede Nacht blieben meine Versuche, dagegen anzukämpfen, vergeblich. Der Pascha zeigte mir unbekannte Wunder – die Geschichte der Erde oder die Äonen des Weltraums, die vor meinen Augen vorbeizuziehen schienen –, aber dann befand ich mich wieder in der Dunkelheit des Labyrinths und wachte mit Blutergüssen auf der Haut auf. Doch während der Mond abnahm, bemerkte ich auch, daß die Blutergüsse zurückgingen, und ich fragte mich, ob Haidée es gewußt hatte, als sie mich ermahnte, unter einem mondlosen Himmel zu fliehen. Endlich war der Mond nur noch eine dünne helle Sichel, und in jener Nacht erschien mir der Pascha nicht in seinem Turm, als ich schlief. Vielmehr träumte mir, ich sei allein. Über mir dehnte sich die Kuppel des gewaltigen Saals, vor mir lag der Kiosk mit seiner Treppe ins Dunkel. Alles war still; ich hörte keine Stimmen im Kopf, die von Unsterblichkeit flüsterten, und dennoch wußte ich, daß der Pascha mich zu sich bestellte, daß ich mich dort jenseits der Treppe, was immer dort sein mochte, zu ihm gesellen mußte. Ich trat einen Schritt vor; noch immer regte sich nichts. Mein Gefühl der Ruhe vertiefte sich, und ich wußte, daß ich einem großen Geheimnis nahe war, einem Schlüssel vielleicht zu den Rätseln des Lebens – ja, dachte ich, und vielleicht auch des Todes.

Denn gewiß betrat ich nun die Tiefen, von denen der Pascha früher gesprochen hatte, aus denen der Baum der Erkenntnis mit seiner verbotenen Frucht wuchs? Ich begann mich zu beeilen; dort war eine Tür, weit offen, am Fuß der Treppe. Ich würde den Apfel pflücken und sein Fleisch essen!

›Byron. Mein Byron.‹

Ich regte mich.

›Mein Byron!‹

Ich schlug die Augen auf.

›Haidée.‹ Ich setzte mich auf, um sie zu küssen. Sie hielt mich fest in den Armen, dann stand sie auf. Sie war schöner denn je, aber bleich, totenbleich. ›Ich muß zu ihm zurück‹, flüsterte sie. ›Aber morgen, morgen gehen wir fort.‹

›Warst du – geht es dir gut?‹

›Ja.‹ Sie lächelte, dann küßte sie mich drängend. ›Die Vorräte‹, fragte sie, während sie mich immer noch küßte, ›sind sie schon bereit?‹

›Dein Bruder hat sie.‹

›Morgen früh müssen Sie ihm sagen, daß wir am Mittag aufbrechen.‹

›Ich will mein Bestes tun, aber es gibt ein Problem, ein kleines Hindernis.‹ Dann hielt ich inne und sah sie mit plötzlichem Staunen an. ›Du bist an Jannakos vorbeigekommen.‹

Haidée blickte zur Tür. ›Ja.‹ Sie bückte sich und hob das Kruzifix auf. ›Töten Sie ihn‹, sagte sie ohne Gefühlsregung, indem sie es mir reichte.

Ich nahm das Kreuz. ›Ich habe es schon versucht. Er scheint jede Wunde, die ich ihm zufügen kann, zu überleben.‹

›Ins Herz‹, flüsterte Haidée. Sie ging zur Tür. ›Jannakos‹, rief sie weich. ›Jannakos.‹

Wie ein tapsiger Bär reagierte das Geschöpf auf ihren

Ruf. Haidée sang zu ihm, streichelte dabei seine Wangen, während sie ihm in die Augen starrte. Ein kaum merklicher Ausdruck der Verwirrung trat in den leeren Blick des Geschöpfs. Eine einzelne Träne fiel von Haidées Wange auf Jannakos Hand. Er starrte sie an. Dann blickte er wieder zu Haidée auf und versuchte zu lächeln, aber es war, als wären seine Muskeln verkümmert. Haidée nickte mir zu; sie küßte das Geschöpf auf beide Wangen, und dann stieß ich ihm das Kruzifix tief ins Herz.

Jannakos stieß einen Schrei aus, einen schrecklichen und unirdischen Laut, während ein Blutstrahl den Balkon bespritzte. Er fiel zu Boden und begann dort, direkt vor unseren Augen, zu zerfallen, indem das Fleisch von den Muskeln und Knochen wegschrumpfte und die Eingeweide sich in eine gräßliche Brühe auflösten. Ich schaute angeekelt zu. ›Jetzt‹, sagte Haidée leise, ›werfen Sie ihn in den Fluß.‹ Mit angehaltenem Atem wickelte ich die Leiche in einen Wandteppich; dann schleuderte ich sie über den Balkon in den Acheron. Ich wandte mich an Haidée. ›Was war er?‹ fragte ich. ›Wer war er?‹

Sie sah mich an. ›Mein Bruder‹, sagte sie schließlich.

Entsetzt starrte ich sie an. ›Es tut mir leid‹, sagte ich nach einer Weile. ›So leid.‹ Ich hielt sie in den Armen. Ich fühlte einen einzelnen Schauder durch ihren Körper beben, dann blickte sie zu mir auf und ging zur Tür. ›Ich muß gehen‹, sagte sie in abwesendem Ton.

›Morgen‹, fragte ich, ›wo werde ich dich treffen?‹

›Im Dorf – kennen Sie die Ruine der alten Kirche?‹

›Die große Basilika? Ja.‹

›Dort. Lassen Sie die Vorräte dorthin bringen, und ich bin bis Mittag bei Ihnen. Wir müssen im Sonnenlicht fliehen.‹ Sie hob meine Hand an ihre Lippen. ›Und dann, liebster Byron, müssen wir zur Freiheit beten und hoffen, daß sie uns zulächeln wird.‹ Noch einmal küßte sie meine Hand, dann wandte sie sich ab, und bevor ich sie festhalten konnte, war sie verschwunden. Ich folgte ihr nicht; es gab wohl nichts zu sagen oder zu tun, um ihr zu helfen. Also ging ich hinüber zum Balkon. Alle Müdigkeit war von mir abgefallen. Über den östlichen Bergen färbten die ersten Rosatöne die Schneefelder.

Sobald es Tag war, schlich ich hinaus zu den Stallungen und dann die Straße hinunter. Die drei Tore standen offen, und niemand versuchte, mich aufzuhalten; ohne gesehen zu werden, erreichte ich das Dorf. Ich band mein Pferd vor Gorgious Haus an, dann ging ich hinein und rief Petros Namen. Ein kleiner Junge starrte mich aus einer Ecke der Stube an. Sein Gesicht sah verkniffen aus und weiß vor Hunger; ich bot ihm eine Münze an, aber er rührte sich nicht, blinzelte nicht einmal. ›Ist dein Vater hier?‹ fragte ich. Ich ließ die Münze auf der Handfläche springen, und plötzlich schoß der Junge quer durch die Stube, um sie zu schnappen. Als er die Münze nahm, kratzte einer seiner Fingernägel meine Hand; er blieb wie angewurzelt stehen, während ein kleiner Blutstropfen aus der Schramme quoll, den ich mit der Zunge ableckte. ›Dein Vater?‹ fragte ich ihn noch einmal. Der Junge wandte den Blick nicht ab, dann versuchte er, nach meiner Hand zu greifen. Ich gab ihm einen leichten Klaps auf den Kopf und glaubte fast, er würde mich dafür beißen. Aber dann kam Petro herein; er schrie den Jungen an, und das Kind rannte ins Dunkel eines anderen Zimmers.

Petro sah ihm nach, dann wandte er sich an mich. ›Mylord?‹ fragte er. Seine Stimme klang merkwürdig, beinahe abweisend, aber seine Augen leuchteten so hell wie immer. Ich sagte ihm, weswegen ich gekommen war. Petro nickte und versprach, daß alles für uns bereit sein würde.

›In der alten Basilika?‹ fragte ich zur Sicherheit nach. Petro nickte noch einmal. ›In der alten Basilika. In der hinteren Ecke, bei der Turmruine.‹ Ich dankte ihm für seine Mühe. Petro verneigte sich mit einer Steifheit, die mir früher nicht an ihm aufgefallen war. Ich fragte ihn, ob es seinem Vater gut gehe. Petro nickte. ›Sehr gut‹, murmelte er. Ich konnte sehen, daß er allein sein wollte.

›Gut‹, erwiderte ich, während ich rückwärts aus der Tür ging. ›Grüßen Sie ihn bitte von mir.‹ Petro nickte wieder, sagte aber nichts mehr, während ich auf mein Pferd stieg und den Weg hinunterritt. Petro sah mir nach; fast konnte ich seinen Blick im Rücken spüren.

Mir fiel ein, als begriffe ich es zum erstenmal, daß Jannakos sein Bruder gewesen war. Hatte Petro die Wahrheit gekannt? Ich hoffte nicht. Was könnte schrecklicher sein, dachte ich, als das eigene Fleisch und Blut zu einem solchen Ding verwandelt zu sehen? Bei weitem besser, geglaubt zu haben, daß der Bruder wirklich tot war. Und doch hatte Haidée davon gewußt. Haidée hatte Tag für Tag in der Nähe dieses Geschöpfs gelebt – sie als Frau und Griechin und Sklavin. Ja, dachte ich, die Freiheit brennt am hellsten zwischen Kerkermauern, und *der* Geist ist kettenlos, der sich trotz des Gewichts von Ketten am höchsten aufschwingt. Ich würde zur Freiheit beten, wie Haidée mich geheißen hatte – aber das Gesicht der Göttin würde Haidées eigenes sein.

Ich ritt den Bergpfad hinunter, um mich davon zu überzeugen, daß unsere Flucht nichts behindern könnte. Alles schien sicher; vor mir, in weiter Ferne, zeigte sich ein schwarzer Wolkenfetzen, aber ansonsten war der Himmel azurn hell. Ich blickte zur Sonne auf. Sie stand jetzt hoch über mir – schon Mittag, dachte ich. Ich ritt zurück ins Dorf und in die Basilika. Durch den Haupteingang sah man nichts als ein leeres Gerippe; die Hufe meines Pferdes hallten in der Ruine wider. Ich entdeckte den Turm sofort: fünfzehn oder zwanzig Schritt hinter einer freien Fläche aus Schutt und Unkraut, wo einst der Altar gestanden hatte. Niemand sonst war hier. Ich zog meine Uhr aus der Tasche – noch nicht ganz zwölf. Ich wartete im Schatten des Turms, aber noch immer kam niemand, und ich begann, unruhig zu werden, während die Minuten verstrichen und die Stille wie die Hitze vor meinen Augen zu flimmern schien. ›Verdammt‹, fluchte ich. ›Nicht einmal die Vorräte sind gekommen.‹ Ich stieg wieder auf mein Pferd und ritt zu Petros Haus. Ich klopfte an die Tür. Niemand antwortete. Ich trat ein und rief nach Petro – noch immer keine Antwort. Verzweifelt schaute ich mich um. Hatte der Pascha unsere Pläne entdeckt? Waren Petro und seine ganze Familie gefangengenommen worden? Draußen, an einen Pfosten gebunden, fand ich ein Pferd vor, ein herrliches Tier, das Petro nur mit meinem Gold gekauft haben konnte. Ich machte es los und führte es zurück zum Turm der Basilika. Im Schatten der Treppe band ich es wieder an, dann zog ich erneut meine Uhr heraus. Es war inzwischen fast zwei. Sofort saß ich auf und ritt den Weg zum Schloß hinauf, so schnell ich konnte.

Wieder fand ich alles leer. Kein lebendes Wesen regte sich, denn die Hitze war nun unerträglich und hing schwer über den weißen Felsen des Abhangs. Bevor ich durch das Schloßtor ging, blickte ich zurück; der Horizont zeigte sich tief purpurn verfärbt, und entlang den Rändern des aufziehenden Gewitters leuchteten die elektrischen Entladungen auf. Wir würden uns beeilen müssen, dachte ich. Wie ein heimlicher Räuber stieg langsam die Dunkelheit auf, um die Sonne zu verschlucken.

Ich eilte durch endlose leere Flure. ›Haidée!‹ rief ich. ›Haidée!‹ Aber ich wußte schon, während ich nach ihr rief, daß ich keine Antwort bekommen würde, und jeder Raum, jeder Durchgang war so leer wie der vorige. Ich fand mich im Labyrinth wieder.

Ich blieb stehen, um meine Pistole zu überprüfen, dann eilte ich weiter, laut rufend wie zuvor, während ich die Verzweiflung in der Kehle aufsteigen fühlte und Angst, jene wohlbekannte lähmende Angst, die in der Luft des Labyrinths zu entstehen schien und alle, die es zu betreten wagten, auslaugte. Doch dieses Mal sah ich nichts im Dunkel – keine vagen, plötzlichen Bewegungen wie zuvor. Ich kam an dem Mosaik mit der Dämonin und ihrem christusähnlichen Kind vorbei; ich versuchte, nicht hinzuschauen, und stolperte weiter, unter dem Baldachin durch und in den Saal. Erneut blieb ich stehen und sah mich um. Über mir stieg die weite Kuppel auf; um mich ragten die Säulen und die mächtigen Kerkermauern. Ich sah nach den Treppen; sie waren leer. Ich suchte den Steinboden ab; auch von ihm waren die kauernden Gestalten, die ich früher gesehen hatte, verschwunden. ›Haidée!‹ schrie ich. ›Haidée!‹ Verzweifelt starrte ich auf die Feuerpyramide, und mein Blick folgte den Flammen bis zu ihrer Spitze. Dann ließ ich die Schultern hängen und schlug die Augen nieder. Ich blickte auf den Kiosk in der Mitte des Saals.

Langsam und bedächtig spannte ich beide Läufe meiner Pistole. Noch einmal schaute ich mich um; dann ging ich mit gemessenen Schritten auf den Eingang zu. Ich trat ein – und wartete. Doch nichts geschah; es war keine Kreatur da, niemand, der mich daran gehindert hätte, die Stufen hinunterzugehen. Ich betrachtete, was vor mir lag – wie zuvor verschwanden die Stufen im Dunkel. Ich begann den Abstieg, und mit jedem Schritt, den ich machte, wurde mein Griff um die Pistole fester und immer fester. Die Schwärze schien so dicht wie die abgestandene tote Luft; ich hielt inne, um festzustellen, ob meine Augen sich daran gewöhnen könnten, aber am Ende blieb mir keine andere Wahl, als mich vorwärtszutasten. ›Die Unterwelt, *milord*, ist nur für die Toten.‹ Die Worte des Paschas schienen zu ertönen und in meinen Ohren widerzuhallen. Im selben Augenblick spürte ich etwas vor mir; ich hob die Pistole, dann holte ich tief Luft und senkte sie wieder. Ich stand vor einer Tür, tastete nach der Klinke und öffnete sie. Hinter der Tür wand sich die Treppe weiter, doch war sie nun von einem trüben Licht erleuchtet, das rubinrot flackerte, und ich sah an den Wänden Fresken im arabischen Stil. Die Malereien schilderten anscheinend die Geschichte von Adam und Eva; doch stand Eva auf der einen Seite bleich und weiß, während Adam in den Armen einer zweiten Frau lag, die sich von ihm nährte, und ihr Gesicht, bemerkte ich, war das gleiche wie das der Frau über der Kiosktür. Ich ging weiter, und die zuckenden Schatten auf dem Mauerwerk wurden nun höher und noch tiefer rot, so daß ich mich fragte, ob die Alten nicht recht gehabt hatten und ich mich wirklich auf Stufen befand, die zur Hölle führten. Dann hörten sie auf und dahinter schien eine Steinkammer zu liegen, und mir wurde klar, daß dies, so tief im Innern der Erde, nur ein Begräbnisplatz sein konnte. Ich hob meine Pistole, bereit abzudrücken; dann ging ich durch die Tür und in die Krypta.«

Lord Byron hielt inne. Rebecca, die so lange schweigend dagesessen hatte, wollte ihn ungern antreiben. Also rührte sie sich nicht und betrachtete den Vampir, der nicht sie vor sich zu sehen schien, sondern das, was er vor so vielen Jahren in jener Steinkammer gefunden hatte. Er strich sich mit den Fingerspitzen über das Kinn und sein Gesicht war ausdruckslos; doch in seinen Augen schien ein geheimnisvolles Lächeln zu schimmern.

»Da waren Flammen«, fuhr er endlich fort. »Flammen aus einer Kluft am anderen Ende des Raums, und vor den Flammen stand ein antiker Altar mit Inschriften an Hades, den Totengott. Und am Altar sah ich Haidée. Sie lag auf dem Rücken, wunderschön und trostlos, ihre Schleier zerrissen, die Bluse von ihren Brüsten gezerrt, und der Pascha nährte sich an ihnen, wie ein Säugling, der die Milch seiner Mutter trinkt. Mitunter schien er innezuhalten und die Brüste des Mädchens mit seinen Wangen und Lippen zu streicheln, und ich bemerkte, daß er mit dem Strom ihres Blutes spielte. Haidée regte sich und stöhnte, aber sie konnte nicht aufstehen, den der Pascha hielt sie mit seinen Armen an den Handgelenken fest, und sie war natürlich schwach, sehr schwach. Doch wie zärtlich der Pascha von ihr trank; wieder streichelte er mit der Wange ihre Brust und färbte mit dem Blut auf seiner Zunge ihre Brustwarze rot. Haidée atmete plötzlich schwer, und ihre Finger griffen in die Luft; sie preßte ihre Beine um die des Paschas. Ich zitterte. So ruhig, wie es mir möglich war, hob ich die Pistole, machte einen Schritt vorwärts und hielt dem Pascha die Waffe an die Schläfe.

Er drehte ein wenig den Kopf, um mich anzublicken. Seine Augen schimmerten silbern, seine Wangen waren voll und rund; Blutspritzer sprenkelten seine Lippen und seinen Schnurrbart. Lächelnd zeigte er mir seine scharfen weißen Zähne, und ich dachte, er würde mir gleich an die Gurgel springen. Doch als ich die Pistole fester gegen seine Schläfe drückte, wankte er und fiel hin, wie eine angeschwollene Zecke, die von ihrem Wirt geschlagen wird, und dann wurde mir natürlich klar, daß diese Vorstellung nichts weniger als die buchstäbliche Wahrheit war. Der Pascha lag auf der Seite, gerötet, aufgedunsen, vollgesogen mit Blut, und als er versuchte aufzustehen, konnte er nur den Kopf auf den Sockel des Altars legen. Er war wie betrunken, bemerkte ich, so berauscht, daß er sich kaum rühren konnte.

›Töten Sie ihn‹, flüsterte Haidée leise. Sie war aufgestanden, mußte sich aber auf meinen Arm stützen. ›Töten Sie ihn‹, wiederholte sie. ›Schießen Sie ihm durchs Herz.‹

Der Pascha lachte. ›Mich töten?‹ sagte er verächtlich. Doch seine Stimme klang bemerkenswert schön in meinen Ohren, und selbst Haidée schien beinahe entzückt von ihr. Aber dann ging sie hinüber in den Schatten, und ich sah sie einen Säbel aufheben. Sie mußte ihn früher dort hingelegt haben, um ihn für eine Gelegenheit wie diese zur Hand zu haben.

›Eine Kugel dringt tiefer‹, sagte ich. ›Bitte, Haidée, leg das hin.‹

Wieder lachte der Pascha. ›Siehst du, meine hübsche Sklavin? Dein verwegener Befreier wird mich nie töten – er ist viel zu gierig auf alles, was ich offenbaren könnte.‹

›Töten Sie ihn‹, drängte Haidée. Sie schrie plötzlich. ›Töten Sie ihn jetzt!‹

Meine Hand an der Pistole blieb ruhig wie zuvor. ›Die Basilika‹, flüsterte ich, ›der zerfallene Turm – warte dort auf mich.‹

Haidée starrte mich an. ›Lassen Sie sich nicht in Versuchung führen.‹ Sie strich mir über die Wange, dann flüsterte sie mir ins Ohr. ›Verraten Sie mich nicht, Byron, oder Sie werden zur Hölle verdammt sein.‹ Sie machte kehrt und ging zur Treppe. ›Am zerfallenen Turm also‹, sagte sie und war fort. Wir beide, der Pascha und ich, waren allein. Ich trat zu ihm. ›Ich werde Sie töten‹, sagte ich, während ich die Pistole immer noch direkt auf sein Herz richtete. ›Geben Sie sich nicht der Illusion hin, Eure Exzellenz, daß ich es nicht tu'.‹

Der Pascha lächelte träge. ›Ich mich einer Illusion hingeben?‹

Ich blickte ihn an, und meine Hand begann zu zittern. Ich beruhigte sie wieder. ›Was sind Sie?‹ fragte ich. ›Was für ein – Ding?‹

›Sie wissen, was ich bin.‹

›Ein Ungeheuer – ein *Vardoulacha* – einer, der Menschenblut trinkt.‹

›Ich muß Blut trinken, ja.‹ Der Pascha nickte. ›Aber ich war einst ein Mensch – Ihnen sehr ähnlich. Und heute, mein lieber Lord Byron, besitze ich das Geheimnis der Unsterblichkeit, wie Sie sehr wohl wissen.‹ Er lächelte mich an und nickte wieder. ›Wie Sie sehr wohl wissen.‹

Ich schüttelte den Kopf. ›Unsterblichkeit?‹ Ich betrachtete ihn voller Abscheu. ›Aber Sie leben ja gar nicht. Sie sind ein totes Ding. Sie mögen sich von Leben nähren, aber Sie besitzen es nicht selbst – denken Sie das nur nicht, Sie irren sich, Sie irren sich gewiß.‹

›Nein, *milord*.‹ Er hob eine Hand hoch. ›Verstehen Sie denn nicht? Die Unsterblichkeit liegt in einer Dimension jenseits des Lebens. Sie müssen Ihren Leib vom Staub befreien und Ihren Geist von sterblichen Gedanken.‹ Er streifte meine Finger, und ich spürte den Puls von etwas Warmem und Lebendigem in seiner Berührung. ›Fürchten Sie sich nicht, *milord*. Seien Sie jung und alt; seien Sie menschlich und göttlich; seien Sie jenseits des Lebens und jenseits des Todes. Wenn Sie das alles zusammen in Ihrem Wesen und Ihren Gedanken sein können, dann – dann, *milord* – haben Sie die Unsterblichkeit entdeckt.‹

Ich sah ihn unverwandt an. Seine Stimme besaß die Süße und die Weisheit eines Engels. Ich ließ den Arm hängen. ›Ich verstehe nicht‹, sagte ich hilflos. ›Wie kann das wahr sein?‹

›Bezweifeln Sie meine Worte?‹

Ich antwortete ihm nicht. Aber ich starrte ihn weiter an, während seine Augen tiefer wurden und wie das Wasser eines herrlichen Sees schienen, das anschwoll, um meinen Ekel und meine Angst zu kühlen. ›Vor langer Zeit‹, sagte der Pascha leise, ›lehrte ich in der Stadt Alexandria die Wissenschaften. Ich studierte Chemie, Medizin, Philosophie; ich las die alten Weisen, die Ägypter und die Griechen; ich machte mich selbst zum Meister verborgener Weisheiten und lange vergessener Wahrheiten. Ich begann davon zu träumen, daß der Tod besiegt werden könnte. Ich träumte sogar davon, das Elixier des Lebens zu entdecken.‹ Er hielt inne. ›Ein verhängnisvoller Ehrgeiz, ein Ehrgeiz, der mein Schicksal entscheiden sollte. Er überkam mich im zwanzigsten Jahr der muslimischen Zeitrechnung, während der Herrschaft des Kalifen Othman – nach christlicher Zeitrechnung im Jahr 642.‹

Ich fühlte mich in seinen Augen ertrinken. Ich mußte mich an meinen Skeptizismus klammern und glauben, daß er mich belog. Aber es gelang mir nicht. ›Sie haben es damals also gefunden‹, sagte ich, ›das Elixier des Lebens.‹

Doch der Pascha schüttelte den Kopf. ›Nein‹, sagte er. ›Damals nicht und seitdem nicht, obwohl ich in den modernen Naturwissenschaften danach suche, wie ich in den alten gesucht habe.‹ Er schüttelte noch einmal den Kopf. ›Wenn es überhaupt existiert, dann ist es mir bisher entgangen.‹

Ich gestikulierte mit meiner Pistole. ›Wie ist es dann…?‹ Meine Stimme verlor sich.

›Können Sie es nicht erraten?‹

Natürlich konnte ich. Zwar sagte ich nichts, aber ja, ich konnte es erraten.

Der Pascha griff wieder nach meiner Hand. Er zog mich nahe zu sich. ›Ich wurde verführt‹, flüsterte er. ›Ein Jahr lang hatte man in Alexandria den Ruf gehört: Lilith ist gekommen! Lilith, das bluttrinkende Weib, ist gekommen! Leichen waren gefunden worden, ausgesaugt, weiß, an den Kreuzwegen und auf den Feldern liegengelassen. Die Menschen kamen zu mir – mein Ruf war bedeutend –, und sie fürchteten sich. Ich sagte ihnen, sie sollten den Mut nicht verlieren, es gäbe keine Lilith, keine Hurenfürstin, die ihr Blut trinken könnte. Und doch, schon während ich ihnen dies sagte, wußte ich es besser, denn ich selbst wurde von Lilith heimgesucht – bekam die Höhen der Unsterblichkeit gezeigt, wie ich sie Ihnen gezeigt habe.‹ Er packte meinen Arm. ›Diese Höhen, *milord*, sie sind wirklich. Wenn ich Ihnen jetzt berichte, was mir geschah, dann nur, damit Sie alles verstehen, was ich Ihnen biete – die Weisheit, die Wonne, die überirdische Macht. Haben Sie von Lilith gehört? Wissen Sie, wer sie in Wahrheit ist? In der jüdischen Legende war sie Adams erstes Weib, aber von Anbeginn an haben Menschen sie verehrt. In Ägypten, in Ur, bei den Kanaanitern ist sie als Königin der Sukkuben bekannt gewesen, die Königin all derer, die wie ich über die Weisheit verfügen, die aus dem Trinken menschlichen Blutes rührt.‹ Er streichelte meine Kehle, dann fuhr er mit einem Finger über mein Hemd. ›Begreifen Sie also dies, *milord*: Ich biete Ihnen nicht das Leben, ich biete Ihnen nicht den Tod – aber ich biete Ihnen etwas so Uraltes wie die Felsen selbst. Bereiten Sie sich darauf vor. Bereiten Sie sich vor, *milord*, und seien Sie dankbar.‹

Er küßte mich wild. Ich spürte seine Zähne an meinen Lippen und kostete den Blutgeruch in seinem Mund. Haidées Blut. Ich zuckte zurück, und der Pascha mußte es gespürt haben, denn er packte mich und versuchte, mich am Boden zu halten, aber ich riß mich los und kam auf die Beine. Der Pascha starrte zu mir auf. ›Fürchten Sie sich nicht, *milord*‹, sagte er. Er streckte die Hand aus und streichelte meine Stiefel. ›Auch ich kämpfte gegen meine Verführung an – anfangs.‹ Er fuhr mit einem Finger langsam an meinem Bein hinauf; ich richtete die Pistole auf ihn. Der Pascha sah es und lachte, ein kaltes Hohngelächter der Gier und Verachtung. Plötzlich sprang er mir wie ein wildes Tier mit klaffenden Kiefern an die Kehle. Ich feuerte und verfehlte in der Verwirrung mein Ziel, aber die Kugel traf ihn in den Unterleib, und die Wucht des Schusses schleuderte ihn gegen den Altarstein. Der Pascha hielt die Wunde, beobachtete das Blut, wie es über seine Hand quoll, dann blickte er erstaunt zu mir auf. ›Ich wähle das Leben‹, rief ich über ihm stehend. ›Ich weise Ihr Geschenk zurück.‹ Ich zielte auf sein Herz und feuerte erneut. Seine Brust verschwand in einem Unrat aus Knochen und Blut. Der Pascha stöhnte auf, und sein ganzer Körper zuckte; er hob eine Hand, als wolle er nach mir greifen; dann fiel der Arm zurück, und der Körper regte sich nicht mehr. Ich berührte ihn mit der Stiefelspitze, dann überwand ich mich, seinen Puls zu fühlen – da war nichts mehr, keine Spur von Leben. Ich starrte den Pascha noch einen Moment an, wie er da lag mit dem Kopf am Altar des Hades. Dann wandte ich mich ab und verließ ihn – ein totes Ding in jenem Heiligtum der Toten.«

6. Kapitel

Wenn ich die wirklichen Ursachen erklären könnte, die dazu beigetragen haben, diese vielleicht natürliche Veranlagung von mir zu steigern – diese Melancholie, die mich zum Gespött gemacht hat –, niemand würde sich wundern – aber dies ist nicht möglich, ohne viel Unheil anzurichten – ich weiß nicht, wie das Leben anderer Männer gewesen ist – aber ich kann mir nichts Seltsameres vorstellen als manche meiner früheren Lebensabschnitte – ich habe meine Memoiren geschrieben – aber alle wirklich folgenreichen & wichtigen Teile ausgelassen – aus Rücksicht auf die Toten – auf die Lebenden – und auf jene, die beides sein müssen.

Lord Byron, Gedankensplitter

Der Himmel über Acheron hatte sich furchterregend schwarz überzogen, als hülle er sich in Trauer um den toten Schloßherrn. Mein Pferd wieherte vor Angst, als ich aufsaß und es die gewundene Straße hinabhetzte. Ich sah Wachen auf den Brustwehren mit flammenden Fackeln, und ich hörte sie nach mir rufen, während ich durch die offenen Tore galoppierte. Ich schaute mich nach ihnen um; sie zeigten auf das Dorf und schrien wieder, warnende Worte, so schien es mir, doch der Wind heulte über die Klippen, und ihre Stimmen gingen unter. Ich galoppierte weiter und hatte die Brustwehren bald hinter mir. Dann zügelte ich mein Pferd, denn vor mir lag, gespenstisch weiß unter einem schweren grünen Himmel, das Dorf.

Es war so verlassen wie immer, doch aus irgendeinem Grund, dem Zustand meiner Nerven vielleicht oder einer bösen Vorahnung, zog ich meine Pistole wieder heraus und schaute in die leeren Ruinen, als fürchtete ich mich vor dem, was ich dort zu sehen bekommen könnte. Aber da war nichts – und so hetzte ich mein Pferd auf die Basilika zu. Doch als ich an Petros Haus vorbeikam, sah ich eine kleine Gestalt reglos am Straßenrand stehen. ›Lord Byron!‹ rief eine hohe, schrille Stimme. Ich zügelte mein Pferd und schaute hinunter. Es war Petros Sohn, der kleine Junge mit dem verkniffenen Gesicht, der am Morgen die Münze von mir angenommen hatte. ›Bitte, Lord Byron, kommen Sie herein‹, flehte er. Ich schüttelte den Kopf, aber der Junge zeigte auf das Haus und sagte ein einziges Wort: ›Haidée.‹ Und darauf saß ich natürlich ab und folgte ihm.

Ich ging ins Haus. Drinnen war alles dunkel – keine Kerzen, kein Feuer. Ich hörte, wie hinter mir die Tür zuschlug und dann ein Riegel vorgeschoben wurde. Ich schaute mich erschrocken um, doch der Junge blickte zu mir auf, sein ernstes Gesicht bleich schimmernd in der Dunkelheit, und deutete dann auf eine zweite Stube. Ich ging darauf zu. ›Haidée‹, rief ich. ›Haidée!‹ Keine Antwort. Aber dann hörte ich Gekicher, leise und hoch, das aus dem Raum vor mir drang. Drei oder vier Kinderstimmen begannen zu singen: ›Haidée, Haidée, Haidée!‹ Danach noch mehr Gekicher, dann Stille. Ich stieß die Tür auf.

Vier Augenpaare starrten mich groß an, drei Mädchen und ein winziger Junge. Ihre Gesichter waren bleich und ernst wie das ihres Bruders; dann lächelte mich eine von ihnen an, das hübscheste der Mädchen, und sein kindliches Gesicht schien mit einemmal das grausamste und verdorbenste zu sein, das ich jemals gesehen hatte. Das Mädchen fletschte die Zähne; seine Augen schimmerten silbern; jetzt konnte ich sehen, daß seine Lippen rot und lüstern waren. Dann bemerkte ich, daß sie alle mit Blut gefärbt waren; alle vier Kinder kauerten über dem Körper einer Frau, und als ich näher trat, konnte ich sehen, daß ihre Mahlzeit Petros Mutter war, das Gesicht in einem Todeskampf von unbeschreiblichem Entsetzen erstarrt. Gedankenlos bückte ich mich neben ihr. Ich streckte die Hand aus, um ihr über das Haar zu streichen, und dann starrte auch sie mich plötzlich an, mit brennenden Augen, und sie stand auf und ihre Zähne glänzten, während sie vor Durst fauchte. Die Kinder kicherten vor Entzücken, als ihre Großmutter ausholte, um mir die Kehle zu zerfetzen, doch sie war zu langsam. Ich trat zurück, richtete meine Pistole auf sie und jagte ihr eine Kugel durch die Brust. Dann spürte ich Fingernägel an meinem Rücken: Das fünfte Kind, der Junge, der mich hereingeführt hatte, versuchte, auf mich zu klettern. Ich schüttelte ihn ab, und dann, als er auf den Boden fiel, feuerte ich instinktiv auch auf ihn eine Kugel ab. Sein Schädel wurde zerschmettert, und die anderen Kinder wichen zurück. Doch zu meinem Entsetzen regte sich darauf die Großmutter wieder und dann das Kind, und alle zusammen rückten auf mich zu, und ich wußte nicht, was schlimmer war, der Anblick des Jungen, der mich mit seinem halb weggeblasenen Schädel anstarrte, oder der Hunger in den Augen der anderen Kinder, die alle noch so klein und schön waren. Der kleinste Junge stürzte sich auf mich; ich schlug ihn mit der Hand, taumelte dann zurück, schloß die erste Tür hinter mir, und dann, als die *Vardoulachas* sie wieder aufmachten, drückte ich gegen die Tür, die hinaus auf die Straße führte. Sie war verriegelt – verdammt, dachte ich –, das hatte ich vergessen. Ich mühte mich mit dem Riegel ab, und während ich daran herumfummelte, drangen die Kinder wieder auf mich ein, die winzigen Münder aufgerissen, ein triumphierendes Leuchten in den Augen. Einer von ihnen kratzte mich; aber dann war die Tür endlich offen, und ich fiel durch sie hinaus und schlug sie zu, bevor sie mir folgen konnten. Ich lehnte mich gegen die Tür und spürte, wie die kleinen Körper dagegendrückten; dann rannte ich so schnell ich konnte und bestieg mein Pferd, ehe sie mich einholten. Ich galoppierte die Straße hinunter; als ich über die Schulter schaute, sah ich, daß die Kinder mir nachblickten und schluchzten, ein seltsamer tierischer Laut enttäuschten Verlangens. Ich drehte mich kein zweites Mal um, mußte ich doch die Basilika erreichen. Ich mußte herausfinden, ob Haidée noch am Leben war.

Vor mir sah ich Flammenschein. Ich trabte zum Portal der Basilika hin. Ein Mann stand vor mir, die Arme hochgereckt, ein schwarzer Umriß vor dem Orange des Feuers.

Er lachte, ein grausamer Laut des Spotts und Triumphs; er starrte mich an und lachte aufs neue; es war Gorgiou. Er sprang mich an, als ich vorbeiritt, aber der Huf meines Pferds traf ihn an der Schläfe, und er taumelte zurück. So schnell ich konnte, ritt ich über den Boden der Basilika. Dunkle Gestalten drehten sich nach mir um. Ich erkannte den Priester; er hatte wie alle andern den silbernen Schimmer des Todes in den Augen. Die Kreaturen drängten sich in einem Haufen am anderen Ende der Kirche um die Turmruine. Ich ritt auf sie zu, zermalmte die vor mir, schob die anderen beiseite, während sie versuchten, mich herunterzuzerren.

›Byron!‹ Ich hörte Haidées Schrei. In das Kostüm eines jungen Dieners gekleidet, stand sie auf der obersten Stufe. Sie hielt eine lodernde Fackel in jeder Hand, und vor ihr brannte das Feuer, das sie angezündet hatte. Sie rannte daran vorbei die Treppe hinab. Eines der Ungeheuer sprang nach ihr, aber ich legte die Pistole an und feuerte, und mit einer Kugel in der Brust taumelte es zurück. Ich suchte ihr Pferd; dann entdeckte ich es, tot, während durstige menschliche Blutegel ihm noch das Blut aussaugten.

›Spring!‹ rief ich Haidée zu; sie wagte den Sprung und fiel beinahe, doch sie klammerte sich an die Mähne meines Pferds, und während ich weiterritt, konnte ich sie heraufziehen, so daß sie sicher auf dem Sattel und in meinen Armen geborgen war. Ich konnte nicht sehen, wohin wir ritten. Wir stolperten über Felsen und an Olivenbäumen vorbei, und ich wußte nur, daß wir die Straße finden mußten, wenn wir entkommen wollten. Dann plötzlich, sich spaltend über den zerklüfteten Berggipfeln, erhellte ein gezackter Blitz den Himmel.

›Nach rechts!‹ rief Haidée.

Ich nickte und blickte in die Richtung. Jetzt konnte ich

die Straße sehen, die sich vom Schloß herunterschlängelte, und dann, im Licht eines zweiten Blitzes, sah ich etwas anderes, ein Heer von schwarzen Geistern, die ziellos durch die Tore in den Mauern strömten und sich wie Blätter vor dem Brüllen des Gewitters verstreuten. Als wir die Straße erreichten, schienen sie unser Blut zu wittern, und der Wind trug ihr Kreischen zu uns, aber sie befanden sich weit hinter uns, und die Straße vor uns war frei. Bald hatten wir sie um die Biegung des Berges aus den Augen verloren.

Allmählich wähnte ich uns in Sicherheit. Doch dann, als ich unter dem Bogen hindurchritt, der die alte Stadtgrenze bezeichnete, spürte ich etwas Schweres auf meinen Rücken springen, und ich wurde vom Sattel hinunter in den Staub gezerrt. Im Nacken spürte ich Atem; er roch faulig und tot. Ich versuchte, mich umzudrehen und kämpfte gegen den Griff meines Angreifers an, dessen Nägel sich wie Klauen anfühlten, als sie in meine Arme schlugen.

›Lassen Sie sich nicht von ihm beißen!‹ schrie Haidée. ›Byron, lassen Sie ihn nicht Ihr Blut saugen!‹

Das Geschöpf schien vom Klang ihrer Stimme abgelenkt. Während es sich umschaute, konnte ich mich seinem Griff entwinden und das Ding sehen, das mich gehalten hatte. Es war Petro – doch wie verändert! Seine Haut war jetzt so wächsern wie bei einem frisch Verstorbenen, aber die Augen glänzten wie die eines Schakals, und als er mich frei sah, glühten sie rot auf, und er sprang mich erneut an. Ich griff nach seiner Kehle und versuchte, ihn wegzustoßen, aber er war zu stark, und ich roch wieder den Leichenatem, während seine Kiefer meinem Hals immer näher kamen. Der Gestank war so überwältigend, daß ich glaubte, ich würde ohnmächtig.

›Petro!‹ hörte ich Haidée rufen. ›Petro!‹

Dann spürte ich Speichel auf mein Gesicht tropfen, und ich wußte, daß ich ihn nicht mehr von mir fernhalten konnte. Ich bereitete mich auf den Tod vor – oder vielmehr den lebenden Tod, der das Los des Dorfes gewesen war. Doch dann hörte ich einen dumpfen Schlag – und einen zweiten Schlag. Petro rollte von mir herunter. Ich hob den Blick. Haidée stand da mit einem schweren Stein. Er war naß von Blut und verfilztem Haar. Petro lag reglos vor ihren Füßen; dann begann er sich wieder zu bewegen, krallte mit den Fingern nach ihr, und Haidée zog das Kruzifix unter ihrem Umhang vor, zielte nach dem Herzen ihres Bruders und stieß es so fest sie konnte hinein. Petro schrie, wie sein Bruder geschrien hatte; ein sanfter Blutstrahl stieg auf und sprudelte aus seiner Brust. Haidée zog das Kruzifix aus dem Leichnam; sie legte sich daneben und brach in quälendes, tränenloses Schluchzen aus.

Ich hielt sie fest; als dann endlich die Tränen zu fließen begannen, nahm ich sie behutsam beim Arm und führte sie zum Pferd. Ich sagte nichts – was hätte ich auch sagen können?

›Reiten Sie schnell‹, flüsterte Haidée, als ich die Zügel freigab. ›Lassen wir diesen Ort hinter uns. Verlassen wir ihn für immer.‹ Ich nickte und gab dem Pferd die Sporen; wir galoppierten die Gebirgsstraße hinunter.«

Es trat eine kurze Pause ein. Lord Byron umklammerte die Lehnen seines Stuhls und atmete schwer.

»Und haben Sie ihn verlassen?« fragte Rebecca ungeduldig. »Für immer, meine ich?«

Lord Byron lächelte kaum merklich. »Miss Carville, bitte – dies ist meine Geschichte. Sie sind bisher sehr gütig gewesen, indem Sie mir gestatteten, sie zu erzählen, wie ich wünsche. Lassen Sie uns nichts verderben.«

»Es tut mir leid...«

»Aber?«

Rebecca lächelte dankbar. »Ja – aber – Sie haben nicht gesagt, was dem Dorf widerfahren ist. Berichten Sie mir wenigstens darüber.«

Lord Byron zog eine Augenbraue hoch.

»Wie konnten sie sich alle so schnell verändern, meine ich? War es der Pascha? War es Gorgiou?«

Lord Byron lächelte wieder ein wenig. »Das waren Fragen, die meinen eigenen Gedanken damals auch nicht allzu fern lagen – wie Sie sich vorstellen können. Ich wollte Haidée nicht drängen, wollte nicht, daß sie daran dachte, daran erinnert wurde, was ihrer Familie geschehen war. Aber dann, als das Unwetter schlimmer wurde, wollte ich auch unbedingt ein Obdach finden, und ich mußte wissen, ob es sicher wäre oder ob wir unseren Ritt durch die Nacht fortsetzen sollten.«

»Das Pferd, das Sie beide trug, muß wohl auch langsam ermattet sein.«

»Nein. Wir trafen nämlich auf jemanden, an derselben Brücke, wo wir Gorgiou zuerst begegnet waren – wir ritten darüber, als plötzlich ein Reiter schemenhaft aus dem Regen auftauchte, ein zweites Pferd im Schlepptau, und mich beim Namen anrief. Es war Viscillie. Er hatte auf mich gewartet. ›Sie verlassen, Mylord?‹ fragte er, und grinste unter seinem buschigen Schnurrbart. ›Nur weil mich ein *Vardoulacha* dazu bestechen wollte?‹ Er spie aus und beschimpfte den Pascha in den höchsten Tönen. ›Wußte er nicht‹, fragte Viscillie, ›daß ein Bandit seine Ehre liebt wie ein Priester Gold und Knaben?‹ Er ließ eine weitere Salve Beschimpfungen vom Stapel, dann zeigte er auf einen Unterstand, den er zwischen den Felsen gebaut hatte. ›Wir reiten im Morgengrauen, Mylord, aber fürs erste braucht das

Mädchen Ruhe. Dort gibt es ein Feuer und etwas zu essen‹
– er zwinkerte – ›ja, und Raki auch.‹ Wie hätte ich ihm
widersprechen können? Es war schwer genug, ihm einfach
zu danken. Merken Sie sich – halten Sie sich an einen Räuber, wenn Sie einen gutherzigen Menschen brauchen.

Sogar Haidée schien wieder zu Kräften zu kommen,
sobald wir um das Feuer lagerten. Noch immer redete sie
kaum, aber nach unserem Mahl begann ich, sie nach unseren Fluchtaussichten auszufragen – ob sie glaubte, daß die
Geschöpfe im Dorf uns verfolgen würden? Haidée schüttelte
den Kopf. Nicht wenn der Pascha wirklich vernichtet war,
sagte sie. Ich fragte sie, wie sie das meine. Sie schwieg eine
Weile, dann begann sie mit stockender Stimme zu erklären:
Wenn der Pascha einen Menschen zum Vardoulacha machte, schuf er Ungeheuer, die außer ihrem Durst nach Menschenblut keine Existenz zu haben schienen. Manche von
diesen Kreaturen waren bloße Zombies, völlig vom Willen
des Paschas abhängig; andere waren von tierischer Wildheit durchdrungen und infizierten alle, von denen sie tranken, mit einem heftigen Verlangen, das ebenso verzweifelt
war wie ihr eigenes. Sie vermute – und dann hielt sie inne,
und Viscillie reichte ihr die Rakiflasche. Haidée trank daraus. Sie begann von neuem. Sie vermute, sagte sie, indem
sie schluckte, daß ihr Vater zu einem Geschöpf der zweiten
Art gemacht worden war. Sie sah mich an. Ihre Augen funkelten vor leidenschaftlichem Haß. ›*Er* muß also gewußt
haben, was geschehen würde. *Er* muß es ganz bewußt getan
haben – meinem Vater, meiner Familie, dem ganzen Dorf
einen lebenden Tod zuzufügen. Aber, Byron, falls Sie ihn
getötet haben, dann werden auch seine Geschöpfe nach
und nach sterben, und wir sind vor ihnen sicher. Falls Sie
ihn getötet haben.‹

›Was meinst du mit falls? Ich habe ihn erschossen.‹

Viscillie knurrte. ›Sie haben ihn durchs Herz geschossen, Mylord?‹

›Ja.‹

›Sind Sie sich dessen sicher, Mylord?‹

›Verdammt, Viscillie, ich kann einen Spazierstock auf zwanzig Schritt Entfernung spalten, wie könnte ich da auf zwei ein menschliches Herz verfehlen?‹

Viscillie zuckte die Achseln. ›Dann brauchen wir uns nur vor den Tataren zu fürchten.‹

›Was, den Wachen des Paschas? Warum sollten sie sich damit abgeben, uns zu verfolgen?‹

Viscillie zuckte erneut die Achseln. ›Natürlich um den Tod Vachel Paschas zu rächen.‹ Er schaute zu mir auf und lächelte. ›Treue ist etwas, das sie mit Banditen gemeinsam haben.‹

›Gemeinsam? Nein, an solche Treue kämen sie nie heran.‹

Viscillie grinste über das Kompliment, aber er hatte gewiß nicht darum gebettelt, und deshalb beunruhigte mich seine Warnung. ›Gewiß‹, fragte ich, ›haben die toten Wesen sich doch auch von den Wachen genährt?‹

›Wollen wir es hoffen.‹ Viscillie zog sein Messer und betrachtete es. ›Aber wenn ich Tatare wäre, hätte ich das Dorf in Brand gesteckt und dann die Morgendämmerung abgewartet.‹

›Die Sonne kann diese Geschöpfe töten?‹

›So lehrt man es uns, Mylord.‹

›Aber ich habe den Pascha bei Tageslicht gesehen.‹

›*Er* kann alles überleben‹, warf Haidée unvermittelt ein, während sie die Arme um sich schlang. ›Er ist älter als die Berge und tödlicher als die Schlange – sollten ihn da ein paar Sonnenstrahlen bedrohen? Aber es ist dennoch wahr – die Sonne schwächt ihn tatsächlich, und am schwächsten ist er, wenn der Mond nicht scheint, um ihm seine Kräfte zurückzugeben.‹ Sie nahm meine Hände und küßte sie mit plötzlicher Leidenschaft und Heiterkeit. ›Und deshalb müssen wir morgen beim ersten Licht weiter – so scharf reiten wie noch nie.‹ Sie nickte. ›Dann werden wir unsere Freiheit gewinnen.‹ Sie lächelte mich an. ›Haben Sie zu der Göttin gebetet, Byron, wie ich Sie bat?‹

›Ja.‹

›Und ist sie auf unserer Seite?‹

›Natürlich‹, flüsterte ich. Ich küßte sie zart auf die Stirn. ›Wie könnte es anders sein?‹ Und ich sagte ihr, sie solle nun schlafen.

Viscillie, der aus Stein geschaffen schien, verbrachte die Nacht auf Wache. Ich versuchte, mit ihm wach zu bleiben, aber bald schlief ich im Sitzen ein, und ehe ich mich versah, flüsterte er mir ins Ohr, daß es schon fast Tag sei. Ich betrachtete den Himmel; das Unwetter hatte sich längst verzogen, und die Luft des frühen Morgens war lind und klar.

›Die Sonne dürfte heute heiß scheinen‹, flüsterte Haidée, als sie zu mir auf die Straße trat.

Ich schaute sie an. Ihre Wangen schienen so frisch wie die Dämmerung im Osten, und ihre Augen leuchteten vom Licht des anbrechenden Tages. Ich konnte sehen, daß sie endlich, nach all den entsetzlichen Erinnerungen, eine bis dahin nur erträumte Freiheit flüchtig vor sich auftauchen sah. ›Wir werden es schaffen‹, versprach ich, indem ich ihre Hand drückte. Sie nickte kurz, dann stieg sie in ihren Sattel. Sie wartete, bis Viscillie und ich ebenfalls bereit waren, dann gab sie die Zügel frei und sprengte im kurzen Galopp den Weg hinab.

Wir ritten, so schnell wir konnten, während die Sonne heißer wurde und höher in den Himmel stieg. Hin und wieder saß Viscillie ab und kletterte Klippen und Steilhänge hinauf; wenn er sich wieder zu uns gesellte, lächelte er und schüttelte den Kopf. Aber um die Mittagszeit, während er eilends von einer Felsenspitze herabstieg, bemerkten wir, daß er unbehaglich dreinblickte, und als er zu uns trat, murmelte er, er habe eine Staubwolke entdeckt, weit weg, aber in Bewegung.

›Auf uns zu?‹ fragte ich.

Viscillie zuckte die Achseln.

›Ob sie wohl schneller reiten als wir?‹

Viscillie machte die gleiche Geste. ›Wenn es Tataren sind, vielleicht.‹

Ich fluchte leise, während ich auf die Straße vor uns starrte und dann über die Schulter auf den wolkenlosen blauen Himmel hinter uns blickte. ›Wohin müssen wir kommen, Viscillie?‹ fragte ich langsam. ›Um in Sicherheit zu sein?‹

›Zur Grenze des Paschaliks. Sie werden es nicht wagen, einen adligen fremden Herrn darüber hinaus zu verfolgen – nicht wenn er ein Freund des großen Ali Pascha ist.‹

›Bist du dir dessen sicher?‹

›Ja, Mylord.‹

›Wo liegt diese Grenze?‹

›Die Straße nach Mesolongion. Dort gibt es eine kleine Festung.‹

›Und wie lange brauchen wir bis dort?‹

›Zwei Stunden. Eine und eine halbe vielleicht, wenn wir scharf zureiten.‹

Haidée warf einen Blick zum Himmel. ›Es ist beinahe Mittag. Von dann an beginnt die Sonne zu sinken.‹ Sie schaute mich an. ›Wir müssen also mehr als scharf zureiten. Wir müssen reiten, als säße uns der Teufel im Nacken.‹

Und das taten wir denn auch. Eine Stunde verging, und wir hörten nichts in der Stille der Hitze als die Hufe unserer eigenen Pferde, die auf den weißen Staub des Wegs hämmerten und uns immer näher zur Straße nach Mesolongion trugen. An einem Bach, einem wohltuenden grünen Fleckchen zwischen den Felsen und Klippen, legten wir eine Pause ein, um unsere Pferde trinken zu lassen; Haidée saß ab, doch dann, während sie ihre Wasserflasche füllte, schaute sie sich um und sah eine schwache Staubwolke in der Ferne aufsteigen.

›Ist es das, was du gesehen hast?‹ fragte sie Viscillie. Wir schauten beide hin.

›Sie kommen näher‹, stellte ich fest.

Viscillie nickte. ›Weiter.‹ Er zog den Kopf seines Pferdes vom Bach hoch. ›Wir haben noch ein gutes Stück vor uns.‹

Die Staubwolke jedoch konnten wir, so angestrengt wir auch ritten, nicht abschütteln. Ganz im Gegenteil – sie wurde ständig dicker, so daß sie bald einen Schatten auf uns zu werfen schien. Und dann hörte ich Haidée keuchen; ich drehte mich um und sah Metall blinken, das Gebiß eines Pferdezaums und hörte das ferne Donnern von Hufen. Wir umrundeten einen aufragenden Felsen, und unsere Verfolger waren verschwunden, bevor wir genau wissen konnten, ob sie uns entdeckt hatten. Aber nun senkte sich die Straße und wurde gerader, während die Felsen und Klippen zurücktraten, und auf der offenen Ebene würden wir leicht zu sehen sein.

›Wie weit noch?‹ rief ich Viscillie zu. Er zeigte voraus. In weiter Ferne konnte ich mit Mühe das weiße Band einer Straße und die sie schützende kleine Festung erkennen.

›Das Schloß von Ali Pascha‹, rief Viscillie. ›Das müssen wir erreichen. Reiten Sie, Mylord, reiten Sie!‹

Inzwischen hatten unsere Verfolger den Felsen umrundet und uns entdeckt. Ich hörte ihr Triumphgeheul, und als ich zurückblickte, merkte ich, daß sie ausschwärmten, während sie uns über die Ebene jagten. Dann fiel ein Schuß, und mein Pferd wäre beinahe gestrauchelt und gestürzt, und ich fluchte, während ich mich abmühte, meine Pistole aus der Satteltasche zu holen.

›Reiten Sie nur zu, Mylord!‹ rief Viscillie, als ein zweiter Schuß abgefeuert wurde. ›Tataren können nicht zielen!‹ Doch reiten konnten sie; gerade als Viscillie mir dies zurief, brachen drei aus dem Haufen aus und galoppierten auf uns zu. Einer von ihnen streckte den Arm nach Haidée aus und lachte, als sie vergeblich einen Dolch nach ihm schwang. Er spielte mit ihr, griff zum Schein an und riß sein Pferd herum, doch indessen gelang es mir endlich, meine Pistole zu finden. Ich hatte sie vorher geladen; nun betete ich, daß sie auch losgehen würde. Der Tatar packte Haidée bei den Haaren; sie klammerte sich verzweifelt an die Zügel, während er an ihr zerrte. Der Tatar ließ sich zurückfallen, dann griff er erneut an, und dieses Mal nahm er Haidées Arm. Er lachte – da feuerte ich, und der Tatar richtete sich hoch im Sattel auf, als wolle er salutieren, dann kippte er nach hinten um und wurde an den Knöcheln über die Straße zurückgeschleift. Als das verschreckte Pferd durch ihre Reihen galoppierte, hielten die Verfolger inne, und ich spürte, wie sich meine Stimmung hob, denn nun konnten wir sehen, daß die Tore der Festung für uns geöffnet wurden. Auch die Tataren mußten sie gesehen haben, denn plötzlich hörten wir Schreie der Wut und des Hohns und hatten den Lärm ihrer Pferde fast im Ohr. Ich warf einen Blick zurück; befand sich der Pascha unter ihnen? Sehen konnte ich ihn nicht. Ich blickte mich noch einmal um. Er war nicht dabei. Natürlich nicht – er war ja tot, ich hatte ihn sterben sehen.

›Mylord, reiten Sie!‹ schrie Viscillie. Kugeln pfiffen an uns vorbei, doch dann antwortete eine Feuersalve von der Festungsmauer, und einige der Tataren fielen zurück. Die meisten jedoch nicht, und ich dachte, während wir auf die offenen Tore zugaloppierten, wir würden es nicht schaffen. Da spürte ich eine Hand an meinem Arm. Ich drehte mich um; ein Tatar grinste mir ins Gesicht. Er griff mir nach der Gurgel, aber ich duckte mich unter seinem Griff, und mein Pferd stieß an seines, so daß er aus dem Sattel geschleudert wurde. Ich schaute mich nach Haidée um; sie hatte die Tore erreicht.

›Mylord, schnell, schnell!‹ schrie Viscillie vor mir. Ich gab meinem erschöpften Roß die Sporen; die Reiter hinter mir fielen zurück; noch während ich hindurchjagte, schwangen die Festungstore zu.

Wir waren sicher, wenigstens für eine Weile. Aber sogar hinter Mauern fühlten wir uns nicht wohl. Der Kommandant der Garnison war mürrisch und mißtrauisch. Wie hätte es anders sein können, denn unsere Ankunft und Erscheinung war merkwürdig genug gewesen, aber dazu war auch die Wut gekommen, mit der die Tataren uns verfolgt hatten. Ich erklärte dem Kommandanten, daß sie Klephten gewesen seien – seine Miene zeigte unverhohlen, daß er mir nicht glaubte. Aber er wurde höflicher, als ich hervorhob, daß ich ein enger Freund Ali Paschas sei, und als er den Geleitbrief sah, den ich mitführte, wurde er beinahe griechisch in seiner Unterwürfigkeit. Aber ich traute ihm nicht – und nach einer kurzen Unterbrechung, um uns zu erfrischen und zu vergewissern, daß die Tataren wirklich in die Berge zurückgekehrt waren, setzten wir unsere Reise eilends durch den Nachmittag fort. Die Chaussee nach Mesolongion war zwar kaum belebt, machte aber nach der Einsamkeit des Gebirgspfads den Eindruck einer regelrechten Durchgangsstraße, und da sie auch in besserem Zustand war, ermöglichte sie es uns, recht schnell voranzukommen. Natürlich behielten wir die hinter uns gebrachte Strecke gut im Auge, sahen aber keine Staubwolken mehr in den Himmel steigen, und nach einer Weile fühlten wir uns sicherer. Die Nacht verbrachten wir in Arta, einem recht angenehmen Ort, wo wir Soldaten anheuern konnten, zehn an der Zahl, die uns auf der noch vor uns liegenden Reise beschützen sollten. Nun fühlte ich mich beinahe zuversichtlich. Wir brachen erst am späten Morgen auf, denn Haidée war erschöpft und schlief fast zwölf Stunden lang. Ich entschied sie nicht zu wecken. Und auch die platonische Natur unserer Beziehung blieb damals unangetastet.

Doch wie hätte ich Haidée dafür tadeln können, daß sie sich in dieser Weise aufsparte bis zu dem Augenblick, in dem sie sich wirklich frei wissen konnte?« Lord Byron schwieg. Seine Augen wurden groß; er starrte in die Dunkelheit, als wäre sie die entschwundene Vergangenheit. »Ihre Reinheit...« Er unterbrach sich, während er Rebecca wieder in die Augen sah. »Ihre Reinheit«, flüsterte er, »war so wild und ungezähmt wie die Leidenschaft in ihrer Seele – eine Flamme der Hoffnung, gehegt durch die langen Jahre der Sklaverei, und wenn ich sie damals liebte, wie ich seitdem nichts mehr geliebt habe, ja, dann deshalb, weil diese Flamme sie erleuchtete, ihre wilde Schönheit mit unsterblichem Feuer färbte. Ich hatte nicht den Wunsch zu stehlen, was mich versengen würde – und wenn mir auch mein eigenes Blut wie Lava in den Adern erschien –, und so wartete ich. Wir eilten weiter auf Mesolongion zu, und ich wußte, wenn Haidée Abstand von mir hielt, dann deshalb, weil sie sich noch immer nicht sicher sein konnte, daß der Pascha im Grab lag.

Am dritten Nachmittag unserer Reise erreichten wir das Ufer des Trichonis-Sees. Wir rasteten dort, denn der See lag in der Nähe von Viscillies Heimatdorf, und er schlug vor, unsere Leibwache durch eigene Landsleute zu verstärken. Dazu mußte er in die Berge reiten. So suchten wir während seiner Abwesenheit in einer Höhle Zuflucht, wo die Luft vom Duft wilder Rosen schwer war und wir den blauen Kristallschimmer des Sees durch die Bäume sehen konnten. Ich hielt Haidée in den Armen, zog ihr die Pagenmütze vom Kopf, so daß ihr langes Haar frei fiel. Ich streichelte es, und sie fuhr mit den Fingern durch mein eigenes, und wir lagen da in zärtlicher Einsamkeit, als gäbe es kein anderes Leben unter dem Himmel als unsres.

Ich blickte hinaus auf die Berge jenseits des Sees und spürte meine Lebensgeister brennen vor Hoffnung und Freude. Ich wandte mich zu Haidée. ›Er kann uns nicht erreichen. Nicht hier. Er ist tot.‹

Haidée sah mich mit großen, sehnsüchtigen dunklen Augen an. Langsam, fast unmerklich nickte sie.

›Er hat mir einmal erzählt, daß er dich liebe. Meinst du, daß das gestimmt hat?‹

Haidée antwortete nicht, sondern legte ihre Wange an mein Herz. ›Ich weiß nicht‹, sagte sie schließlich. ›Mag sein.‹ Sie hielt inne. ›Aber Liebe? Nein, es kann keine Liebe gewesen sein.‹

›Was dann?‹

Haidée lag reglos an meiner Brust. Sie konnte mein Herz hören, wußte ich, das für sie schlug. ›Blut‹, sagte sie endlich. ›Ja. Den Geschmack meines Bluts.‹

›Blut?‹

›Sie haben es gesehen – gesehen, wie es auf ihn wirkte. Er war davon berauscht. Ich weiß nicht, warum. Es geschah nie, wenn er von anderen Menschen Blut trank.‹ Sie setzte sich plötzlich auf und umklammerte ihre Knie. ›Nur wenn er von mir trank.‹ Sie erschauderte. ›Nur von mir.‹

Sie streckte wieder die Arme nach mir aus. Sie küßte

mich. Ich fühlte ihren Körper beben. ›Byron‹, flüsterte sie, ›ist es wahr? Bin ich wirklich keine Sklavin mehr?‹ Sie küßte mich zum zweitenmal, und ich spürte Tränen auf meiner Haut. ›Sag mir, daß ich frei bin.‹ Sie streichelte meine Wange mit ihrer. ›Zeig mir, daß ich frei bin.‹ Sie stand auf; ihr Umhang fiel zu Boden; sie zerrte an ihrer Schärpe, so daß ihr Hemd ihre Brüste nicht mehr verhüllte. Eins nach dem anderen fielen ihre Kleider und lagen verstreut um ihre Füße. Sie neigte sich tief herunter, und ihre Augen leuchteten dunkel – unsere Lippen näherten sich und trafen sich in einem Kuß. Haidées Arm umklammerte meine Schultern, während meiner, um ihren Kopf gebogen, halb in den Locken verschwand, die er hielt. Jetzt waren wir ein und alles füreinander – ich hatte keinen Gedanken, kein Gefühl mehr außer für Haidée –, der samtigen Berührung ihrer Zunge, der weichen Wärme ihrer Nacktheit an meiner eigenen. Wir liebten – und wurden geliebt –, tranken die Seufzer des andern, bis sie in abgehacktem Keuchen endeten, und ich dachte, wenn Seelen vor Freude sterben könnten, dann würden unsere nun gewiß untergehen, und doch war es nicht der Tod, nein, ganz und gar nicht der Tod – nicht als wir erbebten und in den Armen des anderen zergingen –, es war nicht der Tod. Endlich kamen wir nach und nach wieder zu Sinnen, nur um erneut überwältigt und davongetragen zu werden, und als Haidées Herz nun gegen meine Brust pochte, war mir, als würde es nie mehr getrennt von meinem schlagen.

Draußen färbte sich jetzt der Nachmittag dunkler. Haidée schlief. So wunderschön war sie, so leidenschaftlich in der Liebe zuvor, nun reglos, vertrauensvoll, sanft. Die Einsamkeit der Liebe und der Nacht waren von derselben heiteren Kraft erfüllt; in der Ferne rückten die Schatten der Felsen über den See vor; in meinen Armen regte sich Haidée und flüsterte meinen Namen, aber sie wachte nicht auf, und ihr Atem ging so weich wie die abendliche Brise. Ich betrachtete sie, wie sie da an meine Brust gebettet lag. Wieder empfand ich an diesem stillen Ort, wie ungeheuer allein wir waren, allein mit der Fülle und dem Reichtum des Lebens. Ich blickte Haidée an und verstand Adams Staunen über das Geschenk Evas, in diesem Moment, da die ganze Welt mir gehörte, ein Paradies, so glaubte ich, das nie verlorengehen könnte.

Ich hob den Kopf. Inzwischen herrschte fast Nacht. Die Sonne mußte untergegangen sein, und die Berge zeichneten sich als blaue Silhouetten vor den Sternen ab. Über einem Gipfel schimmerte der Mond, der wieder zunahm – und dann, einen Augenblick nur, glaubte ich, eine dunkle Gestalt vor ihm vorbeigehen zu sehen. ›Wer ist da?‹ flüsterte ich leise. Keine Antwort störte die Stille der Nacht. Ich regte mich, und Haidée blickte zu mir auf, die Augen plötzlich groß und hell. ›Was hast du gesehen?‹ fragte sie. Ich sagte nichts, sondern warf einen Umhang über und griff nach einem Säbel. Haidée folgte mir. Wir traten ins Freie. Kein Laut, keine Bewegung brach die Stille.

Und dann deutete Haidée auf etwas. ›Dort‹, flüsterte sie, indem sie sich an meinen Arm klammerte. Ich schaute hin und sah einen Körper zwischen den Blumen liegen. Ich bückte mich und rollte ihn herum. Die aufgerissenen Augen einer der Wachen starrten mich an. Er war tot. Alles Blut schien ihm entzogen, und ein Ausdruck unsäglichen Entsetzens entstellte sein Gesicht. Ich blickte zu Haidée, dann stand ich auf, um sie in die Arme zu nehmen. In diesem Augenblick flammte eine Fackel vor uns auf, dann eine zweite, bis wir von einem Flammenbogen umringt waren, und hinter jeder einzelnen Fackel sah ich das Gesicht eines Tataren. Keiner von ihnen sprach. Ich hob meinen Säbel.

Langsam teilte sich der Ring. Eine Gestalt im schwarzen Umhang trat aus der Dunkelheit.

›Legen Sie Ihren Säbel weg‹, sagte der Pascha.

Stumm starrte ich ihn an. Dann schüttelte ich den Kopf.

›Na schön.‹ Der Pascha zog den Umhang beiseite. Die Schußwunden, die ich ihm zugefügt hatte, waren noch feucht von Blut. Er zog eine Pistole aus dem Gürtel. ›Ich danke Ihnen für die günstige Gelegenheit‹, sagte er. ›Das bin ich Ihnen schuldig.‹

Er spannte die Pistole. In diesem kurzen Augenblick war die Stille wie Eis. Dann warf Haidée sich vor mich, und ich stieß sie beiseite, und während ich den Pistolenschuß in meinen Ohren explodieren hörte, spürte ich auch einen Schmerz, der mich zu Boden warf. Ich preßte die Hand an meine Seite – sie war naß. Haidée rief meinen Namen, aber als sie zu mir laufen wollte, wurde sie von zwei tatarischen Wachen festgehalten, und sofort erstarrte sie, nicht schluchzend, sondern bleich und streng, so daß ihr Gesicht vom Kuß des Todes gefroren schien.

Der Pascha starrte sie an. Dann gab er einen Wink, und eine dritte Wache trat vor. Er hielt etwas in der Hand, das wie Sackleinen aussah. Der Pascha hob das Kinn seines Sklavenmädchens. Ich sah seine Lippen beben, und dann waren sie wieder fest, als verböte ihm Leid oder Verachtung zu lächeln. ›Ergreift sie‹, befahl er.

Haidée sah mich an. ›Byron‹, flüsterte sie. ›Leb wohl.‹ Dann ging sie mit den Wachen, und ich sah sie nicht mehr.

›Wie rührend‹, zischte der Pascha nahe meinem Gesicht. ›Also war es ihretwegen – ihretwegen, *milord*, daß Sie alles, was ich Ihnen zu bieten hatte, verschmähten?‹

›Ja‹, sagte ich leise. Ich verdrehte den Hals, damit ich ihm in die Augen sehen konnte. ›Es war nicht ihre Schuld. Ich nahm sie mit. Sie wollte niemals mit mir gehen.‹

Der Pascha lachte. ›Dieser Edelmut!‹

›Es ist die Wahrheit.‹

›Nein.‹ Das Lächeln des Paschas schwand. ›Nein, *milord*, das ist es nicht. Sie ist des Verrats ebenso schuldig wie Sie. Für Sie beide also – Bestrafung.‹

›Bestrafung? Was werden Sie ihr antun?‹

›In diesem Teil der Welt haben wir eine Strafe, eine ergötzliche, für Treulosigkeit. Für eine Sklavin wird sie durchaus reichen. Aber ich würde sie vergessen, *milord* – Sie sollte jetzt ihr eigenes Schicksal beunruhigen.‹ Er streckte die Hand nach meiner Seite aus und tauchte seine Finger in mein Blut. Dann leckte er sie ab und lächelte. ›Sie liegen im Sterben‹, sagte er. ›Würden Sie ihn begrüßen, den Tod?‹ Ich sagte nichts. Der Pascha runzelte die Stirn, und plötzlich funkelten seine Augen wie von einem roten Feuer erleuchtet, und sein Gesicht war dunkel vor Wut und Verzweiflung. ›Ich hätte Ihnen Unsterblichkeit geschenkt‹, flüsterte er. ›Ich hätte Sie die Ewigkeit mit mir teilen lassen.‹ Er küßte mich, so brutal, daß seine Zähne meine Lippen zerbissen. ›Und statt dessen – Verrat!‹ Er küßte mich wieder, und seine Zunge leckte von dem Blut in meinem Mund. ›So bleich sind Sie bereits, *milord*, so bleich und schön.‹ Er streckte sich über mir aus, so daß seine Wunde meine berührte und eins mit ihr wurde. ›Soll ich sie verfaulen lassen, Ihre Schönheit? Ihre Seele austrinken? Sie den Fußboden in meinem Schloß schrubben lassen?‹ Er lachte und riß meinen Umhang fort, so daß ich nackt unter ihm lag. Er küßte mich wieder und wieder, während er sich fest an mich preßte, und dann spürte ich seine Fingernägel über meine Kehle streichen. Blut quoll als dünne Linie aus dem Kratzer. Der Pascha leckte daran, während er mit den Nägeln feine Streifen aus meiner Brust riß. Mein Herz schlug mir laut in den Ohren; ich blickte zu den Sternen auf, und der Himmel schien wie ein gemartertes Lebewesen zu pulsieren. Ich spürte die Lippen des Paschas, die aus meinen Wunden tranken, und als er wieder zu mir aufblickte, waren sein Schnurrbart und Bart verfilzt von geronnenem Blut, meinem Blut, und er lächelte mich an. Dann beugte er sich ganz dicht herab und flüsterte mir ins Ohr. ›Ich schenke Ihnen Wissen‹, sagte er. ›Wissen und Ewigkeit. Ich strafe Sie damit.‹

Dann war nichts mehr in meinen Ohren als das Pulsieren meines Blutes. Ich schrie: Meine Brust war aufgerissen, aber selbst während der Schmerz jeden Nerv versengte, empfand ich die Belebung, die ich mit Haidée erfahren hatte, den Schauer der Leidenschaft. Lust und Schmerz stiegen empor, bis ich glaubte, sie könnten nicht mehr höher steigen, und dennoch stiegen sie immer höher, empor und empor, wie Zwillingsthemen einer Musik, die sich in die Nacht aufschwingt – und dann befand ich mich irgendwie über beiden. Die Empfindungen blieben – und doch war nicht ich derjenige, der sie spürte. Das Blut pulsierte weiter, und die Zunge des Paschas berührte jetzt mein lebendiges Herz. Eine große Ruhe senkte sich über mich, während das Blut dick und kaum empfunden aus meinen Adern wich. Ich betrachtete die Bäume, den See, die Bergspitzen – alles war rot gefärbt. Ich hob den Blick zum Himmel; mein Blut schien über ihn verspritzt. Während der Pascha weitertrank, fühlte ich mich in ihn hineingezogen und dann über ihn hinaus, und ich fühlte mich die Welt werden. Der Puls verdichtete und verlangsamte sich. Mein Blut über dem Himmel wurde dunkel. Ein letzter Pulsschlag – dann Stille. Da war nichts. Alles war tot – der See, die Brise, der Mond, die Sterne. Dunkelheit war das Universum.

Und dann – dann – aus jener reglosen Stille – wieder ein

Puls – ein einzelner Schlag. Ich schlug die Augen auf – ich konnte sehen. Ich blickte an mir hinab. Es war, als habe man mir die gesamte Haut abgezogen, als sei ich so nackt, daß da nichts als Fleisch war und Organe, Arterien und Venen, schimmernd im Mondlicht, klebrig und reif. Und doch, obwohl ich abgehäutet war wie eine Anatomieleiche, konnte ich mich bewegen. Während ich mich regte und erhob, fühlte ich, wie allmählich eine schreckliche Stärke durch meine Glieder strömte. Mein Herz schlug schneller. Ich schaute mich um – die Nacht schien silbern getönt, und die Schatten waren blau und tief vor Leben. Ich bewegte mich auf sie zu; meine Füße berührten den Boden; jeder Grashalm, jede winzige Blume erfüllte mich mit Freude, als seien meine Nerven Harfensaiten, die aufklangen, sobald man sie nur streifte, und während ich mich bewegte, hingen die Rhythmen des Lebens volltönend in der Luft, und ich verspürte einen großen Hunger nach ihnen. Ich begann zu laufen. Ich wußte nicht, was ich jagte, aber ich bewegte mich wie der Hauch des Windes, durch Wälder und über Gebirgspässe, und die ganze Zeit wurde der Hunger in mir größer und verzweifelter. Ich sprang auf eine Felsenklippe und roch etwas Goldenes und Warmes vor mir. Das mußte ich bekommen. Das würde ich bekommen. Ich schrie mein Bedürfnis in den Himmel. Doch aus meiner Kehle kam keine menschliche Stimme. Ich lauschte meinem Schrei nach – das Heulen eines Wolfs.

Eine Herde Ziegen blickte erschrocken auf. Ich preßte mich flach an den Felsen. Eine einzelne Ziege stand direkt unter mir. Ich konnte sie riechen – das Blut in ihren Adern und Muskeln, das sie antrieb, das ihr Leben gab. Das winzigste Blutkörperchen erschien mir wie ein Goldkörnchen. Ich sprang. Mit meinen Kiefern riß ich den Hals der Ziege auf. Ihr Blut spritzte mir in einem dicken, warmen Strahl ins Gesicht. Ich trank es, und mir war, als hätte ich früher nie begriffen, was Geschmack sein konnte. Auch über Schnelligkeit verfügte ich und über Sehkraft und Verständnis. Ich bemerkte die großen Augen eines verängstigten Zickleins und hielt fast den Atem an vor Entzücken, daß so etwas existieren konnte – wie zart es war, wie kunstvoll! Als ich das Tier in den Armen hielt, erfüllte mich der Puls des Lebens unter meinen Klauen mit köstlicher Freude. Und dann trank ich und spürte die Freude belebend in meinen Adern. Wie viele aus der Herde habe ich getötet? Ich konnte es nicht sagen. Ich war von ihnen berauscht – das Vergnügen des Tötens ließ mir keine Zeit zum Denken. Es gab nur eine Empfindung, rein und geläutert. Es gab nur Leben, um mich herum und wieder in mir.«

Rebecca, die den Vampir mit vor Entsetzen aufgerissenen Augen angestarrt hatte, schüttelte langsam den Kopf. »Leben?« fragte sie leise. »Leben? Aber es war nicht Ihres. Nein. Sie waren nun über das Leben hinausgelangt ... nicht wahr?«

Lord Byron sah sie an, und seine Augen waren wie Glas. »Das Vergnügen jedoch...« flüsterte er. »Das Vergnügen jener Stunde...« Langam senkte er die Lider und verschränkte die Finger bei der Erinnerung.

Rebecca scheute sich zu sprechen und beobachtete ihn stumm. »Aber nicht einmal in dieser Stunde«, begann sie schließlich, »bei allem Leben, das Sie getrunken hatten – lebendig waren Sie nicht.«

Lord Byron schlug die Augen auf. »Ich schlief bis zum Sonnenaufgang«, fuhr er abrupt fort, ohne Rebeccas Worte zu beachten. »Die Berührung ihrer Strahlen machte mich benommen. Ich versuchte, auf die Beine zu kommen, und konnte nicht. Ich betrachtete meine Hand – es war wieder meine eigene. Sie war klebrig vor Schleim. Dann blickte ich an meinem nackten Körper entlang. Er lag in einer Pfütze aus Ausfluß, aus stinkendem Unrat, und dann, als ich mich erneut regte und die ungewohnte Leichtigkeit in mir spürte, wußte ich, was für Zeug das war – meine lebende Substanz, ausgeschieden von meinem Körper als etwas ihm Fremdes. In der Hitze begann der Dreck bereits, Blasen zu werfen und zu verwesen.

Ich kroch auf Händen und Knien. Überall auf den Felsen waren Kadaver verstreut, ein Durcheinander aus Ziegenhaar und Knochen und geronnenem Blut. Ich empfand Ekel, ja, und Abscheu, jedoch keine Übelkeit. Statt dessen verspürte ich, während ich das schwarze Blut auf den Felsen und an mir selbst betrachtete, eine glühende Stärke, die in meinem Körper und meinen Gliedmaßen aufstieg. Ich untersuchte meine Seite und fand keine Spur von meiner Wunde, nicht einmal eine Narbe. Ich entdeckte einen Bach, schleppte mich hinüber und wusch mich. Dann begann ich zu wandern. Außerhalb des Wassers schmerzte die Sonne auf meiner Haut. Bald war es unerträglich. Ich sah mich nach einem Obdach um. Vor mir, über dem Kamm des Hügels, stand ein Olivenbaum. Dorthin eilte ich. Ich überquerte den Kamm, und dort, unter mir, dehnte sich die blaue Stille des Trichonis-Sees. Ich betrachtete ihn vom Schutz des Baumes aus. Ich erinnerte mich, an das letzte Mal, daß ich ihn gesehen hatte – als ich noch lebendig gewesen war. Und jetzt?« Lord Byron sah Rebecca an und nickte. »Ja, jetzt, in diesem Augenblick begriff ich – begriff voll und ganz –, daß ich die Grenze des Lebens überschritten hatte, daß ich in einen völlig anderen Seinszustand umgewandelt worden war. Ich begann zu zittern. Was war ich? Was war geschehen? Was für ein Ding war das, zu dem mich der Pascha gemacht hatte? Eines, das Blut trank, das Kehlen aufriß...« Er machte eine Pause. »Ein *Vardoulacha*...« Er lächelte dünn und preßte die Hände zusammen. Für eine Weile hüllte er sich in Schweigen.

»Ich blieb den ganzen Tag unter dem Olivenbaum«, fuhr er endlich fort. »Die eigenartigen Kräfte, an die ich mich von der Nacht her erinnerte, schienen in der Sonne ermattet – nur der Haß auf meinen Schöpfer brannte so hell wie zuvor, während der Mittag und dann der Nachmittag langsam verstrichen. Der Pascha war mir zunächst entkommen, aber nun, als ein Geschöpf gleich ihm, wußte ich, was zu tun wäre. Ich legte meine Hand auf die Brust. Mein Herz schlug langsam, fühlte sich schwer von Blut an. Ich sehnte mich danach, das Herz des Paschas zwischen meinen Fingern zu spüren, es langsam zu quetschen, bis es platzte. Ich fragte mich, was mit Haidée war und mit der Strafe, von der ihr Herr geflüstert hatte. Würde die Bestrafung sie am Leben lassen – für mich am Leben lassen? Und dann fiel mir wieder ein, was er aus mir gemacht hatte, und ich empfand wütende Verzweiflung, und mein Abscheu gegen den Pascha verdoppelte sich. Oh, wie ich meinen Haß begrüßte, wie ich ihn hegte – mein einziges Vergnügen an jenem ganzen langen ersten Tag.

Allmählich ging die Sonne unter, und die Gipfel im Westen schienen mit Blut gefärbt. Ich merkte, wie meine Sinne zurückkehrten. Erneut wurde die Luft schwer von den Düften des Lebens. Die Dämmerung brach an, und je dunkler es wurde, desto mehr konnte ich sehen. Draußen auf dem See bemerkte ich Fischerboote. Eins fiel mir besonders ins Auge. Es wurde hinaus in die Mitte des Sees gerudert, wo es ankerte; zwei Männer hoben eine Last in einem Sack hoch und warfen sie über Bord. Ich sah zu, wie die Wellen sich ausbreiteten und verebbten, dann war der See wieder spiegelglatt wie zuvor. Das Wasser war nun leuchtend rot, und während ich es betrachtete, erwachte mein Verlangen nach Blut wieder. Ich verließ den Schutz des Olivenbaums. Die Dunkelheit war wie die Berührung einer fremden Haut auf meiner eigenen. Sie erfüllte mich mit sonderbaren Gelüsten und Machtgefühlen.

Ich erreichte die Höhle, wo der Pascha mich überfallen hatte. Es gab keine Spur von ihm noch von sonst jemandem. Ich fand meine Kleidung verstreut, wie ich sie liegen gelassen hatte, und zog sie an. Nur mein Umhang war verdorben – zerrissen und steif vom Blut –, deshalb suchte ich nach dem Haidées und fand ihn hinten in der Höhle abgelegt. Ich mußte daran denken, wie sie ihn in der Nacht zuvor fallen gelassen hatte. Ich schlug ihn um mich und setzte mich an den Eingang der Höhle. Ich starrte auf die schwarzen Falten, die an mir hinabfielen, und vergrub meinen Kopf verzweifelt in den Händen.

›Mylord!‹

Ich blickte auf. Es war Viscillie. Er kam durch den Olivenhain zu mir hinaufgerannt. ›Mylord!‹ rief er noch einmal. ›Mylord, ich hatte geglaubt, Sie wären tot!‹ Dann sah er mir ins Gesicht. Er stotterte etwas Unverständliches und blieb wie angewurzelt stehen. Langsam hob er wieder den Kopf. ›Mylord‹, flüsterte er, ›heute nacht...‹

Ich zog fragend eine Braue hoch.

›Heute nacht, Mylord, können Sie Rache nehmen.‹ Er schwieg. Ich nickte. Viscillie fiel auf die Knie. ›Es ist unsere einzige Chance‹, erklärte er mit gehetzter Stimme. ›Der Pascha reist durchs Gebirge. Wenn Sie nicht zögern, können wir ihn gefangennehmen.‹ Er schluckte und verstummte wieder. Wie seltsam köstlich er roch – das war mir früher nie aufgefallen. Ich betrachtete ihn gründlich und sah, wie sein gebräuntes Gesicht blaß wurde.

Ich erhob mich. ›Haidée – wo ist sie?‹

Viscillie senkte den Kopf. Dann wandte er sich um und winkte jemandem, und ich roch das Blut eines anderen Mannes. ›Das ist Elmas‹, erklärte Viscillie, indem er auf einen rauhen Burschen deutete, der genauso kräftig wie er selbst war. ›Elmas, berichte Lord Byron, was du gesehen hast.‹

Elmas schaute mir ins Gesicht, und ich sah ihn die Stirn runzeln, dann erbleichen wie Viscillie zuvor.

›Berichte‹, flüsterte ich.

›Mylord, ich war am See…‹ Er blickte wieder zu mir auf, und seine Stimme verlor sich.

›Ja?‹ sagte ich leise.

›Mylord, ich sah ein Boot. Darin waren zwei Männer. Sie hatten einen Sack. In dem Sack war…‹

Ich hob die Hand. Elmas verstummte. Leere dehnte sich vor meinen Augen. Natürlich hatte ich es bereits gewußt, als ich selbst das Boot sah, aber ich hatte es nicht zugeben wollen, nicht die verborgene Bedeutung der Szene. Ich spielte mit dem Saum von Haidées Umhang. Als ich sprach, klang mir meine Stimme wie splitterndes Eis in den Ohren.

›Viscillie‹, fragte ich, ›wo reitet der Pascha heute nacht entlang?‹

›Durch die Gebirgspässe, Mylord.‹

›Haben wir Männer?‹

Viscillie neigte den Kopf. ›Aus meinem Dorf, Mylord.‹

›Ich brauche ein Pferd…‹

Viscillie lächelte. ›Sie bekommen eins, Mylord.‹

›Wir reiten sofort.‹

›Sofort, Mylord.‹

Und wir ritten los. Die Felswände und Schluchten hallten wider von unserem Tempo. Eisenbeschlagene Hufe klapperten über die Felsen; auf den Flanken meines Rappen stand Schaum. Wir erreichten den Paß. In einer Rinne darüber riß ich mein Pferd herum und hielt an, stand in den Steigbügeln, um in die Ferne zu blicken, versuchte, meine nahenden Feinde zu riechen. Ich hob den Blick zum Himmel – noch immer rot, blutrot, aber dunkelnd. Winter der Erinnerung zogen an mir vorbei; in jenem Tropfen Zeit schien ich meine eigene Ewigkeit flüchtig zu erblicken. Ich empfand Furcht, dann machte sich Haß an ihrer Stelle breit. ›Sie kommen‹, sagte ich. Viscillie blickte sich um. Er konnte nichts sehen, nickte aber und gab die Kommandoworte. ›Tötet sie alle‹, sagte ich. ›Alle.‹ Ich packte meinen Säbel und zog ihn, so daß sein Stahl im Licht des Himmels rot aufglühte. ›Der Pascha allerdings‹, flüsterte ich, ›gehört mir.‹

Wir hörten das Rasseln und Klirren Berittener die Schlucht herabkommen. Viscillie grinste; er nickte mir zu und hob seine Muskete. Dann sah ich es – die Schwadron tatarischer Reiter und an ihrer Spitze, das bleiche Gesicht schimmernd von den Schatten der Felsen abgehoben, das Ungeheur, mein Schöpfer. Ich faßte meinen Säbel fester. Viscillie sah zu mir hin; ich reckte den Säbel hoch, dann senkte ich ihn. Viscillie feuerte, und der vorderste Tatar biß ins Gras. Vachel Pascha blickte auf – sein Gesicht drückte weder Angst noch Überraschung aus. Aber um ihn herum entstand ein Chaos, als die Gewehrkugeln losprasselten; einige Männer gingen hinter ihren Pferden in Deckung und versuchten, das Feuer zu erwidern; andere flüchteten zwischen die Felsen, wo sie mit dem Messer erledigt wurden. Ich spürte die Lust nach Blut in mir. Ich trieb mein Pferd vorwärts, so daß ich mich als Silhouette vom westlichen Himmel abhob. Über die ganze Schlucht senkte sich eine plötzliche Stille. Ich starrte den Pascha an; er begegnete meinem Blick unbewegt. Aber dann heulte einer seiner Reiter jäh auf. ›Er ist's, er ist's! Seht, wie blaß er ist, er ist's!‹

Ich lächelte und gab meinem Pferd die Sporen. Mit den Schreien von Viscillies Männern in den Ohren ritt ich hinunter in den Paß.

Er war inzwischen mit Leichen übersät, und es wurde jetzt Mann gegen Mann gekämpft. Allein inmitten des Gemetzels saß der Pascha auf seinem Pferd und wartete ungerührt. Ich ritt direkt vor ihn. Dann erst begann er langsam zu lächeln. ›Willkommen in der Ewigkeit, *milord*‹, flüsterte er.

Ich schüttelte den Kopf. ›Haidée – wo ist sie?‹

Der Pascha starrte mich verblüfft an, dann warf er den Kopf in den Nacken und lachte. ›Sie können sich wirklich ihretwegen sorgen?‹ fragte er. Er streckte die Hand aus, um mich zu berühren. Ich zuckte zurück. ›Sie müssen noch soviel lernen‹, sagte der Pascha leise. ›Aber ich werde Ihr Lehrer sein. Wir werden zusammen sein, auf immer, und ich unterrichte Sie.‹ Er streckte seine Hand aus. ›Kommen Sie mit, *milord*.‹ Er lächelte. Er winkte einladend. ›Kommen Sie mit.‹

Einen Augenblick saß ich ganz reglos da. Dann sauste mein Säbel nieder. Ich spürte, wie er die Knochen am Handgelenk des Paschas durchschlug. Die Hand, die noch immer zu winken schien, flog im Bogen durch die Luft, dann fiel sie in den Staub. Der Pascha starrte mich entsetzt an, schien aber keinen körperlichen Schmerz zu spüren, und dies machte mich noch wütender. Ich hieb blind auf ihn ein. Mein Säbel zuckte hoch und nieder, schnitt tief ins Fleisch, bis der Pascha vom Pferd sackte. Er blickte zu mir auf. ›Sie werden mich töten‹, sagte er. Verblüffung und Ungläubigkeit standen ihm im Gesicht. ›So bald. Sie werden es wirklich tun.‹ Ich stieg vom Pferd und setzte ihm die Säbelspitze über das Herz.

›Dieses Mal‹, flüsterte ich, ›werde ich es nicht verfehlen.‹

›Nein!‹ schrie der Pascha plötzlich. Er kämpfte mit dem Säbel, schnitt sich in seine einzige Hand, als er versuchte, die Spitze der Klinge wegzuschieben.

›Adieu, Eure Exzellenz‹, rief ich und stieß den Säbel nach unten. Ich spürte, wie er den weichen Herzbeutel durchbohrte.

Der Pascha schrie gellend auf. Kein menschlicher Schrei war es, sondern ein furchtbares unirdisches Heulen vor Schmerz und Haß. Es hallte durch den Paß, über die Schluchten, und alles wurde davon zum Schweigen gebracht. Ein Blutstrahl schoß zum Himmel empor, leuchtend rot vor den dunkleren Rottönen des Horizonts, und dann begann das Blut, auf meinen Kopf herabzuströmen, wie Regen aus einer aufgeblähten roten Wolke. Es fiel sanft wie eine Segnung, und ich hob mein Gesicht, um es aufzufangen. Der Schauer hörte schließlich auf, und als ich mich bewegte, merkte ich, daß meine Haut unter den Kleidern naß von Blut war. Ich blickte auf den Pascha hinunter. Im Todeskampf erstarrt lag er da. Ich griff eine Handvoll Staub und streute ihn über sein Gesicht. ›Begrabt ihn‹, sagte ich. ›Begrabt ihn, damit er nie mehr wandelt.‹ Ich fand Viscillie und teilte ihm mit, daß ich in Mesolongion auf ihn warten würde. Dann bestieg ich mein Pferd und verließ den Paß, jenen Ort des Todes, ohne mich noch einmal umzuschauen.

Ich ritt durch die Nacht. Müdigkeit verspürte ich nicht, nur ein ganz außergewöhnliches Verlangen nach Erfahrungen. Der Blutschauer hatte meinen Durst gestillt, während meine Kräfte, meine Sinne, meine Empfindungen alle in höchstem Grade geweckt schienen. In der Morgendämmerung erreichte ich Mesolongion. Das Licht bereitete mir jetzt keine Schmerzen. Im Gegenteil, die Farben, das Wechselspiel von Himmel und Meer, die Schönheit der ersten Sonnenstrahlen – das alles entzückte mich. Mesolongion war kein schöner Ort, bloß eine sich am Rand der Sümpfe hinziehende Stadt, aber mir erschien es als der wunderbarste Ort, an dem ich jemals gewesen war. Als ich in leichtem Galopp über den flachen Küstenstreifen sprengte und staunend auf die farbigen Streifen im Osten blickte, war mir, als hätte ich nie zuvor den Morgen dämmern sehen.

Ich ritt in Mesolongion ein und fand das Wirtshaus, in dem ich mich mit Hobhouse verabredet hatte. Der Wirt, den ich herausklopfen mußte, starrte mich entsetzt an – ich schaute wild drein, und meine Kleidung war natürlich noch immer blutverkrustet. Ich bestellte frische Wäsche und heißes Wasser, und das Vergnügen meiner Frische, sobald ich mich gewaschen und wieder angekleidet hatte, war erneut wie etwas, was ich noch nie erlebt hatte. Ich polterte zu Hobhouses Zimmer hinauf. Ich nahm ein Kissen und warf es nach ihm. ›Hobby, aufstehen, ich bin's. Ich bin zurück.‹

Hobhouse öffnete ein verschlafenes Auge. ›Verdammt‹, sagte er. ›Du bist es.‹ Er setzte sich auf und rieb sich die Augen. ›Na, alter Knabe, was hast du so getrieben?‹ Er grinste. ›Nichts von Interesse, nehme ich an.‹«

7. Kapitel

Er hatte ein lebhaftes Interesse an orientalischen Legenden von einem früheren Dasein und nahm im Gespräch und in seiner Dichtung die Rolle eines gefallenen oder verbannten Wesens an, vom Himmel ausgestoßen oder wegen irgendeines Verbrechens zu einer neuen Inkarnation auf Erden verurteilt, unter einem Fluch lebend, im voraus zu einem Schicksal verdammt, das er in Wirklichkeit in seinem eigenen Kopf bestimmt hatte, das zu erfüllen er aber gleichwohl entschlossen schien. Mitunter ähnelte diese dramatische Einbildungskraft einer Selbsttäuschung; dann gab er vor, wahnsinnig zu sein, und wurde allmählich immer ernster, als glaube er selbst, dazu bestimmt zu sein, das eigene Leben und das von jedermann, der ihm nahe stand, zu ruinieren.

Lord Byrons Enkel, Astarte

»Was haben Sie ihm also erzählt?« wollte Rebecca wissen. Lord Byron blickte zu ihr auf. Er hatte in die Dunkelheit gestarrt, während um seine Lippen die Andeutung eines Lächelns spielte. Nun runzelte er die Stirn. »Erzählt?« fragte er.

»Hobhouse – haben Sie ihm die Wahrheit gesagt?«

»Die Wahrheit?« Lord Byron lachte. »Was war die Wahrheit?«

»Über Ihre Verwandlung.«

»In einen Vampir?« Lord Byron lachte erneut und schüttelte den Kopf. »Hobhouse hatte ein bißchen zuviel Sonne abbekommen, während wir getrennt waren. Er hatte immer einen ziemlich rotes Gesicht gehabt, aber nun war er braunrot. An jenem Abend kam dann auch noch ein verdorbener Magen dazu. Verbrachte die ganze Nacht schwitzend im Dunkeln, stöhnend und furzend. Zudem zählte Hobby nicht gerade zu den Leichtgläubigsten, auch im besten Augenblick nicht. Deshalb, Miss Carville, erzählte ich ihm nichts – der Mann trieb praktisch auf seinen eigenen Winden. Nicht der passende Moment für eine dramatische Enthüllung.«

»Aber selbst dann muß er es erraten haben.«

»Ja, daß etwas geschehen war, gewiß. Aber was genau? Ich war mir ja selbst nicht sicher. Hobhouse war so verdammt *lebendig*, verstehen Sie.« Lord Byron lächelte, und einen kleinen Augenblick lang schien so etwas wie Zuneigung seine Augen zu erwärmen. »Nein, ein paar Stunden bei einem murrenden, sich kratzenden und über Blähungen klagenden Hobby, und es fiel schwer, überhaupt an

Vampire zu glauben. Noch schwerer natürlich, zu glauben, daß ich selbst einer geworden sein könnte. Ich begann, alles, was mir widerfahren war, in Zweifel zu ziehen, mich zu fragen, ob ich nicht die ganze Geschichte geträumt hatte – nur war da die ganze Zeit unstreitig die Taubheit meines Herzens, die Taubheit eines schmerzenden Verlustgefühls. Ich war allein, und Haidée war nicht bei mir; ich war allein, und Haidée war ermordet, ertränkt im Wasser des Trichonis-Sees. Und etwas – etwas – *war* mir widerfahren – etwas Merkwürdiges, denn meine Sinne schienen, wie ich Ihnen gesagt habe, nicht mehr meine eigenen zu sein, sondern wie die eines Geistes, eines Engels, so daß ich Dinge empfinden konnte, die Sterbliche nie gefühlt haben. Nur ein Lufthauch auf meinem Gesicht, das leiseste Flüstern, und Empfindungen überfluteten mich, Leidenschaften von außerordentlicher Schönheit und Stärke. Oder ich strich über die Haut meines Arms, hörte das Kratzen eines Stuhls, roch das Wachs einer Kerze, starrte stundenlang in ihre Flamme – winzige Dinge, aber sie entzückten mich, ja, bereiteten mir ein Vergnügen, das...« – er hielt inne, dann schüttelte er den Kopf – »das unbeschreiblich war.« Er lächelte wieder und streichelte seinen Unterarm, während er die Erinnerungen noch einmal durchlebte. »Alles wirkte verändert«, flüsterte er gedämpft, »völlig verändert. Und so fragte ich mich, was geschehen war – mit der Welt oder mit mir –, um einen solch geheimnisvollen Zustand zu schaffen.«

Rebecca blickte ihm erstaunt ins Gesicht, so bleich und schön und melancholisch. »Aber Sie wußten es doch«, sagte sie.

Lord Byron schüttelte langsam den Kopf.

»Aber – Sie müssen es gewußt haben.« Instinktiv faßte Rebecca sich an den Hals, um über die Einstichmale zu streichen. »Wie könnte es anders sein?« Sie merkte, daß

Lord Byron auf ihre Narben starrte, mit Augen so glänzend und kalt wie Edelsteine, und sie ließ den Arm sinken. »Diese Blutgier«, fragte sie leise. »Ich verstehe das nicht. Was war damit geschehen?«

»Ich verspürte sie nicht«, antwortete Lord Byron nach einer Pause.

»Aber zuvor hatten Sie sie doch verspürt, in den Bergen – das sagten Sie jedenfalls.«

Lord Byron nickte kaum merklich. »Aber gerade das«, erklärte er leise, »schien mir mit der Zeit ein bloßes Hirngespinst gewesen zu sein. Denn ich roch das Leben um mich herum, in Menschen, Tieren, sogar Blumen, ja, und ich war berauscht, und dennoch hatte ich keinen Hunger. Einmal, als wir am Golf von Lepanto entlangritten, sah ich einen jungen Adler über uns fliegen, und da spürte ich einen plötzlichen Ausbruch des Verlangens – die Berge auf der einen Seite, die stillen Wasser auf der anderen und dieses herrliche Lebewesen dazwischen. Ich spürte die schmerzende Gier nach Blut – allerdings nicht um des Blutes willen, sondern weil auch ich mich aufschwingen und frei sein wollte wie der Vogel, weil ich wünschte, er würde ein Teil von mir, vermute ich. Ich hatte ein Gewehr dabei. Ich schoß auf den jungen Adler und sah ihn fallen. Er war nur verletzt, und ich versuchte, ihn zu retten, sein Blick war so strahlend; aber er grämte sich und starb nach wenigen Tagen, und ich fühlte mich furchtbar schlecht wegen meiner Tat. Es war das erste Geschöpf, das ich seit dem Tod des Paschas getötet hatte; und seit damals habe ich nie mehr versucht – und hoffe, es nie mehr zu versuchen –, noch ein Tier oder einen Vogel zu töten.«

»Nein.« Rebecca schüttelte den Kopf. »Ich verstehe es einfach nicht.« Sie dachte an die Leiche des Landstreichers, der nahe der Waterloo Bridge gelegen hatte; sie erinnerte sich an das sanfte Fließen ihres eigenen Blutes. »Ein Adler? Warum Gewissensbisse wegen eines Adlers?«

»Ich habe es doch erklärt«, sagte Lord Byron; seine Stimme klang plötzlich kalt. »Ich wünschte mir, daß er ein Teil von mir würde – er war so lebendig –, und als ich ihn tötete, vernichtete ich, was mich anzog.«

»Aber haben Sie nicht eben das Ihr ganzes Leben lang getan?«

Der Vampir neigte den Kopf. »Vielleicht«, sagte er leise. Sein Gesicht lag im Schatten; Rebecca konnte nicht erkennen, wie zornig er sein mochte. Doch als er wieder aufschaute, war sein Gesicht ausdruckslos. Und dann, während er weitersprach, schien es sich allmählich aufzuhellen und beinahe freundlich zu werden. »Sie müssen mir glauben«, sagte Lord Byron. »Ich spürte wirklich keinen Durst. Nicht in jenen ersten Monaten. Es gab nur Empfindungen – Sehnsüchte, ganze Welten davon, die noch weitere Wonnen andeuteten, weit über meine Träume hinaus. Nachts, wenn der Mond voll war und der geisterhafte Duft von Gebirgsblumen in der Luft lag, schien die Ewigkeit überall um mich herum zu sein. Dann empfand ich eine Ruhe, die zugleich eine wilde Freude in meinen Adern war, einfach aus dem Entzücken heraus, über Bewußtsein zu verfügen, über das Wissen, daß ich existierte. Meine Nerven sprachen auf jede Berührung an, das winzigste Erlebnis regte sie an und sandte Schauer des Vergnügens durch mein Fleisch. In allem lag Sinnlichkeit, im Kuß eines Windhauchs, im Duft einer Blume, im Atem des Lebens in der Luft und überall.«

»Und Haidée?« Rebecca versuchte, nicht sarkastisch zu klingen, doch es mißlang. »In diesem ganzen ungetrübten Glück – was war mit ihr?«

Lord Byron stützte sein Kinn auf die Fingerspitzen. »Seelischer Schmerz«, sagte er schließlich, »kann mitunter eine schöne und angenehme Sache sein. Eine dunkle Droge. Die Freude, von der am allerwenigsten zu befürchten ist, daß sie ihre treuen Süchtigen verrät.« Er beugte sich vor. »Ich trauerte noch immer um Haidée, ja, natürlich – doch eher in der Weise, wie ich ein ermüdend langes Bad nehmen würde. Sie beunruhigte mich, diese Unfähigkeit, echten Schmerz zu empfinden – ich spürte, glaube ich, daß es ein Zeichen dafür war, wie sehr mein Menschsein sich verändert hatte, und dennoch konnte ich es nicht bedauern, so sehr ich auch zu weinen versuchte. Das sollte sich freilich ändern...« Er schwieg kurz. »Ja, das sollte sich ändern.« Er betrachtete Rebecca, beinahe, so bildete sie sich ein, als habe er Mitleid mit ihr. Sie regte sich beklommen und fand sich sogleich wieder im Eis seines starren Blicks gefangen. Lord Byron streckte eine Hand aus, als wollte er ihre Wange berühren oder über ihr langes Haar streichen, dann wurde auch er reglos. »Der Tag sollte kommen«, flüsterte er, »daß ich schmerlich genug um Haidée trauern würde. O ja – der Tag sollte kommen. Doch nicht damals. Gegen die Freude meines neuen Zustands kam nichts an. Es war ein Wahnsinn, in dem alles ertrank.« Er lächelte. »Und so entzückte mich sogar mein Seelenschmerz.«

Er nickte. »Diese Stimmung war es, die mich zum Dichter machte. Ich hatte ein Gedicht begonnen, das etwas ganz Neues war, nicht wie die Satiren, die ich in London geschrieben hatte, sondern wild und rastlos, voll romantischer Verzweiflung. Es hieß *Junker Harolds Pilgerfahrt*. In England sollte es mich berühmt und zum Inbegriff der Melancholie machen, in Griechenland jedoch, wo ich es schrieb, gab mir die Schwermut, die es ausdrückte, nichts als Freude. Wir ritten damals auf unserem Weg nach Delphi am Parnaßgebirge vorbei. Ich wollte das Orakel des Apollon aufsuchen, des alten Gottes der Dichtkunst – ich betete zu ihm, und am nächsten Tag sahen wir eine Schar Adler hoch über uns an den schneebedeckten Gipfeln vorbei ihre Kreise ziehen. Ich nahm es als Omen – der Gott hatte mich gesegnet. Ich staunte die Berge an und dachte an Haidée, und mein Unglück wurde immer großartiger und poetischer. Nie zuvor hatte ich mich so heiter gefühlt. Hobhouse natürlich wäre nicht Hobhouse gewesen, hätte er nicht behauptet, die Adler seien Geier gewesen, aber ich wünschte ihn gutgelaunt zum Teufel und ritt weiter, schwermütig in meiner Poesie, doch innerlich frohlockend.

Das Jahr war inzwischen weit fortgeschritten, doch wir setzten unsere Reise fort, und am Weihnachtstag bekamen wir von einem zerklüfteten Gebirgspfad aus zum erstenmal flüchtig Athen zu sehen. Es war ein wunderbarer Anblick – die attische Ebene, die Ägäis und die Stadt selbst, gekrönt von der Akropolis, alles drängte sich unseren Blicken auf einmal auf. Aber nicht die Archäologie war es, was mich entzückte – Athen verfügte über viel vitalere und frischere Reize als totes Gestein. Wir mieteten Zimmer bei einer Witwe, einer Frau Tarsia Makri. Sie hatte drei Töchter, alle reizend, aber die jüngste, Teresa, war eine schmollende kleine Huri, frisch aus dem Paradies. Sie trug unsere erste Mahlzeit auf, und sie lächelte und errötete, als wäre sie darauf dressiert. An jenem Abend vereinbarten wir mit der Witwe einen Aufenthalt von mehreren Monaten.

Später, mitten in der Nacht, fiel ich wie ein Blitzstrahl über Teresa her. Hatte ich Haidée vergessen? Nein, aber sie war tot, und mein Verlangen nach Teresa schien plötzlich wie eine Quelle in der Wüste aufgesprudelt zu sein, so mächtig, daß es mich beinahe ängstigte. Liebe, beständige Liebe?« – Lord Byron lachte und schüttelte den Kopf – »Nein, nicht einmal zu Haidée, obwohl ich Ihnen schwöre, daß ich alles tat, was ich konnte. Ich ging im Hof auf und ab, um mein

Blut zu kühlen, aber die weiche kleine Hure wartete auf mich – und während ich mir noch versprach, nicht nachzugeben, gab ich natürlich nach. Es war nichts zu machen, überhaupt nichts – sie war viel zu köstlich und lebendig. Die Adern unter ihrer Haut waren so zart und ihr bloßer Hals und die Brüste so einladend zum Küssen – und das Vergnügen, als ich sie nahm, glich einem Drogenrausch. Wir zerdrückten Winterblumen unter uns, während über uns der gleichmütige Himmel und der gespenstische Marmor des Parthenon schimmerten. Teresa stöhnte vor Wonne, aber in ihren Augen stand auch Schrecken, und die Empfindungen, das konnte ich spüren, waren unentwirrbar. Ich erforschte ihr Inneres, fühlte die tiefe Wärme ihres Lebens. Mein Sperma roch nach Sandelholz – sie nach wilden Rosen. Ich nahm sie wieder und wieder, bis der Morgen hinter der Akropolis aufging.

Nichts in Athen kam dieser Nacht gleich. Dennoch verlief unser Aufenthalt in der Stadt recht erfreulich, und der Winter begann, dem Frühling zu weichen. Hobhouse suchte die Gegend wie verrückt nach Altertümern ab; ich ritt mein Maultier, betört von der mythischen Schönheit des Landes, machte aber keine Notizen, stellte keine gelehrten Fragen. Statt dessen schaute ich die Sterne an und grübelte und spürte, wie meinen Träumen Flügel wuchsen, bis sie den Himmel zu füllen schienen. Aber die Tiefgründigkeit konnte ermüdend sein – und dann kehrte ich zu lustvolleren Beschäftigungen zurück. Meine Jungfrau von Athen war unersättlich – glücklicherweise, denn sie mußte es auch sein, da mein eigenes Bedürfnis nach Vergnügen in meinem Blut raste wie eine Krankheit. Endlich jedoch wurde ich Teresas überdrüssig – ich schaute mich um und nahm statt dessen ihre Schwestern, zunächst jede für sich, dann *en famille* –, und dennoch brannte mein Verlangen ohne Ende. Irgend etwas fehlte – ein Vergnügen, das ich noch nicht erwogen hatte. Ich verlegte mich darauf, nachts durch die Straßen Athens zu wandern, als suchte ich nach der Erfüllung, *to kalon*, wie die Griechen sagen würden. Ich suchte die schmutzigen Gassen der modernen Stadt heim und die bleichen Relikte des verlorenen Ruhms, geborstenen Marmor, Altäre für vergessene Götter. Nichts. Und dann kehrte ich in das Bett der Schwestern Makri zurück und weckte sie, und gebrauchte sie erneut. Aber dennoch dieser Hunger nach – etwas –, aber wonach?

Eines Abends, Anfang März, sollte ich es herausfinden. Freunde von uns, sowohl Griechen als auch Reisegefährten, waren gekommen, um mit uns zu speisen. Der Abend begann still, dann wurde man geschwätzig, dann streitsüchtig, am Ende betrunken – und in der letzten Stunde schienen alle glücklich und zufrieden. Meine drei hübschen Konkubinen scharwenzelten um mich herum, und der Wein warf einen rosigen Schleier über meine Gedanken. Dann allmählich, durch seine Wärme, begann der Hunger mich wieder anzuschreien. Ganz unvermittelt ließen die Nacktheit von Teresas Kehle und der Anblick des Schattens, der ihre Brüste andeutete, mich erzittern. Sie mußte meinen Gesichtsausdruck gesehen haben, denn sie wandte sich schüchtern ab und warf ihr Haar in einer Weise zurück, daß sich mir der Magen zusammenkrampfte. Dann lachte sie, und ihre Lippen waren so feucht und rot, daß ich ohne zu denken aufstand und meine Hand nach ihrem Arm ausstreckte. Teresa lachte wieder und tänzelte zurück, und dann rutschte sie aus, und die Weinflasche, die sie getragen hatte, zersprang auf dem Boden. Einen Moment lang herrschte Stille. Alle drehten sich nach ihr um; Teresa hob langsam die Hände, und wir alle sahen, daß sie naß von Blut waren. Wieder spürte ich im Magen das quälende Verlangen. Ich ging zu ihr hinüber und nahm sie in die Arme, als wolle ich sie trösten. Sie hielt mir die Hände hin, und ich ergriff sie – und plötzlich, mit einem nackten Erbeben der Gewißheit, wußte ich, wonach ich gehungert hatte. Das Wasser lief mir im Mund zusammen; meine Augen waren blind. Aber ich hob Teresas Hand an meine Lippen, küßte sie zärtlich, und dann leckte ich. Blut! Der Geschmack...« Lord Byron schluckte. »Was kann ich sagen? Der Geschmack war wie die Speise des Paradieses. *Blut*. Ich leckte wieder und empfand Leichtigkeit und Energie in einem Strudel aus strahlendem Gold, das meine Seele mit seiner Reinheit färbte. Gierig begann ich, aus der tiefsten Wunde zu trinken. Doch mit einem Schrei zog Teresa ihre Hand weg, und sofort wurde es im Raum wieder still. Teresa suchte nach ihrer Mutter und lief zu ihr, aber alle anderen starrten mich an. Ich wischte mir den Mund ab. Als ich die Hand wegzog, war sie blutverschmiert. Ich putzte sie an meinem Hemd ab, dann berührte ich wieder meine Lippen. Sie waren noch immer feucht. Ich leckte sie ab und sah mich in der Runde um. Niemand begegnete meinem Blick. Niemand sprach ein Wort.

Dann stand Hobhouse – mein liebster, bester Freund Hobhouse – auf und und nahm mich beim Arm. ›Verdammt, Byron‹, sagte er mit lauter, schallender Stimme, ›verdammt, aber du bist betrunken.‹ Er führte mich aus dem Raum; während ich hinausging, hörte ich Stimmen hinter mir, die wieder zu murmeln begannen. Ich stand auf der Treppe, die hinauf zu meinem Zimmer führte. Die Vergegenwärtigung dessen, was ich getan hatte, traf mich erneut. Meine Beine schienen wie fließendes Wasser. Der Geschmack des Bluts kam mir wieder auf die Zunge – und ich taumelte und fiel in Hobhouses Arme. Er half mir nach oben und ließ mich in meinem Zimmer allein. Ich schlief sofort ein – zum erstenmal seit über einem Monat –, aber es war kein angenehmer Schlaf. Ich träumte, daß ich überhaupt nie lebendig gewesen war, sondern ein Geschöpf, das durch die Wissenschaft des Paschas fabriziert worden war. Ich sah mich auf einem Seziertisch ausgestreckt, den Blitzen auf der Spitze seines Turms ausgesetzt. Ich hatte keine Haut. Völlig nackt lag ich unter den Händen des Paschas. Er war dabei, mich zu erschaffen. Mich verlangte danach, ihn zu töten, aber ich wußte, daß ich, was ich auch tun mochte, immer sein Geschöpf bleiben würde. Immer, immer...

Als ich endlich erwachte, fand ich mich in einer faulenden, stinkenden Substanz liegend. Die Laken waren von meinem eigenen Schmutz verkrustet, genau wie damals die Felsen am Trichonis-See. Ich sprang auf und starrte auf das Zeug, das einmal mein lebendes Ich gebildet hatte. Wieviel davon war noch in mir übrig? Und wenn alles fort wäre – was würde ich dann sein? Lebendig oder tot? Oder vielleicht keines von beiden? Es war das Blut gewesen, soviel wußte ich, das Blut, das ich getrunken hatte, das war es, was meinen Körper so sehr hatte schwitzen lassen. Ich begann zu zittern. Was geschah mit mir? Ich wollte nicht innehalten und nachdenken. Statt dessen wusch ich mich und kleidete mich an, dann befahl ich Fletcher, die Laken zu verbrennen. Ich weckte Hobhouse. ›Steh auf‹, sagte ich zu ihm. ›Wir reisen sofort ab.‹ Zu meiner Überraschung murrte Hobhouse nicht einmal, sondern nickte bloß und stand wankend auf. Wir verließen Athen wie Diebe. Als wir Piräus erreichten, färbte die Morgendämmerung den Himmel über uns blutrot.

Wir nahmen ein Schiff durch das Ägäische Meer. Der Kapitän war ein Engländer, den wir einige Tage zuvor kennengelernt hatten, und er sorgte dafür, daß wir beide unsere eigenen Kojen hatten. Ich blieb in meiner, denn der

Durst begann mich wieder zu quälen, und ich fürchtete mich vor dem, wozu er mich verleiten könnte. Am Abend gesellte sich Hobhouse zu mir; wir zechten, bis wir sturzhagelvoll waren, und auch diese zweite Nacht brachte er mich zu Bett. Doch ich schlief nicht ein; vielmehr lag ich in meiner Koje und erinnerte mich an den verbotenen, goldenen Geschmack des Bluts. Das Verlangen wurde schlimmer; kurz vor Tagesanbruch schließlich griff ich zu einer Rasiermesser und ritzte mir den eigenen Arm auf. Nur ein dünner Faden Blut quoll aus der Wunde, aber ich trank ihn gierig, und der Geschmack war voll und köstlich wie zuvor. Dann schlief ich ein und träumte, bildete mir wieder ein, ein Geschöpf des Paschas zu sein, eine Masse hautloser Glieder unter seinem Seziermesser. Am Morgen war meine Bettwäsche steif von dem bekannten Schmutz.

Am Nachmittag unseres zweites Tages auf See erreichten wir Smyrna. Mein Aufenthalt dort war eine Qual. Ich empfand eine Rastlosigkeit und Unruhe, die ich nie zuvor erlebt hatte, und Entsetzen bei dem Gedanken, was mit mir möglicherweise geschah. Die Beweise dafür, sowohl in meinem Körper als auch in meiner Seele, schienen schrecklich und unabweisbar – und doch konnte ich es noch immer nicht ertragen, die Wahrheit zu glauben. Und wenn ich es mir selbst nicht eingestehen konnte, an wen hätte ich mich dann sonst um Hilfe und Rat wenden können? Wie stets war Hobhouse ein ergebener Freund, und doch war er so solide und großzügig und nüchtern, daß ich es nicht ertragen konnte. Ich wollte kein Mitgefühl oder Verständnis. Ich hegte dunklere Träume. Ich wollte – nein – ich versuchte, nicht darüber nachzudenken – und doch konnte ich natürlich an nichts anderes denken.

Also blieb ich weiter still und verzweifelt. Schließlich wurde mein Durst so schrecklich, daß ich glaubte, verrückt zu werden. Hobhouse, dem auffiel, wie finster meine Stimmung geworden war, riet mir als Sportsmann, der er war, mich körperlich zu betätigen« – Lord Byron lächelte – »als ob Boxen oder ein Kricketspiel mir damals geholfen hätte.« Er mußte wieder lächeln und schüttelte den Kopf. »Betrübt, weil keine dieser Aktivitäten dort so leicht möglich war, vereinbarten wir, statt dessen einen Ausflug zu unternehmen. Zwei Tagesritte entfernt lagen die Ruinen von Ephesos – und so machten wir uns, nur von einem einzelnen Janitscharen begleitet, auf den Weg dorthin. Die Straße war wild und verlassen, umgeben von öden Sümpfen, aus denen ein ohrenbetäubendes Froschkonzert erklang. Schließlich hatten wir auch die Frösche hinter uns gelassen, und nur dann und wann wies ein türkischer Grabstein darauf hin, daß jemals Leben in dieser Einöde existiert hatte. Ansonsten störte keine zerbrochene Säule oder Moschee ohne Dach die Trostlosigkeit der Wildnis – überhaupt nichts; wir waren völlig allein.

Ich spürte, wie der Durst mich nun zu verzehren begann. Verzweifelt sah ich mich auf der trübseligen Ebene um, suchte nach einem flüchtigen Anzeichen von Leben, aber nur ein Friedhof lag vor uns, eine zerstörte, leere Totenstadt. Mein Atem fing inzwischen an zu rasseln, meine Lungen schienen zu schrumpfen. Ich hob eine Hand, um mir über die Stirn zu wischen, aber auf halbem Weg hielt ich inne und starrte voller Entsetzen auf das, was aus meinen Fingern geworden war, knorrige Klauen aus geschwärzten Knochen. Ich sah nach meinem Arm – auch der war schwarz und trocken; tastete nach meinem Gesicht – es war verdorrt unter meiner Berührung; ich versuchte zu schlucken – aber meine Zunge schien dick vor brennendem Staub. Ein krächzender Laut entrang sich meiner Kehle, und Hobhouse schaute sich um. ›Mein Gott‹, flüsterte er. Einen solchen Ausdruck des Abscheus hatte ich noch nie gesehen. ›Byron. Mein Gott, Byron.‹ Er kam zu mir zurückgeritten. Ich war so ausgetrocknet. Ich konnte das Blut in Hobhouses Adern riechen. Es würde kühl und frisch sein und so feucht wie Tau. Ich brauchte es. Ich mußte es haben. Ich streckte die Hand nach seiner Kehle aus. Ich griff in die Luft und fiel vom Pferd.

Mit der Hilfe unseres Janitscharen trug Hobhouse mich zum Friedhof. Er legte mich in den Schatten einer Zypresse, und ich lehnte mich an eines der Gräber. Ich riß mein Hemd herunter. Mein ganzer Körper war schwarz, wie ich nun sah, und mein Fleisch brannte auf den Knochen, so daß ich praktisch ein Skelett war. Hobhouse kniete neben mir. ›Trinken‹, gelang es mir mühsam zu flüstern, ›muß trinken.‹ Ich hob einen Finger, um auf unseren Janitscharen zu deuten, dann starrte ich gierig wieder auf Hobhouse, indem ich versuchte, es ihm begreiflich zu machen.

Er nickte. ›Ja, natürlich, alter Knabe.‹ Er wandte sich an den Janitscharen, der mich mit tödlich erschrockener Miene beobachtet hatte. ›Suleiman, *verban su!*‹ schrie Hobhouse – ›Hol Wasser!‹ Der Janitschar verneigte sich und machte sich davon. Ich stöhnte vor enttäuschtem Verlangen. ›Nur sachte, alter Bursche‹, sagte Hobhouse, während er mir den Schweiß von der Stirn wischte, ›du bekommst gleich dein Wasser.‹ Ich sah ihn wütend an und sehnte mich nach seinem Blut. Ich kratzte schwächlich mit meinen Fingern an dem Grabstein, aber meine Nägel splitterten ab, und ich fürchtete, durch das Kratzen könnte der Knochen freigelegt werden. Hilflos blieb ich liegen.

Die Zeit verstrich – fünf Minuten, zehn, dann eine Viertelstunde. Ich spürte, wie mein Magen in sich zusammenfiel, und stellte mir vor, daß meine Eingeweide wie gedörrte Trauben schrumpften. Hobhouse sah immer verzweifelter aus, während er mich verbrennen sah. ›Verflucht sei der Kerl!‹ schrie er plötzlich. ›Verdammt, was zum Teufel macht er bloß?‹ Er stand auf. ›Suleiman!‹ schrie er. ›Suleiman, das Wasser, wir brauchen es jetzt!‹ Er schaute zu mir herunter. ›Ich gehe ihn suchen‹, sagte er. ›Byron.‹ Er versuchte zu lächeln. ›Byron, du – du – darfst nicht…‹ Ich dachte, er würde anfangen zu weinen, doch er wandte das Gesicht ab und rannte los, durch das Unkraut und die geborstenen Grabsteine, bis ich ihn nicht mehr sehen konnte. Ich blieb liegen, wie er mich verlassen hatte, und fühlte vor dem schwarzen Durst in meinen Adern mein Bewußtsein schwinden.

Ich wurde ohnmächtig – jedoch nicht so, daß meine Qual mich nicht mehr erreicht hätte –, und wachte wieder auf und flehte den Himmel um den Tod an. Dann plötzlich – in der Wüste dieses Schmerzes – fühlte ich eine verblüffende Kühle. Es war eine Hand auf meiner Stirn. Ich versuchte, Hobhouses Namen mit den Lippen zu formen.

›Nein. Nicht Hobhouse‹, sagte eine männliche Stimme, die ich nicht kannte. ›Schont Eure Zunge. Wir werden noch genug Zeit zum Reden haben.‹ Ich bemühte mich aufzublicken. Da spürte ich eine zweite Hand meinen Kopf neigen. Ich blickte staunend in ein Gesicht von beeindruckender Schönheit. Langes goldenes Haar rahmte ein Antlitz ein, das bleich wie der Tod und doch auch zugleich hell von den Freuden des Lebens zu sein schien – es war ein aristokratisches Gesicht, belustigt, ein klein wenig grausam, mit einer Spur animalischer Anmut. Der unbekannte Mann lächelte mich an, dann küßte er mich auf die Lippen. ›Eine schrullige Begrüßung‹, sagte er. ›Es wird sich besser küssen, denke ich, wenn Ihr wieder hübscher seid.‹ Er lachte vor Vergnügen, aber seine Augen, das konnte ich nun sehen, funkelten wie Sonnenlicht auf einem zugefrorenen See. Sie erinnerten mich an die Augen des Paschas – und dann begriff ich plötzlich: Ich lag in den Armen eines Geschöpfs gleich mir.

Der Vampir stand auf. ›Ihr verspürt eine brennende Lust, denke ich, ein wenig Blut zu trinken‹, sagte er. ›Gebt ihr nach. Denn Blut ist das beste Stärkungsmittel. Es erzeugt Witz, gute Laune und Fröhlichkeit. Es läßt unsere Körper wieder gesunden, wenn sie eingetrocknet sind wie alter Brei. Es verbannt all die schweren Gedanken, die das Dasein so lieblos zu machen scheinen.‹ Er lachte. ›Süßer als Wein, süßer als einer Jungfrau Ambrosia – es ist Euer einziger Heiltrank. Also kommt mit.‹ Er nahm meine Hand. ›Und trinkt.‹

Ich versuchte aufzustehen, konnte jedoch nicht. ›Glaubt an Euch‹, zischte der Vampir mit einer Spur Spott in der Stimme. Er nahm meine andere Hand. ›Ihr seid gefährlich wie die Pest und böse wie der Teufel. Glaubt Ihr wirklich, Ihr wärt noch der Sklave Eures Fleisches? Verdammt, Sir, laßt Euch von mir sagen, Ihr seid es nicht. Glaubt an Eure Kräfte – und folgt mir.‹

Ich versuchte mich zu erheben –, und plötzlich schaffte ich es. Zu meiner Überraschung stellte ich fest, daß ich anscheinend auf die Beine gekommen war, ohne mich im Geringsten zu bewegen. Ich machte einen Schritt vorwärts, und mir war, als wäre ich nichts als ein Flüstern in der Luft. Ich tat noch einen Schritt und sah, daß ich über die Gräber hinweggeschritten war und auf der Straße stand. Ich schaute zurück zu der Zypresse, unter der ich gelegen hatte. Dort ruhte noch immer ein Körper hingesunken, verkrümmt und schwarz. Es war mein eigener.

›Bin ich tot?‹ fragte ich, und meine Stimme klang in meinen Ohren wie das Heulen eines Sturms.

Mein Führer lachte. ›Tot? Nein – untot! Ihr werdet nie

tot sein, solange es Leben gibt!‹ Wieder lachte er mit der Ausgelassenheit eines Wüstlings und zeigte auf die Straße. ›Ich bin unterwegs an ihm vorbeigekommen‹, sagte er. ›Nehmt ihn. Er gehört Euch.‹

Ich bewegte mich wie ein schwarzer Sturmwind, mit einer Schnelligkeit, die ich kaum als solche erkennen konnte. Das Blut des Janitscharen roch wunderbar frisch. Schon konnte ich ihn vor mir sehen, wie er zurück nach Smyrna galoppierte, und die Flanken seines Pferdes waren weiß vom Schaum. Der Janitschar blickte zurück – und ich stand noch am selben Fleck, eine Silhouette vor dem Himmel, und kostete seine leere, schreckensstarre Miene aus. Sein Pferd wieherte und strauchelte. ›Nein!‹ schrie der Janitschar, als er abgeworfen wurde. ›Nein, nein, Allah, bitte, nein!‹ Ich empfand eine plötzliche Gleichgültigkeit gegen meinen Durst, und sah neugierig zu, wie der Janitschar versuchte, sein Pferd wieder einzufangen. Er hatte keine Chance – gewiß begriff er das? Nun schluchzte der Janitschar, und plötzlich spürte ich den Durst wieder in mir. Ich bewegte mich – ich sprang – der Janitschar schrie – meine Zähne bissen auf die Haut seines Halses. Ich fühlte die Schneidezähne aus dem Zahnfleisch wachsen – die Haut gab nach – Blut füllte in einem weichen, seidigen Strahl meinen Mund. Dann empfand ich ein schauderndes Delirium, während das Blut vom Herzen des Sterbenden gepumpt wurde und wie Regen meine ausgedörrte Haut und Kehle überschwemmte.

Ich trank mein Opfer völlig leer. Als ich fertig war, strömte sein Blut in meinen Adern schwer wie eine Droge.

›Wie angenehm, auf Reisen einen Zechkumpan zu treffen.‹ Ich schaute mich um. Der Vampir hatte mich beobachtet. Seine Augen glitzerten amüsiert. ›Sind Eure durstigen Adern wiederhergestellt?‹ fragte er. Ich nickte bedächtig. ›Ausgezeichnet.‹ Der Vampir lächelte. ›Glaubt mir, Sir, es ist purpurner Nektar. Es gibt nichts Heilsameres als einen randvollen Becher frischen Bluts.‹ Ich stand auf, um beide Seiten dieses hübschen, mondsteinhellen Gesichts zu küssen, dann preßte ich meine Lippen auf die des Vampirs. Er kniff die Augen zusammen, als er das Blut des Janitscharen in meinem Mund schmeckte, bevor er sich losriß, um sich mit einem übertriebenen Schwung zu verbeugen. ›Ich bin Lovelace‹, sagte er und verbeugte sich ein zweites Mal. ›Wie Ihr selbst, glaube ich, Engländer und Peer. Das heißt, Sir, falls ich richtig liege, Euch als den allseits verrufenen Lord Byron anzusprechen?‹

Ich zog eine Braue hoch. ›Verrufen?‹

›Gewiß doch, Sir, verrufen! Habt Ihr Euch etwa nicht bei einer abendlichen Gesellschaft oder Lustbarkeit in aller Öffentlichkeit von Eurer Athener Hure genährt? Seid nicht überrascht, *milord*, wenn solche Leichtfertigkeiten beim gemeinen Pöbel Verwunderung und Diskussionen auslösen.‹

Ich zuckte die Achseln. ›Es war nicht meine Absicht, einen Skandal zu verursachen. Sie hat sich geschnitten. Ich wurde von meinem eigenen Verlangen überrascht, als ich ihr Blut sah.‹

Lovelace musterte mich neugierig. ›Wie lange, *milord*, gehört Ihr schon zur Bruderschaft?‹

›Bruderschaft?‹

›Dem Adel, Sir, dem Blutsadel, durch den Ihr – und ich – zweifach zum Peer werden.‹ Er strich über meine Wange. Seine Nägel waren scharf, fühlten sich wie Kristallglas an. ›Ihr seid noch Jungfrau, nicht wahr?‹ fragte er plötzlich. Er deutete auf den getöteten Janitscharen. ›Das war Euer erstes Opfer?‹

Ich neigte kalt den Kopf. ›Gewissermaßen schon, denke ich.‹

›Hol's der Teufel, Sir, ich erkannte dort an Eurem geschwärzten Zustand, daß Ihr Jungfrau wart.‹

›Wie meinen Sie das?‹

›Ihr müßt in der Tat ein Neuling im Reiche des Blutes sein, wenn Ihr Euch so weit habt herunterkommen lassen.‹

Ich blickte ihn erstaunt an. ›Wenn ich nicht trinke, meinen Sie‹ – ich deutete nach hinten zum Friedhof – ›passiert *das* wieder mit mir?‹

Lovelace verbeugte sich kurz. ›Ganz recht, Sir. Und ich bin mächtig überrascht, daß Ihr es seit Athen solange ohne Blut ausgehalten habt. Deshalb wüßte ich gern, wie lange Ihr schon zur Bruderschaft gehört.‹

Ich versuchte mich zu erinnern. Haidée in der Höhle – die Zähne des Paschas an meiner Brust. ›Fünf Monate‹, sagte ich schließlich.

Lovelace starrte mich an, mit einem Ausdruck sprachlosen Staunens in seinem hübschen Gesicht; dann kniff er die Augen zusammen. ›Nun, Sir, wenn dies wahr ist, dann dürftet Ihr Euch als der wählerischste Trinker erweisen, den ich bislang kennengelernt habe.‹

›Ich verstehe Ihre Überraschung nicht‹, sagte ich.

Lovelace lachte und drückte meine Hand. ›Ich habe einmal über einen Monat trocken überstanden. Auch von zwei Monaten hat man gehört, aber mehr als das, niemals. Und Ihr, Sir, der frischste, grünste Rekrut in unseren Reihen – fünf Monate, Sir, *fünf*, sagt Ihr.‹ Er lachte wieder und küßte mich auf den Mund. ›Oh, *milord*, welche Lustbarkeiten wir haben werden, welche Gelage und Jagden! Wie froh ich bin, daß ich Euch gefolgt bin!‹ Er küßte mich wieder. ›Byron, laßt uns verderbt sein zusammen.‹

Ich neigte den Kopf. ›Offensichtlich gibt es viel, was man mir beibringen muß.‹

›Ja, durchaus‹, sagte Lovelace mit einem einfachen

Nicken. ›Glaubt mir, Sir, ich habe anderthalb Jahrhunderte zügellosen Lebenswandels gekostet. Ich spreche als Höfling des zweiten Königs Karl. Das war kein frömmelndes, winselndes, puritanisches Zeitalter – nein, Sir, wir verstanden, was Vergnügen sein konnte.‹ Er flüsterte mir ins Ohr. ›Huren, *milord* – edle Weine – erfrischende Schlucke Blut. Die Ewigkeit wird Euch gefallen.‹ Er küßte mich, dann hielt er inne, um Blut von meinem Mund zu wischen. Er warf einen Blick auf die Leiche des Janitscharen. ›War es gut?‹ fragte er, indem er den ausgetrockneten Körper mit dem Fuß anstieß. Ich nickte. ›Es wird bessere geben‹, sagte Lovelace knapp. Er nahm meine Hand. ›Fürs erste jedoch, *milord*, müssen wir beide zu unseren körperlichen Formen zurückkehren.‹

›Körperlich?‹

Lovelace nickte. ›Euer Freund wird Euch tot glauben.‹

Ich berührte mich. ›Es erscheint mir sehr merkwürdig. Die Freuden, die ich gierig in mich aufgenommen habe, scheinen ziemlich körperlich. Aber wie kann ich sie fühlen, wenn ich jetzt nichts als Geist bin?‹

Lovelace zuckte verächtlich die Schultern. ›Solche Spitzfindigkeiten überlasse ich Disputanten und Wahrsagern.‹

›Aber es ist keine Spitzfindigkeit. Wenn ich keinen Körper habe, was ist es dann, was ich jetzt fühle, hier, in meinen Adern? Ist das Vergnügen wirklich? Es scheint mir unerträglich, es bloß für Phantasie zu halten.‹

Lovelace griff nach meiner Hand. Er zog sie in sein Hemd und über die Brust, so daß ich die Muskeln unter seiner Haut spüren konnte. ›Wir befinden uns in einem Traum‹, flüsterte er, ›den wir gemeinsam träumen. Wir lenken und formen ihn. Ihr müßt begreifen, Sir, daß wir diese Macht besitzen, den Stoff unserer Träume zur Wirklichkeit zu machen.‹

Staunend blickte ich ihm in die Augen. Ich spürte seine Brustwarze unter meiner Berührung hart werden. Ich warf einen Blick auf den Janitscharen am Boden. ›Und er?‹ fragte ich. ›Habe ich nur geträumt, daß ich mich von seinem Blut nährte?‹

Lovelace lächelte, ein kleines Lächeln der Belustigung und Grausamkeit. ›Unsere Träume sind ein Baldachin, *milord*, unter den wir unsere Beute ziehen. Euer Türke ist tot – und Ihr, Sir, seid wieder ganz.‹ Er nahm meine Hand. ›Kommt. Wir müssen zu Eurem gramgebeugten Freund zurückkehren.‹

Wir brachen auf, und sobald wir den Friedhof erreicht hatten, ließ ich Lovelace auf der Straße zurück und ging zu den Gräbern. Vor mir, jenseits der turbangeschmückten Grabsteine, entdeckte ich Hobhouse. Er schluchzte untröstlich über meiner geschwärzten Leiche. Der Anblick tat mir wohl. Was kann schöner sein als zu wissen, daß seine Freunde einen vermissen werden, wenn man dahingegangen ist? Und dann machte es mich traurig, daß ich meinem lieben Hobhouse Schmerz bereitet hatte, und ich kehrte, wie ein Schauer aus Licht, in mein Fleisch zurück. Ich schlug die Augen auf – und spürte, wie das Blut anfing, durch meine welken Adern zu strömen.« Lord Byron schloß die Augen. Sein Lächeln zeigte die Ekstase der Erinnerung. »Als ob sie aus dem Griff eines Lasters befreit worden wären, kehrten meine Gliedmaßen ins Leben zurück. Champagner nach Sodawasser, Sonnenschein nach Nebel, Frauen nach einem Kloster – alles scheint eine Spur von Auferstehung zu bieten. Aber dem ist nicht so. Es gibt nur eine wahre Auferstehung – und das ist Blut nach einer Dürre des Fleisches.«

»Sie saugen also Blut durch Träumen?« unterbrach ihn Rebecca. »So geschieht es?«

Lord Byron sah sie an. »Sie sollten sich erinnern können«, sagte er leise. Er starrte auf Rebeccas Hals. »Sie waren doch selbst im Gespinst meiner Träume verfangen.«

Rebecca schauderte und nicht bloß aus Angst. »Aber Sie haben von Teresa getrunken.«

Lord Byron neigte den Kopf.

»Also müssen Sie nicht träumen, um Blut zu trinken.«

»Nein.« Lord Byron lächelte. »Natürlich nicht. Es gibt viele Möglichkeiten, es zu kosten. Viele Künste.«

Fasziniert und entsetzt starrte Rebecca ihn an. »Künste? Wie meinen Sie das?« fragte sie.

»An jenem ersten Abend versuchte mich Lovelace, indem er sie andeutete.«

Rebecca runzelte die Stirn. »Warum das ›versuchte‹?«

»Weil ich nichts davon hören wollte. Anfangs nicht.«

»Aber Sie haben gesagt – das genossene Vergnügen – Sie haben es beschrieben.«

»Ja.« Lord Byrons Lippen kräuselten sich ein wenig. »Aber von dem Blut, das ich getrunken hatte, war ich gesättigt, und an jenem Abend, in dem Dorf außerhalb von Ephesos, litt ich unter jenem Ekel vor mir selbst, der auf alle herrlichen Freuden folgt. Ich hatte einen Menschen getötet – ich hatte ihn leergetrunken –, ich staunte nur, daß ich nicht noch mehr Abscheu empfand. Aber es gab auch noch einen anderen Grund, Lovelaces Schmeicheleien nicht zu beachten. Es war die Eigenschaft des Bluts, entdeckte ich, alle anderen Erfahrungen zu steigern. Die Speisen und Getränke an jenem Abend waren in einem Maße köstlich, von dem ich ganz vergessen hatte, daß es überhaupt möglich war. Ich hatte keine Zeit für Einflüsterungen über geheime Künste und frische Opfer.«

»Lovelace wollte wieder töten?«

»O ja. Sehr sogar.« Lord Byron schwieg einen Moment. »Er wollte Hobhouse.«

»*Hobhouse?*«

Lord Byron nickte, dann lächelte er. »Lovelace bewunderte gute Manieren, wissen Sie. ›Ich muß ihn haben‹, sagte er in jener Nacht zu mir. ›Seit Monaten nun, Byron, habe ich nichts als Bauern und übelriechende Griechen gehabt. Pfui, Sir, ich bin ein reinrassiger Brite, ich kann von solchem Gesindel nicht überleben. Und Hobhouse, sagt Ihr, hat in Cambridge studiert? Hört Ihr, Sir, er muß mein werden.‹

Ich schüttelte den Kopf, doch Lovelace drängte mich nur noch eifriger. ›Er muß sterben‹, zischte er. ›Abgesehen von allem anderen hat er Euch Euer Leben aushauchen und wiederauferstehen gesehen.‹

Ich zuckte die Achseln. ›Medizin ist nicht Hobbys stärkste Seite. Er glaubt, es sei ein Hitzschlag gewesen.‹

Lovelace schüttelte den Kopf. ›Das spielt keine Rolle.‹ Er streichelte meinen Arm, und seine Augen waren Nadelstiche aus gierigem Feuer. Ich schauderte, aber Lovelace hielt meinen Abscheu fälschlich für Durst. ›Rotes Blut ist gut‹, flüsterte er mir ins Ohr, ›aber blaues Blut, Sir – nun, es gibt auf dieser Erde kein Getränk, das sich damit messen kann.‹

Ich sagte ihm, er solle sich zum Teufel scheren. Lovelace lachte. ›Ihr versteht anscheinend nicht, was Ihr geworden seid, *milord*.‹

Ich blickte ihn wieder an. ›Hoffentlich kein Ding wie Sie.‹

Lovelace packte meinen Arm. ›Macht Euch nichts vor, *milord*‹, zischte er.

Ich starrte ihn kalt an. ›Ich würde mich nicht erdreisten, es zu versuchen‹, erwiderte ich schließlich.

›Aber ich denke, Ihr tut es doch.‹ Lovelace grinste böse. ›Ihr seid ein Geschöpf so schlimm wie die Sünde. Das zu leugnen ist schändliche Heuchelei.‹ Er ließ meinen Arm los und begann, den mondweißen Pfad nach Ephesos hinunterzuwandern. ›Euer Körper hat Durst, *milord*‹, rief er aus, während ich ihm nachsah. Er blieb stehen und drehte sich um, um mir in die Augen zu sehen. ›Fragt Euch selbst, Byron – kann es sich ein Ding wie Ihr leisten, Freunde zu haben?‹ Er lächelte, dann machte er wieder kehrt und verschwand. Ich blieb stehen, wo ich war und versuchte, die Echos seiner Frage aus meinen Gedanken zu verbannen. Ich schüttelte den Kopf, dann kehrte ich in das Zimmer zurück, wo Hobhouse lag und schlief.

Die ganze Nacht hindurch hielt ich bei ihm Wache. Mein Körper blieb völlig rein und unbefleckt. Es war das erste Mal, daß ich Blut getrunken und in der folgenden Nacht keinen Dreck ausgeschwitzt hatte. Ich fragte mich, was dies bedeutete. Hatte Lovelace recht gehabt? Waren die Veränderungen an mir nun in der Tat unwiderruflich? Ich klammerte mich an Hobhouses Gesellschaft, als wäre er ein Talisman. Am nächsten Tag besuchten wir die Ruinen von Ephesos. Wie gewohnt stocherte Hobhouse in halbverwitterten Inschriften herum; ich saß auf dem Erdhügel, der einst der Artemistempel gewesen war, und lauschte dem düsteren Geheul der Schakale. Es war ein melancholischer Laut, so melancholisch wie meine Gedanken. Ich fragte mich, wohin Lovelace gegangen war. In den Ruinen konnte ich ihn nicht spüren, doch meine Instinkte und Kräfte waren durch die Sonne gedämpft, und ich wußte, daß er nicht weit weg sein konnte. Er würde gewiß zurückkommen.

Und in jener Nacht kam er auch. Ich hatte seine Ankunft gespürt, als er sich uns näherte, und beobachtete unbemerkt, wie er zu Hobhouses Bett hinüberging. Er beugte sich tief über die nackte Kehle meines Freundes, und ich sah den Schimmer, als er seine rasiermesserscharfen Zähne fletschte. Ich packte sein Handgelenk; er wehrte sich stumm, konnte sich jedoch nicht befreien; ich zog ihn aus dem Zimmer hinaus auf die Treppe. Dort riß sich Lovelace los. ›Vermaledeiter Hundsfott‹, knurrte er wütend, ›überlaß ihn mir.‹ Ich verstellte ihm den Weg. Lovelace versuchte, mich beiseite zu schieben, aber ich packte ihn an der Kehle, und während ich fester zudrückte, spürte ich, wie in einem Ausbruch von Freude Kraft in mich strömte. Lovelace begann zu würgen; er wehrte sich wieder, und ich weidete mich an seiner Furcht. Endlich ließ ich ihn fallen, und Lovelace schluckte mühsam, dann blickte er auf.

›Bei Christi Wunden, Sir, aber Ihr habt gewaltige Kraft‹, sagte er. ›Schade, daß Ihr ein solcher Jammerlappen seid, was Euren Freund angeht.‹

Ich neigte höflich den Kopf. Lovelace blickte mich weiter staunend an, während er sich den Hals rieb, dann stand er auf. ›Meiner Treu, Byron‹, sagte er stirnrunzelnd, ›wer hat Euch geschaffen?‹

›Geschaffen?‹ Ich schüttelte den Kopf. ›Ich wurde nicht geschaffen, ich wurde verwandelt.‹

Lovelace lächelte mild. ›Ihr wurdet geschaffen, Sir.‹

›Warum fragen Sie?‹

Lovelace strich sich wieder über den Hals und atmete tief ein. ›Ich habe Euch heute in Ephesos gesehen‹, flüsterte er. ›Ich bin seit einem und einem halben Jahrhundert Vampir. Ich stehe gut im Blut und verfüge über viel Erfahrung. Dennoch hätte ich das grelle Sonnenlicht nicht ertragen können, nicht so wie Ihr, als Ihr an diesem freien Platz saßt. Deshalb frage ich mich, Sir. Ich bin höchlich verblüfft. Wer gab Euch sein Blut, daß Ihr solche Kraft besitzt?‹

Ich schwieg ein Weile – dann sprach ich den Namen Vachel Pascha aus.

Ich entdeckte ein amüsiertes Funkeln in Lovelaces Augen.
›Ich habe von Vachel Pascha gehört‹, sagte er langsam.
›Ein Magier, nicht wahr? Ein Alchimist?‹

Ich nickte.

›Wo hält er sich jetzt auf?‹ fragte Lovelace.

›Warum?‹

Lovelace lächelte. ›Weil er Euch anscheinend so wenig beigebracht hat, *milord*.‹ Ich sagte nichts, drehte mich einfach um und ging die Treppe wieder hinauf. Aber Lovelace lief hinter mir her und hielt mich am Arm fest. ›Habt Ihr ihn getötet?‹ flüsterte er. Ich schüttelte ihn ab. ›Habt Ihr ihn getötet?‹ Lovelace fletschte grinsend die Zähne und hielt wieder meinen Arm fest. ›Habt Ihr ihn getötet, Sir, so daß sein Blut aufstieg und als Schauer auf Euch herabfiel, wie die Springbrunnen, die im St. James's Park sprudeln?‹

Ich wandte mich um. Mein Rückgrat schien aus Eis gemacht. ›Woher wußten Sie das?‹

Lovelace lachte. Seine Augen funkelten vor Entzücken. ›Es gab Gerüchte, *milord*. Ich hörte sie am Trichonis-See. Sofort war ich von dem Wunsch erfüllt, ihre Wahrheit zu ergründen. Und deshalb bin ich hier.‹ Er kam mit seinem Gesicht näher an meines. ›Ihr seid in der Tat verdammt, Byron.‹

Ich blickte in seine mitleidslosen Augen. Ich spürte Haß und Wut wie Lava durch mich strömen. ›Verschwinden Sie‹, zischte ich.

›Und würdet Ihr Euren eigenen Drang ebenfalls verbannen, *milord?*‹

Ich packte ihn wieder bei der Kehle und drückte zu; dann stieß ich ihn zurück. Aber Lovelace lächelte noch immer böse. ›Ihr mögt die Stärke eines mächtigen Geists haben, *milord*, aber habt keine Zweifel, Ihr seid gefallen, wie Luzifer der Sohn des Morgens, gefallen ist – wie wir alle gefallen sind. Kriecht zurück zu Eurem langweiligen Freund. Genießt ihn – er ist sterblich, er wird sterben.‹

›Vernichten Sie ihn, Lovelace...‹

›Ja?‹

›Vernichten Sie ihn – und ich werde Sie vernichten.‹

Lovelace verbeugte sich spöttisch. ›Ihr kennt das Geheimnis nicht, Byron, oder?‹

›Geheimnis?‹

›Es ist Euch nicht offenbart worden.‹ Lovelace fragte nicht, sondern stellte bloß eine Tatsache fest. Ich ging einen Schritt auf ihn zu; Lovelace zog sich zur Tür zurück.

›Welches Geheimnis?‹ widerholte ich.

›Ihr seid verdammt – und Ihr werdet alle verdammen, die Euch nahe sind.‹

›Warum?‹

Lovelace lächelte spöttisch. ›Nun, Sir, das ist das Geheimnis.‹

›Warten Sie.‹

Wieder lächelte Lovelace. ›Ihr reist nach Konstantinopel, glaube ich?‹

›Warten Sie!‹

Lovelace verneigte sich – und war fort. Ich lief zur Tür, aber es war nichts mehr von ihm zu sehen. In der nächtlichen Brise jedoch glaubte ich, sein Lachen zu hören, und sein Geflüster schien in meinen Gedanken widerzuhallen. ›Ihr seid verdammt – und Ihr werdet alle verdammen, die Euch nahe sind.‹ Weit weg krähte ein Hahn. Ich schüttelte den Kopf. Dann machte ich kehrt und ging – allein – wieder hinauf in das Zimmer, wo Hobhouse schlafend lag.«

8. Kapitel

*...sogar die Gesellschaft seiner Reisegefährten,
obwohl ihr Trachten dem seinen so geistesverwandt,
wurde ihm schließlich zur Fessel und Last;
und erst als er, ohne Begleiter, am Strand der
kleinen Insel in der Ägäis stand,
spürte er seinen Geist frei atmen.*

Thomas Moore, Lord Byrons Leben

*Aufgrund welcher Quelle behauptet Tom das?
Er begreift nicht im entferntesten den
wirklichen Grund, der Lord Byron bewog,
lieber keinen Engländer unmittelbar
und ständig in seiner Nähe zu haben.*

John Cam Hobhouse, Randnotiz zur obigen Passage

Furcht hing während der nächsten Tage wie ein Nebel über meinen Gedanken. Lovelace selbst schien sich mit dem Hahnenschrei verflüchtigt zu haben, aber sein spöttischer Hinweis auf ein ›Geheimnis‹ verfolgte mich. Hatte er gemeint, ich sei verurteilt, alle, die mir die Liebsten waren, zu vernichten? Ich blieb in Hobhouses Nähe und beobachtete sorgfältig meine Gefühle – doch meine Blutgier schien gebändigt, und meine Zuneigung zu meinem Freund war so ungetrübt wie zuvor. Ich begann mich zu entspannen, und dann in vollen Zügen die Kräfte zu genießen, die mein Blutmahl in mir hatte wachsen lassen. Wir schifften uns nach Konstantinopel ein. Noch einmal wurden meine Gefühlsregungen hinreißend poetisch. Vor den Dardanellen überraschte uns ein Unwetter. Wir besuchten die sagenhafte Ebene von Troja. Am meisten heiterte mich auf, daß ich den Hellespont durchschwamm – vier Meilen gegen eine eisige Strömung, von Asien hinüber zur europäischen Küste –, um zu beweisen, daß der Heros Leander die Heldentat vollbracht haben könnte, wie die Sagen immer behauptet hatten. Freilich hatte Leander wahrscheinlich nicht von den Wohltaten eines Schluckes frischen Blutes profitieren können, aber trotz alledem war ich mächtig von mir beeindruckt.

Trotz eines Sturms erreichten wir Konstantinopel. Unter Schwierigkeiten gingen wir unterhalb einer steilen Klippe vor Anker. Über uns erhob sich das Serail, der Sultanspalast, doch die Dunkelheit um uns herum unterschied sich nicht vom offenen Meer. Indes konnte ich den Strom der bedeutenden Stadt am Ufer spüren, und die klagenden

Rufe aus den Moscheen, die dünn über die kabbeligen Wellen zu uns getragen wurden, klangen wie Aufrufe zu fremden, exotischen Freuden. Am nächsten Tag beförderte uns ein kleines Boot am Serailfelsen entlang. Ich blickte hinauf und malte mir die raffinierten Wonnen aus, die innerhalb der Palastmauern zu Hause waren. Dann plötzlich roch ich Blut – frisches Blut. Ich blickte hinüber auf eine schmale Terrasse zwischen Mauer und Meer; Hunde knurrten über Kadavern. Ich beobachtete fasziniert, wie einer von ihnen das Fleisch von einem Tatarenschädel abzog, ganz ähnlich, wie eine Feige geschält wird, wenn die Frucht frisch ist. ›Widerspenstige Sklaven‹, murmelte der Kapitän unseres Boots, ›von den Mauern gestoßen.‹ Ich nickte langsam und spürte in meinen Knochen wieder einen dumpfen Schmerz vor Durst.

Als Europäer wohnten wir in dem für uns reservierten Viertel. Es war modern und voll von Reisenden wie uns – was mir verhaßt war. Ich war gereist, um meinen Landsleuten aus dem Weg zu gehen, aber nun fühlte ich mich doppelt fern von ihnen. Da brauste eine wilde Musik in meinen Adern, die von Dunkelheit und den Freuden der Nacht sang und mich, wie ich wußte, als etwas Besonderes abgrenzte. Jenseits der Wasser des Goldenen Horns wartete Konstantinopel – grausam, uralt, reich an verbotenen Freuden. Ich streifte durch die engen Straßen. Die schwüle Luft war mit Blut gewürzt. Um die Pforte zum Serail waren abgeschlagene Köpfe zur Schau gestellt; Fleischer ließen das Blut geschlachteter Tiere durch die Straßen fließen; Derwische peitschten sich, bis die Höfe rot trieften, während sie in mystischer Extase schrien. Alle diese Dinge beobachtete ich schweigend – aber ich trank nicht. Ich stellte mir vor, daß ich, umgeben von diesen köstlichen Früchten, nicht das Bedürfnis verspüren würde, selbst welche zu pflücken. Statt dessen suchte ich in den Haschischhöhlen oder in den Tavernen, wo sich grellgeschminkte Tänzer im Sand wanden, andere Freuden – und hoffte, indem ich sie ausprobierte, meinen tieferen Durst zu betäuben.

Dennoch spürte ich, wie er mich allmählich wieder austrocknete. Ich begann, mich selbst zu verabscheuen. Die Vergnügungen der Stadt vertieften nur meinen Ekel, und ich stellte fest, daß ich Konstantinopels überdrüssig wurde, denn seine Grausamkeiten stießen mich um so mehr ab, als sie mich an mich selbst erinnerten. Aus Verzweiflung kehrte ich in die Gesellschaft meiner Landsleute zurück. Ich mied Hobhouse – noch immer fürchtete ich mich vor dem, was Lovelaces ›Geheimnis‹ bedeuten könnte –, aber gegenüber den anderen Engländern versuchte ich, mich so zu benehmen, als wäre ich nicht anders als sie selbst. Zeitweilig fiel mir dies ziemlich leicht, an anderen Tagen dann schien mir die Verstellung unerträglich. Wann immer ich meinen Blutdurst wachsen fühlte, versteckte ich mein Verlangen hinter vorgespielter Kälte oder Wut. Dann stritt ich mich über unwichtige Punkte der Etikette oder schnitt Bekannte, wenn ich ihnen auf der Straße begegnete.

Eines Nachmittags traf ich zufällig mit einem Mann zusammen, der das Opfer einer solchen Stimmung gewesen war. Ich hatte ihm im Haus des Botschafters den Rücken gekehrt, und als ich ihn jetzt wiedersah, bekam ich plötzlich Gewissensbisse, denn der Mann hatte sich mir gegenüber stets höflich verhalten. Er war in Konstantinopel zu Hause, und da ich wußte, es würde ihm schmeicheln, bat ich ihn, mir die Sehenswürdigkeiten der Stadt zu zeigen. Natürlich hatte ich sie alle vorher schon gesehen und ertrug die Gesellschaft meines Führers als eine Form der Buße. Schließlich landeten wir unter den Mauern des Serails.

Mein Begleiter blickte mich an. ›Wissen Sie‹, fragte er,

›daß wir in drei Tagen eine Audienz beim Sultan persönlich gewährt bekommen sollen? Wie traurig – meinen Sie nicht auch, Byron? –, daß wir nur einen winzigen Teil der Wonnen des Palasts sehen werden.‹ Er zeigte nach oben, wo der Harem lag. ›Eintausend Frauen...‹ Er kicherte nervös, dann blickte er mich wieder an. ›Man erzählt, daß der Sultan nicht einmal in diese Richtung neigt.‹ Ich nickte knapp. Der Duft nach Blut lag in der Luft – auf Misthaufen vor den Serailmauern nagten Hunde kopflose Leichen ab. Ich fühlte mich angeekelt und erregt. ›Mögen – Sie – Frauen?‹ fragte mein Begleiter. Ich schluckte und schüttelte den Kopf, ohne ihn zu verstehen, dann warf ich mein Pferd herum und ritt in leichtem Galopp davon.

Inzwischen war es Abend geworden, und die Minarette stachen in einen blutroten Himmel. Mir war schwindlig vor nicht ausgelebten Sehnsüchten. Ich bat meinen Begleiter, mich zu verlassen, und ritt dann allein an den großartigen Stadtmauern entlang, die vierzehnhundert Jahre lang mächtig über der Stadt Konstantins aufgeragt hatten. Aber nun zerfielen sie und waren verlassen; bald lagen alle menschlichen Siedlungen hinter mir, und ich war nun statt dessen von Friedhöfen umgeben, von Zypressen und Efeu überwuchert und ganz leer, so schien es. Dann hörte ich etwas rascheln und sah zwei Ziegen durch die Büsche vor mir springen. Die Geruch ihrer Angst hing köstlich in der Luft. Ich hielt an und saß ab. Das Fieber hatte mich gepackt. Der Duft nach Blut lag satt und schwer in der Dunkelheit. Ich blickte zum Mond hinauf. Er war voll, bemerkte ich zum erstenmal, und schimmerte bleich über den Wassern des Bosporus.

›Hören Sie, Byron...‹

Ich schaute mich um. Es war mein Begleiter vom Serail. Er sah mein Gesicht, stotterte etwas und verstummte.

Schwindlig vor Begierde nach seinem Blut starrte ich ihn an. ›Was wollen Sie?‹ flüsterte ich zögernd.

›Ich ... ich habe mich gefragt, ob...‹ Erneut verstummte er. Ich lächelte. Plötzlich erkannte ich, was ich den ganzen Tag über lieber übersehen hatte, sein Verlangen nach mir nämlich, nun vermischt mit einem lähmenden Entsetzen, das er kaum begriff. Ich ging zu ihm, strich über seine Wange. Mein Nagel zog einen blutenden Ritz. Ich öffnete den Mund. Ängstlich und dann mit einem abrupten, verzweifelten Schluchzlaut reckte sich der Mann, um mich zu küssen. Ich nahm ihn in die Arme, spürte sein Herz gegen meine Brust schlagen. Ich schmeckte das Blut von seiner zerkratzten Wange, öffnete meinen Mund zum zweitenmal – und dann stieß ich ihn heftig zu Boden.

›Byron?‹ stammelte er mit zitternder Stimme.

›Verschwinden Sie‹, sagte ich kalt.

›Aber ... Byron...‹

›Verschwinden Sie!‹ schrie ich. ›Wenn Ihnen Ihr Leben lieb ist, dann verschwinden Sie um Gottes willen!‹

Der Mann blickte perplex zu mir hoch, dann rappelte er sich auf. Es schien, als könnte er es nicht ertragen, seinen Blick von meinen Augen abzuwenden, aber er lief trotzdem rückwärts davon, als strenge er sich an, den Zauber meines Gesichts zu durchbrechen; endlich erreichte er sein Pferd, saß auf und galoppierte den Weg hinunter. Ich atmete tief ein, dann fluchte ich leise vor mich hin. Enttäuscht in ihrer Hoffnung auf Blut, schienen meine Adern zu pulsieren und zu erschauern; sogar mein Hirn schien trocken vor Durst. Ich bestieg mein eigenes Pferd und gab ihm die Sporen. Falls ich schnell genug ritte, würde ich meine Beute sicher einholen, bevor sie die Gräber verließ.

Dann plötzlich rannte eine Ziegenherde vor mir auf den Weg. Ich hatte das Blut des Schäfers gerochen, bevor ich seinen Schrei hörte; seine Ziegen rufend, kam er an mir vorbeigerannt und hatte kaum Zeit, einen Blick an mich zu verschwenden. Ich warf mein Pferd herum und folgte ihm. Dann blieb der Schäfer doch stehen und schaute sich nach mir um. Ich rutschte aus dem Sattel, und während ich auf ihn zuging, versuchte ich, ihn mit der Kraft meines Blicks festzunageln, so wie ich den anderen Mann beinahe gefangen hätte. Der Schäfer stand wie gelähmt da, dann stieß er einen Klagelaut aus und fiel auf die Knie. Er war ein alter Mann, und er tat mir entsetzlich leid, als ob ich es nicht selbst gewesen wäre, der sein Mörder sein sollte. Beinahe hätte ich mich abgewandt, aber da kam der Mond hinter einer Wolke zum Vorschein, und von seinem Licht berührt, schien mein Durst mich anzuschreien. Ich biß in die Kehle des alten Manns; seine Haut war ledrig, und ich mußte zweimal daran reißen, bis das Blut zu strömen begann. Sein Geschmack jedoch war so reich wie zuvor und die Fülle, die es mir schenkte, noch gewaltiger und seltsamer. Ich blickte von meiner Beute auf und erkannte aufs neue, wie silbern das Mondlicht war vor Leben und wie die Stille voller wunderschöner Klänge war.

›O Gott, Sir, es gibt kein Gesetz, das festlegt, daß Ihr nur auf einem Friedhof töten dürft.‹

Ich warf einen Blick über die Schulter. Auf einer zerbrochenen Säule saß Lovelace. Gegen meinen Willen mußte ich lächeln. Es war gut, nach so vielen Wochen allein ein Geschöpf gleich mir zu sehen.

Lovelace stand auf und schlenderte zu mir herüber. Er blickte auf mein Opfer. ›Der andere, den Ihr habt laufenlassen, war hübscher.‹

›Er war Engländer.‹

Lovelace schmunzelte. ›Verdammt, Byron, das hätte ich nun wahrlich nicht gedacht – ein Patriot.‹

›Das genaue Gegenteil. Aber ich dachte, sein Verschwinden würde leichter bemerkt.‹

Lovelace schüttelte spöttisch den Kopf. ›Wenn Ihr es sagt, *milord*.‹ Er schwieg kurz. ›Aber ich hielt ihn trotz alledem für einen langweiligen Stockfisch von Führer.‹

Ich schaute ihn mißtrauisch an. ›Wie meinen Sie das?‹

›Nun, Sir, ich habe euch beide den ganzen Tag beobachtet. Ihr befandet Euch unter den Mauern des Harems, und dann setztet Ihr Euch ab. Das ist, als gäbe man sich mit einem flüchtigen Blick auf einer Hure Schlüpfer zufrieden.‹

›Wieso?‹

Lovelace zwinkerte. ›Was drinnen liegt, *milord*, ist der Schatz.‹ Seine Augen funkelten. ›Im Serail des Türken warten tausend eingesperrte Huren.‹

Ich blickte ihn mit einem kleinen ungläubigen Lächeln auf den Lippen an. ›Sie bieten mir an, mich in den Harem des Sultans zu führen?‹

Lovelace verneigte sich. ›Aber natürlich, Sir.‹ Er streichelte meine Hand. ›Unter einer Bedingung.‹

›Das dachte ich mir.‹

›Euer Freund Hobhouse...‹

›Nein!‹ unterbrach ich ihn mit jähem Zorn. ›Und ich warne Sie noch einmal...‹

Lovelace winkte verächtlich ab. ›Sir, beruhigt Euch, es gibt hier weit reizendere Leckerbissen als Euren Freund. Aber, Byron‹ – er lächelte mich an – ›Ihr müßt ihn überreden, sofort nach England abzureisen.‹

›Was? Warum?‹

Wieder streckte Lovelace den Arm aus, um meine Hand zu streicheln. ›Damit wir allein zusammensein können. Ihr werdet Euch ganz mir überlassen, Byron, damit ich Euch die Künste lehren kann.‹ Er warf einen Blick auf die Leiche des Schäfers. ›Mir scheint, Ihr habt sie sehr nötig.‹

Ich starrte ihn an. ›Hobhouse im Stich lassen?‹ sagte ich schließlich. Lovelace nickte. Langsam schüttelte ich den Kopf. ›Unmöglich.‹

›Ich werde Euch die Freuden des Serails zeigen.‹

Noch einmal schüttelte ich den Kopf und stieg in den Sattel. ›Sie haben mir von einem Geheimnis erzählt, Lovelace – einem Geheimnis, das alle bedrohen würde, die mir lieb und teuer sind. Also gut, ich setze mich darüber hinweg. Ich lasse Hobhouse nicht im Stich. Ich werde niemals diejenigen, die ich liebe, im Stich lassen.‹

›Geheimnis?‹ Lovelace wirkte überrascht, als ich es erwähnte. Dann lächelte er, als erinnere er sich wieder daran. ›Oh, Ihr braucht Euch nicht zu sorgen, *milord*. Hobhouse ist es nicht, den Ihr bedroht.‹

›Wen dann?‹

›Bleibt mit mir im Orient, und ich werde Euch alles lehren, was ich weiß.‹ Seine Lippen teilten sich leicht. ›Soviel Vergnügen, Byron. Ich weiß, Ihr seid ein Mann, der sich daran ergötzt.‹

Ich schaute ihn mit plötzlicher Geringschätzung an. ›Ich weiß, daß wir beide Mörder sind‹, sagte ich, ›aber es bereitet mir keinerlei Freude. Wie ich Ihnen bereits sagte – ich hege nicht den Wunsch, ein Geschöpf wie Sie zu werden. Ich hege nicht den Wunsch, an dem Wissen, über das Sie verfügen, teilzuhaben. Ich hege nicht den Wunsch, Ihr Schüler zu sein, Lovelace.‹ Ich neigte kalt den Kopf. ›Und damit – sage ich Ihnen gute Nacht.‹

Ich gab die Zügel meines Pferds frei. Dann ritt ich an den stillen Gräbern vorbei und gelangte an der Stadtmauer wieder auf den Pfad. Der Mond schien hell und beleuchtete meinen Weg.

›Byron!‹ Ich blickte zurück. ›Byron!‹ Lovelace stand, wo ich ihn zurückgelassen hatte, ein Wesen von gespenstischer

Schönheit zwischen den efeuüberwucherten Gräbern. Sein goldenes Haar schien von Feuer getönt, und seine Augen glühten. ›Byron‹, rief er mit unvermuteter Wildheit, ›ich sage Euch – es ist der Lauf der Dinge! Hier, in diesen friedlichen Gärten, schlingen Hunde ihre Beute in sich hinein – die freundlichen Vögel müssen sich von den Würmern ernähren –, es gibt nichts in der Natur als ewige Zerstörung! Ihr seid ein Raubtier, kein Mensch mehr, nicht mehr, was Ihr einmal wart. Wißt Ihr nicht, daß die Größeren sich immer von den Kleineren ernähren werden?‹ Plötzlich lächelte er. ›Byron‹, hörte ich ihn in meinem Geist flüstern, ›wir *werden* zusammen trinken.‹ Ich erbebte, und mein Blut schien sich in Quecksilber zu verwandeln, so strahlend wie der Mond. Als ich wieder nach Lovelace schaute, war er verschwunden.

Drei Tage lang sah ich ihn nicht wieder. Seine Worte hatten mich verwirrt – und auch erregt. Allmählich fand ich an der Großartigkeit meines neuen Daseins Gefallen. Hatte Lovelace nicht einfach die Wahrheit ausgesprochen? Ich *war* ein gefallenes Geschöpf, und es *war* ein furchteinflößender und romantischer Zustand. Hobhouse, der so satanisch wie ein Räucherhering war, begann mich wütend zu machen – wir stritten ohne Ende, und ich fragte mich allmählich, ob wir uns nicht doch trennen sollten. Als Hobhouse dann, wie es sich gehört, erwähnte, daß er an die Heimreise denke, redete ich es ihm nicht aus und fühlte mich auch nicht verpflichtet, das gleiche zu tun. Dennoch erfüllte mich der Gedanke, worin Lovelaces Freuden bestehen könnten, noch immer mit Angst – ich fürchtete, mehr als alles andere, daß ich Gefallen an ihnen finden könnte und noch grausamere Begierden in mir geweckt würden. Also behielt ich meine Meinung für mich und wartete, daß Lovelace wieder auf mich zukäme. Doch indessen hoffte ich in meinem tiefsten Innern, daß seine Versuchungen genügen würden, um mich zum Bleiben zu ermutigen.

Der Tag unserer Audienz beim Sultan kam. Zwanzig von uns, allesamt Engländer, erduldeten dieses qualvolle Privileg – mein Führer von vor drei Tagen war dabei, und im letzten Moment traf auch Lovelace ein. Er sah mich mit meinem Führer und lächelte, sagte aber nichts. Doch stand er direkt hinter mir, während wir im Empfangssaal des Sultans warteten, und später, als die ganze ermüdende Veranstaltung vorbei war, drückte er sich in Hörweite von Hobhouse und mir herum.

Mein Führer kam zu uns herüber, die Augen strahlend vor Aufgeregtheit. ›Sie haben den Sultan ungeheuer beeindruckt‹, sagte er zu mir. Ich neigte höflich den Kopf. ›Ja, ja, Byron‹, erklärte er, ›die Pracht Ihrer Kleidung und Ihre auffallende Erscheinung veranlaßten ihn, Ihnen seine ganz besondere Aufmerksamkeit zu widmen. Tatsächlich...‹ Hier hielt der Mann inne und kicherte, dann wurde er rot.

›Was gibt's denn?‹ fragte Hobhouse.

Der Mann kicherte wieder und wandte sich an mich. Er stotterte, schluckte und riß sich zusammen. ›Der Sultan sagte, Sie seien gar kein Mann.‹

Meine Miene wurde finster, und es überlief mich kalt. Ich warf einen Blick auf Lovelace, der boshaft zurückgrinste. ›Kein Mann‹, sagte ich langsam. ›Was hat er damit gemeint?‹

Der Mann lief noch dunkler rot an. ›Na ja, Byron‹, kicherte er, ›der Sultan hat Sie für eine Frau in Männerkleidung gehalten.‹ Ich holt tief Luft, dann lächelte ich erleichtert. Mein Führer strahlte beflissen. Lovelace, bemerkte ich, lächelte von allen am breitesten.

Er kam später in der Nacht, als Hobhouse schlief, zu mir. Wir standen zusammen auf dem Dach meines Hauses und badeten unsere Gesichter im Mondschein. Lovelace zog seinen Dolch. Er strich über die dünne, grausame Klinge. ›Der Großtürke war ein schrulliger Gesell, nicht wahr?‹ fragte er.

›Warum?‹

Lovelace fletschte die Zähne. Er prüfte die Schneide des Dolches mit seinem Daumen. ›Weil er Euch mit einer Hure verwechselt hat, natürlich.‹

Ich zuckte die Achseln. ›Besser so, denn als das erkannt zu werden, was ich bin.‹

›Nun, Sir, ich würde darauf bestehen, mich für seine ausgemachte Unverschämtheit irgendwie zu rächen!‹

Ich starrte kalt in Lovelaces funkelnde Augen. ›Ich habe nichts gegen Leute, die mich schön finden.‹

Lovelace grinste. ›Wirklich nicht, Sir?‹ flüsterte er. Er wandte sich ab, um über das Wasser zum Serail zu blicken, dann steckte er seinen Dolch wieder in den Gürtel. ›Wirklich nicht?‹

Er begann, eine Melodie aus einer Oper zu summen. Dann bückte er sich und zog mehrere Flaschen aus einem Beutel. Eine entkorkte er. Ich roch den goldenen Duft von Blut. ›Der heilsame Saft‹, erklärte Lovelace, indem er mir eine Flasche reichte. ›Ich habe ihn mit dem besten der Menschheit bekannten Madeira gemischt. Trinkt tüchtig, Byron, denn heute nacht benötigen wir unsere ganze Kraft.‹ Er hob eine zweite Flasche hoch. ›Auf den seltenen Zeitvertreib, den wir heute nacht haben werden.‹

Von den Cocktails aus Wein und Blut wurden wir betrunken. Nein, nicht betrunken, doch schienen meine Sinne reicher denn je zu sein, und ich fühlte eine heftige Freude wie Feuer in meinem Blut aufsteigen. Ich lehnte mich gegen die Mauer und blickte auf die kuppelreiche Silhouette der alten Stadt. Die Sterne hinter dem Serail schienen mit der Wildheit meiner eigenen gespannten Grausamkeit zu lodern, und ich wußte, daß Lovelace im Begriff war, meine Seele zu gewinnen. Er hielt mich in den Armen, während er leise eine Arie summte, dann sprach er in mein Ohr. ›Ihr seid ein Geschöpf mit großen Kräften‹, flüsterte er. ›Möchtet Ihr gern sehen, wozu Ihr fähig seid?‹ Ich lächelte verhalten. ›Es wird Euch auslaugen, Byron, aber Ihr besitzt die Stärke dafür, so jung Ihr auch an Erfahrung und Blut seid.‹

Ich blickte hinaus auf das Wasser des Goldenen Horns. ›Wir werden blanke Luft durchqueren‹, flüsterte ich. Lovelace nickte. Ich runzelte die Stirn, während mir klar wurde, wie fern meine Erinnerungen geworden war. ›In meinen Träumen folgte ich vor langer Zeit dem Pascha. Er zeigte mir die Wunder von Zeit und Raum.‹

Lovelace feixte. ›Zum Teufel mit den Wundern von Zeit und Raum.‹ Er blickte zum Serail hinüber. ›Ich will Huren.‹

Ich mußte schallend lachen, konnte überhaupt nicht mehr einhalten. Mein Gelächter erschöpfte mich. Lovelace hielt mich fest, strich mir über die Locken. Er zeigte hinüber zum Serail. ›Betrachtet es‹, flüsterte er, ›schließt ein Abbild davon in Eurem Auge ein. Macht es Euch zu eigen. Zwingt es, sich zu erheben und zu Euch zu kommen.‹

Abrupt hörte ich auf zu lachen. Ich starrte in die kalten Abgründe von Lovelaces Augen – und dann tat ich, wie er mich geheißen hatte. Ich sah, wie sich der Himmel neigte. Die Minarette und Kuppeln schienen wie Wasser zu fließen. Meine Stirn spürte, wie sie ganz sanft den Palast berührte. ›Was geschieht?‹ fragte ich leise. ›Wie bewirke ich das?‹

Lovelace drückte mir einen Finger auf die Lippen. Er bückte sich nach einer letzten Flasche und entkorkte sie. ›Ja, das ist gut‹, nickte er, ›atmet den Duft ein. Riecht die Fülle. Darin ist Eure gesamte Existenz enthalten. Ihr seid ein Geschöpf des Blutes. Wie Blut könnt Ihr Euch über den Himmel verströmen.‹ Plötzlich warf er die Flasche hoch, und ich sah Blut in einem dunkelroten Bogen über die Stadt und die Sterne verspritzt. ›Ja, fließt mit ihm!‹ rief Lovelace. Ich erhob mich, fühlte mein entkörperlichtes Ich mein Fleisch verlassen, wie Blut aus einer offenen Wunde rinnt. Die Luft war noch immer dickflüssig. Ich bewegte mich mit ihr. Konstantinopel war fleckig, dunkel wie die Nacht, rot wie das Blut, das ich nach mir rufen hörte. Ich sah das alles herumwirbeln, die Stadt, das Meer und den Himmel – und dann war plötzlich nichts mehr vor mir als das Serail, verzerrt und vor mir entschwindend, als werde es zwischen einer endlosen Reihe von Spiegeln reflektiert, und ich folgte ihm, tief in das dunkler werdende Herz des Wirbels, und dann spürte ich kühle Luft im Gesicht und sah, daß ich auf der Haremsmauer stand.

Ich wandte mich um. Meine Bewegungen erschienen mir sonderbar. Ich ging, und mir war, als wäre ich eine Brise, die über einen dunklen See streicht.

›Byron.‹ Die Stimme war ein Stein, fallengelassen in die Tiefe. Die zwei Silben plätscherten dahin. Lovelace lächelte mich an, und sein Gesicht schien zu schwimmen und sich vor meinen Augen zu verändern. Ich bildete mir ein, daß er im dunklen Wasser des Sees versank. Die gespenstische Blässe seines Gesichts verdüsterte sich, sein Körper schrumpfte, bis er aussah wie ein zwergenhafter Mohr. Ich mußte lachen, und in meinem Hirn klang es verzerrt und fremd. ›Byron.‹ Wieder blickte ich hinunter. Lovelace hatte noch immer die Gestalt eines Zwergs. Er lächelte furchtbar, und seine Lippen begannen sich zu bewegen. ›Ich bin der Eunuch‹, hörte ich ihn sagen, ›Ihr sollt dem Sultan dienen.‹ Wieder grinste er anzüglich, und ich lachte trunken, aber jetzt bildeten sich keine Wellen, denn die Dunkelheit war reglos wie ein kristallener Teich. Unvermutet, aus den Windungen meiner Erinnerung und Sehnsucht heraufbeschworen, schimmernd im Kristall, sah ich Haidée. Ich keuchte und streckte die Hand aus, um sie zu berühren. Doch das Abbild breitete sich aus, entzog sich mir, und dann spürte ich es gegen meine Haut plätschern, und ich konnte Haidée nicht mehr sehen. Alles schien wegzuschmelzen. Ich legte meine Finger über die Augen. Die Fremdheit schien noch berückender als zuvor. Als ich die Augen wieder öffnete, sah ich, daß meine Fingernägel golden lackiert und meine Finger schlank waren.

›Wunderschön‹, bemerkte der Zwerg. Er lachte und zeigte den Weg. ›Hier lang, schöne Ungläubige.‹

Ich folgte ihm. Wie die Schatten eines Unwetters huschten wir durch die Haremspforten. Lange Gänge dehnten sich vor uns, üppig ausgeschmückt mit Amethyst und grüner und gelber Fayence. Es war vollkommen still bis auf die Schritte schwarzer Zwerge, die kunstvoll gearbeitete Türen aus Gold bewachten. Als wir an ihnen vorbeigingen, runzelten sie die Stirn und schauten sich um, doch sie sahen uns nicht, bis Lovelace vor der schönsten Pforte von allen seinen Dolch zog und dem Wachposten die Kehle durchschnitt.

Bei dem Blutgeruch stürzte ich begierig vor, doch Lovelace schüttelte den Kopf. ›Warum Wasser trinken, wenn es drinnen Champagner gibt?‹ Er hielt mich zurück, und seine Berührung an meinem Körper war süß und seltsam. Ich blickte an mir hinab. Was ich für einen Traum gehalten hatte, war die Wahrheit – mein Leib war der eines schönen Mädchens. Ich berührte meine Brüste, hob einen schlanken Arm, um über mein langes Haar zu streichen. Ich empfand keine Überraschung, nur die Steigerung einer grausamen, erotischen Freude. Ich ging weiter, und zum erstenmal wurde ich mir der dünnen Seide bewußt, die um meine Beine wehte und hörte das helle Klingeln von

Fesselglöckchen. Ich schaute mich um. Ich befand mich in einem großzügigen Raum. An den Wänden standen Couchen. Alles war still und dunkel. Ich glitt an den Couchen vorbei durch die Mitte des Saals.

Auf jeder Couch schliefen Frauen. Ich atmete den betäubenden Duft ihres Bluts ein. Lovelace stand neben mir. Sein Grinsen war hungrig und lüstern. ›Bei Gott‹, flüsterte er, ›aber einen süßeren Raum voller Dirnen habe ich nie gesehen.‹ Er fletschte die Zähne. ›Ich muß Sie haben.‹ Er sah zu mir auf. ›Und ich werde sie haben.‹ Er bewegte sich voran wie ein Nebel über das Meer. Dann stand er am Bett einer jungen Frau, und als der Schatten über ihre Träume fiel, stöhnte sie und hob einen Arm, als wolle sie das Böse abwehren. Ich hörte Lovelaces leises, glucksendes Lachen, und weil ich mehr nicht sehen wollte, wandte ich mich ab und ging weiter durch die Mitte des Saals. Vor mir lag eine weitere verzierte Tür aus Gold. Sie stand einen Spalt offen. Ich konnte ein leises Schluchzen hören. Ich schlug meinen Schleier hinter die Ohren zurück. Dann hörte ich einen Knall und erneut das Schluchzen. Unter Glöckchengeklingel betrat ich den Raum hinter der Tür.

Ich schaute mich um. Über einen marmornen Fußboden waren Kissen verteilt. Ein Teich mit blauem Wasser zog sich an einer Seite des Raums entlang. Eine einzige Flamme brannte in einer goldenen Lampe. Von ihrem Licht umspült stand eine nackte junge Frau. Ich betrachtete sie. Sie war von wunderbarer Schönheit, aber ihre Haltung war herrisch, und ihr Gesicht schien gleichermaßen sinnlich und grausam. Sie holte tief Luft, dann hob sie den Rohrstock und ließ ihn scharf niedersausen. Er schnitt in den Rücken des Sklavenmädchens zu ihren Füßen.

Das Mädchen schluchzte, gab aber seine Pose der Unterwerfung nicht auf. Ihre Herrin starrte auf ihr Werk hinunter, dann blickte sie plötzlich ins Dunkel, wo ich stand. Ihre gelangweilten, verdorbenen Gesichtszüge schienen sich interessiert aufzuheitern. Sie kniff die Augen zusammen, dann nahm ihr Gesicht wieder den übersättigten Ausdruck an, und sie ließ den Stock seufzend zu Boden fallen. Sie schrie das Mädchen an und kehrte ihm den Rücken; noch immer schluchzend begann das Mädchen, Glasscherben aufzulesen. Als alle eingesammelt waren, verneigte sich das Sklavenmädchen tief und unterwürfig und eilte aus dem Zimmer.

Des Sultans Gemahlin, denn das war sie zweifellos, warf sich auf die Kissen. Sie hielt eins davon fest, knüllte es hin und her und schleuderte es dann heftig auf den Boden. Da bemerkte ich, daß ihre Handgelenke zerschnitten waren und naß von Blut; die Sultanin starrte darauf und berührte eine Wunde, dann stand sie wieder auf. Sie rief nach ihrer Dienerin; niemand antwortete. Sie rief noch einmal und stampfte auf; dann hob sie den Stock auf und ging auf die Tür zu. In diesem Augenblick trat ich aus dem Schatten. Die Sultanin wandte sich um und schaute mich an. Als sie bemerkte, daß ich die Augen nicht niederschlug, runzelte sie die Stirn.

Langsam wich das Stirnrunzeln einem Ausdruck der Überraschung, und ihr Gesicht spiegelte einen seltsamen inneren Aufruhr. Beherrschung rang mit Lüsternheit – und dann schnalzte sie mit den Fingern und war wieder kalt und königlich. Sie rief etwas in einer Sprache, die ich nicht verstand, dann zeigte sie auf die Stelle, wo ihre Dienerin das Glas zerschlagen hatte. ›Ich blute‹, sagte sie auf türkisch, indem sie mir ihre Handgelenke hinhielt. ›Ruf den Arzt, Mädchen.‹ Ich begann zu lächeln. Die Sultanin errötete, dann verdunkelte sich ihr Gesicht ungläubig, und sie bekam einen Wutanfall. Schmerzhaft traf sie meinen Rücken mit dem Stock. Der Schmerz brannte wie Feuer, aber ich blieb unbewegt stehen. Die Sultanin blickte mir tief in die Augen – und dann keuchte sie, ließ den Stock fallen und taumelte zurück. Sie schluchzte lautlos. Ich schaute zu, wie ihre Schultern sich hoben und senkten. Sie vergrub ihr Gesicht in den Händen. In dem goldenen Licht schimmerte das Blut an ihren Handgelenken wie Schmuck.

Ich ging über den Marmorboden zu ihr hin und nahm sie in die Arme. Die Sultanin blickte erschrocken auf; ich legte ihr einen Finger auf die Lippen. Ihre Augen und Wangen waren jetzt weich vor Tränen; ich wischte sie weg, dann streichelte ich zärtlich die Wunden an ihren Handgelenken. Die Sultanin zuckte vor Schmerz zusammen, aber als sie meinem Blick begegnete, schien die Qual vergessen, und sie reckte die Arme, um mich zu halten und mein Haar zu streicheln. Ängstlich umfaßte sie meine Brüste; dann flüsterte sie mir etwas ins Ohr, Worte, die ich nicht verstand, und ihre Finger begannen, mein Seidengewand zu lösen. Ich kniete nieder, küßte ihre Hände und Handgelenke, kostete das frische Blut, das aus den Schnitten quoll; aber als ich nackt war wie sie, küßte ich sie auf die Lippen, färbte sie mit dem Rouge ihres eigenen Bluts, dann führte ich sie hinüber zur Stille des Bades. Sanft umhüllte uns das Wasser. Ich fühlte die zärtlichen Finger der Sultanin meine Brüste und meinen Bauch streicheln; ich öffnete die Beine. Sie berührte mich, und ich griff nach ihr; sie stöhnte und warf den Kopf zurück; Licht fiel auf das Wasser an ihrer Kehle, so daß es golden zu glühen schien. Die Sultanin erbebte; das warme Wasser kräuselte sich sanft gegen meine Haut, und mir war, als würde mein Blut sich im Gleichklang mit ihm bewegen. Ich leckte ihre Brüste, dann biß ich behutsam zu; während meine Zähne ihre Haut durchstachen, wurde die Sultanin steif und keuchte, aber sie schrie nicht, sondern atmete schneller vor Begierde. Plötzlich erbebte sie; ihr Leib zitterte, und sie ließ sich gegen die Kacheln fallen; wieder war ihre Kehle in Gold gebadet. Nun schien ich über mein Ich hinaus zu sein, jenseits des Bewußtseins, schien nur noch Verlangen zu haben. Ohne zu denken, schlitzte ich die Kehle meiner Geliebten auf, und während ihr Blut sich in das Wasser des Bades ergoß, fühlte ich meine Schenkel zu Wasser und eins mit dem Strom werden.

Noch immer hatte die Sultanin nicht geschrien. Sie lag in meinen Armen, von ihrem eigenen Blut umspült, während ihr Atem schwächer wurde und ich aus ihrer Wunde trank. Sie starb ohne einen Seufzer, und das Wasser war trübe von ihrem entwichenen Leben. Ich küßte sie sanft, dann schlüpfte ich aus dem Bad. Ich streckte mich – meine geschmeidigen Gliedmaßen schienen geölt und erfrischt von ihrem Blut. Ich blickte staunend auf die Sultanin, die auf ihrer purpurroten Totenbahre trieb, und sah, wie ihre toten Lippen mich anlächelten.«

Lord Byron hielt inne und lächelte selbst. »Sie empfinden Abscheu?« fragte er Rebecca, da ihm ihr Blick auffiel.

»Ja, natürlich.« Sie ballte eine Faust. »Natürlich. Sie genossen es. Sogar als Sie sie getötet hatten, empfanden Sie keinen Abscheu.«

Lord Byrons Lächeln verging. »Ich bin ein Vampir«, sagte er leise.

»Ja, aber...« Rebecca schluckte. »Davor – davor hatten Sie Lovelace getrotzt.«

»Und meiner eigenen Natur.«

»Also hatte er den Sieg davongetragen?«

»Lovelace?«

Rebecca nickte. »Sie empfanden *keine* Gewissensbisse?«

Lord Byron schloß seine brennenden Augen und sagte

für, wie es schien, sehr lange Zeit nichts. Langsam fuhr er sich mit den Fingern durchs Haar. »Ich fand Lovelace naß von Blut, wie er wie ein Inkubus auf der Brust seines Opfers hockte. Ich berichtete ihm, daß ich die Gemahlin des Sultans getötet hatte. Seine Belustigung war ziemlich maßlos. Ich lachte nicht mit ihm, aber nein ... Gewissenbisse verspürte ich nicht. Nicht bis...« Seine Stimme verlor sich.

Rebecca wartete. »Ja?« fragte sie schließlich.

Lord Byron schürzte die Lippen. »Wir speisten bis zum Morgengrauen – zwei Füchse in einem Hühnerstall. Erst beim ersten Ruf des Muezzins zum Gebet verließen wir das Gemach der Odalisken. Wir gingen nicht auf den Gang hinaus, sondern betraten einen weiteren Raum, der den Sklavenmädchen vorbehalten war, um sich zu schmücken. Die Wände waren mit Spiegeln verkleidet. Zum erstenmal sah ich mich selbst. Ich blieb stehen – und erstarrte. Ich schaute Haidée an – Haidée, die ich seit jener verhängnisvollen Nacht in der Höhle nicht mehr gesehen hatte. Doch es war nicht Haidée. Haidées Lippen waren nie naß von Blut gewesen. Haidées Augen hatten nie so kalt gefunkelt. Haidée war nie ein verdammter und abscheulicher Vampir gewesen. Ich blinzelte – und dann erblickte ich mein eigenes bleiches Gesicht, das mir entgegenstarrte. Ich schrie. Lovelace versuchte, mich zu halten, aber ich stieß ihn beiseite. Die Freuden der Nacht schienen plötzlich in Greuel verwandelt, die wie Maden in meinen nackten Gedanken ausgebrütet wurden.

Drei Tage lang lag ich erschöpft und fiebernd im Bett. Hobhouse pflegte mich. Ich weiß nicht, was er mich in meinem Delirium sagen hörte, aber am vierten Tag teilte er mir mit, daß wir Konstantinopel verlassen würden, und als ich den Namen Lovelace erwähnte, verfinsterte sich seine Miene, und er legte mir nahe, nicht mehr nach ihm zu fragen. ›Ich habe seltsame Gerüchte gehört‹, sagte er, ›unmögliche Gerüchte. Du reist mit mir auf dem Schiff, für das ich gebucht habe. Es geschieht zu deiner eigenen Sicherheit und deinem eigenen Wohl. Das weißt du, Byron, also will ich keine Einwände hören.‹ Er bekam auch keine zu hören. Auf einem Schiff, das nach England unterwegs war, reisten wir noch am selben Tag ab. Ich hinterließ Lovelace weder Nachricht noch Adresse.

Doch ich wußte, daß ich nicht mit Hobhouse nach Hause fahren konnte. Als wir uns Athen näherten, teilte ich ihm mit, daß ich im Osten bleiben wollte. Ich hatte angenommen, mein Freund würde wütend sein, aber er sagte nichts, lächelte nur und drückte mir sein Tagebuch in die Hand. Ich runzelte die Stirn. ›Hobby, bitte‹, sagte ich, ›heb dein Gekritzel für zu Hause auf. Ich weiß, was wir getan haben, ich war mit dir zusammen, falls du dich erinnerst.‹

Hobhouse lächelte wieder, ein verzerrtes Lächeln. ›Nicht immer‹, sagte er. ›Die mit Albanien bezeichneten Eintragungen – lies sie genau.‹ Er ließ mich allein.

Ich las die Abschnitte sofort. Dann weinte ich – Hobhouse hatte den Bericht über seine Erlebnisse geändert, so daß es schien, als wären wir nie getrennt gewesen; meine Zeit bei Vachel Pascha war völlig gestrichen. Ich fand Hobhouse, drückte ihn fest an mich und mußte wieder weinen. ›Ich liebe dich wirklich, Hobby‹, sagte ich ihm. ›Du besitzt so viele gute Eigenschaften und so viele schlechte, daß es unmöglich ist, mit dir zu leben oder ohne dich.‹

Am nächsten Tag trennten wir uns. Hobhouse teilte sich ein Blumensträußchen mit mir. ›Wird das die letzte Sache sein, die wir jemals teilen?‹ fragte er. ›Was wird aus dir werden, Byron?‹ Ich antwortete nicht. Hobhouse wandte sich ab und ging wieder an Bord. Ich blieb allein zurück.

Ich begab mich nach Athen und wohnte wieder kurz bei

der Witwe Makri und ihren drei reizenden Nymphen. Aber ich wurde nicht herzlich aufgenommen, und obwohl Teresa mich ziemlich begeistert umarmte, konnte ich die Angst entdecken, die in ihren Augen lauerte. Schon spürte ich das Fieber wieder, und da ich keinen zweiten Skandal in Athen auslösen wollte, ließ ich Athen hinter mir und reiste weiter durch Griechenland. Anregungen, Sinnesreize, das Neue und Ungewöhnliche – das alles mußte ich haben. Die Alternative waren Rastlosigkeit und Höllenqualen. Bei Gott, ich war erleichtert, daß Hobhouse abgereist war. In Tripolitsa hielt ich mich kurz bei Veli auf, Ali Paschas Sohn, der mich bewirtete, als wäre ich ein lange verschollener Freund; ich sah ihm an, daß er mich in seinem Bett haben wollte. Ich ließ ihm seinen Willen – warum nicht? –, war doch das Vergnügen, als Hure benutzt zu werden, ein momentaner Nervenkitzel. Als Lohn für meine Dienste berichtete Veli mir dann Neuigkeiten aus Albanien. Es schien, daß Vachel Paschas Schloß bis auf die Grundmauern abgebrannt und völlig zerstört war. ›Ist denn das die Möglichkeit?‹ fragte Veli Pascha kopfschüttelnd. ›Die Gebirgsbewohner glaubten, die Toten seien aus ihren Gräbern auferstanden.‹ Er lachte beim Gedanken an solchen unseligen Aberglauben. Ich hörte amüsiert zu, dann erkundigte ich mich nach Vachel Pascha selbst. Wieder schüttelte Veli den Kopf. ›Er wurde in der Nähe des Trichonis-Sees gefunden‹, sagte er.

›Tot?‹ fragte ich.

Veli nickte. ›O ja, sehr tot genaugenommen, *milord*. Ein Säbel war tief durch sein Herz getrieben worden. Wir begruben ihn in der Nähe seines Schlosses.‹

Er war also dahingegangen. Wirklich tot. Mir wurde bewußt, daß ich halb geglaubt hatte, er könne noch am Leben sein. Nun aber konnte ich sicher sein, und irgendwie befreite mich dieses Wissen. Alles schien verändert – ich war frei von meinem Schöpfer, und endlich akzeptierte ich, was ich in Wahrheit war. Über dem Golf von Korinth entdeckte mich Lovelace, während ich von einem Bauernjungen trank. Wir umarmten uns herzlich, und weder er noch ich erwähnte meine Flucht aus Konstantinopel.

›Wollen wir böse sein?‹ fragte mich Lovelace.

Ich lächelte. ›Böse wie die Sünde‹, erwiderte ich.

Wir kehrten nach Athen zurück. Eingehüllt in unsere gemeinsamen Vergnügungen, wurden Furcht und Schuld zu vergessenen Worten – zwei Wüstlinge gleich uns hatte es, versicherte mir Lovelace, nicht seit den Roués aus der Zeit Karls des Zweiten nicht mehr gegeben. Neue Welten des Vergnügens wurden mir geöffnet, und ich wurde trunken von Kameradschaft, Fleischeslust und edlen Weinen. Und Blut natürlich – ja – immer Blut. Die Flammen der Freude hatten anscheinend meine Scham verbrannt. Meine Grausamkeit erschien mir nun als etwas Schönes – ich liebte sie, stellte ich fest, auf die gleiche Weise, wie ich den blauen Himmel und die Landschaften Griechenlands liebte, als ein exotisches Paradies, das ich mir zu eigen gemacht hatte. Meine alte Welt schien mir jetzt unglaublich fern. Von Lovelace ermutigt, gewöhnte ich mich an den Gedanken, daß sie für immer dahin war.

Doch manchmal – vielleicht wenn ich nach einem Bad auf einem einsamen Felsen saß und aufs Meer hinausblickte – hörte ich wieder ihren Ruf. Lovelace, der solche Stimmungen als Heuchelei verspottete, tadelte mich rundheraus wegen meines Trübsinns und führte mich aus zu neuen lauten Festlichkeiten – doch oft waren es in diesen Momenten gerade seine Ermunterungen, die mich am meisten beunruhigten. Mitunter, wenn ich den Ruf der Heimat verspürte, deutete er wieder Geheimnisse an, dunkle Wahrheiten, Drohungen, die mich in England verraten könnten.

›Und in Griechenland?‹ fragte ich dann.

›Aber nein, Sir‹, erwiderte Lovelace einmal. ›Nicht wenn Ihr Euren Rüssel in eine gute Hülle aus Schweinedarm gepackt habt.‹ Ich drängte ihn, es zu erklären, aber er lachte nur. ›Nein, Byron, Eure Seele ist noch nicht hart genug. Die Zeit wird kommen, wenn Ihr mit Blut getränkt seid. Dann geht Ihr nach England zurück, aber für heute – bei Gott, Sir, es ist fast Nacht – laßt uns losziehen und den Weibern nachstellen.‹ Ich protestierte, aber Lovelace hielt die Hände hoch. ›Byron, ich bitte Euch, sprechen wir nicht weiter davon, bitte!‹ Und auf der Stelle hob er seinen Umhang auf und summte eine Opernmelodie, und ich merkte, daß er seine Macht über mich genoß.

Aber das Gespräch beunruhigte mich nicht lange – nichts beunruhigte mich – es gab viel zu viele Freuden zu lernen. Ganz ähnlich einem Liebhaber, der von einer Kurtisane unterwiesen wird, bekam ich die Künste des Bluttrinkens beigebracht. Ich lernte, wie man in die Träume eines Opfers eindringt, wie man Herr über die eigenen wurde, wie man hypnotisiert und Illusionen und Sehnsüchte erzeugt. Ich lernte, wie Vampire gemacht werden konnten, und die verschiedenen Ordnungen, in die ein Opfer verwandelt werden konnte – die Zombies, deren tote Augen ich im Schloß des Paschas gesehen hatte, die Dämonen, zu denen Gorgiou und seine Familie geworden waren, oder höchst selten, die Meister – die Herren des Todes – die Ordnung der Geschöpfe, zu denen ich gehörte.

›Aber seid vorsichtig, wen Ihr für diese Ehre auswählt‹, legte mir Lovelace einmal nahe. ›Wißt Ihr nicht, daß es, im Tod wie im Leben, Adel geben muß?‹ Er lächelte mich an. ›Ihr, Byron, hättet zum König gewählt werden können.‹

Ich tat Lovelaces Schmeichelei mit einem Schulterzucken ab. ›Der Teufel soll alle Könige holen‹, sagte ich. ›Ich bin kein schändlicher Tory wie Sie. Wenn ich könnte, würde ich sogar den Steinen predigen, gegen die Tyrannei aufzustehen. Ich töte, aber ich versklave nicht.‹

Lovelace spie verächtlich aus. ›Was für ein Unterschied ist das?‹

Ich blickte ihn kalt an. ›Ein ziemlich deutlicher, hätte ich gedacht. Ich muß Blut trinken, oder ich sterbe – Sie haben es gesagt, Lovelace, wir sind Raubtiere, wir können uns nicht über das hinwegsetzen, was in uns natürlich ist. Aber ist es jemals natürlich, unsere Opfer zu Sklaven zu machen? Ich hoffe nicht. Ich werde nicht wie mein Schöpfer sein, das meine ich – umgeben von unbeseelten Sklaven, rettungslos jenseits aller Liebe und Hoffnung.‹

›Warum? Ihr glaubt, Ihr seid es nicht bereits?‹ Lovelace lächelte mich grausam an, aber ich überhörte seine spöttischen Fragen, seinen wohlbekannten Hinweis auf irgendein dunkles Geheimnis. Denn ich fühlte mich jetzt mächtig und wußte, daß ich über seine Gewalt hinausgewachsen war – ich bezweifelte, daß Lovelace überhaupt ein Geheimnis hatte. Ich glaubte, das Ding, das ich geworden war, zu verstehen – ich empfand keinen Abscheu vor mir selbst, nur Freude und Stärke. Und deshalb fühlte ich mich auch frei, in einer Weise frei, die ich nicht einmal in meinen Träumen für möglich gehalten hatte, und ich vertraute mich diesem Freiheitsgefühl an, das so grenzenlos und ungebändigt wie das Meer dahinströmte.

Oder zumindest bildete ich mir das ein.« Lord Byron hielt inne und starrte lange in die Schatten der Kerzenflamme. Dann schenkte er sich ein Glas Wein ein und leerte es mit einem einzigen Schluck. Als er weitersprach, klang seine Stimme tot. »Eines Abends ging ich durch eine schmale, bevölkerte Gasse. Da ich kurz zuvor getrunken hatte, verspürte ich keinen Durst, nur eine angenehme Fülle, die durch meine Adern strömte. Aber plötzlich, selbst durch den Gestank der Gasse hindurch, roch ich den reinsten Duft, den ich jemals kennengelernt hatte. Ich kann ihn nicht beschreiben« – er warf einen flüchtigen Blick auf Rebecca – »selbst wenn ich den Wohlgeruch in Worten ausdrücken könnte, da er etwas war, was ein Sterblicher niemals verstehen könnte. Golden, sinnlich – vollkommen.«

»Es war Blut?« fragte Rebecca.

»Ja.« Lord Byron nickte. »Aber ... Blut? Nein, es war mehr als das. Es erfüllte mich mit einer Sehnsucht, die meine Knochen, meinen Bauch, nein, die Seele selbst auszuhöhlen schien. Ich stand wie angewurzelt da, in der Mitte der Gasse, und atmete tief ein. Dann sah ich ihn – einen Säugling in den Armen einer Frau –, und der Geruch des Bluts kam von diesem Kind. Ich ging einen Schritt auf sie zu, aber die Frau huschte weg, und als ich an die Stelle kam, wo sie gestanden hatte, sah ich keine Spur von ihr. Ich atmete wieder ein – der Duft verblaßte –, und dann, als ich verzweifelt durch die Gasse stolperte, entdeckte ich die Frau vor mir, genau wie zuvor, und ein zweites Mal schien sie sich in Luft aufzulösen. Ich verfolgte sie, aber bald war auch der Duft des Bluts vergangen, und ich blieb im Griff unerträglicher Qualen zurück. Die ganze Nacht suchte ich nach diesem Säugling. Aber das Gesicht der Mutter war unter einer Kapuze verborgen gewesen, und der Säugling hatte genau wie jedes andere Kind seines Alters ausgesehen, und so ließ ich schließlich die Hoffnung fahren und gab meine Suche auf.

Ich ritt in scharfem Galopp fort von Athen. Es gab da einen Tempel, der auf einer Klippe über dem Meer thronte, wohin ich gewohnheitsmäßig ritt, um meine Gedanken zu ordnen, aber in jener Nacht wirkte die Stille wie ein Hohn, und ich spürte nichts als meinen Hunger, der noch immer in mir nagte. Ständig hatte ich den Duft des Bluts in der Nase. Mit der Gewißheit einer Offenbarung wußte ich, daß ich nie wahres Glück empfinden würde, solange ich es nicht gekostet hatte, und so stand ich auf, band mein Pferd los und machte mich bereit, zurückzureiten und den Säugling aufzuspüren. In diesem Augenblick sah ich Lovelace. Er stand zwischen zwei Säulen, und die Morgendämmerung hinter ihm hatte die Farbe von Blut. Er kam auf mich zu, blickte mir tief in die Augen – und dann lächelte er plötzlich. Er schlug mir auf die Schulter. ›Ich gratuliere‹, sagte er.

›Wozu?‹ fragte ich langsam.

›Nun, Sir, zu Eurem Kind natürlich.‹

›Kind, Lovelace?‹

›Ja, Byron – Kind.‹ Wieder schlug er mir auf die Schulter. ›Ihr habt mit einer Eurer Huren einen Bastard gezeugt.‹

Ich leckte mir die Lippen. ›Woher wissen Sie das?‹ fragte ich zögernd.

›Weil ich Euch gesehen habe, Byron, wie Ihr die ganze Nacht durch die Stadt gerannt seid wie eine läufige Hündin. Das ist ein unfehlbares Zeichen unsresgleichen, Sir, daß ein Kind geboren wurde.‹

Ich spürte eine gräßliche Kälte über mich kriechen. ›Warum?‹ fragte ich, während ich in Lovelaces Augen nach einem Zeichen der Hoffnung suchte. Aber da war nichts.

›Ich glaube, Sir, jetzt kann man Euch die verhängnisvolle Wahrheit nicht mehr vorenthalten.‹ Er lachte. ›Verhängnisvoll nenne ich sie, obwohl sie für mich natürlich keinen Pfifferling wert ist.‹ Er grinste. ›Aber Ihr, Sir, habt trotz allem, was Ihr seid, Eure Prinzipien noch immer nicht völlig abgelegt. Anmaßend, nenne ich das, Byron – unter diesen Umständen verdammt anmaßend.‹

Langsam streckte ich die Arme aus und packte ihn um die Kehle. ›Reden Sie‹, flüsterte ich.

Lovelace rang nach Luft, aber ich lockerte meinen Griff nicht. ›Reden Sie‹, flüsterte ich noch einmal. ›Sagen Sie mir, daß das, was Sie andeuten, nicht wahr ist.‹

›Ich kann nicht‹, keuchte Lovelace. ›Ich hätte es Euch noch länger vorenthalten‹, sagte er, ›weil ich sehe, wie schwach Eure Seele vom Laster berührt wird, aber nun hilft nichts, Ihr müßt die Wahrheit erfahren. Wißt also, Byron‹, flüsterte er, ›es ist das Verhängnis Eurer Natur‹ – er machte eine Pause und grinste – ›daß diejenigen, in denen Euer Blut fließt, die Köstlichsten für Euch sind.‹

›Nein.‹

›Doch!‹ rief Lovelace begeistert.

Ich schüttelte den Kopf. ›Es kann nicht wahr sein.‹

›Ihr habt das Blut gerochen. Es ist ein wundersamer Duft, nicht wahr? Jetzt noch hängt er in Eurer Nase. Er wird Euch verrückt machen, ich habe das alles schon erlebt.‹

›Also dann – haben Sie es auch erfahren?‹

Lovelace zuckte die Achseln und zwirbelte seinen Schnurrbart. ›Ich habe mir nie viel aus Kindern gemacht.‹

›Aber...Ihr eigen Fleisch und Blut...‹

›Mmm...‹ Lovelace schmatzte. ›Glaubt mir, Byron, die kleinen Bastarde sorgen für einen ganz unvergleichlichen Trunk.‹

Aufs neue packte ich ihn an der Kehle. ›Lassen Sie mich allein‹, sagte ich. Lovelace öffnete den Mund, um eine weitere höhnische Bemerkung zu machen, doch ich begegnete seinem Blick, und langsam war er gezwungen, die Augen niederzuschlagen. Da wußte ich, daß meine Stärke trotz meiner Qualen unvermindert war. Aber was half es, dies zu wissen? Meine Kräfte würden bloß dazu dienen, mein Schicksal zu erfüllen. ›Lassen Sie mich allein‹, flüsterte ich noch einmal. Ich stieß Lovelace von mir, so daß er strauchelte und stürzte. Dann, mit dem verhallenden Klang der Pferdehufe im Ohr, setzte ich mich allein auf den Rand der Klippe. Den ganzen Tag rang ich mit meinem Durst nach dem Blut meines Kindes.‹

›Hatte er Ihnen die Wahrheit gesagt?‹ fragte Rebecca leise. ›Lovelace?‹

Lord Byron starrte sie an. Seine Augen funkelten. ›O ja.‹

›Dann...‹

›Ja?‹

Rebecca sah ihn an. Sie griff sich an die Kehle und schluckte. ›Nichts‹, sagte sie.

Lord Byron lächelte sie kaum merklich an, dann kniff er die Augen zusammen und starrte in weite, weite Ferne. ›Alles wurde durch das, was Lovelace mir erzählt hatte, verändert‹, fuhr er fort. ›Als ich an jenem Abend in die Wellen blickte, bildete ich mir ein, eine blutige Hand zu sehen, frisch vom Arm abgetrennt, die mir zuwinkte. Ich wetterte gegen sie – dennoch wußte ich, daß ich dem Pascha viel ähnlicher war, als ich jemals befürchtet hatte. Ich kehrte nach Athen zurück, wo ich Lovelace fand. Das Blut meines Kindes hatte ich nicht mehr gerochen, aber ich fürchtete mich davor und sehnte mich doch die ganze Zeit danach. ›Ich muß abreisen‹, teilte ich Lovelace in jener Nacht mit. ›Muß Athen sofort verlassen. Es darf keinen Aufschub geben.‹

Lovelace zuckte die Achseln. ›Und werdet Ihr auch Griechenland verlassen?‹

Ich nickte.

›Wohin wollt Ihr dann gehen?‹

Ich überlegte. ›Nach England‹, sagte ich schließlich. ›Ich muß Geld beschaffen, meine Angelegenheiten ordnen. Danach, wenn das erledigt ist, werde ich wieder abreisen, weit weg von allen, in deren Adern mein Blut fließt.«

›Ihr habt Familie in England?‹

›Ja.‹ Ich nickte. ›Eine Mutter.‹ Ich dachte nach. ›Und eine Schwester – eine Halbschwester.‹

›Das macht kaum einen Unterschied. Meidet Sie beide.‹

›Ja, selbstverständlich.‹ Ich vergrub meinen Kopf in den Händen. ›Selbstverständlich.‹

Lovelace hielt mich in den Armen. ›Wenn Ihr bereit seid‹, flüsterte er, ›kommt wieder zu mir, und wir werden unseren Zeitvertreib wieder aufnehmen. Ihr seid ein seltenes Geschöpf, Byron. Wenn Eure Seele schwarz vor Laster ist, werdet Ihr ein Vampir sein, wie ich noch keinen gekannt habe.‹

Ich blickte zu ihm auf. ›Wo werden Sie sich aufhalten?‹

Lovelace begann seine liebste Opernmelodie zu summen. ›Nun, Sir, an dem einzigen Ort für Spaß – in Italien.‹

›Ich werde zu Ihnen stoßen‹, sagte ich.

Lovelace küßte mich. ›Ausgezeichnet!‹ rief er. ›Aber, Byron, kommet schnell. Zaudert nicht in England. Bleibt Ihr zu lange dort, wird es Euch schwerfallen – vielleicht unmöglich sein – fortzugehen.‹

Ich nickte. ›Ich verstehe.‹

›Ich kenne da ein Mädchen in London. Sie ist von unserer Art.‹ Er zwinkerte. ›Das tollste Paar Titten, das Ihr je gesehen habt. Ich schreibe ihr. Sie wird Euch führen, hoffe ich.‹ Er küßte mich noch einmal. ›Euch führen, solange Ihr von mir getrennt seid.‹ Er lächelte. ›Aber zögert nicht. Es hat lange gedauert, Byron, einen so angenehmen Gefährten wie Euch zu finden. Sapperlot, Sir, was werden wir die Puppen tanzen lassen, wenn wir wieder vereint, sind. Und nun‹ – er verneigte sich – ›behüt Euch Gott. In Italien treffen wir uns wieder.‹

Mit diesen Worten verließ er mich – und eine Woche später hatte auch ich Athen hinter mir gelassen. Die Reise war, wie Sie sich vorstellen können, nicht sehr angenehm. Kein Tag verging, an dem ich nicht erwog, das Schiff zu verlassen, mich in irgendeiner fremden Stadt niederzulassen, nie mehr nach England zurückzukehren. Doch ich brauchte Geld – und ich hatte Heimweh, nach meinen Freunden, nach meinem Zuhause, nach einem letzten Blick auf mein Vaterland. Auch nach meiner Mutter hatte ich Heimweh und nach Augusta, meiner Schwester – aber das waren natürlich Gedanken, die ich mir zu verbieten versuchte. Endlich, nach einer Seereise von einem Monat, zwei Jahren Wanderschaft und der völligen Verwandlung meines Lebens, spürte ich wieder englischen Boden unter meinen Füßen.«

9. Kapitel

Es begab sich, daß mitten in den Zerstreuungen, die einen Londoner Winter begleiten, auf den verschiedenen Einladungen der eleganten Gesellschaft ein Edelmann erschien, der eher durch Eigentümlichkeiten als durch seinen Rang auffiel. Er betrachtete die Fröhlichkeit um sich herum, als könne er daran nicht teilhaben. Anscheinend zog das unbeschwerte Lachen der Schönen seine Aufmerksamkeit nur auf sich, damit er es durch einen Blick ersticken und Angst in jene Herzen senden könnte, wo Leichtsinn herrschte. Diejenigen, welche dieses Gefühl der Furcht empfanden, konnten nicht erklären, woher es rührte: Einige schrieben es dem toten grauen Blick zu, der, wenn er sich auf das Gesicht einer Person richtete, nicht einzudringen und sich sofort zum inneren Wirken des Herzens durchzubohren schien, sondern mit einem bleiernen Strahl, der schwer auf der Haut lag, die er nicht durchdringen konnte, auf die Wange fiel. Seine Besonderheiten bewirkten, daß er in jedes Haus eingeladen wurde; alle wünschten ihn zu sehen, und wer heftige Aufregung gewohnt war und nun das Gewicht der Langeweile spürte, war entzückt, etwas dazuhaben, das die Aufmerksamkeit in Anspruch nehmen konnte. Ungeachtet der totenähnlichen Färbung seines Gesichts, das weder aus dem

Erröten der Bescheidenheit noch aus dem starken Gefühl der Leidenschaft jemals eine wärmere Tönung annahm, obwohl es sehr schön geformt war, versuchten viele der weiblichen Jäger nach Berühmtheit, seine Aufmerksamkeit zu gewinnen und zumindest einige Zeichen, die sie Zuneigung nennen könnten, zu erringen: Lady Mercer, die seit ihrer Heirat das Gespött jedes in Salons vorgeführten Monsters gewesen war, warf sich ihm in den Weg und tat alles, außer sich in die Kleider eines Marktschreiers zu werfen, um von ihm bemerkt zu werden...

DR. JOHN POLDORI, Der Vampyr

Ich mußte erst nach England kommen, um wirklich zu verstehen, wie verflucht ich war. Ich war der einzige Sohn meiner Mutter. Zwei Jahre lang hatte sie Newstead, mein Haus, für mich geführt, und ich wußte, wie sehr sie sich nach meiner Rückkehr sehnte. Dennoch durfte ich sie nicht einmal besuchen. Zu gut erinnerte ich mich des goldenen Dufts aus Athen, und ich wußte, ihn noch einmal zu atmen wäre tödlich, für meine Mutter und für mich selbst. Also reiste ich statt dessen nach London. Ich hatte Geschäfte zu erledigen, Freunde zu treffen. Einer von ihnen fragte mich, ob ich im Ausland Gedichte geschrieben hätte. Ich gab ihm das Manuskript von *Junker Harolds Pilgerfahrt*. Ganz aufgeregt und des Lobes voll kam mein Freund einen Tag später zu mir.

›Bitte, sei nicht beleidigt‹, sagte er, ›aber du mußt vorgeben, dieser Ritter Harold sei ein Porträt von dir selbst.‹ Er kniff die Augen zusammen, als mustere er mich eingehend. ›Ein bleicher, schöner Wanderer, schwermütig vor Gedanken an Verfall und Tod, der allen, die ihm nahe kommen, Unglück bringt. Ja, es wird gehen, du könntest ihn wirklich spielen.‹ Erneut betrachtete er mich, dann runzelte er die Stirn. ›Weißt du, Byron, du hast wirklich etwas Merkwürdiges an dir, etwas beinahe, hm, Beunruhigendes. Das ist mir noch nie aufgefallen.‹ Dann grinste er und klopfte mir auf den Rücken. ›Du mußt es nur ein wenig aufbauschen, verstanden?‹ Er zwinkerte. ›Es wird sich verkaufen, dieses Gedicht, und dich bestimmt sehr berühmt machen.‹

Ich lachte, als er gegangen war und ich bedachte, wie

wenig er oder sonst jemand wußte. Dann hüllte ich mich in meinen Umhang und verließ meine Behausung, um durch die Straßen Londons zu streifen. Inzwischen tat ich das beinahe jede Nacht. Anscheinend war mein Durst unstillbar geworden. Er schmerzte beständig, eine Aussicht auf Lust, die alle anderen Freuden wie Staub erscheinen ließ. Doch selbst während ich trank, wußte ich, daß ich mir die süßeste aller Freuden verweigerte. Als der Mond zuzunehmen begann, wuchs auch das Verlangen nach dem Blut meiner Mutter immer stärker. Mehrere Male bestellte ich eine Kutsche, die mich nach Newstead bringen sollte, – nur um sie im letzten Augenblick abzubestellen und andere, geringere Beute zu suchen. Doch wußte ich, daß die Versuchung mich am Ende besiegen würde; es konnte nur eine Frage der Zeit sein. Und dann, fast einen Monat nach meiner Rückkehr, traf die Nachricht ein, meine Mutter sei erkrankt. Mein Vorsatz war vergessen, ich bestellte eine Kutsche und brach sofort auf. Welches Entsetzen und Verlangen ich empfand, läßt sich nicht beschreiben. Vor Vorfreude schien ich zu zergehen. Ich würde meine Mutter töten, leertrinken – ich würde es tun – würde spüren, wie ihr goldenes Blut meine Adern auffüllte. Ich zitterte, bevor ich London überhaupt verlassen hatte – doch am Stadtrand kam mir ein Diener mit der Botschaft entgegen, daß meine Mutter tot war.

Ich war wie betäubt. Während der ganzen Fahrt empfand ich absolut nichts. Ich erreichte Newstead. Dort stand ich vor der Leiche meiner Mutter und begann, zu schluchzen und zu lachen und ihr eiskaltes Gesicht zu küssen. Zu meiner Überraschung bemerkte ich, daß ich keine Enttäuschung verspürte – beinahe als ob mit ihrem Tod mein Wissen, wie ihr Blut geschmeckt hätte, ebenfalls gestorben wäre. So trauerte ich um sie, wie jeder Sohn um seine Mutter trauert, und einige Tage lang kostete ich die vergessene Freude des Schmerzes eines Sterblichen aus. Nun stand ich allein auf der Welt – allein bis auf meine Halbschwester Augusta, und sie kannte ich kaum. Sie schrieb mir einen freundlichen Beileidsbrief, kam aber nicht nach Newstead, und ich stellte zufrieden fest, daß ich es nicht wünschte. Ich wußte, daß das Verlangen zurückkomme, würde, falls ich ihr Blut roch – aber ich spürte nichts von der Versuchung, sie ausfindig zu machen, unter der ich bei meiner Mutter gelitten hatte. Statt dessen schwor ich mir, daß wir unser Leben getrennt weiterführen würden. Eine Woche nach dem Tod meiner Mutter ging ich in den Wäldern der Abtei jagen. Ich trank mit einem Vergnügen, das ich fast vergessen hatte. Die Freude schien so tief wie immer – so tief wie vor jenem verhängnisvollen Nachmittag, als ich in der Athener Gasse stehengeblieben war und zum erstenmal das goldene Blut meines Kindes gerochen hatte. Könnte es wirklich möglich sein, fragte ich mich, daß die Erinnerung an jenen Duft mit meiner Mutter gestorben war? Ich betete, dem möge so sein, und glaubte allmählich, während die Monate verstrichen, daß sie tatsächlich tot war.

Dennoch war nichts mehr so wie früher. Das Geschöpf, das ich im Osten gewesen war, so frei, so verliebt in die Neuheit meiner Verbrechen, gab es nicht mehr. Vielmehr schien mein Durst in England grausamer, unduldsamer gegenüber einer Welt, die zu abgestumpft war, ihn zu erkennen. Ich hüllte meine Seele in zurückhaltende Kälte und bewegte mich als rastloser Jäger durch die unverständige Menge. Mehr und mehr begriff ich, was es hieß, etwas Besonderes zu sein – ein Geist unter Leibern, ein Fremder auf Schauplätzen, die einst die meinen gewesen waren. Dennoch empfand ich Stolz auf meine Einsamkeit und sehnte mich danach, mich emporzuschwingen wie ein frei geborener Falke, hoch und grenzenlos über der einschränkenden Erde. Ich kehrte nach London zurück, in diesen mächtigen Strudel aller Freuden und Laster, und erklomm die schwindelerregenden Kreise seiner Wonnen. An den dunklen Orten der Stadt, wo das Elend weitaus schlimmere Nachtmahre als mich erzeugte, wurde ich zum geflüsterten Gerücht des Schreckens, während ich mich an die Betrunkenen und die Verbrecher heranmachte; ich nährte mich mit einem gierigen Zwang, indem ich meinen Hunger stillte, wo es keine Zeugen gab, eingehüllt in die schmutzigen Nebel der Elendsviertel. Doch ich wünschte keineswegs, ewig in der Unterwelt der Stadt herumzuschleichen und wie eine Ratte in den übelsten Schlupfwinkeln zu leben – ich war ein Vampir, gewiß, aber ich war auch ein Geschöpf von gewaltiger, von erschreckender Macht, und ich wußte, daß ich mir ganz London untertan machen konnte. Und so stieg ich auf und betrat die glänzenden Salons der großen Gesellschaft, jene glitzernde Welt der großen Villen und Bälle – ich ging hindurch, und im Vorübergehen eroberte ich sie auch.

Denn mein Freund hatte mit *Junker Harold* recht behalten. Ich erwachte eines Morgens und fand mich berühmt. Die ganze Welt schien plötzlich schier vernarrt in das Gedicht – und in mich, den Autor, noch vernarrter. Man machte mir den Hof, besuchte mich, schmeichelte mir und begehrte mich – es gab kein anderes Gesprächsthema als mich, kein anderes Objekt der Neugier oder des Lobes. Aber es war nicht meine Dichtkunst, die mir solchen Ruhm eingetragen hatte, nein, keinen Augenblick lang maßte ich mir diesen Gedanken an. Es war der Zauber meiner Augen, der mir London unterworfen hatte, der Zauber meiner Natur, der Herzoginnen und Vicomtes so leicht wie Bauernburschen unterwarf. Ich brauchte nur einen Ballsaal zu betreten, um zu spüren, wie er sich mir ergab. Dann schaute ich auf den Reichtum und die Schönheit, die sich auf der Tanzfläche drehten, und sofort richteten sich tausend Blicke auf mich, um mein Gesicht zu bewundern, schlugen tausend Herzen schneller unter meinem starren Blick. Doch die Faszination der Leute war etwas, das sie selbst kaum verstanden – denn was konnten sie schon wissen vom Vampir und seiner geheimen Welt? Aber ich verstand, und wenn ich an mein Reich dachte, spürte ich aufs neue, was es bedeutete, ein Herr der Toten zu sein.

Dennoch war ich trotz alledem – trotz dieser vielfältigen Beweise meiner Macht – nicht glücklich. Unter den Armen nährte ich mich von Blut, unter den Adligen von ihrer unseligen Verehrung. Beides half, die Rastlosigkeit zu dämpfen, die mich jetzt quälte, als wäre sie ein Feuer im Innersten meiner Existenz, das mich verzehren würde, wenn es nicht fortwährend genährt wurde. Doch während ich diese Flammen zu besänftigen suchte, spürte ich meine Seele nur um so mehr verdorren, und ich begann, mich wieder nach sterblicher Liebe zu sehnen, die mich vielleicht erlösen und wie kühlender Regen auf mein Herz fallen würde. Aber wo konnte ich solche Liebe finden? Mit meinem Blick gewann ich nur Sklaven – und diese verachtete ich, denn sie liebten mich, wie Vögel eine Klapperschlange lieben. Ich konnte es ihnen kaum vorwerfen; der Blick eines Vampirs ist tödlich und süß. Doch mitunter, wenn mein Durst nach Blut gestillt war, haßte ich meine eigenen Kräfte und spürte, wie stark – wie schmerzlich – meine sterblichen Sehnsüchte noch in mir lebten.

Auf dem Höhepunkt meines Ruhms geschah es, daß ich zu Lady Westmorelands Ball ging. Die gewohnten Scharen von Frauen versammelten sich um mich, bettelten um ein Wort oder nur einen Blick – aber in der Menge befand sich eine Frau, die wegschaute. Ich bat um Vorstellung – sie wurde abgelehnt. Es war nur natürlich, daß meine Neugier geweckt war. Einige Tage später sah ich dieselbe Frau wieder, und dieses Mal fand ich ihre Gnade. Ihr Name, erfuhr ich, war Lady Caroline Lamb; sie war mit dem Sohn von Lady Melbourne verheiratet, deren Haus in Whitehall das eleganteste in der Stadt war. Am nächsten Morgen stattete ich Lady Caroline einen Besuch ab, wurde in ihr Zimmer geführt – und fand sie, als Page verkleidet, auf mich wartend vor.

›Byron‹, sagte sie gedehnt, ›führen Sie mich zu Ihrer Kutsche.‹ Ich lächelte, schwieg jedoch und tat, worum sie bat. ›Zu den Docks‹, befahl sie meinem Kutscher. Ihr Lispeln war ganz reizend. Von der Figur her war sie eher etwas knochig, aber in ihrer Pagenuniform erinnerte sie mich an Haidée, und ich hatte bereits beschlossen, daß ich sie haben würde, wenn ich könnte. Lady Caroline, so schien es, hatte sich ebenfalls entschieden. ›Ihr Gesicht‹, teilte sie mir in dramatischem Flüsterton mit, ›ist, glaube ich, mein Schicksal.‹ Sie ergriff meine Hand. ›Wie eisig Ihre Berührung ist. Wie kalt.‹ Ich lächelte dünn, um mein Stirnrunzeln zu verbergen, und Lady Caroline erbebte vor Freude. ›Ja‹, sagte sie, indem sie mich unvermutet küßte, ›ich glaube, Ihre Liebe wird mich entweihen und beschmutzen. Sie wird mich gänzlich vernichten!‹ Der Gedanke schien sie noch mehr zu erregen. Wieder küßte sie mich wild, dann lehnte sie sich aus der Kutsche. ›Schneller‹, schrie sie dem Kutscher zu, ›schneller! Ihr Herr ist versessen darauf, seine lasterhafte Art an mir auszulassen!‹

Das tat ich auch, in einer übelriechenden Taverne am Rand der Docks. Ich nahm sie einmal, beiläufig, aufrecht gegen die Wand gestützt, dann besaß ich sie ein zweites Mal in ihrem Pagenanzug – Caro liebte es von beiden Seiten. ›Wie schrecklich es ist‹, keuchte sie glücklich, ›Gegenstand

Ihrer zügellosen Wollust zu sein. Ich bin geschändet, ruiniert, oh, ich werde mich töten.‹ Sie hielt inne, dann küßte sie mich wieder wild und hemmungslos. ›Oh, Byron, was für ein Satan Sie sind, was für eine schwarze Seele, Sie Ungeheuer!‹

Ich lächelte. ›Dann fliehen Sie mich‹, flüsterte ich spöttisch. ›Wissen Sie nicht, daß meine Berührung tödlich ist?‹

Caro kicherte und küßte mich, dann wurde ihr Gesicht mit einemmal ernst. ›Ja‹, sagte sie leise, ›ich glaube fast, das ist wahr.‹ Sie entzog sich meiner Umarmung und lief aus dem Zimmer. Ich kleidete mich ohne Hast an, dann folgte ich ihr nach draußen, und gemeinsam fuhren wir zum Melbourne House zurück.

Wieviel hatte sie begriffen, als sie mich einen Satan nannte, einen Engel des Todes? Hatte sie die Wahrheit vermutet? Ich bezweifelte es, aber ich war genügend von ihr eingenommen, um es herausfinden zu wollen. Am folgenden Tag besuchte ich sie wieder. Ich schenkte ihr eine Rose. ›Eure Ladyschaft, habe ich gehört, liebt alles, was neu und selten ist, für einen Augenblick.‹

Caro betrachtete die Rose. ›Ach ja, Mylord?‹ flüsterte sie. ›Ich hatte mir eingebildet, das träfe eher auf Sie zu.‹ Sie lachte hysterisch und begann, die Blütenblätter von der Blume zu reißen. Dann, nachdem ihrem Hang zu Melodramatik anscheinend Genüge getan war, nahm sie meinen Arm und führte mich in Lady Melbournes Empfangshalle.

Trotz der vielen Menschen merkte ich im selben Augenblick, in dem ich den Raum betrat, daß noch ein Vampir da war. Ich atmete tief ein und schaute mich um, aber da war das Gefühl verschwunden. Dennoch war ich sicher, daß meine Sinne mich nicht getrogen hatten. Mir fiel Lovelaces Versprechen ein, daß er einem Mädchen unserer Art schreiben werde, mir zu helfen und mich zu beraten, solange ich mich in London aufhielt. Noch einmal schaute ich mich im Salon um. Caro beobachtete mich mit ihren leidenschaftlichen, brennenden Augen, Lady Melbourne selbst beobachtete mich, der ganze Raum beobachtete mich. Und dann, in einer Ecke, sah ich eine Person ganz für sich sitzen, die sich nicht um mich zu kümmern schien.

Sie war ein junges Mädchen, strahlend und ernst. Plötzlich spürte ich Tränen in meinen Augen brennen. Das Mädchen hatte mit Haidée soviel gemeinsam wie ein Edelstein mit einer Blume – und dennoch lag auf ihrem Gesicht die gleiche Andeutung von Erhabenheit, ganz Jugend, aber mit einem Ausdruck jenseits aller Zeit. Sie spürte meinen Blick und hob den Kopf. Eine große Tiefe lag in ihren Augen und auch Traurigkeit, aber es war eine Traurigkeit, die den Verbrechen einer anderen Person galt –, und jene andere Person, wurde mir mit einem jähen Schrecken klar, das war ich selbst. Sie saß da, als bewache sie die Pforte zum Garten Eden, voll Trauer um jene, die nicht mehr zurückkehren durften. Wieder lächelte sie, dann wandte sie sich ab, und so eindringlich ich sie auch anstarren mochte, sie blickte kein zweites Mal auf.

Später am Abend jedoch, als ich allein stand, kam sie auf mich zu.

›Ich kenne Ihr wahres Wesen‹, flüsterte sie.

Ich sah sie staunend an. ›Wirklich, Miss?‹ fragte ich.

Sie nickte freundlich. Wie jung sie war, dachte ich, und wie unergründlich dennoch ihr Blick, als ob ihre Seele grenzenlose Gedanken umfaßte. Ich öffnete den Mund, um Lovelace zu erwähnen, doch dann fiel mir plötzlich etwas Merkwürdiges auf, und ich hielt inne. Denn wenn sie das Geschöpf war, für das ich sie hielt, – wo waren dann die Grausamkeit in ihrer Miene, die Eiseskälte des Todes, der Hunger in ihren Augen?

›Sie *können* edel empfinden, Mylord‹, sagte das seltsame Mädchen. Als sei sie plötzlich verwirrt, unterbrach sie sich. ›Aber Sie verschließen sich Ihrer eigenen Güte‹, fuhr sie dann rasch fort. ›Bitte, Lord Byron, glauben Sie nie, daß Sie jenseits aller Hoffnung existieren.‹

›Dann haben Sie selbst also Hoffnung?‹

›Oh, ja.‹ Das Mädchen lächelte. ›Wir alle haben Hoffnung.‹ Sie schwieg und betrachtete ihre Füße. Dann blickte sie wieder auf. ›Auf Wiedersehen. Ich glaube, wir werden Freunde werden.‹

›Ja‹, erwiderte ich. Ich sah ihr nach, als sie sich zum Gehen wandte, und spürte meine Lippen vor plötzlicher Bitterkeit zucken. ›Vielleicht werden wir Freunde‹, sagte ich leise für mich, dann lachte ich freudlos und schüttelte den Kopf.

›Hat meine Nichte Sie gut unterhalten, Mylord?‹

Ich schaute mich um. Lady Melbourne stand hinter mir. Ich verneigte mich höflich. ›Ihre Nichte?‹ fragte ich.

›Ja. Sie heißt Annabella. Die Tochter einer abschreckend provinziellen älteren Schwester von mir.‹ Lady Melbourne schaute auf die Tür, durch die ihre Nichte verschwunden war. Ich folgte ihrem Blick. ›Sie scheint ein außergewöhnliches Mädchen zu sein‹, bemerkte ich.

›Tatsächlich?‹ Lady Melbourne wandte sich um und musterte mich eingehend. In ihren Augen funkelte eine Andeutung von Spott, und ihr Lächeln war grausam. ›Ich hätte nicht geglaubt, daß sie der Typ von Mädchen ist, der Sie anziehen würde, Mylord.‹

Ich zuckte die Achseln. ›Vielleicht ist sie ein wenig durch Tugendhaftigkeit gehemmt.‹

Lady Melbourne lächelte wieder. Sie war wirklich eine höchst reizvolle Frau, bemerkte ich – dunkelhaarig, sinnlich, mit Augen, die so hell wie meine glitzerten. Man konnte unmöglich glauben, daß sie zweiundsechzig war. Sie legte ihre Hand liebenswürdig auf meinen Arm. ›Nehmen Sie sich vor Annabella in acht‹, sagte sie leise. ›Zuviel Tugend kann eine gefährliche Sache sein.‹

Eine ganze Weile gab ich keine Antwort, starrte bloß in Lady Melbournes totenbleiches Gesicht. Dann nickte ich. ›Ich bin sicher, daß Sie recht haben.‹

In diesem Augenblick hörte ich Caro meinen Namen rufen. Ich warf einen Blick über die Schulter. ›Rufen Sie Ihre Kutsche‹, schrie sie mir quer durch den ganzen Raum zu. ›Ich möchte aufbrechen, Byron. Ich möchte sofort aufbrechen!‹ Ihr Mann schaute finster zu mir her, dann wandte er den Blick ab. Ich richtete meine Aufmerksamkeit wieder auf Lady Melbourne. ›Ich würde mir keine Gedanken machen‹, riet ich ihr. ›Ich bezweifle, daß ich Zeit haben werde, mich von Ihrer Nichte ablenken zu lassen.‹ Ich lächelte ein wenig. ›Dafür wird, glaube ich, Ihre Schwiegertochter sorgen.‹

Lady Melbourne nickte, erwiderte aber mein Lächeln nicht. ›Noch einmal, Mylord‹, flüsterte sie, ›seien Sie vorsichtig. Sie sind mächtig, aber jung. Sie kennen Ihre Stärke nicht. Und Caroline ist leidenschaftlich.‹ Sie drückte meine Hand. ›Wenn etwas schiefgeht, lieber Byron, kann es gut sein, eine Freundin zu haben.‹

Sie blickte mir tief in die Augen. Wie unirdisch ihre Schönheit war, dachte ich, wie fremd und wild – wie sehr sie an Lovelace erinnerte. Und doch war sie zu alt, um das Mädchen zu sein, das er gekannt hatte. Ich warf einen Blick auf Caro, dann wieder auf Lady Melbourne, während sie sich entfernte. Ich rief ihr nach.

Sie zog eine Braue hoch, als sie sich umdrehte. ›Mylord?‹

›Lady Melbourne...‹ Ich lachte, dann schüttelte ich den Kopf. ›Verzeihen Sie mir – aber ich muß Sie fragen...‹

›Bitte.‹ Sie wartete. ›Fragen Sie.‹
›Sind Sie, was Sie zu sein scheinen?‹

Sie lächelte gewinnend. ›Daß Sie mir die Frage stellen, macht eine Antwort gewiß überflüssig.‹

Ich neigte den Kopf.

›Wir sind so wenige‹, flüsterte sie plötzlich. Wieder nahm sie meine Hand. ›Wir, die wir beschlossen haben, die Lippen des Todes zu küssen.‹

›Beschlossen, Lady Melbourne?‹ Ich blickte sie hart an. ›Ich habe es nie beschlossen.‹

Ein trauriges kleines Lächeln spielte auf Lady Melbournes Lippen. ›Natürlich‹, sagte sie, ›ich hatte es einen Moment vergessen.‹ Sie wandte sich ab, und als ich sie am Arm anfaßte, schob sie meine Hand weg. ›Bitte‹, sagte sie, indem sie mich eindringlich ansah, ›ich flehe Sie an – vergessen Sie, was ich gerade gesagt habe.‹ Ihre Augen funkelten plötzlich warnend. ›Drängen Sie mich nicht, lieber Byron. Fragen Sie alles andere, und ich werde Ihnen helfen. Aber nicht die Gründe, die dazu führten, daß ... daß ich wurde, was Sie sehen. Es tut mir leid. Der Fehler liegt bei mir. Ich hatte nicht die Absicht, dieses Thema anzusprechen.‹ Ein Schatten von Bitterkeit flog über ihr Gesicht, und als hätte etwas sie daran erinnert, blickte sie hinüber auf ihre Schwiegertochter. ›Seien Sie nett zu ihr‹, flüsterte sie. ›Bringen Sie sie nicht aus dem Gleichgewicht. Sie ist sterblich – Sie sind es nicht.‹ Dann, mit einem unvermuteten Lächeln, war sie wieder die weltläufige Gastgeberin. ›Nun‹, sagte sie, indem sie mich entließ, ›darf ich Sie nicht länger für mich behalten.‹ Sie küßte mich zum Abschied. ›Und nun gehen Sie hin und verführen Sie die Frau meines Sohns.‹

Das tat ich in jener Nacht. Auf Lady Melbournes Bitten achtete ich kaum. Natürlich nicht, denn es war meine unsterbliche Natur, die zu vergessen mich am meisten verlangte; ein anderes Motiv, mich zu verlieben, hatte ich nicht. Ich hatte eine Frau wie Caro ersehnt – einen unbezähmbaren Geist, eine Geliebte ohne Hemmungen, deren Begehren meiner eigenen Gier gleichkäme. Einige Wochen lang brannte unsere Leidenschaft wie besessen, in einem verzweifelten Fieber, das uns beide ansteckte und jeden Gedanken, der nicht unserer Liebe galt, versengte, so daß eine Zeitlang sogar meine rastlose Blutgier gedämpft schien. Aber das Fieber ging vorüber – und mir wurde klar, daß ich nur eine Sklavin mehr besaß, wie alle meine Sklavinnen, nur daß Caros Wildheit die Knechtschaft noch vollkommener machte. Ich hatte sie nicht ausgelaugt, wie es der Vampir normalerweise tut, sondern – weitaus grausamer – mit einem versengenden, unbarmherzigen Begehren infiziert, so daß ihr Geist noch rasender und zerrütteter wurde. Mir wurde zum erstenmal bewußt, wie tödlich die Liebe eines Vampirs sein kann und daß das Trinken von Blut nicht die einzige Möglichkeit ist zu zerstören. Denn ich hatte Caro mit dem grellen Schein meiner Leidenschaft umhüllt, und wie die Sonne war er zu hell, als daß ihn ein sterblicher Geist ertragen hätte. Meine eigene Liebe war bald aufgebraucht, sehr bald aufgebraucht, aber Caros Los sollte es sein, niemals von mir geheilt zu werden.

Bald wurden ihre Indiskretionen unerträglich – und ich war es, der Vampir, der von ihr verfolgt wurde. Sie schickte mir Geschenke, Briefe, kam um Mitternacht in meine Wohnung, folgte meiner Kutsche in ihrer Verkleidung als Page. Ich antwortete mit rüden Absagen, ich nahm mir eine zweite Geliebte und erwog aus Verzweiflung sogar, sie umzubringen. Aber Lady Melbourne lachte, als ich einen solchen Plan andeutete, und schüttelte den Kopf. ›Der Skandal richtet so schon Schaden genug an.‹ Sie strich über mein Haar. ›Liebster Byron, ich habe Sie gewarnt – Sie müssen zurückhaltender sein. Lenken Sie weniger Aufmerksamkeit auf sich. Seien Sie diskret – wie ich es bin, wie unsere ganze Art es ist.‹

Ich schaute zu ihr auf. Ich dachte an das Mädchen, das Lovelace gekannt hatte und das noch nicht zu mir gekommen war. ›Es gibt also andere‹, fragte ich, ›wie uns, hier in London?‹

Lady Melbourne neigte den Kopf. ›Zweifellos.‹

›Aber Sie wissen es doch sicher?‹

Sie lächelte. ›Wie ich schon sagte – wir sind meist diskret.‹ Sie hielt inne. ›Es ist auch wahr, Byron, daß wir nicht Ihre Macht besitzen – sie macht Sie zu etwas Besonderen, aber auch gefährlich. Sie verfügen über Genie und Feuer, und deshalb – gerade aus diesen Gründen – müssen Sie vorsichtig sein.‹ Sie hielt meine Arme, sah mir unverwandt ins Gesicht. ›Bezweifeln Sie, daß das Gesetz, wenn es uns entdeckt, versuchen würde, uns zu vernichten? Ihr Ruhm ist etwas Schreckliches, Ihre Entlarvung könnte uns alle vernichten.‹

›Ich mache mir nichts daraus, den Kopf einzuziehen‹, sagte ich träge, doch die Eindringlichkeit ihrer Worte hatte mich beeindruckt, und dieses Mal vergaß ich nicht, sie zu beachten. Ich tötete Lady Caroline also nicht, sondern verdoppelte nur meine Anstrengungen, sie in Schach zu halten. Ich tat nichts, was Aufmerksamkeit auf mich gelenkt hätte – in anderen Worten, ich verführte, trank, spielte, diskutierte über Politik wie jeder andere Londoner Gentleman – und vor allem verbrachte ich viel Zeit mit Hobhouse, jenem einzigen festen Punkt, den mein Leben noch besaß. Hobby hatte mich nie nach meinem Jahr allein in Griechenland gefragt, und ich erzählte ihm auch nie davon. Statt dessen bemühte er sich, als wahrer Freund, der er war, mit allen Kräften darum, um mich aus Schwierigkeiten herauszuhalten, und ich vertraute ihm in einer Weise, wie ich mir selbst kaum vertraute. Erst spät in der Nacht, wenn wir von einer Gesellschaft oder aus einem Spielclub zurückkehrten, schüttelte ich ihn dann doch ab. Dann schlüpfte ich in die Dunkelheit und nahm eine Existenz auf, die Hobhouse nicht kontrollieren konnte, und für einige Stunden war ich mein wahres Ich. Aber selbst bei den Docks und in den übelsten Elendsvierteln erinnerte ich mich an Lady Melbournes Bitte und war diskret. Einmal ausgewählt, entkamen meine Opfer nie.

Eines Nachts jedoch wurde mein Durst heftiger als gewohnt. Caro hatte eine Szene gemacht – sie war sehr spät in ihrer Pagenverkleidung in mein Haus gekommen und hatte gefordert, daß ich sie entführen sollte. Wie stets erwies sich Hobhouse als Fels in der Brandung, und Caro wurde schließlich hinausbefördert, aber ich fühlte mich fiebrig vor Grausamkeit und vor dem Abscheu, verbergen zu müssen, was ich war. Ich wartete, bis Hobhouse gegangen war, dann machte ich mich in die Dunkelheit der Slums von Whitechapel auf. Ich strich durch die einsamsten, düstersten Straßen. Mein Bedürfnis nach Blut war ungeheuer. Plötzlich konnte ich es riechen, vor mir wie hinter mir. Aber nun war ich nicht mehr in der Stimmung, vorsichtig zu sein. Ich ging weiter, in eine üble, schlammige Gasse hinein, und meine Schritte waren der einzige Laut, der zu hören war. Der Blutgeruch war inzwischen sehr kräftig. Dann spürte ich jemanden hinter mir auf die Gasse treten. Ich drehte mich um und sah einen Arm herabschwingen; ich erwischte ihn, drehte ihn herum und zwang den Straßenräuber zu Boden. Er sah mir ins Gesicht und schrie, und dann schlitzte ich ihm die Kehle auf, und es herrschte Stille – bis auf das süße, süße Plätschern des Bluts gegen mein

Gesicht. Ich trank lang und maßlos, indem ich die Kehle des Mannes an meine Lippen hielt. Schließlich war ich voll – ich ließ die ausgetrocknete Leiche in den Dreck fallen und dann – blieb ich reglos stehen. Ich roch den Duft des Blutes einer anderen Person. Ich hob den Kopf. Caro beobachtete mich.

Langsam wischte ich mir das Blut vom Mund. Caro sagte nichts, starrte mich nur mit ihren wilden, verzweifelten Augen an, während ich aufstand und auf sie zuging. Ich fuhr mit den Fingern durch ihr Haar; sie schauderte, und ich dachte, sie würde gleich fortstürzen. Aber dann begann sie zu zittern, ihr magerer Leib wurde von trockenem Schluchzen geschüttelt, und sie reckte sich zu meinen Lippen, küßte mich, verschmierte das Blut über ihren Mund und ihr Gesicht. Ich hielt sie fest. ›Caro‹, flüsterte ich, tief in ihren Gedanken, ›Sie haben heute nacht nichts gesehen.‹ Wortlos nickte sie. ›Wir müssen fort‹, sagte ich, indem ich flüchtig zu der Stelle blickte, wo die Leiche im Schlamm lag. Ich nahm Caros Arm. ›Kommen Sie‹, drängte ich. ›Hier ist es für keinen von uns beiden sicher.‹

In der Kutsche blieb Caro stumm. Auf dem Rückweg nach Whitehall liebte ich sie zärtlich, und noch immer sprach sie kein Wort. Vor Melbourne House angekommen, begleitete ich sie hinein, und wir trennten uns mit einem Kuß. Im Gehen erblickte ich mich zufällig in einem Spiegel. Der Inbegriff der Leidenschaft schien in jeden Gesichtszug eingeprägt. Mein Gesicht war bleich vor Hochmut und bitterer Verachtung; dennoch war da auch ein Anschein von Niedergeschlagenheit und Leid, der die Wildheit meines Aussehens milderte und verhüllte. Es war ein schreckliches Gesicht, schön und niederträchtig – es war mein eigenes Gesicht. Ich schauderte, wie Caro zuvor, und sah Schmerz mit tiefem Haß ringen, bis alles kalt und ernst wie immer war. Wieder gleichmütig, warf ich meinen Umhang über und kehrte in die Nacht zurück.

Am nächsten Tag kam Caro in meine Wohnung, drängte sich an meinen Dienern vorbei und schrie meine Freunde an, sie sollten uns allein lassen. ›Ich liebe dich, Byron, mit ganzem Herzen, mit allem – mit meinem Leben. Ja, nimm mein Leben, wenn du mich nicht haben willst.‹ Plötzlich riß sie ihr Kleid auf. ›Töte mich!‹ schrie sie. ›Nähre dich von mir!‹

Ich starrte sie an, lange und scharf. Dann schüttelte ich den Kopf. ›Lassen Sie mich in Ruhe‹, sagte ich.

Doch Caro packte meinen Arm und warf sich an mich. ›Laß mich ein Geschöpf sein wie du! Laß mich deine Existenz teilen! Ich will alles preisgeben!‹

Ich lachte. ›Sie wissen nicht, was Sie reden.‹

›Doch!‹ schrie Caro. ›Doch! Ich weiß es! Ich will den Kuß des Todes auf meinen Lippen spüren! Ich will diese Dunkelheit, aus der du gestiegen bist, mit dir teilen! Ich will, die Magie deines Bluts zu schmecken!‹ Sie begann zu schluchzen und fiel auf die Knie. ›Bitte, Byron! Bitte, ohne dich kann ich nicht leben. Gib mir dein Blut. Bitte!‹

Ich blickte sie staunend an und empfand schreckliches Mitleid und auch Versuchung, sie meine Existenz mit mir teilen zu lassen, ja, die Last meiner Einsamkeit zu erleichtern... Aber dann erinnerte ich mich an mein Gelübde, niemals ein anderes Geschöpf gleich mir zu schaffen, und ich kehrte ihr den Rücken. ›Ihre Eitelkeit ist lächerlich‹, hielt ich ihr vor, während ich die Dienerglocke läutete. ›Lassen Sie Ihre absurden Launen an anderen aus.‹

›Nein!‹ heulte Caro, indem sie den Kopf gegen meine Knie schlug. ›Nein, Byron, nein!‹

Ein Diener kam herein. ›Besorg Ihrer Ladyschaft anständige Kleidung‹, befahl ich. ›Sie verläßt uns jetzt.‹

›Ich enthülle dein Geheimnis‹, schrie sie. ›Ich sorge für deinen Ruin.‹

›Ihr Hang zur Theatralik ist berüchtigt, Lady Caroline. Wer hat Ihnen jemals ein Wort geglaubt?‹ Ich sah zu, wie sie von meinem Diener aus dem Zimmer geführt wurde. Dann holte ich Tinte und Papier vor und schrieb ein Briefchen an Lady Melbourne, um sie zu verständigen, was sich da alles abspielte.

Wir kamen beide überein, daß Caro fortgeschickt werden sollte. Ihr Wahnsinn wurde nun hoffnungslos. Sie schickte mir ihr Schamhaar als Geschenk, mit geronnenem Blut verfilzt – begleitet von einem Brief, in dem sie erneut um mein Blut bat. Sie verfolgte mich unaufhörlich; sie schrie mich auf der Straße an; ihrem Mann erzählte sie, sie würde mich heiraten. Er zuckte kalt die Achseln bei dieser Neuigkeit und sagte, er bezweifle, daß ich sie nehmen würde – wie Lady Melbourne ihn geheißen hatte. Durch unsere gemeinsamen Anstrengungen überredeten wir Caro schließlich, mit ihrer Familie nach Irland abzureisen. Aber schon hatte sie ihre Drohung wahr gemacht und ziellos über meine Vorliebe für Blut geredet. Die Gerüchte wurden so gefährlich, daß ich sogar als einzige Möglichkeit, ihnen zu begegnen, eine Heirat erwog. Ich erinnerte mich an Annabella, Lady Melbournes Nichte – sie war entsprechend tugendhaft gewesen – ideal, dachte ich. Doch Lady Melbourne hatte nur gelacht, und als ich sie drängte, mit meinem Antrag an ihre Nichte zu schreiben, gab mir Annabella selbst einen Korb. Ich war durch diese Zurückweisung weder verletzt noch sonderlich überrascht. Ich hatte Annabella bewundert und wußte, daß sie ein besseres Herz als meines verdiente. Meine ehelichen Ambitionen begannen zu schwinden. Um die Gerüchte zum Schweigen zu bringen, verfolgte ich statt dessen einen Plan, der kaum weniger entnervend war: Ich verließ London und ging nach Cheltenham.

Dort hielt ich mich versteckt. Meine Affäre mit Caro hatte mich elend und abgestumpft zurückgelassen. Ich hatte sie geliebt, aufrichtig geliebt, aber ich hatte sie auch ruiniert und war wieder einmal mit dem Wesen meines Schicksals konfrontiert worden. Ich konnte keine Bindungen eingehen, keine Liebe genießen, und so packte mich wieder das Reisefieber, der Wunsch, von England nach Italien zu entfliehen, was schon immer meine Absicht gewesen war. Ich verkaufte Newstead – das Geld wurde auf der Stelle von Rechnungen verschlungen; während ich versuchte, meine finanziellen Probleme zu lösen, schleppten sich die Monate dahin. Der Gedanke an die Ewigkeit, deren Erbe ich war, betäubte mich. Ich fand es immer unmöglicher, mich zu rühren. Wie wahr Lovelaces Mahnung gewesen war, nicht zu zögern und zaudern. Fast jede Woche skizzierte ich meine Pläne, ins Ausland zu gehen, jedoch vergeblich, denn meine Entschlossenheit und Energie schienen verloren, und meiner Existenz fehlte der Aufruhr, der sie wieder geweckt hätte. Ich brauchte eine Tat, ein neues großes Vergnügen, um mein Blut in Wallung zu bringen und mich wieder zu wecken. Nichts geschah, die Langeweile hielt an. Ich gab nicht mehr länger vor, ich würde ins Ausland reisen. Es schien, daß England mich nicht mehr gehen lassen wollte.

Ich kehrte nach London zurück. Dort wurde mein Gefühl der Trostlosigkeit und Trübsal noch schlimmer. Der Existenz, die in Griechenland so vielfältig und reich gewirkt hatte, schien in England nun alle Farbe entzogen. Was ist schließlich Glück anderes als Erregung? Und was ist Erregung anderes als der belebende Kitzel des Geistes? Aber allmählich fand ich, daß ich meine Leidenschaften aufgebraucht hatte – ob ich nun trank, spielte oder liebte, es wurde immer schwerer, den Funken wiedereinzufangen, jene Erschütterung, die das Objekt allen Lebens ist. Ich kehrte zu meiner Poesie zurück, zu meinen Erinnerungen an Haidée – und meinem Sturz. Ich mühte mich ab, das Ding zu verstehen, das ich geworden war. Die ganze Nacht schrieb ich wie rasend, als ob die Rhythmen meiner Feder mir helfen könnten, wiederzuerlangen, was verloren war – aber ich führte mich selbst an der Nase herum; das Schreiben verzettelte meine Energien nur um so mehr, vergeudete sie wie Samen auf unfruchtbarer Erde. In Griechenland hatte Blut alle Vergnügungen gesteigert, in London jedoch trank ich es seiner eigenen Süße wegen und spürte, wie es allmählich meinen Geschmack an allem andern auslöschte. Und so, indem sie meine anderen Gelüste dämpfte, nährte sich meine Vampirnatur von sich selbst. Mehr und mehr fühlte ich meine Sterblichkeit sterben – mehr und mehr fühlte ich mich nur noch als ein Ding.

Inmitten dieser matten Verzweiflung traf meine Schwester Augusta in der Stadt ein. Seit meiner Rückkehr aus dem Osten hatte ich sie noch nicht gesehen, wußte ich doch, wie ihr Blut auf mich wirken würde. Aber als ich ihr Briefchen erhielt, in dem sie fragte, ob ich Lust hätte, sie zu treffen, war es gerade dieses Wissen, was mich in Aufregung versetzte und, indem es meine trüben Lebensgeister aufrührte, die Versuchung unwiderstehlich machte. Ich schickte einen Brief zurück, mit roter Tinte geschrieben, und fragte an, ob sie Lust hätte, bei einem Mahl mein Gast zu sein. Ich erwartete sie an dem verabredeten Ort. Noch bevor ich sie überhaupt erblickt hatte, roch ich ihr Blut. Dann kam sie ins Zimmer, und es war, als wäre eine Welt aus Grau von tausend glutroten Funken erleuchtet worden. Sie kam zu mir. Ich küßte sie sanft auf die Wange, und das zarte Geflecht ihrer Adern schien zu singen.

Ich hielt inne – und geriet in Versuchung –, beschloß dann, die Sache aufzuschieben. Wir nahmen beide zum Essen Platz. Das Pumpen von Augustas Herz, der Rhythmus ihrer Adern, erklang während der ganzen Mahlzeit in meinen Ohren, doch das tat auch die leise Musik ihrer Stimme, die mich verzauberte, wie ich nie zuvor verzaubert worden war. Wir sprachen über nichts Bestimmtes, wie es gewöhnlich nur die ältesten Freunde fertigbringen – wir scherzten und kicherten – wir fanden, daß wir uns bestens verstanden. Während ich mit ihr speiste, redete, lachte, schienen die herrlichen Freuden der Sterblichkeit zu mir zurückzukommen. Im Tafelsilber erblickte ich flüchtig mein Spiegelbild. In einem warmen Strom stieg das Leben in meine Wangen.

In jener Nacht verschonte ich Augusta, ebenso in der nächsten. Sie war nicht schön, aber sie war liebenswert, – die Schwester, nach der ich mich gesehnt und die ich nie gekannt hatte. Ich begann, mit ihr auszugehen. Mein Fieber nach Gesellschaft wetteiferte mit meinem Durst. Manchmal machte mich das Verlangen nach ihrem Blut ganz leer, und in einem dunklen Brausen trübte der Duft meine Augen, und ich senkte den Kopf. Zärtlich liebkosten dann meine Lippen die glatte Haut ihres Halses. Meine Zunge tippte ihn an – ich malte mir aus, tief hineinzubeißen und das goldene Blut auszutrinken. Aber immer dann schrak Augusta auf und sah mich an, und beide brachen wir in Lachen aus. Unweigerlich fuhr ich mir mit der Zungenspitze über die Schneidezähne, aber wenn ich mich wieder ihrer Kehle näherte, geschah es, um sie zu küssen und den Puls ihres Lebens zu fühlen, kräftig, tief und sinnlich.

Eines Abends, bei einem kleinen Ball, erwiderte sie meinen Kuß. Sofort lösten wir uns voneinander. Augusta schlug die Augen nieder, verlegen und außer Fassung, doch ich hatte die Leidenschaft gespürt, die durch ihr Blut brauste, und als ich sie wieder an mich zog, stieß sie mich nicht weg. Schüchtern erhob sie die Augen. Der Duft ihres Bluts benebelte mich. Ich öffnete den Mund. Augusta erschauerte. Sie warf den Kopf zurück und versuchte, sich loszumachen; dann erschauerte sie wieder und stöhnte, und während ich meinen Kopf senkte, senkten sich ihre Lippen auf meine. Dieses Mal lösten wir uns nicht. Erst als ich ein gedämpftes Schluchzen hörte, blickte ich auf. Eine Frau rannte durch den zum Ballsaal führenden Korridor weg. Ich erkannte den Rücken von Lady Caroline Lamb.

Später an jenem Abend, als ich zum Essen kam, trat mir Caro in den Weg. Sie hielt einen Dolch in der Hand. ›Benutz den Leib deiner Schwester‹, flüsterte sie, ›aber nimm wenigstens mein Blut.‹ Ich lächelte sie wortlos an, dann ging ich vorbei. Caro schnappte nach Luft und taumelte zurück, und als einige Damen versuchten, ihr den Dolch wegzunehmen, zog sie sich die Klinge über die Hand. Sie hielt mir die Wunde hin. ›Sehen Sie, was ich für Sie tun würde!‹ schrie sie. ›Trinken Sie mein Blut, Lord Byron! Wenn Sie mich schon nicht lieben wollen, dann lassen Sie mich wenigstens sterben!‹ Sie küßte die klaffende Wunde, so daß sie ihre Lippen mit Blut beschmierte. Der Skandal war am nächsten Morgen die Sensationsmeldung der Klatschblätter.

An jenem Abend suchte mich eine wütende Lady Melbourne auf. Sie hielt eine Zeitung hoch. ›Diskretion nenne ich das nicht gerade‹, sagte sie.

Ich zuckte die Achseln. ›Ist es meine Schuld, daß ich von einer Wahnsinnigen verfolgt werde?‹

›Da Sie es erwähnen, Byron, ja, es ist Ihre Schuld. Ich habe Sie gewarnt, Caroline nicht zu ruinieren.‹

›Aber Sie haben mich nicht ausreichend gewarnt, Lady Melbourne. Erinnern Sie sich? Ihre Abneigung, mir die

Auswirkungen der Liebe eines Vampirs zu schildern?‹ Ich schüttelte den Kopf. ›Wie zimperlich.‹

Ich lächelte, als Lady Melbournes Wangen ein klein wenig fahl wurden. Sie schluckte, dann faßte sie sich. ›Wie ich höre‹, sagte sie eisig, ›soll das neueste Opfer Ihrer Liebe Ihre Schwester sein.‹

›Hat Caro Ihnen das erzählt?‹

›Ja.‹

Ich zuckte die Achseln. ›Tja, ich kann es wohl nicht leugnen. Eine interessante Zwickmühle.‹

Lady Melbourne schüttelte den Kopf. ›Sie sind unglaublich‹, sagte sie schließlich.

›Warum?‹

›Weil ihr Blut...‹

›Ja, ich weiß‹, unterbrach ich sie. ›Ihr Blut ist eine Qual für mich. Das ist aber auch der Gedanke, sie zu verlieren. Bei Augusta, Lady Melbourne, fühle ich mich wieder als Sterblicher. Bei Augusta kann ich spüren, daß die Vergangenheit aufgehoben ist.‹

›Natürlich.‹ Lady Melbourne war nicht überrascht.

Ich runzelte die Stirn. ›Was meinen Sie damit?‹

›Sie hat das gleiche Blut wie Sie. Sie ziehen sich gegenseitig an. Ihre Liebe kann sie nicht ruinieren.‹ Sie hielt inne. ›Aber Ihr Durst, Byron, Ihr Durst wird sie vernichten.‹

Ich starrte sie an. ›Meine Liebe kann sie nicht ruinieren?‹ wiederholte ich langsam.

Lady Melbourne seufzte und griff nach meiner Hand, um sie zu streicheln. ›Bitte‹, flüsterte sie. ›Erlauben Sie sich nicht, sich in Ihre Schwester zu verlieben.‹

›Warum nicht?‹

›Ich dachte, das läge auf der Hand.‹

›Weil es Inzest ist?‹

Lady Melbourne lachte bitter. ›Wir sind kaum geeignet, weder Sie noch ich, in Fragen der Moral Stellung zu beziehen.‹ Sie schüttelte den Kopf. ›Nein, Byron, nicht weil es Inzest wäre, sondern weil sie das gleiche Blut wie Sie hat und Sie sich dazu hingezogen fühlen. Weil ihr Blut für Sie unwiderstehlich ist.‹ Sie nahm meine Hand und drückte sie fest. ›Sie werden sie schließlich töten müssen. Das wissen Sie. Vielleicht nicht jetzt, aber später, wenn die Jahre vergehen – Sie wissen es.‹

Ich runzelte die Stirn. ›Nein. Davon weiß ich nichts.‹

Lady Melbourne schüttelte den Kopf. ›Oh doch, Sie wissen es. Es tut mir leid, aber Sie wissen es. Sie haben keine anderen Verwandten.‹ Sie blinzelte. Hatte sie Tränen in den Augen? Oder war es nur das Glitzern im starren Blick eines Vampirs? ›Je mehr Sie sie lieben‹, flüsterte sie, ›desto schwerer wird es sein.‹ Sie küßte mich zart auf die Wange, dann verließ sie lautlos das Zimmer. Ich versuchte nicht, ihr zu folgen. Statt dessen blieb ich still sitzen. Die ganze Nacht grübelte ich über ihre Worte nach.

Wie ein Eissplitter schienen sie in meinem Herzen zu sitzen. Ich bewunderte Lady Melbourne – sie war die scharfsinnigste, weiseste Frau, die ich kannte –, und ihre Gewißheit war beängstigend. Von da an litt ich Höllenqualen. Mehr als einmal trennte ich mich von Augusta, aber sofort erschien mir meine Existenz öde und grau, und dann eilte ich zu ihr zurück, zu ihrer Gesellschaft und dem Duft ihres Blutes. Wie vollkommen sie für mich war, wie freundlich und gutherzig, mit keinem anderen Gedanken, als mich glücklich zu machen – wie könnte ich auch nur daran denken, sie zu töten? Und dennoch tat ich es natürlich ständig – und mehr und mehr sah ich, wie recht Lady Melbourne gehabt hatte. Ich liebte – und mich dürstete. Es schien keinen Ausweg zu geben. ›Ich habe versucht, und das mit

Mühe, meinen Dämon zu besiegen‹, schrieb ich an Lady Melbourne, ›aber mit sehr geringer Wirkung.‹

Doch seltsamerweise rütelten diese Qualen mich zumindest wach. Besser schließlich Höllenqualen als Abgestumpftheit; besser ein sturmgepeitschter Ozean als ein friedlicher Teich. Versengt von einander widersprechenden Begierden, suchte mein Geist sich in grellen Ausschweifungen zu verlieren; ich begab mich zurück in die elegante Welt, wild und leidenschaftlich, und fand mich trunken von Zerstreuungen, gegen die ich mich zuvor längst für immun gehalten hatte. Doch meine Fröhlichkeit glich einem Fieber; in Italien, heißt es, wurden in Pestzeiten Orgien in Beinhäusern abgehalten, und auch meine eigenen Vergnügungen waren sogar auf ihrem Höhepunkt dunkel vom Schatten meiner Todesphantasien. Das Bild einer Augusta, die in meinen Armen verging, leergetrunken zu reizender Blässe, verfolgte mich, und die Verbindungen von Leben und Tod, von Freude und Verzweiflung, von Liebe und Durst begannen wieder, mich zu beunruhigen, wie es seit meinen ausschweifenden Gelagen mit Lovelace im Osten nicht mehr geschehen war. Eine ganze Weile schon hatte ich in meinen Opfern kaum mehr als wandelnde Säcke voll Blut gesehen; nun aber, obwohl mein Durst so schrecklich war wie zuvor, trauerte ich wieder um alle, die ich töten mußte. ›Das wird sie trösten‹, höhnte Lady Melbourne, und ich wußte, daß sie recht hatte, daß Mitleid bei einem Vampir nichts als leeres Gerede war. Dennoch kehrte mein Abscheu vor mir selbst zurück. Ich begann, mit weniger Grausamkeit zu töten – mir des Lebens, das ich mit dem Blut austrank, bewußt zu sein, seine Einzigartigkeit zu empfinden, sogar noch wenn der Funken gelöscht wurde. Mitunter phantasierte ich, mein Opfer sei Augusta; dann verstärkte sich mein Schuldgefühl, aber auch mein Vergnügen.

Mein Abscheu und meine Lust schienen allmählich miteinander verflochten.

Deshalb geschah es mit einer gewissen gemarterten Hoffnung, daß ich wieder mit Annabella zu korrespondieren begann. In der Krise, die mich in jenem langen grausamen Jahr plagte, schien ihre moralische Stärke – ja, ihre moralische Schönheit – mehr und mehr eine Hoffnung auf Rettung zu bieten, und ich war so verzweifelt, daß ich danach griff. Seit ich sie an jenem Abend in Lady Melbournes Salon zum erstenmal erblickt hatte, faszinierte mich Annabella. ›Ich kenne Ihr wahres Wesen‹, hatte sie geflüstert – und in der Tat schien sie es auf eine seltsame Weise zu kennen. Denn sie hatte den Schmerz in meiner Seele gespürt, die Sehnsucht nach einem Gefühl der Absolution, die zunichte gewordene Liebe zu höheren Dingen und besseren Zeiten. Als sie an mich schrieb und sich dabei nicht an das Geschöpf wandte, das ich war, sondern an den Mann, der ich hätte werden können, stellte ich fest, daß sie in mir Empfindungen wiederbelebte, die ich verloren geglaubt hatte – Empfindungen, die ein Vampir nie hegen durfte – Gefühle, die mit jenem besonderen Wort verflochten sind: *Gewissen*. Es war also eine beunruhigende Macht, die sie besaß, und es lag Ehrfurcht in der Anerkennung, die sie mir abverlangte. Wie ein Geist wirkte sie selbst – jedoch ein Geist des Lichts –, auf einem Thron sitzend, abgehoben von der Welt ringsum, zwingend in ihrer Stärke, was bei einem so jungen Menschen um so merkwürdiger war.

Und doch darf ich nicht übertreiben. Moral war ja sehr schön, wenn ich mir selbst leid tat, aber dem Geschmack lebendigen Bluts konnte sie das Wasser nicht reichen. Auch ließ sich natürlich meine Bewunderung für Annabella nicht mit meiner Vernarrtheit in meine Schwester vergleichen, eine Sehnsucht, die nun noch grausamer zu werden begann.

Denn Augusta war schwanger, und ich fürchtete – ich hoffte –, das Kind könne meines sein. Nach der Geburt suchte ich wochenlang in London Zeit zu gewinnen; als ich mich endlich zu Augusta auf das Land aufmachte, geschah es in der entsetzlichen Gewißheit, daß ich unterwegs war, um mein eigenes Kind zu töten. Ich kam an und umarmte Augusta; sie führte mich zu meiner Tochter. Ich beugte mich tief über das Bett. Das Kind lächelte mich an. Ich atmete tief ein. Das Blut war süß – aber es war nicht golden. Die Kleine begann zu wimmern. Mit einem kalten schiefen Lächeln auf den Lippen drehte ich mich nach Augusta um. ›Du mußt deinem Mann meine Glückwünsche ausrichten‹, sagte ich. ›Er hat dir ein schönes Kind geschenkt.‹ Dann ging ich hinaus, wütend vor Enttäuschung und Erleichterung, und galoppierte querfeldein, bis der Mond bleich aufstieg und meinen Zorn stillte.

Sobald sich meine Frustration gelegt hatte, empfand ich nur noch Erleichterung. Augusta verbrachte drei Wochen mit mir in einem Haus am Meer, und in ihrer Gesellschaft fühlte ich mich beinahe glücklich. Ich schwamm, aß Fisch und kippte ordentliche Brandys – in den drei Wochen, die ich dort war, tötete ich nicht. Natürlich wurde das Verlangen schließlich zu groß, und ich kehrte nach London zurück, doch die Erinnerung an jene Wochen sollte mir bleiben. Ich begann mir auszumalen, daß meine schlimmsten Ängste falsch sein könnten, daß ich mit Augusta leben und meinen Durst bezwingen könnte. Schließlich bildete ich mir sogar ein, meine ganze Natur verleugnen zu können.

Aber Lady Melbourne lachte natürlich nur über diesen Gedanken. ›Es ist wirklich zu schade‹, sagte sie in einer schicksalhaften Nacht, ›daß Augustas Kind nicht Ihres ist.‹

Verwirrt schaute ich sie an. Sie sah mein Stirnrunzeln.

›Ich meine‹, erklärte sie, ›es ist schade, daß Augusta Ihre einzige Verwandte bleibt.‹

›Ja, das sagen Sie mir immer wieder‹, erwiderte ich nachdenklich, ›aber ich verstehe nicht, warum. Ich habe Ihnen gesagt, daß ich an die Kraft meines Willens glaube. Ich glaube, daß meine Liebe größer als mein Durst ist.‹

Lady Melbourne schüttelte traurig den Kopf. Sie streckte die Hand aus, um mir über das Haar zu streichen, und ihr Lächeln, während sie mit den Fingern durch meine Locken fuhr, war trostlos. ›Da sind graue Strähnen‹, sagte sie. ›Sie werden alt.‹

Ich blickte sie erstaunt an und lächelte ein wenig. ›Sie scherzen natürlich.‹

Lady Melbourne machte große Augen. ›Warum?‹ fragte sie.

›Ich bin ein Vampir. Ich werde nie altern.‹

Sofort flog ein Ausdruck furchtbaren Erschreckens über Lady Melbournes Gesicht. Sie stand auf und taumelte beinahe zum Fenster. Im Mondschein war ihr Gesicht, als sie sich mir wieder zuwandte, trostlos wie der Winter. ›Er hat es Ihnen nie erzählt‹, sagte sie.

›Wer?‹

›Lovelace.‹

›Sie kannten ihn?‹

›Ja, selbstverständlich.‹ Sie schüttelte den Kopf. ›Ich dachte, Sie hätten es erraten.‹

›Erraten?‹ fragte ich langsam.

›Sie – mit Caroline – ich dachte, Sie hätten es verstanden. Warum ich Sie anflehte, Mitleid mit ihr zu haben.‹ Lady Melbourne lachte, ein schrecklicher Laut des Leids und Bedauerns. ›Ich sah mich selbst in ihr. Und Lovelace in Ihnen. Das ist wohl der Grund, warum ich Sie so liebe. Weil ich ihn – ihn noch immer liebe, verstehen Sie.‹ Stumme Tränen begannen über ihr Gesicht zu rinnen. Wie Silbertropfen auf Marmor schimmerten sie. ›Ich werde ihn immer lieben – immer und ewig. Es war gütig von Ihnen, Caroline nicht den Todeskuß zu geben. Ihr Elend wird ein Ende finden.‹ Sie neigte den Kopf. ›Meines nie.‹

Ich blieb wie erstarrt auf meinem Platz sitzen. ›Sie‹, begann ich endlich, ›Sie waren das Mädchen, dem er schrieb.‹

Lady Melbourne nickte. ›Natürlich.‹

›Aber – Ihr Alter – Sie sind alt geworden…‹

Meine Stimme verlor sich. Einen so schrecklichen Ausdruck wie Lady Melbournes damals hatte ich nie zuvor gesehen. Sie kam zu mir herüber und nahm mich in die Arme. Ihre Berührung war eisig, ihre Brüste kalt, ihr Kuß auf meiner Stirn wie der des Todes. ›Sprechen Sie‹, bat ich. Ich starrte hinaus auf den Mond. Sein Glanz schien plötzlich unversöhnlich und grausam. ›Sagen Sie mir alles.‹

›Lieber Byron…‹ Lady Melbourne strich über ihre Brüste, spürte den Falten und Runzeln nach. ›Sie werden alt werden‹, sagte sie. ›Sie werden schneller altern als ein Sterblicher. Ihre Schönheit wird welken und sterben. Es sei denn…‹

Noch immer starrte ich in das grelle Licht des Mondes. ›Es sei denn?‹ fragte ich ruhig.

›Sie wissen es doch?‹

›Reden Sie. Es sei denn.‹

›Es sei denn…‹ Lady Melbourne streichelte mein Haar. ›Es sei denn, Sie trinken das goldene Blut. Es sei denn, Sie nähren sich von Ihrer Schwester. Dann bleibt Ihre Gestalt erhalten, und Sie altern nie. Aber es muß das Blut von Verwandten sein.‹ Sie beugte sich tief herunter, so daß ihre Wange auf meinem Kopf ruhte. Sie wiegte mich. Eine ganze Weile sagte ich kein Wort.

Dann stand ich auf, trat ans Fenster und stand in der silbernen Flut des Mondlichts. ›Dann muß ich also‹, sagte ich ruhig, ›ein Kind zeugen.‹

Lady Melbourne starrte mich an. Sie lächelte ein wenig. ›Das ist eine Möglichkeit‹, sagte sie schließlich.

›Ich vermute, dafür haben Sie sich entschieden.‹

Lady Melbourne neigte den Kopf.

›Wann?‹ fragte ich.

›Vor zehn Jahren‹, antwortete sie schließlich. ›Mein ältester Sohn.‹

›Gut‹, sagte ich kalt. Ich blickte wieder hinaus auf den Mond und spürte, wie sein Licht meine Grausamkeit erneuerte. ›Wenn Sie es getan haben, kann ich es auch. Und dann werde ich wieder mit meiner Schwester leben. Aber bis dahin – um sie vor den Schmähungen der Welt zu bewahren – werde ich heiraten.‹

Lady Melbourne sah mich erschrocken an. ›Heiraten?‹

›Ja, natürlich. Wie soll ich sonst zu einem Kind kommen? Sie möchten doch nicht, daß ich einen Bastard zeuge, hoffe ich.‹ Ich lachte freudlos – dann spürte ich mit der Grausamkeit in meinem Herzen Verzweiflung aufsteigen, und ich riß mich aus Lady Melbournes Umarmung. ›Wohin gehen Sie?‹ rief sie mir nach. Ich antwortete nicht, sondern stürzte aus meiner Wohnung, hinaus auf die Straße. Das Entsetzen heulte in meinem Blut wie Wind, der über Draht streicht. In jener Nacht tötete ich oft und mit der Wildheit des Wahnsinns. Mit den bloßen Zähnen riß ich Kehlen auf, trank Blut, bis von meinen Opfern nichts mehr übrig war als Bündel aus Knochen und weißer Haut, wurde berauscht vom Tod. Bis die Sonne am östlichen Himmel aufstieg, war ich rosig vom Blut und fett wie ein Blutegel. Meine Raserei begann sich zu legen. Während die Sonne höher kletterte, schlich ich zurück in die willkommene Dunkelheit meiner Wohnung. Dort verkroch ich mich wie ein Schatten der Nacht.

An jenem Nachmittag schrieb ich an Annabella. Unsere Korrespondenz hatte, wie ich wußte, ihr Herz erweicht. Sie hatte mich früher zurückgewiesen, aber nicht dieses zweite Mal. Sie nahm meinen Heiratsantrag sofort an.«

10. Kapitel

Die hauptsächlichen Wahnideen sind – daß er böse sein muß – zum Bösen verurteilt ist – und von einer unwiderstehlichen Macht gezwungen wird, diesem Verhängnis zu folgen, indem er seinen Gefühlen ständig Gewalt antut. Unter dem Einfluß dieses eingebildeten Fatalismus ist er dann höchst unfreundlich zu denen, die er am meisten liebt, während er gleichzeitig wegen des Schmerzes, den er ihnen bereitet, Höllenqualen leidet. Er glaubt dann, die Welt werde von einem Bösen Geist regiert, und einmal verstand er sich selbst als einen gefallenen Engel, obwohl er sich der Vorstellung fast schämte, und wurde listig und geheimnisvoll darüber, nachdem ich es entdeckt zu haben schien ... Zweifellos bin ich mehr als jeder andere der Gegenstand seiner Gereiztheit, weil er sich (wie er gesagt hat) auf Grund früherer Umstände für einen Schurken hält, daß er mich geheiratet hat – indem er hinzufügt, um so verfluchter zu sein, je mehr ich ihn liebe und je besser ich bin.

LADY BYRON, Erklärung gegenüber einem Arzt zur angeblichen Geisteskrankheit ihres Gatten

Warum ich sie heiratete?« Lord Byron schwieg eine Weile. »Ja, um ein Kind zu zeugen – aber warum sie, warum Annabella? Sie sollte sich als nahezu verhängnisvoll für mich erweisen. Lady Melbourne hatte es prophezeit, als ich ihr mitteilte, wer meine Braut sein würde. Sie verstand mich, besser vielleicht als ich mich selbst. Denn sie sah das Gift der Qual in meiner Seele, sah, wie heftig es brannte, tief unter dem Eis meiner äußeren Form, sah, wie gefährlich dies war. ›Sie sind verletzt‹, erklärte sie mir, ›und so wenden Sie sich an Annabella in der Hoffnung, sie werde Ihnen Heilung bringen.‹ Darüber lachte ich verächtlich, doch Lady Melbourne schüttelte den Kopf. ›Ich habe Sie schon früher gewarnt, Byron. Hüten Sie sich vor meiner Nichte. Sie besitzt so ziemlich die schlimmste Art moralischer Tugend – stark und leidenschaftlich.‹

›Gut‹, antwortete ich. ›Das wird das Vergnügen steigern, sie zu ruinieren.‹

Aber ich belog mich selbst, und Lady Melbourne war viel scharfsinniger gewesen, als ich zugeben mochte. Der Aufruhr meiner Gefühle für Augusta, mein Abscheu vor mir selbst, meine Angst vor der Zukunft – all das weckte ein verzweifeltes Bedürfnis nach einem Gefühl des Friedens. Ich wußte von niemandem außer Annabella, der mir diesen Frieden bieten könnte – und obwohl es eine eitle Hoffnung zu sein schien, blieb mir schließlich nichts anderes übrig, als dies auch einzuräumen. Ich war nach Norden zum Haus ihrer Eltern gereist. Am Kamin im Salon wartete ich auf sie. Man hatte mich allein gelassen. Annabella kam und blieb einen Augenblick wie angewurzelt in der Tür stehen. Sie starrte mir in die Augen. Ein Schatten huschte über ihr Gesicht, und ich sah, wie sie die Todeskälte in mir erkannte – wie besudelt ich seit unserer letzten Begegnung geworden war, wie verroht. Ich wandte mich nicht ab von ihrem starren Blick, aber er war so klar und schön, daß ich innerlich zurückschreckte, wie es bösen Geistern, heißt es, in Gegenwart des Guten immer geschieht. Und dann durchquerte sie das Zimmer, nahm meine Hände, und ich spürte, wie ihr Mitgefühl geweckt war und sich mit ihrer Liebe mischte. Ich neigte den Kopf und küßte sie sanft. Während ich sie küßte, wurden mir alle Hoffnungen, die ich in sie setzte, bewußt, und ich konnte mich nicht mehr dagegen wehren, sie anzuerkennen. In diesem Augenblick wußte ich, daß ich es tun würde – ich würde sie heiraten.

Und dennoch hätte ich es um ein Haar nicht getan. Zwei Wochen blieb ich bei Annabella und trank kein einziges Mal; statt dessen fühlte ich mich welk und kalt werden. Die Winde waren eisig, das Essen entsetzlich, die Eltern steif und langweilig. Verdammt, dachte ich für mich, ich bin ein Vampir, ein Herr der Toten – ich brauche mich damit nicht abzufinden. Als ich endlich wieder nach Süden entkam, schien das Töten wiedergewonnene Freiheit, und in der Leidenschaft meiner Blutgier konnte ich beinahe vergessen, daß ich ein Kind haben mußte. Während das Datum der Hochzeit näher rückte, drückte ich mich weiter an meinen Londoner Lieblingsplätzen herum, und als ich dann endlich aufbrach, schien die Aussicht auf Heirat so entmutigend wie zuvor. Ich kam an der Straße zu Augustas Haus vorbei. Der Drang, ihr zu folgen, war unwiderstehlich. Als ich ankam, schrieb ich einen Brief, mit dem ich die Verlobung löste. Aber in jener Nacht konnte ich nicht mit Augusta schlafen; ihr Mann war bei ihr, und die Qual der Enttäuschung genügte, um mich zu bewegen, den Brief zu zerreißen. Daran erinnert, warum ich heiraten wollte, machte ich mich endlich auf, traf unterwegs mit Hobhouse zusammen und reiste dann gemächlich nach Norden zu meiner besorgten Braut. Inzwischen war es mitten im Winter. Schnee bedeckte dick den Boden, und die ganze Welt schien gefroren. Auch meine Seele schien wie in Eis verwandelt.

Spät am Abend erreichten wir unser Ziel. Ich blieb vor dem Tor stehen. Vor mir konnte ich Lichter blitzen sehen. Ihnen gegenüber schienen die Dunkelheit und der glitzernde Schnee wie die Freiheit. Ich sehnte mich danach, wie ein Wolf zu rennen, wild und grausam. Ich sehnte mich danach, zu töten. Über den Schnee verspritzt, würde Blut wunderbar aussehen. Aber Hobhouse war bei mir, es gab kein Entrinnen, und so ritten wir den Pfad hinauf. Annabella empfing mich mit unverhohlener Erleichterung.

Ich heiratete sie im Salon ihres Elternhauses. Eine Kirche zu betreten, hatte ich mich geweigert – genug, daß ihre Mutter bei dem Gedanken, was ihre Tochter womöglich heiratete, einen hysterischen Anfall bekam, als wir uns ewige Treue schworen. Aber während ich Annabella den Ring an den Finger steckte, sah sie selbst mich mit ihrer gewohnten Ruhe an, traurig und erhaben, und ich spürte, wie ihr Blick meine Rastlosigkeit dämpfte. Es gab keinen Empfang. Vielmehr stiegen wir, sobald die frischgebackene Lady Byron ihr Reisekostüm angezogen hatte, in eine Kutsche und begaben uns auf eine winterliche Reise von vierzig Meilen zu einem abgelegenen Landsitz namens Halnaby Hall. Dort sollten wir unsere Flitterwochen verbringen.

Unterwegs betrachtete ich meine Frau. Sie lächelte gelassen zurück. Plötzlich haßte ich sie. Ich wandte den Blick ab und starrte hinaus auf die gefrorenen Felder. Ich dachte an Haidée, an blaue Himmel und leidenschaftliche Vergnügungen, ich dachte an Blut. Als ich Annabella wieder ansah, mußte ich plötzlich lachen. Ich war ein gefährliches und freies Geschöpf – und doch gedachte dieses Mädchen, mich mit wehleidigen Gelübden anzuketten? ›Ich werde bald mit dir quitt sein‹, flüsterte ich. Annabella sah mich aufgeschreckt an. Ich lächelte kalt, dann starrte ich wieder hinaus in die vorbeiziehenden Straßen. Wir befanden uns jetzt in Durham, und der Anblick so vieler Menschen weckte meinen Durst. Glocken läuteten vom Turm der Kathedrale. ›Für unser Glück, vermute ich?‹ spottete ich. Das Gesicht blaß vor Kummer, blickte Annabella mich schweigend an. Ich schüttelte den Kopf. ›Es *muß* zu einer Trennung kommen‹, zischte ich. Ich dachte an das Geschick, das ihr Kind erwartete. ›Du hättest mich heiraten sollen, als ich den ersten Antrag machte.‹ Bevor ich Augusta kennengelernt hatte. Bevor ich den ganzen Schrecken meines Loses erfahren hatte, das uns nun gewiß beide verschlingen würde.

Unvermutet überkam mich schreckliche Scham. Annabella hatte mir noch immer nicht geantwortet, aber ich konnte ihre Qual spüren, wie ich nie zuvor den Schmerz eines Sterblichen gespürt hatte. Sie hatte so viel – und so wenig – von einem Kind, und doch schien hinter ihren Augen immer jene ewige Tiefe zu warten. Endlich erreichten wir Halnaby Hall. Als wir aus der Kutsche stiegen, drückte sie meinen Arm, und ich lächelte sie an. Wir küßten uns. Später, vor dem Essen, nahm ich sie auf dem Sofa. Ihre Augen glänzten immer noch, als sie zu mir aufblickte, aber jetzt war es vor Leidenschaft, nicht mehr vor Schmerz. Es tat gut, ihr Lust zu bereiten – und es tat auch gut, meine Macht über sie zu spüren, ihren Körper gehorchen zu fühlen, wenn schon nicht ihren Geist. Beim Essen blieb ihr Äpfelchengesicht glücklich und gerötet. Ich hätte gern gewußt, welche Vereinigung in ihrem Schoß geschehen sein mochte – welcher Funke von etwas Neuem da wachsen mochte.

Der Gedanke erregte mich. Die Dunkelheit schien meinen Durst zu wecken, und ich teilte Annabella mit, daß ich nicht bei ihr schlafen würde. Aber da brannte wieder Schmerz in ihren Augen, und sie berührte meine Hand so zärtlich, daß ich ihrer flehentlichen Bitte nicht widerstehen konnte. In jener Nacht besaß ich sie wieder, hinter dem purpurroten Vorhang unseres Himmelbetts. Dann, zum erstenmal seit langem, schlief ich. Ein schrecklicher Traum suchte mich heim. Ich bildete mir ein, mich in einem Labor zu befinden. Auf einem Operationstisch lag eine schwangere Frau. Sie war tot. Ihr Bauch war weit aufgerissen, und eine Gestalt in schwarzen Gewändern beugte sich darüber. Ich trat näher. Gewiß war es der Pascha. Jetzt konnte ich sehen, daß er ein Kind herausschnitt, daß er den toten Fötus aus dem Mutterschoß löste. An den Kopf des winzigen Wesens wurden Drähte angeschlossen. Sie glühten und sprühten Funken; der Fötus regte sich, öffnete den Mund und schrie vor Leben. Langsam beugte der Pascha den Kopf vor. ›Nein!‹ schrie ich. Der Pascha biß zu; ich sah den Säugling steif werden, in sich zusammenfallen, und dann tropfte Blut aus ihm, breitete sich unglaublich schnell aus, bis es wie eine Überschwemmung das ganze Zimmer ausfüllte. Ich packte den Pascha an den Schultern und drehte ihn herum. Ich starrte in sein Gesicht. Aber es gehörte gar nicht dem Pascha. Nein. Es war mein eigenes.

Ich schrie und öffnete die Augen. Durch den roten Stoff schien Licht vom Feuer. ›Gewiß bin ich in der Hölle!‹ murmelte ich. Annabella rührte sich und versuchte mich zu halten, aber ich stieß sie beiseite. Ich verließ das Bett, setzte mich ans Fenster und blickte auf die weiche Maske aus Schnee über dem Moor hinaus. Ich stand auf und verließ meinen Körper, um auf den Winden jener eisig kalten Nacht zu wandern. Ich traf auf einen Schäfer, allein auf der Suche nach einem Lamm. Er sollte es nie finden. Sein Blut fiel in einem Schauer auf den Schnee und sprenkelte ihn wie leuchtende Rubine. Als ich mich satt getrunken hatte, ließ ich mein Opfer fallen und kehrte zurück – in meinen Körper und in mein Bett. Annabella, die mein Elend spürte, streckte den Arm aus, um mich zu halten, und legte ihren Kopf auf meine Brust. Aber ihre Liebe konnte meine Gemütsverfassung nicht beruhigen, sondern erregte sie nur noch mehr. ›Liebste Bell‹, sagte ich, während ich ihr Haar streichelte, ›du solltest ein weicheres Kissen haben, um daraufzuliegen, als mein Herz.‹

Am nächsten Morgen blieb ich bis zwölf im Bett. Als ich endlich aufstand, fand ich meine Frau in der Bibliothek. Sie schaute zu mir hoch. Ich sah, daß sie Tränen in den Augen hatte. Ich umarmte sie, spürte ihren Körper an meinem. Ich atmete ihren Duft ein, runzelte die Stirn und strich über ihren Bauch. Wieder runzelte ich die Stirn. Sie war nicht schwanger, soviel wußte ich. Kein Blut eines anderen Geschöpfs regte sich in ihrem Schoß, kein kindliches Leben. Ich seufzte. Ich schmiegte mich an meine Frau, als wollte ich sie vor ihrem Schicksal schützen. ›Glaub mir‹, flüsterte ich fast zu mir selbst, ›ich bin in dieser Ehe mehr verflucht als in jeder anderen Tat meines Lebens.‹

Bell blickte mir tief in die Augen. ›Bitte‹, sagte sie schließlich mit leiser, hoffnungsloser Stimme, ›was ist das für eine Qual, die du vor mir verhehlst?‹

Ich schüttelte den Kopf. ›Ich bin ein Schurke‹, flüsterte ich. ›Ich könnte dich in drei Worten davon überzeugen.‹

Eine Weile sagte Bell nichts darauf. Sie drückte ihre Wange wieder an meine Brust. ›Weiß deine Schwester davon?‹ fragte sie schließlich.

Ich machte einen Schritt zurück. Ich zitterte. ›Um Gottes willen‹, flüsterte ich, ›frage nicht nach ihr.‹

Bell sah mich unverwandt an. Ihr Blick schien in die Tiefen meiner Seele zu dringen. ›Es gibt kein Geheimnis‹, sagte sie schließlich, ›und sei es noch so schrecklich, das meine Liebe zerstören wird. Kein Geheimnis, B.‹ Sie lächelte, ein stilles Lächeln voller Mitleid und Nachdenklichkeit, und danach war ihr Gesicht wie gewöhnlich ruhig, nicht streng, und angerührt von Liebe. Es schnürte mir die Kehle zusammen, und ich wandte mich ab.

Bell folgte mir nicht und drang in den kommenden Wochen auch nicht wegen meines Geheimnisses in mich. Aber ich, wie ein Mann mit einer Wunde, rührte immer wieder daran und enthüllte es halb ihrem Blick, denn ihre Gelassenheit machte mich wütend, und ich tobte oft, um sie zu zerstören. In solchen Stimmungen haßte ich sie. Ich deutete die Leiden an, die uns erwarteten, als wäre mein Verhängnis ein Gegengift zu meinem Ehestand – Ehemann, nicht Vampir, erschien mir als das schrecklichere Wort; fast liebte ich mein Schicksal wieder. Aber dann kehrte das Entsetzen zurück und mit ihm die Schuld – und Annabellas Liebe war dann immer noch da. In solchen Momenten, wenn ich mich ihr anvertrauen konnte, fühlte ich mich beinahe glücklich, und dann stellten sich auch meine Träume von Errettung wieder ein. Aber mein Geist befand sich in Aufruhr, und meine Gefühle änderten sich wie die Flammen eines Feuers. Es waren keine unbeschwerten Flitterwochen.

Und währenddessen wurde mein Durst immer schlimmer. Bell war ständig in meiner Nähe – und das machte mich rasend. Wir kehrten ins Haus ihrer Eltern zurück – wieder schlechtes Essen und noch schlechtere Gespräche. Ich sehnte mich nach dem Laster. Als mein Schwiegervater eines Abends eine Geschichte zum siebten Mal erzählte, war meine Geduld erschöpft. Ich verkündete, daß ich auf der Stelle nach London abreisen würde. Bell verlangte mitzukommen. Ich lehnte ab. Wir hatten einen heftigen Streit. Bell ließ einen seltsamen Zug erkennen, etwas beinahe Besserwisserisches, eine Eigenschaft, an der ihre Tugendhaftigkeit vorher nicht gelitten hatte. Sie wiederholte ihre Argumente noch einmal vor ihren Eltern, worauf mir keine andere Wahl blieb, als mich ihnen zu beugen.

Ich reiste also mit meiner Frau ab, aber mein Zorn auf sie war nun eiskalt und grausam. ›Wir besuchen Augusta‹, kündigte ich überraschend an. ›Wir können uns auf dem Rückweg nach London Zeit lassen.‹

Bell beklagte sich nicht. Ganz im Gegenteil, sie schien Gefallen daran zu finden. ›Ja, ich freue mich darauf, deine Schwester kennenzulernen‹, erklärte sie. Sie hielt inne und lächelte dünn. ›Von der ich soviel gehört habe.‹

Oh – aber sie sollte noch mehr hören, viel mehr. Nach drei Monaten fern von Augusta war mein Hunger nach ihr ungeheuer und meine Leidenschaft ein Malstrom widersprüchlicher Begierden. Unsere Kutsche fuhr vor ihrem Haus vor. Augusta kam die Treppe herab, um uns willkommen zu heißen. Sie grüßte Bell zuerst; dann wandte sie sich mir zu. Sie streifte meine Wange mit ihrer, und ich spürte einen Funken, der bis in die Tiefen meiner Seele lief. ›Heute nacht‹, flüsterte ich, aber Augusta machte ein schockiertes Gesicht und wandte sich ab. Bell wartete auf mich, um meine Hand zu nehmen. Ich ging ohne einen Blick an ihr vorbei.

An jenem Abend ging Bell früh zu Bett. ›Kommst du, B?‹ fragte sie.

Ich lächelte kalt, dann warf ich einen Blick auf Augusta. ›Dich können wir hier nicht brauchen, meine Circe‹, höhnte ich, indem ich Augustas Hand ergriff. Bells Gesicht erbleichte; sie starrte mich schweigend an, doch nach einigen Sekunden drehte sie sich um und zog sich ohne eine weiteres Wort zurück.

Als sie fort war, stand Augusta auf. Sie war wütend und außer Fassung. ›Wie konntest du deine Frau so behandeln? B, wie konntest du?‹ Sie verweigerte sich meinen Forderungen, mit mir zu schlafen. ›Früher hat es keinen Schaden angerichtet, aber nicht jetzt, B, nicht jetzt. Geh zu Annabella. Sei nett zu ihr. Tröste sie.‹ Dann stieß sie mich beiseite, und ich sah, daß sie weinte, als sie aus dem Zimmer stürzte.

Ich schlenderte in den Garten hinaus. In diesem Augenblick haßte ich Augusta – aber ich liebte sie auch, sie und Bell, ich liebte sie beide wahnsinnig. Und doch war es gerade ihr Leid, was mich am meisten erregte, der Anblick ihrer den Tränen nahen Augen, ihre Liebe, die mit ihrer Angst kämpfte und verschmolz. Ich hob mein Gesicht zum strahlenden Mond. Sein Licht frischte meine Grausamkeit auf. Ich blickte zu dem Zimmer hinauf, wo Augusta schlief. Der seufzende Wind trug ihren Duft zu mir. Plötzlich zog ich meine Nägel über mein Handgelenk. Blut quoll hervor, und ich trank es. Eine Leichtigkeit rieselte wie Quecksilber durch meine Adern. Ich erhob mich, und meine Begierden trugen mich auf dem Wind, und ich trat leise in Augustas Träume ein. Ihr Mann lag schnarchend neben ihr – aber ich wohnte ihr bei, meiner süßen Schwester, und fühlte ihr Fleisch warm an meinem, während ihr Blut, Blut von meinem Blut, mit meinem seufzte und sich mit seinem Strom bewegte. Eine Wolke gab den Mond frei, und sein Licht ergoß sich über das Bett. ›Augusta‹, flüsterte ich, als ihr Kehle vom Silber berührt wurde. Ich senkte den Kopf, und meine Zähne drückten sanft dagegen. Wie die Haut eines

Pfirsichs gab die Kehle langsam nach. Ich drückte fester. Noch immer gab die Haut nach. So leicht würde es sein, sie zu durchbohren. Ich malte mir die Flut von Reife und Geschmack vor, die goldene Flüssigkeit, die aufstieg, um die Berührung meiner Lippen zu begrüßen, die mich mit Jugend speiste, mit ewiger Jugend. Ich spannte mich an – und dann riß ich mich zurück. Augusta keuchte, zerrte an den Laken, und ich bewegte mich mit ihr, bis sie mit klammen Gliedern reglos in meinen Armen lag. Ich blickte unverwandt in ihr Gesicht, spürte mir selbst in ihren Zügen nach. Viele Stunden lag ich so da. Irgendwann hörte ich die ersten Lieder schlaftrunkener Vögel. Wie ein Stern verging ich mit der anbrechenden Helligkeit.

Bell lag wach, als ich zu ihr zurückkehrte. Ihr Gesicht war abgespannt, in ihren Augen standen Tränen. ›Wo bist du gewesen?‹ fragte sie.

Ich schüttelte den Kopf. ›Das würdest du nicht wissen wollen.‹

Bell streckte die Hand nach mir aus. Ich wich vor ihrer Berührung zurück. Sie erstarrte. ›Haßt du mich?‹ fragte sie schließlich.

Ich schaute sie an. Schuldgefühle, Enttäuschung, Mitleid und Verlangen, all das stieg in mir auf und kämpfte miteinander um den Vorrang. ›Ich glaube, ich liebe dich‹, sagte ich nach einer Weile. ›Aber ich fürchte, das ist nicht genug.‹

Ihre Augen blickten tief in meine, und wie immer spürte ich, wie sie mich heilten und meinen Zorn besänftigten. Sie küßte mich zärtlich auf die Lippen. ›Wenn Liebe nicht genug ist‹, fragte sie schließlich, ›was kann uns dann erretten?‹ Ich schüttelte den Kopf und hielt sie in den Armen. Ihre Frage quälte mich für den Rest jener Nacht. Wenn nicht Liebe – was dann? Ich wußte es nicht. Ich wußte es nicht.

Denn wir waren beide, Annabella und ich, an die Folterbank meines Schicksals gekettet. Liebe zog uns in die eine Richtung, mein Durst in die andere. Es ängstigte mich, wie nahe ich daran gewesen war, Augusta zu töten, wie leicht es mir erschienen war, und ich empfand erneut die dringende Notwendigkeit, sie vor mir zu bewahren und ein Kind zu zeugen. Aber über eine lange Zeit betäubte mich das Entsetzliche meiner Lage. Ich konnte es nicht tun – eine Blutmahlzeit in Annabellas Schoß einzupflanzen, nicht wenn dieses Mahl ihr Fleisch und meines sein würde. Und so quälte mich Augusta weiter, und die Anstrengung, sie zu verschonen – sie und Annabellas Schoß –, trieben mich in Wutausbrüche, die an Wahnsinn grenzten. Ich ertrug es nicht mehr, mit Bell zu schlafen. Statt dessen suchte ich die Kreuzwege und Felder heim, löschte meinen Durst, machte mir mit Anfällen wilder Roheit Luft. Aber frisches Blut konnte meine Raserei nun kaum noch abwenden – innerhalb von Stunden wurde mein Bedürfnis so verzweifelt wie zuvor. Als ich eines Nachts in Augustas Haus zurückkehrte, überwältigte mich ihr Duft beinahe wieder, und ich mußte alle Kräfte aufbieten, als ich an ihrem Bett stand, um nicht ihre nackte Kehle aufzuschlitzen. Mit einer verzweifelten Anstrengung beherrschte ich mich und schwand im Takt ihres Atems dahin. Ich durchmaß den Garten, auf und ab, – dann kehrte ich, zum erstenmal seit einer Woche, in mein Bett zurück.

Wortlos hob Bell die Arme, um mich zu begrüßen. Wie leuchtendes Gift erschien mir mein Blut damals. Bell schauderte, dann stieß sie einen verzweifelten tierischen Schrei aus. ›In deinen Augen brennt das Höllenfeuer‹, keuchte sie. Ich lächelte; das Feuer schien auch in ihren zu sein, und ihre Wangen waren heiß, ihre Lippen leuchtend rot. Plötzlich knurrte sie; sie zog meinen Mund auf ihren; ihre Reinheit schien verbrannt. Da war nichts mehr von Annabella in diesem hurenhaften, herzlosen Gesicht, nichts von Annabella in dem, was sie in jener Nacht mit mir tat. Sie begann zu schreien, sich zu winden wie eine Besessene, während mein Sperma durch sie strömte und seinen winzigen, verhängnisvollen Samen des Lebens trug. Ihr ganzer Körper erschlaffte; sie hob die Arme; ihre Finger streichelten mein Gesicht. Dann begann sie zu weinen.

›Du hast empfangen‹, flüsterte ich. ›Unser Kind wächst in deinem Fleisch.‹ Annabella blickte zu mir auf; dann verzerrte sich ihr Gesicht, und sie wandte sich ab. Ich ließ sie allein. Lautlos schluchzend blieb sie liegen.

Die Früchte jener Nacht waren sowohl Leben als auch Tod. Ja, ein Kind sollte geboren werden – schon konnte ich meine Wange an Annabellas Bauch schmiegen und den schwachen goldenen Duft aus ihrem Schoß erkennen. Aber der Tod lag in diesem Duft – und Tod auch in Annabella selbst. Etwas in ihr war in jener Nacht gestorben – das Unendliche in ihr schien weggebrannt. Sie wurde kälter, schroffer – die Ewigkeit hinter ihren Augen begann sich zu trüben – was früher Leidenschaft gewesen war, schien nun Affektiertheit. Natürlich liebte sie mich noch, aber wie bei Caro sollte das ihre Qual und ihr Verhängnis werden. Für keinen von uns schien es nun Hoffnung auf Erlösung zu geben, und mit Bells Zerstörung, fühlte ich, war meine letzte Hoffnung ebenfalls tot.

Denn nun begann die wahre Tortur. Wir verließen Augusta und machten uns nach London auf. In einer der elegantesten Straßen der Stadt hatte ich ein neues Haus gemietet – Piccadilly Nummer dreizehn. Ein Ort des Unglücks? Nein, wir brachten das Unglück selbst dorthin. Bell zeigte inzwischen deutliche Symptome einer Schwangerschaft. Ich roch das Kind in ihrem morgendlichen Erbrochenen oder im Schweiß, der ölig auf ihrem geschwollenen Bauch glänzte. Ich konnte es kaum ertragen, von diesem Geruch getrennt zu sein. Und so wurden Lord und Lady Byron stets Arm in Arm gesehen, das musterhafte Ehepaar, der treuergebene Ehemann und seine schwangere Frau. Aber zumindest Bell war so klug zu wissen, wenn sie das Verlangen in meinem Gesicht sah, daß es nicht ihr galt.

›Du siehst mich mit solcher Sehnsucht an‹, sagte sie eines Nachts, ›aber es ist keine Liebe in deinen Augen.‹

Ich lächelte. Ich betrachtete ihren Bauch und malte mir aus, wie unter ihrem Nachtgewand, unter ihren Unterkleidern, tief in ihrem Fleisch der goldene Fötus reifte.

Bell beobachtete mich und runzelte die Stirn. ›Dein Gesicht, B – es gibt mir Rätsel auf.‹

Ich hob den Kopf. ›Tatsächlich?‹

Bell nickte. Sie musterte mich wieder. ›Wie kann ein so schönes Gesicht so hungrig und grausam aussehen? Du siehst mich an, oder vielmehr‹ – sie umfaßte ihren Leib – ›du siehst das hier an, genauso wie du Augusta immer angesehen hast. Ich erinnere mich, wie dein Blick ihr immer durch das Zimmer folgte.‹

Ich blickte sie mit unbeteiligtem Gesicht an. ›Und warum gibt dir das zu denken, Bell?‹

›Es verwirrt mich, weil es mich auch ängstigt.‹ Sie kniff die Augen zusammen. Sie funkelten kalt und streng. ›Ich fürchte mich davor, B, was du unserem Kind antun wirst.‹

›Unserem Kind?‹ Ich lachte. ›Wieso, was könnte ich tun?‹ Plötzlich erstarrte meine Miene. ›Glaubst du, ich würde es bei der Geburt erwürgen und sein Blut trinken?‹

Bell schaute mich an. Ihr Gesicht schien abgespannter, als ich es jemals zuvor gesehen hatte. Sie stand auf und hielt ihren Bauch, dann wandte sie sich ab und verließ wortlos das Zimmer.

Eine Woche später traf Augusta ein, um bei uns zu wohnen. Sie war auf Annabellas Einladung gekommen. Das beunruhigte mich. Ich fragte mich, wieviel Bell entweder wußte oder vermutete. Fest stand, daß mich der Duft von Augustas Blut ablenkte; ich wurde wieder rasend vor widersprüchlichen Sehnsüchten und befahl ihr abzureisen. Das alles beobachtete Annabella mit kalten, mißtrauischen Augen, und sie gewöhnte sich an, ihren Bauch zu umklammern, als beschütze sie ihn vor mir. Von da an versuchte ich, vorsichtiger zu sein. Wie hatte Lady Melbourne mich noch gewarnt? ›Verlieren Sie nicht Ihre Frau, bevor Sie das Kind haben.‹ Und so begann ich, Bell nachts allein zu lassen. Ich dinierte, betrank mich, besuchte das Theater – und dann, von schwarzer, wilder Grausamkeit durchdrungen, ging ich wieder einmal in den übelsten Schlupfwinkeln der Stadt auf Beute aus. Ich nährte mich, bis meine Haut rosig und glatt war, bis ich restlos voll von Blut war. Dann erst kehrte ich nach Piccadilly zurück. Ich legte mich zu Bell ins Bett. Ich hielt sie in den Armen und tastete – natürlich – nach der schwellenden Wölbung ihres Bauchs. Leise, unbarmherzig klang dann der Schlag eines winzigen Herzens in meinen Ohren. Gegen meinen Willen drückte ich wieder auf den Leib meiner Frau. Er schien sich unter meiner Berührung zu regen und zu kräuseln. Ich stellte mir vor, ich bräuchte nur zu drücken, und die Haut und das Fleisch würden sich wie Wasser teilen. Ich malte mir den Fötus aus, klebrig und blau, mit einem unerträglich zarten Adernetz, wie er auf meine Berührung wartete – auf mein Kosten wartete. Ganz behutsam würde ich hineinbeißen, würde das Blut wie Wasser aus einem Schwamm saugen. Diese Sehnsüchte wurden so stark, daß ich zu zittern begann. Ich stellte mir dann vor, meine Frau zu töten wie sie dalag, ihren Bauch aufzuschlitzen, die Muskeln und Organe und das Fleisch zu teilen – und da würde es sein, zusammengerollt und wartend – mein Kind, meine Schöpfung. Ich erinnerte mich an meine Träume vom Turm des Paschas. Ich sehnte mich nach seinem Messer, seinem Seziertisch.

Stets wachte ich aus diesen Phantasien schaudernd vor Ekel auf. Ich versuchte, sie abzutöten, sie aus meinem Hirn auszubrennen. Aber es war vergebens. Nichts konnte mich von ihrer Gegenwart befreien, nichts, sie waren Teil des Gifts, das in meinen Adern floß, das vereinte Feuer von Gefühl und Denken. Ich konnte dieser Fäulnis genausowenig entkommen wie mir selbst. Der Pascha war tot – aber wie die Syphilis die infizierte Hure überlebt, so lebte auch sein Unheil weiter, verzehrte meine Adern und alle, die ich liebte. ›Ich wünschte, das Kind wäre tot!‹ schrie ich, wenn sein Blut besonders golden in meinen Ohren klopfte und meine Phantasien mich zu zerschmelzen schienen. Entsetzt starrte Bell mich dann an. Ich versuchte, mich selbst zu beruhigen. ›Oh, Bell‹, schluchzte ich. ›Liebste Bell.‹ Ich streichelte ihr Haar. Erschrocken zuckte sie zurück, um dann zögernd nach meiner Hand zu greifen. Manchmal drückte sie sie dann gegen die Schwellung ihres Leibs. Dann blickte sie auf und lächelte mit zweifelnder Hoffnung, während sie in meinem Gesicht den Vater ihres Kindes suchte. Aber sie fand ihn nie und wandte sich mit totem Blick und wie erstarrt ab.

Eines Nachts, gegen Ende ihrer Schwangerschaft, erschauderte sie unter meinem Blick, dann keuchte sie.

›Bell‹, sagte ich, indem ich neben ihr niederkniete, ›was hast du? Bell!‹ Ich versuchte, sie zu umarmen, aber sie stieß mich weg. Erneut keuchte sie – und dann trübte mir der Geruch meines Kindes in einer jähen goldenen Flut die Augen und löste das Zimmer auf. Bell stöhnte. Ich griff nach ihrer Hand. Noch immer stieß sie mich von sich. Ich stand auf und rief nach Dienern. Als sie kamen, schienen auch sie vor mir zurückzuweichen, so wild und kalt war die Dunkelheit in meinen Augen. Bell wurde vom Boden hochgehoben und in ihr Bett gebracht. Ich blieb unten. Der Duft des Bluts meines Kindes hing schwer in der Luft. Während der ganzen Nacht und in den Morgen hinein wurde der Geruch immer schöner.

Um ein Uhr am Nachmittag kam die Hebamme zu mir herunter.

›Ist es tot‹, fragte ich, ›das Kind?‹ Ich lachte über das erschrockene Gesicht der Hebamme. Ihre Antwort brauchte ich nicht. Ich brauchte nur das lebende Blut einzuatmen. Das Haus schien voll von üppigen Blüten und Farben. Auf unsicheren Beinen stieg ich die Treppe hinauf. Wie Eva, die sich der Frucht des verbotenen Baums nähert, fühlte ich mich. Meine Glieder bebten, ich rang nach Luft, spürte Übelkeit von einem tiefen und ekstatischen Durst. Ich betrat das Zimmer, in dem meine Frau entbunden worden war.

Eine Krankenschwester kam auf mich zu. ›Mylord‹, sagte sie, indem sie ein kleines weißes Bündel hochhielt, ›unsere Glückwünsche. Sie haben eine Tochter.‹

Ich blickte auf das Bündel. ›Ja‹, brachte ich endlich heraus. Der Duft des Bluts schien meine Augen zu verbrennen. Ich konnte kaum mein Kind erkennen, denn als ich hinschaute, sah ich nur einen goldenen Dunst. ›Ja‹, keuchte ich noch einmal. Ich blinzelte. Jetzt konnte ich das Gesicht meiner Tochter sehen. ›O Gott‹, flüsterte ich. ›O Gott.‹ Ich lächelte dünn. ›Welch ein Folterwerkzeug habe ich in dir bekommen.‹

Die Schwester wich vor mir zurück. Ich sah zu, als sie mein Kind wieder in die Wiege legte. ›Hinaus!‹ schrie ich plötzlich. Ich schaute mich im Zimmer um. ›Hinaus!‹ Die

Diener starrten mich erschrocken an, dann senkten sie die Köpfe und eilten davon. Ich ging zu meiner Tochter. Wieder schien sie von einem Halo aus Feuer umgeben. Ich beugte mich tief über sie. In jenem Augenblick kamen mir jedes Gefühl, jeder Sinn, jeder Gedanke abhanden, alles verschmolz in einen lodernden Nebel der Freude. Der Glanz im Blut meines Kindes schien zu meinen Lippen aufzusteigen und dabei Gold zu verstreuen wie ein Kometenschweif. Ich küßte es, dann nahm ich es in die Arme. Wieder beugte ich mich tief hinunter. Zärtlich schmiegte ich meine Lippen an seine Kehle.

›Byron!‹

Ich hielt inne – dann drehte ich mich langsam um. Bell strengte sich an, sich im Bett aufzusetzen. ›Byron!‹ Ihre Stimme klang heiser und verzweifelt. Sie rollte sich vom Bett und versuchte, zu mir zu kommen.

Ich blickte wieder auf mein Kind hinab. Es streckte eine Hand nach meinem Gesicht aus. Wie winzig seine Finger waren, wie fein die Nägel. Ich beugte meinen Kopf tiefer, um sie genau zu betrachten.

›Gib sie mir.‹

Ich drehte mich um und sah Bell an. Sie strauchelte, als sie die Arme ausstreckte, und wäre beinahe gefallen.

›Ich habe lange auf sie gewartet‹, sagte ich leise.

›Ja‹, keuchte Bell, ›ja, aber jetzt – ich bin ihre Mutter –, sie gehört mir, bitte, B‹ – sie rang nach Luft – ›gib sie mir.‹

Ohne zu blinzeln, schaute ich sie an. Bell strengte sich an, meinem Blick standzuhalten. Dann sah ich wieder auf mein Kind. Es war sehr schön, dieses Wesen, das ich geschaffen hatte. Wieder hob es seine winzige Hand. Unwillkürlich lächelte ich bei dem Anblick.

›Bitte‹, sagte Bell. ›Bitte.‹

Ich wandte mich von ihr ab und trat ans Fenster. Ich

blickte hinaus auf den kalten Londoner Himmel. Wie warm und weich mein Kind sich in meinen Armen anfühlte. Ich spürte eine Berührung an meinem Arm und wandte mich um. Der Ausdruck auf Bells Gesicht war jetzt furchtbar anzusehen.

Ich blickte von ihr weg und wieder hinaus auf den Himmel. Im Osten stieg die Dunkelheit auf, und die Wolken schienen schon schwanger von der Nacht. London erstreckte sich in einem gewaltigen Durcheinander bis zum Horizont, wo es sie traf. Mich fröstelte vor dem Gefühl der Unermeßlichkeit der Welt. Das alles und mehr hatte der Pascha mir im Flug seiner Träume gezeigt, aber damals hatte ich es nicht verstanden – ich hatte es nicht verstanden. Ich schloß die Augen, ich zitterte, ich empfand die grenzenlose Natur der Dinge. Was bedeutete in einem solchen Universum menschliche Liebe? Eine Luftblase, nicht mehr, auf der brechenden Woge der Ewigkeit. Ein Funke, kurz und flackernd, vor dem Dunkel einer allumfassenden Nacht entfacht. Sobald er erloschen war, würde die Leere kommen.

›Diesen Augenblick sollst du nie vergessen‹, sagte ich, ohne mich umzudrehen. ›Du mußt mich verlassen, Bell. Ganz gleich, was ich sage, ganz gleich, wie sehr ich dich später anflehe – du mußt mich verlassen.‹

Endlich wandte ich mich um und schaute sie an. Bells Augen, so lange Zeit so kalt, waren feucht vor Tränen. Sie streckte die Hand aus und versuchte, meine Wangen zu streicheln, aber ich schüttelte den Kopf. ›Sie soll Ada heißen‹, sagte ich, indem ich ihr unsere Tochter in die Arme legte. Dann wandte ich mich ohne ein weiteres Wort ab und ging aus dem Zimmer. Ich blickte nicht mehr zurück.

›Sie sind verrückt‹, sagte Lady Melbourne, als ich ihr berichtete, was ich getan hatte. ›Wirklich verrückt. Sie heiraten das Mädchen, schwängern sie, sie schenkt Ihnen das Kind – und nun das. Warum?‹

›Weil ich es nicht tun kann.‹

›Sie müssen. Sie müssen sie töten. Wenn nicht Ada – dann Augusta.‹

Ich zuckte die Achseln und wandte mich ab. ›Das glaube ich nicht‹, sagte ich. ›Freuden sind stets am süßesten, solange sie erhofft werden. Ich werde sie weiterhin erhoffen.‹

›Byron.‹ Lady Melbourne winkte mich zu sich. Ihr bleiches Gesicht leuchtete vor Mitleid und Verachtung. ›Immerzu‹, flüsterte sie, ›werden Sie älter. Sehen Sie mich an. Ich habe gewartet. Ich war dumm – ich gab schließlich nach. Wir alle tun es. Bringen Sie es jetzt hinter sich. Trinken Sie das Blut Ihrer Tochter, solange Sie noch Ihre Jugend haben. Das schulden Sie uns.‹

Ich blickte sie finster an. ›Schulden?‹ fragte ich. ›Schulden? Wem schulde ich es?‹

Lady Melbourne runzelte kaum merklich die Stirn. ›Unserer ganzen Art‹, sagte sie schließlich.

›Warum?‹

›Sie sind Vachel Paschas Mörder.‹

Überrascht sah ich sie an. ›Davon habe ich Ihnen nie erzählt.‹

›Wir alle wissen es.‹

›Wie das?‹

›Der Pascha war ein Wesen mit außergewöhnlichen Fähigkeiten. Unter den Vampiren, die die Herren des Todes sind, war er beinahe unser König. War Ihnen das nicht klar?‹ Lady Melbourne schwieg einen Moment. ›Wir alle spürten seinen Tod.‹

Ich runzelte die Stirn. Plötzlich, halb geformt von den Schatten meines Geistes, schien die Gestalt des Paschas vor meinen Augen vorbeizuziehen, bleich und furchtbar, das Gesicht in unerträglichem Schmerz erstarrt. Ich schüttelte den Kopf, und das Phantom war verschwunden. Lady Melbourne beobachtete mich mit einem kleinen Lächeln auf ihren blutleeren Lippen. ›Nun, da er tot ist‹, flüsterte sie mir ins Ohr, ›sind Sie sein Erbe.‹

Ich sah sie kalt an. ›Erbe?‹ wiederholte ich. Dann lachte ich. ›Wie lächerlich. Sie vergessen – ich habe ihn getötet.‹

›Nein‹, sagte Lady Melbourne, ›ich vergesse es nicht.‹

›Was meinen Sie dann?‹

›Nun, Byron‹ – Lady Melbourne lächelte wieder – ›daß er Sie erst auswählen mußte.‹

›Auswählen? Für welchen Zweck?‹

Lady Melbourne schwieg, und ihr Gesicht gefror wieder zu eisiger Reglosigkeit. ›Um die Geheimnisse unserer Art auszuloten‹, fuhr sie endlich fort. ›Um Sinn angesichts der Ewigkeit zu finden.‹

›Oh, gewiß.‹ Ich lachte auf. ›Nichts Schwieriges also.‹

Ich wandte mich spöttisch ab, doch Lady Melbourne folgte mir und nahm mich beim Arm. ›Bitte, Byron‹, sagte sie, ›töten Sie Ihr Kind – trinken Sie es. Sie werden Ihre ganze Kraft brauchen.‹

›Wofür? Um ein Ding wie der Pascha zu werden? Nein.‹ Ich stieß Lady Melbourne fort. ›Nein.‹

›Bitte, Byron, ich...‹

›*Nein!*‹

Lady Melbourne erschauerte unter meinem Blick. Sie schlug die Augen nieder. Eine lange Weile stand sie schweigend da. ›Sie sind so jung‹, sagte sie dann leise. ›Aber Sie sehen bereits, welche Macht Sie besitzen.‹

Ich schüttelte den Kopf und nahm Lady Melbourne in die Arme. ›Ich möchte keine Macht‹, erklärte ich ihr leise.

›Weil Sie sie schon haben.‹ Lady Melbourne schaute zu mir auf. ›Was können Sie mehr wünschen?‹

›Ruhe. Frieden. Wieder sterblich zu sein.‹

Lady Melbourne rümpfte die Nase. ›Unmögliche Träume.‹

›Ja.‹ Ich lächelte leicht. ›Und doch, so lange Ada und Augusta leben – dann vielleicht‹ – ich hielt inne – ›dann gibt es vielleicht einen Teil von mir, der doch noch sterblich ist.‹ Lady Melbourne begann zu lachen. Aber ich beruhigte sie und hielt sie fest; wie ein Opfer in der Falle starrte sie mir tief in die Augen. ›Sie bitten mich‹, sagte ich langsam, ›die Geheimnisse unserer Vampirart zu ergründen. Das Geheimnis jedoch ist, nicht zu wissen, sondern zu fliehen, was wir sind. Vampire verfügen über Macht, Wissen, ewiges Leben, aber das alles ist nichts, solange wir auch dringend Blut benötigen. Denn solange wir diesen Durst haben, werden wir gejagt und verabscheut werden. Und doch – obwohl ich dies weiß – merke ich, wie mein eigener Durst täglich heftiger wird. Bald wird Blut mein einziges Vergnügen sein. Alle anderen Freuden werden wie Asche im Mund schmecken. Das ist mein Verhängnis – unser Verhängnis –, Lady Melbourne, nicht wahr?‹

Sie antwortete nicht. In ihren Augen sah ich mein Gesicht gespiegelt, glühend und hart. Meine Leidenschaften zogen darüber wie die Schatten von Wolken.

›Ich werde einen Ausweg finden‹, sagte ich schließlich. ›Ich werde, wenn es sein muß, durch die ganze Ewigkeit danach suchen. Und doch‹ – ich schwieg eine Weile – ›und doch wird die Reise schwerer werden, die Wanderschaft grausamer, je mehr mein Menschsein mir verlorengeht. Früher hatte ich das nicht begriffen, aber ich verstehe es jetzt. Ja.‹ Ich nickte. ›Jetzt verstehe ich es.‹ Meine Stimme verlor sich. Ich blickte in die Dunkelheit. Eine schattenhafte Gestalt schien mich zu beobachten. Zum zweiten Mal schien sie das Gesicht des Paschas zu haben. Dann blinzelte ich, und da war nichts. Ich wandte mich wieder an Lady Melbourne. ›Ich werde England verlassen‹, sagte ich. ›Ich lasse meine Schwester und mein Kind zurück. Ich werde ihr Blut nicht trinken.‹

Ich drehte mich um. Dieses Mal versuchte Lady Melbourne nicht, mich aufzuhalten. Ich durchquerte das Zimmer und ging unter dem Echo meiner Schritte in die Halle hinaus. Caroline Lamb wartete dort. Sie war schrecklich mager, und ihr Lächeln, als ich an ihr vorbeiging, glich dem eines Totenschädels. Sie stand auf und folgte mir. ›Ich höre, Sie verlassen England‹, sprach sie mich an. Ich anwortete nicht. Sie hielt mich am Arm fest. ›Was werden Sie Ihrer Frau sagen?‹ fragte sie. ›*Vampir.*‹

Ich drehte mich nach ihr um. ›Am Schlüsselloch gelauscht, Caro?‹ fragte ich. ›Das kann gefährlich sein.‹

Caro lachte. ›Ja, das ist wahr.‹ Ihre Miene war bitter und fremd, aber obwohl sie sich anstrengte, konnte sie die Wildheit meines Blicks nicht ertragen. Sie wich zurück, während ich durch die Halle weiterging.

›Nimm mich mit!‹ schrie Caroline plötzlich. ›Ich mache die Betten für deine Geliebten! Ich gehe auf den Strich und locke Opfer für dich an! Bitte, Byron, bitte!‹ Sie lief mir nach und warf sich mir zu Füßen. Dann nahm sie meine Hand und begann sie zu küssen. ›Du bist gefallen, aber, oh, mein Byron, du bist noch immer ein Engel. Nimm mich mit. Versprich es. Schwöre es mir.‹ Sie begann am ganzen Leib zu zittern. ›Das Herz eines Vampirs ist wie Eisen‹, murmelte sie, mehr für sich als zu mir. ›Es wird weich, wenn die Flammen der Lust es erhitzen, aber danach ist es kalt und hart.‹ Sie schaute mir ins Gesicht und begann wild zu lachen. ›Ja, kalt und hart. Kalt wie der Tod!‹

Ich schüttelte sie ab.

›Du wagst doch nicht etwa, mich zu verlassen!‹ sagte Caro ungläubig. ›Solche Liebe – solcher Haß – du wagst es nicht!‹

Ich ging weiter.

›Ich werde dich verdammen! Ich werde dich verdammen, verdammen, verdammen!‹ Caro blieben die Worte im Hals stecken. Ich blieb stehen, schaute mich nach ihr um. Caro, noch immer auf den Knien, schauderte, und dann schien der Anfall vorbei, und sie tupfte eine Träne fort. ›Ich werde dich verdammen‹, sagte sie noch einmal, aber leise nun. ›Mein teurer, teurer Liebster, ich werde‹ – sie hielt inne – ›*dich retten.*‹

Drei Wochen später suchte sie ohne mein Wissen Bell auf. Ich war natürlich nicht fähig gewesen abzureisen. Augusta hielt sich bei uns auf, und Adas Blut – oh, Adas Blut –, Adas Blut war noch süßer als das ihre. Und so war ich geblieben, und die Versuchung wuchs in mir, und ich wußte, daß Lady Melbourne recht gehabt hatte – ich würde kapitulieren. Eines Nachts, als ich an der Wiege stand, hätte ich getrunken, wäre ich nicht von Bell unterbrochen worden. Sie sah mich merkwürdig an und hielt die Kleine an die Brust. Sie teilte mir mit, daß sie London verlassen und aufs Land zurückkehren wolle, um vielleicht eine Zeitlang bei ihren Eltern zu wohnen. Ich nickte zerstreut. Bald darauf reiste sie ab. Ich hatte ihr gesagt, ich würde nachkommen. An der Kutsche, die sie fortbringen sollte, hielt sie unsere Tochter an meine Lippen. Dann küßte sie mich selbst, leidenschaftlich, und hielt mich fest, bis ich dachte, sie würde mich nie mehr loslassen. Endlich riß sie sich los. ›Leb wohl, B‹, sagte sie. Dann stieg sie in die Kutsche, und ich sah ihr nach, wie sie die Piccadilly hinunterrollte. Ich sollte sie oder mein Kind nie wiedersehen.

Gut zwei Wochen später kam der Brief an. Er verlangte eine Trennung. Am selben Nachmittag besuchte mich Hobhouse.

›Ich dachte, du solltest wissen‹, begann er, ›daß die unglaublichsten Gerüchte durch die Stadt schwirren. Sie behaupten, deine Frau wolle sich von dir trennen – und viel Schlimmeres.‹

Ich warf Hobby den Brief hin. Er las ihn, während seine Miene immer finsterer wurde. Schließlich ließ er ihn fallen und hob den Kopf. ›Du wirst natürlich ins Ausland gehen müssen‹, sagte er.

›Warum?‹ fragte ich. ›Sind die Gerüchte so schlimm?‹

Hobby zögerte, dann nickte er.

›Heraus mit der Sprache.‹

Hobhouse lächelte. ›Ach, weißt du.‹ Er machte eine wegwerfende Handbewegung. ›Ehebruch, widernatürliche Unzucht, Inzest…‹

›Und Schlimmeres?‹

Hobhouse starrte mich an. Dann goß er einen Drink ein und reichte ihn mir. ›Es ist diese Hexe, Caroline Lamb‹, sagte er endlich. ›Sie erzählt herum … na ja, du wirst es ahnen.‹

Ich lächelte dünn und leerte das Glas, dann schmetterte ich es auf den Boden. Hobhouse schüttelte den Kopf. ›Du wirst ins Ausland gehen müssen‹, wiederholte er. ›Bitte, alter Junge. Dir bleibt wirklich nichts anderes übrig.‹

Natürlich hatte er recht. Und doch konnte ich es noch immer nicht ertragen fortzugehen. Je mehr ich von den Zeitungen verurteilt oder auf der Straße ausgezischt wurde, desto verzweifelter sehnte ich mich nach meiner gestohlenen Sterblichkeit, um zu leugnen, was inzwischen die ganze Welt zu wissen schien. Doch mein Verhängnis war besiegelt – Caro hatte ihre Arbeit zu gut gemacht. Eines Nachts ging ich mit Augusta am Arm zu einem Ball. Als wir den Saal betraten, wurde es im ganzen Raum still. Alle Blicke waren auf mich gerichtet – und dann wurden sie abgewandt. Niemand kam auf uns zu, niemand sprach mit uns. Aber ich hörte das einzelne Wort, das hinter unseren Rücken geflüstert wurde – *Vampir*. In jener Nacht glaubte ich es überall zu hören.

Da war mir bewußt, daß mein Exil unabänderlich war. Einige Tage später schickte ich Augusta fort. Durch alle Tiefen hatte sie zu mir gestanden, und ihre Liebe hatte nie nachgelassen. Ohne sie wäre mein Leben sehr einsam gewesen. Und doch war es auch eine Erleichterung, als wir uns trennten, denn nun konnte ich sicher sein, daß ich ihr Blut nie trinken würde. Ich nahm meine Reisepläne wieder auf. In meine Verzweiflung mischte sich ein wilder Freiheitssinn. Die Welt haßte mich – nun gut, ich haßte sie auch. Meine alten Vorhaben fielen mir wieder ein. Ich würde reisen – und ich würde suchen. Wie Lady Melbourne es ausgedrückt hatte, würde ich das Wesen meines Vampirdaseins ausloten. Nach dem Vorbild der Equipage Napoleons ließ ich eine Kutsche bauen. Sie enthielt ein Doppelbett, ein Weinkabinett und eine Bibliothek. In dem Weinkabinett lagerte ich Flaschen voll Madeira, mit Blut gemischt, die Bibliothek enthielt Bücher über Naturwissenschaften und das Okkulte. Ich heuerte auch einen Arzt an, einen jungen Mann, der über die Eigenschaften des Bluts geschrieben hatte, und der im Ruf stand, sich nebenbei in den dunkleren Gefilden der Medizin umzutun. Solches Wissen, glaubte ich, könnte anregend wirken. Ich gab ihm Proben meines eigenen Bluts zur Untersuchung. Der Name dieses Doktors war John Polidori.

Das Abreisedatum rückte immer näher. Mein Haushalt in Piccadilly wurde nach und nach eingepackt. Ich wanderte durch die hallenden, leeren Flure. Im Kinderzimmer und in Augustas Räumen hing immer noch ein schwacher, spottender Geruch nach Blut. Ich versuchte, nicht darauf zu achten. Ich ging jetzt selten aus – mein Gesicht und mein Name waren allzu bekannt –, aber ich war mit geschäftlichen Dingen und mit Freunden voll ausgelastet. Sogar eine Geliebte hatte ich mir zugelegt. Ihr Name war Claire, und sie war erst siebzehn. Sie war recht hübsch, glaube ich, aber eigenwillig – sie hatte sich mir an den Hals geworfen, und ich benutzte sie, um mich abzulenken. Eines Nachmittags brachte sie ihre Schwester mit. ›Das ist Mary‹, sagte sie.

Auch die Schwester war hübsch – allerdings ernst, weniger wild als Claire. Sie sah die Bücher durch, die ich für die Reise zusammenpackte. Eines zog sie heraus und las den Titel vom Rücken ab: ›*Elektrizität und die Grundlagen des Lebens*. Mein Mann interessiert sich für solche Dinge‹, sagte sie, während sie mich mit ihren tiefen, ernsten Augen musterte. ›Er ist ebenfalls Dichter. Vielleicht kennen Sie ihn?‹ Ich zog eine Braue hoch. ›Shelley‹, sagte Mary. ›Percy Shelly. Ich glaube, Sie würden seine Gesellschaft genießen.‹

›Schade.‹ Ich deutete auf meine Koffer. ›Sie sehen, daß ich im Begriff bin, ins Ausland zu reisen.‹

›Wir auch‹, sagte Mary. ›Wer weiß? Vielleicht begegnen wir uns drüben auf dem Kontinent.‹

Ich lächelte dünn. ›Ja, vielleicht.‹ Aber ich bezweifelte es. Am zunehmenden Wahn in Claires Augen konnte ich sehen, daß ihre Leidenschaft für mich ihr Hirn veränderte. Von da an hielt ich sie von weiteren Besuchen ab. Ich wollte nicht, daß sie zusammenbrach und mir folgte. Wenn sie das täte, ja, das wäre schlimm für sie.

In meiner letzten Nacht in London blieb ich in Augustas Zimmer. Der Geruch nach Blut war nun fast verschwunden.

Ich lag auf ihrer Couch und atmete seine letzten schwachen Spuren ein. Das Haus war dunkel und still: die Leere hing wie Staub in der Luft. Stunden lag ich dort allein. Ich spürte Hunger und Bedauern in meinen Adern miteinander streiten.

Plötzlich glaubte ich, ich hätte einen Schritt gehört. Sofort ahnte ich die Gegenwart von etwas nicht Menschlichem im Haus. Ich hob den Kopf. Da war nichts. Ich bot meine ganzen Kräfte auf, um das Wesen zu zwingen, sich zu zeigen, aber noch immer war das Zimmer so leer wie zuvor. Ich schüttelte den Kopf. Meine Einsamkeit gaukelte mir etwas vor. Plötzlich schien die Leere unerträglich, und obwohl ich wußte, es würde ein Phantom sein, verlangte mich danach, Augustas Gesicht wiederzusehen. Aus ihrem vergehenden Duft beschwor ich ihre Gestalt herauf. Sie stand vor mir. ›Augusta‹, flüsterte ich. Ich streckte meine Hände aus. Sie wirkte unglaublich real. Ich versuchte, ihre Wange zu streicheln. Zu meinem Entsetzen fühlte ich das Glühen lebendigen Fleisches.

›Augusta?‹

Sie sagte nichts, doch in ihren Augen schienen Sehnsucht und Liebe zu glühen. Ich neigte mich, um sie zu küssen. Dabei merkte ich zum ersten Mal, daß ich ihr Blut nicht roch. ›Augusta?‹ flüsterte ich noch einmal. Sie zog mich zärtlich an sich. Unsere Wangen berührten sich. Wir küßten uns.

Dann schrie ich auf. Ihre Lippen schienen eine Masse von tausend lebendigen, wimmelnden Dingen. Ich trat zurück – und sah, daß meine Schwester von einem schimmernden, sich windenden Weiß bedeckt war. Ich streckte die Hand aus, um sie noch einmal zu berühren – da fielen die Maden ab und ringelten sich um meinen Finger. Meine Schwester hob die Arme, als flehe sie um Hilfe, und dann, langsam, zerfiel ihr Körper, und der Boden war mit sich windenden Würmern bedeckt.

Ich taumelte zurück. Da spürte ich etwas hinter mir und drehte mich um. Bell hielt mir Ada entgegen. Ich versuchte, sie wegzustoßen. Ich sah Ada bluten und zergehen; ich sah Bells Fleisch gefrieren und auf dem Knochen schrumpfen. Überall um mich herum waren die Formen von Menschen, die ich geliebt hatte, flehend, winkend, nach mir greifend. Ich drängte mich an ihnen vorbei – meine Berührung schien sie zu zerstören –, und dann standen sie wieder auf und folgten mir wie Dämonen. Sie hielten mich mit ihren weichen toten Fingern fest; ich sah mich verzweifelt um; und da glaubte ich eine in Schwarz gehüllte Gestalt vor mir zu sehen. Er drehte sich um. Ich schaute ihm ins Gesicht. Es sah dem des Paschas sehr ähnlich. Aber wenn es seines war, hatte es sich verändert. Es war vollkommen glatt, und die Blässe war mit einem fahlen, hektischen Gelb getönt. Aber ich sah es nur für den Bruchteil einer Sekunde. ›Warten Sie!‹ rief ich. ›Was sind das für Visionen, die Sie für mich heraufbeschwören? Warten Sie, ich befehle Ihnen zu warten!‹ Aber die Gestalt hatte sich abgewandt und war verschwunden, so schnell, daß ich glaubte, es müsse ein Hirngespinst gewesen sein, und ich bemerkte, daß die anderen Phantome ebenfalls verschwunden waren und ich wieder allein war. Ich stand an der Treppe. Alles war still. Nichts regte sich. Ich machte einen Schritt vorwärts. Und da merkte ich, daß ich noch immer nicht ganz allein war.

Ich roch ihr Blut, bevor ich ihr leises Schluchzen hörte. Es war Claire. Ich fand sie hinter einer der Truhen versteckt. Sie war stumm vor Angst. Ich fragte, was sie gesehen hatte. Sie schüttelte den Kopf. Ich hielt sie mit meinem Blick fest. Ihr Entsetzen erregte mich. Ich wußte, daß ich Blut brauchte. Die Visionen, die Träume, die ich gehabt hatte – ich wußte, daß nur Blut sie fernhalten würde.

Ich griff nach Claires Kehle, berührte sie – und dann hielt ich inne. Tief in ihr konnte ich das Leben pulsieren hören. Ich legte einen Finger unter ihr Kinn. Langsam führte ich ihre Lippen zu den meinen. Ich zitterte, schloß die Augen und küßte sie. Dann küßte ich sie wieder. Sie blieb fest in meinen Armen. Ich nahm sie. Ich keuchte. Noch immer war sie lebendig. Ich hüllte sie in meine sich auflösende Umarmung ein. Ich überschwemmte sie. ›Ich schenke dir Leben‹, flüsterte ich. Ich erhob mich von ihr. ›Geh jetzt‹, sagte ich zu ihr. ›Und um unser beider willen – versuche niemals, mich wiederzusehen.‹ Claire nickte mit aufgerissenen Augen; sie richtete ihre Kleider und verließ mich, noch immer wortlos. Inzwischen war es beinahe Morgen.

Eine Stunde später kam Hobhouse, um mich zu verabschieden. Polidori war bei ihm. Um acht Uhr befanden wir uns auf dem Weg.«

11. Kapitel

Zahlreich und ausgedehnt waren die Gespräche zwischen Byron und Shelley, denen ich andächtig, aber meistens stumm lauschte. Bei einem davon diskutierten sie verschiedene philosophische Lehren, darunter das Wesen des Lebensprinzips, und ob es wahrscheinlich sei, daß man es jemals entdecken und beschreiben würde ... Vielleicht könnte ein Leichnam wiederbelebt werden; der Galvanismus hatte Hinweise auf derartige Dinge gegeben; vielleicht könnten Bestandteile eines Geschöpfes hergestellt, zusammengesetzt und mit Lebenswärme beseelt werden.
Über diesem Gespräch verging der Abend, und selbst die Geisterstunde war verstrichen, bevor wir uns zu Bett begaben. Als ich meinen Kopf aufs Kissen legte, schlief ich nicht ein, doch konnte man auch nicht sagen, daß ich dachte. Unwillkürlich ergriff meine Phantasie Besitz von mir, führte mich und schenkte mir eine Folge von Bildern, die mit einer die Grenzen des Träumens weit überschreitenden Lebendigkeit vor mir erstanden. Ich sah – mit geschlossenen Lidern, aber scharf vor meinem inneren Auge – den blassen Adepten unheiliger Künste neben dem Ding knien, das er zusammengesetzt hatte. Ich sah das häßliche Phantom eines ausgestreckten Mannes, der durch die Tätigkeit eines mächtigen Appa-

rats Lebenszeichen von sich gab und sich mit noch unsicheren, halb lebendigen Bewegungen regte. Erschreckend mußte es sein; denn höchst erschreckend würde die Wirkung jeglichen menschlichen Bestrebens sein, den erstaunlichen Mechanismus des Schöpfers der Welt nachzuahmen...

MARY SHELLEY, Einführung zu »Frankenstein«

Und so endete«, sagte Lord Byron, »mein fruchtloser Versuch, wie ein sterblicher Mensch zu leben.« Er machte eine Pause, und sein Gesicht schien, während er Rebecca musterte, von einer Mischung aus Trotz und Bedauern erleuchtet. »Fortan«, sagte er, »sollte ich mein eigenes Selbst sein, ein Ding, das ganz allein war.«

»Allein?« Rebecca schlug die Arme um sich. Ihre Stimme klang ihr nach so langem Schweigen aufdringlich in den Ohren. »Wer also...?«

»Ja?« Lord Byron zog spöttisch eine Braue hoch.

»Wer...« Rebecca starrte wie versteinert in das blasse Gesicht ihres Ahnen. »Wessen Nachkomme bin ich?« flüsterte sie schließlich. »Nicht Annabellas? Nicht Adas?«

»Nein.« Er starrte durch sie hindurch in die Dunkelheit hinter ihr. Wieder spiegelte seine Miene Trotz und Schmerz. »Nicht jetzt«, sagte er leise.

»Aber...«

Sein Blick schien sie zu durchbohren. »Ich sagte, nicht jetzt!«

Rebecca schluckte, aber obwohl sie sich bemühte, konnte sie ihr Stirnrunzeln nicht verbergen. Nicht sein jäher Zorn hatte sie erschreckt, eher die Art, wie er selbst davon beunruhigt schien. Nach so langer Zeit, dachte sie – so lange, um sich an das Ding, das er geworden war, zu gewöhnen – schien seine Einsamkeit ihn noch immer zu überraschen. Sie empfand Mitleid mit ihm, und Lord Byron, als läse er ihre Gedanken, sah sie plötzlich scharf an und begann zu lachen.

»Beleidigen Sie mich nicht«, sagte er.

Rebecca runzelte die Stirn und gab vor, ihn nicht zu verstehen.

»In der Verzweiflung liegt eine große Freiheit«, sagte Byron.

»Freiheit?«

»Ja.« Lord Byron lächelte. »Einmal erreicht, kann Verzweiflung ein Paradies sein.«

»Ich verstehe nicht.«

»Natürlich nicht. Sie sind sterblich. Wie können Sie wissen, was es bedeutet, verflucht zu sein? Ich wußte es, an jenem Morgen meiner Flucht von Englands Ufern – und doch schien die Hoffnungslosigkeit bei weitem süßer, als es die Hoffnung je gewesen war. Ich stand unter dem knatternden Segel und sah die weißen Klippen von Dover hinter den Wellen verschwinden. Ich war ein Verbannter. Aus meinem Heimatland war ich vertrieben worden, ein verfluchtes Ding. Meine Familie hatte ich verloren, meine Freunde und alle, die ich liebte. Ich würde nie etwas anderes sein, als ich nun war – der umherschweifende Geächtete meines eigenen dunklen Geistes. Und doch trug meine Verzweiflung, wie mein Gesicht, ein verhaltenes Lächeln.« Lord Byron schwieg. Er blickte tief in Rebeccas Augen, als wolle er sie mit seiner Willenskraft zwingen, ihn zu verstehen. Schließlich seufzte er und wandte den Blick ab, doch sein Lächeln blieb, stolz und mit einer Spur Spott darin.

»Ich blieb auf Deck. Immer wieder stiegen die weißen Klippen auf und verschwanden. ›Ich bin ein Vampir‹, sagte ich zu mir. Der Wind heulte, der Mast zitterte, und meine Worte schienen im Atem des Sturms verloren. Und dennoch waren sie es nicht. Denn sie gehörten, wie ich, zum Brüllen des Sturms. Ich klammerte mich an die Reling, während die Wogen sich hoben und senkten und Sätze machten wie ein Pferd, das seinen Reiter kennt. Ich hielt eine Flasche in der Hand. Sie war geöffnet. Ich atmete das Bukett der Mischung aus Wein und Blut ein. Es verlangte mich, die Flasche hinaus ins Meer zu werfen. Das Blut würde einen Bogen bilden und sich auf den Winden verstreuen, und ich würde mit ihm aufsteigen, mich dann emporschwingen, frei und wild wie der Sturm selbst. Ich spürte eine lachende Heiterkeit mein Blut füllen. Ja, dachte ich, ich würde mein Versprechen halten, ich würde die Geheimnisse meiner eigenen Vampirnatur erforschen – ich würde ein Pilger des Jenseits werden. Alles, was ich tun mußte, war, auf dem Sturm zu reiten.

Ich trank aus meiner Flasche, dann hob ich sie hoch, bereit, sie nach den Winden zu schleudern. Blut vom Rand spritzte über meine Hand. Ich straffte mich – da spürte ich eine Hand an meinem Arm. ›Mylord.‹ Ich schaute mich um. ›Mylord...‹ Es war Polidori. Er plagte sich mit einer Mappe ab, die er unter den Arm geklemmt hatte. ›Mylord, ich habe mich gefragt, ob Sie vielleicht meine Tragödie ansehen möchten?‹

Ich starrte ihn in kaltem Unglauben an. ›Tragödie?‹ fragte ich schließlich.

›Ja, Mylord‹, nickte Polidori. Er hielt mir ein Bündel Blätter hin. ›*Cajetan*, eine Tragödie in fünf Akten, nämlich die Tragische Geschichte Cajetans.‹ Er fummelte mit seiner Mappe herum. ›Ich stecke besonders bei dieser Zeile fest. ›Stöhnend also tat der mächt'ge Cajetan –‹

Ich wartete. ›Was tat der mächtige Cajetan denn?‹

›Das ist ja das Problem‹, sagte Polidori. ›Ich bin mir nicht sicher.‹ Er reichte mir das Blatt Papier. Der Wind riß es ihm aus der Hand. Ich sah ihm nach, wie es über dem Schiff flatterte und dann hinaus über die Wellen.

Ich drehte mich um. ›Ich bin an Ihrer Tragödie nicht interessiert‹, sagte ich.

Polidoris Augen, die schon in guten Momenten vorquollen, schienen ihm aus dem Kopf springen zu wollen. ›Mylord‹, stotterte er, ›ich glaube wirklich...‹

›Nein.‹

Seine Augen traten aus den Höhlen. ›Sie sind Dichter‹, beklagte er sich. ›Warum darf ich keiner sein?‹

›Weil ich Sie dafür bezahle, medizische Forschungen durchzuführen, nicht etwa, damit Sie Ihre Zeit mit dem Hinschmieren von Schund vergeuden.‹ Ich kehrte ihm den Rücken, um die Wellen zu betrachten. Polidori stotterte noch etwas, dann hörte ich ihn gehen. Ich überlegte, ob es zu spät wäre, ihn zurückzuschicken. Ja, dachte ich und seufzte, wahrscheinlich war es zu spät.

Und so bemühte ich mich in den folgenden Tagen sehr, unser Verhältnis zu verbessern. Polidori war eingebildet und lächerlich, aber er war auch brillant, mit einem suchenden Geist, und seine Kenntnisse in den Grenzbereichen der Wissenschaft waren profund. Während wir nach Süden reisten, fragte ich ihn immer wieder nach Theorien der Natur des Lebens, der Schöpfung, der Unsterblichkeit. Zu diesen Themen wenigstens brachte Polidori eine Fülle an Sachkenntnis bei. Er wußte über sämtliche neuesten Experimente Bescheid, von der Suche nach Zellen, die sich endlos reproduzieren würden, von dem *Potential* – ein stärkeres Wort wollte er nicht benutzen – für die spontane elektrische Erzeugung von Leben. Oft erwähnte er Texte, die ich im Laboratorium des Paschas gesehen hatte. Ich begann mich über sie zu wundern. Warum war der Pascha so an Galvanismus und Chemie interessiert gewesen? Hatte auch er nach einer wissenschaftlichen Erklärung seiner Unsterblichkeit gesucht? Hatte auch er nach einer Grundlage des Lebens gesucht, einer Grundlage, die, einmal entdeckt, vielleicht die Notwendigkeit, mit Blut zu überleben, beseitigen würde? Wenn dies tatsächlich der Fall gewesen war, dann hatte Lady Melbourne vielleicht doch recht gehabt – dann hatte ich mehr mit dem Pascha gemein, als ich jemals geglaubt hätte.

Ein- oder zweimal, wie schon in London, bildete ich mir ein, ihn zu sehen. Es war immer nur ein ganz schwacher, flüchtiger Eindruck, und sein Gesicht hatte wie zuvor einen hektischen gelben Schimmer. Doch hatte ich nie das Gefühl, über das ich ja verfügte, einem anderen Geschöpf meiner Art nahe zu sein – und ich wußte sowieso, daß der Pascha tot war. Ich begann, Polidori nach dem Wirken des Geistes, nach Halluzinationen und der Natur der Träume auszufragen. Wiederum waren Polidoris Theorien kühn und tiefgründig. Er hatte, wie er mir erzählte, eine wissenschaftliche Arbeit über den Somnambulismus geschrieben. Er bot mir an, mich zu mesmerisieren. Ich lachte und stimmte zu, aber Polidoris sterbliche Augen konnten keine Macht über meine gewinnen. Statt dessen war ich es, der in Polidoris Gehirn eindrang. Wenn ich in seinen Träumen erschien, flüsterte ich ihm ein, das Dichten aufzugeben und seinem Arbeitgeber den schuldigen Respekt zu zollen. Als er aufwachte, reagierte Polidori mit langem Schmollen. ›Verflucht‹, murmelte er, ›selbst in meinen Träumen müssen Sie den Herrn spielen.‹ Den ganzen Tag sprach er kaum ein weiteres Wort. Vielmehr saß er da und arbeitete demonstrativ an seiner Tragödie.

Inzwischen befanden wir uns in Brüssel. Ich wollte unbedingt die Felder von Waterloo sehen, wo ein Jahr zuvor die große Schlacht geschlagen worden war. Am Morgen, nach dem Polidori mit Schmollen begonnen hatte, war er genügend erholt, um mich zu begleiten. ›Ist es wahr, Mylord‹, fragte er, während wir hinausritten, ›daß Sie als der Napoleon des Reims bekannt sein möchten?‹

›Andere Leute haben mich so genannt.‹ Ich warf einen Blick auf ihn. ›Warum, Polidori? Kommen Sie deshalb jetzt mit? Um mich in Waterloo zu sehen?‹

Polidori nickte steif. ›Gewiß, Mylord, ich glaube, Sie sind als Dichter zu lange nicht gefordert worden. Ich meine‹ – er rang nach Luft – ›nein, ich glaube, daß meine Tragödie sich als Ihr Wellington erweisen könnte.‹

Wieder mußte ich lachen, aber ich gab keine weitere Antwort mehr, denn nun begann ich, schales Blut zu riechen. Ich ritt in leichtem Galopp voran. Die sanft gewellten Hügel vor mir schienen verlassen und ruhig. Aber ja – ich atmete es wieder ein –, der Duft des Todes lag schwer in der Luft. ›Ist dies der Schauplatz der Schlacht?‹ rief ich zu unserem Führer zurück. Er nickte. Ich blickte in die Runde, dann galoppierte ich weiter. Schlamm saugte an den Hufen meines Pferds, und wenn er aufgewühlt wurde, schien er vor Blut zu triefen. Ich ritt zu der Stelle, wo Napoleon am Tag seiner verhängnisvollen Niederlage kampiert hatte. Ich saß im Sattel und blickte hinaus auf diese Ebene der Totenschädel.

Die Weizenfelder wogten in einer milden Brise. Fast konnte ich mir einbilden, daß sie meinen Namen flüsterten. Ich spürte, wie mich eine sonderbare Leichtigkeit erfüllte, und ich ritt voran, um sie abzuschütteln. Indes schien der Schlamm, durch den ich reiten mußte, immer stärker zu saugen. Ich galoppierte hinüber auf einen Streifen Gras. Noch immer drang der Schlamm durch. Ich blickte auf den Boden. Da bemerkte ich, daß das Gras sich rot verfärbte. Wohin auch immer mein Pferd trat, quoll Blut aus der Erde.

Als ich mich umschaute, war ich allein. Von meinen Reitgefährten gab es keine Spur, und der Himmel wirkte mit einem Mal purpurn und dunkel. Alle Geräusche waren verklungen – die Vögel, die Insekten, das Rauschen des Weizens. Die Stille war wie der Himmel, kalt und tot. Auf der ganzen weiten Ebene bewegte sich kein einziges lebendes Wesen.

Und dann hörte ich, von jenseits des Kamms einer Hügelkette, sehr schwach einen Laut. Es war der Klang einer Trommel. Er hörte auf – dann begann er lauter als zuvor aufs neue. Ich ritt voran. Der Trommelschlag wurde schneller. Während ich den Hang hinaufritt, schien er durch den Himmel zu hallen. Auf der Höhe angekommen, zügelte ich mein Pferd. Ich saß still und blickte auf die Szene unter mir.

Blut sickerte aus den Feldern, als wäre der Boden ein über eine nicht zu stillende Wunde gelegter Verband. Die Erde begann aufzuweichen und sich mit den Pfützen aus geronnenem Blut zu vermischen, so daß sich überall auf dem Schlachtfeld Klumpen aus Schmutz und Blut bildeten. Bald konnte ich menschliche Formen erkennen, die sich taumelnd aus dem Gefängnis ihrer Gräber befreiten. Allmählich formierten sich Reihen, und ich erkannte die vermodernden Fetzen ihrer Uniformen. Staunend blickte ich auf Regimenter – Bataillone – Armeen der Toten. Sie begegneten meinem Blick mit idiotischen Augen. Ihre Haut war verwest, die Nasen waren eingefallen, die Körper stinkend vor Blut und Schleim. Einen Moment lang war alles still. Dann, wie von einem einzigen Gedanken mitgerissen, machten die Soldaten einen Schritt voran. Sie zogen die Mützen. Mit schrecklicher Langsamkeit schwenkten sie sie in der Luft, um mich zu grüßen. ›*Vive l'Empereur!*‹ schrien sie. ›Lang lebe unser Kaiser! Der Kaiser der Toten!‹

Ich drehte mich im Sattel um. Meine letzte Nacht in Piccadilly fiel mir ein. Ich war mir sicher, daß dies abermals eine Vision war, die für mich heraufbeschworen wurde. Ich suchte nach dem Geschöpf, das die Gestalt des Paschas hatte. Dann entdeckte ich ihn, zu Pferd, abgehoben vom purpurfarbenen Himmel. Er beobachtete mich. ›Vachel Pascha?‹ flüsterte ich. Ich kniff die Augen zusammen. ›Können Sie es wirklich sein?‹ Indem er den Hut zog, äffte er den Gruß der toten Soldaten nach. Dann galoppierte er davon, aber ich setzte ihm nach, um ihn zu vernichten und die Kontrolle über meinen Traum wieder an mich zu reißen. Das Geschöpf drehte sich um. Auf seinem Gesicht zeigte sich ein überraschtes Stirnrunzeln. Plötzlich, bevor ich eine Bewegung bemerkt hatte, spürte ich seine Finger um meine Kehle. Seine Stärke verblüffte mich. Es war viel Zeit vergangen, seit ich mich mit einem Wesen gemessen hatte, dessen Kräfte den meinen glichen. Ich wehrte mich. Wieder sah ich Überraschung und Zweifel in der Miene des Paschas. Ich spürte ihn schwächer werden. Ich fetzte ihm durchs Gesicht. Er taumelte zurück und wälzte sich auf dem Boden. Ich trat vor. Im selben Augenblick hörte ich einen Schrei.

Ich schaute mich um. Polidori beobachtete mich. Er starrte mir in die Augen, dann schrie er wieder. Ich blickte auf die Stelle, wo der Pascha lag – er war verschwunden. Ich fluchte leise vor mich hin. Jetzt konnte ich wieder Vögel hören, und als ich über das Schlachtfeld blickte, sah ich nur Gras und unzertrampelte Getreidefelder.

Ich schaute zurück zu Polidori. Er schlief noch immer, stöhnend und sich auf dem Boden krümmend. Unsere Diener gingen gerade zu ihm. Gut, dachte ich. Sie konnten ihn gern behalten. Ich warf mein Pferd herum und überquerte das Schlachtfeld. Bauern boten mir zerbrochene Degen und Schädel an. Ich kaufte einige. Ansonsten ritt ich allein und sinnierte über Napoleons Sturz und die unheilvolle Vergänglichkeit alles Sterblichen nach.

Während wir nach Brüssel zurückritten, beobachtete

mich Polidori weiterhin schweigend. Seine Augen waren mißtrauisch und voller Angst. Ich ignorierte ihn. Erst später in jener Nacht, nachdem ich getötet und getrunken hatte und warm vom Blut war, befaßte ich mich mit ihm. Er schlief, doch ich weckte ihn. Ich umklammerte seinen Hals und warnte ihn, nie wieder meine Träume zu lesen.

›Aber ich sah Sie in Trance‹, sagte Polidori nach Luft ringend. ›Ich dachte, es könnte interessant sein, Ihre Gedanken zu lesen. Tatsächlich‹ – er atmete keuchend aus – ›glaubte ich als Ihr Arzt, es wäre meine Pflicht.‹

Ich zog einen Finger über seine Wange. ›Versuchen Sie es nicht noch einmal‹, flüsterte ich.

Polidori sah mich angriffslustig an. ›Warum nicht, Mylord?‹ fragte er. ›Glauben Sie, mein Geist wäre dem Ihrem nicht ebenbürtig?‹

Ich lächelte. ›Nein‹, flüsterte ich sehr leise. Polidori machte den Mund auf, aber als er meine Augen sah, wurde sein Gesicht weiß, und er brachte nur einen brabbelnden Laut heraus. Schließlich senkte er den Kopf. Er wandte sich ab und ging fort. Ich hoffte – ich glaubte –, er habe verstanden.

Aber seine Eitelkeit ließ sich nicht im Zaum halten. Polidori grübelte weiter. ›Warum‹, fragte er mich unvermutet einige Tage später, ›grüßten die Soldaten Sie als Kaiser?‹

Ich blickte ihn überrascht an, dann lächelte ich kalt. ›Es war bloß ein Traum, Polidori.‹

›Wirklich?‹ Seine Augen quollen vor, und er nickte aufgeregt. ›Wirklich?‹

Ich wandte mich ab, um aus dem Kutschenfenster zu sehen und die Schönheit des vorbeiströmenden Rheins zu bewundern. Ich riet Polidori, das gleiche zu tun. Einige Meilen lang tat er es. Wir fuhren schweigend. Dann stach Polidori mit dem Finger nach mir.

›Warum Sie?‹ explodierte er aufs neue. ›*Warum?*‹ Er klopfte sich auf die Brust. ›Warum nicht *ich?*‹

Ich sah ihn an und lachte.

Polidori schnappte nach Luft, so wütend war er, dann schluckte er und versuchte sich zu fassen. ›Und verraten Sie mir doch bitte, Mylord, was Sie tun können, das ich nicht besser könnte?‹

Ich lächelte dünn. ›Außer Dichtung schreiben, die sich verkaufen läßt?‹ Ich beugte mich vor. ›Drei Dinge.‹ Ich griff nach meiner Pistole und spannte sie. Polidori wich zurück. ›Ich kann auf dreißig Schritt ein Schlüsselloch treffen.‹ Ich deutete hinaus auf den Rhein. ›Ich kann durch diesen Fluß schwimmen. Und drittens...‹ Ich hielt den Pistolenlauf unter Polidoris Kinn. Ich hielt seinen Blick fest und drang in seine Gedanken ein. Dann beschwor ich ein Bild von ihm selbst herauf, angeheftet und gehäutet auf seinem eigenen Seziertisch. Ich sah die Farbe aus Polidoris Gesicht weichen. Ich lachte und lehnte mich zurück. ›Drittens‹, wiederholte ich, ›wie Sie sehen, kann ich Sie mit einem Entsetzen erfüllen, das Sie in den Wahnsinn treiben würde. Also, Doktor ... führen Sie mich nicht in Versuchung.‹

Polidori saß zitternd und nach Luft schnappend da. Wir fielen wieder in Schweigen. Er sagte nichts mehr, bis die Kutsche für die Nacht hielt. Als wir dann ausstiegen, sah er mich an. ›Warum sollten *Sie* Kaiser sein?‹ fragte er. ›Warum sollten Ihnen die Toten erschienen sein?‹ Unmut und Neid verdüsterten sein Gesicht. Dann wandte er sich ab und lief fort ins Wirtshaus.

Ich ließ ihn gehen. Seine Fragen waren natürlich berechtigt. Als Erben des Paschas hatte Lady Melbourne mich bezeichnet, und der Pascha war so etwas wie ein König gewesen. Solche Macht wünschte ich nicht – die Zeiten der Könige waren vorbei –, und obwohl ich ein Vampir war, konnte ich noch immer die Freiheit schätzen. Aber die Toten zu Waterloo hatten mir gehuldigt – waren sie etwa zur Verhöhnung heraufbeschworen worden? Und von wem? Vom Pascha persönlich? Aber der Pascha war tot – dessen war ich mir sicher, hatte ich ihm doch das Herz durchstoßen – *ich hatte gespürt, wie er gestorben war, ich wußte es genau.*

Also konnte es nicht sein Gesicht gewesen sein, das ich in Piccadilly flüchtig erblickt oder fahl und bleich vor dem Himmel gesehen hatte. Ich begann, meine Gedanken zu hüten. Ich wollte sie nicht noch einmal überraschen lassen. Wenn hier ein Geschöpf umging, das mich herausfordern wollte, gut, sollte es, aber ich bezweifelte, daß seine Kräfte sich mit den meinen würden messen können. Wir reisten weiter, am Drachenfels vorbei und dann in die Schweiz. Allmählich ragten winterlich und gewaltig die Alpen vor uns auf. Die ganze Zeit sah ich nichts Merkwürdiges. Nichts drang in meine Träume ein. Das Geschöpf – was auch immer es war – schienen wir zurückgelassen zu haben. Ich freute mich, war aber nicht überrascht. Ich erinnerte mich, daß ich in Waterloo sein Gesicht zerfetzt hatte. Es wäre dumm gewesen, wenn es gewagt hätte, weiter mit mir zu streiten. Während wir uns Genf näherten, entspannte ich mich langsam.« Er machte eine Pause. »Was sich freilich als schlimmer Fehler erwies.«

Rebecca wartete. »Der Pascha?« fragte sie schließlich.

»Nein, nein.« Lord Byron schüttelte den Kopf. »Nein, es war ein völlig anders gearteter Schock. Wir fuhren vor dem Hôtel d'Angleterre vor. Ich stieg aus der Kutsche und betrat die Vorhalle. In diesem Moment atmete ich einen Duft ein. Er war vertraut, tödlich, unwiderstehlich. Ich blieb wie angewurzelt stehen, dann schaute ich mich um, halb darauf gefaßt, Augusta zu sehen. Aber da waren nur

Polidori und das Hotelpersonal. Wie betäubt trug ich mich ins Register ein. Alter, wollte es wissen. Plötzlich empfand ich eine schreckliche, müde Verzweiflung. Einhundert, schrieb ich. Dann zog ich mich auf mein Zimmer zurück und versuchte, meinen Geist zu leeren. Aber es war unmöglich. Überall hing der Geruch nach goldenem Blut.

Eine Stunde später bekam ich ein Briefchen heraufgeschickt. Ich riß es auf. ›Mein teuerster Geliebter‹, las ich, ›es tut mir leid, daß Sie so alt geworden sind, tatsächlich vermutete ich nach der Langsamkeit Ihrer Reise, Sie wären zweihundert. Ich bin hier mit Mary und auch mit Shelley. Ich hoffe, wir alle werden Sie bald sehen. Jedenfalls habe ich Ihnen viel zu erzählen. Aber für heute möge der Himmel Ihnen süßen Schlaf senden – ich bin so glücklich.‹ Es war einfach mit ›Claire‹ unterschrieben.

›Schlechte Nachrichten?‹ fragte Polidori mit seinem gewohnten Takt.

›Ja‹, sagte ich langsam. ›Das kann man wohl sagen.‹

Polidori grinste. ›Oje‹, sagte er.

Es gelang mir, Claire zwei weitere Tage aus dem Weg zu gehen. Aber sie belästigte mich die ganze Zeit mit Briefchen, und ich wußte, sie würde mich am Ende aufspüren. Schließlich hatte sie halb Europa durchquert, um bei mir zu sein; ihr Wahnsinn war also zweifellos nicht zu leugnen. Sie fand mich eines Nachmittags, als ich mit Polidori draußen auf dem See ruderte. Mit zwei Begleitern neben sich erwartete sie mich. Ich saß in der Falle. Je näher ich ihr kam, desto stärker wurde der Duft in meiner Nase. Ich kletterte aus dem Boot und ging langsam auf sie zu. Sie streckte ihre Hand aus – zögernd nahm ich sie. Als ich ihr die Hand küßte, wurde mir schwindlig vor Durst. Eilends ließ ich Claires Hand fallen und kehrte ihr den Rücken zu – ihr und dem Fötus unseres ungeborenen Kindes.

›Lord Byron?‹ Claires männlicher Begleiter war vorgetreten, um mich zu begrüßen. Ich betrachtete eindringlich sein Gesicht. Es war zart und bleich, von langem goldenem Haar gerahmt – das Gesicht eines Dichters – beinahe, dachte ich, das Gesicht eines Vampirs. ›Mr. Shelley?‹ erkundigte ich mich. Er nickte.

›Es freut mich sehr, Sie kennenzulernen‹, sagte ich, indem ich seine Hand nahm. Ich schüttelte sie, dann warf ich einen Blick auf das dritte Mitglied der Gruppe. Shelley, der meinem Blick folgte, nahm seine Gefährtin beim Arm und führte sie her. ›Sie haben Mary, Claires Schwester, glaube ich, bereits kennengelernt?‹

Ich lächelte und nickte. ›Ja, ich kenne Ihre Frau.‹

›Nicht meine Frau.‹

Ich schaute Shelley überrascht an. ›Oh, ich bitte um Entschuldigung, ich dachte...‹

›Shelley hält nicht viel von der Ehe‹, sagte Mary.

Shelley lächelte mich schüchtern an. ›Wie ich höre, haben Sie selbst nicht viel Zeit für den Ehestand.‹

Ich mußte lachen, und das Eis war gebrochen. Verärgert, weil sie nicht beachtet wurde, lief Claire auf mich zu und versuchte, sich bei mir unterzuhaken, aber ich schüttelte sie ab. ›Kommen Sie heute abend zum Essen zu mir‹, flüsterte ich in Shelleys Ohr. ›Bringen Sie Claire nicht mit.‹ Dann ging ich, mit einer Verneigung vor den beiden Schwestern, zum Boot zurück.

Shelley kam tatsächlich an jenem Abend, und er kam allein. Wir unterhielten uns bis in die frühen Morgenstunden. Das Gespräch mit ihm bezauberte mich. Er war ein unverbesserlicher Heide. Es war nicht bloß die Ehe, was er verurteilte – er verurteilte auch Priester und Tyrannen und Gott. ›Dies ist der Winter der Welt‹, erklärte er mir. ›Alles ist grau und mit Ketten beschwert.‹ Und dennoch hatte diese Erkenntnis keine Verzweiflung erzeugt – vielmehr brannte sein Glaube an die Zukunft wie ein Feuer, und ich, der ich vergessen hatte, was leidenschaftliche Hoffnung sein konnte, lauschte hingerissen. Shelley glaubte an die Menschheit, glaubte, sie könne einen höheren Zustand erreichen. Ich verspottete ihn natürlich wegen seiner vielen Spekulationen – er sprach von Dingen, die er unmöglich wissen konnte. Und doch faszinierte es mich auch, wenn er davon sprach, seinen Geist dem Universum zu öffnen, seine Wahrnehmungen so straff zu spannen wie die Saiten einer Leier, damit seine visionären Sinne vielleicht ins Grenzenlose gesteigert würden. ›Es gibt merkwürdige Kräfte in der Welt‹, erklärte er mir, ›uns unsichtbar, aber trotzdem so wirklich wie Sie oder ich.‹

Ich lächelte. ›Und wie stellen Sie den Kontakt mit solchen Kräften her?‹ fragte ich.

›Durch Schrecken‹, erwiderte Shelley sofort. ›Schrecken und Sexualität. Beide können sie dazu dienen, die Welt des Unbekannten zu öffnen.‹ Meine Lächeln wurde breiter. Ich starrte in Shelleys Augen. Wieder dachte ich, was für einen schönen Vampir er abgeben würde.

Ich beschloß, in der Schweiz zu bleiben. Shelley und sein Haushalt hatten sich bereits in einem Haus am See eingerichtet. Ich mietete eine große Villa gut zweihundert Schritt von ihnen entfernt – in einer Entfernung, wo der Duft von Claires Schoß schwach wurde. Claire selbst war noch immer zudringlich, und es gab Zeiten, da weigerte sie sich fortzubleiben. Meistens jedoch ging ich ihr mit Erfolg aus dem Weg, und die Qual, die sie für mich in ihrem Fleisch trug, hielt sich in einem erträglichen Maß. Shelley sah ich natürlich ständig. Wir ruderten und ritten, und danach redeten wir bis spät in die Nächte.

Nach einigen Wochen wendete sich das Wetter deutlich

zum Schlechteren. Es herrschte endlos Nebel, es gab Gewitter und schwere Regenfälle. Wir blieben Tag und Nacht in meiner Villa. An den Abenden kamen wir in meinem Wohnzimmer zusammen. In dem riesigen Kamin brannte dann ein Feuer, während draußen der Wind über den See heulte und am Glas der Balkontüren rüttelte. Oft standen wir dahinter und beobachteten das Spiel der Blitze über den eisigen Berggipfeln. Der Anblick regte mich an, erneut meine Fragen zu stellen – über Galvanismus und Elektrizität und ob ein Lebensprinzip existierte. Auch Shelley faszinierten solche Probleme, und er hatte in Oxford, so schien es, sogar Experimente durchgeführt.

›Erfolgreich?‹ fragte ich.

Shelley lachte und schüttelte den Kopf. ›Aber ich glaube noch immer, es könnte möglich sein, Leben zu erzeugen‹, sagte er. ›Vielleicht könnte eine Leiche wiederbelebt werden.‹

›O ja‹, mischte Polidori sich ein, ›darüber dürfte mein Lord Byron bestens Bescheid wissen, nicht wahr, *Mylord?*‹ Sein Gesicht begann zu zucken. ›Kaiser der Toten‹, stieß er hervor. Ich lächelte ein wenig und ließ ihn links liegen. Polidori war eifersüchtig auf Shelley. Er hatte guten Grund dazu. Shelley und ich setzten unser Gespräch fort. Nach einigen weiteren Unterbrechungen fluchte Polidori auf uns und stürmte hinaus.

Er holte seine Tragödie vor und begann laut vorzulesen. Ich hörte Claire kichern. Polidori brach ab und wurde rot. Er sah sich im Zimmer um. Wir verstummten alle. ›Sie‹, sagte Polidori plötzlich und zeigte auf Shelley. ›Mein Gedicht. Was halten *Sie* davon?‹

Shelley zögerte lange. ›Sie sind ein hervorragender Arzt‹, sagte er schließlich.

Polidori zitterte. ›Wollen Sie mich beleidigen?‹ fragte er mit leiser, bebender Stimme.

Shelley machte einen erstaunten Eindruck. ›Du liebe Zeit, nein.‹ Er zuckte die Achseln. ›Aber leider glaube ich nicht, daß Ihre Dichtung sehr viel wert ist.‹

Polidori schleuderte sein Manuskript auf den Boden. ›Ich fordere Satisfaktion‹, rief er. Er ging auf Shelley zu. ›Ja, Sir, Sie, ich fordere Satisfaktion!‹

Shelley brach in Lachen aus.

›Um Gottes willen, Polidori‹, sagte ich gedehnt, ›Shelley ist ein friedliebender Mensch. Wenn Sie ein Duell austragen müssen, tun Sie es mit mir.‹

Polidori sah mich an. ›Sie verspotten mich, Mylord.‹

Ich lächelte. ›Ja, das ist richtig.‹

Plötzlich ließ Polidori die Schultern hängen. Geknickt wandte er sich wieder an Shelley. ›Ich welcher Weise halten Sie mein Gedicht für mißglückt?‹

Shelley dachte nach. In diesem Augenblick fuhr ein Blitz über den Jura, und das ganze Zimmer wurde von seinem Schein silbern erleuchtet. ›Dichtung‹, sagte Shelley, während das Grollen des Donners verklang, ›muß ein‹ – er überlegte – ›muß ein Feuerfunke sein, eine elektrische Entladung, die einer toten Welt Leben schenkt, Augen öffnet, die zu lange geschlossen waren.‹

Ich lächelte ihn an. ›Wie Schrecken also?‹

Shelley nickte, die Augen weit geöffnet und ernst. ›Ja, wirklich, Byron – wie Schrecken.‹

Ich stand auf. ›Ich habe eine Idee‹, sagte ich. ›Probieren wir doch aus, ob Shelleys Theorie richtig ist.‹

Mary sah mich stirnrunzelnd an. ›Wie denn?‹ fragte sie. ›Was meinen Sie?‹

Ich ging zu einem Regal hinüber und hielt ein Buch hoch. ›Ich werde Ihnen Gespenstergeschichten vorlesen‹, sagte ich. ›Und dann wird jeder von uns der Reihe nach eine eigene Geschichte vortragen.‹ Ich ging durchs Zimmer und dämpfte die Lichter. Nur Shelley half mir. Polidori sah hochnäsig zu, während Mary und Claire unsicher und ängstlich wirkten. Ich versammelte sie um mich herum vor dem Kamin. Als ich begann, kam von draußen ein befriedigendes Rollen des Donners. Aber ich brauchte das Gewitter nicht – ich wußte, daß allein meine Stimme ihnen Angst einflößen würde. Für die andern las ich aus dem Buch vor, aber ich hatte es natürlich nicht nötig – die Gruselgeschichten, die ich ihnen erzählte, waren meine eigenen. Zwei Geschichten dachte ich mir in jener Nacht aus. In der ersten umfaßte ein Verliebter seine frischvermählte Braut, küßte sie – und spürte, wie sie sich in den Leichnam all der Mädchen, die er verraten hatte, verwandelte. Und in der zweiten...« Lord Byron hielt inne. Er lächelte Rebecca an. »Die zweite erzählte die Geschichte einer Familie. Ihr Gründer war wegen seiner Sünden verdammt, allen seinen Nachkommen den Todeskuß zu geben« – Lord Byron machte eine Pause – »*allen in seiner Familie, in denen sein Blut floß.*« Er nickte, als er sah, wie Rebecca reglos auf ihrem Stuhl saß. »Ja, ich erinnere mich, daß diese auch Claire gut gefiel. Sie begann, ihren Bauch zu umklammern, geradeso wie Bell es getan hatte. Und dann – ja – ermutigte mich der Duft ihres Entsetzens. Ich erzählte ihnen meine eigene Geschichte – verschleiert natürlich – die Geschichte zweier Freunde, die nach Griechenland reisten und was dem einen der beiden dort widerfuhr. Es war still, als ich zum Ende kam. Mit Freude bemerkte ich, wie sehr Shelley berührt war. Seine Augen waren weit aufgerissen und starr, wurden fast aus den Höhlen gequetscht vom Krampf der Muskeln, so daß es aussah, als wären seine Augäpfel einfach in eine Maske gesetzt worden. Sein Haar schien zu glühen, und sein Gesicht war von einer Blässe, die beinahe zu leuchten schien.

›Und das war ... nur eine Geschichte?‹ fragte er schließlich.

Ich zog eine Braue hoch. ›Warum fragen Sie?‹

›Wie Sie sie erzählt haben‹ – seine Augen wurden noch größer – ›wirkte sie, na ja, Sie trugen sie vor, als enthielte sie eine schreckliche Wahrheit.‹

Ich lächelte dünn, aber als ich den Mund aufmachte, um zu antworten, unterbrach mich Polidori. ›Jetzt bin ich an der Reihe!‹ rief er und sprang auf. ›Seien Sie jedoch gewarnt, meine Damen‹, fügte er mit einer galanten Verneigung vor Mary hinzu, ›sie könnte durchaus Ihr Blut gefrieren lassen.‹ Er warf sich mit einer Kerze in Positur, räusperte sich und begann. Die Geschichte war natürlich lächerlich. Eine Frau hatte aus irgendeinem nicht erklärten Grund statt des Kopfes einen Totenschädel. Sie spähte immerzu durch Schlüssellöcher. Irgend etwas Erschreckendes widerfuhr ihr, was, weiß ich nicht mehr. Schließlich blieb Polidori stecken und ließ ihr in irgendeinem Grab den Garaus machen, wiederum aus keinem ersichtlichen Grund. Bis dahin war der Abend in der Tat von Knistern der Angst geprägt gewesen; jetzt sackte er in Albernheit ab.

Dann plötzlich, als wir uns bogen vor Lachen, stieß Mary einen Schrei aus. Die Balkontüren flogen auf, der Wind fegte durchs das Zimmer und blies sämtliche Kerzen aus. Mary schrie noch einmal. ›Ist schon gut!‹ rief Shelley, während er eilends die Türen schloß. ›Es ist nur der Sturm!‹

›Nein.‹ Mary deutete nach draußen. ›Da ist etwas auf dem Balkon. Ich habe es dort gesehen.‹ Ich runzelte die Stirn und ging mit Shelley durch die Türen. Der Balkon war leer. Wir versuchten, in die Dunkelheit zu spähen, aber der Regen trieb über den See herein und machte uns blind. Riechen konnte ich nichts.

›Ich habe ein Gesicht gesehen‹, behauptete Mary, während wir die Kerzen wieder anzündeten. ›Gräßlich, böse.‹

›War es bleich?‹ fragte ich. ›Hatte es brennende Augen?‹

›Ja.‹ Sie schüttelte den Kopf. ›Nein. Seine Augen...‹ – sie sah mich an – ›seine Augen, Byron, waren den Ihren sehr ähnlich.‹

Shelley sah mich mit einem sonderbaren Gesichtsausdruck an. Plötzlich mußte ich lachen.

›Was haben Sie?‹ fragte Shelley.

›Ihre Theorie scheint erhärtet‹, sagte ich. ›Sehen Sie uns an. Alle in einem Zustand äußerster Nervosität. Polidori, ich gratuliere.‹ Polidori lächelte und verneigte sich. ›Ihre Geschichte kann nicht so lächerlich gewesen sein, wie ich gedacht hatte. Wir scheinen alle zu halluzinieren.‹

›Ich habe es mir nicht eingebildet‹, sagte Mary. ›Da ist irgendein – Ding – dort draußen.‹

Shelley ging zu ihr und nahm ihre Hand. Aber die ganze Zeit schaute er mich unverwandt und eindringlich an. Er zitterte.

›Ich möchte zu Bett gehen‹, sagte Claire leise.

Ich sah sie an. ›Gut.‹

Sie stand auf und schaute sich im Zimmer um, dann rannte sie hinaus.

›Shelley?‹ fragte ich.

Er runzelte die Stirn. Sein bleiches Gesicht war in Schweiß gebadet. ›Irgendeine Kraft ist hier‹, sagte er, ›ein furchtbarer Schatten einer unsichtbaren Kraft.‹ Tiefer und tiefer, merkte ich, sank er in die Dunkelheit meiner Augen. Ich blickte in seine Gedanken und sah, wie sehr er in seine Ekstase der Angst verliebt war. Wie Mondlicht auf einem stürmischen Meer warf ich den Schimmer einer ferneren Welt auf seine Seele. Er schauderte, während er seinen wachsenden Schrecken begrüßte. Dann wandte er sich an Mary. Er versuchte, seine Angst zu bezwingen. Aber so leicht entkam er mir nicht. Wieder rollte meine Kraft durch seine Gedanken. Als Shelley Mary wieder anschaute, sah er sie nackt, und ihr Leib schien bleich und gräßlich und deformiert; ihre Brustwarzen waren geschlossene Augen; plötzlich öffneten sie sich und funkelten wie die eines Vampirs, verhöhnten ihn, riefen ihm zu. Shelley stieß einen schrillen Schrei aus, dann starrte er mich an. Die Haut seines Gesichts hatte sich zu zahllosen Runzeln verzogen – die Züge eines Entsetzens, das sich nicht unterdrücken ließ. Er schlug die Hände vors Gesicht und stürzte aus dem Zimmer. Polidori warf einen raschen Blick auf mich, dann eilte er ihm nach.

Auch Mary stand auf. ›Dieser Abend ist für uns alle zuviel gewesen‹, sagte sie nach langem Schweigen. Sie blickte hinaus in die Nacht. ›Ich hoffe, wir dürfen hier schlafen?‹

Ich nickte. ›Natürlich.‹ Dann lächelte ich sie an. ›Sie müssen sowieso. Wir haben Ihre Geschichte noch nicht gehört.‹

›Ich weiß. Ich bin sehr schlecht im Erfinden. Aber ich werde versuchen, mir etwas auszudenken.‹ Sie neigte den Kopf und wandte sich zum Gehen.

›Mary‹, rief ich ihr nach.

Sie wandte sich um und sah mich an.

›Sorgen Sie sich nicht um Shelley. Es geht ihm bald wieder gut.‹

Mary sah mir offen ins Gesicht. Sie lächelte ein wenig. Dann ließ sie mich ohne ein weiteres Wort allein.

Ich stand auf dem Balkon. Es regnete nicht mehr, aber der Sturm war noch immer heftig. Ich schnupperte im Wind nach dem Geruch des Wesens, das Mary gesehen hatte. Da war nichts. Sie mußte es sich doch eingebildet haben. Allerdings war es seltsam, dachte ich, daß ihre Halluzination meiner eigenen so ähnlich gewesen sein sollte. Ich zuckte die Achseln. Es war ein merkwürdiger, berauschender Abend gewesen. Ich blickte wieder hinaus in den tobenden Sturm. In der Ferne schimmerten die Berge wie Reißzähne, und ich wußte, daß der Mond hinter den Wolken voll war. Das Wissen um meine Macht schrie in meinem Blut. Aus dem fernen Genf schlugen die Uhren zwei. Ich wandte mich um und schloß die Balkontüren. Dann ging ich leise durch die Villa zum Zimmer der Shelleys.

Sie lagen umschlungen nackt und bleich da. Mary stöhnte, als mein Schatten über sie glitt; sie drehte sich im Schlaf um; auch Shelley regte sich, so daß er mir seine Brust und sein Gesicht zuwandte. Ich stand neben ihm. Wie schön er war. Wie ein Vater, der die Wangen seiner schlafenden Tochter streichelt, überflog ich seine Träume. Sie waren wunderschön und seltsam. Noch nie hatte ich einen solchen Sterblichen kennengelernt. Er hatte davon gesprochen, sich die geheime Kraft zu wünschen, die Energie der Welt, die jenseits der Menschen lag, und sein Geist, das wußte ich, war dessen würdig. An jenem Abend, unten im Wohnzimmer, hatte ich ihm einen flüchtigen Blick auf das, was jenseits der Sterblichkeit lag, gewährt. Und doch könnte ich ihm mehr geben – ich könnte ihn nach meinem Bild erschaffen, ihm eine Existenz für die Ewigkeit geben.

Ich empfand einen jähen verzweifelten Schmerz. Wie ich mich nach einem Gefährten meiner eigenen Art sehnte, den ich lieben könnte! Wir wären immer noch Vampire, gewiß, abgeschnitten von der ganzen Welt, aber nicht so elend und allein, wie ich mich jetzt fühlte. Ich beugte mich tief über Shelleys schlafende Gestalt. Es wäre keine Sünde, ihn zu einem Wesen gleich mir zu machen. Es war Leben, was ich ihm geben würde, und Leben war schließlich das

Geschenk Gottes. Ich legte meine Hand auf seine Brust. Ich fühlte sein Herz schlagen, während es darauf wartete, meinem Kuß geöffnet zu werden. Nein. Es würde kein Sklave sein, den ich schaffen wollte, kein Ungeheuer, sondern ein Geliebter für immer. Nein. Keine Schuld, keine Sünde. Ich fuhr mit dem Finger über Shelleys Brust.

Er rührte sich nicht, doch Mary stöhnte wieder, als ob sie sich bemühte, aus einem schrecklichen Traum zu erwachen. Ich blickte nach ihr – und dann über sie hinweg –, und langsam löste ich meine Lippen von Shelleys Brust.

Der Pascha beobachtete mich. Er stand an der Tür, in Schatten gehüllt, das glatte, bleiche Gesicht ohne jeden Ausdruck. Seine Augen jedoch schienen wie Licht in meine Seele einzudringen. Dann wandte er sich um und verschwand. Ich erhob mich von Shelleys Bett und huschte ihm nach.

Aber er war fort. Das Haus schien leer, und noch immer lag kein Duft von seiner Gegenwart in der Luft. Dann schlug eine Tür, und ich hörte den Wind durch den Flur heulen. Ich eilte hinunter. Die Tür am Ende schwang im Sturm hin und her. Hinter ihr wartete der Garten. Ich ging hinaus und suchte nach meinem Wild. Alles lag dunkel, vom Sturm geschüttelt. Dann, als ein Blitz über den Berggipfeln niederfuhr, fiel Licht auf eine schwarze Form, die sich von den Wellen des Sees abhob. Ich eilte mit dem Wind hinunter zum Ufer. Als ich näherkam, wandte sich die Gestalt um und sah mich an. Sein Gesicht glühte immer noch mit einem gelben Schimmer, und seine Züge wirkten noch grausamer, als ich in Erinnerung hatte. Aber er war es. Nun war ich sicher.

›Aus welchen Tiefen der Hölle, welchem unglaublichen Schlund sind Sie zurückgekehrt?‹

Der Pascha lächelte, sagte aber nichts.

›Und jetzt – verflucht – verflucht – ausgerechnet jetzt zu

erscheinen...‹ Ich dachte an Shelley, der noch im Haus schlief. ›Wollen Sie mir einen Gefährten verweigern? Soll ich nicht schaffen, wie Sie mich geschaffen haben?‹ Das Lächeln des Paschas wurde breiter. Seine gelben Zähne waren unerträglich ekelhaft. Zorn, so wild wie der Wind in meinem Rücken, trieb mich vorwärts. Ich packte den Pascha an der Kehle. ›Vergessen Sie nicht‹, flüsterte ich, ›daß ich Ihr Geschöpf bin. Überall sehe ich Glückseligkeit, von der ich allein ausgeschlossen bin. Ich war ein Mensch; Sie haben mich zum Satan gemacht. Verspotten Sie mich also nicht, weil ich mich nach Glück sehne, und versuchen Sie auch nicht, mich zu hindern, wenn ich es suche.‹ Noch immer grinste der Pascha höhnisch. Ich drückte fester zu. ›Verlassen Sie mich‹, flüsterte ich, ›mein Schöpfer – und deswegen mein ewiger *Feind*.‹

Der Hals des Paschas brach unter meinem Griff. Sein Kopf fiel schlaff zur Seite, und aus seiner Kehle schoß Blut über meine Hände. Ich ließ den Leichnam auf die Erde fallen. Ich starrte hinab – und sah, daß der Pascha jetzt Shelleys Gesicht hatte. Ich beugte mich neben ihm hinunter. Langsam kam mir der Leichnam entgegen. Er küßte mich auf die Lippen. Er öffnete den Mund. Seine Zunge war ein Wurm, fett und weich. Ich fuhr zurück. Ich sah, daß ich die Zähne eines Totenschädels geküßt hatte.

Ich blickte weg – und als ich wieder hinschaute, war die Leiche verschwunden. Tief im Innern hörte ich wildes Gelächter. Hektisch schaute ich mich um. Ich stand jetzt allein am Ufer, aber noch immer schwoll das Gelächter an, bis der See und die Berge davon widerzuhallen schienen und ich glaubte, es würde mich taub machen. Es erreichte einen Höhepunkt, dann verstummte es, und genau in diesem Augenblick zersprang das Glas in den Balkonfenstern, die Türen flogen auf, und Bücher und Papiere wurden vom

Sturm verstreut. Wie ein Insektenschwarm wurden sie hinausgefegt, über den Rasen zum Ufer, wo ich stand, flatterten und landeten überall um mich herum, wurden vom Schlamm festgehalten oder versanken langsam im Wasser des Sees. Ich hob ein Buch auf, das durchnäßt vor meinen Füßen lag. Ich schaute auf den Rücken. *Galvanismus und die Grundlagen des Lebens*. Ich erinnerte mich daran. Im Turm des Paschas hatte ich denselben Titel gelesen. Ich sammelte weitere Bücher auf, weitere verstreute Blätter – die traurigen Überreste der Bibliothek, die ich mitgebracht hatte. Ich stapelte sie auf den Kieseln des Ufers zu einem Hügel auf. Nachdem sich der Sturm gelegt hatte, zündete ich ein Feuer an. Träge begann der Scheiterhaufen zu brennen. Als die Sonne aufging, wurde sie von einem Leichtuch aus schwarzem Qualm über dem See begrüßt.«

Lord Byron schwieg. Rebecca sah ihn gespannt an. »Ich verstehe nicht«, sagte sie schließlich.

Lord Byron kniff die Augen zusammen. »Ich hatte mich verhöhnt gefühlt«, sagte er ruhig.

»Verhöhnt?«

»Ja. Meine Hoffnungen – sie waren verspottet worden.«

Rebecca runzelte die Stirn. »Sie meinen, Ihre Suche nach dem Lebensprinzip?«

»Sehen Sie« – Lord Byron lächelte bitter – »wie leer, wie melodramatisch solche Worten immer klingen müssen?« Er schüttelte den Kopf. »Und doch hatte ich geglaubt, ich wäre davon ausgenommen. Schließlich war ich ein Vampir – wie hätte ich sagen können, was unmöglich war? Doch als ich an jenem Morgen am See stand, während die Asche meines Bücherscheiterhaufens verweht wurde, empfand ich nichts als Ohnmacht. Ich verfügte über große Fähigkeiten, ja, aber ich wußte nun, daß es andere mit noch größeren Fähigkeiten gab – und jenseits von uns allen –

unergründlich – das Universum. Wie konnte ich mir anmaßen, den Funken des Lebens finden zu wollen? Es war ein hoffnungsloses Streben, ein Streben, das besser in einen Schauerroman paßte – irgendeine wissenschaftliche Phantasterei.« Lord Byron schwieg eine Weile und verzog die Lippen zu einem Lächeln. »Und deshalb brannte mein Haß auf den Pascha – meinen Schöpfer, den ich anscheinend nicht zu vernichten vermochte – heftiger als je zuvor. Ich sehnte mich nach einer endgültigen, tödlichen Konfrontation. Aber nun hielt sich der Pascha wie ein wahrer Gott versteckt vor mir.

Meine Rastlosigkeit begann wieder an mir zu nagen. Ich dachte daran, nach Italien aufzubrechen, aber meine Abneigung, mich von Shelley zu trennen, war zu groß, und wir brachen statt dessen zu einem Ausflug rund um den See auf. Ich sehnte mich immer noch nach ihm – ihm mein Blut zu geben, ihn zu einem Vampirherrn wie mich selbst zu machen –, war aber nicht mehr gewillt, es ihm mit Gewalt aufzuzwingen. Mein Abscheu vor dem Pascha diente mir zur Warnung; ich wollte nicht, was er hatte – eine Ewigkeit des Hasses seiner Schöpfung. Und so führte ich Shelley in Versuchung, deutete an, was ich ihm schenken könnte, flüsterte von dunklen Geheimnissen und fremdartigen Mysterien. Begriff Shelley? Vielleicht – ja, vielleicht – schon damals. Es geschah, als wir einmal auf dem See ruderten. Ein Sturm zog auf. Unser Steuerruder brach. Es schien, als würden wir kentern. Ich zog meine Jacke aus, aber Shelley saß ganz still da und sah mich bloß an. ›Wissen Sie denn nicht?‹, sagte er. ›Ich kann nicht schwimmen.‹

›Dann lassen Sie sich von mir retten‹, rief ich, indem ich die Hand nach ihm ausstreckte, aber Shelley wich zurück. ›Ich fürchte mich vor einem Geschenk des Lebens von Ihnen‹, erwiderte er.

›Sie werden ertrinken.‹
›Lieber das als ...‹
›Als‹ – ich lächelte – ›als was, Shelley? *Leben?*‹
Er umklammerte die Bordwände des Boots und starrte ins Wasser, dann wieder in meine Augen. ›Ich habe Angst‹, sagte er, ›hinabgezogen zu werden, hinab, *hinab.*‹ Und er blieb einfach sitzen, mit verschränkten Armen, und ich wußte, daß ich gescheitert war, wenigstens was diesen Sommer anging. Der Sturm flaute ab, das Boot war in Sicherheit und wir auch. Weder er noch ich erwähnte, was zwischen uns vorgefallen war. Aber ich war nun bereit, nach Italien abzureisen.

Und doch blieb ich noch. Es war natürlich das Blut meines ungeborenen Kindes, was mich dort hielt. Wie zuvor quälte und peinigte es mich. Die Gefahr nahm stetig zu. Ich weigerte mich, Claire allein bei mir zu haben. Auch in Shelleys Gesellschaft fühlte ich mich nun unwohl, und Polidori war natürlich unausstehlich. Von der ganzen Gruppe sah ich Mary am häufigsten. Sie schrieb an einem Buch. Es sei von den Alpträumen angeregt worden, erklärte sie, die sie während des schrecklichen Sturms gehabt hatte. Ihr Roman erzählte die Geschichte eines Wissenschaftlers, der Leben schuf. Seine Schöpfung haßte ihn und wurde von ihm gehaßt. Mary nannte diesen Roman *Frankenstein*.

Ich las einen Teil davon im Manuskript. Er übte eine tiefe und schreckliche Wirkung auf mich aus. Vieles – zu vieles – darin erkannte ich wieder. ›Oh, Frankenstein‹, sagte das Monster zu seinem Schöpfer, ›ich sollte Euer Adam sein, aber ich bin eher der gefallene Engel, den Ihr, obschon keiner Missetat schuldig, vom Glück fortjagt.‹ Ich schauderte bei diesen Worten. Von da an ermunterte ich Shelley abzureisen, Claire mitzunehmen und sich um ihr Kind zu kümmern. Endlich reisten sie. Nun war ich bereit. Ich würde meinen eigenen Frankenstein zur Strecke bringen. Und doch« – Lord Byron hielt inne – »nein, der Pascha war nicht ganz Frankenstein, und die Wirkung des Buchs lag im ganzen genommen nicht in seiner Wahrheit. Der Roman blieb bei aller Eindringlichkeit Erfindung. Es gab keine Wissenschaft, die fähig war, Leben zu erzeugen. Die Schöpfung blieb ein Geheimnis. Aufs neue war ich betroffen, wie lächerlich mein Ehrgeiz gewesen war. Ich war froh, daß ich meine Bibliothek brennen gesehen hatte.

Ich entließ Polidori. Ihn brauchte ich nun nicht mehr. Ich zahlte ihm eine hübsche Abfindung, aber er nahm die Entscheidung mit typischem Unmut auf. ›Warum müssen Sie es sein‹, sagte er, während er das Geld nachzählte, ›der die Macht hat, dies zu tun? Warum nicht ich?‹

›Weil ich einer anderen Klasse als Sie angehöre.‹

›Ja.‹ Polidori kniff die Augen zusammen. ›Ja, Mylord, das glaube ich.‹

Ich lachte. ›Ihre tiefen Einblicke habe ich nie in Abrede gestellt, Polidori.‹

Er grinste mich anzüglich an, dann zog er eine winzige Phiole aus der Tasche. Er hielt sie ins Licht. ›Ihr Blut, Mylord.‹

›Was ist damit?‹

›Sie haben mich dafür bezahlt, Untersuchungen daran vorzunehmen. Wissen Sie noch?‹

›Ja. Was haben Sie gefunden?‹

Wieder grinste Polidori. ›Wagen Sie es‹, lachte er leise in sich hinein, ›*wagen Sie es*, mich zu verachten, wo ich doch weiß, was ich weiß?‹

Ich starrte ihn an. Polidori begann zu zittern und leise zu murmeln. Ich drang in seinen Geist ein, füllte ihn mit nacktem Entsetzen. ›Drohen Sie mir nicht‹, flüsterte ich. Ich nahm ihm die Phiole mit Blut aus den Händen. ›Jetzt gehen Sie.‹ Polidori stand auf. Er stolperte aus dem Zimmer. Ohne ihn noch einmal gesehen zu haben, reiste ich am nächsten Tag ab.

Ich ritt hoch hinauf auf der Straße, die über die Alpen führte. Hobhouse war zu mir gestoßen. Wir reisten zusammen. Je weiter wir ritten, desto schwindelerregender stiegen die steilen Felswände auf. Über uns ragten zerklüftete Gletscher auf, unter uns gähnten tiefe Schluchten; über Schneegipfeln schwebten Adler mit weitgespannten Flügeln.

›Dies ist wie Griechenland‹, bemerkte Hobhouse. ›Du erinnerst dich, Byron? In Albanien...‹ Seine Stimme verlor sich. Er blickte über die Schulter wie aus unwillkürlicher Furcht. Auch ich schaute mich um. Der Pfad war leer. Über uns dehnte sich ein Wald aus verdorrten Föhren. Ihre Stämme waren abgeschält und ohne Rinde, ihre Äste ohne Leben. Ihr Aussehen erinnerte mich an mich und meine Familie. Auf der anderen Seite des Pfads erstreckte sich ein Gletscher wie ein gefrorener Wirbelsturm. Ja, dachte ich, wenn er überhaupt kommt, wird es hier sein. Ich nahm meinen ganzen Mut zusammen. Ich war bereit für ihn. Aber noch immer war der Weg so leer wie zuvor.

Dann, mit einsetzender Dämmerung jenseits des Grindelwalds, hörten wir den Hufschlag eines Pferdes. Wir sahen uns um und warteten. Ein Mann kam allein hinter uns her. Sein Gesicht, sah ich, hatte einen gelben Schimmer. Ich zog meine Pistole – und dann, als der Reiter uns einholte, steckte ich sie wieder in die Halfter. ›Wer sind Sie?‹ rief ich. Es war nicht der Pascha.

Der Reisende lächelte. ›Ahasver‹, sagte er.

›Was sind Sie?‹ fragte Hobhouse, die eigene Pistole entsichert und noch immer schußbereit in der Hand.

›Ein Wanderer‹, antwortete der Reiter. Sein Akzent war

merkwürdig, aber von der schönsten und anrührendsten Melodie. Er lächelte aufs neue und neigte seinen Kopf zu mir. ›Ich bin ein Wanderer wie Ihr Freund hier, Mr. Hobhouse, nur ein Wanderer.‹

›Sie kennen uns?‹

›*Ja, natürlich.*‹ Er fiel ins Deutsche.

›Sie sind Deutscher?‹ fragte ich.

Der Reisende lachte. ›Nein, nein, *milord!* Es ist wahr, ich liebe die Deutschen. Sie sind eine Rasse solch großer Philosophen, und ohne Philosophie – wen gäbe es dann, der an mich glaubte?‹

Hobhouse runzelte die Stirn. ›Warum sollte man nicht an Sie glauben?‹

›Vielleicht, Mr. Hobhouse, weil meine Existenz eine Unmöglichkeit ist.‹ Er lächelte und wandte sich wieder an mich, als ob er den Schein in meinen Augen spürte. ›Was sind Sie?‹ flüsterte ich. Der Reisende begegnete meinem Blick mit einem ebenso tiefen. ›Wenn Sie mich irgendwie benennen müssen, *milord,* dann sagen Sie‹ – er hielt inne – ›Jude.‹ Er lächelte. ›Ja – Jude. Denn wie die Angehörigen jener außergewöhnlichen und schätzenswerten Rasse gehöre ich allen Ländern – und dennoch keinem von ihnen.‹

Hobhouse runzelte die Stirn. ›Der Mann ist ein verfluchter Irrer‹, zischte er mir ins Ohr. Ich bedeutete ihm, still zu sein. Ich musterte das Gesicht des Reisenden. Es zeigte eine ungewöhnliche Mischung von Alter und Jugend. Sein Haar war lang und weiß, die Augen aber waren so tiefgründig und glänzend wie die meinen, sein Gesicht völlig faltenlos. Er war kein Vampir – zumindest schien er keiner zu sein –, und doch hatte sein Gebaren etwas auffallend Geheimnisvolles, das ich widerwärtig und ehrfurchtgebietend zugleich fand. ›Möchten Sie mit uns reiten?‹ fragte ich.

Ahasver neigte den Kopf.

›Dann wollen wir uns beeilen‹, sagte ich, indem ich mein Pferd herumwarf. ›Bis zum nächsten Wirtshaus haben wir noch eine Stunde.‹

Während des ganzen Ritts beobachtete ich ihn. Wir unterhielten uns. Er sprach englisch, geriet aber gelegentlich in andere Sprachen, manche modern, manche uralt. Bald fand ich heraus, daß er im Osten gewesen war. Am Abend speiste er mit uns und ging dann früh zu Bett. Ich schlief nicht, sondern behielt sein Zimmer im Auge. Um zwei sah ich ihn durch das Wirtshaus hinaushuschen. Ich folgte ihm.

Er bestieg die Felsenspitzen mit unglaublicher Schnelligkeit. Er sprang über Eisspalten und sich schlängelnde Gletscher hinauf. Vor ihm, zerklüftet wie eine Totenstadt, warteten die Berggipfel, als ob sie die Werke des Menschen verachteten, aber Ahasver war kein sterbliches Wesen, das sich von ihren Mauern abschrecken ließ. Nein. Ich wußte, was er war. Ich erinnerte mich an die Phantome in Piccadilly, wie sie unter meinen Augen ihre Gestalt verändert hatten. Ich erinnerte mich, wie ich den Hals des Paschas gebrochen hatte und feststellte, daß ich ein Skelett festhielt. Welche Kräfte er besaß und wie sie sich gewandelt hatten, wußte ich nicht, aber einer Sache war ich sicher – es war der Pascha, den ich diesen Berghang hinauf verfolgte.

Auf dem ganzen Weg blieb er in meiner Sichtweite. Führte er mich absichtlich? Es war mir gleichgültig – einer von uns würde sterben –, es interessierte mich kaum, wer. Ich erreichte den höchsten Punkt einer Klippe. Mein Wild war eben noch vor mir gewesen. Ich schaute mich um. Plötzlich waren die Felsen nackt und leer. Ich blickte nach unten auf die Nebel, die um den Gletscher brodelten. Dann hörte ich Schritte hinter mir. Ich drehte mich um. Da, vor mir, stand der Pascha.

Wie der Blitz stürzte ich mich auf ihn. Er strauchelte, und ich entdeckte eine jähe Panik in seinem Gesicht, als er zu rutschen begann. Er griff nach mir und zog mich hinunter, so daß wir zusammen an den Rand des Abgrunds rollten, wo der Schlund uns zu winken schien. Ich spürte, wie der Pascha sich in meinen Armen verwandelte und zerging, aber ich hielt ihn fest und schlug seinen Kopf auf die Steine, bis überall Blut und Hirn flossen, doch ich fuhr fort, den Schädel zu zertrümmern. Die Gegenwehr des Paschas ließ allmählich nach. Endlich lag er reglos da, und ich hielt inne. Seine Augen waren noch offen, aber sie hatten die Glasigkeit des Todes. Dann veränderte sich das zerschmetterte Gesicht langsam. Jetzt war es Ahasver, der mich anstarrte. Ich bemerkte es kaum. Wieder und wieder stach ich ihm ins Herz. Ich trat gegen seinen Körper, sah ihm nach, wie er in die Schlucht stürzte.

In gedämpfter Ekstase ging ich an der Klippe entlang. Ich war durstig. Ich wollte zur Straße zurückkehren, einen Reisenden abfangen und ihn leertrinken. Vor mir entsprang ein Wildbach aus einer Spalte im Fels und stürzte zu Tal, wie der im Wind flatternde Schweif eines weißen Pferdes – des fahlen Pferdes, auf dem der Tod in der Apokalypse reitet. ›Tod.‹ Ich flüsterte das Wort, um den Laut zu hören, den es machte. ›Tod.‹ Mir war, als hätte ich es nie zuvor gehört. Plötzlich ein erschreckender, seltsamer, unbekannter Laut. ›Tod!‹ Die Felsen des Bergs hallten wider von meinem Schrei. Ich wandte mich um. Ahasver lächelte mich an. Sein Gesicht war so glatt wie zuvor. Langsam beugte er vor mir das Knie.

›Sie sind es würdig, Kaiser zu sein.‹

Ich starrte ihn an, wie er da am Wasserfall stand. ›Der

Pascha...‹, sagte ich stirnrunzelnd. Dann begann ich zu zittern. ›Sie sind es nicht. Er ist tot.‹

Ahasvers Miene veränderte sich nicht. ›Was auch immer, wo auch immer er sein mag ... Sie sind jetzt Kaiser.‹ Er lächelte plötzlich und salutierte vor mir. ›*Vive l'Empereur!*‹

Ich erinnerte mich an den Ruf von Waterloo. ›Die ganze Zeit‹, sagte ich langsam, ›seit ich aus England abreiste, haben Sie mich verfolgt, mich verspottet. Warum?‹

Ahasver zuckte die Achseln, dann neigte er zustimmend den Kopf. ›Ich langweile mich‹, erwiderte er. ›Die Ewigkeit schleppt sich dahin.‹

›Was sind Sie? Sie sind kein Vampir.‹

Ahasver lachte höhnisch. ›*Vampir? Nein.*‹

›Was dann?‹

Ahasver starrte auf die Nebel, wo sie sich wie ferne Meere kräuselten. ›Es gibt Kräfte in der Welt‹, sagte er schließlich, ›voller Macht, Fremdheit und Erhabenheit. Sie selbst, *milord*, haben dafür Beweise. In Ihnen sind die Zwillingspole Leben und Tod vermengt – was der Mensch fälschlich trennt, vereinigen Sie. Und Sie sind groß, *milord*, schrecklich groß, aber es gibt Mächte und Wesen, die noch größer als Sie sind. Ich sage Ihnen das sowohl, um Sie zu warnen, als um Ihnen in Ihrer Höllenqual zu helfen.‹

Er streichelte meine Wangen, dann küßte er mich. ›Ah, *milord*‹, sagte er, ›Ihre Augen sind so tief und schön und gefährlich wie meine. Sie sind außergewöhnlich – außergewöhnlich.‹ Er nahm mich am Arm, führte mich über die höchste Stelle der Klippe. ›Manchmal erscheine ich Menschen, um sie mit Gedanken an die Ewigkeit zu quälen, aber Vampiren – die mich besser verstehen würden und deshalb erst recht entsetzt wären – niemals. Sie dagegen, Sie sind anders. Ich hatte die Gerüchte gehört, daß die Herren des Todes einen neuen Kaiser hätten. Dann begann

Ihr Ruhm um die Welt zu gehen. Lord Byron – Lord Byron – jedermann schien Ihren Namen auf der Zunge zu haben. Meine Neugier war geweckt. Ich kam zu Ihnen. Ich stellte Sie auf die Probe.‹ Ahasver hielt inne und lächelte. ›*Milord*, eines kann ich Ihnen versprechen – Sie werden ein Kaiser sein, wie die Vampire noch keinen kannten.

Und deshalb warne ich Sie. Wenn ich Ihre Hoffnungen verspottet habe, dann deshalb, um Sie zu erinnern, daß Sie Ihrer eigenen Natur nicht entkommen können. Sich etwas anderes einzubilden bedeutet, sich selbst zu quälen. Verlassen Sie sich nicht auf die Wissenschaft der Sterblichen, *milord*. Sie sind ein Geschöpf, das zu erklären ihre Fähigkeiten übersteigt. Erwarten Sie wirklich, daß sie Sie von Ihrem Durst erretten kann?‹ Ahasver lachte und zeigte mit der Hand nach unten. ›Wenn dieser Schlund seine Geheimnisse ausspeien könnte...‹ Er wartete. Unter uns war der Abgrund so still wie zuvor. Wieder lachte Ahasver. ›Für die letzte Wahrheit gibt es keine Bilder, *milord*. Was ich weiß, können Sie nicht wissen. Seien Sie also zufrieden mit der Unsterblichkeit, die Sie besitzen.‹

›Trinken Sie Blut?‹

Ahasver sah mich durchdringend an. Er antwortete nicht.

›Trinken Sie Blut?‹ wiederholte ich bitter. ›Nein. Wie können Sie mir dann raten, *zufrieden* zu sein? Ich bin verflucht. Wie können Sie das verstehen?‹

Ahasver lächelte dünn. In seinen Augen glaubte ich einen Schimmer von Spott zu sehen. ›Jede Unsterblichkeit, *milord*, ist ein Fluch.‹ Er schwieg einen Moment und nahm meine Hände. ›Akzeptieren Sie sie dennoch – akzeptieren Sie sie so, wie sie ist, und sie wird zum Segen‹ – seine Augen wurden groß – ›eine Chance, *milord*, unter den Göttern zu wandeln.‹ Er küßte mich auf die Wange, dann flüsterte er mir ins Ohr. ›Ein Fluch muß vom Selbsthaß seines Opfers zehren. Hassen Sie sich nicht selbst, *milord*, und hassen Sie nicht Ihre Unsterblichkeit. Heißen Sie die Größe willkommen, die auf Sie wartet.‹

Er riß sich von mir los, dann deutete er auf die Berge und den Himmel. ›Sie sind würdig zu herrschen, würdiger als jeder Ihrer Art vor Ihnen. Tun Sie es, *milord*. Herrschen Sie als Kaiser. So helfe ich Ihnen – indem ich Sie heiße, Ihr lächerliches Schuldgefühl abzustreifen. Sehen Sie! Die Welt liegt Ihnen zu Füßen! Diejenigen, die das Menschengeschlecht übertreffen oder bezwingen, müssen stets hinunterblicken auf den Haß jener unter ihnen. Fürchten Sie nicht, was Sie sind. Frohlocken Sie darüber!‹ Unter uns brodelten die Wolken weiß und schwefelgelb, wie Schaum aus dem Ozean der Hölle. Aber dann, während ich hinschaute, sah ich sie dünn werden und sich teilen, und der tiefe Abgrund lag offen vor mir. Wie ein Blitzstrahl schien mein Geist durch die Leere zu fliegen. Ich fühlte den reichen Puls des Lebens den Himmel füllen. Die Berge selbst schienen sich zu regen und zu atmen, und ich stellte mir das Blut in ihren steinernen Adern vor, so lebendig, daß ich mich sehnte, die Felsen auseinanderzureißen und aus ihnen und der ganzen Welt zu trinken. Ich glaube, diese Leidenschaft würde mich erdrücken – diese Leidenschaft der Unsterblichkeit –, doch sie tat es nicht, denn mein Geist war ins Ungeheure gewachsen, erweitert durch die Schönheit der Berge und meine Gedanken. Ich wandte mich zu Ahasver. Er hatte sich verändert. Er streckte sich fort, hoch über die Gipfel hinaus in den Himmel, als dunkle Form eines riesigen Schattens, der mit der über dem Mont Blanc aufsteigenden Dämmerung zusammentraf. Ich fühlte mich selbst mit ihm aufsteigen und auf dem Wind reisen. Ich sah die Alpen weit unter mir ausgebreitet. ›Was sind Sie?‹ fragte ich noch einmal. ›Was für eine Art Wesen?‹ Ich fühlte Ahasvers Stimme in meinen Gedanken wiederholen: ›Sie sind würdig zu herrschen – frohlocken Sie darüber!‹ ›Ja!‹ rief ich lachend. ›Ja!‹ Dann spürte ich Gestein unter meinen Füßen. Der Wind ächzte und biß in meinen Rücken. Die Luft war kalt. Ich war wieder allein. Ahasver war fort.

Ich kehrte zur Straße zurück, tötete den ersten Bauern, auf den ich stieß, und leerte ihn. Ich spürte, wie furchtbar ich war, wie unergründlich und allein. Später ritt ich mit Hobhouse an der Leiche meines Opfers vorbei. Um sie hatte sich eine Menschenansammlung gebildet. Ein Mann beugte sich über die Brust des Toten. Als wir vorüberkamen, hob er den Kopf und sah mir ins Gesicht. Es war Polidori. Ich hielt seinem Blick stand, bis er wegschaute. Ich gab meine Zügel frei. Dann lachte ich bei dem Gedanken, daß er mir folgte. Ich war ein Vampir – begriff der Narr denn nicht, was das bedeutete? Ich lachte aufs neue.

›Na‹, sagte Hobhouse, ›du wirkst ja auf einmal verdammt fröhlich.‹

Wir ritten hinunter nach Italien. Unterwegs tötete und trank ich ohne Gewissensbisse. Eines Abends außerhalb von Mailand, fing ich einen schönen Hirtenknaben. Sein Blut war so zart und weich wie seine Lippen. Während ich es trank, spürte ich eine Hand auf meinem Rücken.

›Sapperlot, Byron, aber Ihr hattet immer ein gutes Auge. Wo habt Ihr einen derart schmucken Burschen gefunden?‹

Ich sah auf und lächelte. ›Lovelace.‹ Ich küßte ihn. Er war golden und grausam wie eh und je.

Er lachte, während er mich umarmte. ›Wir haben auf Euch gewartet‹, sagte er. ›Willkommen, Byron. Willkommen in Mailand.‹

In der Stadt waren noch andere Vampire versammelt. Sie waren gekommen, erklärte mir Lovelace, um mir ihre Aufwartung zu machen. Ich fand dies nicht merkwürdig. Ihre Huldigung war schließlich nur das, was mir gebührte. Es waren zwölf an der Zahl, die Vampire Italiens. Sie waren tödlich und schön, und ihre Macht war so groß wie die von Lovelace. Aber ich war größer als sie alle – ich konnte es so mühelos fühlen wie nie zuvor –, und selbst Lovelace schien nun von mir eingeschüchtert. Ich berichtete ihm in seltsamen Andeutungen von meiner Begegnung mit Ahasver. Er hatte von einem solchen Wesen nie gehört. Das freute mich. Wo er zuvor mein Lehrer gewesen war, gebot nun instinktiv ich. Er und die anderen Vampire respektierten meinen Befehl, Hobhouse in Ruhe zu lassen. Statt dessen jagten wir andere Beute, und unsere Gelage schwammen in Rot von lebendigem Blut.

Es war bei uns üblich, vor solchen Mahlzeiten die Oper zu besuchen. Eines Abends ging ich mit Lovelace und einem dritten Vampir, schön und grausam wie wir beide, der Contessa Marianna Lucrezia Cenci. Als sie aus unserer Kutsche stieg und die Röcke ihrer karmesinroten Robe glattstrich, zog sie die Luft ein, kniff die grünen Augen zusammen und wandte sich zu mir. ›Da draußen ist jemand‹, sagte sie. ›Er ist uns gefolgt.‹ Sie strich sich über die armlangen Handschuhe, ganz ähnlich wie eine Katze, die sich putzt. ›Ich werde ihn töten.‹

Ich runzelte die Stirn. Auch ich konnte das Blut unseres Verfolgers riechen.

›Später‹, sagte Lovelace, indem er Mariannas Arm nahm. ›Beeilen wir uns, sonst verpassen wir den Anfang der Oper.‹

Marianna warf einen Blick auf mich. Ich nickte. Wir nahmen in unserer privaten Loge Platz. An jenem Abend wurde Mozarts *Don Giovanni* gegeben – der Mann, der tausend Frauen verführte und alle im Stich ließ. Während die Oper begann, leuchteten unsere Augen auf – es war eine

Geschichte, so schien es, wie eigens für uns geschrieben. Lovelace sah mich an und lächelte. ›Ihr werdet in Kürze sehen, Byron, wie der Schurke von seiner Ehefrau zur Rede gestellt wird. Er hatte sie nämlich verlassen, weil es ihn zu unbezähmbarer Schändlichkeit trieb.‹ Er grinste wieder.

›Ein Mann ganz nach meinem Geschmack‹, erwiderte ich. Die Gattin trat auf, der Don riß aus, und der Diener blieb zurück, um mit der Lage fertig zu werden. Er begann zu singen und der Frau die Eroberungen seines Herrn in aller Welt zu schildern. ›In Deutschland zweihunderteinunddreißig, einhundert in Frankreich, einundneunzig in der Türkei.‹ Ich erkannte die Arie sofort. Ich drehte mich zu Lovelace. ›Das ist dieselbe Melodie, die Sie gesummt haben‹, sagte ich, ›als wir in Konstantinopel und Griechenland jagten.‹

Lovelace nickte. ›Aber ja doch, Sir, nur ist meine eigene Liste der Opfer bei weitem länger.‹

Marianna wandte sich zu mir, indem sie ihr langes schwarzes Haar zurückstrich. ›*Deo*, aber das macht mir einen mörderischen Durst.‹

Genau in diesem Augenblick gab es eine Störung. Die Tür zu unserer Loge flog auf. Ich sah mich um. Ein abgezehrter junger Mann starrte mich an. Es war Polidori. Er hob den Arm und zeigte auf uns. ›Vampire!‹ rief er. ›Das sind Vampire, ich habe sie gesehen, ich habe Beweise!‹

Während sich das Publikum auf seinen Stühlen nach uns umdrehte, erhob sich Marianna. ›*Mi scusi*‹, flüsterte sie. Soldaten kamen in die Loge. Sie flüsterte mit ihnen. Sie nickten, dann packten sie Polidori grob bei den Armen und schleppten ihn fort.

›Wohin haben sie ihn gebracht?‹ fragte ich.

›Ins Gefängnis.‹

›Aufgrund welches Vergehens?‹

›Einer der Soldaten wird behaupten, er sei beleidigt worden.‹ Marianna lächelte. ›So wird es immer gemacht, Mylord.‹

Ich nickte. Die Oper ging weiter. Ich sah, wie Don Giovanni in die Hölle gezerrt wurde. ›Bereue!‹ wurde ihm befohlen. ›Nein!‹ schrie der Don zurück. ›Bereue!‹ ›Nein!‹ Ich bewunderte seinen Mut. Marianna und Lovelace schienen beide ebenfalls davon bewegt zu sein.

Draußen auf den dunklen Straßen brannten ihre Augen hell und ungeduldig vor Durst. ›Kommt Ihr mit, Byron?‹ fragte Lovelace.

Marianna schüttelte den Kopf. Sie lächelte mich an, während sie Lovelace beim Arm nahm. ›Mylord hat heute nacht anderes vor.‹ Ich nickte und rief meine Kutsche her.

Polidori wartete auf mich. ›Ich wußte, Sie würden kommen‹, sagte er zitternd, als ich in seine Zelle trat. ›Sind Sie hier, um mich zu töten?‹

Ich lächelte. ›Ich habe es mir zur Devise gemacht, meine Bekannten möglichst nicht zu töten.‹

›Vampir!‹ fauchte Polidori plötzlich. ›Vampir, Vampir, Vampir! Verfluchter, abscheulicher Vampir!‹

Ich gähnte. ›Ja, danke, ich hab' Sie schon verstanden.‹

›Blutsauger!‹

Ich lachte. Darauf begann Polidori zu zittern. Er drückte sich flach an die Zellenwand. ›Was werden Sie mit mir machen?‹ fragte er.

›Sie werden aus dem Herzogtum Mailand ausgewiesen. Sie werden morgen abreisen.‹ Ich warf ihm einen Beutel Münzen hin. ›Hier – nehmen Sie und versuchen Sie nie mehr, mir zu folgen.‹

Polidori starrte die Münzen ungläubig an. Dann schleuderte er sie unvermutet zurück zu mir. ›Sie besitzen alles, nicht wahr?‹ schrie er. ›Reichtum, Talent, Macht – und nun auch noch Großzügigkeit. Oh, wunderbar! Der Dämon, der freundlich war. Der Teufel soll Sie holen, Byron, fahren Sie zur Hölle. Sie sind ein verfluchter Schwindler, mehr sind Sie nicht, ich verachte Sie, ich verachte Sie! Wem ich der Vampir wäre, wäre ich auch der Herr!‹

Er sackte zusammen und fiel schluchzend vor meine Füße. Ich streckte die Hand aus. Polidori schreckte zurück. ›Der Teufel soll Sie holen!‹ schrie er noch einmal. Dann fiel er vornüber und lehnte seinen Kopf an meine Knie. Ich strich ihm sanft über die Locken.

›Nehmen Sie das Geld‹, flüsterte ich, ›und gehen Sie.‹
Polidori hob den Kopf. ›Der Teufel soll Sie holen.‹
›Gehen Sie.‹

Polidori lag stumm auf den Knien. ›Ich wäre ein Geschöpf von schrecklicher Macht‹, sagte er nach einer Weile, ›wenn ich ein Vampir wäre.‹

Es trat Stille ein. Ich blickte halb mitleidig, halb verächtlich auf ihn hinunter. Dann greinte er plötzlich los. Ich stieß ihn mit dem Fuß zurück. Mondlicht ergoß sich durch ein Zellenfenster. Ich trat Polidori, so daß er im Licht lag. Er begann zu wimmern, während ich sein Hemd wegriß. Mein Blut begann mich zu versengen. Ich stellte meinen Fuß auf Polidoris Brust. Er starrte mich wortlos an. Ich biß in seine Kehle, dann schlitzte ich mit einem Dolch seine Brust auf. Ich trank das Blut, das aus der Wunde quoll, während ich an den Knochen riß, bis das Herz freigelegt war. Es schlug noch, jedoch schwach, und wurde immer schwächer. Seine Nacktheit war entsetzlich. Genauso hatte ich nackt dagelegen – der Würde, des Lebens, des Menschseins beraubt. Das Herz zuckte wie ein Fisch auf dem Trockenen – und dann war es vollkommen still. Ich bewegte mich auf der Leiche. Ich gab ihr das Geschenk.«

Lord Byron saß schweigend da. Er blickte auf etwas in der Dunkelheit, das Rebecca nicht sehen konnte. Dann fuhr er mit den Fingern durch seine Locken.

»Das Geschenk«, sagte sie schließlich. »Was war es?«

»Etwas Schreckliches.«

Rebecca wartete. »Unbeschreiblich?«

Lord Byron starrte sie an. »Bis Sie es empfangen haben – ja.«

Rebecca ignorierte die Weiterungen des Wortes »bis«. »Und Polidori«, fragte sie, »er – er war in Ordnung...?« Sie wußte, wie unangemessen ihr Ausdruck der Frage war. Ihre Stimme verlor sich.

Lord Byron goß sich ein neues Glas Wein ein. »Er erwachte vom Tode, falls Sie das meinen.«

»Wie? Ich meine...«

Lord Byron lächelte. »Wie?« fragte er. »Seine Augen öffneten sich, er atmete schwer, eine krampfhafte Bewegung schüttelte seine Gliedmaßen. Er blickte zu mir auf. Seine Kiefer öffneten sich, und er murmelte einige unverständliche Laute, während ein Grinsen seine Wangen verzerrte. Vielleicht hat er gesprochen – ich hörte nicht zu –, seine Hand war ausgestreckt, um mich aufzuhalten, aber ich konnte den Anblick nicht ertragen, diese Leiche, dieses scheußliche Monster, das ich geschaffen hatte. Ich wandte mich ab und ging aus der Zelle. Ich bezahlte die Wachen. Sie geleiteten Polidori sofort bis zur Grenze. Einige Tage später fand man sie, auseinandergerissen und blutleer. Es wurde geheimgehalten.«

»Und Polidori?«

»Was ist mit ihm?«

»Haben Sie ihn noch einmal gesehen?«

Lord Byron lächelte. Er starrte Rebecca mit brennenden Augen an. »Haben Sie es nicht erraten?« fragte er.

»Erraten?«

»Die Identität des Mannes, der Sie heute nacht hierher schickte? Des Mannes, der ihnen die Papiere zeigte? Des Mannes auf der Brücke?« Lord Byron nickte. »O ja«, sagte er. »Ich sollte Polidori wiedersehen.«

12. Kapitel

Heb den bemalten Schleier nicht, der Lebenden
Das Leben ist: Wenn Schemen auch gemalt
Darauf und Täuschung alles, was wir wähnen
Mit eitel Farb bedeckt – im Hinterhalt
Sind Furcht und Hoffnung, Zwillingswesen, webend
Am Abgrund ihre Schatten, blind und fahl.
Ich kannte einen, der ihn hob – er suchte,
Denn sein verlornes Herz war zärtlich, Liebe,
Er fand sie nicht. Ach, da war, was er brauchte,
Und was die Welt enthält, nicht, kein Besitz!
Hinfort ging er durch der Sorglosen Mitte,
Ein Leuchten unter Schatten, schimmernd Punkt
Auf dieser düstern Szene, Geist, den trieb
Die Wahrheit wie den Prediger: Sie ward nicht kund.

    Percy Bysshe Shelley, Sonett

Polidori? Dieser ... Mann?« Rebecca saß wie betäubt auf ihrem Stuhl. Lord Byron lächelte sie an. »Warum sind Sie so schockiert? Ich war mir sicher, daß Sie es erraten hatten.«

»Wie hätte ich es erraten können?«

»Wer hätte sonst ein Interesse daran, Sie herzuschicken?«

Rebecca strich sich das Haar zurück und drückte es an, als hoffe sie, auf diese Weise ihr rasendes Herz zu beruhigen. »Ich weiß nicht, was Sie meinen.«

Lord Byron starrte sie an, und sein Lächeln verzerrte sich langsam und wurde grausamer. Dann lachte er und hob eine Braue. »Na schön«, sagte er spöttisch, »Sie verstehen nicht.«

Rebecca lauschte dem Klang ihres Herzens in ihren Ohren, das Blut pumpte – Ruthven-Blut – Byron-Blut. Sie leckte sich die Lippen. »Polidori haßte Sie also noch immer?« fragte sie zögernd. »Auch nachdem Sie ihm gegeben hatten, worum er Sie bat? Er empfand keine Dankbarkeit?«

»Oh, er liebte mich.« Lord Byron faltete die Hände. »Ja, er liebte mich immer. Aber in Polidori waren Liebe und Haß so gefährlich vermischt, daß es sehr schwierig war, sie auseinanderzuhalten. Polidori vermochte es gewiß nicht, wie zum Teufel sollte ich es dann können? Und sobald er ein Vampir war – na ja...«

»Hatten Sie Angst vor ihm?«

»Angst?« Lord Byron sah sie überrascht an. Er schüttelte den Kopf, und dann war plötzlich alles still, und Rebecca schlug die Hände vor die Augen. Sie sah sich mit tausend Schnitten zerteilt, von einem Haken hängend, während ihr Blut wie feinster Regen herabtröpfelte. Sie war tot, vollkommen ausgeblutet. Rebecca öffnete die Augen. »Haben Sie die Macht, die ich besitze, nicht begriffen?« Lord Byron lächelte. »Ich und Angst? Nein.«

Rebecca schauderte und versuchte, wankend aufzustehen.

»Setzen Sie sich.«

Wieder wurde ihr Geist von Furcht überschwemmt. Sie wehrte sich gegen deren Gewalt. Das Entsetzen wurde schlimmer. Sie konnte spüren, wie es ihren Mut dahinschmelzen ließ. Ihre Beine gaben nach. Sie setzte sich. Sofort fiel die Panik von ihr ab. Während sie gegen ihren Willen in Lord Byrons Augen blickte, fühlte sie eine unnatürliche Ruhe in ihre Seele einziehen.

»Nein, nein«, sagte er. »Angst? Nein. Allerdings Schuld. Ja, ich empfand Schuld. Ich hatte aus Polidori gemacht, was der Pascha aus mir gemacht hatte. Ich hatte getan, was nie zu tun ich geschworen hatte. Ich hatte die Reihen der lebenden Toten vermehrt. Eine Zeitlang war ich darüber ziemlich zerknirscht, und wie alle Leute, die sich selbst bedauern, mußte ich es meinen Gefährten einfach erzählen. Ich hatte kein Bedürfnis, Polidori wiederzusehen, nicht nach dem, was ich in der Zelle gesehen hatte, doch die Contessa Marianna, die mich liebte, spürte den Doktor auf. Sie fand ihn in der Halle eines Touristenhotels. Er lachte hysterisch, als wäre er völlig verrückt, aber er erkannte Marianna sofort als Vampir, und an ihrer Seite schien er sich zu beruhigen. Er sei von einem österreichischen Grafen angestellt worden, erklärte er. Der Graf hatte sich erkältet. ›Er bat mich‹ – und hier begann Polidori wieder, loszuprusten – ›er bat mich – ha, ha, ha –, er bat mich, *ihn zur Ader zu las-*

sen! Ha, ha, ha, ha! Tja, ich tat, worum er bat. Er liegt jetzt oben. Und ich muß sagen, seine Erkältung ist schlimmer geworden!‹ Hier war Polidori in ungehemmte Heiterkeit ausgebrochen, dann begann er zu weinen, und danach erstarrte sein Gesicht völlig. ›Sagen Sie Byron‹, flüsterte er, ›daß ich das Geld nun doch möchte. Er wird es verstehen.‹ Inzwischen traten seine Augen vor. Seine Zunge hing wie bei einem tollwütigen Hund schaumig und schlaff heraus. Sein ganzer Körper zitterte. Er kehrte Marianna den Rücken und lief hinaus auf die Straße. Sie machte sich nicht die Mühe, ihm zu folgen.

Später gab sie mir einen einfachen Rat. ›Töten Sie ihn. Es wird das beste sein. Es gibt welche, die das Geschenk nicht ertragen. Besonders nicht von Ihnen. Ihr Blut ist zu stark. Es hat seinen Geist verwirrt. Dagegen ist nichts zu machen. Sie müssen ihm ein Ende bereiten.‹ Aber ich vermochte es nicht. Das hätte bloß meine Schuld verschlimmert. Ich schickte ihm das Geld, um das er gebeten hatte. Ich stellte nur eine Bedingung – daß er nach England zurückkehrte. Ich hatte inzwischen beschlossen, in Venedig zu leben. Ich wollte mich nicht von Polidori belästigen lassen.«

»Und er ging?«

»Als er das Geld erhielt – ja. Wir hörten Berichte über ihn. Er war nacheinander von mehreren Engländern angestellt worden. Sie starben alle. Niemand verdächtigte jedoch Polidori. Es hieß von ihm nur, daß er überaus gern Blutegel setzte.« Lord Byron lächelte. »Er gelangte endlich nach England zurück. Ich wußte es, weil er begann, meinen Verleger mit unlesbaren Stücken zu belästigen. Diese Nachricht löste bei mir beträchtliche Heiterkeit aus. Ich ermahnte meinen Verleger, seine Fenster nachts geschlossen zu halten. Ansonsten verschwendete ich sehr wenige Gedanken an Polidori.«

»Er hat sich also wirklich von Ihnen ferngehalten?«

Lord Byron schwieg eine Weile. »Er hätte sich nicht in meine Nähe gewagt. Nicht, solange ich mich in Venedig aufhielt.«

»Warum nicht?«

»Weil Venedig meine Festung war – mein Versteck –, mein Hof. In Venedig war ich unangreifbar.«

»Ja, aber warum gerade Venedig?«

»Warum Venedig?« Lord Byron lächelte versonnen. »Ich hatte immer von der Stadt geträumt. Ich hatte viel erwartet und wurde nicht enttäuscht.« Lord Byron blickte wieder in Rebeccas Augen. »Warum Venedig? Müssen Sie das wirklich fragen? Aber ich vergesse, daß es sich verändert hat. Als ich dort lebte allerdings...« Wieder lächelte Lord Byron. »Es war eine verzauberte, von Traurigkeit heimgesuchte Insel des Todes. Paläste sanken in den Schlick, Ratten spielten im Labyrinth dunkler Kanäle, die Lebenden schienen an Zahl von den Geistern übertroffen zu werden. Seine politische Macht und sein Ruhm waren dahin. Für seine Existenz war ihm kein Grund geblieben außer dem Vergnügen – Venedig war zu einem Tummelplatz der Dekadenz und Verderbtheit geworden. Alles an der Stadt war außergewöhnlich, ihr Anblick wie ein Traum – prächtig und schmutzig, anmutig und grausam, eine Hure, deren Liebreiz ihre Krankheit verschleierte. Ich fand in Venedig, in seinem Stein und Wasser und Licht, eine Verkörperung meiner eigenen Schönheit und Schändlichkeit. Es war der Vampir unter den Städten. Ich beanspruchte es als etwas mir Zustehendes.

Ich wohnte in einem herrlichen Palazzo am Canal Grande. Ich war nicht allein in Venedig. Lovelace war bei mir und auch andere Vampire – die Contessa Marianna war es ja gewesen, die mich ursprünglich überredet hatte, hierher zu kommen. Sie wohnte jenseits der Lagune in einem Inselpalast, von dem aus sie seit Jahrhunderten in ihrer Stadt Beute gemacht hatte. Sie zeigte mir ihre Verliese. Sie waren klamm wie Gräber; noch immer hingen Ketten von den Wänden. In früheren Zeiten, erklärte sie, waren die Opfer hier gemästet und vorbereitet worden. ›Heute ist es schwerer‹, bemerkte sie. ›Jedermann redet von diesen absurden Dingen, Rechte – *droits*.‹ Sie stieß das Wort auf französisch hervor, in der Sprache der Revolution, die in Venedig die alte Ordnung umgestürzt hatte. Sie lachte höhnisch. ›Sie tun mir leid, *milord*. Alle wahren Vergnügungen der Aristokratie sind tot.‹ In Marianna selbst schien dennoch der Geist der Borgias zu überleben, und ihre Lustbarkeiten waren grausam genug. Ihre Opfer wurden sorgfältig ausgewählt oder herangezogen. Es gefiel der Contessa, sie zu schmücken, als Cherubim zu verkleiden oder als lebende Bilder zu arrangieren. Bei diesen Banketten bedienten die Sklaven der Contessa, seelenlose Kreaturen, wie sie der Pascha besessen hatte.

Wenn Lovelace betrunken war, verspottete er mich wegen dieser Diener. ›Welch ein Glück, Byron, daß die Contessa Euch nicht fand, bevor Ihr ihr König wurdet. Seht Ihr den elenden Wicht dort?‹ fragte er dann, indem er auf einen der ausdruckslosen Sklaven deutete. ›Er war einst ein Reimeschmied, ganz wie Ihr. Er kritzelte Schmähschriften gegen *ma donna*, die Contessa. Was meint Ihr, spielt er jetzt den Satiriker?‹ Aber zu Lovelaces Bedauern lächelte ich bloß dazu, denn ich beobachtete die Zombies und die Mahlzeiten, die sie auftrugen, zwar nicht gleichgültig, aber doch mit einem tauben Gefühl. Ich herrschte, wie Ahasver mich zu herrschen geheißen hatte – aber ich machte keine Vorschriften. Mariannas Grausamkeit war ebensosehr ein Teil von ihr wie ihre Schönheit, ihr Geschmack oder ihre Liebe zur Kunst – ich versuchte nicht, dies zu ändern. Doch später, sobald ich die Lagune zurück zu meinem eigenen Palazzo überquert hatte, kamen immer wieder Erinnerungen an das zurück, was ich gesehen hatte, und gaben mir viel Stoff zum Staunen und Philosophieren.

Denn noch immer war ich verwirrt von mir selbst und meiner Rasse. Ich besaß eine Gondel, schwarz, mit Gold eingefaßt. Ich durchstreifte die Kanäle, glitt durch sie wie die Fieberdünste, machte Jagd auf den menschlichen Dreck der Stadt, die Huren und Zuhälter und Mörder. Ich trank sie leer, dann warf ich sie über Bord, ließ sie als Fraß für die Ratten treiben. Dann lenkte ich meine Gondel aus den Kanälen, verließ die Stadt und durchquerte die Lagunen. Dort, in der Stille der Sümpfe, sann ich über meine Empfindungen nach und über alles, was ich in jener Nacht getan und erlebt hatte. Meine Gefühle, so schien es, wurden stumpf. Die Frische war verschwunden. Je tiefer ich in Blut watete, desto kälter wurde meine Seele. Ich war ein Vampir – mehr noch, der größte der Vampire, Ahasver hatte mich seine Lektion gut gelehrt. Ich konnte nicht leugnen, was ich war, und doch bedauerte ich noch immer, was in mir abstarb. Ich kämpfte dagegen an. Ich erinnerte mich an die Oper *Don Giovanni*. Wenn ich nicht trank, liebte ich, wie Don Giovanni es getan hatte, zwanghaft, um sich meines Menschseins zu vergewissern. Gräfinnen, Prostituierte, Bauernmädchen – ich besaß sie alle, ein endloser Strom – in Gondeln, auf Maskenbällen, ihren Eltern auf der Straße abgehandelt – gegen Mauern gelehnt, auf Tischen oder darunter. Das war Leben, ja, *das war Leben* – und doch ...«

Lord Byron schwieg. Er seufzte und schüttelte den Kopf. »Und doch, auf dem eigentlichen Höhepunkt des Vergnügens und der Begierde – weltlich, gesellig oder amourös –, schlich sich immer ein Gefühl der Trauer und des Zweifels ein. Dies nahm zu. Ich vögelte abgestumpft, wie der Wüstling, der alt wird, dessen Kräfte mit seinen Begierden nicht mehr Schritt halten können. Meine Wildheit war in Wirklichkeit nichts anderes als Verzweiflung. Nachts in den Lagunen gestand ich mir das ein. Ich hatte nun keine anderen Freuden mehr als Blut zu trinken – meine Sterblichkeit war tot –, ich konnte mich kaum an den Menschen erinnern, der ich gewesen war. Ich begann, von Haidée zu träumen. Wir befanden uns dann in der Höhle über dem Trichonis-See. Ich wandte mich zu ihr, um sie zu küssen, – doch ihr Gesicht war verfault, mit Schlamm verschmiert, und wenn sie den Mund öffnete, spie sie Wasser aus. In ihren Augen jedoch stand Vorwurf, und ich wandte mich ab, und der Traum verging. Dann wachte ich auf und versuchte mich an die Person zu erinnern, die ich in jener verlorenen, kostbaren Stunde, bevor der Pascha kam, gewesen war. Ich begann ein Gedicht, das ich *Don Juan* nannte. Sein Held erhielt den Namen, um mich selbst zu verspotten. Er war kein Ungeheuer – er verführte nicht, er machte keine Beute, er tötete nicht –, statt dessen *lebte er*. Ich nutzte das Gedicht, um alle meine Erinnerungen an die Sterblichkeit festzuhalten, solange ich es noch konnte. Aber es war auch ein Lebewohl. Mein Leben war verbraucht – es bedeutete mir nun nichts mehr als ein Traum von dem, was ich einmal gewesen war. Ich fuhr fort, mein großes Epos des Lebens zu schreiben, aber ohne jede Illusion, daß es mich retten würde. Ich war, was ich war – der Herr der Vampire –, und mein Reich war das des Todes.

Wieder begann ich, die Einsamkeit zu spüren. Marianna und Lovelace waren um mich, auch andere Vampire, aber ich war ihr Kaiser, und ich mochte ihnen meine Melancholie nicht offenbaren. Sie hätten es nicht verstanden. Zu sehr waren sie dem Blut verfallen, zu stark und deutlich war ihre Gefühllosigkeit. Allmählich sehnte ich mich wieder nach einem Gefährten, einem Seelenfreund, mit dem ich die Last der Ewigkeit teilen konnte. Es konnte kein Beliebiger sein. Notfalls würde ich warten müssen. Aber wenn ich einen Menschen fände, der geeignet wäre, würde ich ihn überzeugen – und dann würde ich ihn besitzen, würde ihn zu einem Vampir so mächtig wie mich selbst machen.

Zwei Jahre nach meiner Ankunft in Venedig erfuhr ich, daß Shelley nach Italien reiste. Bei ihm war Claire und mit ihr ein Kind, die kleine Tochter, die sie von mir hatte. Man hatte mich von der Geburt dieses Kindes bereits unterrichtet. Ich hatte angeordnet, es Allegra zu taufen, nach einer Hure, die ich einmal vorübergehend gern gehabt hatte – und nun wurde Allegra zu mir gebracht, mit der verhängnisvollen Ladung Blut, die sie in sich trug wie ein Parfumfläschchen.

Shelley traf in Italien ein. Ich schrieb ihm und bat ihn, mich in Venedig zu besuchen. Er lehnte ab. Dies beunruhigte mich. Ich erinnerte mich an die Schweiz und sein Mißtrauen dort mir gegenüber, seine Furcht. Dann schrieb er und lud mich seinerseits ein, bei ihm zu wohnen. Ich geriet in starke Versuchung. Allegra – und Shelley –, sie beide zu sehen – ja, es reizte mich sehr. Aber ich sträubte mich auch dagegen, weil ich mich davor fürchtete, das goldene Blut wieder zu riechen – und weil ich wollte, daß Shelley zu mir käme, wie eine Fliege von mir angezogen. Ich wartete, wo ich war. Ich verließ Venedig nicht.

Anfang April erhielt ich eine Nachricht, die mich erschreckte. Ich erfuhr, daß Lady Melbourne gestorben war. Am selben Nachmittag traf sie in meinem Palazzo ein. Mein überraschter Blick amüsierte sie mächtig. ›Sie waren bereits aus England geflohen‹, sagte sie. ›Haben Sie wirklich geglaubt, ich würde allein dort bleiben? Und außerdem begannen die Leute schon zu reden – sie fragten sich, wie es mir gelang, mich so gut zu halten.‹

›Und jetzt?‹ fragte ich. ›Was werden Sie tun?‹

›Irgend etwas.‹ Lady Melbourne lächelte. ›Ich kann alles tun. Ich bin eine wahre Kreatur der Toten geworden. Sie sollten es probieren, Byron.‹

›Ich könnte das nicht – noch nicht – ich genieße meinen Ruhm zu sehr.‹

›Ja.‹ Lady Melbourne blickte hinaus über den Canale Grande. ›Wir haben in London alle von Ihren Ausschweifungen gehört.‹ Sie sah mich an. ›Ich bin ziemlich eifersüchtig geworden.‹

›Dann bleiben Sie hier. Venedig wird Ihnen gefallen.‹

›Davon bin ich überzeugt.‹

›Sie bleiben also?‹

Lady Melbourne sah mir in die Augen. Dann seufzte sie und schaute weg. ›Lovelace ist hier.‹

›Ja. Was macht das?‹

Lady Melbourne strich über die Falten in ihrem Gesicht. ›Ich war zwanzig‹, sagte sie mit abwesender Stimme, ›als er mich zum letztenmal sah.‹

›Sie sind immer noch schön.‹

›Nein.‹ Lady Melbourne schüttelte den Kopf. ›Nein, ich könnte es nicht ertragen.‹ Sie streckte die Hand nach meinem Gesicht aus, strich über meine Wangen und dann meine Locken. ›Und Sie?‹ flüsterte sie. ›Auch Sie, Byron, werden alt.‹

›Ja.‹ Ich lachte unbekümmert. ›Der Krähenfuß ist mit seinen untilgbaren Tritten verschwenderisch gewesen.‹

›Untilgbar.‹ Lady Melbourne machte eine Pause. ›Aber nicht unausweichlich.‹

›Nein‹, sagte ich zögernd. Ich wandte mich ab.

›Byron?‹

›Ja?‹

Lady Melbourne sagte nichts, aber die Stille war schwer von unausgesprochener Bedeutung. Ich ging zu meinem Schreibtisch und nahm Shelleys Brief heraus. Ich warf ihn Lady Melbourne zu. Sie las ihn, dann gab sie ihn mir zurück. ›Lassen Sie sie kommen.‹

›Meinen Sie?‹

›Sie sehen wie vierzig aus, Byron. Sie werden dick.‹

Ich starrte sie an. Ich wußte, daß sie die Wahrheit sagte. ›Also gut‹, sagte ich. ›Ich tu, was Sie vorschlagen.‹

Und ich tat es. Ich schickte nach meiner Tochter, und sie kam an. Claire wiederzusehen lehnte ich ab – die Hexe war noch immer zu gefährlich in mich verliebt –, und so kam Allegra in Begleitung ihres Schweizer Kindermädchens Elise. Von Shelley hörte ich zu meiner Enttäuschung nichts.

In meinem Palast vor Lovelace versteckt, war Lady Melbourne bei mir geblieben, um sich zu vergewissern, daß meine Tochter wirklich eintraf. ›Töten Sie sie‹, sagte sie an jenem ersten Abend, als wir Allegra zuschauten, wie sie auf dem Boden spielte. ›Töten Sie sie jetzt, bevor Sie Zuneigung zu ihr entwickeln. Denken Sie an Augusta. Denken Sie an Ada.‹

›Ich werde es tun‹, versicherte ich ihr. ›Aber nicht jetzt, nicht, wenn Sie hier sind. Ich muß allein sein.‹

Lady Melbourne neigte den Kopf. ›Ich verstehe.‹

›Sie bleiben nicht hier in Venedig?‹ fragte ich wieder.

›Nein. Ich überquere den Ozean nach Amerika. Ich bin jetzt tot. Gibt es einen besseren Zeitpunkt, eine Neue Welt zu besuchen?‹

Ich lächelte und küßte sie. ›Wir werden uns wiedersehen.‹

›Natürlich. Wir haben eine ganze Ewigkeit dafür.‹ Dann wandte sie sich ab und verließ mich. Von meinem Balkon sah ich ihr nach. Mit verhülltem Gesicht saß sie in ihrer Gondel. Ich wartete, bis ich sie nicht mehr sehen konnte. Dann drehte ich mich um und musterte mein eigenes Gesicht in einem Spiegel, um wieder den Zeichen meines Alters nachzuspüren. Ich warf einen Blick auf Allegra. Sie lächelte mich an und hielt ein Spielzeug hoch. ›Papa‹, sagte sie. ›*Bon di*, Papa.‹ Dann lächelte sie wieder. ›Morgen‹, murmelte ich. ›Morgen.‹ Ich verließ meinen Palast. Ich fand Lovelace. In jener Nacht ging ich mit ganz besonderer Wildheit auf Beute aus.

Der nächste Tag kam, und ich tötete Allegra nicht. Auch nicht am folgenden Tag und nicht am Tag danach. Warum nicht? Ich sehe die Frage in Ihrem Gesicht. Aber müssen Sie fragen? Es war zuviel von Byron an ihr, von mir – und von Augusta. Sie runzelte die Stirn und schmollte ganz wie wir. Tiefe Augen, ein Grübchen im Kinn, eine finstere Miene, weiße Haut, liebliche Stimme, Gefallen an Musik, eine Vorliebe, in allem ihren eigenen Willen zu haben. Ich hob sie an meinen Mund, teilte die Lippen – und sie lächelte mich an, gerade wie Augusta immer gelächelt hatte. Unmöglich. Ganz unmöglich.

Und doch, wie immer, war die Folter des Bluts unerträglich – sogar noch schlimmer. Oder hatte ich nur vergessen, wie verzweifelt das Verlangen sein konnte? Elise, fiel mir auf, wurde allmählich mißtrauisch, was mich nicht störte, aber ich machte mir Sorgen, was sie an Shelley schreiben würde. Sie bewachte Allegra nun gründlicher, und währenddessen nahm meine Liebe zu ihr, meiner kleinen Byron, zu, bis ich schließlich wußte, daß ich es nicht tun könnte, daß ich sie nicht töten könnte, nicht sehen könnte, wie sich ihre großen Augen im Tod schlössen. Es waren sinnlose Qualen, sie in meiner Wohnung zu haben. Ich schickte sie fort, damit man sich im Haus des britischen

Konsuls um sie kümmerte. Der Palast eines Vampirs, dachte ich, war schließlich kaum der richtige Ort, ein Kind aufzuziehen.

Und doch gab es andere, für die das Wissen, daß Allegra sich in der Obhut von Fremden befand, allzu empörend war. Eines Sommernachmittags, als ich mit Lovelace frühstückte und wir Pläne für den vor uns liegenden Abend schmiedeten, wurde Shelley gemeldet. Erfreut stand ich auf, um ihn zu begrüßen. Shelley war recht herzlich, kam jedoch sofort zur Sache – Claire mache sich Sorgen um Allegra und habe ihm das Versprechen abgenötigt, mich zu besuchen. Ich versuchte, seine Zweifel auszuräumen. Wir sprachen von Allegra, ihrer Zukunft und augenblicklichen Gesundheit. Shelley schien beruhigt und dann beinahe überrascht, so sehr bemühte ich mich, ihm seine Zweifel zu nehmen. Auch Lovelace, der mich mit seinen smaragdgrünen Augen beobachtete, lächelte ein wenig, und als ich Shelley einlud, den Sommer über zu bleiben, lachte er sogar. Shelley wandte sich mit einem feindseligen Gesichtsausdruck um. Er warf einen Blick auf Lovelaces Frühstück, ein rohes Steak, schauderte und wandte den Blick wieder ab.

›Was ist los?‹ fragte Lovelace. ›Mögen Sie ihn nicht, den Geschmack von – Fleisch?‹ Er grinste mich an. ›Byron, sagt bloß nicht, er ist Vegetarier!‹

Shelley funkelte ihn wütend an. ›Ja, ich bin Vegetarier‹, sagte er. ›Warum lachen Sie? Weil ich nicht Zuhälter sein will für die Gefräßigkeit des Todes? Weil die blutigen Säfte und der rohe Greuel Ihrer Mahlzeit mich mit Abscheu erfüllen?‹

Lovelace lachte nur noch lauter; dann erstarrte er. Er blickte in Shelleys Gesicht, das bleich war und eingerahmt von goldenem Haar wie seines, so daß es mir, der die beiden beobachtete, schien, als spiegelten Leben und Tod die Schönheit des anderen. Lovelace erschauderte, dann grinste er wieder und wandte sich an mich. ›*Milord*.‹ Er verneigte sich und huschte davon.

›Was war der?‹ flüsterte Shelley. ›Gewiß kein Mensch?‹ Ich merkte, daß er zitterte.

Ich nahm ihn am Arm und versuchte, ihn zu beruhigen. ›Kommen Sie mit‹, sagte ich. Ich zeigte auf meine Gondel, die an den Stufen des Palasts festgemacht war. ›Wir haben viel zu besprechen.‹

Wir fuhren hinüber zum Sandstrand des Lido. Ich hatte Pferde dort. Wir stiegen in den Sattel, dann ritten wir zusammen an den Dünen entlang. Es war ein unheimlicher Ort, überwuchert von Disteln und Wasserpflanzen, triefend vor Salz von den Gezeiten, ganz einsam. Shelley wurde langsam etwas ruhiger. ›Ich liebe dieses Ödland‹, sagte er, ›wo alles grenzenlos wirkt. Hier draußen kann man beinahe glauben, daß die Seele noch dieselbe ist.‹

Ich warf einen flüchtigen Blick auf ihn. ›Sie träumen also immer noch‹, fragte ich, ›geheime Visionen und Fähigkeiten zu besitzen?‹

Shelley lächelte mich an, dann gab er seinem Pferd die Sporen, und ich folgte ihm, indem ich durchs Meer galoppierte. Die Winde wehten uns den lebendigen Gischt ins Gesicht, während die auf den Strand plätschernden Wellen unsere Einsamkeit mit einem Gefühl der Freude versöhnten. Schließlich verlangsamten wir den Galopp und nahmen unsere Plauderei wieder auf. Die glückliche Stimmung hielt an. Wir lachten viel, unser Gespräch war amüsant, geistreich und offen. Erst allmählich verdüsterte sich unsere Plauderei, als fiele ein Schatten von den purpurnen Wolken des Abends darauf, der über uns dunkelte, während wir kehrtmachten, um nach Hause zu reiten. Wir begannen, von Leben und Tod zu reden, von freiem Willen und Schicksal – Shelley argumentierte, wie es seine Art war, gegen Verzagtheit, aber ich, der ich mehr wußte, als mein Freund sich bisher vorzustellen gewagt hatte, vertrat die dunklere Seite. Ich erinnerte mich an Ahasvers Worte. ›Wahrheit mag existieren‹, sagte ich, ›aber wenn sie existiert, dann hat sie keine Bilder. Wir können sie nicht erblicken.‹ Ich sah Shelley an. ›Nicht einmal jene Wesen, die den Tod ergründet haben.‹

Irgend etwas flackerte kurz in seinem Gesicht auf. ›Sie mögen recht haben‹, sagte er, ›daß wir hilflos sind gegenüber unserer eigenen Unwissenheit. Und doch – ich glaube es noch immer – sind Schicksal, Zeit, Zufall und Wandel alle der ewigen Liebe untertan.‹

Ich spottete. ›Sie sprechen von Utopia.‹

›Sind Sie so sicher?‹

Ich zügelte mein Pferd und starrte ihn an. ›Was können Sie von der Ewigkeit wissen?‹

Shelley wich meinem Blick aus. Inzwischen hatten wir das Ende unseres Ritts erreicht. Noch immer schweigend rutschte er aus dem Sattel und setzte sich auf seinen Platz in der Gondel. Ich gesellte mich zu ihm. Wir glitten über die Lagune. Das Wasser, von den sterbenden Strahlen der Sonne berührt, schien wie ein See aus Feuer, aber die Türme und Paläste Venedigs, weiß in der Ferne vor der Dunkelheit des Himmels, waren wie Phantome, schön und tödlich. Mein eigenes Gesicht wußte ich ebenso bleich. Wir kamen an der Insel vorbei, auf der Mariannas Palast stand. Ein Glocke läutete. Shelley blickte auf die kahlen Mauern und schauderte, als ob er über das Wasser hinweg Gefühle der Verzweiflung und Qual witterte. ›Gibt es wirklich eine Ewigkeit‹, fragte er mich mit kühler Stimme, ›die jenseits des Todes liegt?‹

›Wenn es so wäre‹, erwiderte ich, ›würden Sie wagen, sie zu ersehnen?‹

›Vielleicht.‹ Shelley schwieg. Er ließ die Finger durchs Wasser der Lagune gleiten. ›Solange ich meine Seele nicht verlieren müßte.‹

›Seele?‹ Ich lachte. ›Ich dachte, Sie wären ein Heide, Shelley. Was soll dieses ganze Gerede über das Verlieren einer Seele? Sie hören sich ziemlich christlich an.‹

Shelley schüttelte den Kopf. ›Eine Seele, die ich und Sie und wir alle mit der Seele des Universums gemeinsam haben. Ich glaube – ich hoffe...‹ Er blickte auf. Ich zog spöttisch eine Braue hoch. Lange herrschte Schweigen. ›Ich könnte es wagen‹, sagte er schließlich und nickte. ›Ja, ich könnte es wagen.‹

Wir redeten nicht mehr, nicht bis wir die Stufen des Palazzos erreichten, wo wir wieder zu scherzen und uns zu necken begannen. Ich war recht zufrieden. Shelley konnte nicht gezwungen werden, er mußte zu mir kommen – zu mir kommen und bitten. Ich war bereit zu warten. Er blieb den ganzen Sommer, nicht in Venedig, sondern jenseits der Lagune auf dem italienischen Ufer. Die Stadt, das wußte ich, beunruhigte ihn – er könne den Schmutz und den Verfall sehen, sagte er mir einmal, die sich unter der äußerlichen Zurschaustellung von Schönheit ausbreiteten; hierin war Venedig wie Lovelace und Marianna, die er beide kennengelernt und instinktiv abstoßend gefunden hatte. Auch meine eigenen Stimmungen und Gewohnheiten stießen ihn ab, wie ich sehen konnte, und die Verachtung und Verzweiflung, die er als deren Quelle erkannte – und dennoch faszinierte ich ihn auch die ganze Zeit, wie ich es zwangsläufig tun mußte, denn er hatte noch nie ein Wesen wie mich kennengelernt. Wir redeten viel, wenn wir wie zuvor am Strand des Lido entlangritten. Ich drängte und quälte ihn immerzu. Dann starrte er mich an, Entsetzen gemischt mit Sehnsucht und Respekt in seinen Augen. Er war bereit zu fallen, ich konnte es spüren – war bereit nachzugeben. Eines Nachts blieben wir lange auf und diskutierten wieder über die Welten, die sterblichen Blicken verborgen waren. Ich sprach aus Erfahrung, Shelley aus Hoffnung. Fast war ich bereit, die nackte Wahrheit aufzudecken, aber inzwischen war es fünf Uhr, die Dämmerung erhellte den Canal Grande, und die Nacht war fast vorbei. Ich bat Shelley zu bleiben. ›Bitte‹, sagte ich. ›Es gibt soviel…‹ – ich lächelte – ›soviel, das ich Ihnen offenbaren könnte.‹

Shelley blickte mich unverwandt an, er zitterte – ich dachte, er würde einwilligen. Aber dann stand er auf. ›Ich muß zurück‹, sagte er.

Ich war enttäuscht, protestierte jedoch nicht. Wir hatten genügend Zeit. Ich sah seiner Gondel nach, bis ich sie aus den Augen verlor. Dann überquerte auch ich die Lagune von Venedig. Ich besuchte Shelley in seinen Träumen. Ich trank nicht, aber ich führte ihn in Versuchung. Ich zeigte ihm die Wahrheit – eine gewaltige Dunkelheit gefüllt mit Kraft, Düsterkeit ausstrahlend, wie die Sonnenstrahlen Licht verbreiten, formlos, ein Abgrund des Todes, so schien es – und doch auch durchtränkt von Leben –, wo Unsterblichkeit gesucht und gefunden werden könnte. Ich wanderte in diese Dunkelheit. Shelley staunte, aber noch konnte er mir nicht folgen. Ich blickte zurück. Ich lächelte. Verzweifelt streckte Shelley die Arme nach mir aus. Wieder lächelte ich und winkte. Dann wandte ich mich um und wurde von der Dunkelheit verschlungen. Morgen, dachte ich, morgen nacht, würde er fähig sein, mir zu folgen. Morgen würde es geschehen.

Am nächsten Nachmittag wurde ich von Lovelace beim Frühstück gestört. Er setzte sich zu mir und trödelte am

Tisch herum. Wir plauderten eine Weile über Nichtigkeiten. ›Oh‹, sagte Lovelace, indem er mich plötzlich angrinste, ›Euer Freund, der Grünzeugesser – wußtet Ihr, daß er fort ist?‹

Meine Miene gefror, während Lovelace noch breiter grinste. ›Ach, ich dachte, er müßte es Euch letzte Nacht mitgeteilt haben. Hat er nichts gesagt?‹ Und dann lachte er, und ich stieß in meiner Wut den Tisch um und schrie ihn an, er solle mich in Ruhe lassen. Lovelace tat es, während immer noch ein Lächeln um seine Lippen spielte. Ich befahl meinen Dienern, die Lagune zu überqueren, Shelleys Haus aufzusuchen und sich zu vergewissern, mit absoluter Sicherheit, daß er nicht mehr da war. Aber schon als sie aufbrachen, wußte ich, daß Lovelace die Wahrheit gesagt hatte. Shelley war vor mir geflohen. Mehrere Wochen lang war ich in Verzweiflung gestürzt. Ich wußte, wie nah er daran gewesen war, mein zu werden. Diese Erkenntnis, die über lange Zeit eine Qual war, wurde am Ende zum Trost. Er würde zurückkommen. Er würde nicht fortbleiben können. So nahe war er seinem Fall gewesen – gewiß brauchte ich jetzt nur noch zu warten?

Und doch, auch als ich aus meiner Verzweiflung erwachte, fand ich mein Verlangen nach Gesellschaft ungestillt. Meine Liebschaft mit Venedig näherte sich dem Ende. Seine Vergnügungen langweilten mich. Ich wußte nun mit Gewißheit, daß ich über die Reichweite menschlicher Freuden hinaus war – ich brauchte mehr. Blut reizte mich wie immer, aber selbst das Jagen erschien mir allmählich schal, und ganz besonders ekelte mich Lovelace an. Ich wußte, daß seine Schadenfreude über Shelleys Abreise Ausdruck seiner Eifersucht gewesen war, aber auch wenn ich dies verstand, fiel es mir schwer, ihm zu verzeihen, und ich mied bewußt seine Gesellschaft. Wieder suchte mich Haidée in meinen Träumen heim, so lebhaft, daß ich manchmal daran dachte, Venedig in Richtung Griechenland zu verlassen. Aber Haidée war tot, ich war allein, welchen Sinn hätte es also? Ich blieb, wo ich war. Mein Elend verschlimmerte sich. Die anderen Vampire schienen sich vor mir zu fürchten.

Marianna war es, die meine Einsamkeit am besten verstand. Dies überraschte mich, obwohl es das nicht hätte tun sollen, denn die Grausamen verlassen sich für die raffiniertesten Vergnügungen auf ihr Feingefühl. Sie erkundigte sich nach Shelley. Ich erzählte es ihr, zunächst in einer Laune der Selbstironie, dann, als ich ihr Mitgefühl bemerkte, mit Aufrichtigkeit. ›Warten Sie‹, riet sie. ›Er wird kommen. Am besten ist es, wenn der Sterbliche das Geschenk begehrt. Denken sie an Polidori.‹

›Ja.‹ Ich nickte. ›Ja.‹ Ich konnte es nicht riskieren, Shelleys Gemüt zu beeinflussen. Aber das hatte ich schon gewußt...

›Und in der Zwischenzeit‹, schlug Marianna lächelnd vor, ›müssen wir andere Gesellschaft finden.‹

Ich lachte höhnisch. ›Oh, ja, Contessa, natürlich.‹ Ich schaute sie an. ›Wen?‹

›Eine Sterbliche.‹

›Ich werde ihren Geist ruinieren.‹

›Ich habe eine Tochter.‹

Ich sah sie überrascht an. ›Und Sie haben sie nicht leergetrunken?‹

Marianna schüttelte den Kopf. ›Ich hatte sie dem Conte Guiccioli versprochen. Erinnern Sie sich an ihn? Sie haben ihn in Mailand kennengelernt.‹

Ich nickte. Er war unter den Vampiren gewesen, die gekommen waren, um mir zu huldigen. Ein verschrumpelter, böser alter Mann mit gierigen Augen. ›Warum ihm?‹

›Er wünschte eine Ehefrau.‹

Ich runzelte die Stirn.

›Wissen Sie denn nicht?‹ fragte Marianna. ›Die Kinder unserer Art werden hoch geschätzt. Sie können die Liebe eines Vampirs ertragen, ohne davon in den Wahnsinn getrieben zu werden.‹ Sie hielt inne. ›Teresa ist erst neunzehn.‹

Ich lächelte zögernd. ›Und mit dem Conte Guiccioli verheiratet, sagen Sie?‹

Marianna streckte ihre Finger aus, als wären ihre Nägel Krallen. ›Es wird ihm natürlich eine besondere Ehre sein, *milord*, Ihnen seine Braut abzutreten.‹

Wieder lächelte ich. Ich küßte Marianna auf die Lippen. ›Gewiß wird es eine Ehre für ihn sein‹, murmelte ich. ›Gewiß.‹ Ich schwieg einen Augenblick. ›Kümmern Sie sich darum, Contessa.‹ Und Marianna erfüllte meinen Wunsch.

Der Conte war darüber natürlich überhaupt nicht glücklich, doch was lag mir daran? War ich nicht sein Kaiser? Ich befahl ihm, Teresa zu einem Maskenball zu bringen. Er gehorchte und stellte sie mir vor. Ich war entzückt. Sie war sinnlich und frisch, mit prallen, vollen Brüsten und üppigem kastanienbraunem Haar. Sie hatte etwas von Augusta an sich. Ihre Augen schmolzen, als ich sie anschaute, aber obwohl sie meinem Zauber nicht widerstehen konnte, schien ihre Leidenschaft sie nicht zu beunruhigen oder aus der Fassung zu bringen. ›Ich bekomme sie‹, flüsterte ich dem Conte zu. Er schnitt eine Grimasse, neigte aber den Kopf in stummer Zustimmung. Während der ersten Monate ließ ich ihn bei uns wohnen, aber nach einer Weile fand ich ihn hinderlich und schickte ihn fort.

Teresa war entzückt. Falls sie vorher verliebt gewesen war, so war sie nun vernarrt. ›Ein Peer von England und sein größter Dichter – mein Liebhaber!‹ Dann küßte sie mich und klatschte vor Wonne in die Hände. ›Byron, *caro mio!* Du bist wie ein Gott der Griechen! Oh, Byron, Byron, ich werde dich ewig lieben! Deine Schönheit ist süßer als meine süßesten Träume!‹ Ich mochte sie auch. Sie hatte mir ein Stück meiner Vergangenheit wiedergegeben. Wir ließen Venedig, diese Vampirstadt, hinter uns und zogen statt dessen in einen Palast bei Ravenna.

Dort war ich glücklich – glücklicher, als ich seit der Stunde meines Falls gewesen war. Ich lebte beinahe wie ein Sterblicher. Natürlich mußte ich auf Beute ausgehen, aber falls Teresa meine Gewohnheiten ahnte, schien es ihr nichts auszumachen – sie war in allem unbekümmert unmoralisch. Ich beobachtete sie sorgfältig auf Anzeichen von Wahnsinn oder Verfall hin, aber sie blieb sich gleich, impulsiv, schön, faszinierend, mich anbetend und anbetungswürdig. Ich versuchte, soweit ich konnte, alle Erinnerungen an mein Vampirdasein zu verbannen. Allegra, die ich aus Venedig mitgenommen hatte, wurde nun älter. Mit jedem Tag wurde ihr Blut süßer und verlockender. Schließlich schickte ich sie in ein Kloster. Sonst hätte ich sie getötet, denn gegen ihr Blut hätte ich mich nicht mehr lange wehren können. Ich hoffte, ich müßte sie nie wiedersehen. Auch Haidée, oder vielmehr ihren Geist in meinen Träumen, versuchte ich zu verbannen. In Ravenna stand damals die Revolution vor der Tür. Die Italiener träumten wie die Griechen von der Freiheit. Ich unterstützte sie mit Geld und meinem Einfluß. Meinen Anteil an diesem Kampf widmete ich Haidée, der ersten und größten Liebe meines Lebens und ihrer brennenden Sehnsucht nach Freiheit. Meine Träume von ihr verblaßten allmählich, und als sie mir doch erschien, war der Vorwurf in ihren Augen weniger schmerzlich. Ich begann mich frei zu fühlen.

Und in einer solchen Stimmung war es, während das Jahr dahinging, daß ich auf Shelley wartete. Ich wußte, er würde kommen. Er schrieb mir hin und wieder. Dann sprach er von nebelhaften Plänen, von Utopien, von Gemeinschaften, die er und ich gründen könnten. Nie erwähnte er jene letzte Nacht in Venedig, aber ich spürte, unausgesprochen in seinen Briefen, seine Sehnsucht nach dem, was ich ihm damals angeboten hatte. Ja, ich war zuversichtlich – er würde kommen. In der Zwischenzeit jedoch lebte ich allein mit Teresa. Wir hatten kaum Kontakt, weder mit Vampiren noch Menschen. Statt dessen füllte ich mein Haus mit Tieren – Hunden und Katzen, Pferden, Affen, Pfauen und Perlhühnern, einem ägyptischen Kranich –, lebenden Kreaturen, deren Blut, wie ich feststellte, mich nicht mehr in Versuchung führte.« Lord Byron machte eine Pause und schaute sich im Zimmer um. »Sie werden selbst gesehen haben, daß ich immer noch gern Haustiere halte.« Er streckte eine Hand aus, um den Kopf seines schlafenden Hunds zu streicheln. »Ich war glücklich«, sagte er, »in diesem Palast mit Teresa, so glücklich, wie ich seit meinem Fall nicht mehr gewesen war.« Lord Byron runzelte die Stirn und lächelte erstaunt. »Ja« – wieder runzelte er die Stirn – »ich war beinahe glücklich.«

Er hielt inne. »Und eines Abends dann«, fuhr er schließlich fort, »hörte ich Teresa schreien.« Zum zweitenmal unterbrach er sich, als beunruhige ihn die Erinnerung. Er trank von seinem Wein. »Ich griff nach meiner Pistole und eilte zu Teresas Zimmer. Die Hunde auf der Treppe bellten vor Angst, und die Vögel flatterten gegen die Wände.

›Byron!‹ Teresa stürzte heraus zu mir. Sie umklammerte ihre Brust. Eine Wunde, sehr dünn und fein, war in die Haut geritzt.

›Wer war das?‹ fragte ich.

Sie schüttelte den Kopf. ›Ich habe geschlafen‹, murmelte sie schluchzend. Ich ging in ihr Zimmer. Sofort witterte ich den Geruch des Vampirs. Aber da lag auch noch etwas anderes, etwas viel Schärferes in der Luft. Ich atmete es ein und runzelte die Stirn. Der Geruch war unverkennbar. Es war Säure.«

»Säure?« Unwillkürlich beugte sich Rebecca auf ihrem Stuhl vor.

Lord Byron lächelte sie an. »Ja.« Sein Lächeln verging. »Säure. Der Brief kam in der folgenden Woche. Er behauptete, Polidori sei tot. Selbstmord. Man hatte ihn scheinbar leblos gefunden, neben sich seine tote Tochter und eine halbleere Flasche mit Chemikalien. Konzentrierte Salzsäure, um genau zu sein. Ich las den Brief ein zweites Mal. Dann zerriß ich ihn und warf ihn auf den Boden. In diesem Augenblick bemerkte ich den beißenden, scharfen Geruch wieder.

Ich drehte mich um. Polidori beobachtete mich. Er sah abscheulich aus – seine Haut war schmierig, sein Mund hing weit offen. ›Es ist lange her‹, sagte er. Während er redete, mußte ich mich wegen des Gestanks abwenden.

Er lächelte entsetzlich. ›Ich entschuldige mich wegen meines unangenehmen Atems.‹ Dann sah er mich prüfend an und runzelte die Stirn. ›Aber Sie sehen selbst nicht besonders gut aus. Werden alt. Nicht mehr ganz so schön, *Mylord*.‹ Er machte eine Pause, und sein Gesicht zuckte. ›Die kleine Tochter also noch immer nicht getötet?‹

Ich starrte ihn voller Haß an. Er schlug die Augen nieder. Selbst jetzt noch war er mein Geschöpf und ich sein Herr. Polidori taumelte zurück. Er nagte an seinen Knöcheln, während er mit seinen vorstehenden Augen auf meine Füße starrte. ›*Ich* habe *meine* Tochter getötet‹.

Er begann zu zittern. Ich beobachtete ihn, dann berührte ich seine Hand. Sie war klebrig und kalt. Polidori überließ sie mir. ›Wann?‹ fragte ich.

Sein Gesicht war plötzlich vor Gram verzerrt. ›Ich konnte mich nicht dagegen wehren‹, erklärte er. ›Sie haben es mir nie gesagt. Niemand. Ich kam nicht dagegen an, nicht gegen den Ruf des Blutes.‹ Er kicherte und biß sich wieder auf die Knöchel. ›Ich versuchte, mich daran zu hindern, versuchte, mich zu töten. Ich trank Gift, Mylord, eine halbe Flasche von dem Zeug. Natürlich wirkte es nicht. Und dann mußte ich sie töten – mein kleines Mädchen‹ – er lachte leise in sich hinein – ›mein *süßes* kleines Mädchen. Und jetzt‹ – er hauchte mir ins Gesicht – ›werde ich immer dieses Gift im Mund haben. Immer!‹ Plötzlich schrie er. ›Immer! Sie haben es mir nie erklärt, Mylord, nie gesagt, aber danke, danke, ich habe es selbst herausgefunden – *man bleibt, wie man ist, wenn man das goldene Blut trinkt.*‹

Ich empfand Mitleid mit ihm, ja, natürlich. Wer könnte besser als ich seinen Schmerz verstehen? Aber ich haßte ihn auch, haßte ihn, wie ich nie stärker gehaßt hatte. Ich streckte zum zweitenmal die Hand aus, versuchte, ihn zu beruhigen, aber er starrte sie nur an und spuckte dann darauf. Ich zuckte zurück, griff instinktiv nach meiner Pistole, hielt sie unter Polidoris Kinn. Aber er lachte. ›Sie können mir nichts antun, Mylord! Haben Sie es nicht gehört – ich bin offiziell tot!‹

Er kicherte und brabbelte. Ich wartete, bis er wieder still war. Dann lächelte ich kalt und stieß ihn mit dem Pistolenlauf zurück. Er fiel gegen die Wand. Ich stand über ihm. ›Sie waren seit jeher lächerlich‹, flüsterte ich. ›Erdreisten Sie sich immer noch, mich herauszufordern? Sehen Sie das Ding an, das Sie jetzt sind, und lernen Sie Beherrschung. Ich könnte Ihren Zustand, elend, wie er ist, noch weitaus schlimmer machen‹ – ich stach in seinen Geist, so daß er vor Schmerz aufschrie – ›viel schlimmer. Ich bin Ihr Schöpfer. Ich bin Ihr Kaiser.‹ Ich senkte die Pistole und trat einen

Schritt zurück. ›Provozieren Sie mich nie wieder, Doktor Polidori.‹

›Auch ich habe Macht‹, stammelte er. ›Ich bin jetzt ein Ding wie Sie, Mylord.‹

Sein Anblick, die starrenden Glotzaugen, der halboffene Mund, brachte mich zum Lachen. Ich steckte die Pistole wieder in den Gürtel. ›Gehen Sie‹, sagte ich.

Polidori blieb wie angewurzelt stehen. Dann zitterte er und begann vor sich hin zu murmeln. Er griff nach meinen Händen. ›Sorgen Sie für mich‹, flüsterte er. ›Sorgen Sie für mich. Sie haben recht – ich bin jetzt Ihr Geschöpf. Zeigen Sie mir, was das bedeutet. Zeigen Sie mir, was ich bin.‹

Ich starrte ihn an. Einen Augenblick lang zögerte ich. Dann schüttelte ich den Kopf. ›Sie müssen Ihren eigenen Weg verfolgen‹, erklärte ich ihm. ›Wir sind alle einsam, wir, die wir den Ozean der Zeit befahren.‹

›*Einsam?*‹ Sein Aufschrei kam unerwartet und schrecklich, ein Kreischen, ein Schluchzen, ein tierhafter Laut. ›Einsam?‹ wiederholte Polidori. Er brach in unbeherrschtes Gelächter aus. Er erstickte fast, denn spuckte er und starrte mich mit brennendem Haß an. ›Und ich habe doch Macht‹, sagte er plötzlich. ›Sie halten sich für unglücklich, aber ich kann Sie so elend machen, daß Ihnen selbst der Schimmer des Mondes hassenswert sein wird.‹ Er grinste abscheulich und wischte sich über den Mund. ›Ich habe mich schon vom Blut Ihrer Hure genährt.‹

Ich packte ihn an der Kehle und hielt ihn dicht vor mein Gesicht. Wieder stach ich tief in die Windungen seines Hirns, bis er vor blinder Qual schrie, und immer noch stach ich, und immer noch schrie er. Schließlich ließ ich ihn fallen. Er weinte und wimmerte und kroch vor mir zu Kreuze. Ich sah ihn verächtlich an. ›Wenn Sie Teresa berühren, werde ich Sie vernichten‹, sagte ich. ›Verstehen Sie?‹

Polidori brabbelte etwas, dann nickte er.

Ich hielt ihn an den Haaren. Wie seine Haut fühlten sie sich klebrig und fettig an. ›Ich werde Sie vernichten, Polidori.‹

Er greinte. ›Ich verstehe‹, sagte er schließlich.

›Was verstehen Sie?‹

›Ich werde nicht‹ – er schniefte – ›ich werde nicht ... ich werde nicht töten, wen Sie lieben.‹

›Gut‹, flüsterte ich. ›Halten Sie Ihr Wort. Und dann – wer weiß? – werde ich vielleicht sogar Sie lieben.‹ Ich zerrte ihn zur Treppe und gab ihm einen Stoß. Er polterte und klapperte die Treppe hinunter, wobei er einen Schwarm Perlhühner aufscheuchte. Ich kehrte auf meinen Balkon zurück und sah Polidori nach, der über die Felder davonging. An jenem Abend ritt ich die Grenzen des Palastgeländes ab, aber ich roch ihn nicht mehr. Er war fort. Es überraschte mich nicht, denn ich hatte ihm eine schreckliche Furcht eingeflößt. Ich bezweifelte, daß er zurückkommen würde. Aber ich warnte Teresa dennoch, sich vor dem Geruch von Chemikalien zu hüten.

Und nicht nur um Teresa sorgte ich mich jetzt. Shelley hatte mir gerade geschrieben und in unbestimmten Worten vorgeschlagen, daß wir uns treffen sollten. Ich schrieb umgehend zurück, lud ihn zu mir ein, und zu meiner Überraschung fand er sich eines Abends an meinem Tor ein. Ich hatte ihn seit drei Jahren nicht mehr gesehen. Ich küßte ihn auf den Hals und biß zärtlich zu, wobei ich Blut saugte. Shelley erstarrte für einen Moment – und dann hielt er meine Wangen und lachte vor Freude. Wir blieben, wie wir es immer getan hatten, bis spät in die Nacht auf. Shelley führte seine üblichen Reden – wilde Pläne und Utopien, pietätlose Witze, Visionen von Freiheit und Revolution. Aber ich wurde ungeduldig – ich wußte, warum er wirklich gekommen war. Die Uhr schlug vier. Ich ging hinüber zum Balkon. Frische Luft kühlte mein Gesicht. Ich wandte mich wieder an Shelley. ›Wissen Sie, was ich bin?‹ fragte ich.

›Sie sind ein mächtiger und geplagter Geist‹, erwiderte er.

›Was ich habe – meine Kräfte –, kann ich Ihnen geben.‹

Lange sagte Shelley nichts. Sogar in der Dunkelheit leuchtete sein Gesicht so bleich wie meines, brannten seine Augen fast genauso hell. ›Das All‹, sagte er endlich, ›staunte über die raschen und schönen Schöpfungen Gottes, als er der Leere überdrüssig wurde – aber nicht so sehr, Lord Byron, wie ich über Ihre Werke staune. Ich gebe die Hoffnung auf, Ihnen gleichzukommen, wie könnte ich auch. Sie‹ – er machte eine Pause – ›ein Engel in dem sterblichen Paradies eines verblühenden Körpers – während ich...‹ Seine Stimme verlor sich. ›Während ich – nichts bin.‹

Ich zog ihn an mich. ›Mein Körper muß nicht verblühen‹, sagte ich. Ich strich ihm übers Haar, drückte seinen Kopf an meine Brust. Ich beugte den Kopf zu ihm hinunter. ›Auch Ihrer nicht‹, flüsterte ich.

Shelley blickte zu mir auf. ›Sie altern.‹

Ich runzelte die Stirn. Dann lauschte ich auf mein Herz. Ich konnte mein Blut langsam durch die Adern kriechen spüren. ›Es gibt einen Weg‹, sagte ich.

›Es kann nicht wahr sein‹, flüsterte Shelley. Er schien mich fast herauszufordern. ›Nein, es kann nicht wahr sein.‹

Lächelnd beugte ich mich neben ihm hinunter. Ein zweites Mal biß ich in seine Kehle. Ein einziger rubinroter Tropfen Blut schimmerte auf dem Silber seiner Haut. Ich berührte den Tropfen, fühlte ihn auf der Zunge zergehen, dann küßte ich die Wunde und leckte daran. Shelley stöhnte. Ich trank, und währenddessen öffnete ich seine Gedanken, löste ihre sterblichen Fesseln, damit Fragmente einer Einsicht in seinen Träumen aufscheinen konnten. Meine Lippen küßten wieder, dann lösten sie sich von seiner Haut. Langsam wandte Shelley sich um und sah mich erstaunt an. Sein Gesicht schien vom Feuer einer anderen Welt erleuchtet. Es brannte mild. Lange Zeit sagte Shelley überhaupt nichts. ›Aber zu töten‹, murmelte er schließlich, ›Wesen zu verfolgen, die lachen und weinen und bluten. Wie kann man das tun?‹

Ich wandte mich von ihm ab und blickte hinaus über die Felder. ›Das Leben des Wolfs ist der Tod des Lamms.‹

›Ja. Aber ich bin kein Wolf.‹

Ich lächelte vor mich hin. ›Noch nicht.‹

›Wie kann ich das entscheiden?‹ Er machte eine Pause. ›Nicht jetzt.‹

›Warten Sie, wenn Sie möchten.‹ Ich sah ihm wieder ins Gesicht. ›Natürlich müssen Sie warten.‹

›Und in der Zwischenzeit?‹

Ich zuckte die Achseln. ›Werden Sie philosophisch, und ich beginne, mich zu langweilen.‹

Shelley lächelte. ›Ziehen Sie fort von Ravenna. Kommen Sie zu uns.‹

›Um Ihnen bei der Entscheidung zu helfen?‹

Wieder lächelte Shelley. ›Wenn Sie möchten.‹ Er stand auf, um zu mir auf den Balkon zu treten. Wir standen lange schweigend da. ›Vielleicht‹, sagte er dann, ›würde ich vor dem Töten nicht zurückschrecken...‹ Er hielt inne.

›Ja?‹ fragte ich.

›Wenn ... wenn mein Weg durch die Wildnis mit dem Blut des Unterdrückers und des Despoten gezeichnet werden könnte...‹

Ich lächelte. ›Vielleicht.‹

›Welchen Dienst ich – Sie und ich zusammen – der Sache der Freiheit leisten könnten.‹

›Ja.‹ Ja. Die Last meiner Herrschaft zu teilen. Sie der Freiheit zu weihen. Zu führen, nicht zu tyrannisieren. Was könnten wir nicht alles tun?

›Die Dämmerung bricht an.‹ Shelley deutete hinaus. Er blickte mich an. ›Griechenland ist in Aufruhr – sein Kampf für die Freiheit hat begonnen. Haben Sie es gehört?‹

Ich nickte. ›Ich habe es gehört.‹

›Wenn wir die Macht hätten...‹ Shelley zögerte. ›Die Macht anderer Welten – wie Prometheus könnten wir es bringen, das geheime Feuer, um die verzweifelte Menschheit zu wärmen.‹ Er faßte mich bei den Schultern. ›Byron, könnten wir es nicht?‹

Ich blickte an ihm vorbei. Ich glaubte, heraufbeschworen von dem Spiel der Dämmerung mit Licht und Dunkel, die Gestalt Haidées zu sehen. Es dauerte nur eine Sekunde – ein Streich meiner Augen –, und sie war fort. ›Ja‹, sagte ich, indem ich Shelleys Blick begegnete, ›Ja, wir könnten es.‹ Ich lächelte. ›Aber zuerst müssen Sie warten – müssen Sie nachdenken – und dann entscheiden.‹

Shelley blieb noch eine Woche, dann kehrte er nach Pisa zurück. Kurze Zeit später folgte ich ihm. Ich rührte mich nicht gern von der Stelle, aber für Shelley tat ich es. In Pisa gab es eine Menge Engländer von Stand – nicht die schlimmste Sorte, aber literarisch interessiert, also übel genug. Shelley war selten allein, wenn er mich besuchen kam. Allerdings ritten wir aus, übten uns im Pistolenschießen und speisten miteinander – wir waren immer die Zwillingspole, gegensätzlich und doch ähnlich, um die sich die Welt unserer Zusammenkünfte drehte. Ich wartete – nicht geduldig, ich hatte nie Geduld –, aber mit einem raubtierhaften Erwartungsgefühl. Eines Tages berichtete mir Shelley, er bilde sich ein, Polidori gesehen zu haben. Das beunruhigte mich – nicht daß ich mich vor Polidori selbst gefürchtet hätte, sondern weil Shelley die Wahrheit erkennen und ihn die Kreatur, die aus dem Doktor geworden war, verstören könnte. Ich versuchte, ihn zu einer Entscheidung zu drängen. Eines Abends kam ich zu ihm. Wir redeten bis tief in die Nacht. Ich glaubte, er wäre bereit. ›Was ist schließlich‹, sagte er plötzlich, ›das Schlimmste, was geschehen kann? Das Leben mag sich verändern, aber es kann nicht fliehen. Hoffnung mag dahinschwinden, aber sie kann nicht zerstört werden.‹ Er streichelte meine Wangen. ›Aber lassen Sie mich erst mit Mary und Claire sprechen.‹

›Nein!‹ rief ich. Shelley schien überrascht. ›Nein‹, wiederholte ich, ›Sie dürfen sie nichts – ahnen lassen. Es gibt Geheimnisse, Shelley, die gewahrt bleiben müssen.‹ Shelley starrte mich an. Sein Gesicht war ausdruckslos. Ich glaubte, ich hätte ihn verloren.

Aber dann nickte er endlich. ›Bald‹, flüsterte er. Er drückte meine Hand. ›Aber wenn ich ihnen nichts sagen darf, lassen Sie mir wenigstens Zeit, nur ein paar Monate noch, in meiner sterblichen Form bei ihnen zu sein.‹

Ich nickte. ›Selbstverständlich‹, sagte ich. Aber ich verriet Shelley nicht die Wahrheit – daß ein Vampir aller sterblichen Liebe Lebewohl sagen muß –, und ich verriet ihm auch nichts von einer noch dunkleren Wahrheit. Dieser Zwang zu schweigen bereitete mir Kopfzerbrechen – natürlich –, und das noch mehr, als Claire begann, mich durch Shelley zu belästigen, indem sie verlangte, ich möge Allegra aus dem Kloster holen und sie wieder der Fürsorge ihrer Mutter übergeben.

›Claire hat schlechte Träume‹, versuchte Shelley zu erklären. ›Sie bildet sich ein, Allegra würde an diesem Ort sterben. Sie ist davon geradezu überzeugt. Bitte, Byron – ihre Alpträume sind furchtbar. Holen Sie Allegra zurück. Lassen Sie sie kommen und bei uns leben.‹

›Nein.‹ Ich schüttelte den Kopf. ›Unmöglich.‹

›Bitte.‹ Shelley packte meinen Arm. ›Claire ist fast außer sich.‹

›Na und?‹ Ich zuckte ungeduldig die Achseln. ›Frauen machen ständig Szenen.‹

Shelley verkrampfte sich. Das Blut wich aus seinem Gesicht, und ich sah ihn die Fäuste ballen. Aber er beherrschte sich. Er machte eine Verbeugung. ›Sie wissen es natürlich am besten, Mylord.‹

»Es tut mir leid«, sagte ich. »Wirklich, Shelley. Aber ich kann Allegra dort nicht wegholen. Das werden Sie Claire einfach mitteilen müssen.«

Und Shelley tat es. Aber Claires Alpträume verschlimmerten sich, und ihre Ängste um ihre Tochter wurden noch wilder. Shelley, der sich um Allegra gekümmert hatte, als sie ein Säugling war, fühlte mit Claire, das wußte ich, und ich spürte, daß sich dieses Problem zwischen uns schob. Aber was konnte ich machen? Nichts. Ich durfte es nicht riskieren, Allegra jetzt zu sehen. Sie war fünf – ihr Blut würde unwiderstehlich für mich sein. Also schlug ich weiterhin alle Bitten Claires aus, während ich hoffte, daß Shelley seine Entscheidung fällen würde. Aber er entschied nichts. Statt dessen sah ich ihn abweisend und kalt werden.

Und dann kam die Nachricht, Allegra sei krank. Sie war schwach und fieberte – sie schien unter einem Blutverlust zu leiden. Shelley kam an jenem Nachmittag zu mir. Er berichtete mir, Claire sei voller wilder Pläne, Allegra zu retten, sie aus dem Kloster zu entführen. Ich war entsetzt. Freilich verbarg ich meine Erregung und ließ mir nur vor Teresa anmerken, wie durcheinander ich war. An jenem Abend speisten wir wie gewöhnlich bei den Shelleys. Wir brachen früh auf. Ich unternahm einen langen, langen Ritt. Dann, gegen Morgen, kehrte ich zu meinem Zimmer zurück.

Ich hielt auf der Treppe inne...« Lord Byron versagte die Stimme.

Er schluckte. »Ich hielt auf der Treppe inne«, wiederholte er. »Ich taumelte. Ich konnte den köstlichsten Duft riechen. Er war schöner als alles auf der Welt. Ich versuchte mich dagegen zu wehren, aber ich konnte nicht – ich ging in mein Zimmer. Der Duft erfüllte mich jetzt, jede Ader, jeden Nerv, jede Zelle. Ich war sein Sklave. Ich schaute mich um. Da, auf meinem Schreibtisch, stand eine Flasche... Ich ging darauf zu. Sie war entkorkt. Ich zitterte. Das Zimmer um mich schien vergessen. Ich trank. Ich schmeckte Wein – und daruntergemischt –, *und daruntergemischt...*« Lord Byron verstummte einen Moment. Seine Augen schienen von einem fiebrigen Licht zu schimmern. »Ich trank. Das Blut – Allegras Blut –, es... Was soll ich sagen? Es zeigte mir einen flüchtigen Blick ins Paradies. Aber ein Blick genügte nicht. Ein flüchtiger Blick und nicht mehr würde mich in den Wahnsinn treiben. Ich brauchte mehr. Ich mußte mehr haben. Ich füllte die Flasche wieder mit Wein, um den letzten verbliebenen Tropfen herauszuspülen. Ein zweites Mal leerte ich sie. Der Durst schien noch schrecklicher. Ich starrte auf die Flasche, zerschmetterte sie auf dem Boden. *Ich mußte mehr haben.*« Er schluckte und schwieg. Er schloß die brennenden Augen.

»Wo war sie hergekommen?« fragte Rebecca leise. »Wer hatte sie dort hingestellt?«

Lord Byron lachte. »Ich wagte es nicht zu denken. Nein, das ist falsch, ich war zu berauscht, um zu denken. Ich wußte nur, daß ich mehr haben mußte. Den ganzen nächsten Tag wehrte ich mich gegen die Versuchung. Aus dem Kloster kam die Nachricht, daß es Allegra schlechter ging, daß sie schwächer wurde und immer noch Blut verlor. Niemand wußte, wie. Shelley runzelte die Stirn, wenn er mich traf, und blickte weg. Der Gedanke, ihn zu verlieren, stählte mich – ich würde es nicht tun, ich würde nicht nachgeben. Der Nachmittag kam und ging, dann der Abend. Wieder ritt ich aus. Wieder kehrte ich spät in der Nacht zu meinem Zimmer zurück. Wieder« – Lord Byron hielt inne – »wieder wartete eine Flasche auf meinem Schreibtisch. Ich trank sie aus. Ich spürte das Leben wie eine silberne Flut in meinen Adern. Ich sattelte mein Pferd. Während ich das tat, hörte ich ein leises Lachen, und der Wind trug mir den Geruch von Säure zu. Aber ich war verrückt vor Verlangen. Ich machte kein einziges Mal Rast, sondern galoppierte die ganze Nacht durch. Ich kam zu dem Kloster, wo Allegra dem Tod nahe war. Schuldbewußt schlich ich durch die Dunkelheit, von den Nonnen nicht gesehen, nicht geahnt. Doch Allegra spürte mich. Sie schlug die Augen auf. Sie brannten. Ihre Hände streckten sich mir entgegen. Ich hielt sie in den Armen. Ich küßte sie. Ihre Haut schien meine Lippen zu verbrühen. Dann biß ich zu. Ihr Blut ... Ihr Blut.«

Lord Byron versuchte weiterzusprechen, doch seine Stimme erstickte und blieb weg. Er verkrampfte die Hände und starrte ins Dunkel. Dann neigte er den Kopf.

Rebecca beobachtete ihn. Sie fragte sich, ob sie Mitleid empfand. Der Obdachlose an der Waterloo Bridge fiel ihr ein. Sie erinnerte sich an die Vision von sich an dem Haken. »Es gab Ihnen, was Sie wünschten?« fragte sie. Ihre Stimme klang ihr kalt und fern in den Ohren.

Lord Byron hob den Kopf. »*Wünschten?*«

»Ihr Altern – das Blut Ihrer Tochter brachte es zum Stillstand?«

Lord Byron starrte sie an. Das Feuer war aus seinen Augen verschwunden; sie wirkten ganz tot. »Ja«, sagte er nach einer Weile.

»Und Shelley?«

»Shelley?«

»Hat er...?«

Lord Byron blickte auf. Sein Gesicht war noch immer starr, die Augen noch immer tot.

»Hat er es erraten?« fragte Rebecca leise. »Wußte er es?«

Zögernd lächelte Lord Byron. »Ich habe Ihnen, glaube ich, von Polidoris Dissertation berichtet.«

»Über Somnambulismus.«

»Somnambulismus – und das Wesen der Träume.«

»Ich verstehe.« Rebecca schwieg einen Moment. »Er drang in Shelleys Träume ein? Er war dazu in der Lage?«

»Shelley war sterblich«, erklärte Lord Byron knapp. Seine Lippen zuckten von einem plötzlichen Schmerz. »Vom Tag von Allegras Tod an begann er meine Gesellschaft zu meiden. Er sprach zu Freunden von meiner ›verhaßten Vertraulichkeit‹. Er beklagte sich, an unnatürlicher Angst zu leiden. Wenn er am Meer spazierenging, die Wirkung des Mondlichts auf dem Wasser beobachtete, hatte er Visionen von einem nackten Kind, das aus den Wellen aufstieg. Das alles wurde mir später berichtet. Ich dachte daran, Polidori ausfindig zu machen, ihn endgültig zu vernichten, wie ich es versprochen hatte. Aber ich wußte, das wäre nicht genug. Nun war es Shelley, der mein Feind war. Es war Shelley, dem ich gegenübertreten und den ich überzeugen mußte. Er hatte kurz zuvor eine Jacht gekauft. Ich wußte, daß er eine Fahrt entlang der Küste plante. Ich mußte ihm gegenübertreten, bevor er abreiste.

Am Tag, bevor Shelley auslaufen sollte, war es drückend heiß. Als ich zu seinem Haus ritt, wurde auf den Straßen um Regen gebetet. Der Abend dämmerte, als ich mein Ziel erreichte, und noch immer war die Hitze unerträglich. Ich hielt mich im Schatten, wartete, bis es im Haus ruhig wurde. Nur Shelley ging nicht zu Bett. Ich konnte sehen, daß er noch las. Ich kam zu ihm. Unbemerkt saß ich auf dem Stuhl neben ihm. Noch immer sah Shelley nicht auf. Er zitterte allerdings. Seine Lippen sprachen die Worte, die er las – von Dante –, *Das Inferno*. Ich sprach einen Vers mit ihm: ›*Nessun maggior dolore*‹ – ›Es gibt nicht größern Schmerz‹. Shelley blickte auf. Ich vollendete den Satz: ›Als sich im Unglück zu erinnern an beglückte Zeiten.‹

Es herrschte Schweigen. Dann sprach ich wieder. ›Haben Sie sich entschieden?‹ fragte ich.

Shelleys erschrockener Blick erstarrte und verdüsterte sich zu Haß. ›Sie haben ein Gesicht, auf dem Mord geschrieben steht‹, flüsterte er. ›Ja. Sehr glatt und auch sehr blutig.‹

›Blutig? Was reden Sie da, Shelley? Nichts von diesem Gewäsch. Sie wußten, daß ich ein Geschöpf des Blutes bin.‹

›Aber ich wußte nicht alles.‹ Er stand auf. ›Ich habe seltsame Träume gehabt. Lassen Sie mich von ihnen erzählen, *Mylord*.‹ Er sprach den Titel wie Polidori aus, mit heißer Bitterkeit. ›Letzte Nacht träumte ich, Mary sei schwanger. Ich sah eine widerliche Kreatur über sie gebeugt. Ich zog die Kreatur weg, ich sah ihr ins Gesicht – es war mein eigenes.‹ Er schluckte. ›Dann hatte ich einen zweiten Traum. Ich begegnete mir wieder, wie ich auf der Terrasse spazierte. Diese Gestalt, die wie ich aussah und doch bleicher war, mit einer furchtbaren Traurigkeit im Blick, blieb stehen. ›Wie lange gedenken Sie, zufrieden zu sein?‹ fragte er. ›Wie lange?‹ Ich fragte, was er meine. Er lächelte. ›Haben Sie nicht gehört?‹, sagte er. ›Lord Byron hat sein kleines Mädchen getötet. Und jetzt muß ich gehen und mein eigenes Kind töten.‹ Ich schrie. Dann wachte ich auf und lag in Marys Armen. Nicht in Ihren, Lord Byron – niemals in Ihren.‹

Er starrte mich an, die tiefen Augen wild vor Abscheu. Ich fühlte eine verzweifelte Einsamkeit in meine Seele einziehen. Ich versuchte, ihn in die Arme zu nehmen, aber er wich zurück. ›Die Träume wurden von einem Feind geschickt‹, sagte ich.

›Aber waren sie falsch, die Warnungen, die sie enthielten?‹

Ich zuckte verzweifelt die Achseln.

›Haben Sie Allegra getötet, Mylord?‹

›Shelley...‹ Ich streckte die Hände aus. ›Shelley, lassen Sie mich nicht allein.‹ Aber er kehrte mir den Rücken. Er ging aus dem Zimmer, ohne sich umzublicken. Ich folgte ihm nicht – was für einen Sinn hätte das gehabt? Statt dessen kehrte ich in den Garten zurück und bestieg mein Pferd. Ich ritt zurück durch die brennende Nacht. Die Hitze wurde womöglich noch grausamer.

Zum erstenmal seit mehreren Monaten schlief ich. Teresa störte mich nicht. Meine Träume waren unerfreulich, schwer von Schuld, düster von bösen Vorzeichen. Ich erwachte um vier. Die Hitze war immer noch erstickend. Als ich mich ankleidete, hörte ich jedoch ein fernes Donnergrollen, das vom Meer hereinrollte. Ich blickte zum Fenster hinaus. Der Horizont verdunkelte sich zu einem purpurnen Dunst. Ich ritt zum Ufer, dann den Strand entlang. Das Meer war noch kristallklar, leuchtend vor den Wolken, die jetzt zu Schwarz gedunkelt waren. Wieder grollte Donner, dann erhellte ein Blitz den Himmel wie eine silbrige Feuerwand, und das Meer war mit einem Mal ein Chaos aus kochender Brandung, als der Sturm über die Bucht hereinbrauste. Ich zügelte mein Pferd und blickte hinaus aufs Meer. Da entdeckte ich ein Boot. Es stieg hoch und tauchte ein und stieg wieder, und dann verschwand es hinter gewaltigen Wellenbergen. Der Wind heulte in meinen Ohren.

›Ich kann nicht schwimmen.‹ Shelleys Worte von vor so vielen Jahren tauchten in meinem Kopf auf. Damals hatte er mein Angebot, ihn zu retten, zurückgewiesen. Ich suchte wieder nach dem Boot. Es schlingerte. Dann sah ich, daß es sich drehte und zu kentern drohte.

Ich schnitt mir den Puls auf und trank mein Blut. Ich erhob mich mit dem Sturm. Ich wurde zum Atem der Dunkelheit, der hinaus übers Meer wehte. Dann entdeckte ich das Wrack des Boots, das von den Wellen zermalmt wurde. Ich erkannte es. Verzweifelt suchte ich nach Shelley. Dann sah ich ihn. Er klammerte sich an eine zertrümmerte Planke. ›Sei mein‹, flüsterte ich seinen Gedanken zu. ›Sei mein, und ich werde dich retten.‹ Shelley blickte wild um sich. Ich streckte die Hände nach ihm aus. Ich hielt ihn fest.

›Nein!‹ schrie Shelley. ›Nein!‹ Er glitt aus meinem Griff. Er kämpfte im Wasser. Dann sah er zum Himmel empor und schien zu lächeln, und dann wurde er weggerissen, und die Wellen schlugen über seinem Kopf zusammen. Hinab sank er, hinab, hinab, hinab. Er tauchte nicht mehr auf.«

13. Kapitel

Jedoch ich lebt', und wahrlich nicht zum Scherz:
Dem Geist entschwinde Kraft, dem Blut das Feuer,
Mein Leib zerfall' im Kampfe mit dem Schmerz;
Es lebt und trotzt in mir nur um so freier
Der Zeit und Marter, bis da reißt der Schleier,
Ein geistig Etwas – meinen Feinden fremd,
Wie die Erinn'rungstöne stummer Leier;
Das soll durchdringen, wenn ihr Groll sich hemmt,
Ihr ganz versteintes Herz, daß späte Reu' es klemmt.

LORD BYRON, Junker Harolds Pilgerfahrt

Zehn Tage später wurde seine Leiche angeschwemmt. Das ungeschützte Fleisch war weggefressen; was übrig war, hatte das Meer gebleicht; der Leichnam war nicht wiederzuerkennen. Es hätte, so wie er aussah, der Kadaver eines Schafs sein können. Ich dachte an Haidée und hoffte, daß man ihre Leiche nie gefunden hatte, ein verwestes Bündel in einem Rupfensack – ich hoffte, daß ihre Knochen noch ungestört unter Wasser lagen. Ohne die Kleidung bot Shelleys Leichnam einen ekelerregenden und entwürdigenden Anblick. Wir errichteten am Strand einen Scheiterhaufen und verbrannten ihn dort. Während sich die Flammen ausbreiteten, fand ich den Geruch des tropfenden Fleischs unerträglich. Er war süß und faulig und stank nach meinem Scheitern.

Ich wanderte zum Meer hinunter. Während ich mich bis auf mein Hemd auszog, schaute ich mich um und sah die Gestalt Polidoris auf dem Hügel stehen. Unsere Blicke trafen sich; seine aufgedunsenen Lippen wurden schmal und dehnten sich zu einer höhnischen Grimasse. Ein Rauchschwaden vom Scheiterhaufen zog zwischen uns vorbei. Ich drehte mich wieder um und wanderte ins Meer. Ich schwamm, bis die Flammen erloschen waren. Gereinigt fühlte ich mich dennoch nicht. Ich kehrte zum Scheiterhaufen zurück. Nichts als Asche war geblieben. Ich schöpfte den Staub auf und ließ ihn durch die Finger rinnen. Ein Diener zeigte mir einen verkohlten Fleischklumpen. Es sei Shelleys Herz, erklärte er, es sei nicht verbrannt, ob ich es vielleicht haben wollte? Ich schüttelte den Kopf. Jetzt war es zu spät. Zu spät, um Shelleys Herz zu besitzen ...«

Lord Byron schwieg. Rebecca wartete mit gerunzelter Stirn. »Und Polidori?« fragte sie dann.

Lord Byron starrte sie an.

»Sie hatten Shelleys Herz nicht gewonnen. Sie hatten verloren. Und dennoch stellten Sie Polidori nicht zur Rede, als Sie ihn entdeckten, sondern ließen ihn gehen. Und er lebt noch immer. Warum? Warum haben Sie ihn nicht vernichtet, wie Sie es angekündigt hatten?«

Lord Byron lächelte dünn. »Unterschätzen Sie die Freuden des Hasses nicht. Er ist ein Vergnügen, das sich für die Ewigkeit eignet.«

»Nein.« Rebecca schüttelte den Kopf. »Nein, ich verstehe nicht.«

»Die Menschen lieben in Hast, aber um zu verabscheuen, braucht man Muße, und ich hatte – ich habe« – er zischte das Wort – »Muße.«

Rebeccas Stirnrunzeln vertiefte sich. »Wie kann ich wissen, ob Sie es ernst meinen?« fragte sie mit plötzlicher Wut und Furcht. Sie schlug die Arme um sich. »Sie *hätten* ihn vernichten können?«

Lord Byron sah sie kalt an. »Ich glaube schon«, sagte er schließlich.

Rebecca fühlte ihr Herz langsamer schlagen. Sie fürchtete sich vor Lord Byron, jedoch nicht so sehr wie in der Nacht zuvor, als Dr. Polidori sie an der Themse überrascht hatte, mit Wahnsinn im Gesicht und Gift im Atem. »Sie glauben es nur?« fragte sie.

Lord Byrons Augen waren noch immer kalt, als er antwortete. »Natürlich. Wie könnten wir einer Sache sicher sein? Polidori ist mit einem Teil von mir erfüllt. Das ist das Geschenk – das bedeutet es. Ja«, sagte er mit plötzlicher Heftigkeit, »ich könnte ihn vernichten, ja, natürlich könnte ich das. Aber Sie fragen, warum ich es nicht tue und warum ich es in Italien nicht getan habe, nachdem Shelley ertrunken war. Es hat denselben Grund. Polidori hat mein Blut erhalten. Er war mein Geschöpf. Er, dem ich meine Einsamkeit verdanke, war durch jenen Akt beinahe kostbar für mich geworden. Je mehr ich ihn haßte, desto besser begriff ich, daß ich niemanden sonst hatte. Vielleicht hatte Polidori ein solches Paradox beabsichtigt. Ich weiß es nicht. Selbst Jehova konnte, als er die Flut schickte, die völlige Zerstörung seiner Welt nicht ertragen. Wie hätte ich Shelleys Geist beleidigen können, indem ich mich schlimmer benahm als die christliche Gottheit?«

Lord Byron lächelte bitter. »Weil es nämlich Shelleys Geist war und Haidées, die mich heimsuchten. Nicht buchstäblich – nicht einmal mehr als Visionen in meinen Träumen –, sondern als eine Leere, eine Trostlosigkeit. Meine Tage waren lustlos, meine Nächte rastlos, und dennoch konnte ich mich nicht aufraffen oder etwas anderes tun als töten und grübeln und Gedichte hinkritzeln. Ich erinnerte mich an meine Jugend, als mein Herz überströmte vor Liebe und Empfindungen; und doch konnte ich jetzt – mit sechsunddreißig, noch kein gar zu schreckliches Alter – die ganze verlöschende Glut in meinem Herzen zusammenkratzen und kaum auch nur eine vorübergehende Flamme entfachen. Ich hatte meinen Sommer vergeudet, bevor der Mai zu Ende war. Haidée war tot – Shelley war tot –, meine Tage der Liebe waren tot.

Und doch rüttelten mich dieselben Erinnerungen endlich aus meiner Erstarrung auf. Während jenes langen und langweiligen Jahres hatte der Aufstand in Griechenland rasch um sich gegriffen. Die Sache, von der Haidée geträumt hatte, die Revolution, die Shelley so gern angeführt hätte – die Liebhaber der Freiheit, zu denen ich mich einst gezählt hatte, schauten jetzt auf mich. Ich war berühmt, ich war reich – würde ich den Griechen nicht meine Unterstützung anbieten? Ich lachte über dieses Ansuchen. Den Griechen war nicht klar, worum sie baten, denn ich war ein todbringendes Wesen, mein Kuß verdarb alles, was er berührte. Und doch stellte ich zu meinem Erstaunen fest, daß ich bewegt war – etwas, was ich inzwischen für völlig unmöglich gehalten hatte. Griechenland – ein romantisches und schönes Land; Freiheit – die Sache aller, die ich geliebt hatte. Und so stimmte ich zu. Ich würde die Griechen nicht nur mit meinem Reichtum unterstützen – ich wollte auch in ihren Reihen kämpfen. Ich würde Italien verlassen, würde noch einmal den geheiligten Boden Griechenlands betreten.

Denn dies, das wußte ich, könnte meine letzte Chance sein – vielleicht mein Dasein wiedergutzumachen und die Geister derer auszutreiben, die ich verraten hatte. Doch für mich selbst hegte ich keine Illusionen. Dem, was ich war, konnte ich nicht entkommen – die Freiheit, für die ich kämpfte, würde nicht meine eigene sein –, und obschon ich für die Freiheit focht, würde ich noch immer blutbefleckter sein als die grausamsten Türken. Als ich die ferne Küste Griechenlands wieder erblickte, empfand ich eine schreckliche Erschütterung. Ich erinnerte mich an meinen ersten Blick auf das Land vor so vielen Jahren. Was für eine Ewigkeit an Erfahrung hatte ich seitdem erlebt! Was für eine Ewigkeit an Veränderung... Dies waren die gleichen Schauplätze – *derselbe Boden* –, wo ich Haidée geliebt hatte – und zuletzt sterblich gewesen war und frei von Blut. Traurig, so traurig, auf die Berge Griechenlands zu blicken und an alles zu denken, was tot und verschwunden war. Und doch gab es auch Freude, so verflochten mit meinem Elend, daß es unmöglich war, zwischen beiden zu unterscheiden. Ich versuchte es nicht. Ich befand mich hier, um einen

Krieg zu leiten und anzuführen. Warum war ich schließlich nach Griechenland gekommen, wenn nicht, um meinen trägen Geist zu beschäftigen? Ich verdoppelte meine Anstrengungen. Ich suchte an nichts anderes als den Kampf gegen die Türken zu denken.

Doch als dann vorgeschlagen wurde, daß ich mich nach Mesolongion einschiffen sollte, kehrten die Schatten des Entsetzens und Bedauerns schwärzer denn je zurück. Als mein Schiff die Lagune auf den Hafen zu überquerte, donnerten die Kanonen der griechischen Flotte los, um mich zu begrüßen, und auf den Mauern drängten sich die Menschen und jubelten mir zu. Aber ich bemerkte sie kaum. Über mir, fern vor dem blauen Himmel, ragte der Arakynthos auf; dahinter lag, wie ich wußte, der Trichonis-See. Und nun erwartete mich Mesolongion, wohin ich geritten war, nachdem ich den Pascha getötet hatte und wo ich Hobhouse wiedergetroffen hatte – kein Sterblicher mehr, sondern ein *Vampir*. Ich erinnerte mich an die Lebendigkeit meiner Empfindungen an jenem Tag, fünfzehn Jahre früher, als ich die Farben der Sümpfe und des Himmels betrachtet hatte. Die Farben waren jetzt genauso kräftig, aber als ich hinschaute, sah ich den Tod in ihrer Schönheit – Krankheit im Grün und Gelb der Sümpfe, Regen und Fieber in den Purpurtönen der Wolken. Und Mesolongion selbst, konnte ich jetzt sehen, war ein erbärmlicher und verwahrloster Ort, auf Schlick gebaut, von Lagunen umgeben, stinkend, überfüllt und verpestet. Es schien ein verhängnisvoller Ort für Heldentum.

Und als dieser erwies es sich. Eingeschlossen vom Feind, wie wir waren, schienen die Griechen eher daran interessiert, gegeneinander als gegen die Türken zu kämpfen. Das Geld rann mir nur so durch die Hände, aber mit geringem Nutzen, soweit ich sehen konnte, allenfalls um den Zank, den die Griechen so liebten, zu finanzieren. Ich versuchte, die verschiedenen Anführer auszusöhnen und die Soldaten zu Disziplin anzuhalten – ich hatte schließlich das Geld und die Macht meines bezwingenden Blicks –, aber jegliche Ordnung, die ich auferlegte, war brüchig und kurz. Und die ganze Zeit regnete es ohne Ende, so daß wir, selbst wenn wir zum Angriff bereit gewesen wären, nichts hätten ausrichten können, so furchtbar und hoffnungslos waren die Bedingungen geworden. Überall gab es Schlamm, Sumpfdünste hingen über der Stadt, das Wasser in der Lagune begann zu steigen, die Straßen waren bald nur noch ein einziger triefender Morast. Und es regnete immer weiter. Ich hätte genausogut wieder in London sein können.

Die Sache der Freiheit verlor also allmählich ihren Glanz. Über lange Zeit, seit ich in Griechenland angekommen war, hatte ich die Zahl meiner Tötungen auf ein Minimum beschränkt – nun begann ich wieder zügellos zu trinken. So verließ ich jeden Tag während der kalten Winterregen die Stadt. Ich ritt über den aufgeweichten Weg entlang der Lagune. Ich tötete und trank und ließ die Leiche meines Opfers im Unrat und Schilf liegen. Der Regen spülte die Leiche in den Schlick der Lagune. Vorher hatte ich mich bemüht, nicht unter den Griechen Beute zu machen – demselben Volk, das ich zu retten gekommen war –, aber nun tat ich es ohne zweimal darüber nachzudenken. Hätte ich sie nicht getötet, dann hätten es eben die Türken getan.

Eines Nachmittags, als ich am See entlangritt, sah ich eine in Lumpen gehüllte Gestalt neben dem Weg. Die Person, wer auch immer sie sein mochte, schien auf mich zu warten. Ich war durstig, da ich noch nicht getötet hatte, und gab meinem Pferd die Sporen. Plötzlich jedoch bäumte sich das Tier auf und wieherte vor Angst. Nur mit Mühe wurde ich seiner Herr.

Die verlumpte Gestalt war auf den Weg getreten. ›Lord Byron.‹ Die Stimme gehörte einer Frau, brüchig, heiser, aber mit einem merkwürdigen Anklang, so daß ich zitterte, halb vor Entsetzen, halb vor Freude. ›Lord Byron‹, rief sie noch einmal. Unter der Kapuze sah ich helle Augen glitzern. Sie zeigte mit einer knochigen Hand auf mich, die knorrig und schwielig war. ›Ein Tod für Griechenland!‹ Die Worte durchschnitten mich.

›Wer sind Sie?‹ rief ich, um das Trommeln des Regens zu übertönen. Ich sah die Frau lächeln. Plötzlich schien mein Herz zu stocken – ihre Lippen hatten mich, obwohl ich nicht erklären konnte, wie, an Haidée erinnert. ›Halt!‹ rief ich. Ich ritt auf sie zu, aber die Frau war fort. Das Ufer der Lagune lag verlassen. Kein Laut außer dem Prasseln des Regens auf dem See war zu vernehmen.

In jener Nacht wurde ich von einem Krampf befallen. Ich fühlte ein furchtbares Grauen über mich kommen, ich schäumte um den Mund, ich knirschte mit den Zähnen, alle Sinne schienen mir zu schwinden. Nach einigen Minuten erholte ich mich, aber ich fürchtete mich, denn während des Anfalls hatte ich einen Abscheu vor mir selbst empfunden, wie ich es nie zuvor erlebt hatte. Er war – soviel wußte ich – von der Frau, die mir auf dem Weg an der Lagune begegnet war, ausgelöst worden. Erinnerungen an Haidée, Qualen der Schuld, Sehnsüchte nach unmöglichen Dingen – alles war wie ein plötzlicher Sturm aufgekommen. Ich erholte mich. Wochen verstrichen, ich ließ weiter meine Soldaten antreten, wir trugen sogar einen kurzen Angriff über den See vor. Aber die ganze Zeit blieb ich angespannt, erfüllt von einer seltsamen Vorahnung, während ich darauf wartete, die seltsame Frau wieder zu erblicken. Ich wußte, daß sie kommen würde. Ihre Forderung hallte in meinem Hirn wider: ›Ein Tod für Griechenland!‹« Lord

Byron machte eine Pause. Er blickte angestrengt in die Dunkelheit, und Rebecca hörte – oder bildete sie es sich ein? – hinter sich wieder ein Geräusch. Auch Lord Byron schien es gehört zu haben. Er wiederholte seine Worte, als wolle er es zum Schweigen bringen. Seine Worte hingen wie die Verkündung eines Todesurteils in der Luft. »Ein Tod für Griechenland.«

Er wandte den Blick von der Dunkelheit ab und sah wieder in Rebeccas Augen. »Und sie kam in der Tat wieder – zwei Monate später. Ich ritt mit Begleitern aus, um das Gelände zu erkunden. Einige Meilen vor der Stadt wurden wir von starkem Regen überrascht, der in grauen Wänden niederging. Ich sah sie in einem Schlammtümpel hocken. Langsam wie zuvor zeigte sie auf mich. Ich erbebte. ›Seht ihr sie?‹ fragte ich. Meine Begleiter schauten sich um – aber die Straße war leer. Wir kehrten nach Mesolongion zurück. Inzwischen waren wir völlig durchnäßt. Ich schwitzte heftig und spürte ein Fieber in den Knochen. An jenem Abend lag ich unruhig und melancholisch auf meinem Sofa. Bilder aus meinem vergangenen Leben schienen vor meinen Augen vorbeizuziehen. Undeutlich hörte ich Soldaten draußen auf der Straße streiten und dabei einander heftig anschreien, wie sie es immer taten. Ich hatte keine Zeit für sie. Ich hatte für nichts Zeit außer Erinnerungen und Bedauern.

Am nächsten Morgen versuchte ich, meine Trübsal abzuschütteln. Ich ritt wieder aus. Es war jetzt April – das Wetter zeigte sich zur Abwechslung einmal schön –, ich scherzte mit meinen Begleitern, während wir die Straße entlanggaloppierten. Aber dann, in einem Olivenhain, erschien sie mir wieder, ein gespenstischer Haufen schmutziger Lumpen. ›Ahasver?‹ schrie ich. ›Ahasver, sind Sie das?‹ Dann schluckte ich. Mein Mund war trocken. Die Silben schmerzten in meiner Kehle. ›Haidée?‹ Ich starrte auf die Stelle. Was immer sie gewesen war, nun war sie verschwunden. Meine Begleiter geleiteten mich zur Stadt zurück. Ich tobte, rief nach ihr. Der Anfall von Grauen und Ekel vor mir selbst kam wieder. Ich wurde zu Bett gebracht. ›Ein Tod für Griechenland. Ein Tod für Griechenland.‹ Die Worte schienen wie Blut in meinem Kopf zu pulsieren. Tod – ja –, aber ich konnte nicht sterben. Ich war unsterblich – wenigstens *so lange ich mich von lebendem Blut nährte*. Ich bildete mir ein, Haidée zu sehen. Sie stand an meinem Bett. Ihre Lippen waren geöffnet, ihre Augen strahlend, auf ihrem Gesicht mischten sich Liebe und Abscheu. ›Haidée?‹ fragte ich. Ich streckte die Hand nach ihr aus. ›Bist du wirklich nicht tot?‹ Ich versuchte sie zu berühren – sie zerging –, ich war doch allein. Ich legte ein Gelübde ab. Ich würde nie mehr trinken, sondern allen Schmerzen trotzen, jedem Durst trotzen. Ein Tod für Griechenland? Ja. Mein Tod würde weitaus mehr als mein Leben erreichen. Und für mich selbst? Befreiung, Erlöschen, das Nichts. Wenn ich das wirklich haben könnte, würde ich es begrüßen.

Ich blieb im Bett. Die Tage vergingen. Fieber hatte ich bereits, nun verschlimmerten sich die Schmerzen unendlich. Ich kämpfte jedoch dagegen an – selbst als mein Blut zu brennen begann, als es schien, als schrumpften meine Gliedmaßen ein, als ich mein Hirn wie einen trocknenden Schwamm am Schädel kleben spürte. Die Ärzte versammelten sich – Fliegen auf faulendem Fleisch. Wenn ich ihre Hektik und Nervosität beobachtete, verlangte mich nach ihrem Blut, um sie alle leerzutrinken. Ich kämpfte gegen die Versuchung an, ich verscheuchte sie statt dessen, aber meine Stärke und Gesundheit nahmen weiter ab. Langsam begannen die Ärzte wieder um mich herumzuschwirren.

Bald fehlte mir die Energie, sie fortzujagen. Ich hatte befürchtet, sie könnten mich retten, aber wenn ich nun hörte, wie sie unter sich redeten, merkte ich, daß ich mich geirrt hatte. Mit einer gewissen Erleichterung ermunterte ich sie. Die Schmerzen waren inzwischen schrecklich, Schwärze begann meine Haut zu verbrennen, mein Geist ließ sich treiben. Dennoch starb ich nicht. Es schien, als könnten mir nicht einmal die Ärzte ein Ende bereiten. Und dann baten sie, mich noch einmal zur Ader zu lassen.

Ein erstes Ansuchen hatte ich abgelehnt. Das Blut, das ich in mir hatte, war fast verschwunden, ein Aderlaß hätte die Qualen verschlimmert, und ich hätte dem Schmerz nicht die Stirn bieten können. Jetzt allerdings war ich verzweifelt. Schwach stimmte ich zu. Ich spürte, wie die Blutegel an meine Stirn gesetzt wurden. Jeder brannte wie ein Tropfen Feuer. Ich schrie. Gewiß konnte man eine solche Qual nicht ertragen?

Der Arzt, der meine Schmerzen sah, hielt meine Hand. ›Sorgen Sie sich nicht, Mylord‹, flüsterte er mir ins Ohr. ›Wir bekommen Sie bald gesund.‹

Ich lachte. Ich bildete mir ein, der Doktor hätte Haidées Gesicht. In meinem Delirium schrie ich sie an. Ich muß ohnmächtig geworden sein. Als ich zu mir kam, blickte ich wieder in das Gesicht des Doktors. Er schnitt in mein Handgelenk. Ein winziger Blutstropfen trat aus. Ich wollte Haidée. Aber sie war tot. Ich schrie ihren Namen heraus. Die Welt begann sich schneller zu drehen. Ich rief andere Namen – Hobhouse, Caro, Bell, Shelley. ›Ich werde sterben‹, schrie ich, während aus den Blutegeln auf meiner Stirn Dunkelheit plätscherte. Ich bildete mir ein, meine Freunde wären um mein Bett versammelt. ›Ich werde sein wie ihr‹, sagte ich zu ihnen, ›wieder sterblich. Ich *werde* sterblich sein. Ich *werde* sterben.‹ Ich begann zu schluchzen. Noch immer breitete sich die Dunkelheit aus. Sie dämpfte meine Schmerzen. Sie trübte die Welt. Ist das der Tod? fragte ich mich – und dann, wie eine letzte Kerze in einem Universum aus Schwärze, wurde der Gedanke ausgelöscht. Da war nichts mehr. Dunkelheit war alles.

Ich erwachte im Mondlicht. Es lag hell auf meinem Gesicht. Ich bewegte den Arm. Ich spürte keinen Schmerz. Dann strich ich über meine Stirn. Da waren verkrustete Narben, wo die Blutegel gesessen hatten. Ich senkte meine Hand, und der Mond schien wieder auf die Wunden. Als ich sie ein zweites Mal berührte, schienen die Narben weniger tief – ein drittes Mal, und die Wunden waren völlig verheilt. Ich streckte meine Gliedmaßen und stand auf. Vor den Sternen hob sich ein Berggipfel ab.

›Es gibt keine bessere Arznei, Mylord, als unseren guten Mond.‹

Ich schaute mich um. Lovelace lächelte mich an. ›Seid Ihr nicht froh, Byron, daß ich Euch vor diesen betrügerischen Kurpfuschern von Mesolongion gerettet habe?‹

Ich sah ihn ärgerlich an. ›Nein, der Teufel soll Sie holen‹, sagte ich endlich, ›ich hatte mich auf ihr Können verlassen, mich zu erledigen.‹

Lovelace lachte. ›Nicht einmal der schäbigste Quacksalber könnte Euch totkriegen.‹

Ich nickte langsam. ›Das sehe ich.‹

›Ihr braucht ein gutes Stärkungsmittel.‹ Er winkte mit der Hand. Ich sah zwei Pferde. Hinter ihnen war ein Mann an einen Baum gefesselt. Er versuchte sich loszureißen, als ich ihn ansah. ›Ein köstlicher Imbiß‹, sagte Lovelace. ›Ich dachte, als der kühne griechische Krieger, der Ihr seid, würdet Ihr vielleicht das Blut eines Muselmanen schätzen.‹ Er grinste mich an. Zögernd ging ich auf den Baum zu. Der Türke begann sich zu winden und zu krümmen. Er stöhnte unter seinem Knebel. Ich tötete ihn mit einem einzigen Schnitt durch die Kehle. Das Blut – ja, ich mußte es zugeben –, nach so langer Zeit schmeckte es gut. Ich trank mein Opfer leer. Mit einem kleinen Lächeln dankte ich Lovelace danach für seine Aufmerksamkeit.

Er blickte mir in die Augen. ›Dachtet Ihr, ich würde Euch Euren Qualen überlassen?‹ Er hielt inne. ›Ich bin boshaft und grausam, ein Schurke höchsten Grades, aber ich liebe Euch doch sehr.‹

Ich lächelte, denn ich glaubte ihm. Ich küßte ihn auf die Lippen. Dann schaute ich mich um. ›Wie haben Sie mich hergebracht?‹ fragte ich.

Lovelace ließ eine Börse voller Münzen auf seiner Hand hüpfen. Er grinste. ›Niemand nimmt so gern Bestechungsgeld wie der vielgerühmte Grieche.‹

›Und wohin haben Sie mich gebracht?‹

Lovelace senkte den Kopf. Er antwortete nicht.

Ich schaute mich um. Wir befanden uns in einer Senke aus Felsen und Bäumen. Ich blickte wieder zu dem Berggipfel empor. Diese Form – die Silhouette vor den Sternen...

›Wo sind wir?‹ fragte ich noch einmal.

Langsam hob Lovelace den Kopf. Das Mondlicht brannte auf seinem bleichen Gesicht. ›Aber, Byron‹, fragte er, ›erinnert Ihr Euch wirklich nicht?‹

Einen Augenblick stand ich wie angewurzelt, dann bewegte ich mich durch die Bäume. Vor mir sah ich einen silbernen Schimmer. Ich ließ die Bäume hinter mir. Unter mir ein See, vom Mond gefärbt, sein Wasser von einer ganz leichten Brise gekräuselt. Oben der Berg – jene vertraute Silhouette. Hinten ... Ich drehte mich um – und da war sie. Langsam ging ich auf den Eingang der Höhle zu. Lovelace war gekommen und stand neben mir. ›Warum?‹ flüsterte ich. Wut und Verzweiflung müssen in meinen Augen gelodert haben, denn Lovelace taumelte zurück und bedeckte sein Gesicht, als wäre er entsetzt. Ich zog seinen Arm weg und zwang ihn, meinem Blick zu begegnen. ›Warum, Lovelace?‹ Mein Griff wurde fester. ›Warum?‹

›Lassen Sie ihn.‹

Die Stimme, die aus der Höhle sprach, war schwach, fast unhörbar. Aber ich erkannte sie, erkannte sie sofort, und als ich sie jetzt hörte, wurde mir klar, daß ihre Echos in Wahrheit nie aus meinem Geist geschwunden waren. Nein, sie waren immer bei mir gewesen. Ich lockerte meinen Griff. Lovelace wich zurück. ›Es ist er‹, flüsterte ich. Ich fragte nicht, stellte nur eine Tatsache fest, aber Lovelace nickte. Ich griff an seinen Gürtel, zog seine Pistole heraus und spannte den Hahn.

›Hören Sie ihn an‹, sagte Lovelace. ›Hören Sie, was er Ihnen zu sagen hat.‹

Ich gab keine Antwort. Ich schaute mich staunend um, zum Mond und zum Berg, zum See und zu den Sternen. Wie gut ich mich an sie erinnerte. Meine Hand umklammerte den Kolben der Pistole. Ich wandte mich um und ging in die Dunkelheit der Höhle.

›Vachel Pascha.‹ Meine Stimme hallte wider. ›Man hat mir berichtet, Sie wären in Ihrem Grab beigesetzt worden.‹

›Das wurde ich auch, *milord*. Ganz recht.‹ Die Stimme, immer noch schwach, kam aus dem hinteren Teil der Höhle. Ich blickte ins Dunkel. Eine Gestalt lag zusammengekrümmt am Boden. Ich ging auf sie zu. ›Sehen Sie mich nicht an‹, sagte der Pascha. ›Kommen Sie nicht näher.‹

Ich lachte verächtlich. ›Sie waren es, der mich herbringen ließ. Nun ist es zu spät, solche Befehle auszugeben.‹ Ich stand über dem Pascha. Er drückte sich gegen die Felsen. Langsam wandte er sich um und sah zu mir auf.

Unwillkürlich zog ich die Luft ein. Die Knochen unter seinen Wangen waren eingefallen, seine Haut war gelb, Schmerz sprach aus jedem Blick, doch war es nicht sein Gesicht, was mir Grauen einflößte. Nein, es war sein Körper, der *nackt* war – verstehen Sie? –, nackt –, ohne Kleidung, ja, aber auch ohne Haut und stellenweise ohne Muskeln und Nerven. Die Wunde an seinem Herzen war noch offen und nicht verheilt. Blut, wie Wasser aus einer winzigen Quelle, sprudelte schwach bei jedem gequälten Atemzug. Sein Fleisch war blau vor Fäulnis. Ich sah zu, wie er über einen klaffenden Schnitt an einem Bein strich. Ein Wurm, weiß und aufgequollen, fiel aus der Wunde. Der Pascha zerdrückte ihn zwischen den Fingern. Er wischte die Hand an einem Stein ab.

›Sie sehen, *milord*, was für eine Schönheit Sie aus mir gemacht haben.‹

›Es tut mir leid‹, sagte ich schließlich. ›Ich hatte die Absicht, Sie zu töten.‹

Der Pascha lachte, dann bekam er einen Erstickungsanfall, während blutiger Schaum zwischen seinen Lippen hervorquoll. Er spie ihn aus, so daß er über sein Kinn tropfte. ›Sie wollten Rache‹, sagte er nach einer Weile. ›Da – sehen Sie, was Sie erreicht haben, ein Grausen, das weit schlimmer ist als jeder Tod.‹

Es trat eine lange Stille an. ›Noch einmal‹, sagte ich, ›es tut mir leid. Das habe ich nicht beabsichtigt.‹

›Solch ein Schmerz.‹ Der Pascha starrte mich an. ›Solch ein Schmerz, der Stich in mein Herz mit Ihrer Säbelspitze. Solch ein Schmerz, *milord*.‹

›Sie schienen tot. Als ich Sie dort zurückließ in der Schlucht, schienen Sie tot.‹

›Ich war es auch beinahe, *milord*.‹ Er machte eine Pause. ›Aber ich war größer als Sie wußten.‹

Ich runzelte die Stirn. ›Wie?‹

›Die größten Vampire, so wie ich, *milord* – und Sie – können nicht so leicht getötet werden.‹

Meine Knöchel wurden weiß, während ich die Pistole umklammerte. ›Aber dann gibt es eine Möglichkeit?‹

Der Pascha bemühte sich zu lächeln. Seine Anstrengung scheiterte in einer Grimasse des Schmerzes. Doch was er dann sagte, war keine Antwort auf meine Frage. ›Ich habe Jahre, *milord*, im Schmutz des Grabes gelegen. Mein Fleisch löste sich in Matsch auf, um meine Finger ringelten sich Würmer, jedes widerliche Wesen, das der Erdboden hervorbringen kann, hinterließ seine schleimigen Spuren auf meinem Gesicht. Und doch konnte ich mich nicht bewegen, so lastete das Gewicht der Erde auf meinen Gliedern, zwischen mir und dem heilenden Licht des Mondes und all jenen lebenden Geschöpfen, die mich mit ihrem Blut vielleicht wiederhergestellt hätten. Oh, ja, *milord*, die Wunde, die Sie mir zufügten, war allerdings schmerzhaft. Lang brauchte ich, um meine Stärke wiederzufinden, um mich endlich aus der Umarmung des Grabes zu ziehen. Und selbst jetzt – Sie sehen es‹ – er zeigte auf sich – ›wie weit mein Weg noch ist.‹ Er umklammerte sein Herz. Blut sickerte in sachten Blasen über seine Hand. ›Die Wunde, die Sie schlugen, fließt noch immer, *milord*.‹

Ich stand wie angewurzelt da. Die Pistole schien in meiner Hand zu zerschmelzen. ›Sie erholen sich also?‹ fragte ich.

Der Pascha neigte kaum merklich den Kopf. ›Und irgendwann werden Sie wieder unversehrt sein?‹

›Irgendwann.‹ Der Pascha lächelte. ›Es sei denn – die Möglichkeit, die ich erwähnte...‹ Seine Stimme verlor sich. Noch immer regte ich mich nicht. Der Pascha streckte sich, um meine Hand zu nehmen. Ich überließ sie ihm. Langsam bückte ich mich und kniete neben ihm nieder. Er wandte den Kopf, um mir in die Augen zu sehen. ›Noch immer schön‹, flüsterte er, ›nach all den Jahren.‹ Seine Lippen zuckten. ›Allerdings älter. Was würden Sie nicht geben, um Ihre frühere Schönheit wiederzubekommen?‹

›Weniger als für meine Sterblichkeit.‹

Der Pascha lächelte. In diesem Augenblick hätte ich ihn geschlagen, wäre da nicht der Schmerz der Traurigkeit in seinen Augen gewesen. ›Es tut mir leid‹, flüsterte er, ›aber das ist nie mehr möglich.‹

›Warum?‹ fragte ich mit jähem Zorn. ›Warum ich? Warum haben Sie mich erwählt für – für Ihre...‹

›Liebe.‹

›Für Ihren Fluch.‹

Wieder lächelte er. Wieder sah ich die Traurigkeit in seinen Augen. ›Weil, *milord*...‹ Der Pascha streckte seine Hand aus, um meine Wange zu streicheln. Die Anstrengung brachte seinen ganzen Körper zum Zittern. Seine Finger an meinem Fleisch fühlten sich blutig und wund an. ›Weil, *milord*‹ – er schluckte, und unerwartet schien sein Gesicht vor Begehren und Hoffnung aufzuleuchten – ›weil ich die Größe in Ihnen sah.‹ Er würgte heftig, aber nicht einmal der Schmerz konnte seine plötzliche verzweifelte Leidenschaft dämpfen. ›Schon damals, als wir uns zum erstenmal begegneten, erkannte ich, was Sie werden könnten. Mein Glaube war nicht unangebracht – schon jetzt sind Sie ein Geschöpf, das mächtiger ist als ich – gewiß das größte unserer ganzen Rasse. Meine Wartezeit ist vorüber. Ich habe einen Erben, der die Last auf sich nimmt und die Suche fortsetzt. Und wo ich gescheitert bin, *milord, werden Sie Erfolg haben*.‹

Sein Arm fiel herunter. Wieder zitterte sein ganzer Körper, als bereitete ihm die Anstrengung des Redens Schmerzen. Ich blickte ihn erstaunt an. ›Suche?‹ fragte ich. ›Wonach?‹

›Sie sprachen von einem Fluch. Ja. Sie haben recht. Wir sind verflucht. Unser Bedürfnis – unser Durst – ist es, was uns zu einem Gegenstand des Abscheus macht – verhaßt und gefürchtet. Und dennoch, *milord*, ich glaube‹ – er schluckte – ›wir haben eine gewisse Größe ... Wenn nur ... Wenn nur...‹ Er würgte wieder, so daß Blut über seinen Bart spritzte.

Ich starrte auf die karminroten Tupfen und nickte. ›Wenn nur‹, flüsterte ich, indem ich seinen Satz vollendete, ›wenn nur unser Durst nicht wäre.‹ Shelley kam mir in den Sinn. Ich schloß die Augen. ›Was könnten wir ohne Durst nicht alles erreichen?‹

Ich spürte, wie der Pascha meine Hand drückte. ›Von Lovelace weiß ich, daß Ahasver zu Ihnen kam.‹

›Ja.‹ Ich sah ihn in plötzlicher Verwunderung an. ›Sie wissen von ihm?‹

›Er hat viele Namen gehabt. Der Ewige Jude – der Mann, der Christus auf seinem Weg zum Kalvarienberg verspottete und wegen dieses Verbrechens zu ewiger Rastlosigkeit verurteilt wurde. Aber Ahasver war schon alt, als Jesus ermordet wurde. Uralt und ewig wie seine ganze Art.‹

›Seine Art?‹

›Unsterbliche, *milord*. Nicht wie wir – keine Vampire... Wahre Unsterbliche.‹

›Und was‹, fragte ich, ›ist wahre Unsterblichkeit?‹

Die Augen des Paschas brannten sehr hell. ›Freiheit, *milord*, von der Notwendigkeit, Blut zu trinken.‹

›Sie existiert?‹

Der Pascha lächelte schwach. ›Wir müssen es glauben.‹

›Demnach sind Sie diesen Unsterblichen nicht begegnet?‹

›Nicht so wie Sie.‹

Ich runzelte die Stirn. ›Wie können Sie dann wissen, daß sie überhaupt existieren?‹

›Es gibt Beweise – schwache, oft zweifelhafte –, aber dennoch Beweise für *etwas*. Zwölfhundert Jahre, *milord*, habe ich sie gesucht. Und wir müssen glauben. Wir müssen. Denn welche andere Wahl oder Hoffnung haben wir?‹

Ich erinnerte mich an Ahasver, wie er zu mir gekommen war und wie seltsam alles war, was er offenbart hatte. Und ich erinnerte mich an mehr. Ich schüttelte den Kopf und stand auf. ›Er sagte mir, daß es keine Hoffnung für uns gibt‹, sagte ich, ›kein Entkommen.‹

›Er hat gelogen.‹

›Wie können Sie das wissen?‹

›Weil er gelogen haben muß.‹ Der Pascha versuchte aufzustehen. ›Verstehen Sie nicht?‹ fragte er mit fiebriger Leidenschaft. ›Es gibt eine Möglichkeit, irgendwie, Unsterblichkeit zu erringen. Wahre Unsterblichkeit. Hätte ich all die Jahre gesucht, wenn ich keine Hoffnung hätte? Es gibt sie, *milord*. Ihre Wanderschaft kann die Chance auf ein Ende haben.‹

›Wenn meine, warum dann nicht Ihre?‹

Der Pascha lächelte, während das Fieber wieder in seinen Augen brannte. ›Meine?‹ fragte er. ›Auch meine hat die Chance eines Endes.‹ Er griff nach meinem Arm und zog mich wieder zu sich hinunter. ›Ich bin müde‹, flüsterte er. ›Ich habe die Hoffnungen unserer Art zu lange getragen.‹ Sein Griff wurde fester. ›Nehmen Sie die Last auf sich, *milord*. Jahrhunderte habe ich auf einen wie Sie gewartet. Tun Sie, worum ich Sie jetzt bitte – erlösen Sie mich. Geben Sie mir Frieden.‹

Behutsam strich ich über seine Stirn. ›Es ist also wahr‹, flüsterte ich. ›Ich kann Ihnen also doch den Tod geben?‹

›Ja, *milord*. Ich bin mächtig gewesen, ein König unter den

Königen der Toten. Die Vernichtung von Vampiren wie Ihnen und mir ist schwer – lange habe ich sie für unmöglich gehalten. Aber es war nicht nur das Leben, wonach ich durch diese langen Jahrhunderte gesucht habe. Auch der Tod hat seine Geheimnisse. In Bibliotheken, in den Ruinen antiker Städte, in verborgenen Tempeln und vergessenen Gräbern habe ich gejagt.‹

Ich schaute in staunend an. ›Dann berichten Sie‹, sagte ich zögernd, ›was Sie gefunden haben.‹

Der Pascha lächelte. ›Einen Weg.‹

›Wie?‹

›Sie müssen es sein, *milord*. Sie und kein anderer.‹

›Ich?‹

›*Es kann nur ein Vampir sein, den ich gemacht habe. Nur meine Schöpfung.*‹ Der Pascha winkte mich zu sich. Ich bückte mich und hielt mein Ohr dicht an seine Lippen. ›Um es zu beenden‹, flüsterte er, ›um mich zu befreien ...‹

»Nein!« Rebecca schrie das Wort beinahe.

Langsam kniff Lord Byron die Augen zusammen.

»Sagen Sie es nicht. Bitte. Ich flehe Sie an.«

Ein grausames Lächeln kräuselte Lord Byrons Lippen. »Warum möchten Sie es nicht wissen?« fragte er.

»Weil...« Rebecca gestikulierte mit den Armen, während ihre Stimme sich verlor. »Gewiß können Sie es verstehen?« Sie sank auf ihrem Stuhl in sich zusammen. »Wissen kann eine gefährliche Sache sein.«

»Ja, das ist richtig.« Lord Byron nickte spöttisch. »Gewiß kann es das. Aber meinen Sie nicht auch, daß es ein übler Verzicht ist, unser Recht auf Denken aufzugeben? Nicht zu wagen – nicht zu suchen –, sondern stillzustehen und zu verfaulen?«

Rebecca schluckte. Dunkle Ängste und Hoffnungen vermischten sich in ihrem Kopf. Ihre Kehle schien trocken vor

Zweifel. »Sie haben es also getan?« fragte sie schließlich. »Sie haben getan, worum er gebeten hatte?«

Eine ganze Weile gab Lord Byron keine Antwort. »Ich versprach es ihm«, sagte er dann. »Der Pascha dankte mir – einfach, aber sehr höflich. Dann lächelte er. ›Dafür‹, sagte er, ›habe ich etwas für Sie aufgehoben.‹ Er berichtete mir von seinem Vermächtnis. Papiere, Manuskripte – die Quintessenz der Arbeit eines Jahrtausends. Sie warteten auf mich, versiegelt, in Acheron.«

»Acheron? Das Schloß des Paschas?«

Lord Byron nickte.

»Warum hatte er sie nicht für Sie mitgebracht?«

»Genau diese Frage stellte ich ihm natürlich auch.«

»Und?«

»Er beantwortete sie nicht.«

»Warum nicht?«

Lord Byron schwieg eine Weile. Er blickte wieder ins Dunkel, das hinter ihrem Stuhl lag. ›Er fragte mich‹, begann er schließlich, ›ob ich mich an den unterirdischen Schrein der Toten erinnerte. ›Dort‹, sagte er mir, ›werden Sie mein Abschiedsgeschenk für Sie finden. Das übrige Schloß ist völlig niedergebrannt. Der Schrein jedoch kann nie zerstört werden. Gehen Sie, *milord*. Finden Sie, was ich Ihnen hinterlassen habe.‹

Noch einmal fragte ich, warum er die Papiere nicht mitgebracht hatte. Wieder lächelte der Pascha und schüttelte den Kopf. Er nahm meine Hand. ›Versprechen Sie es‹, flüsterte er. Ich nickte. Er lächelte wieder, dann wandte er das Gesicht zur Höhlenwand. Lange lag er schweigend da. Endlich drehte er sich wieder um und blickte zu mir auf.

›Ich bin bereit‹, flüsterte er.

›Es ist noch nicht zu spät‹, sagte ich. ›Sie können geheilt werden. Sie können Ihre Suche mit meiner Hilfe fortsetzen.‹

Aber der Pascha schüttelte den Kopf. ›Mein Entschluß steht fest‹, sagte er. Er griff nach meiner Hand und legte sie über sein nacktes Herz. ›Ich bin bereit‹, flüsterte er noch einmal in mein Ohr.«

Lord Byron hielt inne. Er lächelte Rebecca an. »Ich tötete ihn«, sagte er. Er beugte sich vor.»Wollen Sie wissen, wie?« Rebecca antwortete nicht. »Das Geheimnis. Das schreckliche todbringende Geheimnis.« Lord Byron lächelte. Es schien Rebecca, die reglos auf ihrem Stuhl saß, als hätte er gar nicht zu ihr gesprochen. »Ich schnitt seinen Schädel auf. Ich riß seine Brust auseinander. Und dann...« Er unterbrach sich. Rebecca lauschte. Sie war sicher, daß da ein Geräusch gewesen war – das gleiche Scharren, das sie zuvor gehört hatte –, das aus der Dunkelheit um ihren Stuhl kam. Sie versuchte aufzustehen, aber Lord Byrons Blick ruhte auf ihr, und ihre Glieder schienen aus Blei gemacht. Sie blieb, wo sie war. Der Raum um sie herum lag wieder still. Kein Laut war zu hören außer dem lauten Pochen ihres Bluts.

»Ich aß sein Herz und sein Hirn. Einfach, wirklich.« Wieder starrte Lord Byron an ihrem Stuhl vorbei. »Der Pascha starb ohne ein Stöhnen. Die Sudelei, die ich mit seinem Kopf angerichtet hatte, war abscheulich, aber auf seinem Gesicht lag unter der Blutkruste ein Ausdruck der Ruhe. Ich rief Lovelace und traf ihn am Eingang zur Höhle. Erstaunt sah er mich an. Dann lächelte er und streckte die Hand aus, um mein Gesicht zu streicheln. ›Oh, Byron‹, sagte er, ›ich freue mich. Ihr seid wirklich wieder ganz der Beau.‹

Ich runzelte die Stirn. ›Was meinen Sie?‹

›Das Ihr schön seid. Schön und jung, wie Ihr früher wart.‹

Ich berührte meine Wangen. ›Nein.‹ Aber sie fühlten

sich glatt und faltenlos an. ›Nein‹, wiederholte ich. ›Es ist nicht möglich.‹

Lovelace grinste. ›Aber ja doch. So schön wie bei unserer ersten Begegnung. So schön, wie Ihr wart, als Ihr zum Vampir gemacht wurdet.‹

›Aber...‹ Ich lächelte über Lovelaces Grinsen, und dann lachte ich in einem jähen Taumel der Begeisterung. ›Ich verstehe nicht...Wie?‹ Wieder lachte ich. ›Wie?‹ Ich rang nach Luft vor Zweifel. Und dann verstand ich plötzlich. Ich blickte in die Höhle zurück, auf den zerfleischten Leichnam des Paschas.

Auch Lovelace sah zum erstenmal, was ich getan hatte. Er ging auf die Leiche zu und betrachtete sie angewidert. ›Tot?‹ fragte er. ›Endlich wirklich tot?‹ Ich nickte. Lovelace zitterte. ›Wie?‹

Ich strich ihm über die Haare. ›Fragen Sie nicht‹, sagte ich und küßte ihn sehnsüchtig. ›Das wollen Sie nicht wirklich wissen.‹

Lovelace nickte. Er beugte sich über den Leichnam und sah ihn verwundert an. ›Und jetzt?‹ Er sah mich fragend an. ›Verbrennen wir seinen Leichnam oder begraben wir ihn?‹

›Weder noch.‹

›Byron, er war weise und mächtig, Ihr könnt ihn nicht hier liegen lassen.‹

›Das habe ich nicht vor.‹

›Was dann?‹

Ich lächelte. ›Sie werden den Leichnam nach Mesolongion bringen. Die Griechen müssen ihren Märtyrer haben. Und ich...‹ Ich trat an den Eingang der Höhle. Die Sterne waren verschwunden, ausgelöscht hinter einer schwarzen Wolke. Ich zog prüfend die Luft ein. Ein Unwetter zog auf. Ich wandte mich wieder an Lovelace. ›Ich muß meine Freiheit haben. Lord Byron ist tot. Gestorben in Mesolongion. Lassen Sie die Nachricht überall in Griechenland und in der ganzen Welt verkünden.‹

›Ihr wünscht‹ – Lovelace machte eine Geste mit dem Arm – ›daß dieses – *Ding* – für Euch gehalten wird?‹

Ich nickte.

›Wie?‹

Ich tippte auf Lovelaces Beutel voll Münzen. ›Niemand nimmt so gern Bestechungsgeld wie der vielgerühmte Grieche.‹

Lovelace lächelte zögernd. Er neigte den Kopf. ›Meinetwegen‹, sagte er. ›Wenn das Euer Wunsch ist.‹

›Das ist es.‹ Ich zog ihn an mich und küßte ihn, dann entfernte ich mich von der Höhle und band ein Pferd los. Lovelace beobachtete mich. ›Was werdet Ihr tun?‹ fragte er.

Ich lachte, als ich auf den Rücken des Pferds stieg. ›Ich muß etwas suchen‹, sagte ich.

Lovelace runzelte die Stirn. »Suchen?«

›Eine letzte Bitte, wenn Sie wollen.‹ Ich gab meinem Pferd die Sporen. ›Auf Wiedersehen, Lovelace. Ich warte darauf, die Kanonen über Griechenland zu hören, die meinen Tod verkünden.‹ Mit einer schwungvollen Verneigung zog Lovelace den Hut. Ich winkte ihm zu, riß mein Pferd herum und galoppierte den Hügel hinunter. Die Höhle war bald hinter Felsen und Baumgruppen verschwunden.

Das Unwetter brach auf der Straße nach Jannina über mir los. Ich suchte in einem Wirtshaus Schutz. Die Griechen dort murmelten, sie hätten noch nie solchen Donner gehört. ›Ein großer Mann ist dahingegangen‹, meinten sie übereinstimmend.

›Wer könnte das sein?‹ fragte ich.

Einer von ihnen, ein Bandit schloß ich aus den Pistolen

in seinem Gürtel, bekreuzigte sich. ›Betet zu Gott, es möge nicht der Lordos Byronos sein‹, sagte er. Seine Gefährten nickten zustimmend. Ich lächelte. In Mesolongion, wußte ich, würden die Soldaten auf den Straßen klagen und schluchzen.

Ich wartete das Ende des Unwetters ab. Dann ritt ich die ganze Nacht hindurch und in den Tag hinein. In der Morgendämmerung erreichte ich die Straße nach Acheron. An der Brücke fand ich einen Bauern. Er schrie, als ich ihn auf mein Pferd hob. ›Der *Vardoulacha!* Der *Vardoulacha* ist zurück!‹ Ich schlitze seine Kehle auf, ich trank und warf seine Leiche in den Fluß tief unter mir. Inzwischen schimmerte der Mond hell am Himmel. Ich hetzte mein Pferd weiter durch die Pässe und Schluchten.

Der dem Herrn des Todes zugeeignete Torbogen stand wie immer. Ich ritt unter ihm durch, an der Klippe vorbei und dann, um das Vorgebirge herum, auf das Dorf und das Schloß des Paschas auf der Felsspitze zu. Früher hatte es bedrohlich in den Himmel geragt, aber als ich jetzt hinschaute, schien es sich aufgelöst zu haben. Ich ritt durch das Dorf. Außer ein paar vereinzelten Hügeln aus Schutt und Unkraut war nichts davon übrig, und als ich an den Schloßmauern vorbeikam, schienen auch sie vom Felsen verschlungen, so daß niemand bemerkt hätte, daß sie je dagewesen waren. Aber als ich dann den Gipfel erreichte, wo das Schloß gestanden hatte, saß ich starr vor Staunen im Sattel. Merkwürdig verdrehte Steine schimmerten vor der azurnen Dämmerung, als wären sie wie Sand vom Regen geformt. Von dem gewaltigen Gebäude, das hier einst gestanden hatte, war nichts Erkennbares geblieben. Zypressen und Efeu, Unkraut und Goldlack hatten die Steine überwuchert – sonst war nichts erhalten. Der ganze Bau war gesprengt und eingestürzt. Ich fragte mich, ob ich es war, der ihn zerstört hatte, ich, der das Unglück über den Ort gebrachte hatte, als ich mein Schwert durch das Herz des Paschas stieß.

Ich suchte nach der großen Halle. Es gab keine Spur von den Säulen oder der Treppe, nichts als die merkwürdigen Spiralen aus Stein überall, und ein Gefühl der Hoffnungslosigkeit stieg in mir auf. Dann, als ich schon der Verzweiflung nahe war, erkannte ich ein Steinfragment unter Unkraut. Es war ebenfalls geschmolzen, aber ich konnte gerade noch ein Gittermuster erkennen. Ich erinnerte mich, daß ich es an dem Kiosk gesehen hatte, der zu dem Tempel der Toten führte. Ich bahnte mir einen Weg durch das Unkraut. Vor mir tat sich Dunkelheit auf. Ich starrte hinein. Da war ein Treppe, die tief in die Erde führte. Der Eingang war fast völlig verborgen. Ich schob das Unkraut zur Seite und begann meinen Abstieg in die Unterwelt.

Hinab ging es – hinab, hinab, hinab. Allmählich wurde die Dunkelheit von roten Flammen erleuchtet. Als sie stärker wurden, erkannte ich auf die Wände gemalte Fresken, dieselben, die ich bei meinem Abstieg vor so vielen Jahren gesehen hatte. Am Eingang blieb ich stehen. Der Altar und der Abgrund aus Feuer waren unverändert. Ich atmete die schwere Luft ein. Und dann plötzlich war ich hellwach. Ich schlug meinen Umhang zurück. Da war ein Vampir, vor mir. Ich konnte sein Blut riechen. Was hatte ein solches Geschöpf hier zu suchen? Ich machte mir Mut. Vorsichtig betrat ich das Heiligtum.

Eine schwarz verhüllte Gestalt hob sich von den Flammen ab. Sie wandte mir den Rücken zu. Langsam drehte sie sich um. Sie zog die Kapuze weg, die ihr Gesicht bedeckte. ›Du hast ihn also getötet‹, sagte Haidée.

Eine Ewigkeit lang, so schien es mir, antwortete ich nicht. Ich sah ihr erstaunt ins Gesicht. Es war runzlig und ausgedörrt, vorzeitig gealtert. Nur ihre Augen hatten die Frische, an die ich mich erinnerte. Aber sie war es. Sie war es. Ich trat einen Schritt vor und streckte die Arme aus. Ich lachte vor Erleichterung. Aber Haidée, die mich beobachtete, wich zurück.

›Haidée.‹

Sie wandte sich ab.

›Bitte‹, flüsterte ich. Sie gab keine Antwort. Ich wartete. ›Bitte‹, sagte ich noch einmal. ›Laß dich umarmen. Ich dachte, du wärst tot.‹

›Und bin ich das nicht?‹ sagte sie leise.

Ich schüttelte den Kopf. ›Wir sind, was wir sind.‹

›Wirklich?‹ fragte sie, indem sie mich wieder ansah. ›Oh, Byron‹, flüsterte sie. ›Byron.‹ Ich entdeckte Tränen in ihren Augen. Nie zuvor hatte ich einen Vampir weinen gesehen. Ich streckte die Hände aus, und diesmal ließ sie sich von mir in die Arme nehmen. Sie begann zu schluchzen und mich zu küssen, drückte fast verzweifelt ihre trockenen Lippen auf meine, und noch immer schluchzte sie, und dann begann sie mich mit den Fäusten zu schlagen. ›Byron, Byron, du fielst, du fielst, du ließest ihn gewinnen. Byron.‹ Ihr Körper zitterte vor Wut und Tränen, und dann küßte sie mich wieder, noch drängender als zuvor, und hielt mich, als wolle sie mich nie mehr loslassen. Ihr Körper zitterte immer noch, während sie sich an mich preßte.

Ich streichelte ihr Haar, das jetzt graue Fäden aufwies. ›Woher wußtest du‹, fragte ich, ›daß du hier auf mich warten mußtest?‹

Haidée blinzelte die Tränen fort. ›Er hatte mir gesagt, was er beabsichtigte.‹

›Daß er mich, falls ich einwilligte, herschicken würde?‹

Haidée nickte. ›Er ist tot? Wirklich tot?‹

›Ja.‹

Haidée sah mir in die Augen. ›Natürlich ist er tot‹, flüsterte sie. ›Du bist wieder schön und jung.‹

›Und du?‹ fragte ich, ›gab er auch dir das Geschenk?‹

Sie nickte.

›Dann hättest du tun können, was ich tat. Du hättest...‹

›Meine Schönheit wiederbekommen können?‹ Sie lachte bitter. ›Meine Jugend?‹

Ich antwortete nicht, sondern senkte den Kopf.

Haidée löste ihre Arme von mir. ›Ich versuche, kein Menschenblut zu trinken.‹

Ich runzelte ungläubig die Stirn. Haidée lächelte mich an. Sie öffnete ihren Umhang. Ihr Körper war verwelkt und runzlig, der Körper einer alten Frau, schwärzlich gefärbt. ›Manchmal‹, sagte sie, ›Eidechsen, Kriechtiere – von ihnen trinke ich. Einmal ein Türke, der mir Gewalt antun wollte. Aber sonst...‹

Ich sah sie entsetzt an. ›Haidée...‹

›Nein!‹ schrie sie plötzlich. ›Nein! Ich bin kein *Vardoulacha!* Ich bin keiner!‹ Sie schauderte und umklammerte ihren Körper, als verlangte es sie, ihr Vampirfleisch herunterzureißen. Sie zitterte, und als ich versuchte, sie wieder anzufassen, stieß sie mich zurück. ›Nein, nein, nein...‹ Ihre Stimme verlor sich, aber nun stiegen keine Tränen in ihre brennenden Augen. Sie preßte die Arme an sich, während sie mich unverwandt ansah.

›Aber der Pascha‹, flüsterte ich, ›war ein Mörder und Türke.‹

Langsam begann Haidée zu lachen, ein schreckliches, herzzerreißendes Geräusch. ›Ist dir das nicht klargeworden?‹ fragte sie.

›Was?‹

›Er war mein Vater.‹ Sie starrte mich wild an. ›Mein Vater! Fleisch von meinem Fleisch – *Blut von meinem Blut.*‹

Sie begann wieder zu zittern und rückte noch weiter von mir weg, so daß ihr Kopf nun von der Wand aus Feuer gerahmt war. ›Ich konnte es nicht‹, flüsterte sie, ›ich konnte es nicht, ganz gleich, was er getan hat, ich konnte nicht, ich konnte nicht! Verstehst du nicht? Gewiß hättest du nicht gewollt, daß ich das Blut meines eigenen Vaters trinke? Des Mannes, der mir das Leben gegeben hatte?‹ Sie lachte. ›Aber natürlich, ich hätte es fast vergessen – du bist die Kreatur, die ihr eigenes Kind getötet hat.‹

Ich sah sie entsetzt an. ›Davon wußte ich nichts‹, sagte ich schließlich.

›Oh, ja.‹ Haidée strich ihr Haar zurück. ›Er hatte mich mit Vorbedacht gezeugt. Anscheinend hatte er das immer getan – mit seinen Zuchtstuten-Bäuerinnen im Dorf. Aber ich war anders. Aus irgendeinem Grund rührte ich sein Herz. Auf seine Art liebte er mich vielleicht sogar. Er ließ mich leben. Er nährte sich natürlich von mir, aber er ließ mich leben. Seine Tochter. Seine geliebte Tochter.‹ Sie lächelte. ›Er hatte von vornherein beabsichtigt, mich dir zu geben. Ist das nicht lustig, ist das nicht sonderbar? Du solltest sein Erbe sein und ich deine Vampirbraut. Kein Wunder, daß er empört war, als du vor ihm flohst.‹

Ich schluckte. ›Hat er dir das selbst gesagt?‹

›Ja. Bevor er…‹ Ihre Stimme versagte. Sie verschränkte die Arme fest und wiegte sich hin und her. ›Bevor er mich zu einem Monster gemacht hat.‹

Ich blickte in ihre brennenden Vampiraugen. ›Aber danach?‹ fragte ich. Ich schüttelte ungläubig den Kopf. ›Hast du danach nie versucht, mir zu folgen?‹

›Oh, doch.‹

Ihre Worte waren kalt. Sie lagen wie Eis in meiner Magengrube. ›Ich habe dich nie gesehen‹, sagte ich.

›Wirklich nicht?‹

›Nein.‹

›Dann vielleicht, weil ich nicht ertragen konnte, daß du mich siehst.‹ Sie kehrte mir den Rücken, um in die Flammen zu blicken. Lange schien sie Mustern im Feuer nachzuspüren. Dann wandte sie sich wieder an mich. ›Aber denke nach‹, sagte sie mit jäher Leidenschaft. ›Bist du sicher? Denke nach, Byron, denke nach!‹

›Warst du das in Mesolongion?‹

›Oh, ja, natürlich, auch in Mesolongion.‹ Haidée lachte. ›Aber wie hätte ich widerstehen können, einen flüchtigen Anblick von dir zu erhaschen? Nach so langer Zeit deinen Namen zu hören, der Messias aus dem Westen, auf jedermanns Lippen. Und ich hoffte – vielleicht – ein winziger Teil des Grundes, warum du gekommen warst...‹ Sie unterbrach sich. ›Hattest du Erinnerungen an mich?‹

Ich schaute in ihre Augen. Ich brauchte darauf nicht zu antworten.

›Byron.‹ Sie nahm meine Hände und hielt sie fest. ›So schön sahst du aus, obwohl alt, obwohl derber, als du an den Sümpfen vorbeirittest.‹

Ich erinnerte mich, wie sie auf mich gezeigt hatte, und an die Worte, die sie geschrien. ›Warum wünschtest du mich tot?‹ fragte ich.

›Weil ich dich noch immer liebe‹, sagte sie. Ich küßte sie. Sie lächelte mich traurig an. ›Weil ich alt und häßlich bin, und du – du, Byron, der einst so tapfer und gut war, auch ein *Vardoulacha* bist.‹ Sie schwieg. Sie neigte den Kopf, dann schaute sie zu mir auf. ›Aber ... wie ich gesagt habe – es war nicht das erstemal, daß ich dich verfolgte.‹

Ich sah sie fest an. ›Wann?‹ fragte ich.

Sie senkte den Kopf.

›Haidée – sag mir – wann?‹

Ihr Blick begegnete meinem. ›In Athen‹, sagte sie leise.

›Also sehr bald, nachdem...‹

›Ja, ein Jahr danach. Ich folgte dir. Ich sah dich töten. Ich war unglücklich. Doch vielleicht hätte ich mich dir trotzdem zu erkennen gegeben...‹ Sie hielt inne.

›Aber?‹ fragte ich.

Sie lächelte mich an – und plötzlich wußte ich es. Ich erinnerte mich an die Gasse, an die Frau mit dem Säugling in den Armen, an den Duft des goldenen Bluts. ›Du warst das‹, flüsterte ich. ›Das Kind in deinen Armen war unsres – deines und meines.‹ Haidée antwortete nicht. ›Sprich‹, sagte ich. ›Sag mir, daß ich recht habe.‹

›Dann erinnerst du dich also‹, sagte Haidée schließlich. Sie ging einen Schritt auf mich zu, weg von den Flammen. Ich hielt sie in den Armen und blickte über ihre Schulter ins Feuer. ›Ein Kind‹, flüsterte ich. ›Aus jener letzten Stunde – ein Kind.‹ Ein Faden, wie zart auch immer, wand sich von unserem letzten Akt sterblicher Liebe. Eine Erinnerung, bewahrt in menschlicher Form, geprägt mit dem Abdruck dessen, was wir gewesen waren. Ein Bindeglied, ein letztes Bindeglied zu allem, was wir verloren hatten. Ein Kind.« Lord Byron schüttelte den Kopf. Er sah Rebecca an und lächelte zögernd.

»Es war ein Junge. Haidée hatte ihn fortschicken lassen. Sie konnte den Duft nicht ertragen. Auch ich war natürlich gefährlich für ihn. Er ging in Nauplion zur Schule. Natürlich konnte ich nicht hingehen und ihn mit eigenen Augen sehen, aber als wir Acheron zusammen verließen, Haidée und ich, trafen wir Vorkehrungen für unseren Sohn. Ich ließ ihn aus der Schule in Nauplion nehmen und nach London schicken. Er wurde dort als Engländer erzogen. Schließlich nahm er einen englischen Namen an.« Er lächelte wieder. »Können Sie erraten, welchen?«

Rebecca nickte. »Natürlich«, sagte sie matt. »Es war

Ruthven.« Sie saß reglos da. Sie hatte wieder das Geräusch aus der Dunkelheit gehört. Sie begegnete Lord Byrons Blick. Zart fuhr sie sich mit der Zunge über die Lippen. »Und Sie?« fragte sie. »Hielten Sie sich von England und Ihrem Sohn fern?«

»Von England, ja – weitgehend. Ich hatte die Manuskripte des Paschas. Mit Haidée setzte ich die Suche durch Kontinente und verborgene Welten fort. Aber Haidée wurde rasch alt, zu alt zum Gehen, zu alt, um sich sehen zu lassen.«

Rebecca nickte entsetzt. Sie verstand. »Dann ist Haidée das – Ding, das ich in der Krypta sah?«

»Ja. Sie hat noch immer nicht getrunken. Sie hält sich dort unten auf, an diesem Ort der Toten. Der Körper des Paschas befindet sich in ihrer Nähe, unter dem Grabstein in der Kirche. Seit zwei langen Jahrhunderten modern sie dort zusammen, der Pascha tot, Haidée noch lebendig und vergebens auf das Ende meiner Suche wartend.«

»Also« – Rebecca schluckte – »haben Sie es noch nicht gefunden?«

Lord Byron lächelte bitter. »Sie haben gesehen, daß ich es nicht gefunden habe.«

Rebecca drehte eine Locke ihres kastanienbraunen Haars. »Und werden Sie jemals Erfolg haben?« wagte sie schließlich zu fragen.

Er zog eine Braue hoch. »Vielleicht.«

»Ich glaube, ja.«

»Danke.« Er neigte den Kopf. »Darf ich fragen, warum?«

»Weil Sie noch existieren. Sie könnten ein Ende machen, aber Sie tun es nicht. Wie der Pascha versprach – es muß doch eine Hoffnung geben.«

Lord Byron lächelte. »Sie mögen recht haben«, sagte er. »Aber zu sterben – es müßte von Polidoris Händen sein, und das könnte ich nicht ertragen.« Seine Miene verfinsterte sich. »Nein. Nicht von einem Feind vernichtet. Nicht von einem, der alle getötet hat, die ich liebte.« Er starrte Rebecca an. »Sie verstehen natürlich, daß Ihre Anwesenheit hier nur seinem Haß zu verdanken ist. Jede Generation von Ruthvens hat er mir geschickt. Sie, Rebecca, sind leider nicht die erste, sondern nur eine in einer sehr langen Reihe.«

Rebecca sah ihn an, auf das Eis und das Mitleid, die sich in seinen Augen verbanden. Sie begriff nun, daß sie verurteilt war. Ihr Schicksal war alles in allem schon besiegelt. »Und Polidori«, fragte sie mit sicherer Stimme, »weiß also nicht, daß Sie vernichtet werden können?«

Lord Byron lächelte leicht. »Nein. Er nicht.«

Rebecca schluckte. »Wohingegen ich es nun weiß.«

Wieder lächelte er. »So ist es.«

Rebecca stand auf. Langsam tat Lord Byron das gleiche. Rebecca wurde nervös, aber er ging an ihr vorbei, wobei er sie nicht aus den Augen ließ, und trat in die Schatten. Das Kratzen aus der Dunkelheit klang jetzt hartnäckig. Sie suchte das Dunkel ab, konnte aber nichts erkennen. Lord Byron jedoch beobachtete sie. Sein bleiches Gesicht schimmerte wie eine helle Flamme. »Es tut mir leid«, sagte er.

»Bitte.«

Langsam schüttelte Lord Byron den Kopf.

»Bitte.« Sie begann zur Tür zurückzuweichen. »Warum haben Sie mir das alles erzählt, wenn Sie mich am Ende doch nur töten wollen?«

»Damit Sie besser verstehen können, was Ihr Tod bewirken wird. Damit es leichter ist.« Er schwieg und blickte ins Dunkel. »Für Sie beide.«

»Beide?« Wieder scharrte es. Rebecca starrte wild in die Dunkelheit.

»Es gibt keine andere Möglichkeit«, flüsterte Lord Byron. »Es muß getan werden.« Aber er sprach nicht mehr zu Rebecca. Er blickte jetzt auf ein schattenhaftes Ding, das neben seinen Füßen kauerte. Mit zitterndem Arm streichelte er dessen Kopf. Langsam bewegte es sich ins Kerzenlicht.

Rebecca starrte darauf. Sie stöhnte. »Nein. Nein!« Sie schlug die Hände vor die Augen.

»Und doch, Rebecca, war sie Ihnen einmal sehr ähnlich. Ja. Ganz seltsam ähnlich.« Lord Byron schaute sie halb mitleidig, halb sehnsüchtig an. Leise ging er zu ihr. »Trauen Sie sich, ihr noch einmal ins Gesicht zu sehen? Nein? Und doch sage ich Ihnen« – Rebecca spürte die sanfte Berührung seiner Lippen auf ihren eigenen – »sie hatte Ihr Gesicht, Ihre Gestalt, Ihre Schönheit. Es ist, als ob...« Seine Stimme verlor sich.

Rebecca öffnete die Augen. Sie starrte in die dunklen Tiefen von Lord Byrons Blick. Sie sah ihn die Stirn runzeln und entdeckte Elend und Hoffnung in seinem Gesicht. »Bitte«, flüsterte sie. »Bitte.«

»Sie sind ihr genaues Ebenbild, wissen Sie.«

»Bitte.«

Er schüttelte den Kopf. »Sie muß Sie haben. Sie muß endlich ihr eigenes Blut trinken. Zweihundert Jahre sind vergangen, und jetzt ... sind Sie hier – mit einem Gesicht wie jenem, das einst ihr eigenes war. Und deshalb...« Wieder küßte er Rebecca zärtlich auf die Lippen. »Es tut mir leid. Es tut mir leid, Rebecca. Aber ich hoffe, daß Sie jetzt vielleicht wenigstens verstehen können. Verzeihen Sie mir, Rebecca.«

Er trat einen Schritt zurück. Rebecca starrte wie versteinert auf die gedämpfte Flamme seines Gesichts. Sie sah ihn auf die Kreatur blicken, die verkrümmt zu seinen Füßen wartete. Auch sie blickte nach unten. Plötzlich begegneten rote Augen, hell wie Kohle, ihrem Blick. Rebecca begann zu zittern. Sie wandte sich um. Sie drückte gegen die Tür, die sich öffnete. Sie stolperte hinaus und schlug sie hinter sich zu.

Sie lief los. Vor ihr dehnte sich ein langer Gang. Sie konnte sich von vorher nicht an ihn erinnern. Er war schlecht beleuchtet, und sie konnte kaum ihren Weg erkennen. Die Tür hinter ihr blieb geschlossen. Plötzlich blieb Rebecca reglos stehen. Sie glaubte, etwas zu sehen, das direkt vor ihr hing. Es schaukelte leicht und knarrte. Dann hörte Rebecca Flüssigkeit auf den Boden klatschen.

Sie holte tief Luft. Langsam ging sie auf das hängende Ding zu. Nun sah sie, daß es bleich war, schimmernd in der Dunkelheit, und dann plötzlich gefror ihr das Blut in den Adern, denn sie bemerkte, daß der Schimmer von Fleisch herrührte, von menschlichem Fleisch, einem Kadaver, der mit den Fersen an einem Haken hing. Wieder fiel ein Tropfen Flüssigkeit auf den Boden. Rebecca blickte hinunter. Ein dicker Tropfen Blut bildete sich an der Nase des Leichnams. Er fiel, und wieder hörte sie das Aufklatschen auf dem Boden. Rebecca sah jetzt, warum der Körper so schimmernd weiß war. Ohne zu wissen, was sie tat, berührte sie die Seite des Leichnams. Er war kalt und praktisch blutleer. Wieder fiel ein Tropfen. Rebecca ging in die Hocke. Sie betrachtete das Gesicht der Leiche. Sie versuchte zu schreien. Es kam kein Laut heraus. Wieder blickte sie in das Gesicht ihrer Mutter. Dann stand sie auf und begann zu zittern und zu rennen.

Den ganzen Korridor entlang hingen weitere Leichen an Haken. Rebecca mußte an ihnen vorbei, während sie vorwärtstaumelte, und sie schwangen ihr ins Gesicht, klamm und glatt, wenn sie versuchte, sie beiseite zu stoßen. Immer weiter stolperte sie; immer mehr Leichen von Ruthvens versperrten ihr den Weg. Schluchzend vor Haß und Angst und Ekel fiel Rebecca schließlich auf die Knie. Sie wandte sich um, blickte auf die Reihe der Fleischerhaken, an denen sie vorbeigekommen war, und stöhnte. Am Ende des Korridors, hinter dem Leichnam ihrer Mutter, wartete ein glänzender leerer Haken. Endlich fand Rebecca ihre Stimme wieder; sie schrie. Der Haken begann zu schwingen. Rebecca verbarg ihr Gesicht in den Händen; wieder schrie sie; sie wartete, ausgestreckt auf dem Boden des Gangs.

Irgendwann wagte sie, den Kopf zu heben. Der Korridor war leer, die Reihe ihrer Vorfahren verschwunden. Rebecca schaute sich um. Nichts. Überhaupt nichts. »Wo sind Sie?« schrie sie. »Byron! Wo sind Sie? Töten Sie mich, wenn Sie müssen, aber keine solchen Tricks mehr!« Sie deutete dorthin, wo die Kadaver gehangen hatten, und wartete. Der Gang blieb leer. »Haidée!« Rebecca lauschte. »Haidée!« Keine Antwort. Rebecca stand auf. Vor sich sah sie eine einzige Tür. Sie ging darauf zu und stieß sie auf. Dahinter brannte eine Kerze. Sie ging durch die Tür und blieb wie angewurzelt stehen. Sie befand sich in der Katakombe.

Das Grab lag direkt vor ihr; an der Wand gegenüber sah sie die Stufen, die zur Kirche hinaufführten. Rebecca ging darauf zu. Sie stieg die Treppe hinauf und drückte gegen die Tür. Sie war verschlossen. Wieder drückte sie. Sie ließ sich nicht bewegen. Rebecca setzte sich auf die oberste Stufe, preßte sich gegen die Tür, wartete. Alles war jetzt still. Die Tür hinter dem Grab stand noch offen, aber Rebecca konnte sich nicht überwinden, in den Gang zurückzukehren. Sie wartete einige Minuten ab. Noch immer Stille. Vorsichtig ging sie eine Stufe hinunter und blieb stehen. Nichts. Sie stieg die restlichen Stufen hinunter. Dann sah sie sich in der Krypta um. Der Brunnen sprudelte lautlos, ansonsten regte sich nichts. Rebecca schaute nach vorn, auf die Tür hinter dem Grab. Vielleicht könnte sie es ja schaffen. Wenn sie rennen würde und eine Tür zur Straße fände – ja –, sie könnte es doch noch schaffen. Leise durchquerte sie die Krypta. Sie stand neben dem Grab. Sie machte sich Mut. Denn sie wußte, wenn sie denn wegwollte – dann jetzt.

Die Klaue packte sie an der Kehle. Rebecca schrie, doch der Schrei wurde von einer zweiten Hand erstickt, die ihr den Mund zuhielt. Staub machte ihre Augen blind; er roch nach lebendem Tod. Rebecca blinzelte. Sie blickte zu dem jahrhundertealten Ding auf, das Haidée war. Zwei rote brennende Augen; offener zahnloser Mund; geschrumpelter Insektenkopf. Rebecca wehrte sich. Die Kreatur schien so zerbrechlich, doch ihre Stärke war unnachgiebig. Rebecca spürte, wie der Griff um ihren Hals sie zu erdrosseln drohte. Sie rang nach Luft. Sie sah die Kreatur die andere Hand heben. Ihre Klauen waren so lang wie Krummsäbel. Das Ding strich mit einem einzelnen Finger über ihre Kehle. Rebecca spürte Blut aus der Wunde quellen. Dann kämpfte sie, um ihren Kopf abzuwenden. Jetzt senkte das Ding die Lippen; der Gestank seines Atems war abscheulich. Rebecca spürte die Klaue wieder an ihrem Hals. Sie wartete. Sie wußte, daß die Lippen direkt über der Wunde schwebten. Sie schloß die Augen. Sie hoffte, daß der Tod, wenn er käme, schnell eintreten würde.

Dann hörte sie den rasselnden Atem der Kreatur. Sie wartete angespannt – und nichts geschah. Sie öffnete die Augen. Die Kreatur hatte die Lippen von ihrem Hals genommen und starrte sie mit brennenden Augen an. Sie zitterte. »Tu es«, hörte Rebecca Lord Byron sagen.

Das Ding starrte sie an. Rebecca spähte um seinen Kopf herum. Lord Byron stand neben dem Grab. Zögernd blickte die Kreatur zu ihm auf.

»Tu es«, wiederholte er.

Die Kreatur antwortete nicht.

Lord Byron streckte die Hand aus, um ihren haarlosen Schädel zu berühren. »Haidée«, flüsterte er, »es gibt keine andere Möglichkeit. Bitte.« Er küßte sie. »*Bitte.*«

Noch immer blieb die Kreatur stumm. Rebecca sah, wie Lord Byron sie musterte. »Sie kennt das Geheimnis«, sagte er. »Ich habe ihr alles erzählt.« Er wartete. »Haidée, wir waren uns einig. Sie kennt das Geheimnis. Du kannst sie nicht gehen lassen.«

Die Kreatur zitterte. Ihre mageren, hautlosen Schultern bewegten sich auf und ab. Lord Byron streckte tröstend die Hand aus, wurde aber weggestoßen. Die Kreatur starrte wieder in Rebeccas Augen. Ihr Gesicht war verzerrt, als weine sie, aber die brennenden Augen blieben so trocken wie zuvor. Langsam öffnete sie den Mund, dann schüttelte sie den Kopf. Rebecca spürte, wie sich der Griff um ihren Hals löste.

Die Kreatur versuchte aufzustehen. Sie strauchelte. Lord Byron fing sie in seinen Armen auf. Er hielt sie, küßte sie, wiegte sie. Ungläubig stand Rebecca auf.

Lord Byron starrte sie an. Sein Gesicht war eisig vor Schmerz und Verzweiflung. »Gehen Sie«, flüsterte er.

Rebecca konnte sich nicht rühren.

»Gehen Sie!«

Sie hielt sich die Hände über die Ohren, so furchtbar war der Schrei. Dann rannte sie aus der Krypta. Auf der Treppe blieb sie stehen, um noch einmal hinunterzublicken. Lord Byron beugte sich über seine Last, wie ein Vater sein Kind hält. Rebecca stand reglos da – dann wandte sie sich um, rannte und ließ die Krypta hinter sich.

Oben an der Treppe war ein Durchgang. Sie folgte ihm. Am anderen Ende erreichte sie eine Tür; sie drehte den

Griff, öffnete sie und schnappte nach Luft vor Freude, als sie die Straße dahinter sah. Die Dunkelheit brach an. Der Sonnenuntergang schrieb Streifen in den schwülen Londoner Himmel, und sie betrachtete die Farben voller Staunen und Freude. Eine kleine Weile hielt sie inne, um dem Tosen der fernen Stadt zu lauschen, den Klängen, die sie nie wieder zu hören geglaubt hatte – den Klängen des Lebens. Dann wandte sie sich um und eilte die Straße hinunter. Einmal blickte sie sich um. Die Fassade von Lord Byrons Haus war noch immer dunkel. Die Türen waren alle geschlossen. Niemand schien ihr zu folgen.

Hätte sie jedoch gewartet und sich versteckt, um absolut sicher zu gehen, dann hätte sie einen Mann aus der Dunkelheit schlüpfen gesehen. Sie hätte gesehen, wie er dem Weg, den sie gerade gegangen war, folgte. Sie hätte vielleicht einen unverwechselbaren scharfen Geruch wahrgenommen. Aber sie blieb nicht stehen, und so sah sie ihren Verfolger nicht. Er ging vorbei wie sie und ließ die Straße hinter sich. Der schwache Säuregeruch in der Luft war bald verweht.

Postskriptum

Das Gesicht des Leichnams wies nicht die geringste Ähnlichkeit mit meinem teuren Freund auf – der Mund war verzerrt und halb offen, so daß er jene Zähne, auf die der arme Bursche einst so stolz gewesen war, ganz vom Alkohol verfärbt zeigte – seine Oberlippe verdunkelte ein Schnauzbart, der seinem Gesicht einen völlig neuen Charakter gab – seine Wangen waren lang und hingen schlaff über die Kiefer – seine Nase war am Rücken ziemlich vorspringend und eingesunken zwischen den Augen – seine Augenbrauen struppig und finster – seine Haut wie stumpfes Pergament. Es schien nicht Byron zu sein.

JOHN CAM HOBHOUSE, Tagebücher